ॐ नमो भगवते वासुदेवाय

国家十二五重点出版项目

中国社会科学院创新工程学术出版资助项目

博伽梵往世书

BHĀGAVATA PURĀṆA

第一卷 第一篇

(1–9章)

维亚萨戴瓦 著

英文译著 A.C.巴克提韦丹塔·斯瓦米·帕布帕德

中文翻译 嘉娜娃

中国社会科学出版社

图字　01－2013－8183

图书在版编目(CIP)数据

博伽梵往世书/维亚萨戴瓦梵文原著；A. C. 巴克提韦丹塔·斯瓦米·帕布帕德英文译著；嘉娜娃中文译．—北京：中国社会科学出版社，2013. 12

ISBN 978－7－5161－1770－5

Ⅰ. ①博…　Ⅱ. ①维…②A. …③嘉…　Ⅲ. ①史诗—印度—古代
Ⅳ. ①I351. 22

中国版本图书馆 CIP 数据核字(2013)第 276189 号

出 版 人　赵剑英
责任编辑　冯　斌
特约编辑　李树琦
责任校对　林福国
责任印制　王　超

出　　版　中国社会科学出版社
社　　址　北京鼓楼西大街甲 158 号(邮编 100720)
网　　址　http://www.csspw.com.cn
　　　　　中文域名:中国社科网　　010－64070619
发 行 部　010－84083685
门 市 部　010－84029450
经　　销　新华书店及其他书店

印刷装订　环球印刷(北京)有限公司
版　　次　2013 年 12 月第 1 版
印　　次　2013 年 12 月第 1 次印刷

开　　本　710×1000　1/16
印　　张　604.75
字　　数　8144 千字
定　　价　3660.00 元(1－12 卷)

出版说明

呈现在读者面前的这部《博伽梵往世书》（又名《圣典博伽瓦谭》），是我社继出版《摩诃婆罗多》之后奉献给广大读者的又一部印度古代文化的代表作。

此前，我社已经出版过黄宝生等翻译的《摩诃婆罗多》、《奥义书》；徐梵澄翻译的《博伽梵歌》等，这些书都是从梵文原著直接翻译过来的。加上季羡林先生翻译的《罗摩衍那》，一代梵文大师，用毕生精力将这些印度古代文化经典奉献给中国的广大读者，为中印文化交流做出了卓越贡献。

广大读者在读了上述印度古代文化代表作之后，期盼我社尽快将其他印度古代文化经典翻译出版。为飨读者，我社与巴克提韦丹塔书籍出版有限公司（The Bhaktivedanta Book Trust）合作，由嘉娜娃女士将印度梵文大师圣帕布帕德译注的英文版的《博伽梵往世书》翻译成中文简体字版出版，所以就有了大家看到的这部书。整个翻译出版工程分两期完成，第一期，就是读者见到的1—9篇（第一卷至第十二卷），这部分书合作方先以繁体字在我国香港出版，因此我们的工作主要是从繁体字版变为简体字版；第二期，是第10—12篇（第十三卷至第十九卷），我们双方合作，直接从英文版翻译成中文简体字版。全书采用梵文、罗马拼音和简体中文相对照的方式，供读者研读。

为了尽量保持该书的原貌，我社在出版过程中，除了书名采用了大陆读者熟悉的《博伽梵往世书》外，书中一律保持了原有的《圣典博伽瓦谭》的称谓。此外，为了突出原文，适应大陆读者的阅读兴趣，我们删除了繁体字版的前言、导言和绪论，订正了错讹。在十九卷原文出版之后，我们将专门出版一卷导读。

值得高兴的是，本书被列入国家十二五重点出版项目。

出版者

2012年10月

总 目 录

第 一 卷　第一篇（1—9 章）
第 二 卷　第一篇（10—19 章）
第 三 卷　第二篇
第 四 卷　第三篇（1—16 章）
第 五 卷　第三篇（17—33 章）
第 六 卷　第四篇（1—19 章）
第 七 卷　第四篇（20—31 章）
第 八 卷　第五篇
第 九 卷　第六篇
第 十 卷　第七篇
第十一卷　第八篇
第十二卷　第九篇
第十三卷　第十篇（1—13 章）
第十四卷　第十篇（14—44 章）
第十五卷　第十篇（45—69 章）
第十六卷　第十篇（70—90 章）
第十七卷　第十一篇（1—12 章）
第十八卷　第十一篇（13—31 章）
第十九卷　第十二篇

目　录

第一章　圣人们的询问　1

第二章　神与对神的服务　45

第三章　奎师那是所有化身的源头　97

第四章　圣纳茹阿达的出现　157

第五章　圣纳茹阿达就《圣典博伽瓦谭》给维亚萨戴瓦的指示　189

第六章　纳茹阿达和维亚萨戴瓦间的对话　249

第七章　朵纳的儿子受惩罚　287

第八章　琨缇王后的祈祷及帕瑞克西特的获救　351

第九章　彼士玛戴瓦在主奎师那面前过世　417

圣帕布帕德小传　495

圣帕布帕德著作一览表　497

对圣帕布帕德生前教导的汇编性书籍　499

参考书籍　501

词表　503

梵文发音指导　511

梵文诗句索引　515

第一章

圣人们的询问

第 1 节 ॐ नमो भगवते वासुदेवाय

जन्माद्यस्य यतोऽन्वयादितरतश्चार्थेष्वभिज्ञः स्वराटत्त
तेने ब्रह्म हृदा य आदिकवये मुह्यन्ति यत्सूरयः ।
तेजोवारिमृदां यथा विनिमयो यत्र त्रिसर्गोऽमृषा
धाम्ना स्वेन सदा निरस्तकुहकं सत्यं परं धीमहि ॥१॥

oṁ namo bhagavate vāsudevāya
janmādy asya yato 'nvayād itarataś cārtheṣv abhijñaḥ svarāṭ
tene brahma hṛdā ya ādi-kavaye muhyanti yat sūrayaḥ
tejo-vāri-mṛdāṁ yathā vinimayo yatra tri-sargo 'mṛṣā
dhāmnā svena sadā nirasta-kuhakaṁ satyaṁ paraṁ dhīmahi

om — 至尊主啊 / namaḥ— 我顶拜 / bhagavate — 向人格首神 / vāsudevāya — 向华苏戴瓦(瓦苏戴瓦之子)、圣主奎师那、原始的至尊主 / janma-ādi — 创造、维系及毁灭 / asya — 展示了的宇宙的 / yataḥ— 从那 / anvayāt— 直接地 / itarataḥ— 间接地 / ca — 和 / artheṣu — 目的 / abhijñaḥ— 无所不知 / sva-rāṭ — 完全独立的 / tene — 传授 / brahma — 韦达知识 / hṛdā — 心传 / yaḥ— 谁 / ādi-kavaye — 向最初被创造的生物体 / muhyanti — 受迷惑 / yat — 有关他 / sūrayaḥ— 伟大的圣哲和半神人 / tejaḥ— 火 / vāri— 水 / mṛdām— 土地 / yathā — 正如 / vinimayaḥ— 作用与反作用 / yatra — 在其上 / tri-sargaḥ— 创造的三种属性、创造能力 / amṛṣā — 几乎是事实的 / dhāmnā — 与所有的超然设施 / svena — 自给自足地 / sadā — 总是 / nirasta — 因没有而否定 / kuhakam — 错觉、幻觉 / satyam — 真理 / param — 绝对的 / dhīmahi— 我冥想

译文 啊，我的主，圣奎师那，瓦苏戴瓦的儿子！无所不在的人格首神啊！我恭恭敬敬地顶拜您。我冥想圣主奎师那，因为祂是绝对真理，是展示了的物质宇宙创造、维系和毁灭的根源。祂直接、间接地察觉着所有的展示；祂是独立的，因为除祂之外没有其他起因。是祂先把韦达知识传到第一个生物体布茹阿玛的心中。祂甚至使伟大的圣人和半神人都产生错觉，情况恰似人看到火中水或水中陆地的幻象会备感困惑。仅仅因为祂的缘故，物质宇宙——由物质自然三种属性相互作用产生的短暂展示，才显得真实，尽管它们是幻象。为此，我冥想祂——永恒住在超然居所中的圣主奎师那，那超然的居所永无物质世界里的幻象。我冥想祂，因为祂是绝对真理。

要旨 人格首神华苏戴瓦(Vāsudeva)是瓦苏戴瓦(Vasudeva)和黛瓦克伊(Devaki)的神性儿子；向祂致敬，就是直接向圣主奎师那(Śrī Kṛṣṇa)致敬。这一真相在这部巨著中将有更明确的解释。圣维亚萨戴瓦(Śrī Vyāsadeva)在后面的诗中断言，圣奎师那是存在中的第一位人格首神，其他都是祂直接或间接的完整扩展，或者是扩展的扩展。圣吉瓦·哥斯瓦米(Jīva Gosvāmī)在他的《论奎师那》(Kṛṣṇa -sandarbha)中更明确地解释了这个主题。这个宇宙中的第一个生物体布茹阿玛(Brahmā)，在他的专著《布茹阿玛·萨密塔》(Brahma-saṁhitā)中，对圣奎师那进行了实质性的解释。《萨玛·韦达》(Sāma-veda)中的一篇奥义书(Upaniṣad)也声明，圣主奎师那是黛瓦克伊的神性儿子。因此，这段祈祷中第一个说明的主题是：圣主奎师那是原始至尊主；应该明白，如果有任何一个超然的名字可以完整体现绝对人格首神的特质，这个名字必定就是“奎师那”。梵文“奎师那”的意思是“有绝对的吸引力”。在《博伽梵歌》(Bhagavad-gītā)中的许多地方，至尊主都声称祂自己是存在中的第一位人格首神。有关这一点，阿尔诸纳(Arjuna)，以及纳茹阿达(Nārada)、维亚萨等伟大的圣人和许多其他人都给予了证实。《莲花往世书》(Padma Purāṇa)中也声明，在至尊主数不胜数的名字中，奎师那这个名字是最首要的。华苏戴瓦是指人格首神的完整扩展，至尊主所有不同的形象因为都与华苏戴瓦相同，所以这节诗谈的内容是指至尊主所有的形象。然而，华苏戴瓦这个名字特别是指瓦苏戴瓦和黛瓦克伊的神性儿子。弃绝阶层中最优秀的人士——至尊天鹅(paramahaṁsa)，永远都冥想圣奎师那。

华苏戴瓦——圣主奎师那，是一切原因的起因。存在的一切都由至尊主发散出来，这部巨著后面的篇章将会对一切是如何运作的加以解释。圣柴坦亚·玛哈帕布描述这部巨著是无瑕的往世书，因为它其中包含的是对人格首神圣奎师那的超然叙述。《圣典博伽瓦谭》(Śrīmad-Bhāgavatam)的历史也很光荣。它是圣维亚萨戴瓦在超然知识领域达到成熟阶段后，按他灵性导师圣纳茹阿达的指示编纂的。维亚萨戴瓦编纂了所有的韦达文献，其中包括四部韦达经(Veda)、《韦丹塔·苏陀》(Vedānta-sūtras, 或称《布茹阿玛·苏陀》)、众多的往世书(Purāṇa)、《玛哈巴茹阿特》(Mahābhārata)等。但尽管如此，他并不满意。他的灵性导师纳茹阿达看出他的不满，于是建议他专门描述圣主奎师那的超然活动。这些超然的活动，在《圣典博伽瓦谭》这部巨著的精华篇——第十篇中有特别详尽的描述。但是，人必须通过培养各种相关的知识，逐渐达到能够欣赏那些机密活动的阶段。

有哲学头脑的人自然想要了解创造的起源。夜幕降临，当他抬头仰望空中的星斗时，他自然就会想，那些星星是什么？它们上面的情况如何？有谁住在上面……人类的意识层面因为发展得比动物高，所以自然会询问这些问题。《圣典博伽瓦谭》的作者对这样的询问给予了直接的回答。他说：至尊主——圣奎师那，是一切创造的源头。祂不仅是宇宙的创造者，而且也是毁灭者。根据至尊主的意愿，宇宙自然界在一定的时期内展示，维系一段时间后又根据祂的意愿被毁灭。因此，在所有宇宙活动的背后是至尊意愿在操纵。当然，世上各种各样的不信神者都不相信有一个创造者，但那是知识贫乏所致。举例来说，现代科学家发明了人造卫星，靠一些科技方法把它们发射到外太空，然后在离它们很遥远的地方控制它们在太空中飞行一段时间。同样道理，包含了无数恒星和行星在内的所有宇宙，都受人格首神的智慧的控制。

韦达文献中说：绝对真理——人格首神，是一切生物的领袖。众生，从第一个被创造的生物体布茹阿玛开始直到最微小的蚂蚁，都是个体生物。在布茹阿玛之上，还有能力各异的其他生物，人格首神也是这样的生物。祂与其他生物一样，是个体生物。但至尊主——至尊生物，拥有最高的智慧，以及各种最不可思议的能量。人们很轻易地就可以想象出，如果一个普通人类的头脑能制造出人造卫星，那么比人类更高级的头脑就能制造出比人造卫星这类神奇的东西要非凡得多的东西。明智的人很容易就接受这个论点，但顽固不化的不信神者却永远都不会同意这一点。然而，圣维亚萨戴瓦立即把至高无上的智慧接受为是至尊控制者(parameśvara)。他向被称为至尊(para)、至尊控制者或至尊人格首神的至高智慧恭恭敬敬地顶礼。而那位至尊控制者，就是《博伽梵歌》及维亚萨戴瓦编纂的其他经典，特别是这部《圣典博伽瓦谭》中所明确说明的圣主奎师那。在《博伽梵歌》中，至尊主说：除了祂之外，没有其他的至善(para-tattva)。因此，圣维亚萨戴瓦立刻崇拜这位至善——圣奎师那，祂的超然活动都记载在这部《圣典博伽瓦谭》的第十篇中。

无耻之徒会直接去阅读第十篇，特别是描述至尊主跳茹阿萨舞(rāsa)的那五章。《圣典博伽瓦谭》的这部分，是这部非凡文献中最机密的部分。人除非完全掌握了有关至尊主的超然知识，否则必定会误解至尊主那称为茹阿萨舞的值得崇拜的超然娱乐活动，以及祂与牧牛姑娘们(gopī)之间的恋爱事件。这个主题的内容高度灵性，只有逐渐到达至尊天鹅阶段的解脱之人，才能超然地欣赏这种茹阿萨舞。正因为如此，圣维亚萨戴瓦给读者提供了一个逐渐发展灵性觉悟的机会，以便后来能真正欣赏品味至尊主娱乐活动的精华。为此，他有意用嘎雅垂·曼陀(Gāyatrī mantra)——迪玛黑(dhīmahi)来祈祷。这个嘎雅垂·曼陀是为灵性进步的人准备的。当人成功地吟诵了这个嘎雅垂·曼陀时，他就能进入至尊主超然的境界。所以，为了能成功地吟诵嘎雅垂·曼陀，以便达到能觉悟至尊主超然的名字、形象、特质……的阶段，人必须培养布茹阿玛纳(brāhmaṇa, 婆罗门)的品格，或者说完全处在善良属性的层面上。

《圣典博伽瓦谭》是对至尊主通过祂的内在能量所展示的形象(sva-rūpa)的描述，祂的这种内在能量与祂在物质宇宙中展示的、我们所体验到的外在能量不同。圣维亚萨戴瓦在这节诗中对这两种能量做了明确的区分。圣维亚萨戴瓦在这节诗中说，展示了的内在能量是真实的，而以物质存在的形式所展示的外在能量，只不过是像沙漠中的海市蜃楼一样短暂的幻象。在沙漠中的海市蜃楼里只有水的景象，没有真正的水。真正的水在其他地方。展示了的宇宙创造显得像是真实存在的事物，但那只不过是真实的影子，真实存在于灵性世界。绝对真理不在物质天空，而在灵性天空中。在物质天空中的一切都是相对的真理，也就是说，一个真理只有依靠其他的真理才能存在。这个宇宙创造是物质自然三种属性相互作用的结果，各种短暂的展示被创造得恰似真实存在，目的是迷惑以各种生命形式展现的受制约的灵魂，就连布茹阿玛、因铎(Indra)、昌铎(Candra)等高等半神人也不例外。事实上，在我们这个展示了的世界里没有真实存在，但看起来有。这是因为真正的实体存在于灵性世界，人格首神与祂超然的一切都在那里实实在在地存在着。

负责建造一个复杂建筑物的主任工程师，自己不亲自去盖房子，但对建筑物的每一个角落都很清楚，因为一切都是在他的指挥下进行的。他直接或间接地了解有关那建筑物的一切。同样道理，这个宇宙创造的最高工程师人格首神，对宇宙的每一个角落都很清楚，尽管具体处理宇宙事务的是半神人们。在物质创造中，从布茹阿玛开始下到小蚂蚁，没有谁是独立自主的，至尊主的掌控无所不在，随处可见。所有的物质元素及所有的灵性火花，都是祂发散出来的。这个物质世界里被创造的一切，只不过是绝对真理(人格首神圣奎师那)发散出的物质及灵性这两种能量的互动。化学家在实验室里可以用氢和氧混合制造出水来，但事实上，他是在至尊主的指导下在实验室里工作，而他工作用的原料也是由至尊主提供的。至尊主直接和间接地了解一切，知道每一个微小的细节。祂是完全独立的。祂被比喻为是金矿，而宇宙创造中丰富多彩的展现被比喻为是用金子做成的金戒指、金项链等制品。金戒指和金项链在质上与金矿中的金子一样，但在量上与金矿中的金子不同。因此，绝对真理同时既是一体又有区别。没有什么能完全与绝对真理平等，但同时，没有什么是不依赖绝对真理而存在的。

受制约的灵魂，从整个宇宙的工程师布茹阿玛开始下到微不足道的小蚂蚁，都在创造，但没有一个是不受至尊主支配的。物质主义者错误地认为，除了他自己以外没有创造者。这称为错觉——玛亚(māyā)。物质主义者知识贫乏，所以看不到他有缺陷的感官之外的事物。正因为如此，他才会认为，在没有更高智能的帮助下，物质自动成形。圣维亚萨戴瓦否定这种观点说："既然完整的整体——绝对真理是一切的源头，便没有什么能独立于绝对真理的身体而存在。"躯体无论发生什么状况，被困在躯体中的灵魂都会很快知道。同样，宇宙创造是绝对整体的身体，所以绝对者直接、间接地知道创造中发生的一切。

韦达赞歌(śruti-mantra)中也说：绝对整体——布茹阿曼(Brahman，梵)，是一切的源头。祂发出一切，维系一切，最后一切都进入祂体内。那就是大自然的规律。韦达经的补充文献(smṛti-mantra)中证实这一点说，在布茹阿玛（Brahmā）的一生中，一切的来源以及一切最终进入其中的储存所，是绝对真理——布茹阿曼(梵)。持物质主义的科学家认定星系的始源是太阳，但却解释不了太阳的来源。而有关这个最初的源头，这节诗给予了解释。按照韦达经典的说法，尽管布茹阿玛是这个宇宙的创造者，但他必须先打坐冥想才能从至尊主那里得到创造的灵感。因此，布茹阿玛和太阳都不是最初的创造者。这节诗中说，布茹阿玛的知识是人格首神传授给他的。有人也许会争论说，作为第一个生物体，布茹阿玛不可能得到启示，因为当时没有其他的生物在。对此，这节诗说明，为了使第二创造者布茹阿玛能履行他的创造职责，至尊主给布茹阿玛以启示。因此，在一切创造背后的至高智慧，就是绝对真理圣奎师那。在《博伽梵歌》中，圣主奎师那声明，是祂在亲自指挥构成物质整体的创造能量——帕奎缇(prakṛti)。因此，圣维亚萨戴瓦崇拜的不是布茹阿玛，而是指导布茹阿玛进行创造的至尊主。

这节诗中的“充分认识(abhijñaḥ)”和“完全独立(svaāṭ)”这两个词意义重大，它们把至尊主与所有的其他生物区分开来。其他的生物没有一个是“充分认识”和“完全独立”的，都必须从更高的权威那里获取知识。就连布茹阿玛都必须为创造而去冥想至尊主并祈求祂的帮助。如果就连布茹阿玛本人在没有从更高权威那里得到知识的情况下都不能创造，那就更不要说爱因斯坦等大物质科学家了！现代科学家为自己的发明能力感到无比自豪，但实际上却完全依赖更高来源的帮助，最终依赖至尊主的帮助。这些科学家的大脑无疑不是任何一个普通人类所能制造的。要是有谁能造出爱因斯坦那样的大脑，他就不会赞美其他科学家的头脑，而会自己大量生产同样的大脑了。既然科学家都造不出这样的大脑，更何谈那些公然蔑视至尊主权威的愚蠢的不信神者？持非人格神主义理论的假象宗派人士(Māyāvādī)，自以为他们能变得与至尊主一样，但他们既没有“充分认识”，也不是“完全独立”的。这样的非人格神主义者从事严酷的苦行，以便获得知识，变得与至尊主一样。但最后，他们却变得依赖某个有钱的门徒，为他们提供金钱盖修道院和庙宇。像茹阿瓦纳(Rāvaṇa)和黑冉亚卡希普(Hiraṇyakaśipu)那样的不信神者，在能够蔑视至尊主的权威前都必须经历严酷的苦行。但最终，他们还是绝望了，当至尊主以残酷的死亡形式出现在他们面前时，他们根本救不了自己。现代不信神者也如此，他们也蔑视至尊主的权威。这种不信神者的下场都一样，因为历史本身在不断地重复。无论何时，谁忽视至尊主的权威，大自然和她的法律就会处罚谁。对此，《博伽梵歌》中一节著名的诗里确认说：“阿尔诸纳啊！无论何时何地，每当宗教衰落，反宗教盛行，我就会亲自降临。”（《博伽梵歌》4·7）

所有的韦达赞歌(śruti-mantra)都证实至尊主是绝对完美的，其中说：绝对完美的至尊主瞥视了一眼物质，便创造了所有的生物体。生物是至尊主不可缺少的一部分，至尊主把这些灵性火花的种子注入巨大的物质创造。这样，创造的能量便开始活动，制造出那么多神奇的创造物。不信神者也许争辩说，神并不比钟表匠更能干。但神当然更伟大，因为祂能创造男性和女性两种形象的同一类机器。不同种类的男性和女性形象的机器，在不需要神进一步照料的情况下不断生产出数不胜数的同类机器。如果一个人能制造这样一部在不需要他进一步照料的情况下就能自动生产出其他机器的机器，那他的智慧就接近神的智慧了。但这是不可能的，因为每一个机器都必须有人去操作。所以，没人能像神一样地创造。神的另一个名字是阿萨矛尔德瓦(asamaurdhva)，其意思是“没人与祂平等或比祂伟大”。至尊真理(paraṁ satyam)，就是那个没人与之平等或高于祂的人。韦达赞歌中都证实这一点说：在物质宇宙创造之前，只有众生的主人至尊主存在；那位至尊主把韦达知识传授给布茹阿玛，众生必须在所有的方面都按那位至尊主的意愿行事；想要摆脱物质束缚的人，必须投靠、服从祂。对此，《博伽梵歌》中也给予了证实。

人除非投靠至尊主的莲花足，否则无论他有多聪明，无疑都会被迷惑。正如《博伽梵歌》中所证实的，只有当有智慧的人投靠奎师那的莲花足，彻底了解奎师那是一切原因的起因时，这种有智慧的人才能成为伟大的灵魂——玛哈特玛(mahātmā)。但这种伟大的灵魂很罕见。只有伟大的灵魂才能明白至尊主是一切创造的起源。祂是最高的真理(para-ma)，因为所有其他的真理都与祂有关。祂是全知的。对祂来说，没有错觉可言。

有些假象宗派学者争辩说，《圣典博伽瓦谭》不是圣维亚萨戴瓦编纂的。他们中的有些人甚至说，这部著作是由一个名叫沃帕戴瓦的现代人创作的。为了反驳这种毫无意义的争论，圣施瑞达尔·斯瓦米(Śrī-dhara Svāmī)指出，在最古老的往世书(Purāṇa)中有许多地方提及《圣典博伽瓦谭》。这部《圣典博伽瓦谭》的第一节诗中包含了嘎雅垂·曼陀，而最古老的往世书——《玛茨亚往世书》(Matsya Purāṇa)中就谈到了这一点。那部往世书里不仅说《圣典博伽瓦谭》中有许多灵性教导都以嘎雅垂·曼陀为开始，还说《圣典博伽瓦谭》中记载了一个名叫维陀恶魔(Vṛtrāsura)的历史故事。人如果在满月那一天把这部巨著当做礼物送人的话，就会达到生命的最高完美境界——回到首神那里去。其他的往世书中也提及《圣典博伽瓦谭》，其中清楚地说明，这部著作共有十二篇一万八千节诗(śloka)。在《莲花往世书》中记载的高塔玛(Gautama)与安巴瑞施王(Mahārāja Ambarīṣa)的对话中，也谈到了《圣典博伽瓦谭》。在那段对话中，高塔玛建议安巴瑞施王如果想要摆脱物质束缚，就要有规律地阅读《圣典博伽瓦谭》。毫无疑问，在这种情况下，《圣典博伽瓦谭》的权威性不容置疑。在过去的五千年中，许多博学的学者和像吉瓦·哥斯瓦米(Jīva Gosvāmī)、萨纳坦·哥斯瓦米(Sanātana Gosvāmī)、维施瓦纳特·查夸瓦尔提(Viśvanātha Cakravartī)、瓦拉巴查尔亚(Vallabhācārya)等一代宗师(ācārya)，以及继主柴坦亚(Caitanya)时代之后的许多其他著名学者，都对《圣典博伽瓦谭》作了精心的评注。真想学习《圣典博伽瓦谭》的人会努力通读全篇，以便更好地品味其中的超然信息。

圣维施瓦纳特·查夸瓦尔提·塔库尔特别谈到原本纯洁的性心理(ādi-rasa)，其中完全没有世俗的污染。整个物质创造里的一切活动，都围绕着性生活在进行。在现代文明中，性生活是一切活动的焦点。人无论把脸转向何方，都看到性生活占据着优势。因此，性生活并不是不真实的。它的真实在灵性世界中可以体验到。物质世界里的性生活，只不过是原有事实的扭曲了的倒影。原有事实存在于绝对真理中，所以绝对真理不可能不具人格特征。在不具人格特征的情况下还包含有纯洁无瑕的性生活，是不可能的。结论是：非人格神主义哲学家因为过分强调最高真理的非人格特征，所以对令人恶心的世俗性生活间接地起到了推波助澜的作用，使那些对真正的灵性形象一无所知的人，把被扭曲的物质性生活视为一切。在有缺陷的物质状态下过的性生活，与灵性存在中的性生活截然不同。

《圣典博伽瓦谭》将把不存偏见的读者逐渐提升到最高的超然完美阶段。这将使读者超脱韦达经中灌输的功利性活动、哲学思辨和崇拜掌握职权的神明等受物质自然三种属性控制的物质活动。对此，下一节诗将予以说明。

第 2 节 धर्मः प्रोज्झितकैतवोऽत्र परमो निर्मत्सराणां सतां
वेद्यं वास्तवमत्र वस्तु शिवदं तापत्रयोन्मूलनम् ।
श्रीमद्भागवते महामुनिकृते किं वा परैरीश्वरः
सद्यो हृद्यवरुध्यतेऽत्र कृतिभिः शुश्रूषुभिस्तत्क्षणात् ॥ २ ॥

dharmaḥ projjhita-kaitavo 'tra paramo nirmatsarāṇāṁ satāṁ
vedyaṁ vāstavam atra vastu śivadaṁ tāpa-trayonmūlanam
śrīmad-bhāgavate mahā-muni-kṛte kiṁ vā parair īśvaraḥ
sadyo hṛdy avarudhyate 'tra kṛtibhiḥ śuśrūṣubhis tat-kṣaṇāt

dharmaḥ— 宗教活动 / projjhita — 完全剔除 / kaitavaḥ — 由获利的意图所掩盖 / atra — 在这里 / paramaḥ — 最高的 / nirmatsarāṇām — 心中百分之百纯洁的人的 / satām — 奉献者 / vedyam — 可理解的 / vāstavam — 事实的 / atra — 在这里 / vastu — 实质 / śivadam — 幸福 / tāpa-traya — 三重苦 / unmūlanam — 导致连根拔起 / śrīmat — 美丽的 / bhāgavate — 《博伽梵往世书》 / mahā-muni — 伟大的圣哲(维亚萨戴

瓦）/ kṛte — 编纂之后 / kim — 什么 / vā — 需要 / paraiḥ — 其他的 / īśvaraḥ — 至尊主 / sadyaḥ — 立即 / hṛdi — 在心中 / avarudhyate — 扎根 / atra — 在这里 / kṛtibhiḥ — 由虔诚的人 / śuśrūṣubhiḥ — 由培养 / tat-kṣaṇāt — 没有延误

译文　这部《博伽梵往世书》剔除所有怀着物质动机从事的宗教活动，呈献只有心地纯洁的奉献者才能理解的最高真理。最高真理是有别于错觉、幻象的真实，可以造福众生。这样的真理根除三种苦。这部优美的《圣典博伽瓦谭》由伟大的圣人维亚萨戴瓦在其成熟期编纂，本身已经足以使读者对神有充分的认识。因此还有什么必要读其他的经典呢？人一旦聚精会神、谦恭顺从地聆听《圣典博伽瓦谭》，至尊主就会因这知识的培养而永驻他心间。

要旨　宗教包括虔诚活动、经济发展、感官享乐和最终摆脱物质束缚这四项主要内容。非宗教生活是一种野蛮的状态。事实上，宗教的开始才是人类生活的开始。吃、睡、恐惧和交配，是动物生活的四项原则。这些是动物和人类共有的活动。然而，宗教是人类特有的。没有宗教，人类生活就不比动物生活强。正因为如此，人类社会中才会有目标是觉悟自我并使人了解与神的永恒关系的宗教形式。

在人类文明的低级阶段，总有争着要主宰物质自然的倾向；换句话说，也就是为满足感官而相互竞争的倾向。受这种意识驱使，人便转向宗教，开始从事虔诚的活动——为了得到一些物质利益而从事宗教活动。但如果用其他方式就能得到这些物质利益，那些所谓的宗教就会被弃置一旁。这就是现代文明的状况。人在经济富裕时，就不会对宗教很有兴趣。教堂、清真寺或神庙现在几乎都是空的。人们对工厂、商店和电影院比对他们的祖先建立的宗教场所更感兴趣。这实际上证明，从事宗教活动是为了经济所得。感官享乐需要经济收入。当人追求感官享乐受到挫折时，他就会追求解脱，试图变得与神一样。因此，所有这些活动，都只不过是在追求不同种类的感官享乐。

韦达经中规定以规范的方式从事上述四项活动，以使人们不会为感官享乐而过度竞争，但《圣典博伽瓦谭》超越所有这些感官享乐活动。它是纯粹超然的文献，只有超越为感官享乐而竞争的至尊主纯粹的奉献者才能理解。在物质世界里，动物与动物之间，人与人之间，社团与社团之间，国家与国家之间，存在着激烈的竞争。但至尊主的奉献者超越这样的竞争。他们不与物质主义者竞争，因为他们正走在回归首神的路上，将在祂身边与祂一起过永恒、极乐的生活。这样的超然主义者不忌妒，心地纯洁。在物质世界里，生物体彼此之间都相互忌妒，因此才有竞争。但至尊主超然的奉献者不仅没有物质的忌妒，而且还是众生的祝愿者。他们为建立一个以神为中心的没有竞争的社会而努力。现代有的人所构想的“无竞争社会”的概念是人为造作、不切实际的，因为在一些国家里有对独裁者一职的竞争。从韦达经的观点或普通人类活动的角度看，感官享乐是物质生活的基础。韦达经中谈到三种途径：一种是为了升入更好的星球而忙于功利性活动，一种是为了同样的目的(升入半神人居住的星球)而忙着崇拜不同的半神人，还有一种是专注于认识绝对真理的非人格特征，目的是与祂合一。

绝对真理的非人格特征不是祂的最高特征。在祂的非人格特征之上，是祂的超灵(Paramātmā)形象，而在超灵形象之上的，是绝对真理巴嘎万(Bhagavān)的具有人格特征的形象。《圣典博伽瓦谭》给出了有关绝对真理个人特征的资讯，其中记载的知识，高于韦达经的哲学思辨之部 (jñāna-kāṇḍa)中所记载的对绝对真理的非人格特征进行哲学性推测的知识，甚至高于韦达经的功利性活动之部(karma-kāṇḍa)和崇拜半神人之部(upāsanā-kāṇḍa)中所记载的知识，因为它推荐人们崇拜至尊人格首神——圣主奎师那。在韦达经的功利性活动之部中，有为了到天堂星球进行更好的感官享乐而进行的竞争；当然，在韦达经的哲学思辨之部和崇拜半神人之部中也有类似的竞争。《圣典博伽瓦谭》中记载的知识高于所有这一切，因为它的目标是至尊真理——各种范畴的实体或根源。从《圣典博伽瓦谭》中，人可以清楚地了解实体与范畴。实体是绝对真理——至尊主，而祂发散出的一切，包括众生，都是能量的相对形式。

没有什么是与实体分开的，但同时能量又有别于实体。这一观点并不矛盾。《圣典博伽瓦谭》以“展示了的宇宙的创造、维系和毁灭(janmādy asya)”这句箴言为开始，明确宣布了《韦丹塔·苏陀》(Vedānta-sūtra)中的“同时既是一体又有区别”的哲学概念。

至尊主的能量与至尊主同时既是一体又有区别的知识，是对心智思辨者试图建立“能量就是绝对者”的理论的回答。当人真正明白这一知识时，他就会看到，一元论和二元论概念的缺陷。以“同时既是一体又有区别”的概念为基础所发展起来的超然意识，使人立即进入摆脱物质三种苦的阶段。物质的三种苦分别是：(一)精神和身体的痛苦，(二)由其他生物体强加的痛苦，以及(三)自己控制不了的自然灾祸所造成的痛苦。《圣典博伽瓦谭》以奉献者向绝对人物皈依为开始。奉献者完全清楚，他与绝对者既是一体，同时又是绝对者永恒的仆人。持有物质概念的人错误地以为自己是所看到的一切的主人，因此总是被充满三种痛苦的物质生活搅得心神不宁、焦虑不堪。然而，人一旦了解他自己的真正地位是超然的仆人，他便立即不再受所有痛苦的影响。生物只要还试图控制物质自然，就不可能明白自己的真正地位是至尊者的仆人。人只有清楚自己的灵性身份时才能为至尊主做服务；靠这样的服务，人可以立刻跨越物质障碍。

除此之外，《圣典博伽瓦谭》是圣维亚萨戴瓦本人对《韦丹塔·苏陀》所作的评注，是他凭借纳茹阿达的仁慈在他灵性生活的成熟阶段编纂的。圣维亚萨戴瓦是人格首神纳茹阿亚纳(Nārāyaṇa)授权的化身。因此，他的权威性毋庸置疑。尽管他除了是《圣典博伽瓦谭》的作者，也是所有其他韦达文献的作者，但他还是强调学习《圣典博伽瓦谭》更重要。其他的往世书(Purāṇa)中记载了人可以用以崇拜半神人的不同方法。但《圣典博伽瓦谭》中只谈至尊主。至尊主是整体，半神人们是整体的不同部分。因此，崇拜至尊主的人不需要崇拜半神人。至尊主会立即牢固地驻留在祂奉献者的心中。主柴坦亚·玛哈帕布(Caitanya Mahāprabhu)评论《圣典博伽瓦谭》是无瑕的往世书，有别于所有其他的往世书。

接受这超然信息的正确方法是，谦恭地聆听它。挑战的心态不能帮助人觉悟这超然的信息。为了给予正确的指导，这节诗里用了“靠培养(śuśrūṣu)”一词。人必须渴望聆听这超然的信息。真诚聆听的愿望是首要的资格。不够幸运的人对聆听这部《圣典博伽瓦谭》丝毫不感兴趣。程序简单，但实行起来是困难的。不幸的人能找到足够的时间去听无聊的社会和政治谈话，可一旦奉献者邀请他们来聆听《圣典博伽瓦谭》，他们就突然变得很不情愿，或者听他们根本没资格听的那一部分。有时，以阅读《圣典博伽瓦谭》为职业的人，会直接跳到谈论至尊主机密的娱乐活动的话题去，从表面上着眼，把它们解释为是性文学。《圣典博伽瓦谭》专门是要从头开始聆听的。这节诗中提到了那些适合吸收这部知识著作的人说：“人在积累了许许多多功德后变得有资格聆听《圣典博伽瓦谭》。”善于深思熟虑的有智慧之人，可以得到伟大的圣人维亚萨戴瓦给他的保证，那就是：他可以通过聆听《圣典博伽瓦谭》直接认识至尊主。这么做使那些光是同意接受这讯息的人，能不必经历韦达经中所谈的认识至尊主要经历的不同阶段而直接升上至尊天鹅(paramahaṁsa)的层面。

第 3 节

निगमकल्पतरोर्गलितं फलं
शुकमुखादमृतद्रवसंयुतम् ।
पिबत भागवतं रसमालयं
मुहुरहो रसिका भुवि भावुकाः ॥३॥

nigama-kalpa-taror galitaṁ phalaṁ
śuka-mukhād amṛta-drava-saṁyutam
pibata bhāgavataṁ rasam ālayaṁ
muhur aho rasikā bhuvi bhāvukāḥ

nigama — 韦达文献 / kalpa-taroḥ — 如愿树 / galitam — 完全成熟了 / phalam — 果实 / śuka — 《圣典博伽瓦谭》的第一位讲述者圣舒卡戴瓦·哥斯瓦米 / mukhāt — 从……的嘴唇 / amṛta — 甘露 / drava — 半固体和柔软的，因此容易吞咽 / saṁyutam — 十全十美的 / pibata — 从中取乐、享受它 / bhāgavatam — 有关与至尊主的永恒关系科学的书 / rasam — 液汁(津津有味的) / ālayam — 直至解脱或甚至在解脱的情况下 / muhuḥ — 总是 / aho — 啊 / rasikāḥ — 那些完全了解有关灵性情感和关系的知识的人 / bhuvi — 在地球上 / bhāvukāḥ — 干练及深思的

译文　思想深刻的专家们啊！欣赏韦达文献这棵如愿树上的成熟果实《圣典博伽瓦谭》吧。尽管对包括解脱灵魂在内的众生来说，这果实的甘甜汁液已足够美味，但因为从圣舒卡戴瓦·哥斯瓦米的双唇间流淌出来，所以味道就更加醇美了。

要旨　前两节诗(śloka)明确证实，《圣典博伽瓦谭》的超然特性，决定了它是高于所有其他韦达经典的至尊文献。它超越一切世俗活动和世俗知识。这节诗中说，《圣典博伽瓦谭》不仅仅是更高的文献，而且是所有韦达文献的成熟果实。换句话说，它是所有韦达文献的精华。考虑到所有这些，耐心、恭顺地聆听无疑是必要的。人应该满怀敬意、全神贯注地接受《圣典博伽瓦谭》所传授的信息和教导。

韦达经之所以被比喻为是如愿树，是因为其中包括了全体人类可认知的内容，阐述了尘世需求和灵性觉悟的一切知识。韦达经中涵盖了社会、政治、宗教、经济、军事、医药、化学、自然科学、形而上学，以及为维持生命所可能需要的各种知识和规范原则。除此之外更高的，是

专门引导人获得灵性觉悟的知识。按照规定原则培养这种知识，就会使生物逐渐升上灵性层面。认识人格首神是一切灵性感受(rasa, 茹阿萨)的源头，是最高的灵性认识。

这个物质世界里的众生，从最先出生的布茹阿玛开始，下到微不足道的小蚂蚁，都渴望体验来自感官享受的滋味。这些感官享受梵文术语称为茹阿萨(rasa)。这样的茹阿萨种类繁多。启示经典中列举了十二种茹阿萨，它们分别是：(1)愤怒(raudra)，(2)惊讶(adbhuta)，(3) 情侣、夫妻之爱(śṛṅgāra)，(4)滑稽(hāsya)，(5)骑士精神(vīra)，(6)仁慈(dayā)，(7)主仆关系(dāsya)，(8)朋友关系(sakhya)，(9)恐惧(bhayānaka)，(10)震惊(bībhatsa)，(11)中性关系(śānta)，以及(12)父母般的情感(vātsalya)。

所有这些茹阿萨总称为情感或爱。这种爱的征象首先表现为崇拜、服务、友谊、父母亲的爱，以及情侣、夫妻之爱。当这五种情感不在时，爱就间接地表现为愤怒、惊讶、滑稽、骑士精神、恐惧、震惊等。例如：当一个男人爱上一个女人时，那种茹阿萨就是情侣、夫妻之爱；但当这种恋爱受到打扰时，就会有惊讶、愤怒、震惊，或者甚至是恐惧。有时，两人之间的恋爱，以可怕的谋杀为结局。这样的茹阿萨展示在人与人之间，动物和动物之间，等等。人与动物或这个物质世界里的其他生物体之间，不可能有这样的交流——茹阿萨。只有在同一物种中的成员之间才有这样的情感交流。但谈到灵性的灵魂，他们与至尊主在质上是一样的。因此，茹阿萨最初就在灵性的个体灵魂和灵性整体至尊人格首神之间进行交流。在灵性存在中，个体灵魂和至尊主之间的灵性交流——茹阿萨，充分展示出来。

正因为如此，韦达赞歌(śruti-mantra)中把至尊人格首神描述为是“一切茹阿萨的源头”。当生物与至尊主交往，以他与至尊主原本有的关系交流时，他就感到了真正的快乐。

这些韦达赞歌指出，每一个生物都有他原本的地位，具有与人格首神以一定方式交流的茹阿萨。仅仅在解脱的状态中，这一原始的茹阿萨才能得到充分的交流。在物质存在中，原始的茹阿萨以短暂的扭曲形式被感受到。正因为如此，物质世界里的茹阿萨是以愤怒等物质形式展示出来的。

这些不同的茹阿萨都是活动的动力，完全了解它们的人可以明白原始茹阿萨在这个物质世界里倒影般的扭曲表现。这样的博学学者不断追求，渴望感受到真正、灵性的茹阿萨。开始时，他想要与至尊主合一。缺乏智慧的超然主义者，除非了解不同茹阿萨的灵性表现，无法超越要与至尊主合一的概念。

这节诗中明确地说明：这部《圣典博伽瓦谭》因为本身是所有韦达知识的成熟果实，所以人们可以通过它体验到甚至在解脱阶段才能体验到的灵性茹阿萨。靠怀着谦恭的心态聆听这部超然的文献，人可以获得他心中所向往的全部快乐。但是，人必须十分谨慎，要从正确的来源聆听这种讯息。《圣典博伽瓦谭》本身就完全是从正确的来源那里接收的。它由纳茹阿达·牟尼从灵性世界带来，给予他的门徒圣维亚萨戴瓦。圣维亚萨戴瓦后来把那信息传授给他儿子圣舒卡戴瓦·哥斯瓦米(Śukadeva Gosvāmī)，舒卡戴瓦·哥斯瓦米又在帕瑞克西特王死前七天内把它传授给了这位君王。圣舒卡戴瓦·哥斯瓦米从一出生就是解脱了的灵魂。他甚至在他母亲的子宫中就已经解脱了，所以不必像他人那样在出生后接受灵性训练。无论是从世俗还是灵性的角度讲，都没人是在出生时就具备了资格的。但圣舒卡戴瓦·哥斯瓦米作为一个完美解脱了的灵魂，不需要经历灵性觉悟的渐进过程。然而，尽管他是处在超越物质自然三种属性层面上的完全解脱了的灵魂，他还是受至尊人格首神的超然茹阿萨的吸引。至尊主备受歌唱韦达赞歌的解脱灵魂的崇敬，相比较世俗之人来说，祂的娱乐活动更吸引解脱的灵魂。祂无疑不是不具人格特征的，因为超然的茹阿萨只可能与具有人格特征的个体生物进行交流。

觉悟了的灵魂圣舒卡戴瓦·哥斯瓦米，在《圣典博伽瓦谭》中有系统地讲述了至尊主超然的娱乐活动，因此其内容对所有等级的人都充满魅力，包括为了享受与至尊整体合一的快乐而寻求解脱的人。

在梵文中，鹦鹉称为舒卡(śuka)。成熟的果实一旦被鹦鹉用它红色的鸟嘴啄食过，味道就更加甜美了。韦达知识成熟之果，经圣舒卡戴瓦·哥斯瓦米的双唇讲述出来。舒卡戴瓦·哥斯瓦米之所以被比喻为是鹦鹉，并不是因为他有能力把他从学识渊博的父亲那里听来的《圣典博伽瓦谭》信息原封不动地背诵出来，而是因为他有能力把这一巨著以所有等级的人都能受吸引的方式呈献出来。

这部巨著经舒卡戴瓦·哥斯瓦米的双唇被如此呈献出来，以致任何认真的聆听者以谦恭的态度聆听后，都能立即品尝到那与物质世界里的反常味道不一样的超然滋味。这成熟的果实不是突然一下子从最高的星球奎师那珞卡(Kṛṣṇaloka)上掉下来的；相反，它是通过不间断的师徒传承被小心翼翼地传下来的。舒卡戴瓦·哥斯瓦米按照超然觉悟的不同阶段十分小心地呈献这果实，那些不在超然的师徒传承中的愚蠢之人，企图在不跟随舒卡戴瓦·哥斯瓦米的情况下，了解那被称为茹阿萨舞的最高境界的超然茹阿萨，结果铸成大错。考虑到舒卡戴瓦·哥斯瓦米这样的人物竟如此谨慎地处理《圣典博伽瓦谭》的内容，人应该足够聪明能了解《圣典博伽瓦谭》的地位。传递《圣典博伽瓦谭》信息的师徒传承的程序规定，即使到将来，人们也必须从圣舒卡戴瓦·哥斯瓦米的真正代表人物那里去了解这信息。以朗诵《圣典博伽瓦谭》为职业非法挣钱的人，无疑不是舒卡戴瓦·哥斯瓦米的代表。这种人只是在赚取他们的生活费而已。因此，我们应该避免听这种职业人士的讲课。这种人通常不经过了解这庄严主题必须经过的渐进过程，而是直接跳到文献的最机密部分——被愚蠢之人所误解的描述茹阿萨舞的部分。他们有些人认为茹阿萨舞伤风败俗，有些人则试图靠他们愚蠢的解释去掩盖它。他们根本不追随圣舒卡戴瓦·哥斯瓦米。

因此，人应该得出结论：认真研究茹阿萨的学生，要从圣舒卡戴瓦·哥斯瓦米的师徒传承中接受《圣典博伽瓦谭》的信息。舒卡戴瓦·哥斯瓦米从头开始讲述《圣典博伽瓦谭》，而不会异想天开地去满足那些对超然科学所知甚少的俗人。《圣典博伽瓦谭》被如此谨慎地呈献出来，以致真诚的人可以仅仅通过喝饮由舒卡戴瓦·哥斯瓦米或他真正的代表的嘴中流淌出的甘露，就立刻享受到韦达知识的成熟果实。

第 4 节　नैमिषेऽनिमिषक्षेत्रे ऋषयः शौनकादयः ।
सत्रं स्वर्गाय लोकाय सहस्रसममासत ॥ ४ ॥

naimiṣe 'nimiṣa-kṣetre
ṛṣayaḥ śaunakādayaḥ
satraṁ svargāya lokāya
sahasra-samam āsata

naimiṣe — 在名叫奈弥沙冉亚的森林中 / animiṣa-kṣetre — (从不闭上眼睛的)维施努特别喜爱的地方 / ṛṣayaḥ — 圣哲们 / śaunaka-ādayaḥ — 以圣哲绍纳卡为首 / satram — 祭祀 / svargāya — 在天上受到赞美的至尊主 / lokāya — 对于总是与至尊主接触的奉献者 / sahasra — 千 / samam — 年 / āsata — 举行

译文　很久以前，为了取悦至尊主和祂的奉献者，以圣哲绍纳卡为首的大圣人们，曾聚在奈弥沙冉亚森林的一处圣地，举行了一场为期一千年的祭祀。

要旨　《圣典博伽瓦谭》的前奏在前三节诗中被讲述出来，现在开始呈献这部伟大文献的主题。《圣典博伽瓦谭》第一次由圣舒卡戴瓦·哥斯瓦米当众吟诵后，在纳弥沙冉亚(Naimiṣāraṇya)一地第二次被复述。

《外雅维亚·坦陀》(Vāyavīya Tantra)中说，我们这个宇宙的工程师布茹阿玛，凝视着能够围住宇宙的巨轮。这个巨大圆圈的中心点，固定在称为奈弥沙冉亚的地方。同样，在《瓦茹阿哈往世书》(Varāha Purāṇa)中也有对奈弥沙冉亚森林的另一个证明，其中说：在这个地方举行祭祀，可以减弱邪恶之人的力量。正因为如此，很多布茹阿玛纳(brāhmaṇa, 婆罗门)更喜欢在奈弥沙冉亚森林举行这样的祭祀。

主维施努的奉献者们只是为了让祂高兴，便一直向祂供奉各种各样的祭祀。奉献者总喜欢为至尊主服务，但在物质世界里受苦的堕落灵魂却没有这种喜好。《博伽梵歌》中说，在物质世界里从事的任何活动，如果目的不是为了取悦主维施努而是其他原因，就都会给从事活动的人造成进一步的束缚。因此经典嘱咐，所有的活动都必须是为了满足维施努和祂的奉献者而从事的。这将给众生带来和平与繁荣。

伟大的圣人总是渴望为普通大众谋福利。为此，以绍纳卡为首的圣人们聚集在纳弥沙冉亚这个圣地，举行一连串的祭祀仪式。健忘的人不知道获得和平与繁荣的正确途径，但圣人们很清楚。因此，为了全体人类的利益，他们总是渴望从事会给世界带来和平的活动。他们是众生真诚的朋友，他们总是冒着危险，克服个人的不便，为众生的利益而侍奉至尊主。主维施努就像一棵参天大树，所有其他的生物体，包括半神人、人类、希达哈(Siddha)、查冉纳(Cāraṇa)、维迪亚达尔(Vidyādhara)和其他生物体，都像那棵树的树枝、嫩枝和树叶一样。给树根浇水，树的各个部分自然就得到了滋养，只有那些从树上掉下来的树枝和树叶才得不到滋养。想尽办法给脱离了大树的树枝和树叶浇水，它们还是会逐渐枯死。同样道理，人类社会一旦与人格首神脱离关系，就会像从树上掉下来的树枝和树叶，没有能力再吸收水分了，还试图给落叶和断枝浇水的人只不过是在浪费他的能量和资源。

世俗的物质主义社会已经与至尊主脱离了关系，所以毫无疑问，持不信神观点的领袖无论制定什么计划，都会在每一个环节上遇到障碍。尽管如此，他们就是不醒悟。

在这个年代，经典推荐的获得和平与繁荣的祭祀方法是：聚众歌颂至尊主的圣名。圣主柴坦亚·玛哈帕布以最科学的方式呈献了这一方法，有智慧的人为了给世界带来真正的和平与繁荣，就会接受并运用祂的教导。《圣典博伽瓦谭》的呈献也是为了同样的目的，这一点将在后面的经文中专门作出解释。

第 5 节　त एकदा तु मुनयः प्रातर्हुतहुताग्नयः ।
सत्कृतं सूतमासीनं पप्रच्छुरिदमादरात् ॥ ५ ॥

ta ekadā tu munayaḥ
　prātar huta-hutāgnayaḥ
sat-kṛtaṁ sūtam āsīnaṁ
　papracchur idam ādarāt

te — 圣哲们 / ekadā — 有一天 / tu — 但是 / munayaḥ — 圣哲们 / prātaḥ — 早上 / huta — 燃烧 / huta-agnayaḥ — 祭祀之火 / sat-kṛtam — 适当的尊敬 / sūtam — 圣苏塔·哥斯瓦米 / āsīnam — 坐在 / papracchuḥ — 询问 / idam — 有关以下的问题 / ādarāt — 以应有的尊敬

译文　一天，大圣人们在点燃祭祀之火，完成清早的职责后，便把圣苏塔·哥斯瓦米请到上座，恭恭敬敬地向他询问如下的问题。

要旨　早晨是从事灵性活动最好的时间。伟大的圣人们给《圣典博伽瓦谭》的讲述者准备一个以示尊敬、高于其他座位的上座。这种座位称为维亚萨座(vyāsāsana)。圣维亚萨戴瓦(Vyāsadeva)是全人类的第一位灵性导师，所有其他的导师都被视为是他的代表。能够正确呈献圣维亚萨戴瓦观点的人，才是他的代表。圣维亚萨戴瓦把《圣典博伽瓦谭》的信息灌输给圣舒卡戴瓦·哥斯瓦米，苏塔·哥斯瓦米(Sūta Gosvāmī)则从舒卡戴瓦·哥斯瓦米那里聆听了这讯息。圣维亚萨戴瓦所有在师徒传承中的真正代表，都被视为是哥斯瓦米，因为他们控制了他们的感官，忠诚地走在前辈灵性导师(ācārya)走过的路上。哥斯瓦米们不会任性地去解释《圣典博伽瓦谭》；相反，他们跟随把这灵性讯息完整地传授给他们的前辈灵性导师，谨小慎微地做他们的服务，履行他们的职责。

聆听《圣典博伽瓦谭》课程的人，为了更清楚地理解其中的含义，也许会向讲课者发问，但发问时绝不应该怀着挑战的心态。人必须怀着极为尊敬讲课者和所讲述的主题的心态，谦恭地向讲课者询问。这一方式也是《博伽梵歌》所推荐的。人必须以从正确的源头那里谦恭地聆听这一方式，学习超然的主题。正因为如此，圣人们恭恭敬敬地对讲述者苏塔·哥斯瓦米说话。

第 6 节

ऋषय ऊचुः
त्वया खलु पुराणानि सेतिहासानि चानघ ।
आख्यातान्यप्यधीतानि धर्मशास्त्राणि यान्युत ॥ ६ ॥

ṛṣaya ūcuḥ
tvayā khalu purāṇāni
setihāsāni cānagha
ākhyātāny apy adhītāni
dharma-śāstrāṇi yāny uta

ṛṣayaḥ — 圣哲们 / ūcuḥ — 说 / tvayā — 由你 / khalu — 无可怀疑的 / purāṇāni — 有实例解说的韦达经补充文献 / sa-itihāsāni — 以及历史 / ca — 和 / anagha — 清白无罪 / ākhyātāni — 解释 / api — 虽然 / adhītāni — 通晓 / dharma-śāstrāṇi — 对生命发展给予正确指示的经典 / yāni — 所有这些 / uta — 说

译文 圣人们说：尊敬的苏塔·哥斯瓦米，您纯洁无瑕，免于一切恶行。您精通所有指导宗教生活的著名经典，以及往世书和历史典籍，因为您一直在正确的指导下学习，自己也解释它们。

要旨　圣维亚萨戴瓦真正的代表——哥斯瓦米(gosvāmī)，必须免于一切恶行。四项主要的恶行是：(1)与妇女有非法的接触，(2)屠宰动物，(3)服用麻醉自我的物品，(4)从事任何形式的投机、赌博。一位哥斯瓦米必须免于所有这些恶行后，才敢坐上维亚萨座。没有免于上述恶行，不是纯洁无瑕的人，不应该被允许坐上维亚萨座。坐上维亚萨座的人不仅应该免于所有这些恶行，还必须很清楚所有启示经典或韦达经中的经文。众多的往世书(Purāṇa)和《玛哈巴茹阿特》(Mahābhārata,《摩诃婆罗多》)、《茹阿玛亚纳》(Rāmāyaṇa,《罗摩衍那》)等史诗，也是韦达经的一部分。灵性导师(ācārya)——哥斯瓦米，必须很清楚所有这些文献。聆听和解释这些文献比阅读它们更重要。人可以光靠聆听和解释这些文献，消化、吸收文献中呈献的知识。梵文称聆听是刷瓦纳(śravaṇa)，解释是克伊尔坦(kīrtana)。聆听和解释，是灵性生活取得进步最重要的两个步骤。只有通过谦恭地聆听、正确地理解从正确的源头传达出的超然知识，人才能正确地解释它。

第 7 节　यानि वेदविदां श्रेष्ठो भगवान् बादरायणः ।
अन्ये च मुनयः सूत परावरविदो विदुः ॥७॥

yāni veda-vidāṁ śreṣṭho
bhagavān bādarāyaṇaḥ
anye ca munayaḥ sūta
parāvara-vido viduḥ

yāni — 所有这些 / veda-vidām — 韦达经的学者 / śreṣṭhaḥ— 最年长的 / bhagavān — 首神的化身 / bādarāyaṇaḥ— 维亚萨戴瓦 / anye — 其他人 / ca — 和 / munayaḥ— 圣哲们 / sūta — 苏塔 · 哥斯瓦米啊 / parāvara-vidaḥ— 精通自然科学和形而上学的知识渊博的学者 / viduḥ— 一个知道的人

译文 苏塔·哥斯瓦米啊，您理解最博学的韦丹塔主义者、首神的化身维亚萨戴瓦所记载的知识，也了解其他精通自然科学和形而上学知识的圣人所传授的知识。

要旨 《圣典博伽瓦谭》(Śrīmad-Bhāgavatam)是对《韦丹塔·苏陀》(Vedānta-sūtra, 又称《布茹阿玛·苏陀》)的自然评论。之所以称它为自然评论，是因为维亚萨戴瓦既是《韦丹塔·苏陀》的作者，又是一切韦达文献的精华《圣典博伽瓦谭》的作者。除了维亚萨戴瓦，韦达文献中还记载了其他六位建立了六种不同哲学体系的圣人，他们分别是：高塔玛(Gautama)、喀纳德(Kaṇāda)、卡皮拉(Kapila)、帕谭佳里(Patañja-li)、齐弥尼(Jaimini)和阿施塔瓦夸(Aṣṭavakra)。《韦丹塔·苏陀》中完整地阐释了有神论，但在其他的哲学思辨系统中几乎没有提到过一切原因最初的起因。一个人只有在精通了所有这些哲学体系后才能坐上维亚萨座，以便能完整呈献《圣典博伽瓦谭》的有神论观点，驳斥所有其他哲学体系的内容。圣苏塔·哥斯瓦米是适合的老师；为此，奈弥沙冉亚森林中的圣人们把他请上维亚萨座。这节诗中把圣维亚萨戴瓦称作人格首神，因为他是被赋予了权力的化身。

第 8 节 वेत्थ त्वं सौम्य तत्सर्वं तत्त्वतस्तदनुग्रहात् ।
ब्रूयुः स्निग्धस्य शिष्यस्य गुरवो गुह्यमप्युत ॥ ८॥

vettha tvaṁ saumya tat sarvaṁ
tattvatas tad-anugrahāt
brūyuḥ snigdhasya śiṣyasya
guravo guhyam apy uta

vettha — 你很精通 / tvam — 你阁下 / saumya — 一个温和、纯洁的人 / tat — 那些 / sarvam — 所有 / tattvataḥ — 事实上 / tat — 他们的 / anugrahāt — 由于……的恩典 / brūyuḥ— 将会告诉 / snigdhasya — 一个服从的人的 / śiṣyasya — 门徒的 / guravaḥ— 灵性导师们 / guhyam — 秘密 / apiuta — 赋予

译文　而且，由于您很服从，是服从的门徒，您的灵性导师们便把所有的恩典都赐给了您。您因而有能力告诉我们，您以科学的方法从他们那里学到的一切。

要旨　在灵性生活中取得成就的秘诀是，取悦灵性导师，从而得到他真诚的祝福。圣维施瓦纳特 · 查夸瓦尔提 · 塔库尔(Viśvanātha Cakravartī Ṭhākura)，在他写的赞颂灵性导师的著名的八节诗中说："我恭恭敬敬地向我灵性导师的莲花足顶礼。人只有令他满意，才能取悦人格首神。他不满意时，灵性觉悟的路途上就只有浩劫。"因此，门徒必须对真正的灵性导师非常恭顺，非常服从。作为门徒，圣苏塔 · 哥斯瓦米具备所有这些资格，所以圣维亚萨戴瓦等博学、觉悟了自我的灵性导师们，赐予了他所有的祝福。奈弥沙冉亚森林中的圣人们确信，圣苏塔 · 哥斯瓦米是有资格的。为此，他们渴望聆听他的讲述。

第 9 节　तत्र तत्राञ्जसायुष्मन् भवता यद्विनिश्चितम् ।
पुंसामेकान्ततः श्रेयस्तन्नः शंसितुमर्हसि ॥ ९ ॥

tatra tatrāñjasāyuṣman
bhavatā yad viniścitam
puṁsām ekāntataḥ śreyas
tan naḥ śaṁsitum arhasi

tatra — 由此 / tatra — 由此 / añjasā — 使变得容易 / āyuṣman — 得到了长寿的祝福 / bhavatā — 由你自己 / yat — 什么 / viniścitam — 确定了 / puṁsām — 对一般大众 / ekāntataḥ— 绝对的 / śreyaḥ— 最终的利益 / tat — 那 / naḥ— 对我们 / śaṁsitum — 解释 / arhasi — 值得

译文 您很幸运地得到了长寿的祝福，所以请您以容易理解的方式为我们解释，您查明了的普通大众的最高、绝对利益是什么。

要旨 《博伽梵歌》中教导我们要崇拜灵性导师(ācārya)。灵性导师和哥斯瓦米们总是想着众生的利益，尤其是他们的灵性利益。物质利益随着灵性利益的到来而自动到来。正因为如此，灵性导师们给普通大众以获取灵性利益的指导。圣人们预见到，在这个纷争的铁器年代——喀历(Kali)年代里，人们都没有资格、没有能力，于是要求苏塔·哥斯瓦米对所有的启示经典作一个总结性的介绍。由于这个年代里的人几乎在所有的方面都很不幸，圣人们便询问，对人们来说，什么是最高的利益——绝对的利益。这个年代中人们的不幸状态，在下面的诗节中有所描述。

第 10 节 प्रायेणाल्पायुषः सभ्य कलावस्मिन् युगे जनाः ।
मन्दाः सुमन्दमतयो मन्दभाग्या ह्युपद्रुताः ॥१०॥

prāyeṇālpāyuṣaḥ sabhya
kalāv asmin yuge janāḥ
mandāḥ sumanda-matayo
manda-bhāgyā hy upadrutāḥ

prāyeṇa — 似乎总是 / alpa — 贫乏不足 / āyuṣaḥ— 寿命 / sabhya — 有学问的人 / kalau — 在喀历(纷争的)年代 / asmin — 在这里 /

yuge — 年代 / janāḥ— 大众 / mandāḥ— 懒惰的 / sumanda-matayaḥ— 被误导 / manda-bhāgyāḥ— 不幸 / hi — 尤其 / upadrutāḥ— 心绪不宁的

译文　博学的人啊！在喀历这个铁器年代里，人类的寿命很短。他们懒惰、喜欢争斗、被误导、不幸，而且总是心烦意乱。

要旨　至尊主的奉献者总是为普通大众的灵性进步问题而焦虑。奈弥沙冉亚森林中的圣人们，分析了这个喀历年代里的人的状态后预言：在这个年代里，人类的寿命会很短。人类在喀历年代里短寿的原因，主要不是由食物不足造成的，而是由不良习惯导致的。靠保持有节制的习惯和吃简单、无害的食物，任何人都能维持他的健康。暴饮暴食、过度的感官享乐、过分依赖他人的仁慈，以及非自然的生活方式，极大地损伤了人的生命能量——元气，使人的寿命被大大地缩短了。

这个年代的人也很懒惰，无论是在物质方面还是在觉悟自我方面都如此。人生是专为觉悟自我用的。那就是说，人应该了解自己是什么，世界是什么，最高真理是什么。人体是生物可以用来结束在物质存在中苦苦挣扎，从而回归他永恒的家园、回到首神身边的工具。但不健全的教育体制，使如今的人们根本不知道有觉悟自我的真正途径。即使他们知道有这件事，他们也不幸成为被误导了的老师的牺牲品。

在这个年代里，人们不仅是各种政治教义和党派的牺牲者，也是电影、运动、赌博、俱乐部、世俗图书馆、不良交往、吸烟、酗酒、欺骗、偷窃、争吵等形形色色感官享乐消遣活动的牺牲者。他们的心总是受打扰，总是因为忙于许许多多各种不同的事情而充满了焦虑。在这个年代里，有很多无耻之徒杜撰根本不以启示经典为基础的他们自己的宗教信念，而沉溺于感官享乐的人们经常受这类人的吸引。结果是：许多罪恶活动以宗教的名义进行着，人民大众既没有平静的心，也没有健康的身体。灵修团体的学生(brahmacārī, 贞守生)再也得不到供养，居士不再遵守居士生活(gṛhastha-āśrama)的规范守则，致使从这种居士阶段逐渐退出的人(vānaprastha)及托钵僧(sannyāsī)很容易脱离严格的宗教路途。在喀历年代中，整个气氛是没有信仰的气氛。人们对灵性价值完全失去了兴趣。物质的感官享乐是现代文明的标准。为了维持这样的物质文明，人组建了复杂的国家和共同体，而在这些不同的群体之间一直存在着关系紧张的冷战和热战。因此，要提升灵性标准十分困难，因为现代人类社会中的价值观已经被扭曲了。奈弥沙冉亚的圣人们非常渴望帮助所有堕落的灵魂，使他们得以解脱。在这节诗中，他们向圣苏塔·哥斯瓦米询问医治堕落灵魂的方法。

第 11 节 भूरीणि भूरिकर्माणि श्रोतव्यानि विभागशः ।
अतः साधोऽत्र यत्सारं समुद्धृत्य मनीषया ।
ब्रूहि भद्राय भूतानां येनात्मा सुप्रसीदति ॥११॥

bhūrīṇi bhūri-karmāṇi
śrotavyāni vibhāgaśaḥ
ataḥ sādho 'tra yat sāraṁ
samuddhṛtya manīṣayā
brūhi bhadrāya bhūtānāṁ
yenātmā suprasīdati

bhūrīṇi— 五花八门的 / bhūri — 很多 / karmāṇi — 责任 / śrotavyāni — 可学习的 / vibhāgaśaḥ— 靠把论题分类 / ataḥ— 因此 / sādho — 圣哲啊 / atra — 在此 / yat — 任何 / sāram — 精华 / samuddhṛtya — 通过挑选 / manīṣayā —据你所知是最好的 / brūhi — 请告诉我们 / bhadrāya — 为了……的好处 / bhūtānām — 众生 / yena — 由 / ātmā — 自我 / suprasīdati — 完全满足

译文 世上的经典种类繁多，其中记载了很多规定职责，人们要花许多年去进行分类研究，才能有所了解。因此，圣人啊！请筛选出所有这些经典的精华内容，并为众生的利益而加以解释，使他们借助这样的教导获得内心彻底的满足。

要旨　阿特玛(ātmā)——自我，不同于物质元素。他本质上是灵性的，因此靠大量的物质计划永远无法使他满足。所有的经典和灵性教育，都是为了满足这个自我而设的。经典推荐了在不同的时间和不同的地点，不同的生物可以用的不同方法。正因为如此，启示经典卷帙浩繁。这些数不胜数的启示经典推荐了不同的方法和规定职责。考虑到在这个喀历年代中人们普遍堕落的情况，奈弥沙冉亚树林中的圣人们建议圣苏塔·哥斯瓦米讲述这些经典的精华，因为在这个喀历年代中的堕落灵魂，没有能力在社会四阶层(varṇa)和灵性四阶段(āśrama)制度中了解并实际运用所有这些不同经典中的教导。

社会四阶层和灵性四阶段制度被认为是把人提升到灵性层面的最佳制度，但由于喀历年代(Kali-yuga)的影响，人民大众既无法执行这一制度中的规范守则，也无法完全按照社会四阶层和灵性四阶段制度的规定切断与家庭的关系。整个气氛充斥着对抗。考虑到这些，我们可以看出：对这个年代里的普通人来说，灵性解放十分困难。圣人们向圣苏塔·哥斯瓦米提出这个问题的原因，将在后面的诗节中给予解释。

第 12 节　सूत जानासि भद्रं ते भगवान् सात्वतां पतिः ।
देवक्यां वसुदेवस्य जातो यस्य चिकीर्षया ॥१२॥

sūta jānāsi bhadraṁ te
bhagavān sātvatāṁ patiḥ
devakyāṁ vasudevasya
jāto yasya cikīrṣayā

sūta — 苏塔·哥斯瓦米啊 / jānāsi— 你知道 / bhadram te — 所有的祝福归于你 / bhagavān — 人格首神 / sātvatām — 纯洁奉献者的 /

patiḥ— 保护者 / devakyām — 在黛瓦克伊的子宫中 / vasudevasya — 由瓦苏戴瓦 / jātaḥ— 生于 / yasya — 为了 / cikīrṣayā — 执行

译文 啊，苏塔·哥斯瓦米，我们祝福您！您知道人格首神在黛瓦克伊子宫中显现、当瓦苏戴瓦之子的真正目的。

要旨 巴嘎万(Bhagavān)的意思是：控制着一切财富、力量、声望、美丽、知识和弃绝的全能的神。祂是纯粹奉献者的保护者。神虽然平等对待众生，但对祂的奉献者尤其关心。梵文词萨特(sat)的意思是“绝对真理”。为绝对真理服务的人称为萨特瓦塔(sātvata)。保护这种纯粹奉献者的人格首神，就是萨特瓦塔的保护者。在这节诗中，圣人们说“祝福您(bhadraṁ te)”，表明他们渴望从讲述者那里了解绝对真理。圣主奎师那——至尊人格首神，显现在瓦苏戴瓦(Vasudeva)的妻子黛瓦克伊(Devakī)的子宫中。瓦苏戴瓦是至尊主显现其中的超然状态的象征。

第 13 节 तन्नः शुश्रूषमाणानामर्हस्यङ्गानुवर्णितुम् ।
यस्यावतारो भूतानां क्षेमाय च भवाय च ॥१३॥

tan naḥ śuśrūṣamāṇānām
arhasy aṅgānuvarṇitum
yasyāvatāro bhūtānāṁ
kṣemāya ca bhavāya ca

tat — 那些 / naḥ— 向我们 / śuśrūṣamāṇānām— 那些致力于 / arhasi — 应该要做 / aṅga— 苏塔·哥斯瓦米啊 / anuvarṇitum — 按前辈灵性导师的教导来解释 / yasya — 他们的 / avatāraḥ— 化身 / bhūtānām — 众生的 / kṣemāya — 为了好处 / ca — 和 / bhavāya — 提高

译文 苏塔·哥斯瓦米啊！我们渴望了解有关人格首神和

祂的化身的一切。请为我们解释前辈灵性导师传下来的那些知识，讲述和聆听它们使人受益并获得灵性进步。

要旨　这节诗中提出了聆听有关绝对真理讯息的条件。第一个条件是：听众必须非常真诚并渴望聆听，讲述者必须是公认的灵性导师(ācārya)传下来的师徒传承中的成员。全神贯注于物质的人，了解不了绝对者的超然讯息。在真正的灵性导师的指导下，人才能逐渐变得纯洁。因此，人必须进入师徒传承，学习“谦恭地聆听”这门灵性的艺术。苏塔·哥斯瓦米(Sūta Gosvāmī)和奈弥沙冉亚(Naimiṣāraṇya)森林中的圣人们，符合所有这些条件；圣苏塔·哥斯瓦米来自圣维亚萨戴瓦(Vyāsadeva)的师徒传承，聚集在奈弥沙冉亚森林中的圣人都是渴望真相的真诚灵魂。因此，有关圣主奎师那的超凡活动，祂的化身、出生、出现或消失，以及祂的形象、名字等，所有这些超然的话题，对他们来说都很容易懂，因为聆听有关绝对真理讯息的条件都具备了。谈论这些超然的话题，对所有走在灵性觉悟之途上的人都有帮助。

第 14 节　आपन्नः संसृतिं घोरां यन्नाम विवशो गृणन् ।
ततः सद्यो विमुच्येत यद्बिभेति स्वयं भयम् ॥१४॥

āpannaḥ saṁsṛtiṁ ghorāṁ
　yan-nāma vivaśo gṛṇan
tataḥ sadyo vimucyeta
　yad bibheti svayaṁ bhayam

āpannaḥ— 被纠缠 / saṁsṛtim — 在由生死编织的罗网中 / ghorām— 太复杂了 / yat — 什么 / nāma — 绝对的名字 / vivaśaḥ— 不自觉地、无意地 / gṛṇan — 吟诵、吟唱 / tataḥ— 从那 / sadyaḥ— 立即 / vimucyeta — 得到自由 / yat — ……的 / bibheti — 感到惧怕 / svayam — 本人 / bhayam — 恐惧本身

译文　奎师那的圣名甚至令恐惧的人格化身都感到惧怕，被束缚在由生死编织的复杂罗网中的众生，哪怕是无意识地歌唱奎师那的圣名，都能立即获得自由。

要旨　华苏戴瓦(Vāsudeva)——绝对的人格首神主奎师那(Kṛṣṇa)，是一切最高的控制者。在整个创造中，没人不惧怕全能者的盛怒。茹阿瓦讷(Rāvaṇa)、黑冉亚卡希普(Hiraṇyakaśipu)和康萨(Kaṁsa)等大恶魔，以及其他强有力的生物体，都被人格首神杀死了。全能的华苏戴瓦，把祂本人的力量赋予祂的圣名。跟祂有关的一切都与祂一样。这节诗中说，就连恐惧的人格化身都惧怕奎师那的圣名。这说明，奎师那的名字与奎师那本人没有区别，同样有力。因此，任何人都可以利用圣主奎师那的圣名，即使处在最危险的境况中也不例外。哪怕是在被迫的情况下或在无意识的情况下说出奎师那的超然名字，都能帮助人摆脱生死的束缚。

第 15 节　यत्पादसंश्रयाः सूत मुनयः प्रशमायनाः ।
सद्यः पुनन्त्युपस्पृष्टाः स्वर्धुन्यापोऽनुसेवया ॥१५॥

yat-pāda-saṁśrayāḥ sūta
munayaḥ praśamāyanāḥ
sadyaḥ punanty upaspṛṣṭāḥ
svardhuny-āpo 'nusevayā

yat — 那些人的 / pāda — 莲花足 / saṁśrayāḥ— 那些托庇于 / sūta — 苏塔 · 哥斯瓦米呀 / munayaḥ— 伟大的圣哲们 / praśamāyanāḥ— 专心奉献于至尊主 / sadyaḥ— 立即 / punanti — 使圣洁 / upaspṛṣṭāḥ— 仅仅靠联谊 / svardhunī— 神圣的恒河 / āpaḥ— 水 / anusevayā— 使用

译文 苏塔·哥斯瓦米啊！那些完全托庇于至尊主莲花足的伟大圣人，可以立刻净化去接触他们的生物体，但恒河之水却在长时间使用后才能净化使用者。

要旨 至尊主纯粹的奉献者比神圣的恒河还要强大有力。一个人在长时间使用恒河水后可以得到灵性的利益，但凭借至尊主纯粹奉献者的仁慈却可以立刻被神圣化。《博伽梵歌》中说，任何人，无论其出生为庶铎(śūdra)、妇女还是商人，都可以托庇于至尊主的莲花足，从而回到首神身边。托庇于至尊主莲花足的意思是：托庇于纯粹的奉献者。一生只做服务的纯粹奉献者被誉为帕布帕德(Prabhupāda)和维施努帕德(Viṣūupāda)，以说明这样的奉献者是至尊主莲花足的代表。因此，任何人只要接受这样的纯粹奉献者作为自己的灵性导师，以此方式托庇于纯粹奉献者的莲花足，就能立即得到净化。至尊主想要物质世界里的堕落灵魂能回归家园，回到祂身边，至尊主的这些奉献者就去拯救这样的灵魂，为至尊主做最机密的服务，因此人们像尊敬至尊主本人一样尊敬至尊主的这些奉献者。启示经典更把这种纯粹的奉献者称为至尊主的副手。尽管纯粹奉献者真诚的门徒，认为他的灵性导师与至尊主一样，但纯粹奉献者本人永远认为自己是至尊主仆人的谦卑仆人。这就是纯粹的奉爱之途。

第 16 节 को वा भगवतस्तस्य पुण्यश्लोकेड्यकर्मणः ।
शुद्धिकामो न शृणुयाद्यशः कलिमलापहम् ॥१६॥

ko vā bhagavatas tasya
puṇya-ślokeḍya-karmaṇaḥ
śuddhi-kāmo na śṛṇuyād
yaśaḥ kali-malāpaham

kaḥ— 谁 / vā — 宁愿 / bhagavataḥ— 至尊主的 / tasya — 祂的 /

puṇya — 有道德的、正直的 / śloka-īḍya — 被人们以祈祷的形式崇拜 / karmaṇaḥ— 行为 / śuddhi-kāmaḥ— 想要摆脱所有的罪恶 / na — 不 / śṛṇuyāt — 聆听 / yaśaḥ— 荣耀 / kali — 纷争之年代的 / mala-apaham — 圣化的工具

译文 想要从纷争年代的邪恶环境中挣脱出来的人，有谁不愿意聆听至尊主正义的荣耀？

要旨 纷争不断的特征使喀历年代(Kali-yuga)成为最不幸的年代。邪恶、堕落的习惯充斥着喀历年代，以致一个小小的误解就能引起一场大战。为至尊主做纯粹奉爱服务的人，没有任何自我膨胀的欲望，完全不受功利性活动和枯燥的哲学思辨的影响。这种人有能力超越这个复杂年代的纷争。人民大众的领袖们非常渴望和平与友谊，但他们对聆听至尊主的荣耀这一简单的方法一无所知。相反，这样的领袖竭力反对宣扬至尊主的荣耀。换句话说，愚蠢的领袖们想要彻底否认至尊主的存在。这样的领袖以非宗教国家的名义每年制定各种计划。但由于至尊主的物质自然纷繁复杂、无法超越，他们所制定的全部计划都总是以失败而告终。他们是睁眼瞎，看不到他们为和平与友谊所做的努力都失败了。但这节诗里提供了克服困难的建议。如果我们想要真正的和平，我们就必须敞开了解至尊主奎师那的大门，按照《圣典博伽瓦谭》中描述的至尊主的各种活动赞美祂。

第 17 节 तस्य कर्माण्युदाराणि परिगीतानि सूरिभिः ।
ब्रूहि नः श्रद्दधानानां लीलया दधतः कलाः ॥१७॥

tasya karmāṇy udārāṇi
parigītāni sūribhiḥ
brūhi naḥ śraddadhānānām
līlayā dadhataḥ kalāḥ

tasya — 祂的 / karmāṇi — 超然的活动 / udārāṇi— 宽宏大量的 / parigītāni — 广为传播 / sūribhiḥ— 由伟大的灵魂 / brūhi — 请讲述 / naḥ— 向我们 / śraddadhānānām— 恭顺地聆听 / līlayā — 娱乐活动 / dadhataḥ— 降临 / kalāḥ— 化身

译文　祂超然的行为高贵庄严、慈祥亲切，受到纳茹阿达那样伟大、博学的圣人的歌颂。我们渴望聆听至尊主以祂的各种化身所从事的激动人心的活动，所以请讲给我们听。

要旨　人格首神不像某些缺乏智慧的人所说的那样，是永远不活动的。祂所做的一切壮丽辉煌，高尚无私。祂创造的灵性世界和物质世界都精彩绝伦、丰富多彩、应有尽有。对此，圣纳茹阿达(Nārada)、维亚萨(Vyāsa)、瓦勒弥克依(Vālmīki)、戴瓦拉(Devala)、阿西塔(Asita)、玛德瓦(Madhva)、圣柴坦亚(Caitanya)、茹阿玛努佳(Rāmānuja)、维施努斯瓦米(Viṣṇusāvmī)、宁巴尔卡(Nimbārka)、施瑞达尔(Śrīdhara)、维施瓦纳塔(Viśvanātha)、巴拉戴瓦(Baladeva)、巴克提维诺德(Bhaktivinoda)、希丹塔·萨茹阿斯瓦提(Siddhānta Sarasvatī)等解脱了的灵魂，以及许多其他博学的觉悟了自我的灵魂，都给予了生动、细致的描述。无论物质世界还是灵性世界，至尊主的这些创造中都充满了富裕、美丽和知识，但不同的是：灵性范畴内因为充满了知识、极乐和永恒，所以更壮丽、华美。物质世界作为灵性王国的扭曲了的倒影，就像电影一样会展示一段时间。它们只会吸引那些对虚假事物感兴趣的智力欠佳的人。这种愚蠢的人对真实一无所知，理所当然地把虚假的物质展示当做一切。然而，有更高智慧的人在维亚萨和纳茹阿达那样的圣人指导下，知道神的永恒王国更可爱、更广大，而且永恒充满了极乐与知识。那些不熟悉至尊主的活动及祂超然王国的人，有时得到至尊主的优待，在祂化身前来从事激动人心的活动时，有幸参加并目睹祂展示的、祂在超然区域内与奉献者们永恒快乐的交流。祂靠这样的活动吸引物质世界里受制约的灵魂。

这些受制约的灵魂，有的忙于从事非真实的物质感官享乐，有些则致力于否认他们在灵性世界里过真正生活的可能性。这些缺乏智慧的人被称为功利性活动者——卡尔弥(karmī)，和枯燥的哲学思辨者——格亚尼(jñānī)。但超越这两种人之上的，是被称为萨特瓦塔(sātvata)的超然主义者，也就是奉献者。他们既不从事猖獗的物质活动，也不凭推测否定物质，而是积极地为至尊主做服务，因此有资格得到功利性活动者和哲学思辨者不知道的最高的灵性利益。

作为物质世界和灵性世界至高无上的控制者，至尊主有特征各不相同的无数化身。祂的布茹阿玛(Brahmā)、茹铎(Rudra)、玛努(Manu)、普瑞图(Pṛthu)和维亚萨(Vyāsa)等化身，是祂的物质属性化身；但祂的茹阿玛(Rāma)、尼尔星哈(Narasiṁha)、瓦茹阿哈(Varāha)和瓦玛纳(Vāmana)等化身，是祂超然的化身。圣主奎师那本人是所有化身的源头，因此是一切原因的起因。

第 18 节 अथाख्याहि हरेर्धीमन्नवतारकथाः शुभाः ।
लीला विदधतः स्वैरमीश्वरस्यात्ममायया ॥१८॥

athākhyāhi harer dhīmann
avatāra-kathāḥ śubhāḥ
līlā vidadhataḥ svairam
īśvarasyātma-māyayā

atha — 因此 / ākhyāhi — 描述 / hareḥ— 至尊主的 / dhīman — 贤明的人啊 / avatāra— 众多化身 / kathāḥ— 描述 / śubhāḥ— 吉祥的 / līlā— 奇遇 / vidadhataḥ— 履行 / svairam — 娱乐活动 / īśvarasya — 至尊控制者的 / ātma— 个人的 / māyayā — 能量

译文 智者苏塔啊！请为我们讲述，至尊首神的各种化身从事的超然娱乐活动。至尊控制者——至尊主，用祂的内在力量从事这些吉祥且激动人心的娱乐活动。

要旨 为了物质世界的创造、维系和毁灭，人格首神至尊主本人以成千上万的化身形象显现。祂以那些超然的形象显现时所从事的独特的冒险活动，都非常吉祥。当祂从事这种活动时有幸在场的人，以及聆听对这些超然活动描述的人，都受益无穷。

第 19 节 वयं तु न वितृप्याम उत्तमश्लोकविक्रमे ।
यच्छृण्वतां रसज्ञानां स्वादु स्वादु पदे पदे ॥१९॥

vayaṁ tu na vitṛpyāma
uttama-śloka-vikrame
yac-chṛṇvatāṁ rasa-jñānāṁ
svādu svādu pade pade

vayam — 我们 / tu — 但是 / na — 不 / vitṛpyāmaḥ— 会感到厌倦 / uttama-śloka — 由超然的赞歌歌颂的人格首神 / vikrame — 激动人心的活动 / yat — ……的 / śṛṇvatām — 靠不断地聆听 / rasa — 令人快乐的感受 / jñānām— 那些精通于 / svādu — 享受 / svādu— 美味的 / pade pade — 每一步

译文 人格首神为赞美诗和祈祷文所赞颂，聆听祂超然的娱乐活动，我们永不厌倦。爱好聆听奉献者与祂以各种超然关系交流的人，每时每刻都享受聆听祂的娱乐活动。

要旨 世俗的故事、小说或历史，与对至尊主的超然娱乐活动的描述相比，有着天壤之别。整个宇宙的历史，包含了对至尊主的化身所从事的娱乐活动的记载。《茹阿玛亚纳》(Rāmāyaṇa,《罗摩衍那》)、《玛哈巴茹阿特》(Mahābhārata,《摩诃婆罗多》)和往世书(Purāṇa),

是记载与至尊主的化身所从事的娱乐活动有关的远古历史，因此即使重复阅读，也始终有新鲜感。例如，一个人有可能毕生重复阅读《博伽梵歌》(Bhagavad-gītā)和《圣典博伽瓦谭》(Śrīmad-Bhāgavatam)，但还是能不断从中得到新的启发。正因为物质是无生命、静止的，灵魂是充满活力、始终活跃的，所以世俗新闻是静态、无生命的，而超然的消息是动态、充满活力的。培养了对了解超然主题的爱好的人，对聆听相关的叙述乐此不疲。世俗活动使人很快就感到厌倦，但没人会对超然的奉爱活动感到厌倦。乌塔玛·诗珞卡(uttama-śloka)是指那些不导致无知的文献。世俗文献受愚昧、无知属性的控制，超然的文献与之截然不同。超然的文献超越愚昧属性的控制，随着循序渐进地阅读及对超然主题的领悟，人会得到越来越多的启明。所谓解脱了的人永远都不会满足于只重复梵文“ahaṁ brahmāsmi”这句梵文。对他们来说，这种对布茹阿曼(Brahman, 梵)的虚假认识，变得陈腐、平庸；为了体验真正的快乐，他们转而聆听对《圣典博伽瓦谭》的叙述。假象宗派里不太幸运的人则转向利他主义和尘世的慈善事业。这说明假象宗派(Māyāvāda)的哲学是世俗的，而《博伽梵歌》和《圣典博伽瓦谭》的哲学是超然的。

第 20 节 कृतवान् किल कर्माणि सह रामेण केशवः ।
अतिमर्त्यानि भगवान् गूढः कपटमानुषः ॥२०॥

kṛtavān kila karmāṇi
saha rāmeṇa keśavaḥ
atimartyāni bhagavān
gūḍhaḥ kapaṭa-mānuṣaḥ

kṛtavān— 由……做 / kila — 什么 / karmāṇi — 活动 / saha — 以及 / rāmeṇa — 巴拉茹阿玛 / keśavaḥ— 圣主奎师那 / atimartyāni— 超人的 / bhagavān— 人格首神 / gūḍhaḥ— 在……的掩饰下 / kapaṭa — 表面上 / mānuṣaḥ— 人类

译文　圣主奎师那——人格首神，与巴拉茹阿玛一起扮演人类的角色。在这样的掩饰下，祂从事众多的超人活动。

要旨　拟人论和神像兽形化论的理论永远都不适用于人格首神圣奎师那。当今世上，特别是在印度，“人可以靠苦行成为神”的理论泛滥成灾。自从圣人们看出主茹阿玛、主奎师那和主柴坦亚·玛哈帕布就是启示经典中指出的人格首神后，有许多无耻之徒就杜撰了他们自己的化身；尤其在孟买，制造一个神的化身已成为一件很普通的事。有一点神通的大众人物只要表演一些戏法，就很容易被大众视为是首神的化身。圣主奎师那不是那种化身。祂一出现就是真正的人格首神。祂在祂所谓的妈妈面前以四臂维施努(Viṣṇu)的形象显现。后来，应母亲的要求，祂把自己变成一个人类的孩子，并立即离开她，到住在哥库拉(Goku-la)的另一个奉献者家中，在那里被视为是南达王和雅首达妈妈的儿子。同样，与圣奎师那长得几乎一样的兄弟圣巴拉戴瓦，也被视为是圣瓦苏戴瓦的另一个妻子所生的一个人类之子。在《博伽梵歌》中，至尊主说：祂的出生和所作所为都是超然的，任何一个幸运到能够了解祂出生和活动的超然性的人，将立即解脱，有资格回归神的王国。因此，只了解圣主奎师那的出生和所作所为的超然本性，就足以使人获得解脱，更不要说熟悉细节性的知识了。《圣典博伽瓦谭》在前九篇中描述了至尊主的超然本性，在第十篇中描述了祂特殊的娱乐活动；循序渐进地阅读这部文献的人，将了解一切。然而，在此要强调的一点是：至尊主即使在祂母亲的怀中时，就已经展示了祂的神威；祂所做的一切都是超人的(如七岁时举起哥瓦尔丹山)，而祂所有的活动都清楚地证明，祂是真正的至尊人格首神。尽管如此，在祂神秘力量的掩护下，祂总是被祂所谓的父母亲及其他亲属视为是一个普通人类的孩子。无论祂做了什么非凡的事，祂的父母都以为是别人做的。他们满足于把祂当做孝顺的儿子去爱祂，而这种爱从没有动摇过。正因为如此，奈弥沙冉亚森林中的圣人们说祂表面上看起来是人类的一员，但实际上是至尊全能的人格首神。

第 21 节 कलिमागतमाज्ञाय क्षेत्रेऽस्मिन् वैष्णवे वयम् ।
आसीना दीर्घसत्रेण कथायां सक्षणा हरेः ॥२१॥

kalim āgatam ājñāya
kṣetre 'smin vaiṣṇave vayam
āsīnā dīrgha-satreṇa
kathāyāṁ sakṣaṇā hareḥ

kalim — 喀历年代(纷争的铁器年代) / āgatam — 已到达了 / ājñāya— 知道这一点 / kṣetre — 在这块土地上 / asmin — 在这 / vaiṣṇave— 特别为至尊主的奉献者 / vayam — 我们 / āsīnāḥ— 坐着的 / dīrgha — 延长的 / satreṇa — 为了举行祭祀 / kathāyām — 以……的言词 / sakṣaṇāḥ— 有大量的空闲时间 / hareḥ— 人格首神的

译文 我们很清楚喀历年代已经开始，因此聚在这处圣地，聆听首神大量的超然信息，以这一方式举行祭祀。

要旨 在金器年代(Satya-yuga)、银器年代(Tretā-yuga)和铜器年代(Dvāpara-yuga)中所用的觉悟自我的方法，根本不适用于这个铁器年代（即喀历 (Kali)年代）。就觉悟自我来言，生活在金器年代的人寿命长达十万年，所以可以长时间地打坐冥想；在银器年代里的人因为寿命是一万年，所以是通过举行盛大的祭祀达到觉悟自我的目的；在铜器年代中，当人的寿命是一千年时，人们靠在宏大的神庙内崇拜至尊主的神像达到觉悟自我的目的。但在喀历年代中，人的寿命最多只有一百年，考虑到人们灵修的各种困难，经典推荐的觉悟自我的程序是，聆听和吟诵、吟唱至尊主的圣名、声望和娱乐活动。奈弥沙冉亚森林里的圣人们，在一个专门为至尊主的奉献者准备的地方开始了这一程序。他们准备用一千年的时间来聆听至尊主的娱乐活动。这些圣人们树立的榜样告诉我们，有规律地聆听和朗诵《圣典博伽瓦谭》是觉悟自我的唯一途径。其他的努力只不过是在浪费时间而已，因为那些方法并不给人以实质性的结果。圣主柴坦亚·玛哈帕布宣扬有规律地聆听和朗诵《圣典博伽瓦谭》(Bhāgavata-dhar-ma)这一觉悟自我的方法，建议所有出生在印度的人，都该肩负起弘扬圣奎师那的信息的责任，主要是《博伽梵歌》的原本信息的责任。人一旦透彻了解了《博伽梵歌》的教导，就可以开始学习《圣典博伽瓦谭》(Śrīmad-Bhāgavatam)，以得到有关觉悟自我的进一步启明。

第 22 节 त्वं नः सन्दर्शितो धात्रा दुस्तरं निस्तितीर्षताम् ।
कलिं सत्त्वहरं पुंसां कर्णधार इवार्णवम् ॥२२॥

tvaṁ naḥ sandarśito dhātrā
dustaraṁ nistitīrṣatām
kaliṁ sattva-haraṁ puṁsāṁ
karṇa-dhāra ivārṇavam

tvam — 您阁下 / naḥ— 向我们 / sandarśitaḥ— 聚会 / dhātrā — 凭天意 / dustaram — 不能克服的 / nistitīrṣatām — 那些想越过的人 / kalim — 喀历年代 / sattva-haram — 那损坏良好质量的 / puṁsām — 人的 / karṇa-dhāraḥ— 船长 / iva — 作为 / arṇavam — 海洋

译文 我们认为：凭天意，我们得遇您阁下。我们公认，喀历年代就好比所有人类的美好品德都在其中被减损的困苦海洋，对想要渡过它的人来说，您就是那渡船的船长。

要旨 喀历(Kali)年代对人类来说十分危险。人生是专为觉悟自我而设的，但由于这个危险的年代，人们完全忘了人生的目的。在这个年代里，人的寿命将逐渐缩短。人们将逐渐丧失他们的记忆力，以及美好的情操、力量和高尚的品德。这部巨著的第十二篇中罗列了这个年代的异常现象。因此，对那些想用这一生觉悟自我的人来说，这个年代十分艰难。人们如此沉溺于感官享乐，以致完全忘了要觉悟自我。由于丧失了理智，人们认识不到这短暂的人生只不过是我们通向觉悟自我的漫长旅程中的一瞬间而已，因此便率直地说他们不需要觉悟自我。如今，整个的教育体系只不过是在为人们进行感官享乐做准备；有学问的人如果对这种教育体系进行一番审视就会发现，这个年代里的孩子们被有意送到所谓教育的屠宰场里。因此，有知识的人必须对这个年代十分小心；如果他们真想跨越喀历年代这个危险的海洋，他们必须以奈弥沙冉亚森林中的圣人们为榜样，把苏塔·哥斯瓦米或他真正的代表接受为船长。这船是以《博伽梵歌》和《圣典博伽瓦谭》为形式呈献的圣主奎师那的信息。

第 23 节 ब्रूहि योगेश्वरे कृष्णे ब्रह्मण्ये धर्मवर्मणि ।
स्वां काष्ठामधुनोपेते धर्मः कं शरणं गतः ॥२३॥

brūhi yogeśvare kṛṣṇe
brahmaṇye dharma-varmaṇi
svāṁ kāṣṭhām adhunopete
dharmaḥ kaṁ śaraṇaṁ gataḥ

brūhi— 请你告诉 / yoga-īśvare — 一切神秘力量的主人 / kṛṣṇe — 圣主奎师那 / brahmaṇye — 绝对的真理 / dharma — 宗教 / varmaṇi — 保护者 / svām — 自己的 / kāṣṭhām— 住所 / adhunā — 现在 / upete — 已经离开 / dharmaḥ— 宗教 / kam — 向谁 / śaraṇam — 庇护 / gataḥ— 去了

译文 既然绝对真理、一切神秘力量的主人圣奎师那都起程离开地球，前往祂自己的住所，那么请告诉我们，宗教原则如今去哪里寻求庇护了。

国际奎师那意识协会创办人、一代宗师

圣恩 A.C.巴克提韦丹塔·斯瓦米·帕布帕德

圣巴克提希丹塔·萨茹阿斯瓦提·哥斯瓦米·玛哈茹阿佳
圣恩 A.C.巴克提韦丹塔·斯瓦米·帕布帕德的灵性导师
近代最重要的学者和奉献者

圣高尔克首尔·达斯·巴巴吉·玛哈茹阿佳
圣巴克提希丹塔·萨茹阿斯瓦提·哥斯瓦米·玛哈茹阿佳的灵性导师
圣塔库尔·巴克提维诺德亲密的学生

圣塔库尔·巴克提维诺德
把奎师那意识传遍全世界的先驱

主柴坦亚开创了聚众歌颂神的圣名的运动；所有国家的领袖都可以利用这个灵性运动，以使人民大众保持友好地和平共处的纯洁状态。这现在是全体人类社会的迫切需求。（见第 35 页）

主柴坦亚穿过佳瑞康达丛林，那里所有的野生动物也都加入了祂的歌颂神的圣名运动。凶猛的老虎、大象、熊和温驯的鹿一起给主柴坦亚伴唱，主柴坦亚与牠们一起

歌唱。通过这么做，主柴坦亚给世人证明：普及聚众歌颂神的圣名运动，就连凶猛的野兽都能友好地和平共处，更不要说文明的人类了。（见第 35 页）

很久以前，为了取悦至尊主和祂的奉献者，以圣哲绍纳卡为首的大圣人们，曾聚在奈弥沙冉亚森林的一处圣地，举行了一场为期一千年的祭祀。（见第 63 页）

超然的人格首神间接地与激情、善良和愚昧这三种物质自然属性接触。仅仅是为了物质世界的创造、维系和毁灭，祂才以布茹阿玛、维施努和希瓦这三个属性化

身的形式降临。在这三者中，全体人类可以从善良属性化身维施努那里得到最高的利益。（见第 123 页）

在喀历年代初期，至尊主为了哄骗那些嫉妒忠诚的有神论者的人，为了阻止以祭祀为名屠杀动物的暴力行为，在嘎亚省显现为安佳娜的儿子佛陀。（见第 168 页）

这部《博伽梵往世书》如同光芒万丈的太阳，就在主奎师那由宗教和知识等陪伴着离开地球回祂自己的住所后升起。在喀历年代中因愚昧的浓密黑暗而失去视野的人，将从这部往世书中得到光明。（见第196页）

为了保护阿尔诸纳，奎师那从战车上下来，拿起战车的车轮，愤怒地急速冲向彼士玛戴瓦，恰似一头狮子去杀一头大象。祂把外衣扔在地上，

但因为狂怒竟不知道自己把外衣扔了。看到这情景，彼士玛戴瓦立刻放下自己的武器，站在那里等着他心爱的主奎师那去杀他。（见第 518 页）

在尤帝士提尔王举行的茹阿佳苏亚祭祀现场，聚集了世上最多的精英、王室成员和博学的知识分子。在那盛大的聚会上，圣主奎师那作为最高贵的人格首神，受到与会者的崇拜。（见第 524 页）

要旨　宗教是人格首神本人规定并宣布的法律。每当宗教原则被严重地误用或忽视，至尊主就会亲自显现来恢复宗教原则；《博伽梵歌》第 4 章的第 8 节诗词中说明了这一点。在这节诗中，奈弥沙冉亚森林里的圣人们就在询问：至尊主离开后，这些原则将如何维持下去。对他们提出的这个问题，后面的篇章中将给予答案，那就是：《圣典博伽瓦谭》是人格首神超然的声音代表，因此其中充满了超然的知识和宗教原则。

到此为止，结束了巴克提韦丹塔对《圣典博伽瓦谭》第 1 篇第 1 章——“圣人们的询问”所作的阐释。

第二章

神与对神的服务

第 1 节

व्यास उवाच
इति सम्प्रश्नसंहृष्टो विप्राणां रौमहर्षणिः ।
प्रतिपूज्य वचस्तेषां प्रवक्तुमुपचक्रमे ॥१॥

vyāsa uvāca
iti sampraśna-saṁhṛṣṭo
viprāṇāṁ raumaharṣaṇiḥ
pratipūjya vacas teṣāṁ
pravaktum upacakrame

vyāsaḥ uvāca— 维亚萨说 / iti — 这样 / sampraśna— 完美的询问 / saṁhṛṣṭaḥ— 完全满足 / viprāṇām— 那里的圣哲们的 / raumaharṣaṇiḥ— 柔玛哈尔珊纳之子乌卦刷瓦 / pratipūjya — 在答谢过他们后 / vacaḥ— 字句 / teṣām— 他们的 / pravaktum — 回答他们 / upacakrame — 试图

译文 圣维亚萨戴瓦说，乌卦刷瓦(苏塔 · 哥斯瓦米)——柔玛哈尔珊纳之子，对布茹阿玛纳们提出这些最恰当的问题感到十分满意，于是向他们表示谢意，并准备给予答复。

要旨 聚集在奈弥沙冉亚森林中的圣人们，向苏塔 · 哥斯瓦米询问了六个问题，所以他现在准备逐一回答他们的问题。

第 2 节

सूत उवाच
यं प्रव्रजन्तमनुपेतमपेतकृत्यं
द्वैपायनो विरहकातर आजुहाव ।

पुत्रेति तन्मयतया तरवोऽभिनेदु-
स्तं सर्वभूतहृदयं मुनिमानतोऽस्मि ॥ २ ॥

sūta uvāca
yaṁ pravrajantam anupetam apeta-kṛtyaṁ
dvaipāyano viraha-kātara ājuhāva
putreti tan-mayatayā taravo 'bhinedus
taṁ sarva-bhūta-hṛdayaṁ munim ānato 'smi

sūtaḥ— 苏塔 · 哥斯瓦米 / uvāca — 说 / yam — ……的人 / pravrajantam — 在出家的途中 / anupetam — 没有接受圣线的净化过程 / apeta — 没有经历仪式 / kṛtyam — 规定职责 / dvaipāyanaḥ— 维亚萨戴瓦 / viraha — 分离 / kātaraḥ— 因为害怕 / ājuhāva — 呼喊 / putra iti — 我的儿子啊 / tat-mayatayā— 全神贯注地 / taravaḥ— 所有的树 / abhineduḥ— 响应 / tam — 向他 / sarva — 所有 / bhūta — 生物体 / hṛdayam — 心 / munim — 圣哲 / ānataḥ asmi — 顶拜

译文 圣苏塔 · 哥斯瓦米说：请允许我恭敬地向伟大的圣人(舒卡戴瓦 · 哥斯瓦米)敬礼，他能进入众生的心中。当他离家出走过弃绝生活时，并没有举行接受圣线仪式或进入更高阶层所必须有的一些仪式。他父亲维亚萨戴瓦害怕与他分离，呼喊着，“我的儿子啊！”事实上，当时只有沉溺于相同别离情感的树木，为回应悲伤的父亲而发出回声。

要旨 社会四阶层 (varṇa)和灵性四阶段(āśrama)制度中，规定了许多这一制度的追随者所该遵守的规范职责。比方说，要学习韦达经(Veda)的人必须去找一位真正的灵性导师，请求灵性导师接受他当门徒。圣线是那些向真正的灵性导师(ācārya)学习韦达经的合格人选所戴的标志。圣舒卡戴瓦 · 哥斯瓦米(Śukadeva Gosvāmī)因为一出生就是解脱了的灵魂，所以没有经过这样的净化仪式。

人出生时通常都是普通人，经过净化仪式后获得第二次出生。当他看到一线曙光，寻找灵性进步的指导时，他就去找一位灵性导师学习韦达经中的教导。灵性导师只接受真诚的人当他的门徒，并授予门徒圣线。这样，一个人便获得第二次出生(dvija)。由于经过第二次出生而具备资格后，人可以学习韦达经；等他精通韦达经后，他就成了一个合格的布茹阿玛纳(brāhmaṇa,婆罗门)。合格的布茹阿玛纳(vipra)，以此方式认识绝对者并在灵性生活中不断取得进步，直至达到外士纳瓦(Vaiṣṇava)阶段。外士纳瓦阶段是布茹阿玛纳的研究生阶段。进步的布茹阿玛纳必须成为外士纳瓦，因为外士纳瓦是博学、觉悟了自我的布茹阿玛纳。

圣舒卡戴瓦·哥斯瓦米从一出生就是外士纳瓦，因此根本不需要经历社会四阶层和灵性四阶段制度的所有过程。社会四阶层和灵性四阶段制度的最终目的，是要把一个没有教养的人转变成至尊主纯粹的奉献者——外士纳瓦。因此，任何一个被一流的外士纳瓦(uttama-adhikārī Vaiṣṇava)接受而成为外士纳瓦的人，无论其出身和过去的所作所为如何，已经被视为是布茹阿玛纳了。圣柴坦亚·玛哈帕布认可这一原则，正式任命圣哈瑞达斯·塔库尔(Haridāsa Ṭhākura)为吟诵圣名的一代宗师(ācārya)，尽管哈瑞达斯·塔库尔出生在一个穆斯林家庭中。总之，圣舒卡戴瓦·哥斯瓦米一出生就是外士纳瓦，因此不必经过任何仪式就已经是布茹阿玛纳了。出身卑微的人，无论他是克伊茹阿塔(Kirāta)、胡纳(Hūṇa)、安朵(Āndhra)、菩林达(Pulinda)、菩勒喀沙(Pulkaśa)、阿比茹阿(Ābhīra)、松巴(Śumbha)、亚瓦纳(Yavana)、喀萨(Khasa)，甚或更卑微，他都能凭借外士纳瓦的仁慈升上最高的超然层面。圣舒卡戴瓦·哥斯瓦米是圣苏塔·哥斯瓦米的灵性导师，因此圣苏塔·哥斯瓦米在开始回答奈弥沙冉亚森林中的圣人们提出的问题前，先恭恭敬敬地向舒卡戴瓦·哥斯瓦米致敬。

第 3 节 यः स्वानुभावमखिलश्रुतिसारमेक-
मध्यात्मदीपमतितितीर्षतां तमोऽन्धम् ।

संसारिणां करुणयाह पुराणगुह्यं
तं व्याससूनुमुपयामि गुरुं मुनीनाम् ॥ ३ ॥

yaḥ svānubhāvam akhila-śruti-sāram ekam
adhyātma-dīpam atititīrṣatāṁ tamo 'ndham
saṁsāriṇāṁ karuṇayāha purāṇa-guhyaṁ
taṁ vyāsa-sūnum upayāmi guruṁ munīnām

yaḥ— ……的他 / sva-anubhāvam — 自己吸收到的(经验到的) / akhila — 全面的 / śruti — 韦达经 / sāram — 奶油 / ekam — 唯一的 / adhyātma — 超然的 / dīpam — 火炬 / atititīrṣatām — 想跨越 / tamaḥ andham — 黑暗的物质生活 / saṁsāriṇām — 物质主义者的 / karuṇayā — 出于没有缘故的仁慈 / āha — 说 / purāṇa — 韦达经的补充读物 / guhyam — 非常机密的 / tam — 向他 / vyāsa-sūnum — 维亚萨戴瓦的儿子 / upayāmi — 让我顶拜 / gurum — 灵性导师 / munīnām — 圣哲们的

译文 请允许我恭敬地向他(舒卡)致敬，他是全体圣人的灵性导师、维亚萨戴瓦的儿子。出于对那些为跨越物质存在黑暗地带而苦苦挣扎的十足的物质主义者的深切同情，他自己体验消化了这被比作韦达知识的奶油部分的最机密的补充文献后，把它讲述出来。

要旨 在这段祈祷中，圣苏塔·哥斯瓦米基本上总结了对《圣典博伽瓦谭》的完整介绍。《圣典博伽瓦谭》是对《韦丹塔·苏陀》(Vedānta-sūtra)自然的补充性评注。《韦丹塔·苏陀》——《布茹阿玛·苏陀》(Brahma-sūtra)，是维亚萨戴瓦为呈献韦达知识的精华而编纂的，《圣典博伽瓦谭》则是对这一精华所给予的评注。圣舒卡戴瓦·哥斯瓦米是彻悟了《韦丹塔·苏陀》的灵性导师，因此必然也领悟了对它的评注——《圣典博伽瓦谭》。为向那些想要彻底征服无知的迷惑了的物质主义者表示他无限的仁慈，他第一次当众吟诵了这机密的知识。

物质主义者不可能快乐这一点根本无须争论。物质世界里的生物体，无论是伟大的布茹阿玛(Brahmā)，还是一只微不足道的小蚂蚁，没有一个能够快乐。众生都在努力制定一个使自己永远快乐的计划，但在物质自然法律面前都遭到了失败。正因为如此，这个物质世界被称为神的创造中的黑暗地带。然而不快乐的物质主义者只要想摆脱这一黑暗地带，就可以解脱。但是非常不幸，物质世界里的众生是那么愚蠢，以致根本不想从这个地带逃出去。正因为如此，他们被比喻为是喜欢吃荆棘的骆驼。骆驼喜欢鲜血与荆棘混在一起的滋味，认识不到那鲜血是荆棘刺破它的舌头后流出来的。同样，对物质主义者来说，他自己的血就像蜂蜜一样甜美，尽管他总是被他从事的物质活动搞得烦恼不堪，但他从不想逃脱。这样的物质主义者被称为卡尔弥(karmī)。在千百万的卡尔弥中，只有少数人对物质活动感到厌倦，想要逃出物质的迷宫。这种明智的人被称为格亚尼(jñānī)。《韦丹塔·苏陀》就是针对这种格亚尼所给予的指导。但作为至尊主的化身，圣维亚萨戴瓦能够预见到《韦丹塔·苏陀》将被肆无忌惮的人所误用，因此亲自编纂《博伽梵往世书》(Bhāgavata Purāṇa)——《圣典博伽瓦谭》作为补充。经典中明确地说：这部《博伽瓦谭》是对《韦丹塔·苏陀》的原始评注。圣维亚萨戴瓦把《博伽瓦谭》也传给了他的儿子——已经处在超然解脱阶段的圣舒卡戴瓦·哥斯瓦米。圣舒卡戴瓦自己先领悟了它，然后再解释它。凭借圣舒卡戴瓦的仁慈，所有想要摆脱物质存在的真诚灵魂才有可能得到这部《博伽瓦谭》。

《圣典博伽瓦谭》是对《韦丹塔·苏陀》独一无二、无与伦比的评注。圣商卡尔阿查尔亚(Śaṅkarācārya)绕过《圣典博伽瓦谭》——对《韦丹塔·苏陀》的自然评注，撰写了自己对《韦丹塔·苏陀》的评注(Śārīraka-bhāṣya)，因为他知道《圣典博伽瓦谭》所谈论的主题是他所无法驾驭的。但是，他那些所谓的追随者却轻视《博伽瓦谭》，把它视为是某个“新”作品。我们不应该被假象宗派(Māyāvāda)这种直接反对

《博伽瓦谭》的宣传所误导。从这节介绍性的诗中，刚开始学习的学生应该知道：《圣典博伽瓦谭》是专门为那些至尊天鹅(paramahaṁsa)和完全没有恶意及怨恨之心的人准备的唯一一部超然的文献。尽管商卡尔阿查尔亚承认人格首神纳茹阿亚纳(Nārāyaṇa)超越物质创造，但假象宗派人士却嫉恨人格首神。有忌妒心的假象宗派人士不可能接近《博伽瓦谭》，但真正渴望摆脱这个物质存在的人就会托庇于这部《博伽瓦谭》，因为它是由解脱了的圣舒卡戴瓦·哥斯瓦米讲述的。它是超然的火炬，人可以靠它清楚地看到超然的绝对真理，认识到绝对真理的布茹阿曼(Brahman, 梵)、超灵(Paramātmā)和博伽梵(Bhagavān)三个方面的特征。

第 4 节 नारायणं नमस्कृत्य नरं चैव नरोत्तमम् ।
देवीं सरस्वतीं व्यासं ततो जयमुदीरयेत् ॥ ४ ॥

nārāyaṇaṁ namaskṛtya
naraṁ caiva narottamam
devīṁ sarasvatīṁ vyāsaṁ
tato jayam udīrayet

nārāyaṇam — 人格首神 / namaḥ-kṛtya — 在致以崇敬地顶拜后 / naram ca eva — 和纳茹阿亚纳·瑞希 / nara-uttamam — 最高等的人 / devīm — 女神 / sarasvatīm — 学识的女主人 / vyāsam— 维亚萨戴瓦 / tataḥ— 此后 / jayam — 用以战胜的一切 / udīrayet — 被宣布

译文 在朗诵这用以获胜的工具《圣典博伽瓦谭》之前，人应该恭恭敬敬地顶拜人格首神纳茹阿亚纳、最高等的人纳茹阿·纳茹阿亚纳圣人，以及学问女神萨茹阿斯瓦缇母亲和作者圣维亚萨戴瓦。

要旨　所有的韦达文献和往世书都是用来战胜物质存在的黑暗区域的。生物之所以遗忘他与神的关系，是因为他从无法追溯的年代起就过分依恋物质的感官享乐。他长期在物质世界里为生存而苦苦挣扎，光靠制定计划是无法摆脱这种状况的。他如果真想战胜这长期为生存而挣扎的状况，就必须重建他与神的永恒关系。想要采用这一改善方法的人，必须托庇于韦达经和往世书等文献。愚蠢的人说，往世书与韦达经没有关系。但往世书其实是为了让不同的人对韦达经有清晰的认识而作的补充性解释。人并不是平等的。有人受善良属性的影响，有人受激情属性的控制，有人则受愚昧属性的控制。往世书的划分就是要使这些不同等级的人都能充分利用它们，逐渐恢复已经失去的地位，摆脱这种为生存而苦苦挣扎的状态。圣苏塔·哥斯瓦米指出吟诵这些往世书的方法，渴望弘扬韦达文献和往世书的人都会按他的方法做。《圣典博伽瓦谭》是毫无瑕疵的往世书，是专为那些想要永远摆脱物质束缚的人准备的。

第 5 节　मुनयः साधु पृष्टोऽहं भवद्भिर्लोकमङ्गलम् ।
यत्कृतः कृष्णसम्प्रश्नो येनात्मा सुप्रसीदति ॥ ५॥

munayaḥ sādhu pṛṣṭo 'haṁ
bhavadbhir loka-maṅgalam
yat kṛtaḥ kṛṣṇa-sampraśno
yenātmā suprasīdati

munayaḥ— 圣哲们啊 / sādhu — 这是有意义的 / pṛṣṭaḥ— 询问 / aham — 我自己 / bhavadbhiḥ— 由你们全体 / loka — 世界 / maṅgalam — 福利 / yat — 因为 / kṛtaḥ— 做 / kṛṣṇa — 人格首神 / sampraśnaḥ— 恰当的问题 / yena — ……的 / ātmā— 自我 / suprasīdati — 彻底满足

译文　圣人们啊！你们向我提的问题十分恰当。你们的问题极有价值，因为它们与主奎师那有关，因而关系到世界的福利。只有这类问题，才能彻底满足自我。

要旨　既然前面解释过《博伽瓦谭》讲述的是绝对真理，而奈弥沙冉亚森林中的圣人们提出的问题都是有关至尊人格首神奎师那——绝对真理的，所以那些问题都十分恰当、恰到好处。在《博伽梵歌》第15章的第15节诗中，人格首神说：全部的韦达经除了鼓励人去追寻祂——奎师那，没谈别的。因此，韦达知识要解释的，就是与奎师那有关的问题。

这个世界充满了问题和答案。飞禽、走兽和人类都忙于无休止的询问和回答。清晨，鸟巢里的鸟儿就开始问问题和寻找答案，到了晚上，同样的鸟儿们飞回巢穴后又忙着询问和回答问题。人除了晚上睡熟后不再想问题，否则也是一直在问问题和寻找答案。市场里的商人忙于询问和解答，法庭里的律师和学校里的学生也不例外。大家虽然毕生都在这样不断地问问题和寻找答案，但却一点儿都不满足。灵魂只有在询问和回答有关奎师那的问题时才会感到满足。

奎师那是我们最亲的主人、朋友、父亲、儿子或恋爱的对象。由于遗忘奎师那，我们制造了那么多的问题与答案的对象，但其中没有一个能使我们完全满足。除了奎师那，所有其他的一切都只给予短暂的满足，因此我们如果想要彻底满足，就必须询问和解答有关奎师那的问题。没有询问和解答，我们一刻都活不下去。《圣典博伽瓦谭》中记载的都是与奎师那有关的询问和回答，所以光靠阅读和聆听这超然的文献就能使我们得到最高的满足。人应该学习《圣典博伽瓦谭》，寻找出解决社会、政治或宗教事宜中一切问题的万能方法。《圣典博伽瓦谭》和奎师那包含了一切。

第 6 节　स वै पुंसां परो धर्मो यतो भक्तिरधोक्षजे ।
अहैतुक्यप्रतिहता ययात्मा सुप्रसीदति ॥ ६ ॥

sa vai puṁsāṁ paro dharmo
yato bhaktir adhokṣaje
ahaituky apratihatā
yayātmā suprasīdati

saḥ— 那 / vai — 肯定地 / puṁsām — 为人类 / paraḥ— 崇高的 / dharmaḥ— 活动 / yataḥ— 由那 / bhaktiḥ— 奉爱服务 / adhokṣaje — 向超然性 / ahaitukī— 没有缘故地 / apratihatā — 永不中断的 / yayā— 由那 / ātmā — 自我 / suprasīdati — 彻底满足

译文　能让人为超然的至尊主做奉爱服务的职责，才是全人类最崇高的职责(达尔玛)。要想彻底满足自我，就必须毫无自私动机、连续不断地做这样的奉爱服务。

要旨　在这段说明中，圣苏塔·哥斯瓦米回答了奈弥沙冉亚森林中的圣人们提出的第一个问题。圣人们请他总结启示经典的类别，呈献最精华的部分，以便堕落之人或人民大众能更容易地接受它。韦达经为人类规定了两种职责，一种称为感官享乐之途(pravṛtti-mārga)，另一种称为弃绝之途(nivṛtti-mārga)。享乐之途低等，为至尊源头而奉献的途径崇高。生物的物质存在状态，是真实生活的生病状态。真实生活是灵性存在(brahma-bhūta)。灵性存在的生活永恒、极乐并充满知识，而物质存在短暂、虚假并充满错误，毫无快乐可言。在物质存在中，为摆脱痛苦所做的无效努力，只能使痛苦暂时停止一下，而这短暂的中断就被错误地称为快乐。因此，短暂、痛苦和充满错觉的物质享乐渐进之途是低等的。但是，为至尊主做奉爱服务能使人过上永恒、极乐和全知的生活，做奉爱服务被称为崇高的职责。这崇高的职责有时会因为与低等品质混合而受到污染。例如：通过做奉爱服务获取物质所得，无疑是弃绝之途上前进的障碍。为最高的利益而弃绝或放弃，必定比在生活的疾病状态中享乐更好。这样的享乐只会使疾病加重，延长生病的时间。所以，为至尊主做奉爱服务，必须不带丝毫的物质享乐欲望，必须保持品质的纯正。为此，人应该为至尊主做奉爱服务，以这样的形式履行高等职责，在全部过程中不夹杂丝毫多余的欲望、功利性行为和哲学性臆测。这样做本身就能使人在为至尊主服务的过程中体验到永久的慰藉。

我们有意把梵文词达尔玛(dharma)翻译成职责，因为达尔玛一词的基本意思是“维持生物生存的那一事物”。维持生物体的生存之道是，按照他与至尊主奎师那的永恒关系调整他的活动。奎师那是众生的中心人物；在全体永恒存在的生物中，祂是最有魅力的永恒存在的生物。在灵性存在中，每一个生物都有他永恒的形象，而奎师那永恒地吸引着全体生物的注意力。奎师那是完整的整体，所有的一切都是祂不可缺少的部分。我们与祂的关系是服务与被服务的关系。这种关系超然，与我们在物质存在中体验到的关系截然不同。这种服务与被服务的关系，是亲近神的最恰当的形式。对这一点的领悟将随着我们做奉爱服务的进步程度而加深。所有的人都应该为至尊主做超然的爱心服务，即使现在处在物质存在的受制约状态中也不例外。奉爱服务将逐渐给人以有关真实生活的提示，使人感到彻底的满足与喜悦。

第 7 节 वासुदेवे भगवति भक्तियोगः प्रयोजितः ।
जनयत्याशु वैराग्यं ज्ञानं च यदहैतुकम् ॥ ७ ॥

vāsudeve bhagavati
bhakti-yogaḥ prayojitaḥ
janayaty āśu vairāgyaṁ
jñānaṁ ca yad ahaitukam

vāsudeve — 向奎师那 / bhagavati — 向人格首神 / bhakti-yogaḥ— 通过奉爱服务 / prayojitaḥ— 被应用于 / janayati — 确实产生 / āśu— 很快 / vairāgyam — 不执著 / jñānam — 知识 / ca — 和 / yat — ……的 / ahaitukam — 没有缘故的

译文　通过为人格首神圣奎师那做奉爱服务，人立刻不明原因地获得知识，不再依恋这个世界。

要旨　那些认为为圣主奎师那做奉爱服务是某种物质性的感情用事的人，也许会争论说：启示经典中推荐的是祭祀、布施、苦修、知识、神秘力量和其他类似的获得超然觉悟的程序。按照他们的想法，为至尊主做奉爱服务(bhakti)的程序，是为不能从事更高级的活动的人而设的。人们通常以为，奉爱瑜伽是为庶铎(śūdra, 首陀罗)和外夏(vaiśya，吠舍)阶层的人士，以及智力欠佳的妇女准备的。但那并非事实真相。为至尊主做奉爱服务是最高级的超然活动，因此它即崇高又容易。对真诚地想要与至尊主取得联系的纯粹奉献者来说，它很高尚；对初探奉爱宝库的初学者来说，它很容易。与至尊人格首神圣奎师那取得联系的过程，是一门非凡的科学。这门科学对包括庶铎、外夏、妇女和甚至比庶铎还要低的一切众生都是公开的，所以更不要说对有资格的布茹阿玛纳(brāhmaṇa, 婆罗门)和伟大的觉悟了自我的君王们那些高阶层人士了。以祭祀、布施、苦修等为代表的其他高级活动的结果，都会随着从事纯粹、科学的奉爱活动而自动得到。

知识与不执著的原则，是超然觉悟路途上的两个重要因素。完整的灵性程序使人获得对物质和灵性的一切的完美知识，而这种完美知识的结果是，人变得不再留恋物质的情感，而是依恋灵性的活动。变得不依恋物质事物并不像知识贫乏的人所想象的那样，意味着变得完全没有活力了。梵文“奈斯卡尔玛(naiṣkarma)”的意思是不从事会产生好或坏结果的活动。否定并不意味着否定积极的活动。否定不重要的东西并不意味着否定精华。同样道理，不依恋物质的形象并不意味着不要真实事物的形象。为至尊主做奉爱服务，就是为了认识真实事物的形象。当人觉悟到真实事物的形象后，自然就忽视了影像。因此，随着人不断地做奉爱服务，专心、积极地为真实事物的形象做服务，他自然就会变得不留恋低级的事物，转而依恋高级的事物。同样，为至尊主做奉爱服务作为生物最崇高的职责，将引导生物放弃物质的感官享乐。那就是纯粹奉献者展现的征象。他既不是白痴，也不会从事低级的物质活动，更不会有物质的价值观念。这种结果不可能靠枯燥的思辨得到，而是靠全能者的恩典才能得到。结论是：纯粹的奉献者具有知识、不执著等所有美好的质量，但光是有知识或不执著质量的人不一定了解为至尊主做奉爱服务的原则。奉爱服务是人类的最高职责。

第 8 节 धर्मः स्वनुष्ठितः पुंसां विष्वक्सेनकथासु यः ।
नोत्पादयेद्यदि रतिं श्रम एव हि केवलम् ॥ ८ ॥

dharmaḥ svanuṣṭhitaḥ puṁsāṁ
viṣvaksena-kathāsu yaḥ
notpādayed yadi ratiṁ
śrama eva hi kevalam

dharmaḥ— 职责、活动 / svanuṣṭhitaḥ— 根据人的地位执行的…… / puṁsām — 人类的 / viṣvaksena — 人格首神(完整扩展) / kathāsu — 在……的信息中 / yaḥ— 什么 / na — 不 / utpādayet— 产生 / yadi — 如果 / ratim — 吸引 / śramaḥ— 徒劳无功 / eva — 只有 / hi — 肯定地 / kevalam — 完全的

译文 如果人们按各自的状况所从事的职业活动并没有使他们受人格首神信息的吸引，那么从事这些活动就是徒劳无益的。

要旨　人的生命观念不同，所从事的职业活动就不相同。对那些看不到肉体以外的事物的物质主义者来说，没有什么能是高于感官的。因此，他的职业活动就局限在狭隘和扩大的自私范畴内。所谓狭隘的自私，就是只围绕自己的躯体，通常多表现在低等动物中。扩大的自私体现在人类社会里，围绕着以肉体舒适为目标的家庭、社会、团体、国家和世界。比这些十足的物质主义者层次高一些的，是那些在心智范畴内徘徊、盘旋的心智思辨者，他们的职责是创作诗和哲学，或者宣传一些仅仅局限于以满足躯体和精神为目标、以自我为中心的换汤不换药之"主义"。然而，在躯体和精神之上的是沉睡着的灵性灵魂，他一旦离开躯体，围绕躯体和精神的自私便毫无用处了。

愚蠢的人不但对灵魂一无所知，更不知道他如何超越躯体和精神的范畴，因此在履行他们的职责时并不感到满足。至此，有关自我满足的问题浮现了出来。自我超越粗糙躯体和精微心智的范畴；他是致使躯体和心念活动的根源。在不知道沉睡的灵魂真正需要什么的情况下，人不可能仅仅因为躯体和心智得到一点点的满足就感到快乐。躯体和心智只不过是包裹灵性灵魂的一层多余的外壳。灵性灵魂本身的需求必须得到满足。仅仅清洗鸟笼，不可能使住在里面的鸟儿满意。人必须真正了解鸟儿本身的需求。

灵性灵魂的需求是，脱离有限的、受制约的物质领域，实现彻底自由的愿望。他想要从巨大的宇宙围墙内逃出去。他想要看到自由之光和灵性能量。那种彻底的自由只有在他遇到完整的灵魂(人格首神)时才能得到。每一个生物体的心中都潜伏着对神的情感；这种灵性的情感透过粗糙的躯体和心念以对粗糙和精微的物质的扭曲情感展现出来。因此，我们必须从事能唤起我们神性意识的活动，而这只有靠聆听和歌唱至尊主的神性活动才能办到。这节诗中说，任何不促使人依恋聆听和歌唱首神超然信息的活动，都只不过是让人浪费时间而已。这其中的原因是，其他职责(无论它们可能属于什么主义)无法给灵魂以解脱。即使是追求解脱的人，如果他们不了解一切自由的源头，他们的传教活动也被视为是无效劳动。实际上，十足的物质主义者能看到他的物质所得只局限于这个世界或另一个世界的时间和空间内。即使他上升到天堂星球(Svargaloka)，他也会发现对他那渴望的灵魂来说，那里不是永久的住所。渴望的灵魂必须透过完美的奉爱服务的完美科学程序得到满足。

第 9 节 धर्मस्य ह्यापवर्ग्यस्य नार्थोऽर्थायोपकल्पते ।
नार्थस्य धर्मैकान्तस्य कामो लाभाय हि स्मृतः ॥ ९ ॥

dharmasya hy āpavargyasya
nārtho 'rthāyopakalpate
nārthasya dharmaikāntasya
kāmo lābhāya hi smṛtaḥ

dharmasya — 从事的活动 / hi — 肯定地 / āpavargyasya — 终极的解脱 / na — 不 / arthaḥ— 结果 / arthāya — 为了物质得益 / upakalpate — 是为了 / na — 也不 / arthasya — 物质收益的 / dharma-eka-antasya — 对于一个从事终极活动的人 / kāmaḥ— 感官享乐 / lābhāya— 达到 / hi — 正确的 / smṛtaḥ— 由伟大的圣哲描述

译文 所有的职责安排，无疑都是为了使人获得最终的解脱。人们永远不该为物质所得而履行职责。此外，按圣人们的说法，专职做最高服务的人，永远不该用物质所得去进行感官享乐。

要旨 我们已经谈论过，人只要为至尊主做纯粹的奉爱服务，自然而然就会培养完美的知识，而且不再依恋物质存在。但也有很多人认为，所有种类的职责，包括宗教职责，都是为了物质所得。无论在世上的哪一个地方，一般人都倾向于靠从事宗教活动或其他职业去换取物质利益。就连韦达文献中推荐的所有种类的宗教活动，也都会许以物质所得作诱惑，而绝大多数人都被这种诱惑或信奉宗教能得到的祝福所吸引。这种所谓的宗教人士为什么会受物质所得的吸引呢？因为物质所得可以满足人的欲望——满足感官享乐的欲望。所谓的笃信宗教后可以有物质所得，而有了物质所得就可以满足欲望：这就是职责所组成的循环，而所有履行规定职责的人，追求的通常都是感官享乐。但是，正如苏塔·哥斯瓦米在《圣典博伽瓦谭》这节诗中声明的，最后的定论是：这样做毫无价值。

人既不应该仅仅为了物质所得而去履行规定职责，也不该利用物质所得进行感官享乐。究竟该如何利用物质所得，下面将有解释。

第 10 节 कामस्य नेन्द्रियप्रीतिर्लाभो जीवेत यावता ।
जीवस्य तत्त्वजिज्ञासा नार्थो यश्चेह कर्मभिः ॥१०॥

kāmasya nendriya-prītir
lābho jīveta yāvatā
jīvasya tattva-jijñāsā
nārtho yaś ceha karmabhiḥ

kāmasya — 欲望的 / na — 不 / indriya — 感官 / prītiḥ— 满足 / lābhaḥ— 收益 / jīveta— 自我保护 / yāvatā— 以致 / jīvasya — 生物的 / tattva — 绝对真理 / jijñāsā — 询问 / na — 不 / arthaḥ— 目的 / yaḥ ca iha — 任何其他的 / karmabhiḥ— 由职业性活动

译文 人生的渴望永远不该被导向感官享乐。既然人生的目的是要探寻绝对真理，人就应该只想过健康的生活——维持生命的生活。活动应该只是为此目的。

要旨 完全迷失了方向的物质文明，被错误地导向满足感官享乐欲望的方向。在这样的文明中，生活所有领域的最高目标都是感官享乐。在政治、社会服务、利他主义、慈善事业领域，以及最后在宗教领域，甚至是追求解脱方面，都有感官享乐的色彩，这色彩浓重到了占主导地位的程度。在政治领域，领袖人物为满足他们个人的感官享乐欲望而彼此争斗，选民只有在他们的领袖许以他们感官享乐时才敬重这些所谓的领袖，一旦他们的感官享乐欲望得不到满足，就罢免他们的领袖；这些领袖们因为满足不了选民们的感官，必然总是让选民们失望。所有其他领域也如此，没人认真对待生命真正的问题，就连那些因为想要与绝对真理合一而走在追求解脱路途上的人也不例外，竟然为了感官享乐而想要在灵性上自杀。但是，《圣典博伽瓦谭》说：人不该为感官享乐而活着。人应该只是为了维持生命去满足感官，而不是进行感官享乐。躯体由感官组成，感官则需要一定量的满足。为此，经典作出规定，以指导人按照一定的原则满足这些感官。但是，感官不是让人用来进行不受限制地享乐的。例如：男人和女人结婚是为了繁衍后代的需要，而不是为了感官享乐。由于人们做不到自我克制，就有了对家庭计划的宣传，但愚蠢的人不知道：人一旦追寻绝对真理，就会自动实施家庭计划。真诚追求绝对真理的学生，始终沉浸在对真理的探究工作中，所以从来都不会受感官享乐的诱惑而去做不必要做的事。因此，在生活的每一个领域中，最终的目标都必须是追寻绝对真理。这样做将使人快乐，因为他会越来越少地从事各种感官享乐。绝对真理是什么，下面将给予解释。

第 11 节 वदन्ति तत्तत्त्वविदस्तत्त्वं यज्ज्ञानमद्वयम् ।
ब्रह्मेति परमात्मेति भगवानिति शब्द्यते ॥११॥

vadanti tat tattva-vidas
tattvaṁ yaj jñānam advayam
brahmeti paramātmeti
bhagavān iti śabdyate

vadanti — 他们说 / tat — 那 / tattva-vidaḥ— 有学识的灵魂 / tattvam — 绝对真理 / yat — 那 / jñānam — 知识 / advayam — 非二元性的 / brahma iti — 称为布茹阿曼(梵) / paramātmā iti — 称为帕茹阿玛特玛 (超灵) / bhagavān iti — 称为巴嘎万 (博伽梵) / śabdyate— 这样称呼

译文　博学的超然主义者了解绝对真理，把这没有相对性的实体称为梵（布茹阿曼）、超灵（帕茹阿玛特玛）或人格首神(巴嘎万)。

要旨　绝对真理既是主体又是客体，其中没有质上的分别。因此，布茹阿曼(Brahman, 梵)、帕茹阿玛特玛(Paramātmā, 超灵)和巴嘎万(Bhagavān, 人格首神)，在质上都是一样的。这同样的实体被研究奥义书(Upaniṣad)的学生领悟为是不具人格特征的布茹阿曼(梵)，被瑜伽师(yogī)悟为是处在局部区域的帕茹阿玛特玛(超灵)，被奉献者视为是巴嘎万(人格首神)。换句话说，人格首神(Bhagavān)是最高的绝对真理，超灵是人格首神在局部区域的代表，而不具人格特征的梵光是人格首神放射出的耀眼光芒，就像太阳神放射的太阳光芒一样。研究绝对真理的不同学派中的智力欠佳的学生，都认为自己的领悟最高并为此而辩论，但完美地了解绝对真理的人清楚，绝对真理的上述三种特征只不过是从不同的角度对同一个绝对真理的不同观察。

正如《圣典博伽瓦谭》这一篇第一章的第 1 节诗中解释的，至尊真理是自给自足、洞察一切、免于一切相对性错觉的。在相对的世界里，了解者与被了解者不同，但在绝对真理中，了解者与被了解者是同一个整体。在相对的世界里，了解者是有生命的灵魂——高等能量，而被了解者是无生命的物质——低等能量，因此存在着低等能量和高等能量这种相对性。然而，在绝对的世界中，了解者和被了解者同样都是高等能量。至高无上的能量拥有者有三种不同的能量；能量拥有者与能量之间没有区别，但能量的性质之间有区别。绝对的世界与生物同属高等能量，而物质世界是低等能量构成的。生物与低等能量接触时就被迷惑，认为自己属于低等能量。因此，在物质世界中有相对的概念。在绝对的世界中，了解者与被了解者没有区别，所以一切都是绝对的。

第 12 节 तच्छ्रद्दधाना मुनयो ज्ञानवैराग्ययुक्तया ।
पश्यन्त्यात्मनि चात्मानं भक्त्या श्रुतगृहीतया ॥१२॥

tac chraddadhānā munayo
jñāna-vairāgya-yuktayā
paśyanty ātmani cātmānaṁ
bhaktyā śruta-gṛhītayā

tat — 那 / śraddadhānāḥ— 认真好问的 / munayaḥ— 圣哲们 / jñāna — 知识 / vairāgya — 不执著 / yuktayā — 具备 / paśyanti — 看 / ātmani — 在他心中 / ca — 和 / ātmānam — 超灵 / bhaktyā— 在奉爱服务中 / śruta — 韦达经 / gṛhītayā — 从正确的来源接受到

译文 认真、好学的学生或圣人，具备知识及超脱心，用他从韦丹塔哲学典籍(Vedānta-śruti)中学到的知识做奉爱服务，借此领悟绝对真理。

要旨 人格首神华苏戴瓦(Vāsudeva)是一切俱全的绝对真理，为祂做奉爱服务的整个程序，将使人对绝对真理有完整的认识。布茹阿曼(梵)是祂超然身体的光芒，超灵是祂的部分代表。正因为如此，认识到绝对真理是梵和超灵的觉悟，只不过是对绝对真理的部分认识。世上有四种人：功利性活动者(karmī)、哲学思辨者(jñānī)、瑜伽师(yogī)和奉献者，其中功利性活动者是物质主义者，而其他三种人是超然主义者。一流的超然主义者是觉悟到至尊人的奉献者，二流的超然主义者是对绝对人的完整扩展有部分认识的人，三流的超然主义者是对绝对人的灵性方面有极少认识的人。正如《博伽梵歌》和其他韦达文献中说明的，至尊人要靠做奉爱服务去认识，而奉爱服务以完整的知识为基础，与物质毫无关系。我们已经谈论过，为至尊主做奉爱服务后自然就会具有完美的知识，且不再依恋物质存在。既然对绝对真理的梵光和超灵的认识是不完美的认识，那么专门用来觉悟梵光和超灵的方法，即哲学思辨(jñāna)和练瑜伽的方法，也就是不完美的觉悟绝对真理的方法。以完整的知识和不依恋物质存在为基础，以聆听韦丹塔哲学典籍(Vedānta-śruti)为不变原则的奉爱服务，是认真探寻的学生能认识绝对真理的唯一完美的方法。因此，奉爱服务不是为缺乏智慧的超然主义者准备的。奉献者也分一流、二流和三流。三流奉献者——初习奉献者，没有知识且仍然执著于物质存在，但却被庙宇中对神像崇拜的基础程序所吸引。这样的奉献者被称为世俗的奉献者。相对于超然的利益来说，世俗的奉献者更受物质利益的吸引。因此，人必须争取进步，使自己从世俗奉献者的层面提升到二流奉献者的层面。在二流层面上的奉献者，能看到人格首神、祂的奉献者、愚昧者和心怀恶意者这四者之间的区别。人必须使自己至少升上二流奉献者的层面，以便有资格了解绝对真理。

为此，三流的奉献者必须从巴嘎瓦特(Bhāgavata)的权威源头那里接受有关奉爱服务的教导。最好的巴嘎瓦特是一流的奉献者本人，另一个巴嘎瓦特是首神的信息。因此，为了学习有关奉爱服务的教导，三流奉献者必须去找奉献者本人。这种奉献者不是以朗诵《博伽瓦谭》为职业赚钱的人。这样的奉献者必须像苏塔·哥斯瓦米那样是舒卡戴瓦·哥斯瓦米的代表，必须为了全民的整体利益而传播奉爱服务的文化。初习奉献者对聆听权威的话只有很少的兴趣。这样的奉献者为了满足自己的感官，卖弄性地从那些以朗诵《圣典博伽瓦谭》为职业的人那里聆听。这种聆听和吟诵已毁了一切，所以人应该小心这种有缺陷的程序。正如《博伽梵歌》和《圣典博伽瓦谭》中所反复强调的，首神的神圣信息无疑是超然的主题，但即使如此，我们也不能从那些以吟诵这些启示经典为职业赚钱的人那里接受这种超然的信息，他们会像毒蛇用舌头触碰牛奶后毁坏牛奶那样毁坏超然的信息。

因此，为了有利于自身的进步，真诚的奉献者必须准备聆听奥义书(Upaniṣad)、《韦丹塔》(Vedānta)和其他由前辈权威或哥斯瓦米们留下的文献。没有聆听这类文献的人，不可能取得真正的进步。不聆听、不跟随经典中的教导，表演性地做奉爱服务毫无价值，且成为奉爱服务路途上的一种打扰。因此，奉爱服务除非以韦达经(śruti)、韦达经的补充文献(smṛti)、往世书(purāṇa)或潘查茹阿陀(Pañcarātra)等权威经典中的原则为基础，否则应该立刻拒绝这种表演性质的奉爱服务。未经权威认可的奉献者永远都不该被接受为是纯粹的奉献者。通过吸收韦达文献中的超然信息，人可以在自己心中不断看到人格首神无所不在的局部展示。这称为萨玛迪(samādhi)。

第 13 节 अतः पुम्भिर्द्विजश्रेष्ठा वर्णाश्रमविभागशः ।
स्वनुष्ठितस्य धर्मस्य संसिद्धिर्हरितोषणम् ॥१३॥

atah pumbhir dvija-śreṣṭhā
varṇāśrama-vibhāgaśaḥ
svanuṣṭhitasya dharmasya
saṁsiddhir hari-toṣaṇam

ataḥ— 这样 / pumbhiḥ— 由人类 / dvija-śreṣṭhāḥ— 最杰出的再生者啊 / varṇa-āśrama — 把社会分成四个社会阶层和四个灵性阶段的社会制度 / vibhāgaśaḥ— 通过划分 / svanuṣṭhitasya — 自己的规定职责的 / dharmasya — 职业性的 / saṁsiddhiḥ— 最高完美成就 / hari — 人格首神 / toṣaṇam— 取悦

译文 再生者中最优秀的人啊！结论是，履行按社会阶层和灵性阶段制度规定给自己的职责，所能获得的最高完美成就，就是取悦人格首神。

要旨　全世界人类社会被分为四个社会阶层和四个灵性生活阶段。四个社会阶层分别是：知识分子阶层、武士阶层*、生产阶层和劳工阶层。这些阶层是按照人的工作和资格划分，而不是按照出身划分。除了社会四阶层外，还有对灵性生活阶段的划分，那就是：学生生活阶段、居士生活阶段、退出家庭生活阶段和专心致志地做奉爱服务的生活阶段。为了人类社会的最高利益，必须对生活进行这样的分类，否则没有任何社会机构可以健康成长。在上述任何一个社会阶层和灵性阶段中，最高的目标都是取悦至高无上的人格首神。人类社会的这一制度，称为社会四阶层和灵性四阶段制度(varṇāśrama-dharma)，这一制度对文明生活来说是相当自然的。社会四阶层和灵性四阶段制度的制定是为了使人能够觉悟绝对真理，而不是为了制造一个阶级压迫另一个阶级的机会。换句话说，当因为太执著于感官享乐(indriya-prīti)而使人失去觉悟绝对真理这一人生目标时，社会四阶层和灵性四阶段制度就会像我们前面谈论过的那样，被自私的人们利用去欺压社会中的弱者。在喀历年代(Kali-yuga)，也就是这个纷争的年代中，这种人为制造的欺压弱者的现象已经相当普遍，但头脑清醒的人很明白，社会阶层和灵性阶段的划分是为了使社会交往更顺利，让人过觉悟自我、思想崇高的生活，而不是为了任何其他的目的。

《圣典博伽瓦谭》在这节诗中的声明是：生活的最高目标，或者说社会四阶层和灵性四阶段制度的最高完美境界，是使人共同合作满足至尊主。《博伽梵歌》第 4 章的第 13 节诗中也确认了这一点。

第 14 节　तस्मादेकेन मनसा भगवान् सात्वतां पतिः ।
श्रोतव्यः कीर्तितव्यश्च ध्येयः पूज्यश्च नित्यदा ॥१४॥

* 圣帕布帕德将社会四个阶层中的第二个阶层，有时称为“武士”，有时称为“管理者”，主要指王室阶层。见本书第 158 页。

tasmād ekena manasā
　bhagavān sātvatāṁ patiḥ
śrotavyaḥ kīrtitavyaś ca
　dhyeyaḥ pūjyaś ca nityadā

tasmāt — 因此 / ekena manasā— 一心一意地 / bhagavān — 人格首神 / sātvatām — 奉献者的 / patiḥ— 保护者 / śrotavyaḥ— 应该听 / kīrtitavyaḥ— 应该赞美 / ca — 和 / dhyeyaḥ— 应该记忆 / pūjyaḥ— 应该崇拜 / ca — 和 / nityadā — 不断地

译文 所以，人应该集中精力一直不断地聆听、赞美、铭记和崇拜人格首神。祂是奉献者的保护人。

要旨 既然对绝对真理的认识是生命的最高目标，那就必须用所有的方法去实现这一目标。在上述的任何一个社会阶层和灵性阶段中，都应该从事赞美、聆听、记忆和崇拜至尊主这四种一般的规定活动。没有这些生活原则，没人能生存下去。生物的活动中需要包含这四项原则性的生活内容。尤其是在现代社会中，所有的活动都或多或少地依赖聆听和赞美。任何人，无论其社会地位如何，只要他在每天的报纸中受到赞美，不管真假，他都能在很短的时间内成为人类社会中的知名人士。不同党派的政治领袖们，有时也通过报纸做宣传广告。靠这种赞美方式，一个微不足道的小人物转眼之间就能成为重要人物。但是，这种靠不实地赞美一个没有资格的人作宣传的手法，既不会给被宣传的人带来利益，也不会给社会带来任何好处。这种宣传也许有些短暂的效应，但却没有永久的影响，因此无疑是在浪费时间。真正该赞美的对象，是为我们创造了一切的至尊人格首神。我们从《圣典博伽瓦谭》开篇第 1 节诗中的梵文“创造、维系和毁灭展示了的宇宙(janmādy asya)”一句开始，广泛地论述了这一事实真相。必须把赞美或聆听他人的倾向转向真正该赞美的对象——至尊生物。这将给我们带来快乐。

第 15 节　यदनुध्यासिना युक्ताः कर्मग्रन्थिनिबन्धनम् ।
छिन्दन्ति कोविदास्तस्य को न कुर्यात्कथारतिम् ॥१५॥

yad-anudhyāsinā yuktāḥ
karma-granthi-nibandhanam
chindanti kovidās tasya
ko na kuryāt kathā-ratim

yat — 那 / anudhyā — 记忆 / asinā — 剑 / yuktāḥ— 具备了 / karma — 业报 / granthi — 结 / nibandhanam — 互相编织 / chindanti — 砍断 / kovidāḥ— 聪明的 / tasya — 祂的 / kaḥ— 谁 / na — 不 / kuryāt — 将做 / kathā— 讯息 / ratim — 注意

译文　智者把铭记人格首神当做利剑，手握着它挥砍捆绑人的业报枷锁。因此，有谁会对人格首神的信息置若罔闻呢？

要旨　人要是想从功利性活动的作用与反作用中解脱出来，就必须砍断灵性火花与物质元素接触所产生的结。解脱意味着摆脱有报应的活动形成的循环；而这种解脱将会随着人一直不断地记忆人格首神的超然娱乐活动而自动到来。原因是：至尊主的每一项活动(lila)都超越所有种类的物质能量，是绝对有吸引力的灵性活动，所以一直不断地与至尊主的灵性活动接触就会逐渐使受制约的灵魂灵性化，最终砍断物质束缚的结。

因此，摆脱物质的束缚只不过是奉爱服务的副产品。仅仅获取灵性知识并不足以保证使人解脱。这样的知识必须加上奉爱服务的内容，以达到奉爱服务最终独自占主导地位的目的。这时解脱才有可能。就连功利性活动者从事的有报应的活动，如果加上奉爱服务的内容，都可以把人导向解脱。功利性活动(karma)加上奉爱服务称为活动瑜伽(karma-yoga)。同样，经验性的知识加上奉爱服务称为知识瑜伽(jñāna-yoga)。然而，纯粹的奉爱瑜伽(bhakti-yoga)不依赖功利性活动和经验性知识；

它本身不仅能使人摆脱受制约的生活，而且能赐予人为至尊主做超然爱心服务的机会。

正因为如此，比缺乏知识的普通人要强的明智之人，必须一直不断地靠聆听至尊主，赞美至尊主、记忆至尊主和崇拜至尊主这些方法记住祂。这是奉爱服务的完美方式。经圣柴坦亚·玛哈帕布授权去传播奉爱文化的温达文的哥斯瓦米们，严格遵守这一规定，为我们的利益编纂了无数有关超然服务的文献。他们为处在各个社会阶层和灵性阶段的人士，制定了遵循《圣典博伽瓦谭》和其他同类权威经典教导的方法。

第 16 节

शुश्रूषोः श्रद्दधानस्य वासुदेवकथारुचिः ।
स्यान्महत्सेवया विप्राः पुण्यतीर्थनिषेवणात् ॥१६॥

śuśrūṣoḥ śraddadhānasya
vāsudeva-kathā-ruciḥ
syān mahat-sevayā viprāḥ
puṇya-tīrtha-niṣevaṇāt

śuśrūṣoḥ— 从事聆听的人 / śraddadhānasya — 小心翼翼地 / vāsudeva— 与华苏戴瓦有关的 / kathā — 讯息 / ruciḥ— 喜爱 / syāt — 变得可能 / mahat-sevayā — 靠侍奉纯粹的奉献者 / viprāḥ— 再生者啊 / puṇya-tīrtha — 那些清除了一切罪恶的人 / niṣevaṇāt — 通过服务

译文 经过再生的圣人们啊！为纯洁无瑕的奉献者服务，是在做非凡的服务。靠做这种服务，人培养起对聆听华苏戴瓦信息的爱好。

要旨 背叛至尊主是造成生物过受制约生活的原因。世上有一类人被称为虔诚敬神的生物体(deva)，有另一类人被称为反抗至尊主权威的恶魔(asura)。对那些反抗至尊主权威的恶魔，《博伽梵歌》第 16 章中生动地描述说：他们会一生复一生被置于越来越低等的愚昧生活的状态中，陷入低等动物的躯体中，没有对绝对真理——人格首神的任何知识。凭借在不同国家中的至尊主那些已经解脱了的仆人的仁慈，这些反抗至尊主权威的恶魔才有机会按照至尊主的意愿逐渐纠正自己的意识，上升到神意识的层面。至尊主的那些奉献者，是至尊主非常信任的同伴，当他们来到人类社会，拯救处在愚昧的危险中的人类时，他们被称为至尊主强大的化身、至尊主的儿子或至尊主的仆人。但他们中没有一个人会不诚实地自称自己是神本人。只有反抗至尊主权威的恶魔才会作这种不敬神的声明，也只有这种恶魔邪恶的追随者们才会把这种冒牌货接受为是神或神的化身。启示经典中明确地记载了有关神的化身的具体信息。一个人除非得到启示经典的确认，否则不应该随便被接受为是神或神的化身。

真正想要回归首神的奉献者们，像尊敬神一样地尊敬神的仆人们。神的这些仆人被称为伟大的灵魂玛哈特玛(mahātmā)或提尔塔(tīrtha)，他们根据不同的时间和地点，以不同的方式传播神的信息。神的仆人们敦促人们成为至尊主的奉献者。他们从不容忍自己被他人称为神。按照启示经典的记载，圣柴坦亚 · 玛哈帕布(Caitanya Mahāprabhu)就是神本人，但祂却扮演奉献者的角色。当知道祂是神的人称祂为神时，祂总是用双手捂住自己的耳朵，吟唱主维施努(Viñëu)的圣名。祂强烈反对被称为神，尽管祂无疑就是神本身。至尊主这样做，是警告我们要反对那些以被称为神为乐的无耻之徒。

神的仆人们来传播神意识，明智的人应该在各个方面与他们合作。为神的仆人服务，比直接为神本人服务更能取悦神。至尊主非常珍爱那些冒着各种危险为祂服务的仆人，因此在看到祂的这些仆人们得到适当的尊敬时会非常高兴。至尊主在《博伽梵歌》第 18 章的第 69 节诗中说，祂最珍爱的人是那些冒着各种风险传播祂荣耀的奉献者。为至尊主这样的仆人服务，使人逐渐获得这些仆人的美德，变得有资格聆听神的荣耀。渴望聆听有关神的知识，是奉献者得以进入神的王国的首要资格。

第 17 节 शृण्वतां स्वकथाः कृष्णः पुण्यश्रवणकीर्तनः ।
हृद्यन्तः स्थो ह्यभद्राणि विधुनोति सुहृत्सताम् ॥१७॥

śṛṇvatāṁ sva-kathāḥ kṛṣṇaḥ
puṇya-śravaṇa-kīrtanaḥ
hṛdy antaḥ stho hy abhadrāṇi
vidhunoti suhṛt satām

śṛṇvatām — 那些培养了聆听讯息的渴望之人 / sva-kathāḥ— 祂自己的话 / kṛṣṇaḥ— 人格首神 / puṇya — 美德 / śravaṇa — 聆听 / kīrtanaḥ— 吟诵、吟唱 / hṛdi antaḥ sthaḥ— 在心里 / hi — 肯定地 / abhadrāṇi— 想享受物质 / vidhunoti — 洗涤 / suhṛt— 恩人 / satām — 诚实人的

译文 作为众生心中的超灵、诚实奉献者的恩人，人格首神圣奎师那会把渴望聆听祂信息的奉献者心中的感官享乐欲望清除掉。正确地聆听和歌唱祂的信息是虔诚活动。

要旨 有关人格首神圣奎师那的信息与祂本人没有区别。因此我们应该明白：无论何时，只要人们没有冒犯地聆听和赞美神，主奎师那就以超然的声音形式出现在现场，那超然的声音与至尊主本人一样强大有力。圣柴坦亚 · 玛哈帕布在祂写的八训规(Śikṣāṣṭaka)中明确地宣布，至尊主的圣名具有至尊主本人所有的力量，祂把同样的力量注入祂无数的名字中。对歌颂圣名并没有固定不变的时间规定，任何人都可以在他方便的时候怀着崇敬的心专注地歌颂圣名。至尊主对我们是如此仁慈，甚至亲自以超然的声音形式出现在我们面前，但不幸的是：我们对赞美至尊主的圣名和祂的活动没有兴趣。我们已经谈过要培养对聆听和歌颂与神有关的一切的爱好，但只有通过为至尊主的纯粹奉献者做服务才能做到这一点。

至尊主与祂的奉献者们进行交流。当祂看到一个奉献者十分真诚地

想要得到为至尊主做超然服务的机会，并因此而变得渴望聆听与祂有关的一切时，至尊主就会在奉献者的心中给予启示，使他能以对他来说相对容易的方式回到至尊主身边。至尊主比我们更渴望带我们进入祂的王国。除了极少数人，绝大多数人根本就不想回归首神。但对于想要回归首神的人，圣奎师那会从所有的方面帮助他。

人除非彻底清除了一切罪恶，否则无法进入神的王国。物质的罪恶是我们想要主宰物质自然的欲望的产物，而想要清除这种欲望十分困难。对奉献者来说，妇女和钱财是妨碍他们在回归首神的路途上前进的巨大障碍。许多走上奉爱路途的杰出奉献者就是被这些诱惑所征服，结果从解脱之途上撤退下来。但当人得到至尊主本人的帮助时，凭借至尊主的神恩，整个程序就会变得十分简单、容易。

因为与妇女和钱财接触而变得焦躁不安并不令人惊讶，因为每一个生物都几乎从无法追忆的时候起就与这些打交道了，所以需要花时间使自己从这种异常的状态中恢复过来。聆听至尊主的荣耀，就会使人逐渐恢复自己的正常状态。凭借神的恩典，这样的奉献者得到足够的力量保护自己不受打扰；逐渐地，所有打扰人的因素，就会从他的心中被清除。

第 18 节　नष्टप्रायेष्वभद्रेषु नित्यं भागवतसेवया ।
भगवत्युत्तमश्लोके भक्तिर्भवति नैष्ठिकी ॥१८॥

naṣṭa-prāyeṣv abhadreṣu
nityaṁ bhāgavata-sevayā
bhagavaty uttama-śloke
bhaktir bhavati naiṣṭhikī

naṣṭa — 被消灭 / prāyeṣu — 几乎完全没有 / abhadreṣu — 所有不吉祥的 / nityam — 经常地 / bhāgavata — 《圣典博伽瓦谭》或纯粹的奉献者 / sevayā — 通过侍奉 / bhagavati — 向人格首神 / uttama — 超然的 /

śloke — 祈祷 / bhaktiḥ— 奉爱服务 / bhavati — 出现 / naiṣṭhikī— 不可改变的

译文 经常参加《博伽瓦谭》的课，并为纯粹奉献者做服务，就能消除心中几乎所有的物质污染；为超然赞歌颂扬的人格首神做爱心服务，就会像无法改变的事实一样被确定下来。

要旨 心中所有不吉祥的东西被认为是觉悟自我路途上的障碍，而这节诗提供了消除心中那些不吉祥东西的方法。这方法是，与巴嘎瓦特(Bhāgavata)联谊。巴嘎瓦特有两种，分别是书籍巴嘎瓦特(《圣典博伽瓦谭》)和奉献者巴嘎瓦特。这两种巴嘎瓦特都很有效，两者一起或其中的任何一者都足以清除障碍。奉献者巴嘎瓦特几乎与书籍巴嘎瓦特一样，因为奉献者巴嘎瓦特以书籍巴嘎瓦特为生活指导，而书籍巴嘎瓦特充满了有关人格首神和祂纯粹奉献者的信息，而他们也都是巴嘎瓦特。巴嘎瓦特书籍与巴嘎瓦特人是一样的。

奉献者巴嘎瓦特是人格首神巴嘎万(博伽梵)的直接代表。所以，靠取悦奉献者巴嘎瓦特，人可以得到书籍巴嘎瓦特的好处。人理解不了怎么能通过侍奉奉献者巴嘎瓦特或书籍巴嘎瓦特在奉爱路途上逐渐提升。但事实上，前生曾经是女仆儿子的圣纳茹阿达戴瓦，已经解释了所有这些事实。女仆曾经为圣人们做一些卑微的服务，这使得儿子也有机会与圣人们接触。仅仅靠与圣人们联谊，吃圣人们吃剩下的食物，女仆的儿子便得到了成为伟大奉献者圣纳茹阿达戴瓦的机会。这些是与巴嘎瓦特联谊、交往的神奇效果。要想具体理解这些功效，首先应该注意：靠与巴嘎瓦特真诚地联谊，人无疑很容易接受超然的知识，变得越来越稳定地为至尊主做奉爱服务。随着在巴嘎瓦特的指导下做奉爱服务逐渐取得进步，人就会变得越来越坚定地为至尊主做超然的爱心服务。因此，人必须从奉献者巴嘎瓦特那里接受书籍巴嘎瓦特的信息，而这两种巴嘎瓦特的结合将帮助初习奉献者不断取得进步。

第 19 节　तदा रजस्तमोभावाः कामलोभादयश्च ये ।
चेत एतैरनाविद्धं स्थितं सत्त्वे प्रसीदति ॥१९॥

tadā rajas-tamo-bhāvāḥ
kāma-lobhādayaś ca ye
ceta etair anāviddhaṁ
sthitaṁ sattve prasīdati

tadā— 在那时候 / rajaḥ— 在激情属性中 / tamaḥ— 愚昧属性 / bhāvāḥ— 处境 / kāma — 物质欲望 / lobha — 渴望 / ādayaḥ— 其他 / ca — 和 / ye — 不管他们是什么 / cetaḥ— 心 / etaiḥ— 由这些 / anāviddham— 没有受影响 / sthitam — 因为坚定于 / sattve — 在善良属性中 / prasīdati— 因此变得心满意足

译文　心中一旦坚定不移地决定做爱心服务，贪婪、渴望和向往等物质自然激情及愚昧属性的产物，就会从心中消失。奉献者于是便稳定地处在善良属性的层面上，变得十分快乐。

要旨　生物处在他原本自然的状态中时，就会因为感受到灵性的喜悦而心满意足。生存的这一状态梵文称为布茹阿玛 · 布塔(brahma-bhūta)、阿特玛 · 南达(ātmā-nanda)或自我满足的状态。这种自我满足的状态，与不活动的白痴们所感受到的满足不同。不活动的白痴们处在愚昧无知的状态中，但内心满足的阿特玛南迪(ātmā-nandī)则处在超越物质存在的超然境界中。人一旦不再动摇、坚定地做奉爱服务，就达到这种完美的境界。奉爱服务不是不活动，而是灵魂真正的活动。

灵魂的活动一旦与物质接触就变得混杂。这种不健全的活动以色欲、强烈的欲望、渴望、不活动、愚蠢和睡眠等形式表现出来。彻底清除激情和愚昧属性的这些产物，奉爱服务的功效就会展现出来。奉献者会立刻稳定地处在善良属性的层面上，并进一步上升到华苏戴瓦(Vāsudeva)的层面。华苏戴瓦层面又称纯粹的善良(śuddha-sattva)层面。只有在这个纯粹的善良层面上，人才能凭借对至尊主纯粹的爱一直不断地与奎师那面对面地相见。

奉献者总是处在纯粹善良属性的层面上，因此从不伤害任何人。但非奉献者无论受过什么教育，总是具有伤害性。奉献者既不愚蠢，也不冲动。具有伤害性、愚蠢、冲动的人，虽然有时会把自己装扮成奉献者，但实际上成不了至尊主的奉献者。奉献者总是具有神的一切美好质量；就这方面而言，至尊主与祂的奉献者在量上也许会有区别，但在质上是一样的。

第 20 节 एवं प्रसन्नमनसो भगवद्भक्तियोगतः ।
भगवत्तत्त्वविज्ञानं मुक्तसङ्गस्य जायते ॥२०॥

evaṁ prasanna-manaso
bhagavad-bhakti-yogataḥ
bhagavat-tattva-vijñānaṁ
mukta-saṅgasya jāyate

evam — 如此 / prasanna — 喜悦 / manasaḥ— 心的 / bhagavat-bhakti — 对至尊主的奉爱服务 / yogataḥ— 由……的接触 / bhagavat — 有关人格首神 / tattva — 知识 / vijñānam — 科学的 / mukta — 解脱的 / saṅgasya — 接触的 / jāyate — 生效

译文 这样处在纯粹善良属性层面上的人，因为不断为至尊主做奉爱服务而心中充满喜悦，在摆脱了一切物质接触的阶段，获得对人格首神实质性的科学认识。

要旨 《博伽梵歌》第 7 章的第 3 节诗中说：在千百万普通人中，只有一个幸运的人会追求生命的完美境界。绝大多数人都受激情属性和愚昧属性的控制，因此总是处在色欲、强烈的欲望、渴望、不活动、愚蠢和睡眠的状态中。在众多这类像人一样的动物中，只会有一个人真正了解人生的责任，并努力通过履行规定的职责使生命变得完美。接着，在成千上万这样在人生中获得成功的人里面，也许只会有一个人对人格首神圣奎师那有了科学性的了解。《博伽梵歌》第 18 章的第 55 节诗中也说，只有凭借做奉爱服务的程序(bhakti-yoga)，人才能对圣奎师那有科学性的认识。

这节诗中确认了同一个事实。没有一个普通人，甚或是已经获得成功人生的人，能全面地了解人格首神，对祂有科学性的认识。当人能了解自己不是物质的产物，而其实是灵魂时，他就能达到人生的完美境界了。人一旦了解自己与物质毫无关系，就会立刻停止物质的渴求，感受到属灵生命的蓬勃生气。当人超越物质的激情和愚昧属性时，或者换句话说，当人真正成为有资格的布茹阿玛纳(brāhmaṇa, 婆罗门)时，就有了获得这种成功的可能性。布茹阿玛纳是善良属性(sattva-guṇa)的象征。其他没有处在善良属性层面上的人，不是查锤亚(kṣatriya, 刹帝利)、外夏(vaiśya, 吠舍)、庶铎(śūdra, 首陀罗)，就是比庶铎还要低的人。布茹阿玛纳阶段因为它本身的善良质量而成为人生最高的阶段。所以，人除非具有布茹阿玛纳的质量，否则不可能成为奉献者。奉献者的行为使他已经是布茹阿玛纳了。然而，布茹阿玛纳并不是终点。如上所述，这样的布茹阿玛纳必须真正成为实际处在超然层面上的外士纳瓦(Vaiṣṇava)。纯粹的外士纳瓦是解脱了的灵魂，地位甚至比布茹阿玛纳还要高。在物质阶段，就连布茹阿玛纳也是受制约的灵魂，因为他虽然在布茹阿玛纳的阶段觉悟了布茹阿曼(梵)——超然存在的概念，但还是缺乏对至尊主的科学性认识。人必须超越布茹阿玛纳阶段，上达瓦苏戴瓦(vasudeva)阶段，以了解人格首神奎师那。有关人格首神的科学，是灵修的研究生研究的主题。缺乏知识的蠢人，不了解至尊主。他们按照自己的幻想诠释奎师那。但事实上，人除非清除物质属性的污染，甚至上升到布茹阿玛纳的阶段，否则不可能明白人格首神的科学。当有资格的布茹阿玛纳真正成为外士纳瓦时，他就能在解脱的充满快乐的阶段真正了解人格首神。

第 21 节 भिद्यते हृदयग्रन्थिश्छिद्यन्ते सर्वसंशयाः ।
क्षीयन्ते चास्य कर्माणि दृष्ट एवात्मनीश्वरे ॥२१॥

bhidyate hṛdaya-granthiś
chidyante sarva-saṁśayāḥ
kṣīyante cāsya karmāṇi
dṛṣṭa evātmanīśvare

bhidyate — 刺穿 / hṛdaya— 心 / granthiḥ— 结 / chidyante — 切得粉碎 / sarva — 所有 / saṁśayāḥ— 误解 / kṣīyante — 终止 / ca — 和/ asya — 他的 / karmāṇi — 业报活动的锁链 / dṛṣṭe — 看过了 / eva — 肯定地 / ātmani— 向自我 / īśvare — 支配着

译文 至此，心中的结被打开，所有的误解烟消云散。当人看到自我是主人时，功利性活动的锁链就此中断。

要旨 获得对人格首神的科学性认识，意味着同时看到了自己的本我。就有关生物的本体是灵性的自我这一点，存在着一些推测和误解。物质主义者不相信存在着灵性的自我，经验主义哲学家相信灵性整体的非人格特征，否认生物的个体性。但超然主义者确认，灵魂和至尊灵魂是两个不同的个体，在质上一样，但在量上不同。世上还有许多其他理论，但人一旦通过奉爱瑜伽(bhakti-yoga)的程序真正觉悟到圣奎师那，所有这些不同的推测就会立即被清除。圣奎师那就像太阳，对绝对真理的物质性推测就像黑夜。奎师那太阳一旦在人的心中升起，对绝对真理和生物的物质性推测的黑暗就会立刻被驱散。有太阳的时候，黑暗无法存在；凭借以超灵的形式升起在每一个人心中的奎师那的仁慈，人就会看清笼罩在愚昧的浓密黑暗中的相对真理只不过是相对的。

在《博伽梵歌》第10章的第11节诗中，至尊主说：为向祂纯粹的奉献者展示祂特殊的恩惠，祂在奉献者的心中亲自打开纯粹知识的明灯，驱散所有误解所造成的浓密黑暗。因此，毫无疑问，由于人格首神负责照亮祂奉献者的内心，满怀爱心为祂做超然服务的奉献者不可能还停留在愚昧的黑暗中。他了解到与绝对真理和相对真理有关的一切知识。奉献者不可能停留在黑暗中，由于人格首神会亲自给予他知识，他的知识无疑是完美的。那些靠自己有限的脑力去推测绝对真理的人，不会得到这样的结果。完美的知识称为帕让帕茹阿(paramparā)，也就是：通过权威把知识下传给靠服务和皈依获得真正资格并以服从的态度聆听知识的人。人不可能在挑战至尊者权威的同时还能了解祂。祂保留不向这种有挑战情绪的人揭示祂自己的权利。这样的人只不过是整体的一个微不足道的火花、一个被错觉能量控制的火花般的对象而已。奉献者们都很服从，因此人格首神便把超然的知识下传给布茹阿玛(Brahmā)，又透过布茹阿玛不间断地下传给他的儿子和门徒们。这一程序得到在这种奉献者心中的超灵的帮助。这是学习超然知识的完美方式。

这种启明使奉献者们能够完全区别灵性和物质的不同，因为至尊主会把灵性和物质连起来的结打开。这个结称为假我(ahaṅkāra)，它迫使生物与物质进行错误的认同。因此，这个结一旦松开，所有的疑云就会立刻消散；看清自己真正主人的人就会全心全意地为至尊主做超然的爱心服务，彻底挣脱功利性活动那束缚人的锁链。在物质存在中，生物制造他自己的功利性活动锁链，一生复一生地承受好与坏的结果。然而，他一旦开始为至尊主做爱心服务，就会立刻摆脱业报(karma)的锁链。他的活动再也不会制造任何好与坏的报应了。

第22节 अतो वै कवयो नित्यं भक्तिं परमया मुदा ।
वासुदेवे भगवति कुर्वन्त्यात्मप्रसादनीम् ॥२२॥

ato vai kavayo nityaṁ
bhaktiṁ paramayā mudā
vāsudeve bhagavati
kurvanty ātma-prasādanīm

ataḥ— 因此 / vai — 肯定地 / kavayaḥ— 所有的超然主义者 / nityam — 从无法追溯的年代 / bhaktim — 对至尊主的服务 / paramayā — 至尊 / mudā— 以极大的喜悦 / vāsudeve — 圣主奎师那 / bhagavati — 人格首神 / kurvanti — 作出 / ātma— 自我 / prasādanīm — 使……快乐的

译文 正因为如此，自无法追溯的年代至今，所有的超然主义者都必定会高兴万分地为人格首神主奎师那做奉爱服务，因为这样的奉爱服务使自我感到无上的快乐。

要旨 这节诗中特意提到了为人格首神圣奎师那做奉爱服务的特质。圣主奎师那本人就是人格首神的原本形象(svayaṁ-rūpa)；祂所有其他的形象，无论是圣巴拉戴瓦(Baladeva)、桑卡尔珊(Saṅkarṣaṇa)、华苏戴瓦(Vāsudeva)、阿尼如达(Aniruddha)、帕杜么纳(Pradyumna)、纳茹阿亚纳(Nārāyaṇa)，还是扩展出的主宰化身(puruṣa-avatāra)、属性化身(guṇa-avatāra)、娱乐活动化身(līlā-avatāra)、年代化身(yuga-avatāra)及成千上万其他的展示，都是圣主奎师那的完整扩展和不可分割的部分。生物是人格首神不可缺少的分开部分。圣主奎师那是首神的原本形象，是超然存在的顶峰。正因为如此，祂更吸引那些参与祂永恒娱乐活动的高级超然主义者。圣奎师那和巴拉戴瓦在布阿佳布弥与其他灵魂一起从事许多超然的娱乐活动，除了祂们，人格首神的其他形象不可能与其他灵魂有亲密的个人接触。圣主奎师那所从事的超然的娱乐活动，并不像某些智力欠佳人士所争辩的那样，是近期被杜撰出来的；祂的娱乐活动永恒，并且在布茹阿玛的每一天定期展示一次，就像太阳每二十四小时就从东方的地平线上升起一样。

第 23 节　सत्त्वं रजस्तम इति प्रकृतेर्गुणास्तै-
युक्तः परः पुरुष एक इहास्य धत्ते ।
स्थित्यादये हरिविरिञ्चिहरेति संज्ञाः
श्रेयांसि तत्र खलु सत्त्वतनोर्नृणां स्युः ॥२३॥

sattvaṁ rajas tama iti prakṛter guṇās tair
yuktaḥ paraḥ puruṣa eka ihāsya dhatte
sthity-ādaye hari-viriñci-hareti saṁjñāḥ
śreyāṁsi tatra khalu sattva-tanor nṛṇāṁ syuḥ

sattvam — 善良 / rajaḥ— 激情 / tamaḥ— 黑暗的愚昧 / iti — 如此 / prakṛteḥ— 物质自然的 / guṇāḥ— 质量、属性 / taiḥ— 由他们 / yuktaḥ— 与……接触 / paraḥ— 超然的 / puruṣaḥ— 人物 / ekaḥ— 一个 / iha asya — 这个物质世界的 / dhatte — 接受 / sthiti-ādaye— 为了创造、维系及毁灭事宜 / hari — 人格首神维施努 / viriñci — 布茹阿玛 / hara — 主希瓦 / iti — 如此 / saṁjñāḥ— 不同的形象 / śreyāṁsi — 终极的利益 / tatra — 在其中 / khalu — 当然 / sattva — 善良 / tanoḥ— 形象 / nṛṇām — 人类的 / syuḥ— 获得

译文　超然的人格首神间接地与激情、善良和愚昧这三种物质自然属性接触。仅仅是为了物质世界的创造、维系和毁灭，祂才以布茹阿玛、维施努和希瓦这三个属性化身的形式降临。在这三者中，全体人类可以从善良属性化身维施努那里得到最高利益。

要旨　为什么应该通过为圣主奎师那的完整扩展做爱心服务来为奎师那服务的道理，在这节诗中作了解释。圣主奎师那与祂所有的完整扩展都属首神的范畴(viṣṇu-tattva)。圣奎师那扩展出巴拉戴瓦，巴拉戴瓦扩展出桑卡尔珊，桑卡尔珊扩展出全部的维施努主宰化身。维施努—

一物质世界中掌管善良属性的神明，称为祺柔达卡沙依·维施努(Kṣīro-dakaśāyī Viṣṇu)或超灵(Paramātmā)。布茹阿玛是掌管激情属性(rajas)的神明，希瓦是掌管愚昧属性的神明。他们是这个物质世界中三个自然属性的部门主管。布茹阿玛掌管的激情属性及为创造而进行的努力，使创造得以实现；维施努掌管的善良属性负责维持整个创造；当需要毁灭时，主希瓦通过跳毁灭之舞(tāṇḍavanṛtya)执行任务。物质主义者和愚蠢之人分别崇拜布茹阿玛和希瓦。但纯粹的超然主义者崇拜以各种形象展现的维施努——善良属性形象。维施努以亿万的整体形象和分离形象展示出来。祂的整体形象被称为首神，分离形象被称为生物——吉瓦(jiva)。生物和首神都有他们各自原本的灵性形象。生物有时受物质能量的控制，但维施努的首神形象永远控制着物质能量。当人格首神维施努在物质世界显现时，祂是来拯救受物质能量控制的受制约的生物。这种生物怀着要主宰的目的出现在物质世界中，结果掉进物质自然三种属性的罗网，不得不一直不断地更换包裹他们的物质外壳，经历不同的监禁。物质世界的监狱由布茹阿玛按照人格首神的指示建造，在一个卡勒帕(kalpa)结束时由希瓦负责全部予以毁灭。至于对这个监狱的维持，则由维施努负责，就像国家监狱由国家维持一样。因此，任何想要离开这个充满了生老病死的物质存在监狱的人，都必须为获得释放而取悦主维施努。要崇拜主维施努，只有通过做奉爱服务。如果有人必须继续在这个物质世界里过监狱生活，那么他也许会为了暂时缓解痛苦而向希瓦、布茹阿玛、因铎(Indra)和瓦茹纳(Varuṇa)等不同的半神人请求赐予相关的便利条件。然而，没有一个半神人能把被监禁在受制约的物质存在中的生物释放出去。这只有维施努才能办到。因此，最高的利益是由人格首神维施努赐予的。

第 24 节 पार्थिवाद्दारुणो धूमस्तस्मादग्निस्त्रयीमयः ।
तमसस्तु रजस्तस्मात्सत्त्वं यद् ब्रह्मदर्शनम् ॥२४॥

pārthivād dāruṇo dhūmas
　tasmād agnis trayīmayaḥ
tamasas tu rajas tasmāt
　sattvaṁ yad brahma-darśanam

pārthivāt— 从土 / dāruṇaḥ— 木柴 / dhūmaḥ— 烟 / tasmāt— 从那 / agniḥ— 火 / trayī— 韦达祭祀 / mayaḥ— 由……组成 / tamasaḥ— 在愚昧属性中 / tu — 但 / rajaḥ— 激情属性 / tasmāt — 从那 / sattvam — 善良属性 / yat — 那 / brahma — 绝对真理 / darśanam — 觉悟

译文　木柴是土的转化，但烟比木头强。更好的是火，因为我们可以靠火（通过韦达火祭）获取高级知识所带来的那么多利益。同样道理，激情属性比愚昧属性强，但善良属性最好，因为善良属性可以使人领悟绝对真理。

要旨　正如上面解释的，人可以通过为人格首神做奉爱服务摆脱物质存在受制约的生活。从这节诗中我们可以进一步了解到，人必须上升到善良(sattva)属性的层面，以便能有资格为至尊主做奉爱服务。在经验丰富的灵性导师指导下，任何人，哪怕是处在愚昧属性(tamas)层面上的人，都可以逐渐上升到善良属性的层面上，尽管前进的路途上存在着障碍。因此，真诚的学生必须为了灵性进步去找一位经验丰富的灵性导师。无论门徒处在什么样的生活状态中，是处在愚昧、激情状态中，还是处在善良状态中，真正的、有经验的灵性导师都有能力给门徒以指导。

认为崇拜至尊人格首神的任何特性或任何形象都会得到同等利益的想法是错误的。除了维施努形象，所有分离的形象都受物质能量的制约。因此，物质能量的众多形象，不能帮助人提升到善良属性的层面，而善良属性本身就可以使人摆脱物质束缚。

未开化的生命状态——低等动物的生命，受愚昧属性控制。有着各种物质利益的人类文明生活，是激情属性控制下的生活。激情属性的生活以美好情操的形式，透过含有道德伦理原则的哲学、艺术和文化，使人对绝对真理有些微的认识。但相比之下，善良属性在物质属性中还是最高的，它帮助人真正认识绝对真理。换句话说，对布茹阿玛、维施努和哈茹阿(希瓦)这三位不同的神明不同方式的崇拜，以及所得到的各种结果，在质上是不同的。

第 25 节

भेजिरे मुनयोऽथाग्रे भगवन्तमधोक्षजम् ।
सत्त्वं विशुद्धं क्षेमाय कल्पन्ते येऽनु तानिह ॥२५॥

bhejire munayo 'thāgre
bhagavantam adhokṣajam
sattvaṁ viśuddhaṁ kṣemāya
kalpante ye 'nu tān iha

bhejire — 为……所做的服务 / munayaḥ— 圣哲们 / atha — 因此 / agre — 以前的 / bhagavantam — 向人格首神 / adhokṣajam — 超然性 / sattvam — 存在 / viśuddham — 在物质自然的三种属性之上 / kṣemā-ya— 为了得到最高的利益 / kalpante — 值得 / ye — 那些 / anu — 追随 / tān — 那些 / iha — 在这个物质世界里

译文 人格首神的存在超越物质自然三种属性，因此过去所有伟大的圣人都为祂服务。他们为了摆脱物质束缚而崇拜祂，因此获得最高的利益。任何人，只要他追随这些伟大的权威人士，就也有资格摆脱这个物质世界。

要旨 从事宗教活动既不是为了得到物质利益，也不是为了得到仅仅可以区别物质和灵性的简单知识。从事宗教活动的最终目的，是为了使人摆脱物质束缚，在人格首神是至尊人的超然世界里重新过上自由的生活。因此，宗教法是直接由人格首神制定的；除了至尊主授权的代理(mahājanas)，没人知道宗教的目的。世上有十二位至尊主授权、明了宗教目的的代理，他们都为至尊主做超然的服务。想要获得真正利益的人，应该追随至尊主授权的这些代理，以获得至高无上的利益。

第 26 节　मुमुक्षवो घोररूपान् हित्वा भूतपतीनथ ।
नारायणकलाः शान्ता भजन्ति ह्यनसूयवः ॥२६॥

mumukṣavo ghora-rūpān
hitvā bhūta-patīn atha
nārāyaṇa-kalāḥ śāntā
bhajanti hy anasūyavaḥ

mumukṣavaḥ— 希望得到解脱的人 / ghora — 恐怖的、骇人的 / rūpān — 像那样的形象 / hitvā — 拒绝 / bhūta-patīn— 半神人 / atha — 为了这个原因 / nārāyaṇa— 人格首神 / kalāḥ— 完整扩展 / śāntāḥ— 极乐的 / bhajanti — 进行崇拜 / hi — 肯定地 / anasūyavaḥ— 不妒忌

译文　真想获得解脱的人，无疑没有忌妒心，而且尊敬众生。尽管如此，他们却排斥半神人们可怕的形象，只崇拜主维施努绝对快乐的形象和祂的完整扩展。

要旨　至尊人格首神圣奎师那是扩展出维施努范畴的最初的人。祂扩展出两种不同的范畴，分别称为整体的完整扩展和分离的不可缺少的部分。分离的不可缺少的部分是仆人，而维施努的化身这部分整体的完整扩展，则是服务、崇拜的对象。

被至尊主赋予力量的全体半神人们，也是分离的不可缺少的部分。他们不属于维施努范畴(viṣṇu-tattva)。众多的维施努范畴是力量与人格首神的原本形象一样有力的生物，祂们根据不同的时间、不同的环境展示不同种类的力量。至尊主分离的不可缺少的部分力量有限。他们不像

维施努范畴那样有无限的力量。因此，人永远都不该把人格首神纳茹阿亚纳(Nārāyaṇa)的完整扩展维施努范畴，与祂不可缺少的部分等同起来。这样做的人会立刻成为冒犯者(pāṣaṇḍī)。喀历(Kali)年代中有许多愚蠢的人犯这种可怕的错误，把两个范畴等同起来。

至尊主分离的不可缺少的部分在物质能量的评估中占不同的地位；其中有些像卡拉·百茹阿瓦(Kāla-bhairava)、施玛珊·百茹阿瓦(Śmaśāna-bhairava)、沙尼(Śani)、玛哈卡莉(Mahākālī)和昌迪卡(Caṇḍikā)等半神人，绝大多数受到那些在愚昧属性最底层的生物体的崇拜；其他像布茹阿玛、希瓦、苏尔亚(Sūrya)、甘内什(Gaṇeśa)等许多半神人，则被那些受物质享乐欲望驱使、在激情属性控制下的人所崇拜。但真正处在物质自然善良属性层面(sattva-guṇa)上的人，只崇拜维施努范畴中的人物。纳茹阿亚纳、达摩达尔(Dāmodara)、瓦玛纳(Vāmana)、哥文达(Govinda)和阿窦克沙佳(Adhokṣaja)等形象和名字都是维施努范畴中的代表。

有资格的布茹阿玛纳(brāhmaṇa, 婆罗门)崇拜以色拉古茹阿玛·希拉(śālagrāma-śilā) *为代表的属于维施努范畴的人物，查锤亚(刹帝利)和外夏(吠舍)等较高阶层的人一般也崇拜属于维施努范畴的形象。

处在善良属性层面上的资深布茹阿玛纳，不反对其他人的其他崇拜方式。他们也尊敬半神人，哪怕他们是像卡拉·百茹阿瓦或玛哈卡莉那种看起来很恐怖的半神人。资深布茹阿玛纳清楚地了解，那些有着恐怖长相的半神人都是至尊主在各种环境中的不同的仆人。尽管如此，资深布茹阿玛纳们拒绝崇拜半神人，无论其长相恐怖还是很有魅力。这些布茹阿玛纳真想从物质环境中解脱出去，所以只全神贯注于维施努的各种形象。半神人们，就连最高级的半神人布茹阿玛，都不能赐予人解脱。黑冉亚卡希普(Hiraṇyakaśipu)为长生不死而从事严酷的苦行，但他所崇拜的神明布茹阿玛却不能赐予他这种祝福，让他满意。只有维施努被称为穆克提·帕德(mukti-pāda)——能赐予我们解脱的人格首神。半

* 以圆形石头显现的纳茹阿亚纳神像。

神人们就像物质世界里的其他生物一样，当物质结构毁灭时全部被消灭。他们自己不能解脱，更不要谈给他们的奉献者解脱了。半神人们只能给他们的崇拜者以短暂的利益，而不能给予最高的利益。

正是为了这个原因，认真追求解脱的人虽然尊敬所有的半神人，但却拒绝崇拜他们。

第 27 节　रजस्तमःप्रकृतयः समशीला भजन्ति वै ।
पितृभूतप्रजेशादीन् श्रियैश्वर्यप्रजेप्सवः ॥२७॥

rajas-tamaḥ-prakṛtayaḥ
sama-śīlā bhajanti vai
pitṛ-bhūta-prajeśādīn
śriyaiśvarya-prajepsavaḥ

rajaḥ— 激情属性 / tamaḥ— 愚昧属性 / prakṛtayaḥ— 怀有这种心理 / sama-śīlāḥ— 同一类别的 / bhajanti — 在崇拜 / vai — 实际地 / pitṛ — 祖先 / bhūta — 其他生物 / prajeśa-ādīn — 宇宙事务的掌管者 / śriyā— 丰富 / aiśvarya — 财富与权力 / prajā — 子孙 / īpsavaḥ— 这样渴望

译文　受激情属性和愚昧属性控制的人，被获得女人、财产、权力和后代等物质欲望所驱使，崇拜祖先、其他生物体和掌管宇宙事务的半神人。

要旨　人如果真想回归首神，就没必要崇拜各种半神人。《博伽梵歌》第 7 章的第 20 节和第 23 节诗中明确地说：疯狂追逐物质享乐的人因为知识贫乏，所以为了短暂的利益而去找不同的半神人。我们永远都不该渴望增加物质享乐。人们应该只接受生活必需的物质享受，既不多也不少。接受超过生活必需的物质享受，意味着人把自己越来越紧地捆绑在物质存在的痛苦中。注重物质的人因为不知道崇拜维施努能给他带来的利益，所以竭力追求更多的钱财、更多的女人和虚假的贵族气派。靠崇拜维施努，人不仅可以在这一生获利，而且在死后的下一生也可以得到利益。遗忘这些原则的愚蠢之人，为追求更多的钱财、妻子和孩子而崇拜各种各样的半神人。人生的目的是结束生命的痛苦，而不是增加痛苦。

人没有必要为了物质享乐而去接近半神人们。半神人只不过是至尊主的仆人而已，他们的职责本来就是为生物体提供水、光、空气等生活所需。人应该辛勤工作，并用辛苦所得崇拜至尊主：这应该成为我们生活的座右铭。人应该怀着对神的信心以正确的方式小心翼翼地做规定给自己的服务，而这将引导人在回归首神的路途上稳步向前。

圣主奎师那亲自降临在布阿佳圣地时，曾经阻止布阿佳的居民崇拜半神人因铎，建议他们要对神有信心，通过履行他们的职责崇拜神。为物质所得而崇拜各种各样的半神人，几乎是宗教的变态。《博伽瓦谭》一开篇就谴责这种所谓的宗教活动是欺骗、虚伪的宗教(kaitava-dharma)。世上只有一种宗教是全体人类该遵循的，那就是教导人崇拜至尊人格首神的宗教(Bhāgavata-dharma)。

第 28—29 节 वासुदेवपरा वेदा वासुदेवपरा मखाः ।
वासुदेवपरा योगा वासुदेवपराः क्रियाः ॥२८॥
वासुदेवपरं ज्ञानं वासुदेवपरं तपः ।
वासुदेवपरो धर्मो वासुदेवपरा गतिः ॥२९॥

vāsudeva-parā vedā
vāsudeva-parā makhāḥ
vāsudeva-parā yogā
vāsudeva-parāḥ kriyāḥ

vāsudeva-paraṁ jñānaṁ
vāsudeva-paraṁ tapaḥ

vāsudeva-paro dharmo
vāsudeva-parā gatiḥ

vāsudeva — 人格首神 / parāḥ— 终极的目标 / vedāḥ— 启示经典 / vāsudeva — 人格首神 / parāḥ— 为了崇拜 / makhāḥ— 祭祀 / vāsudeva — 人格首神 / parāḥ— 达到的方法 / yogāḥ— 达到至尊主的方法 / vāsudeva — 人格首神 / parāḥ— 在祂控制之下 / kriyāḥ— 功利性活动 / vāsudeva — 人格首神 / param — 无上 / jñānam — 知识 / vāsudeva — 人格首神 / param — 最好的 / tapaḥ— 苦行 / vāsudeva — 人格首神 / paraḥ— 高等品质 / dharmaḥ— 宗教 / vāsudeva — 人格首神 / parāḥ— 终极的 / gatiḥ— 生命的目标

译文　在启示经典中，知识的最终目标是人格首神圣奎师那。举行祭祀的目的是为取悦祂。练瑜伽是为认识祂。一切功利性活动的结果，最终都由祂赐予。祂是最高的知识，从事所有苦修都是要了解祂。为祂做爱心服务就是宗教(达尔玛)。祂是生命的最高目标。

要旨　这两节诗中确认说，人格首神圣奎师那是唯一该崇拜的对象。韦达文献中谈到同一个崇拜目标说：建立灵魂与至尊主的关系，最终恢复我们失去的为祂做爱心服务的机会。这就是韦达经的要旨。在《博伽梵歌》中，至尊主本人亲口证实这同样的理论说：韦达经的最终目的只是为了了解祂。所有的启示经典都是人格首神圣奎师那透过祂的化身圣维亚萨戴瓦编纂，以使受物质自然制约的堕落灵魂想起至尊人格首神圣奎师那。半神人不能使灵魂摆脱物质束缚。那是所有韦达文献的定论。对人格首神一无所知的非人格神主义者，低估至尊主的全能，把祂与所有其他生物等同起来。这样做的唯一结果，是使非人格神主义者摆脱物质束缚的努力面临巨大的困难。他们只有在用许许多多生世培养超然的知识后，才能投靠、服从祂。

有人也许会争论说，韦达活动都以祭祀仪式为基础。那是事实。但所有这些祭祀也是为了觉悟有关华苏戴瓦(Vāsudeva)的真理。华苏戴瓦的另一个名字是雅格亚(Yajña, 祭祀)，《博伽梵歌》中明确说明：所有的祭祀和活动都是为了取悦人格首神雅格亚——维施努。这也是瑜伽(yoga)体系的目的。瑜伽的意思是与至尊主接上关系，其中所牵涉的几个身体方面的程序，如体位法(āsana)、控制呼吸法(prāṇāyāma)和冥想(dhyāna, 禅)等，都是为了全神贯注于华苏戴瓦在局部区域的代表超灵(Paramātmā)。对超灵的觉悟只不过是对华苏戴瓦的部分觉悟，但人如果努力成功，就有可能取得更多的进步，最后对华苏戴瓦有全面的认识。然而不幸的是，绝大多数瑜伽师(yogī)陷入通过身体的练习获得神秘力量的困境中。至尊主会给这种不幸的瑜伽师一次机会，让他们在来世投生在博学的布茹阿玛纳家庭中或富有商人的家庭中，使其能继续完成对华苏戴瓦的觉悟。布茹阿玛纳或富人的这种幸运的儿子如果正确利用自己得到的机会，就能通过与神圣之人的良好联谊轻易获得对华苏戴瓦的觉悟。不幸的是，这种获得恩典的人又再一次被物质财富和荣誉所吸引，忘了生命的目的。

培养知识也如此。按照《博伽梵歌》的说法，培养知识牵涉到十八个项目。靠这样培养知识，人逐渐变得不骄傲、不虚荣、非暴力、宽容、单纯、自制和深爱伟大的灵性导师。通过培养知识，人变得不再依恋家庭生活和家人，开始考虑生老病死的痛苦。培养知识达到的最高境界是为人格首神华苏戴瓦做奉爱服务。因此，华苏戴瓦是培养所有不同知识的最终目标。培养引导人到超然层面与华苏戴瓦相会的知识，是真正的知识。各种各样物质性的知识，在《博伽梵歌》中被谴责为是虚假的知识(ajñāna)。物质的知识最终是为了满足感官，使人延长在物质存在中的时间，继续受三种苦。因此，延长物质存在痛苦生活的知识是无知。但如果用同样的物质性知识引导人走上灵性理解路途，那它就可以帮助人结束物质存在的痛苦生活，开始在华苏戴瓦的层面上过灵性存在的生活。

同样的道理适合所有种类的苦行和苦修。梵文塔帕夏(tapasya)的意思是，为了达到更高的生活目标而自愿接受身体的痛苦。为了达到进行感官享乐的目的，茹阿瓦讷(Rāvaṇa)和黑冉亚卡希普(Hiraṇyakaśipu)从事了严重折磨身体的苦行。现代政治家为了达到某种政治目的有时也会经历严酷的苦行。这其实不是塔帕夏。人应该为了了解华苏戴瓦而自愿承受身体的不便，因为那才是真正的苦修。否则，所有种类的苦行都属激情型和愚昧型的苦行。激情属性和愚昧属性不能终止生命的痛苦。只有善良属性减轻生活中的三种苦。主奎师那所谓的父母瓦苏戴瓦(Vasudeva)和黛瓦克伊(Devakī)，为了让华苏戴瓦当他们的儿子，从事了巨大的苦修。圣主奎师那是所有生物的父亲(《博伽梵歌》14.4)，是所有其他生物的源头。在所有其他生物中，祂是原始永恒的享乐者。祂并不像无知之人所想的那样，没有人能是祂的生身父亲。瓦苏戴瓦和黛瓦克伊用他们从事的严酷苦修取悦圣主奎师那后，祂同意当他们的儿子。因此，如果要从事什么苦修，其目的就必须是：达到知识的顶点——获得华苏戴瓦。

华苏戴瓦是存在中的第一位人格首神圣主奎师那。正如前面解释过的，存在中的第一位人格首神扩展出无数的形象。这些不同的形象，是祂通过祂的各种能量扩展出来的。祂的能量也数不胜数；从质上看，祂的内在能量属于高等能量，祂的外在能量属于低等能量。在《博伽梵歌》第7章的第4—6节诗中，至尊主的高等能量被称为帕茹阿·帕奎提(parā prakṛti)，低等能量被称为阿帕茹阿·帕奎提(aparā prakṛti)。所以，经由祂的内在能量扩展出的各种形象是高等形象，而经由祂的外在能量扩展出的各种形象属低等形象。生物也是祂的扩展。受祂的内在能量保护的生物是永恒解脱了的灵魂，而受制于祂的物质能量的众生是永恒受制约的灵魂。因此，培养知识、苦修、祭祀和活动等这一切，都应该是以改变影响我们的那些能量的特性为目的。现在我们都受至尊主的外在能量控制；为了改变物质自然属性对我们的影响，我们必须努力培养灵性的能量。《博伽梵歌》中说，那些心胸无比开阔、致力于为主奎师那服务的人，处在至尊主内在能量的影响下，结果是：这种心胸开阔的生物从不偏离、从不间断地为至尊主做服务。这应该是生命的目标，这也是韦达文献的定论。人不应该麻烦自己去从事功利性活动或对超然的知识进行枯燥的推测。所有的人都应该立刻致力于为至尊主做超然的爱心服务。半神人只不是至尊主创造、维系和毁灭物质世界的不同助手而已，所以谁都不应该去崇拜那些不同的半神人。在物质世界里有无数强有力的半神人在负责管理事务。他们都是主华苏戴瓦不同的助手。就连主希瓦和主布茹阿玛都属于半神人，但主维施努——华苏戴瓦的地位永远是超然的。祂虽然掌管物质世界的善良属性，但却超越所有的物质属性。为了更清楚地解释这一主题，我们举个例子来说明：监狱里有犯人和管理监狱的人，两者都受君王制定的法律的约束；君王虽然有时也会去视察监狱，但却不受制于监狱的法规。因此，正如君王总是超越监狱的法规，至尊主也总是超越物质世界的法律。

第 30 节 स एवेदं ससर्जाग्रे भगवानात्ममायया ।
सदसद्रूपया चासौ गुणमयागुणो विभुः ॥३०॥

sa evedaṁ sasarjāgre
bhagavān ātma-māyayā
sad-asad-rūpayā cāsau
guṇamayāguṇo vibhuḥ

saḥ— 那 / eva — 肯定地 / idam — 这 / sasarja — 创造了 / agre — 以前 / bhagavān — 人格首神 / ātma-māyayā— 由祂的内在能量 / sat — 缘由 / asat — 效果 / rūpayā — 由形状 / ca — 和 / asau — 同样的至尊主 / guṇa-maya — 在物质自然属性之内 / aguṇaḥ— 超然的 / vibhuḥ— 绝对真理

译文　在物质创造的一开始，这位绝对的人格首神(华苏戴瓦)，便在祂超然的状态中，用祂本人的内在能量创造了因果能量。

要旨　至尊主的地位永远是超然的，因为物质世界创造所需要的因果能量也都是由祂创造的。所以，祂永远不受物质自然属性的影响。祂的存在、形象、活动和随身用品都存在于物质创造之前。*祂是绝对灵性的，与物质世界中的自然属性无关。物质世界中的自然属性在质上有别于至尊主的灵性属性。

第 31 节　तया विलसितेष्वेषु गुणेषु गुणवानिव ।
अन्तःप्रविष्ट आभाति विज्ञानेन विजृम्भितः ॥३१॥

taya vilasiteṣv eṣu
guṇeṣu guṇavān iva
antaḥ-praviṣṭa ābhāti
vijñānena vijṛmbhitaḥ

tayā— 由他们 / vilasiteṣu — 尽管处在 / eṣu — 这些 / guṇeṣu — 物质自然属性 / guṇavān — 受到属性的影响 / iva — 正如 / antaḥ— ……之内 / praviṣṭaḥ— 进入了 / ābhāti — 看来是 / vijñānena — 由超然的意识 / vijṛmbhitaḥ— 全知、无所不知

译文　创造物质实体后，至尊主(华苏戴瓦)扩展自己并进入其中。祂虽然身处物质自然属性内，而且看似是其中一个被创造的生物体，但却始终全知并处在超然的地位上。

---

* 玛亚瓦达学派的领袖圣商卡尔查尔亚，在他对《博伽梵歌》的评注中承认主奎师那的这一超然的地位。

要旨 生物是至尊主分离的不可缺少的一部分；其中没有资格住在灵性王国中的受制约的生物，散布在物质世界中最大限度地享受物质。至尊主作为生物永恒的朋友，以祂的一个完整扩展——超灵，住在生物体心中陪伴他们，在他们进行物质享乐时指导他们并见证他们的一切活动。在众生享受物质环境时，至尊主不受物质氛围的影响，始终保持祂超然的状态。韦达文献《蒙达卡奥义书》(Muṇḍaka Upaniṣad)第 3 篇第 1 章的第 1 节诗中说：一棵树上有两只鸟，其中的一只正在吃树上的果实，而另一只则在看着牠同伴的所作所为(dvā suparṇā sayujā sakhā-yā sakhāyā samānaṁ vṛkṣaṁ pariṣasvajāte/tayor anyaḥ pippalaṁ svādv atty anaśnann anyo 'bhicākaśīti)。这里的见证者是至尊主，吃果实者是受制约的生物。吃果实者(受制约的生物)忘了他真正的身份，沉溺于物质环境中的功利性活动，但至尊主(超灵)永远充满了超然的知识。那就是超灵与受制约灵魂之间的区别。受制约的灵魂—— 生物，受自然法律的控制；而超灵——帕茹阿玛特玛(Paramātmā)，是物质能量的控制者。

第 32 节 यथा ह्यवहितो वह्निर्दारुष्वेकः स्वयोनिषु ।
नानेव भाति विश्वात्मा भूतेषु च तथा पुमान् ॥३२॥

yathā hy avahito vahnir
dāruṣv ekaḥ sva-yoniṣu
nāneva bhāti viśvātmā
bhūteṣu ca tathā pumān

yathā — 就像 / hi — 正如 / avahitaḥ — 充满着 / vahniḥ— 火 / dā-ruṣu— 在木头中 / ekaḥ— 一个 / sva-yoniṣu — 展示的本源 / nānā iva — 如不同的生物 / bhāti — 照明 / viśva-ātmā — 作为超灵的至尊主 / bhūte-ṣu — 在生物中 / ca — 和 / tathā — 同样的 / pumān — 至尊者

译文　如火元素遍布木柴内，至尊主以超灵的形式无所不在。因此，祂虽然是唯一的绝对个体，但却看似是众多不同的个体。

要旨　至尊人格首神主华苏戴瓦，透过祂的一个完整部分扩展自己，遍布整个世界，甚至在原子能量中都能感知到祂的存在。物质、反物质、质子、中子等，都是至尊主超灵特征的不同作用结果。正如木柴可以展示出火，或者牛奶可以搅拌出奶油；透过正确的聆听和吟诵奥义书(Upaniṣad)及《韦丹塔·苏陀》(Vedānta-sutra)等韦达文献中特别论述的超然主题这一程序，我们也可以感受到至尊主作为超灵的存在。《圣典博伽瓦谭》是对这些韦达文献的真实解释。聆听超然的信息可以使人觉悟到至尊主，这是体验超然主题的唯一方法。正如用其他的火可以点燃木柴中的火，仅仅另一个神性恩典就可以激起人的神性意识。圣恩灵性导师可以透过善于接受知识的生物所具有的耳朵，把正确的灵性信息注入木柴般的生物心中，点燃他们的灵性之火。因此，人唯一需要做的是，怀着乐于接受的心态去找一位真正的的灵性导师，聆听他的教导，这样就可以逐渐觉悟到神性的存在。动物和人的区别就在于此。人可以正确的聆听，但动物不能。

第 33 节　असौ गुणमयैर्भावैर्भूतसूक्ष्मेन्द्रियात्मभिः ।
स्वनिर्मितेषु निर्विष्टो भुङ्क्ते भूतेषु तद्गुणान् ॥३३॥

asau guṇamayair bhāvair
bhūta-sūkṣmendriyātmabhiḥ
sva-nirmiteṣu nirviṣṭo
bhuṅkte bhūteṣu tad-guṇān

asau — 那超灵 / guṇa-mayaiḥ— 由物质自然属性所影响 / bhāvaiḥ— 自然地 / bhūta — 被创造 / sūkṣma — 精微的 / indriya — 感官 / ātmabhiḥ— 由生物 / sva-nirmiteṣu — 在祂自己的创造之内 / nirviṣṭaḥ— 进入 / bhuṅkte — 引起享乐 / bhūteṣu — 在生物之中 / tat-guṇān— 那些自然属性

译文 超灵进入每一个受物质自然属性影响的被造生物体的体内，使他们透过精微的心念享受这些属性的产物。

要旨 从最智慧的生物布茹阿玛开始，下到微小的小蚂蚁，物质世界中共有八百四十万种生命形式。他们都按照粗糙物质躯体和精微心念的欲望享受这个物质世界。粗糙的物质躯体以精微心念的状态为基础，感官是根据生物的欲望被制造出来的。由于生物本身在任何方面都没有能力独自得到他想要的一切，至尊主便作为超灵帮助生物得到物质快乐。谋事在人，成事在天；生物起心动念，至尊主帮助安排。换一个角度说，生物是至尊主不可缺少的一部分，因此与至尊主是一体的。至尊主在《博伽梵歌》中宣称，所有在各种各样躯体中的生物都是祂的儿子。儿子的痛苦和享乐，间接也是父亲的痛苦与享乐。尽管如此，儿子的痛苦与享乐无论如何都不会直接影响到父亲。至尊主是如此仁慈，祂总是以超灵的形式与生物在一起，一直为把生物引向真正的快乐而努力。

第 34 节 भावयत्येष सत्त्वेन लोकान् वै लोकभावनः ।
लीलावतारानुरतो देवतिर्यङ्नरादिषु ॥३४॥

bhāvayaty eṣa sattvena
lokān vai loka-bhāvanaḥ
līlāvatārānurato
deva-tiryaṅ-narādiṣu

bhāvayati — 维持 / eṣaḥ— 所有这些 / sattvena — 受善良属性影响的 / lokān — 全宇宙 / vai — 一般的 / loka-bhāvanaḥ— 所有宇宙的主人 / līlā— 娱乐活动 / avatāra — 化身 / anurataḥ— 扮演……的角色 / deva — 半神人 / tiryak — 低等动物 / nara-ādiṣu— 在人类当中

译文　宇宙之主维系着半神人、人及其他生物体居住的各种星球。祂以各种化身所扮演的角色从事娱乐活动，教化那些处在纯粹善良属性层面上的生物。

要旨　物质世界中有无数的物质宇宙，在每一个宇宙中又有无数的星球，其上居住着受不同物质自然属性影响、等级不同的生物。至尊主(维施努)化身前往每一个星球、每一个生物体的社会。祂在这些生物体中展示祂超然的娱乐活动，以激发这些生物回归首神的愿望。至尊主并没有改变祂原本的超然状态，但祂会按照具体的时间、环境和社会情况，以不同的形象展示自己。

祂有时自己化身前来，有时选出某个合适的生物，赋予他力量，让他代表自己做事，但无论形式如何，宗旨都是相同的，即：至尊主想让正在受苦的生物回归家园，回到祂身边。生物追求的快乐，在物质世界无数的宇宙和星球上的任何一个角落都找不到。生物渴望的永恒快乐，只有在神的王国中才能得到。然而，处在物质自然属性影响下的健忘的生物，对神的王国一无所知。为此，至尊主要么亲自化身前来，要么通过祂真正的代表，以神的好儿子的身份前来，传播有关神的王国的信息。神的这些代表和儿子，不仅在人类社会中作宣传，让人们回归首神，而且也在半神人及其他物种等所有种类的社会中做工作。

到此为止，结束了巴克提韦丹塔对《圣典博伽瓦谭》第 1 篇第 2 章——“神与对神的服务”所作的阐释。

第三章

奎师那是所有化身的源头

第1节

सूत उवाच
जगृहे पौरुषं रूपं भगवान्महदादिभिः ।
सम्भूतं षोडशकलमादौ लोकसिसृक्षया ॥ १ ॥

sūta uvāca
jagṛhe pauruṣaṁ rūpaṁ
bhagavān mahad-ādibhiḥ
sambhūtaṁ ṣoḍaśa-kalam
ādau loka-sisṛkṣayā

sūtaḥ uvāca — 苏塔说 / jagṛhe — 接受 / pauruṣam — 作为菩茹沙(主宰化身)的完整扩展 / rūpam — 形象 / bhagavān — 人格首神 / mahat-ādibhiḥ— 以物质世界的成分 / sambhūtam — 因此便有创造 / ṣoḍaśa-kalam — 十六个基本原则 / ādau— 在开始的时候 / loka — 宇宙 / sisṛkṣayā — 为了创造

译文 苏塔说：在创造的一开始，至尊主先扩展出主宰化身，展示物质创造所需的一切原料。因此，首先就有了对构成物质世界的十六种原材料的创造。这是为了创造所有物质宇宙。

要旨 《博伽梵歌》(Bhagavad-gītā)中说，人格首神圣奎师那透过祂的完整扩展维系这些物质宇宙。这节诗中所说的这个主宰(puruṣa)形象，证实了《博伽梵歌》中的叙述。存在中的第一位人格首神华苏戴瓦(Vāsudeva) ——主奎师那，以瓦苏戴瓦王或南达王的儿子闻名于世。

祂绝对拥有所有的财富、力量、名望、美丽、知识和弃绝。祂的财富的一部分展示为不具人格特征的梵光(Brahman)，一部分展现为超灵(Paramātmā)。人格首神圣奎师那的这个主宰(puruṣa)形象，是至尊主的第一位超灵展示。物质创造中有三个主宰形象，这个名为卡冉诺达卡沙依·维施努(Kāraṇodakaśāyī Viṣṇu)的形象，是三个形象中的第一个形象；其他两个形象分别称为嘎尔博达卡沙依·维施努(Garbhodakaśāyī Viṣṇu)和祺柔达卡沙依·维施努(Kṣīrodakaśāyī Viṣṇu)。这部巨著将会对祂们进行逐一地解释。无数的宇宙由这位卡冉诺达卡沙依·维施努的皮肤毛孔中产生出来；接着，至尊主又以嘎尔博达卡沙依·维施努的形象进入每一个宇宙。

《博伽梵歌》中还提到，物质世界周而复始地被创造出来和被毁灭，从不间断。创造和毁灭是至尊意愿作用的结果，其目的是要造福受制约的灵魂——尼提亚·巴达(nitya-baddha)生物。尼提亚·巴达——永恒受制约的生物，持有驱使他们进行感官享乐的假我(ahaṅkāra)概念，这种感官享乐是他们在他们的原本地位上所无法进行的。至尊主是唯一的享乐者，所有其他生物都是被享受者。生物是被支配的享受者。但永恒受制约的灵魂忘记了自己的原本地位，极度渴望享受。为此，至尊主给受制约的灵魂在物质世界里享受物质的机会，同时也给予他们机会，让他们了解他们自己真正的原本地位。那些抓住绝对真理并投靠华苏戴瓦莲花足的幸运生物，在物质世界里经历了许许多多生世后，加入永恒解脱的灵魂的行列，从而被允许进入首神的王国。那以后，这类幸运的灵魂便不再需要进入这个临时的物质创造。然而，无法了解真相的生物，就会在物质创造毁灭时再次进入物质创造实体——玛哈特·塔特瓦(mahat-tattva)。当创造再次进行时，这个物质创造实体便再次释放。这个物质创造实体容纳物质展示所需要的一切原材料，包括受制约的灵魂。这个物质创造实体首先分为五种粗糙的物质元素和十一种工作感官(工具)这十六个部分。它就像晴朗天空中的云朵。在灵性的天空中，梵光普照，万事万物都被灵性的光芒照耀得光辉灿烂。物质创造实体处在广阔无垠的灵性天空中的一个角落，被物质创造实体遮住光芒的这部分称为物质天空。称为玛哈特·塔特瓦(mahat-tattva)的这部分灵性天空，只不过是整个灵性天空微不足道的一小部分而已；而就在这样一个物质创造实体中，有着数不胜数的物质宇宙。所有这些物质宇宙，都是由又被称为玛哈·维施努的卡冉诺达卡沙依·维施努扫视物质天空，使其受孕后一起产出的。

第 2 节　**यस्याम्भसि शयानस्य योगनिद्रां वितन्वतः ।**
नाभिह्रदाम्बुजादासीद् ब्रह्मा विश्वसृजां पतिः ॥२॥

yasyāmbhasi śayānasya
　yoga-nidrāṁ vitanvataḥ
nābhi-hradāmbujād āsīd
　brahmā viśva-sṛjāṁ patiḥ

yasya — ……的 / ambhasi — 在水中 / śayānasya — 躺下 / yoga-nidrām— 在冥想中睡着 / vitanvataḥ— 给予帮助的 / nābhi — 肚脐 / hrada — 从湖中 / ambujāt— 从莲花中 / āsīt — 被展示 / brahmā — 生物体的祖父 / viśva — 宇宙 / sṛjām — 工程师 / patiḥ— 主人

译文　主宰化身的一个完整扩展在宇宙之水中躺下，从祂的肚脐长出一根莲花茎；在莲花茎顶部的莲花上，宇宙中全体工程师的导师布茹阿玛展现了。

要旨　第一个主宰化身是卡冉诺达卡沙依·维施努。从祂皮肤的毛孔中，数不胜数的宇宙涌现出来。接着，主宰化身以嘎尔博达卡沙依·维施努的身份进入每一个宇宙，由祂身体流出的水填满了宇宙的一半，而祂就躺在那水中。从嘎尔博达卡沙依·维施努的肚脐长出一枝莲花，布茹阿玛(Brahmā)就出生在那上面。布茹阿玛既是宇宙内众生的父亲，又是那些像宇宙工程师一样协助他设计并维持宇宙内部运作的全体半神人的导师。在那枝莲花茎中，有十四层星系，地球级的星系就处在中间的层面上。在地球星系之上的，是条件更优越的星系，其中最高的星系称为布茹阿玛珞卡(Brahmaloka)或萨提亚珞卡(Satyaloka)。在地球星系之下的，是七层低等星系，其上居住着恶魔(asura)和与他们类似的只注重物质的其他生物体。

嘎尔博达卡沙依·维施努随后扩展出祺柔达卡沙依·维施努——处在众生心中的超灵的源头。祂名叫哈尔依(Hari)，宇宙中所有的化身都从祂那里展示出来。

结论是：主宰化身展现为三个形象，第一个是在物质创造实体中创造了物质原材料集合体的卡冉诺达卡沙依·维施努，第二个是进入每一个宇宙的嘎尔博达卡沙依·维施努，第三个是祺柔达卡沙依·维施努——每一个物质个体(有机体和无机体)中的超灵。知道人格首神这些完整形象的人，对首神有正确的了解。这样的人就像《博伽梵歌》所证实的那样，可以摆脱生老病死的物质处境。这节诗总结了有关玛哈·维施努的主题。玛哈·维施努出于祂的自由意愿，躺在灵性天空的一处名叫卡冉纳(kāraṇa)的汪洋上瞥视祂的物质自然，物质创造实体因而被立刻创造出来。这样，受至尊主力量的激发，物质自然立刻创造出无数的宇宙，正如一棵树在适当的时候长满了数不胜数的果实。树的种子在悉心的培育下发芽长大，在适当的时间里结出许许多多的果实。没有起因，什么都不会发生。创造的源头是玛哈·维施努，因此祂躺下的汪洋被称为卡冉纳汪洋——原因之洋(梵文卡冉纳的意思“原因”)。我们不应该愚蠢地接受不信神者杜撰的有关创造的理论。《博伽梵歌》中描述不信神者说：不信神者不相信存在着创造者，但却提不出解释有关创造的更好的理论。正如妇女——帕奎缇(prakṛti)，如果没有与男人——菩茹沙(puruṣa)结合，就生不出孩子；没有主宰化身的力量，物质自然本身无力进行创造。男人使女人受孕，女人生产。我们不应该期望从山羊脖子上的袋状瘤中挤出奶来，尽管它们看起来像乳头。同样道理，我们不应该期望物质原材料会有什么创造的力量；我们必须相信使物质自然(帕奎缇)受孕的菩茹沙的力量。由于至尊主想要在冥想状态中躺下，物质能量便立刻创造出无数的宇宙，至尊主随后进入每一个宇宙并躺下；随即，凭至尊主的意愿，所有的星球和不同的相关事物被立即创造出来。至尊主有无限的力量，因此可以按照祂完美的计划做祂喜欢做的事，尽管祂本人并没有什么需要做的事。没有谁比祂伟大或与祂平等。那就是韦达经(Vedas)的定论。

第 3 节 यस्यावयवसंस्थानैः कल्पितो लोकविस्तरः ।
तद्वै भगवतो रूपं विशुद्धं सत्त्वमूर्जितम् ॥ ३ ॥

yasyāvayava-saṁsthānaiḥ
kalpito loka-vistaraḥ
tad vai bhagavato rūpaṁ
viśuddhaṁ sattvam ūrjitam

yasya — ……的 / avayava — 身体的扩展 / saṁsthānaiḥ— 处于 / kalpitaḥ— 被想象成 / loka — 星球 / vistaraḥ— 各类的 / tat vai — 但那是 / bhagavataḥ— 人格首神的 / rūpam — 形象 / viśuddham— 纯洁的 / sattvam — 存在 / ūrjitam — 优异

译文 据说宇宙中所有的星系都坐落在主宰化身的庞大身躯上，但祂却与被创造的物质原料毫无接触。祂的身体永恒是绝对灵性的。

要旨 至尊绝对真理的宇宙形象(virāṭ-rūpa 或 viśva-rūpa)概念，是特别为那些很难去想人格首神超然形象的初习者设计的。对这样的人来说，形象一定是属于这个物质世界的，所以在刚开始冥想绝对者时，有必要把注意力集中在至尊主的力量扩展这一与形象相对的概念上。如上所述，至尊主以容纳了所有物质原材料的物质实体形式扩展祂的力量。至尊主扩展出的力量与至尊主本人从一个意义上说是一体的，但同时物质创造实体又有别于至尊主。因此，至尊主的能量与至尊主本人同时既是一体又有区别。所以说，特别为非人格神主义者设计的宇宙形象的概念，与至尊主的永恒形象没有区别。至尊主的永恒形象存在于物质实体被创造前，这节诗强调说：比起物质自然属性，至尊主的永恒形象绝对灵性、超然。至尊主的这个超然形象透过祂的内在能量展示出来，而祂展示的众多化身永远与祂的超然形象一样是超然的，不与物质实体接触。

第 4 节 पश्यन्त्यदो रूपमदभ्रचक्षुषा
सहस्रपादोरुभुजाननाद्भुतम् ।
सहस्रमूर्धश्रवणाक्षिनासिकं
सहस्रमौल्यम्बरकुण्डलोल्लसत् ॥ ४ ॥

paśyanty ado rūpam adabhra-cakṣuṣā
sahasra-pādoru-bhujānanādbhutam
sahasra-mūrdha-śravaṇākṣi-nāsikaṁ
sahasra-mauly-ambara-kuṇḍalollasat

paśyanti — 看 / adaḥ— 普茹沙的形象 / rūpam — 形象 / adabhra — 完美的 / cakṣuṣā — 由眼睛 / sahasra-pāda — 上千的足 / ūru — 腿 / bhuja-ānana — 手和脸 / adbhutam — 奇妙的 / sahasra — 上千的 / mūrdha — 头 / śravaṇa — 耳 / akṣi— 眼 / nāsikam — 鼻子 / sahasra — 上千的 / mauli — 花环 / ambara — 衣服 / kuṇḍala — 耳环 / ullasat — 全都发亮

译文 奉献者用他们完美的眼睛观看有着千万个小腿、大腿、手臂和脸庞的主宰化身的超然形象，一切都神奇非凡。那身体中有成千上万的头、耳朵、眼睛和鼻子，且都由千万个头盔、闪亮的耳环和无数的花环装饰着。

要旨 用我们现有的物质感官，我们无法感知到超然的至尊主及与祂有关的任何超然的人、事、物。我们现有的感官需要经由奉爱服务的程序予以矫正；那之后，至尊主本人就会向我们揭示祂自己。《博伽梵歌》中证实说，只有通过做纯粹的奉爱服务，才能感知到至尊主。韦达经中也证实说：只有奉爱服务才能把人引向至尊主身边，只有奉爱服务才能揭示祂。《布茹阿玛·萨密塔》(Brahma-saṁhitā)中也说，眼睛上涂了奉爱服务眼膏的奉献者始终能看到至尊主。所以，我们必须从那些用涂过奉爱服务眼膏的完美眼睛真正看到至尊主的人那里，获取有关至尊主超然形象的信息。即使在物质世界中，我们用我们的眼睛也不是什么都能看见；我们有时透过真正看到或做过事情的那些人的经验看事物。如果那是感受世俗对象的方法，那么在感知超然事物时，它就得到了更完美的运用。因此，唯有耐心和坚持不懈才能使我们觉悟有关绝对真理的超然主题和祂不同的形象。对初习者来说，祂没有形象；但对精通为祂做服务的祂的仆人来说，祂有超然的形象。

第 5 节 एतन्नानावताराणां निधानं बीजमव्ययम् ।
यस्यांशांशेन सृज्यन्ते देवतिर्यङ्नरादयः ॥५॥

etan nānāvatārāṇāṁ
nidhānaṁ bījam avyayam
yasyāṁśāṁśena sṛjyante
deva-tiryaṅ-narādayaḥ

etat — 这(形象) / nānā — 五花八门的 / avatārāṇām — 化身的 /

nidhānam — 本源 / bījam— 种子 / avyayam — 不能毁灭的 / yasya — ……的 / aṁśa — 完整扩展 / aṁśena — 完整扩展的部分 / sṛjyante — 创造 / deva — 半神人 / tiryak — 动物 / nara-ādayaḥ— 人类及其他

译文 这个形象(主宰化身的第二个展示)是宇宙中多种化身的源头及不灭的种子。从这个形象身上的各个部分及微粒，半神人、人和其他各种生物体被创造出来。

要旨 第一个主宰化身菩茹沙(puruṣa)在物质实体(mahat-tattva)中创造了数不胜数的宇宙后，以第二个主宰化身嘎尔博达卡沙依·维施努的形象进入每一个宇宙。祂看到宇宙中只有漆黑一片的空间而没有休息的地方时，便用自己的汗水填满宇宙的一半，然后在水面上躺下。这水称为嘎尔博达卡(Garbhodaka)。接着，从祂的肚脐发芽长出一枝莲花，执行宇宙计划的总工程师布茹阿玛在那朵莲花上诞生了。布茹阿玛称为宇宙内的建筑工程师，至尊主本人作为维施努则负责维系宇宙。布茹阿玛产自物质自然(prakṛti)的激情属性 (rajo-guṇa)，维施努是善良属性的控制者。超越一切属性的维施努，始终远离物质的影响：这一点已经解释过了。从布茹阿玛，负责掌管愚昧属性的茹铎(Rudra, 希瓦)诞生了。他按照至尊主的意愿毁灭整个创造。综上所述，我们了解到，布茹阿玛、维施努和希瓦这三位人物，都是嘎尔博达卡沙依·维施努的化身。从布茹阿玛，达克沙(Dakṣa)、玛瑞祺(Marīci)、玛努(Manu)等许多其他半神人诞生出来，负责繁衍这个宇宙中的生物体。韦达赞歌《对嘎尔巴的赞颂》(Garbha-stuti)，以描述至尊主有成千的头为开始赞颂嘎尔博达卡沙依·维施努。嘎尔博达卡沙依·维施努是宇宙之主，尽管祂看上去是躺在宇宙中，但实际上永远是超然的。这一点也已经解释过。嘎尔博达卡沙依·维施努的完整扩展是宇宙生命的超灵，祂被称为宇宙的维系者或祺柔达卡沙依·维施努。这样，我们就对原始主宰化身的三个形象有了一定的了解。这个宇宙中所有的化身都来自祺柔达卡沙依・维施努。

不同的年代有不同的化身，化身之多无以数计，但其中玛茨亚(Matsya)、库尔玛(Kūrma)、瓦茹阿哈(Varāha)、茹阿玛(Rāma)、尼尔星哈(Nṛsiṁha)、瓦玛纳(Vāmana)等许多化身非常著名。这些化身都被称为是娱乐活动化身(līlā)。除祂们之外，至尊主还有布茹阿玛、维施努和希瓦(茹铎)这些负责掌管不同物质自然属性的属性化身。

主维施努就是人格首神。主希瓦的地位处在人格首神和个体生物(jīva)之间。布茹阿玛永远属于个体生物的范畴(jīva-tattva)。为了创造，至尊主把力量授予祂最伟大的奉献者——最虔诚的生物，那个生物就被称为布茹阿玛。他的力量就像珍贵的石头和宝石反射出的太阳的力量。当没有合适的生物可以担当布茹阿玛一职时，至尊主本人就降临履行布茹阿玛的职责。

主希瓦不是普通生物。他是至尊主的完整扩展，但由于他直接与物质自然接触，所以地位不完全像主维施努那样超然。他与维施努之间的区别就像酸奶(优酪乳)与牛奶之间的区别。酸奶不是别的，就是牛奶，但却不能代替牛奶。

接下来要介绍的化身是众多的玛努(Manu)。在布茹阿玛的一天中(用我们的太阳年算是 4,300,000×1,000 年)，共有十四位玛努。因此，在布茹阿玛的一个月中有四百二十位玛努，一年中有五千零四十位玛努。布茹阿玛活一百岁，所以在他的一生中共有五十万四千位玛努。物质世界里有无数个宇宙，每一个宇宙中都有布茹阿玛，而所有这些布茹阿玛都在主宰化身的一个呼吸间被创造并被毁灭。如此我们可以想象一下，在主宰化身的一个呼吸间有千百万个玛努。

接下来是曼宛塔尔化身(manvantara-avatara)。这些曼宛塔尔化身是这个宇宙中玛努统治时显现的化身，他们分别是：斯瓦阳布瓦・玛努(Svāyambhuva Manu)统治时的雅格亚(Yajña)，斯瓦柔祺施・玛努(Svārociṣa Manu)统治时的维布(Vibhu)，乌塔玛·玛努(Uttama Manu) 统治时的萨提亚森纳(Satyasena)，塔玛斯·玛努(Tāmasa Manu)统治时的哈尔依(Hari)，茹艾瓦塔·玛努(Raivata Manu)统治时的外琨塔(Vaikuṇṭha)，查克舒沙·玛努(Cākṣuṣa Manu)统治时的阿吉塔(Ajita)，外瓦斯瓦塔·玛努(Vaivasvata Manu, 我们现在这个年代就由这个玛努管理)统治时的瓦玛纳(Vāmana)，萨瓦尔尼·玛努(Sāvarṇi Manu)统治时的萨尔玛宝玛(Sārva-bhauma)，达克沙萨瓦尔尼·玛努(Dakṣasāvarṇi Manu)统治时的瑞沙巴(Ṛṣabha)，布茹阿玛·萨瓦尔尼·玛努(Brahma-sāvarṇi Manu)统治时的维施瓦克森纳(Viṣvaksena)，达尔玛·萨瓦尔尼·玛努(Dharma-sāvarṇi Manu)统治时的达尔玛赛图(Dharmasetu)，茹铎·萨尔瓦尼·玛努(Rudra-sāvarṇi Manu)统治时的苏达玛(Sudhāmā)，戴瓦·萨瓦尔尼·玛努(Deva-sāvarṇi Manu)统治时的尤给施瓦尔(Yogeśvara)，以及因铎·萨瓦尔尼·玛努(Indra-sāvarṇi Manu)统治时的毕尔哈德巴努(Bṛhadbhānu)。这是上面描述的在四十三亿太阳年内一组十四位玛努统治时的曼宛塔尔化身名单。

接下来，至尊主还有年代化身(yugāvatāra)。年代共有四个，它们分别是：萨提亚年代(Satya-yuga)、特瑞塔年代(Tretā-yuga)、杜瓦帕尔年代(Dvāpara-yuga)和喀历年代(Kali-yuga)。每一个年代的化身肤色都不一样，分别是白、红、黑、黄。在杜瓦帕尔年代中显现的是黑皮肤的主奎师那，在喀历年代中显现的是黄皮肤的主柴坦亚。

因此，启示经典中谈到了至尊主所有的化身，根本不给骗子以机会冒充至尊主的化身。如果是至尊主的化身，启示经典(śāstras)中必然会提到。真正的化身不会声称自己是至尊主的化身，但伟大的圣人们根据启示经典中提到的至尊主化身的特征认出这些化身并予以公认。化身的特征及具体要执行的使命，启示经典中都有记载。

除了直接的化身，至尊主还有数不胜数的授予权利和力量的化身。启示经典对他们也有描述。这样的化身被直接或间接地授予了权利和力量。被直接授予权利和力量的至尊主的代表被称为化身，而间接被授予权利和力量的至尊主的代表被称为维布提(vibhūti)。被直接授予权利和力量的化身有库玛尔四兄弟(Kumāra)、纳茹阿达(Nārada)、普瑞图(Pṛthu)、阿南塔·蛇沙(Ananta Śeṣa)等。至于间接授予权利和力量的维布提，《博伽梵歌》维布提·瑜伽(绝对者的财富)一章中有很明确的描述。所有这些不同种类的化身，都来自嘎尔博达卡沙依·维施努。

第 6 节 स एव प्रथमं देवः कौमारं सर्गमाश्रितः ।
चचार दुश्चरं ब्रह्मा ब्रह्मचर्यमखण्डितम् ॥ ६ ॥

sa eva prathamaṁ devaḥ
kaumāraṁ sargam āśritaḥ
cacāra duścaraṁ brahmā
brahmacaryam akhaṇḍitam

saḥ— 那 / eva — 肯定的 / prathamam — 第一 / devaḥ— 至尊主 / kaumāram — 名叫库玛尔(不结婚的) / sargam — 创造 / āśritaḥ— 之下 / cacāra— 执行 / duścaram — 很难做到 / brahmā — 在布茹阿曼的境界 / brahmacaryam — 为了觉悟绝对真理 (布茹阿曼)而遵守纪律 / akhaṇḍitam — 没有中断地

译文 首先，在创造开始时有布茹阿玛的四个儿子(库玛尔四兄弟)。他们发誓终生不娶，过独身禁欲的生活，为领悟绝对真理而严格苦修。

要旨 物质世界定期地被创造、维系和再次毁灭，周而复始，从不间断。每一个宇宙中的生物体祖先布茹阿玛不同，创造的名称就不同。诗文中提到的库玛尔四兄弟，在物质世界的考玛尔(Kaumāra)创造期出现，教导我们觉悟布茹阿曼(Brahman, 梵)的程序。他们严格遵守独身禁欲者的戒律。这些库玛尔是被授予权利和力量的化身。他们在严格遵守独身禁欲戒律之前，全部先成为有资格的布茹阿玛纳(brāhmaṇa, 婆罗门)。他们的例子给我们的启示是：人必须先努力培养布茹阿玛纳的资格，然后才能按觉悟布茹阿曼的程序做；具备不具备布茹阿玛纳的资格，不是凭出生决定的。

第 7 节 द्वितीयं तु भवायास्य रसातलगतां महीम् ।
उद्धरिष्यन्नुपादत्त यज्ञेशः सौकरं वपुः ॥ ७ ॥

dvitīyaṁ tu bhavāyāsya
rasātala-gatāṁ mahīm
uddhariṣyann upādatta
yajñeśaḥ saukaraṁ vapuḥ

dvitīyam— 第二位 / tu — 但是 / bhavāya — 为……福利 / asya — 这个地球的 / rasātala — 最低地区的 / gatām — 去了以后 / mahīm — 地球 / uddhariṣyan — 举起 / upādatta— 接受了 / yajñeśaḥ— 拥有者或至尊的享受者 / saukaram — 猪的 / vapuḥ— 化身

译文 一切祭祀的至尊享受者化身为雄猪（第二位化身），把地球从地狱中托起，从而拯救了地球。

要旨 启示经典中不但谈到人格首神的每一个化身，而且还提到了每一个化身具体起的作用。每一个化身来临时不可能没有具体要起的作用；他们所起的作用永远是非凡的，任何一个普通生物都不可能做到他们做的事情。雄猪化身的作用是把地球从不洁净的冥府地带托出来。把一些东西从肮脏的地方捡起来是猪做的事情，全能的人格首神扮演雄猪的角色做这件奇事，震惊了把地球藏在肮脏地带的恶魔们(asuras)。对人格首神来说，没有不可能做到的事情。祂虽然扮演雄猪的角色，但永远是超然的，受到祂奉献者的崇拜。

第 8 节 तृतीयमृषिसर्गं वै देवर्षित्वमुपेत्य सः ।
तन्त्रं सात्वतमाचष्ट नैष्कर्म्यं कर्मणां यतः ॥ ८ ॥

tṛtīyam ṛṣi-sargaṁ vai
devarṣitvam upetya saḥ
tantraṁ sātvatam ācaṣṭa
naiṣkarmyaṁ karmaṇāṁ yataḥ

tṛtīyam — 第三位 / ṛṣi-sargam — 圣哲的时代 / vai — 肯定地 / devarṣitvam — 半神人中圣哲的化身 / upetya — 接受了以后 / saḥ— 他 / tantram — 韦达经的说明 / sātvatam — 特别是为了奉爱服务 / ācaṣṭa — 搜集 / naiṣkarmyam — 非功利性的 / karmaṇām — 工作的 / yataḥ— 由那

译文 在圣人们的年代，人格首神的第三位化身，以半神人中的伟大圣人纳茹阿达这一被赋予力量的化身形象出现。他收集韦达经中阐述有关奉爱服务、鼓励非功利性活动的经文。

要旨 被人格首神赋予了力量的化身——伟大的圣人纳茹阿达(Ṛṣi Nārada)，在全宇宙传播奉爱服务。至尊主在这个宇宙里所有星球上和物种中的杰出奉献者，都是纳茹阿达的门徒。《圣典博伽瓦谭》的编纂者圣维亚萨戴瓦(Vyāsadeva)，也是他的门徒。纳茹阿达是《纳茹阿达·潘查茹阿陀》(Nārada-pañcarātra)的作者，这部著作具体阐明韦达经中为至尊主做奉爱服务的内容。这部《纳茹阿达·潘查茹阿陀》训练功利性活动者(karmī)摆脱功利性活动的束缚。受制约的灵魂因为想要通过抛撒辛勤的汗水享受生活，所以几乎都受功利性活动的吸引。在这个宇宙里的所有物种中，都充满了功利性活动者。功利性活动包括所有种类的经济发展计划。但自然法律规定，每一个活动都有它的反作用作为结果，从事功利性活动的人会被好或坏的活动反应所束缚。虔诚活动的反应会引致相对的物质繁荣；相反，非虔诚活动的反应则会导致相对的物质痛苦。但物质情况无论是所谓的快乐还是所谓的痛苦，最终的结局都只是痛苦而已。愚蠢的物质主义者对如何得到不受制约的永恒快乐一无所知。圣纳茹阿达教导这些愚蠢的功利性活动者如何认识真正的快乐。他指导这个世界中的病人如何能从当下做起，走上灵性解放之途。当人因为吃奶制品而导致消化不良的痛苦时，医师就会指导病人吃用牛奶制成的酸奶(优酪乳)进行治疗。因此，生病的原因和治疗疾病的原因也许相同，但医生必须是像纳茹阿达那样经验丰富的人。《博伽梵歌》中也给出了解决问题的同一个方案，即：用一个人的劳动成果为至尊主服务。那将把人引向解脱(naiṣkarmya)之途。

第 9 节 तुर्ये धर्मकलासर्गे नरनारायणावृषी ।
भूत्वात्मोपशमोपेतमकरोद् दुश्चरं तपः ॥ ९ ॥

turye dharma-kalā-sarge
nara-nārāyaṇāv ṛṣī
bhūtvātmopaśamopetam
akarod duścaraṁ tapaḥ

turye — 在第四位 / dharma-kalā — 达尔玛王的妻子 / sarge — 因为生于 / nara-nārāyaṇau — 名为纳茹阿和纳茹阿亚纳 / ṛṣī— 圣哲们 / bhūtvā — 成为 / ātma-upaśama — 控制感官 / upetam — 为了得到 / akarot — 经过 / duścaram — 很吃力的 / tapaḥ— 苦行

译文 至尊主的第四位化身，是达尔玛王的妻子所生的孪生子纳茹阿和纳茹阿亚纳。祂从事严格而典范的控制感官的苦修。

要旨 瑞沙巴王(Ṛṣabha)劝告他的儿子们说：塔帕夏(tapasya)——为觉悟超然者而自愿从事苦修，是人类的唯一职责；为了树立榜样教导我们，至尊主本人就是这么做的。至尊主对健忘的灵魂非常仁慈，因此亲自降临下来，不但为我们留下必要的教导，而且还派祂优秀的儿子们作为代表，召唤所有受制约的灵魂回归首神。大家还记得，为了同样的目的，主柴坦亚在近期也显现过，向这个铁器工业年代中堕落的灵魂展示特殊的恩典。纳茹阿亚纳(nārāyaṇa)的化身，在喜马拉雅山山脉的巴德瑞·纳茹阿亚纳(Badarī-nārāyaṇa)依然受到崇拜。

第 10 节　**पञ्चमः कपिलो नाम सिद्धेशः कालविप्लुतम् ।**
प्रोवाचासुरये साङ्ख्यं तत्त्वग्रामविनिर्णयम् ॥१०॥

pañcamaḥ kapilo nāma
siddheśaḥ kāla-viplutam
provācāsuraye sāṅkhyaṁ
tattva-grāma-vinirṇayam

pañcamaḥ— 第五位 / kapilaḥ— 卡皮拉 / nāma — 名叫 / siddheśaḥ— 完美者中最优秀的 / kāla — 时间 / viplutam — 失去 / provāca — 说 / āsuraye — 向名为阿苏瑞的布茹阿玛纳 / sāṅkhyam — 形而上学 / tattva-grāma — 创造元素的总和 / vinirṇayam — 说明

译文　名为主卡皮拉的第五位化身，是完美生物中最优秀的一位。由于有关创造元素和形而上学的知识随时间的流逝失传了，祂给名叫阿苏瑞的布茹阿玛纳重新讲解这知识。

要旨　创造元素总计有二十四种，桑克亚(Sāṇkhya)系统中对每一种都进行了明确的解释。桑克亚哲学一般被欧洲学者称为形而上学或玄学。从词源学看，梵文桑克亚的意思是“通过对物质元素的分析解释得非常清晰的那个……”。最先解释这门哲学的是主卡皮拉(Kapila)，祂在这节诗中被说成是第五位化身。

第 11 节 षष्ठमत्रेरपत्यत्वं वृतः प्राप्तोऽनसूयया ।
आन्वीक्षिकीमलर्काय प्रह्लादादिभ्य ऊचिवान् ॥११॥

ṣaṣṭham atrer apatyatvaṁ
vṛtaḥ prāpto 'nasūyayā
ānvīkṣikīm alarkāya
prahlādādibhya ūcivān

ṣaṣṭham — 第六位 / atreḥ— 阿特瑞的 / apatyatvam — 儿子 / vṛtaḥ— 被祈求 / prāptaḥ— 得到 / anasūyayā — 由阿娜苏雅 / ānvīkṣikīm — 有关绝对真理的主题 / alarkāya — 向阿拉尔卡 / prahlāda-ādibhyaḥ— 向帕拉德等 / ūcivān— 说

译文 至尊主（菩茹沙）的第六位化身是阿特瑞之子。祂生于阿娜苏雅的子宫，因阿娜苏雅曾祈祷有至尊主的化身当儿子。祂给阿拉尔卡、帕拉德和其他人（雅杜、亥哈雅等）讲解超然的主题。

要旨 至尊主本人化身为圣人阿特瑞(Ṛṣi Atri)和他妻子阿娜苏雅(Anasūyā)的儿子。至尊主化身为达塔垂亚(Dattātreya)显现的历史，在《布茹阿曼达往世书》(Brahmāṇḍa Purāṇa)讲述有关忠贞妻子的故事时提到过。那其中记载到，圣人阿特瑞的妻子阿娜苏雅在主布茹阿玛、维施努和希瓦面前祈祷说："我亲爱的主人们，如果您们对我满意，如果您们允许我向您们请求某种祝福，那我就祈祷，您们结合在一起成为我的儿子。"布茹阿玛、维施努和希瓦都接受了这个请求，以她儿子达塔垂亚的身份显现，详细解释有关灵性灵魂的哲学，并且特别教导了阿拉尔卡(Alarka)、帕拉德(Prahlāda)、雅杜(Yadu)和亥哈雅(Haihaya)等人。

第 12 节 ततः सप्तम आकूत्यां रुचेर्यज्ञोऽभ्यजायत ।
स यामाद्यैः सुरगणैरपात्स्वायम्भुवान्तरम् ॥१२॥

tataḥ saptama ākūtyāṁ
rucer yajño 'bhyajāyata
sa yāmādyaiḥ sura-gaṇair
apāt svāyambhuvāntaram

tataḥ— 此后 / saptame — 第七位 / ākūtyām — 阿库提的子宫里 / ruceḥ— 由生物体的祖先茹祺 / yajñaḥ— 至尊主作为雅格亚的化身 / abhyajāyata — 降临 / saḥ— 祂 / yāma-ādyaiḥ— 以玛亚等 / sura-gaṇaiḥ— 与半神人 / apāt — 统治 / svāyambhuva-antaram — 斯瓦阳布瓦·玛努时期

译文 第七位化身是生物体祖先茹祺和他妻子阿库缇的儿子雅格亚。祂在斯瓦阳布瓦·玛努改朝换代时控制那段时间，并得到祂儿子亚玛(Yāma)等半神人的协助。

要旨 为维护物质世界的规则而被委以管理职责的半神人，都是些高度虔诚的生物。当缺乏这种虔诚的生物时，至尊主本人就会化身前来担当布茹阿玛、生物体祖先和天帝因铎等管理职务。在斯瓦阳布瓦·玛努统治期间(我们现在处在外瓦斯瓦塔·玛努统治期)，因为没有合适的生物可以担当天堂星球(Indraloka)帝王的职位，所以至尊主本人便在那时当了天帝因铎。在祂儿子亚玛等半神人的协助下，主雅格亚对宇宙事务进行了管理。

第 13 节 अष्टमे मेरुदेव्यां तु नाभेर्जात उरुक्रमः ।
दर्शयन् वर्त्म धीराणां सर्वाश्रमनमस्कृतम् ॥१३॥

aṣṭame merudevyāṁ tu
nābher jāta urukramaḥ
darśayan vartma dhīrāṇāṁ
sarvāśrama-namaskṛtam

aṣṭame— 第八位化身 / merudevyām tu — 在妻子梅茹黛薇的子宫里 / nābheḥ— 纳比王 / jātaḥ— 诞生 / urukramaḥ— 全能的主 / darśayan — 显示出 / vartma — 途径 / dhīrāṇām — 完美生物的 / sarva — 所有 / āśrama — 灵修阶段 / namaskṛtam — 所尊敬

译文 第八位化身是纳比王和他妻子梅茹女神的儿子瑞沙巴王。至尊主透过这位化身指出通向完美之途，那些完全控制了自己的感官并受到所有其他灵性阶层敬重的人都走这条路。

要旨 根据阶层和阶段，人类社会自然被一分为八——四种职业分类和四个灵修阶段。四种职业的分类分别是：知识分子阶层、管理阶层、生产阶层和劳工阶层。通向灵性觉悟之途的四个灵修阶段分别是：学生生活、居士生活、退隐生活和弃绝生活。在这些阶段中，弃绝生活阶层——萨尼亚斯(sannyāsa)阶层，被认为是最高的阶层，萨尼亚希(sannyāsī, 托钵僧)本是所有阶层和阶段中人的灵性导师。在弃绝阶层中还有升向完美境界的四个阶段，它们分别称为：库提查卡(kuṭīcaka)、巴胡达卡(bahūdaka)、帕瑞布阿佳卡查尔亚(parivrājakācārya)和帕茹阿玛哈姆萨(paramahaṁsa, 至尊天鹅)。生命中的至尊天鹅阶段是最高的完美阶段。处在这个阶段的人受到所有其他人的尊敬。纳比王(Nābhi)和梅茹女神(Merudevī)的儿子瑞沙巴王(Mahārāja Ṛṣabha)，是至尊主的一个化身，祂教导祂的儿子们要走通过苦修(tapasya)达到完美的路途。苦修神圣化人的存在，使人能够达到灵性快乐阶段，这种快乐永恒且不断增强。每一个生物都在寻求快乐，但没人知道哪里有永恒、无限的快乐。愚蠢的人把物质感官享乐当做真正的快乐去追求，但却忘了，来自感官享乐的所谓的短暂快乐，连猪和狗都能享受到。飞禽或走兽等动物，没有一个缺乏这种感官享乐。在每一个物种的生活中，包括人类生活中，这类快乐随处可得。然而，人体生命不是用来追求这种廉价快乐的。人生是为了靠灵性觉悟获得永恒、无限的快乐。这种灵性觉悟靠自愿从事苦行及节制物质享乐的苦修获取。受训节制物质享乐的人被称为不受感官冲动打扰的人(dhīra)。只有这些不受感官冲动打扰的人，才能进入弃绝阶层，逐渐晋升到受所有社会人士敬重的至尊天鹅阶段。瑞沙巴王传播这一教导，祂在显现的最后阶段里完全不理会物质躯体所需。这种状态非常罕见，不是愚蠢的人所能效仿，而是该受到大众崇拜的。

第 14 节　ऋषिभिर्याचितो भेजे नवमं पार्थिवं वपुः ।
दुग्धेमामोषधीर्विप्रास्तेनायं स उशत्तमः ॥१४॥

ṛṣibhir yācito bheje
navamaṁ pārthivaṁ vapuḥ
dugdhemām oṣadhīr viprās
tenāyaṁ sa uśattamaḥ

ṛṣibhiḥ— 由圣哲们 / yācitaḥ— 被祈求 / bheje — 接受 / navamam — 第九位 / pārthivam — 地球的统治者 / vapuḥ— 身体 / dugdha — 挤牛奶 / imām — 所有这些 / oṣadhīḥ— 地球的产物 / viprāḥ— 布茹阿玛纳啊 / tena — 由 / ayam — 这 / saḥ— 他 / uśattamaḥ— 非常美丽的

译文　众布茹阿玛纳啊！至尊主的第九位化身应圣人们的祈祷而来。祂显现为君王(普瑞图)，耕地使其产出各种产物；为此，地球显得美丽动人。

要旨　在普瑞图王(Pṛthu)出现之前，普瑞图王的父亲，也就是前一任君王的邪恶生活，造成了国政管理的一场巨大浩劫。知识分子阶层的人士(圣人们和布茹阿玛纳们)一边向至尊主祈祷，请祂降临，一边罢免了前一任君王。君王应该虔诚，这样才能照顾臣民的一切福利。无论何时，君王一旦玩忽职守，不履行职责，知识分子阶层的人就必须罢免他。然而，知识分子阶层的人不当君王；为了大众的利益，他们要承担更重要的责任。正因为如此，圣人和布茹阿纳们不是自己去当君王，而是向至尊主祈祷，祈求祂化身前来。应他们的请求，至尊主以普瑞图的身份降临。真正有智慧的人——有资格的布茹阿玛纳，从不会想要从政。普瑞图王(Mahārāja Pṛthu)从地球挖掘出许多物产，这不仅使他的臣民因为有他这样一位好君王而高兴，也使地球变得美丽、更具吸引力。

第 15 节 रूपं स जगृहे मात्स्यं चाक्षुषोदधिसम्प्लवे ।
नाव्यारोप्य महीमय्यामपाद्वैवस्वतं मनुम् ॥१५॥

rūpaṁ sa jagṛhe mātsyaṁ
cākṣuṣodadhi-samplave
nāvy āropya mahī-mayyām
apād vaivasvataṁ manum

rūpam — 形象 / saḥ— 祂 / jagṛhe — 接受 / mātsyam — 鱼的 / cākṣuṣa— 查克舒沙 / udadhi — 水 / samplave — 泛滥 / nāvi — 在船上 / āropya — 保持在 / mahī— 地球 / mayyām — 淹没于 / apāt — 保护 / vaivasvatam — 外瓦斯瓦塔 / manum — 玛努 (人类之父)

译文 查克舒沙·玛努统治结束后的一场特大洪水，把整个世界都淹没在深水中。那时，至尊主化身为一条鱼，保护外瓦斯瓦塔·玛努，让他乘坐在一艘船上。

要旨 按照《博伽瓦谭》的最初评注者圣施瑞达尔·斯瓦米(Śrīdhara Svāmī)的说法，并不是每一次更换玛努(Manu)后都有一次毁灭。但为了给萨提亚瓦塔(Satyavrata)展示一些奇迹，查克舒沙·玛努(Cākṣuṣa Manu)统治期结束后便有了一次洪水泛滥。圣吉瓦·哥斯瓦米(Jīva Gosvāmī)从《维施努·达尔摩塔茹阿》(Viṣṇu-dharmottara)、《玛尔康戴亚往世书》(Mārkaṇḍeya Purāṇa)和《哈尔依 · 宛沙》(Harivaṁśa)等权威经典中引述证据说明，在每一次更换玛努后都有毁灭。圣维施瓦纳特 · 查夸瓦尔提(Viśvanātha Cakravartī)也支持圣吉瓦 · 哥斯瓦米的说法，他也从《巴嘎瓦塔姆瑞塔》(Bhāgavatāmṛta)中引述了这次更换玛努后洪水泛滥的例子。除此之外，至尊主为了向祂的奉献者萨提亚瓦塔(Satyavrata)展示特殊的恩典，在这段时间亲自化身前来。

第 16 节　सुरासुराणामुदधिं मथ्नतां मन्दराचलम् ।
दध्रे कमठरूपेण पृष्ठ एकादशे विभुः ॥१६॥

surāsurāṇām udadhiṁ
  mathnatāṁ mandarācalam
dadhre kamaṭha-rūpeṇa
  pṛṣṭha ekādaśe vibhuḥ

sura — 有神论者 / asurāṇām — 无神论者的 / udadhim — 在海洋 / mathnatām — 搅拌 / mandarācalam— 曼达尔阿查拉山 / dadhre — 支撑 / kamaṭha — 龟 / rūpeṇa — 以……的形状 / pṛṣṭhe — 龟甲 / ekādaśe — 第十一位 / vibhuḥ— 伟大的

译文　至尊主第十一位化身的形象是只乌龟，用龟壳驮着曼达茹阿查拉山丘，宇宙中的有神论者和无神论者用那山丘当搅拌杆。

要旨　很久很久以前，无神论者和有神论者忙着从海里得到甘露，以便喝了甘露后变得长生不死。那时，曼达茹阿查拉(Mandarācala)山丘曾被用来当搅拌杆，而人格首神化身为乌龟，用龟壳在海水中当支撑山丘的底座。

第 17 节 धान्वन्तरं द्वादशमं त्रयोदशममेव च ।
अपाययत्सुरानन्यान्मोहिन्या मोहयन् स्त्रिया ॥१७॥

dhānvantaraṁ dvādaśamaṁ
trayodaśamam eva ca
apāyayat surān anyān
mohinyā mohayan striyā

dhānvantaram— 名叫丹宛塔瑞的首神化身 / dvādaśamam — 第十二位 / trayodaśamam— 第十三位 / eva — 肯定地 / ca — 和 / apāyayat — 给……喝 / surān— 半神人 / anyān — 其他人 / mohinyā — 以迷人的美丽 / mohayan — 诱惑 / striyā— 以女人的形象

译文 至尊主显现的第十二位化身是丹宛塔瑞，祂以祂第十三位化身那富有魅力的美女形象诱惑无神论者，把甘露给了半神人喝。

第 18 节 चतुर्दशं नारसिंहं बिभ्रद्दैत्येन्द्रमूर्जितम् ।
ददार करजैरूरावेरकां कटकृद्यथा ॥१८॥

caturdaśaṁ nārasiṁhaṁ
bibhrad daityendram ūrjitam
dadāra karajair ūrāv
erakāṁ kaṭa-kṛd yathā

caturdaśam — 第十四位 / nāra-siṁham — 至尊主半人半狮的化身 / bibhrat — 降临 / daitya-indram — 无神论者之王 / ūrjitam — 强壮的 / dadāra — 分为两段 / karajaiḥ— 以指甲 / ūrau — 在膝盖上 / erakām — 竹子 / kaṭa-kṛt— 木匠 / yathā— 正如

译文　至尊主的第十四位化身显现为尼尔星哈，用祂的指甲撕开无神论者黑冉亚卡希普强壮的身体，仿佛木匠劈竹子。

第 19 节　पञ्चदशं वामनकं कृत्वागादध्वरं बलेः ।
पदत्रयं याचमानः प्रत्यादित्सुस्त्रिपिष्टपम् ॥१९॥

pañcadaśaṁ vāmanakaṁ
kṛtvāgād adhvaraṁ baleḥ
pada-trayaṁ yācamānaḥ
pratyāditsus tri-piṣṭapam

pañcadaśam— 第十五位 / vāmanakam — 侏儒布茹阿玛纳 / kṛtvā— 通过接受 / agāt — 走去 / adhvaram — 祭祀场 / baleḥ— 巴利王的 / pada-trayam — 只有三步 / yācamānaḥ— 乞求 / pratyāditsuḥ— 心中想收复 / tri-piṣṭapam— 三个星系的王国

译文　以第十五位化身显现时，至尊主扮作侏儒布茹阿玛纳(瓦玛纳)，到巴利王安排的祭祀场去。祂心里虽然想收回三个星系的王国，但表面上却只要求三步土地的布施。

要旨　全能的神可以从很小处开始赐予任何人以整个宇宙那么大的王国；同样，祂也可以从请求一小块土地开始拿走整个宇宙那么大的王国。

第 20 节　अवतारे षोडशमे पश्यन् ब्रह्मद्रुहो नृपान् ।
त्रिःसप्तकृत्वः कुपितो निःक्षत्रामकरोन्महीम् ॥२०॥

avatāre ṣoḍaśame
paśyan brahma-druho nṛpān

triḥ-sapta-kṛtvaḥ kupito
niḥ-kṣatrām akaron mahīm

avatāre — 在神的化身中 / ṣoḍaśame — 第十六位 / paśyan — 看见 / brahma-druhaḥ— 不遵从布茹阿玛纳的命令 / nṛpān— 王族 / triḥ-sapta — 三乘七次 / kṛtvaḥ— 做了 / kupitaḥ— 因为激怒 / niḥ— 否定 / kṣatrām — 统治阶层 / akarot — 执行 / mahīm— 地球

译文 至尊首神在以第十六位化身(布瑞古帕提)显现时，铲除当时的统治阶层（查锤亚）二十一次，原因是祂对统治阶层抗拒知识分子阶层（布茹阿玛纳）感到愤怒。

要旨 查锤亚(刹帝利)——管理阶层的人，应该在知识分子阶层人士的指导下统治星球，而知识分子阶层人士是根据记载启示性知识的经典(śāstra)所制定的标准给予指导。统治阶层按照知识分子阶层人士所给予的指导进行管理。每当管理阶层(查锤亚)不服从或违抗有学问、有智慧的布茹阿玛纳(婆罗门)的命令时，原有的管理者就会被迫离职，让更好的管理者接位。

第 21 节 ततः सप्तदशे जातः सत्यवत्यां पराशरात् ।
चक्रे वेदतरोः शाखा दृष्ट्वा पुंसोऽल्पमेधसः ॥२१॥

tataḥ saptadaśe jātaḥ
satyavatyāṁ parāśarāt
cakre veda-taroḥ śākhā
dṛṣṭvā puṁso 'lpa-medhasaḥ

tataḥ— 此后 / saptadaśe — 第十七位化身 / jātaḥ— 降临 / satyavatyām— 在萨提亚瓦缇的子宫里 / parāśarāt — 由圣哲帕茹阿沙尔 · 牟尼 / cakre — 预备 / veda-taroḥ— 韦达经的如愿树的 / śākhāḥ— 枝干 /

dṛṣṭvā — 靠看到 / puṁsaḥ— 一般人 / alpa-medhasaḥ— 智力欠佳的

译文 那以后，首神的第十七位化身，通过帕茹阿沙茹阿·牟尼，以维亚萨戴瓦的身份显现在萨缇亚娃缇的子宫中。他看到普通大众都缺乏智慧，便把韦达经分为几个部分并对每一个部分作进一步的划分。

要旨 韦达经(Veda)原本是一部。但圣维亚萨戴瓦把原有的韦达经分成《萨玛》(Sāma,《娑摩》)、《亚诸尔》(Yajur,《耶柔》)、《瑞歌》(Ṛg,《梨俱》)和《阿塔尔瓦》(Atharva,《阿达婆》)四部，然后再进一步以往世书(Purāṇas)和《玛哈巴茹阿特》(Mahābhārata,《摩诃婆罗多》)等各种分支形式进行解释。韦达语言和所谈论的主题对普通人来说非常深奥难懂，只有具有高度智慧和自我觉悟的布茹阿玛纳(婆罗门)才能懂。然而，如今这个喀历年代中满是无知的人。在这个年代中，就连那些父亲是布茹阿玛纳的人都不比庶铎(首陀罗)或妇女强。布茹阿玛纳、查锤亚(刹帝利)和外夏(吠舍)等经过再生的人，本应该经过一系列的净化仪式(saṁskāra)以提高自身的素质和修养，但现在这个年代的不良影响，使所谓的布茹阿玛纳阶层和其他高阶层成员不再具有高文化素质。他们被称为再生者的朋友和家庭成员(dvija-bandhus)。但这些再生者的朋友和家庭成员与庶铎和妇女属同一个层次。为这些再生者的朋友和家庭成员，以及庶铎、妇女着想，圣维亚萨戴瓦把四部韦达经进一步划分成各种分支部分，以及更分支性的典籍。

第 22 节 नरदेवत्वमापन्नः सुरकार्यचिकीर्षया ।
समुद्रनिग्रहादीनि चक्रे वीर्याण्यतः परम् ॥२२॥

nara-devatvam āpannaḥ
sura-kārya-cikīrṣayā

samudra-nigrahādīni
cakre vīryāṇy ataḥ param

nara — 人类 / devatvam — 神性的 / āpannaḥ— 担任了……的形象 / sura — 半神人 / kārya — 活动 / cikīrṣayā— 目的是为了执行 / samudra — 印度洋 / nigraha-ādīni — 控制等 / cakre — 确实执行了 / vīryāṇi — 超人的力量 / ataḥ param — 此后

译文 至尊主的第十八位化身是茹阿玛王。为了让半神人们高兴，祂通过控制印度洋展现了超人的力量，随后杀死大洋彼岸那不信神的君王茹阿瓦纳。

要旨 人格首神圣茹阿玛(Rāma)以人类的形象化身降临在地球上，做一些让负责宇宙秩序、管理宇宙事务的半神人高兴的事。有时，像茹阿瓦纳(Rāvaṇa)和黑冉亚卡希普(Hiraṇyakaśipu)等大恶魔、无神论者，以及许多其他邪恶的人，会靠物质科学的帮助而取得物质文明的进步，并因为从事挑战至尊主建立的秩序等活动而变得很出名。例如：企图靠物质手段飞到其他星球去，就是对已建立的秩序的一种挑战。每一个星球的环境和生存条件都各不相同，至尊主的法典中记载着不同的人类住在不同地方的具体条件。但是，不信神的物质主义者因为在物质进步方面取得小小的成功而狂妄自大，有时会挑战神的存在，茹阿瓦纳就是其中的一员。他想用物质的手段把普通人运载送到因铎住的天堂星球去，而不考虑去那里是需要一定的资格的。他想建一架直达天堂星球的梯子，以使人不需要从事必要的虔诚活动，就能进入天堂星球。他还想从事其他违反至尊主建立的规则的活动。他甚至挑战人格首神圣茹阿玛的权威，竟然绑架了茹阿玛的妻子悉塔(Sītā)。主茹阿玛无疑是来惩罚这个无神论者，响应半神人们的祈祷和愿望的。为此，祂向茹阿瓦纳挑战，祂所从事的一系列活动是《茹阿玛亚纳》(Rāmāyaṇa,《罗摩衍那》)

描述的主题。由于主茹阿玛禅铎(Rāmacandra)是人格首神，祂从事的一系列超人活动，并非人类，包括物质高度进步的茹阿瓦纳所能从事。主茹阿玛禅铎用石头在印度洋上建了一条浮在水面上的快捷。现代科学家在无重量领域里做了调查研究，但却不可能使任何地方变成无重量状态。但由于无重量状态是至尊主的创造，祂用这种状态使巨大的星球飘浮、飞在空中；因此对祂来说，在这个地球上使石头变得没有重量，并在没有任何柱子支撑的情况下用它们在海上建一座石桥并不是什么难事。那是神的力量的展示。

第 23 节 एकोनविंशे विंशतिमे वृष्णिषु प्राप्य जन्मनी ।
रामकृष्णाविति भुवो भगवानहरद्भरम् ॥२३॥

ekonaviṁśe viṁśatime
vṛṣṇiṣu prāpya janmanī
rāma-kṛṣṇāv iti bhuvo
bhagavān aharad bharam

ekonaviṁśe — 在第十九位 / viṁśatime — 也在第二十位 / vṛṣṇiṣu — 在维施尼王朝 / prāpya — 得到以后 / janmanī— 诞生 / rāma — 巴拉茹阿玛 / kṛṣṇau — 圣主奎师那 / iti — 如此 / bhuvaḥ— 世界的 / bhagavān — 人格首神 / aharat — 解除 / bharam — 重担

译文 以第十九、二十位化身显现时，至尊主出现在维施尼家族(雅杜王朝)，展现自己为主巴拉茹阿玛和主奎师那。在这次展示中，祂去除了世界的沉重负担。

要旨 这节诗中特别提到的梵文巴嘎万(bhagavān)一词是指，巴拉茹阿玛(Balarāma)和奎师那(Kṛṣṇa)是至尊主的原本形象。这一点将在后面进一步解释。正如这一章的一开始就告诉我们，主奎师那不是主宰化身(puruṣa)的一个化身。祂是存在中的第一位人格首神，巴拉茹阿玛是祂的第一个完整展示。接着，巴拉戴瓦(巴拉茹阿玛)扩展出华苏戴瓦(Vāsudeva)、商卡尔珊(Saṅkarṣaṇa)、阿尼茹达(Aniruddha)和帕杜么纳(Pradyumna)这第一组完整扩展。圣主奎师那是华苏戴瓦，巴拉戴瓦是商卡尔珊。

第24节 ततः कलौ सम्प्रवृत्ते सम्मोहाय सुरद्विषाम् ।
बुद्धो नाम्नाञ्जनसुतः कीकटेषु भविष्यति ॥२४॥

tataḥ kalau sampravṛtte
sammohāya sura-dviṣām
buddho nāmnāñjana-sutaḥ
kīkaṭeṣu bhaviṣyati

tataḥ— 此后 / kalau — 喀历年代 / sampravṛtte — 随着 / sammohāya— 为了迷惑 / sura — 有神论者 / dviṣām — 那些忌妒的人 / buddhaḥ— 佛陀 / nāmnā — 名叫 / añjana — 佛陀的母亲 / sutaḥ— 儿子 / kīkaṭeṣu — 在嘎亚(比哈尔省) / bhaviṣyati — 会发生

译文 接着，在喀历年代初期，至尊主为了哄骗那些忌妒忠诚的有神论者的人，将在嘎亚省显现为安佳娜的儿子佛陀。

要旨 人格首神强有力的化身佛陀(Buddha)，作为安佳娜(Añjanā)的儿子显现在嘎亚省(Gayā,比哈尔)，传播他自创的非暴力概念，甚至反对韦达经鼓励的动物祭祀。佛祖显现的那个时候，人们普遍是无神论者，尤其喜欢吃动物的肉。以举行韦达祭祀为借口，所有的地方基本上都成了变相的屠宰场，人们毫无限制、随心所欲地宰杀动物。佛陀宣传说，他不相信韦达经中的教义，强调屠杀动物所导致的负面心理影响。喀历年代中智力欠佳的人对神没有信心，因此追随他的教导，在当时受到道德修养和非暴力的训练；而这是进一步走上认识神的路途的起始阶段。主佛陀欺骗无神论者，因为追随他教导的这类无神论者不相信神，但却对他绝对有信心，而他本身是神的化身。这样，没有信心的人就可以因为相信佛陀而相信神了。让对神没有信心的人忠诚地追随佛陀，是佛陀的仁慈。

在佛陀显现之前，杀害动物是当时社会最突出的特征。人们声称如此做是在举行韦达祭祀。当人们不是经由权威的师徒传承接受韦达经时，不认真的韦达经读者就会被知识系统中的华丽辞藻所误导。《博伽梵歌》把这种人称为愚蠢的学者(avipaścitaḥ)。那些不在乎是否从师徒传承中具有超然觉悟的权威那里接受韦达文献超然信息的愚蠢学者，必定会迷惑。对他们来说，仪式就是一切。他们没有更深的知识。《博伽梵歌》第 15 章的第 15 节诗中说：韦达经的整个知识体系，是要把人逐渐引向回归至尊主的路途(vedaiś ca sarvair aham eva vedyaḥ)。韦达文献的要点，是让人了解至尊主、个体灵魂、宇宙环境和所有这一切相互间的关系。当关系清楚时，连接功能就开始起作用。这种作用的结果是：生命的最高目标——回归首神，就会以最容易的方式达成。不幸的是，未经授权的韦达经学者，只受涤罪仪式的吸引，因而阻碍了自然的灵性进步。

对这种有无神论倾向的被迷惑的人来说，佛陀是有神论的象征。因此，他首先要做的是阻止人们继续杀害动物。杀害动物的人是回归首神路途上的危险分子。杀害动物者分两类，灵魂有时也被称为“动物”或生物。所以，屠杀动物的人和那些抹杀自己灵魂身份的人，都被称为杀害动物者。

帕瑞克西特王(Mahārāja Parīkṣit)说：只有杀害动物者才品尝不到至尊主超然信息的甜美。因此，如果要教化人走上回归首神之途，就必须告诉他们最首要的事情是，停止上述的杀害动物行为。“杀害动物与灵性觉悟没有关系”的说法，纯属无稽之谈。由于有这种危险的理论，许多所谓的托钵僧(sannyāsī)借着喀历年代的堕落情况纷纷涌现，以韦达经为幌子宣传杀害动物。对这个主题，主柴坦亚和伊斯兰统治者兼神学家昌德·卡西之间曾经进行过讨论。韦达经中说明的动物祭祀，与在屠宰场内不受限制地宰杀动物有着天壤之别。由于恶魔(asura)或所谓的韦达文献学者把韦达经中谈到的杀动物当做证据提出来，主佛陀便特别否定了韦达经的权威性。佛陀对韦达经的这种否定，不但是为了把人们从杀害动物的罪恶中拯救出来，也是为了把可怜的动物从它们那些叫嚣着要建立“宇宙兄弟情、和平、正义”等的大哥哥们所开设的屠宰场中拯救出来。有对动物的屠宰，就不可能有正义。主佛陀要彻底制止对动物的杀害行为，所以他的非暴力教义不仅在印度得到传播，在印度之外也得到广泛宣扬。

严格地说，佛陀的哲学被称为无神论，因为其中并没有承认至尊主，而且整个哲学体系否定韦达经的权威性。但那是至尊主的一个经过掩饰的行动。主佛陀是首神的一个化身。因此，他原本是韦达知识的提供者，不可能真正拒绝韦达哲学。他之所以表面拒绝韦达哲学，是因为恶魔们(sura-dviṣa)总是忌妒首神的奉献者，企图从韦达经的字里行间找到支持屠杀乳牛、屠杀动物的依据，现代所谓的托钵僧(sannyāsī)如今就是这么做的。为此，佛陀不得不连韦达经的权威都一并加以拒绝。这只是他处理问题的技巧，否则经典不可能宣布他是首神的化身，外士纳瓦(Vaiṣṇava)灵性导师兼诗人佳亚戴瓦(Jayadeva)也不可能在编写的超然赞歌中崇拜他了。佛祖根据当时的情况教导韦达经中最初级的原则(商卡尔阿查尔亚也这么做)，以建立韦达经的权威性。因此，佛陀和阿查尔亚·商卡尔 (Ācārya Śaṅkara)都在为有神论铺路，最后好让外士纳瓦灵性导师们，特别是圣主柴坦亚·玛哈帕布(Caitanya Mahāprabhu)，引领人们走上对回归首神有充分认识的觉悟之途。

我们很高兴人们对佛陀的非暴力运动感兴趣。但他们会非常认真地对待这个问题，把动物屠宰场统统关掉吗？如果不是这样，他们的非暴力(ahiṁsā)运动就没有意义了。

《圣典博伽瓦谭》在喀历年代即将开始前(大约五千年前)编纂而成，佛陀则大约显现在二千六百年前，因此《圣典博伽瓦谭》预言了佛陀的降临。这就是这部把一切都写得清清楚楚的经典所展现的权威之所在。《圣典博伽瓦谭》中有许多这样的预言，这些预言正在一个接一个地实现着。它们将表明《圣典博伽瓦谭》的权威性，其中丝毫没有受制约的灵魂所具有的四项缺陷，即：错误、错觉、欺骗和不完美。解脱的灵魂超越这些缺陷，因此能看到并预告今后会发生的事情。

第 25 节　अथासौ युगसन्ध्यायां दस्युप्रायेषु राजसु ।
जनिता विष्णुयशसो नाम्ना कल्किर्जगत्पतिः ॥२५॥

athāsau yuga-sandhyāyāṁ
dasyu-prāyeṣu rājasu
janitā viṣṇu-yaśaso
nāmnā kalkir jagat-patiḥ

atha — 此后 / asau — 同一位至尊主 / yuga-sandhyāyām — 在年代的交替 / dasyu — 掠夺者 / prāyeṣu — 几乎所有 / rājasu — 统治者 / janitā — 会诞生 / viṣṇu — 名为维施努 / yaśasaḥ— 姓亚沙的 / nāmnā— 名叫 / kalkiḥ— 至尊主的化身 / jagat-patiḥ— 创造之主

译文　那之后，在两个年代交接期，创造之主将化身为考克依，显现为维施努・亚沙的儿子。那时，地球上的统治者将堕落为盗贼。

要旨　这节诗是对首神的另一个化身考克依(Kalki)降临的预言。祂在两个年代的连接期出现，即：在喀历年代(Kali-yuga, 铁年代)终结和萨提亚年代(Satya-yuga, 金年代)开始的那段时间显现。萨提亚

(Satya, 金)、特瑞塔(Tretā, 银)、杜瓦帕尔(Dvāpara, 铜)和喀历(Kali, 铁)这四个年代的循环，就像日历上的十二个月份周而复始地轮转一样。我们现在所处的这个喀历年代共四十三万二千年之久，在经历了库茹柴陀(Kurukṣetra)战争及帝王帕瑞克西特(Parīkṣit)政权结束后，到目前为止刚过了五千年，所以还剩下四十二万七千年。在这个喀历年代结束时，正如《圣典博伽瓦谭》这节诗所预言的，至尊主的化身考克依将会降临。考克依的父亲是博学的布茹阿玛纳(brāhmaṇa, 婆罗门)，名叫维施努·亚沙(Viṣṇu Yaśā)。就连考克依显现的地方经典也提到了，说是在名叫商巴拉(Śambhala)的村庄。正如上面谈到的，所有这些预言都会随着时间的推移一一实现。这就是《圣典博伽瓦谭》的权威性。

第 26 节 अवतारा ह्यसङ्ख्येया हरेः सत्त्वनिधेर्द्विजाः ।
यथाविदासिनः कुल्याः सरसः स्युः सहस्रशः ॥२६॥

avatārā hy asaṅkhyeyā
　hareḥ sattva-nidher dvijāḥ
yathāvidāsinaḥ kulyāḥ
　sarasaḥ syuḥ sahasraśaḥ

avatārāḥ— 化身 / hi — 肯定地 / asaṅkhyeyāḥ— 无数的 / hareḥ— 至尊主哈尔依的 / sattva-nidheḥ— 善之洋的 / dvijāḥ— 布茹阿玛纳 / yathā — 如是 / avidāsinaḥ— 无穷无尽的 / kulyāḥ— 小河流 / sarasaḥ— 大湖泊的 / syuḥ— 是 / sahasraśaḥ— 上千的

译文 众布茹阿玛纳啊！至尊主的化身多得数不胜数，恰似从永不枯竭的泉源流出的无数条小溪。

要旨 这里列出的人格首神化身的名单并不全，只不过是所有化身的一部分而已。首神的化身其实还很多，例如：圣哈亚贵瓦(Hayagrīva)、哈尔依(Hari)、汉萨(Haṁsa)、普瑞施尼嘎尔巴(Pṛśnigarbha)、维布(Vibhu)、萨提亚森纳(Satyasena)、外琨塔(Vaikuṇṭha)、萨尔瓦宝玛(Sārvabhauma)、维施瓦克森纳(Viṣvaksena)、达尔玛赛图(Dharmasetu)、苏达玛(Sudhāmā)、尤给士瓦尔(Yogeśvara)、毕尔哈德巴努(Bṛhadbhānu),以及过去其他年代中的化身。圣帕拉德王(Prahlāda Mahārāja)祈祷时说:“亲爱的至尊主,为了保护忠于您的生物体,消灭对您不忠的生物体,您在水生物、蔬菜、爬行动物、飞禽、走兽、人类和半神人等所有种类的生命形式中都化身显现。您根据不同年代的需要化身降临。在喀历年代中,您扮作奉献者化身降临。”至尊主在喀历年代中的这个化身,就是柴坦亚·玛哈帕布。《博伽瓦谭》和其他经典中还有许多其他地方,都明确地提到了至尊主的圣柴坦亚·玛哈帕布化身。《布茹阿玛·萨密塔》(Brahma-saṁhitā)中也间接地说,尽管至尊主有茹阿玛(Rāma)、尼尔星哈(Nṛsiṁha,半人半狮)、瓦茹阿哈(Varāha,雄猪)、玛茨亚(Matsya,鱼)、库尔玛(Kūrma,乌龟)等许多化身,但有时还是会亲自前来。主奎师那和圣主柴坦亚·玛哈帕布都不是化身,而是一切化身的源头。这一点将会在第 28 节诗中有明确的解释。因此,至尊主是无数化身的无尽源头。许多化身并不总是被提到,但他们因为能从事任何生物体都从事不了的非凡活动而闻名。这是识别至尊主直接和间接授权了的化身的一般标准。上述提到的玛茨亚等化身几乎全是至尊主的直接完整扩展。然而,也有些化身是被至尊主授予了权利和力量的化身。例如:库玛尔四兄弟(Kumāras)是被赋予了超然知识的化身,圣纳茹阿达(Nārada)是被赋予了奉爱服务力量的化身,普瑞图王(Mahārāja Pṛthu)是被赋予了执行力量的化身。因此,就像瀑布不停地流动,至尊主无数的化身一直不断地在宇宙各处展现着,从没有停止过。

第 27 节 ऋषयो मनवो देवा मनुपुत्रा महौजसः ।
कलाः सर्वे हरेरेव सप्रजापतयः स्मृताः ॥२७॥

ṛṣayo manavo devā
　manu-putrā mahaujasaḥ
kalāḥ sarve harer eva
　saprajāpatayaḥ smṛtāḥ

ṛṣayaḥ— 所有的圣哲们 / manavaḥ— 所有的玛努 / devāḥ— 所有的半神人 / manu-putrāḥ— 所有玛努的后裔 / mahā-ojasaḥ— 强有力的 / kalāḥ— 完整扩展的部分 / sarve — 所有的 / hareḥ— 至尊主的 / eva — 肯定地 / sa-prajāpatayaḥ— 和生物体的祖先一起 / smṛtāḥ— 叫做

译文 所有的圣人、玛努、半神人和玛努那些特别强有力的后裔，都是至尊主的完整扩展和完整扩展的扩展。这也包括生物体的祖先们。

要旨 梵文称那些相比较之下力量较弱的生物体为维布缇(vibhūti)，称那些相比较之下更有力量的生物体为阿维沙(āveśa)化身。

第 28 节 एते चांशकलाः पुंसः कृष्णस्तु भगवान् स्वयम् /
इन्द्रारिव्याकुलं लोकं मृडयन्ति युगे युगे ॥२८॥

ete cāṁśa-kalāḥ puṁsaḥ
　kṛṣṇas tu bhagavān svayam
indrāri-vyākulaṁ lokaṁ
　mṛḍayanti yuge yuge

ete — 所有这些 / ca — 和 / aṁśa — 完整扩展 / kalāḥ— 完整扩展的部分 / puṁsaḥ— 至尊的 / kṛṣṇaḥ— 主奎师那 / tu — 但是 / bhagavān — 人格首神 / svayam —亲自、本人 / indra-ari — 因铎的敌人 / vyākulam— 被打扰 / lokam — 所有星球 / mṛḍayanti — 给予保护 / yuge yuge — 在不同的年代

译文　上面提到的所有化身，要么是至尊主的完整扩展，要么是完整扩展的部分，但其中的圣主奎师那，却是存在中的第一位人格首神。每当无神论者制造混乱时，至尊主的这些化身就降临不同的星球，保护有神论者。

要旨　这节诗把人格首神圣主奎师那，与祂其他的化身作了区分。之所以把祂算在阿瓦塔尔(avatāra, 化身)的名单中，是因为祂出于没有缘故的仁慈从祂超然的住所降临到物质世界。梵文阿瓦塔尔的意思是“降临者”。至尊主所有的化身，包括至尊主本人，为了实现特定的目的，会降临到物质世界内不同的星球上，以及不同的物种中。祂有时亲自前来，有时则让祂不同的完整扩展或完整扩展的部分，以及祂直接或间接赋予了力量的化身到这个物质世界，完成特定的使命。至尊主本人绝对拥有一切财富、力量、名望、美丽、知识和弃绝。我们应该注意：当祂的完整扩展或完整扩展的扩展部分地展示祂的各种财富时，意味着当时要完成祂们各自的使命就只需要祂所展示的那么多的力量。一个房间里亮着一盏小电灯，并不意味着整个发电厂要受小电灯泡的限制；同一个发电厂也可以同时提供众多大功率的电动机用电，使它们运作起来。同样道理，至尊主的众多化身，根据具体的时间和要达到的目的，展现相应的力量。

例如：主帕茹阿舒茹阿玛(Paraśurāma)通过杀戮违抗命令的查锤亚(kṣatriyas, 刹帝利)二十一次，主尼尔星哈(Nṛsiṁha)通过杀死极为强大的无神论者黑冉亚卡希普(Hiraṇyakaśipu)，展现了祂们非凡的财富。黑冉亚卡希普是如此强大，以致只要他恶意地抬一下他的眉毛，其他星球上的半神人都会浑身颤抖。半神人们在物质存在中所处的层面远远高于人类，从寿命、美丽、富裕程度、生活设施等所有方面看，都优于世上最突出的人许许多多倍。尽管如此，他们还是惧怕黑冉亚卡希普。因此，我们可以想象一下黑冉亚卡希普在这个物质世界里有多么强大。然而，他却被主尼尔星哈的指甲撕成了碎片。这意味着，任何在物质上强有力的生物体，一旦面对至尊主的指甲就变得不堪一击。同样，帕茹阿舒茹阿玛通过杀死那些在各个国家中建立了强大政权的国王们，展现了至尊主的力量。至尊主授予了力量的化身纳茹阿达(Nārada)和完整扩展化身瓦茹阿哈(Varāha)，以及被间接授予了力量的佛祖，在不同的人群中建立信心。化身茹阿玛(Rāma)和丹万塔瑞(Dhanvantari)展现至尊主的名望，巴拉茹阿玛(Balarāma)、摩黑尼(Mohinī)和瓦玛纳(Vāmana)展现祂的美丽，达塔垂亚(Dattātreya)、玛茨亚(Matsya)、库玛尔(Kumāra)兄弟和卡皮拉(Kapila)展现祂拥有的超然知识，而纳茹阿(Nara)和纳茹阿亚纳圣人们(Nārāyaṇa Ṛṣis)则展现祂的弃绝。尽管至尊主所有这些化身，直接或间接地展现了祂的不同特质，但至尊主奎师那本人却展示了首神的完整特质；正因为如此，经典证实奎师那是所有其他化身的源头。圣主奎师那所展示的最非凡的特质，是祂的内在能量所展现的祂与牧牛姑娘的娱乐活动。祂与牧牛姑娘的娱乐活动，虽然表面上看起来像是异性间的爱，但实际上是超然存在、极乐和知识的全部展现。祂与牧牛姑娘的娱乐活动所具有的特殊魅力，永远都不应该遭到误解。《圣典博伽瓦谭》在第十篇中讲述了这些超然的娱乐活动；为了让学习《圣典博伽瓦谭》的人能正确地理解主奎师那与牧牛姑娘的娱乐活动的超然本性，《圣典博伽瓦谭》用前九篇逐渐提升它的学生。

圣吉瓦·哥斯瓦米引述经典及前辈灵性导师的权威阐释说明：主奎师那是所有其他化身的始源，而不是还有着其他源头的化身。最高真理所具有的一切征象，全部体现在圣主奎师那身上。在《博伽梵歌》中，至尊主明确声明，没有比祂更高或与祂平等的真理了。这节诗中专门用梵文“本人(svayam)”一词来证实，主奎师那本人就是一切的始源，除了祂本人，再也没有其他的源头了。尽管至尊主的众多化身因他们所起的特殊作用而在经典的其他地方被称为巴嘎万(bhagavān)，但没有一个地方称他们是至尊人。然而，这节诗中的梵文“本人”一词表明了主奎师那作为至善的最高地位。

奎师那作为至善是独一无二的。祂本人(svayaṁ-rūpa)扩展出被称为斯瓦亚么·帕卡沙(svayam-prakāśa)、塔德·艾卡特玛(tad-ekātmā)、帕巴瓦(prābhava)、外巴瓦(vaibhava)、维拉萨(vilāsa)、阿瓦塔尔(avatāra)、阿维沙(āveśa)和吉瓦(jīva)等多种部分、完整扩展及微粒，并提供无数的能量，以适合这些人物的身份及从事活动的需要。在超然知识领域中的学识渊博的学者们，仔细分析至善奎师那后得出结论，说祂有六十四种主要的特性。至尊主奎师那的每一个扩展都只拥有祂这些特性中的一部分，但圣奎师那本人百分之百地拥有所有这些特性。斯瓦亚么·帕卡沙、塔德·艾卡特玛、帕巴瓦(prābhava)等祂本人的扩展，直到阿瓦塔尔(avatāra)范畴，都属于维施努范畴(viṣṇu-tattva)，都能拥有最多达百分之九十三的这些超然特性。希瓦既不是阿瓦塔尔(avatāra)，不是阿维沙(āveśa)，也不介于两者之间；他拥有这些特性中的几乎百分之八十四的特性。以各种生命形式存在的个体灵魂——吉瓦，最多拥有这些特性的百分之七十八。在物质存在受制约的状态中，生物体根据他们所从事的各种虔诚活动而不同程度地微量拥有那百分之七十八的特性。在每一个物质宇宙中，最完美的生物体是宇宙的最高管理者布茹阿玛(Brahmā)。他全部拥有那百分之七十八的特性；所有其他半神人也拥有同样种类的特性，但在量上比布茹阿玛少。普通人类只微量拥有这些特性。一个人达到的完美标准是，发展这些特性直到完全拥有那百分之七十八。个体生物永远都不可能拥有像希瓦、维施努或至尊主奎师那那样多的超然特性。个体生物可以通过全部发展出奎师那的超然特性中那百分之七十八的特性而变得具有神性，但永远都不可能成为希瓦、维施努或至尊神奎师那。他可以在适当的时候当布茹阿玛。所有住在灵性天空中的星球上的神性生物，都是至尊神永恒的同伴。这些灵性星球分别称为哈尔依·达玛(Hari-dhāma)和玛黑沙·达玛(Maheśa-dhāma)。至尊主奎师那居住的地方在所有其他灵性星球之上，称为奎师那珞卡(Kṛṣṇaloka)或哥

珞卡 · 温达文(Goloka Vṛndāvana)。靠完全发展出上述超然特性中的百分之七十八的特性而变得完美的生物，可以在离开现有的物质躯体后进入称为奎师那珞卡的星球。

第 29 节 जन्म गुह्यं भगवतो य एतत्प्रयतो नरः ।
सायं प्रातर्गृणन् भक्त्या दुःखग्रामाद्विमुच्यते ॥२९॥

janma guhyaṁ bhagavato
ya etat prayato naraḥ
sāyaṁ prātar gṛṇan bhaktyā
duḥkha-grāmād vimucyate

janma — 诞生 / guhyam — 神秘的 / bhagavataḥ— 至尊主的 / yaḥ— 一个 / etat — 所有这些 / prayataḥ— 小心地 / naraḥ— 人 / sāyam — 晚上 / prātaḥ— 早晨 / gṛṇan — 背诵 / bhaktyā — 以爱心 / duḥkha-grāmāt — 从所有的痛苦 / vimucyate — 摆脱

译文 无论是谁，只要他在清晨和傍晚时怀着奉爱之心仔细朗读至尊主这些不可思议的显现，他就能摆脱一切痛苦。

要旨 在《博伽梵歌》中，人格首神宣布说：了解祂显现和活动的超然本性的人，无论是谁，都将摆脱现有的物质躯体并回到首神那里去。所以，仅仅通过真正了解至尊主的化身在这个物质世界里不可思议的活动方式，就能使人摆脱物质的束缚。至尊主本人所展示的祂的显现和活动都不是普通的，展现的目的其实是为了普通大众的福利。它们是那么不可思议，只有通过培养灵性的奉爱之情而小心翼翼地努力深入探究的人，才能真正了解那些难以理解的神秘事物，从而摆脱物质束缚。为此，这节诗中劝告我们，怀着真诚的奉爱之心朗读《圣典博伽瓦谭》这一章中描述至尊主不同化身显现的内容，就会使人对至尊主的显现和活动具有深刻的理解。这节诗中的“解脱(vimukti)”一词指明，至尊主的显现和活动都是超然的；否则，仅仅靠朗诵这些内容并不能使人获得解脱。这些内容神秘而不可思议，那些不遵循经典及前辈灵性导师规定的奉爱服务规范守则的人，没有资格进入至尊主显现和活动的神秘领域。

第 30 节　एतद्रूपं भगवतो ह्यरूपस्य चिदात्मनः ।
मायागुणैर्विरचितं महदादिभिरात्मनि ॥३०॥

etad rūpaṁ bhagavato
hy arūpasya cid-ātmanaḥ
māyā-guṇair viracitaṁ
mahadādibhir ātmani

etat — 所有这些 / rūpam — 形象 / bhagavataḥ— 至尊主的 / hi — 肯定地 / arūpasya — 一个没有物质形象的 / cit-ātmanaḥ— 超然性的 / māyā — 物质能量 / guṇaiḥ— 由品质 / viracitam — 被创造 / mahat-ādibhiḥ— 以物质成分 / ātmani— 在自我中

译文　包裹着物质世界的至尊主的宇宙形象(维茹阿特)概念是虚构的。这概念使缺乏智慧的人(初级灵修者)，在心理上能够适应“至尊主是有形体的”这一概念。但事实上，至尊主没有物质的形体。

要旨　至尊主的宇宙形象(virāṭ-rūpa 或 viśva-rupa)的概念，并没有与祂的多种化身一起被提及。这是因为上述的至尊主化身都是超然的，祂们的身体不含丝毫的物质成分。这个物质世界里的受制约的生物体，身体与灵魂之间是有区别的；但至尊主的化身们不同，祂们的身体与灵魂没有区别。至尊主在物质世界里的宇宙形象，是为那些刚刚开始崇拜至尊主的人构想出来的。这一点将在第二篇中给予解释。在宇宙形象中，各种物质星球的展示被设想为至尊主的腿、手等。但事实上，所有这类描述都是为了帮助初级灵修者。初级灵修者除了物质以外，想象不了别的。在罗列至尊主的真实形象的名单中，并没有算进祂的宇宙形象这个物质世界里的概念。至尊主作为超灵(Paramātmā)，处在每一个物质形体中，甚至原子中。然而，对于至尊主和生物来说，外在的物质形象只不过是想象出来的东西。受制约的灵魂现有的外形也并不是真实的。结论是：至尊主的宇宙形体这一物质概念是想象的。至尊主和微小的个体生物，都是充满活力的灵魂，都有各自原本的灵性身体。

第 31 节 यथा नभसि मेघौघो रेणुर्वा पार्थिवोऽनिले ।
एवं द्रष्टरि दृश्यत्वमारोपितमबुद्धिभिः ॥३१॥

yathā nabhasi meghaugho
renur vā pārthivo 'nile
evaṁ draṣṭari dṛśyatvam
āropitam abuddhibhiḥ

yathā — 如是 / nabhasi — 在天空 / megha-oghaḥ— 一团云雾 / reṇuḥ— 尘 / vā — 还有 / pārthivaḥ— 泥泞 / anile — 在空中 / evam — 如此 / draṣṭari — 对观看者 / dṛśyatvam — 为了看 / āropitam — 推测 / abuddhibhiḥ— 由智力欠佳的人

译文 空气携带云朵和灰尘，但智力欠佳的人说，天空多云、空气污浊。同样道理，他们也把物质躯体的概念强加在灵性本我上。

要旨 这节诗里进一步证实说，靠我们物质的眼睛和感官，我们看不到完全灵性的至尊主。我们甚至察觉不出存在于物质躯体内的生物这一灵性的火花。我们只看身体及精微的心智这些包裹灵魂的外壳，但却看不到身体内的灵性火花。所以，我们不得不根据包裹生物的粗糙躯体来接受生物的存在状态。正因为如此，经典建议那些想要用他们现有的物质眼睛或感官看至尊主的人，去冥想被称为宇宙形象(virāṭ-rūpa)的至尊主巨大的外形。举例说：当有个绅士坐进他的汽车时，我们用我们的肉眼很容易就看到了，于是便把汽车与坐在车里的绅士视为一体。当我们看到总统坐他的车出来时，我们说“总统来了”。我们暂时把总统和他坐的汽车视为一体。同样道理，缺乏智慧的人在不具备应有资格的情况下想要直接看到神；为此，经典就让他们先看巨大的物质宇宙，把它当做至尊主的形象，尽管至尊主同时既在万物内又在万物之外。就有关这一点，天空中的云朵和蓝色天空的例子可以给予更清楚的说明。尽管天空的蓝色与天空本身不同，但我们却认为天空就是蓝色的。然而，那只是外行人的一般概念。

第 32 节　अतः परं यदव्यक्तमव्यूढगुणबृंहितम् ।
अदृष्टाश्रुतवस्तुत्वात्स जीवो यत्पुनर्भवः ॥३२॥

atah paraṁ yad avyaktam
avyūḍha-guṇa-bṛṁhitam
adṛṣṭāśruta-vastutvāt
sa jīvo yat punar-bhavaḥ

ataḥ— 这 / param — 超越 / yat — ……的 / avyaktam — 不展示的 / avyūḍha — 没有正式的形状 / guṇa-bṛṁhitam — 由品质招致 / adṛṣ-ṭa — 看不见的 / aśruta — 听不到的 / vastutvāt— 像那样 / saḥ— 那 / jīvaḥ— 生物 / yat — ……的 / punaḥ-bhavaḥ— 重复地诞生

译文　在这粗糙形象的概念之上，是没有形状、看不见、听不到且不展示的精微形象概念。除了这个精微形象概念，灵魂有他自己真正的形象。否则，他就不可能一再地出生了。

要旨 正如粗糙的宇宙展示被构想成是至尊主巨大的身躯，这节诗也谈了祂的那个在看不到、听不见或不展示的情况下单纯去认识的精微形象概念。但事实上，所有这些躯体的粗糙或精微概念，都与微小的个体生物有关联。这个物质世界里的生物体除了有粗糙的肉身和精微的精神存在，本身还有他的灵性形象。生物一旦离开看得见的粗糙躯体，那具粗糙躯体的工作和精神活动就立刻停止下来；这时，我们就会说“他走了”，因为我们察觉不到他的存在了。当一个人熟睡时，即使他的粗糙躯体没有动，我们也可以凭他的呼吸知道他还在那躯体中。所以，充满活力的灵魂离开他寄居的躯体，并不意味着他不存在。否则，他怎么可能一再地出生呢？

结论是：至尊主以祂永恒的超然形体永远存在着，那超然的形体与生物所具有的粗糙和精微躯体不同；物质世界里的生物所具有的粗糙和精微身体，永远都不能与祂的身体相比。所有这些有关神的粗糙和精微身体的概念，都是想象出来的。生物有他永恒的灵性形象，他只有在受到物质污染的情况下才会受物质躯体的束缚。

第 33 节 यत्रेमे सदसद्रूपे प्रतिषिद्धे स्वसंविदा ।
अविद्ययात्मनि कृते इति तद् ब्रह्मदर्शनम् ॥३३॥

yatreme sad-asad-rūpe
pratiṣiddhe sva-saṁvidā
avidyayātmani kṛte
iti tad brahma-darśanam

yatra — 每当 / ime — 所有这些之中 / sat-asat — 粗糙及精微的 / rūpe — 以……的形象 / pratiṣiddhe — 被取消 / sva-saṁvidā — 通过觉悟自我 / avidyayā— 由愚昧 / ātmani — 在自我中 / kṛte — 被强加于 / iti — 如此 / tat — 那是 / brahma-darśanam — 看见绝对真理的程序

译文　人一旦靠觉悟自我体验到，粗糙躯体和精微躯体都与纯真本我毫无关系，他就看到了他自己，也看到了至尊主。

要旨　自我觉悟和物质错觉之间的区别是：觉悟了自我的人知道，粗糙和精微的躯体，是物质能量套在真正自我外面的一个短暂或蒙蔽性的罩子。这种遮蔽之所以会发生，是愚昧使然。但是，这种遮蔽对人格首神本人却从不起作用。清楚这一点并对此坚定不移被称为解脱，或是“看到了绝对真理”。这意味着，只有过神性或灵性的生活，才能彻底觉悟自我。觉悟自我的意思是：变得对粗糙和精微躯体的需求不再感兴趣，而对有关自我的活动极感兴趣。想要活动的动力来源于自我，但对自我真正身份的无知使这种活动变得不切实际。由于愚昧，人们认为与粗糙和精微躯体有关的利益才是切身的利益，所以一生复一生从事着劳而无功的活动。但是，当人靠正确的知识培养认识自我后，自我的活动就开始了。正因为如此，从事有关自我的活动的人，被称为“甚至在受制约的生存状态中就已经解脱了的人(jīvan-mukta)”。

自我觉悟的这一完美阶段，并非用自己杜撰的方法努力就能达到，而要靠托庇于永远超然的至尊主的莲花足才能达到。至尊主在《博伽梵歌》中说，祂处在每一个生物体的心中，所有的知识、记忆或遗忘都是祂赐予的。当生物想要享受物质能量(幻象世界)时，至尊主便用遗忘的神秘力量罩住生物，使其误以为粗糙的躯体和精微的心念就是他自己。当努力培养超然知识的生物乞求至尊主把他从遗忘的钳制中解救出来时，至尊主就会出于没有缘故的仁慈，把挡在生物面前的错觉帷幕拉开，让他认清真正的自我。接着，生物就会按自己永恒的原本身份为至尊主做服务，从受制约的生活中解脱出来。这一切都是至尊主透过祂的外在能量或直接靠祂的内在能量做的。

第 34 节　यद्येषोपरता देवी माया वैशारदी मतिः ।
सम्पन्न एवेति विदुर्महिम्नि स्वे महीयते ॥३४॥

yady eṣoparatā devī
māyā vaiśāradī matiḥ
sampanna eveti vidur
mahimni sve mahīyate

yadi — 如果、然而 / eṣā — 他们 / uparatā — 消退 / devī māyā — 错觉能量 / vaiśāradī— 充满知识 / matiḥ— 启蒙 / sampannaḥ— 丰富 / eva — 肯定地 / iti — 如此 / viduḥ— 认识到 / mahimni — 在荣誉中 / sve — 自我的 / mahīyate — 处于

译文 如果靠至尊主的恩典，错觉能量消退，生物完全具有了知识，那他就立即认清自我，从此恢复他光荣的状态。

要旨 至尊主是绝对超然者，因此祂众多的形象、名字、娱乐活动、特性、同伴和能量也都与祂一样。祂是全能的，祂超然的能量按祂的旨意行事。同样的能量可以作为祂的外在能量活动，可以作为祂的内在能量活动，也可以作为祂的边缘能量行事；靠祂的全能，祂可以通过上述的任何一个能量做祂想做的任何事。祂能凭祂的意愿把外在能量转为内在能量。因此，受制约的灵魂越诚恳地悔改和从事苦修，凭至尊主的意愿和恩典，迷惑生物的外在能量的影响就会越弱。接着，这同样的能量就以帮助得到净化的生物在觉悟自我路途上进步的方式行事。举电能的例子说明这一点就很恰当。经验丰富的电工可以仅仅靠调节电钮，用电能来供热或制冷。同样道理，正在迷惑生物，使其不断重复生死的外在能量，可以凭至尊主的意愿转化为内在能量，把生物引向永恒的生活。当至尊主这样降恩于生物时，生物就重新被置于他原本正确的位置上，享受永恒的灵性生活。

第 35 节 एवं जन्मानि कर्माणि ह्यकर्तुरजनस्य च ।
वर्णयन्ति स्म कवयो वेदगुह्यानि हृत्पतेः ॥३५॥

evaṁ janmāni karmāṇi
hy akartur ajanasya ca
varṇayanti sma kavayo
veda-guhyāni hṛt-pateḥ

evam — 如此 / janmāni— 诞生 / karmāṇi — 活动 / hi — 肯定地 / akartuḥ— 不活动的 / ajanasya — 不经出生就存在者的 / ca — 和 / varṇayanti — 描述 / sma — 在过去 / kavayaḥ— 有学识的 / veda-guhyāni— 通过研究韦达经所不能发现的 / hṛt-pateḥ— 心中的至尊主的

译文 正因为如此，博学之人描述那位“不经出生就存在且不活动者”的出生及活动，而这些就连单纯研读韦达文献的人都理解不了。祂是心的主宰。

要旨 至尊主与生物本质上都是灵性的，因此都永恒存在，没有出生与死亡。区别在于：至尊主所谓的出现和消失，与普通生物经历的出生和死亡不同。普通生物的出生和死亡受物质自然法律的束缚。但是，至尊主所谓的出现和消失并不是物质自然作用的结果，而是至尊主内在力量的展示。伟大的圣人们为了觉悟自我而描述至尊主的显现和隐迹。至尊主在《博伽梵歌》中声明，祂在物质世界里所谓的出现，以及祂从事的活动，都是超然的。仅仅靠冥想祂从事的那些活动，就可以使人获得对布茹阿曼(Brahman, 梵)的觉悟，从而挣脱物质捆绑。韦达赞歌中说，“不经出生就存在者”看起来诞生。至尊者不需要做任何事情，但由于祂的全能，一切都被祂自然而然地做妥了，就仿佛是自动完成的。事实上，至尊人格首神的显现和隐迹，以及祂从事的各种活动，全都属于机密内容，就连那些仅仅研究韦达文献的人也理解不了。尽管如此，出于对受制约灵魂的仁慈，至尊主还是演出了这一切。对至尊主活动的叙述是以最方便、最令人愉快的方式在冥想布茹阿曼，所以我们应该时时刻刻加以充分的利用。

第 36 节 स वा इदं विश्वममोघलीलः
सृजत्यवत्यत्ति न सज्जतेऽस्मिन् ।
भूतेषु चान्तर्हित आत्मतन्त्रः
षाड्वर्गिकं जिघ्रति षड्गुणेशः ॥३६॥

sa vā idaṁ viśvam amogha-līlaḥ
sṛjaty avaty atti na sajjate 'smin
bhūteṣu cāntarhita ātma-tantraḥ
ṣāḍ-vargikaṁ jighrati ṣaḍ-guṇeśaḥ

saḥ— 至尊的主 / vā— 轮流交替 / idam — 这 / viśvam — 展示了的宇宙 / amogha-līlaḥ— 一个活动没有瑕疵的人 / sṛjati — 创造 / avati atti — 维持及毁灭 / na — 不 / sajjate — 受影响 / asmin — 在他们 / bhūteṣu — 在所有生物中 / ca — 还有 / antarhitaḥ— 居住于 / ātma-tantraḥ— 自我独立 / ṣāṭ-vargikam — 赋予祂六项财富所具有的能力 / jighrati — 表面上依附着，像闻到香味一样 / ṣaṭ-guṇa-īśaḥ— 六个感官的主人

译文 活动永远毫无瑕疵的至尊主，是六个感官的主人，是绝对拥有六种财富的全能者。祂创造、维系并毁灭展示的宇宙，本身丝毫不受影响。祂在每一个生物体体内，永远是独立的。

要旨 至尊主与个体生物最基本的区别在于：至尊主是创造者，而生物是被创造者。这节诗中称至尊主是“活动毫无瑕疵的人(amogha-līlaḥ)”，以说明在祂的创造中没有任何令人遗憾的事物。那些在祂的创造中制造麻烦的人，是搬起石头砸自己的脚。祂绝对拥有富裕、力量、声望、美丽、知识和弃绝这六种财富，因此超越一切物质的苦恼，是感官的主人。为了教化在物质世界里受三种苦的生物，祂创造这些展示的宇宙，维系它们，并在适当的时间毁灭它们，但自己丝毫不受这一系列

活动的影响。祂与这个物质创造的接触非常表浅，就像人根本没有触碰散发芳香的物品就闻到香气一样。不敬神的人，无论多努力，都永远接近不了祂。

第 37 节　न चास्य कश्चिन्निपुणेन धातु-
रवैति जन्तुः कुमनीष ऊतीः ।
नामानि रूपाणि मनोवचोभिः
सन्तन्वतो नटचर्यामिवाज्ञः ॥३७॥

na cāsya kaścin nipuṇena dhātur
avaiti jantuḥ kumanīṣa ūtīḥ
nāmāni rūpāṇi mano-vacobhiḥ
santanvato naṭa-caryām ivājñaḥ

na — 不 / ca — 和 / asya — 祂的 / kaścit — 任何人 / nipuṇena — 由机巧 / dhātuḥ— 创造者的 / avaiti — 能够知道 / jantuḥ— 生物 / kumanīṣaḥ— 以贫乏的知识 / ūtīḥ— 至尊主的活动 / nāmāni — 祂的种种名字 / rūpāṇi— 祂的种种形象 / manaḥ-vacobhiḥ— 通过想象或演讲 / santanvataḥ— 展示 / naṭa-caryām — 一个戏剧演员 / iva — 如 / ajñaḥ— 愚蠢的人

译文　知识贫乏的傻瓜们，不可能了解至尊主的形象、名字和活动的超然本质，祂像演员在演戏一样在玩耍。他们无论是靠推测，还是用语言，都表达不了这样的事情。

要旨　没人能百分之百正确地描述绝对真理的超然本性，因此经典说祂超越心智和话语所表达的范畴。尽管如此，还是有那么一些知识贫乏的人，想要靠有缺陷的主观推测去理解绝对真理，并且错误地描述祂的活动。对门外汉们来说，祂的显现和隐迹，祂的活动、名字、形象、个人用品、性格，以及所有与祂有关的一切，都是不可思议的。物质主义者有两种，一种是功利性活动者，一种是经验主义哲学家。功利性活动者对绝对真理几乎是一无所知，而心智思辨者在他们从事功利性活动遭到挫败时，就会把他们的脸转向绝对真理，试图靠主观推测了解绝对真理。对所有这些人来说，绝对真理是个谜，就像对孩子来说魔术师变的戏法是个谜一样。被至尊生物变的戏法蒙蔽了的非奉献者们，也许很擅长功利性活动和心智思辨，但却始终是愚昧无知的。他们用他们有限的知识，根本无法看穿超然领域的神秘事物。心智思辨者比功利性活动者(十足的物质主义者)稍微进步一些，但因为还是在错觉的钳制中，所以便错误地以为有形象、名字和活动的一切，都只不过是物质能量的产物。对他们来说，至尊灵魂是没有形象、没有名字，不活动的。由于这类心智思辨者把至尊主的超然名字和形象与世俗的名字和形象等同看待，所以他们实际上是处在愚昧的状态中。用这种贫乏的知识，他们无法了解至尊生物的真正本质。正如《博伽梵歌》中声明的，至尊主永远处在超然的状态中，就连祂在物质世界里时也不例外。然而，愚昧之人却认为至尊主是这个世界里的伟大的人物之一。他们就这样被错觉能量误导了。

第 38 节 स वेद धातुः पदवीं परस्य
दुरन्तवीर्यस्य रथाङ्गपाणेः ।
योऽमायया सन्ततयानुवृत्त्या
भजेत तत्पादसरोजगन्धम् ॥३८॥

sa veda dhātuḥ padavīṁ parasya
duranta-vīryasya rathāṅga-pāṇeḥ
yo 'māyayā santatayānuvṛttyā
bhajeta tat-pāda-saroja-gandham

saḥ— 只有他 / veda — 能够知道 / dhātuḥ— 创造者的 / padavīm— 荣耀 / parasya — 超然性的 / duranta-vīryasya — 非常强大者的 /

ratha-aṅga-pāṇeḥ— 手持轮子的主奎师那的 / yaḥ— 谁 / amāyayā — 没有保留 / santatayā — 不中断地 / anuvṛttyā — 想要取悦地 / bhajeta — 做出服务 / tat-pāda — 祂足下的 / saroja-gandham — 莲花的芳香

译文　只有那些按照手持飞轮的主奎师那的意愿，一直不断、毫无保留地为祂莲花足服务的人，才能了解这位宇宙创造者全部的光荣、力量和超然性。

要旨　纯粹奉献者完全免于功利性活动和心智思辨的反应，所以只有他们才了解主奎师那超然的名字、形象和活动。纯粹奉献者在为至尊主做奉爱服务时，不带丝毫要获取个人利益的自私动机。他们自觉自愿、毫无保留、从不间断地为至尊主服务。在至尊主的创造中，每一个生物都在直接或间接地为祂做服务，无一例外。这是至尊主定的法律；那些间接为至尊主做服务的生物，被至尊主的错觉能量这一代理人强迫着，不情愿地为祂做服务。相反，直接为至尊主服务的生物，在至尊主心爱的代理人的指导下甘心情愿地为祂服务。这些甘心情愿为至尊主服务的生物，是至尊主的奉献者；凭借至尊主的仁慈，他们能进入超然的神秘领域。然而，心智思辨者却始终停留在愚昧无知的状态中。正如《博伽梵歌》中所说，由于奉献者怀着发自内心的爱，自觉自愿、一直不断地为至尊主做奉爱服务，至尊主本人就会亲自指引这些纯粹的奉献者走觉悟自我的路。这是进入神的王国的秘诀。功利性活动和心智思辨，不会使人具备进入神的王国的资格。

第 39 节　अथेह धन्या भगवन्त इत्थं
　　यद्वासुदेवेऽखिललोकनाथे ।
कुर्वन्ति सर्वात्मकमात्मभावं
　　न यत्र भूयः परिवर्त उग्रः ॥३९॥

atheha dhanyā bhagavanta ittham̐
yad vāsudeve 'khila-loka-nāthe
kurvanti sarvātmakam ātma-bhāvam̐
na yatra bhūyaḥ parivarta ugraḥ

atha — 因此 / iha — 在这个世界 / dhanyāḥ— 成功地 / bhagavantaḥ— 完全觉察着 / ittham — 这些 / yat — 什么 / vāsudeve — 向人格首神 / akhila — 包罗万象的 / loka-nāthe — 向所有宇宙的拥有者 / kurvanti — 鼓舞 / sarva-ātmakam — 百分之百 / ātma — 灵魂 / bhāvam — 心醉神迷 / na — 永不 / yatra — 在里面 / bhūyaḥ— 再次 / parivartaḥ— 重复 / ugraḥ— 可怕的

译文 这种探寻，唤起生物对宇宙拥有者人格首神超然而心醉神迷的爱，所以在这个世界里只有这样探索，才能使人成功，有完美的认知，百分之百保证摆脱可怕的生死轮回。

要旨 以绍纳卡为首的圣人们对绝对真理的探究是超然的，所以苏塔·哥斯瓦米在这节诗中赞许这种探究。正如我们已经总结过的：只有至尊主的奉献者，才能对至尊主有相当多的了解，其他人根本无法了解祂；因此，奉献者对所有的灵性知识有完整的理解。人格首神是最高的绝对真理。不具人格特征的梵光(Brahman)和处在局部区域的超灵(Paramātmā)，都包含在对人格首神的认知中。所以，了解人格首神的人，自然就会知道有关祂的一切、祂的多种能量和扩展。奉献者因获得这种完全的成功而得到祝贺。至尊主的纯粹奉献者，免于物质世界里最可怕的生死轮回的痛苦。

第 40 节 इदं भागवतं नाम पुराणं ब्रह्मसम्मितम् ।
उत्तमश्लोकचरितं चकार भगवानृषिः ।
निःश्रेयसाय लोकस्य धन्यं स्वस्त्ययनं महत् ॥४०॥

idaṁ bhāgavataṁ nāma
purāṇaṁ brahma-sammitam
uttama-śloka-caritaṁ
cakāra bhagavān ṛṣiḥ
niḥśreyasāya lokasya
dhanyaṁ svasty-ayanaṁ mahat

idam — 这 / bhāgavatam— 描写人格首神及祂的纯粹奉献者的书 / nāma — 名字是 / purāṇam — 韦达经的补充读物 / brahma-sammitam — 圣主奎师那的化身 / uttama-śloka — 人格首神的 / caritam — 活动 / cakāra — 编纂 / bhagavān — 人格首神的化身 / ṛṣiḥ— 圣维亚萨 / niḥ-śreyasāya— 为了终极的善 / lokasya — 所有人的 / dhanyam — 完全成功 / svasti-ayanam — 极乐的 / mahat — 十全十美

译文 这部《圣典博伽瓦谭》是神的文学化身，由神的化身圣维亚萨戴瓦编纂而成。它专为全人类的最高利益而准备，是绝对圆满、绝对吉祥、绝对完美的。

要旨 圣主柴坦亚·玛哈帕布宣称，《圣典博伽瓦谭》(Śrīmad-Bhāgavatam)是所有韦达知识及历史无瑕的声音代表。《圣典博伽瓦谭》中满载那些与人格首神直接接触的伟大奉献者们的非凡历史。《圣典博伽瓦谭》是圣主奎师那的文学化身，因此与祂本人毫无区别。我们应该像崇拜至尊主本人那样尊敬地崇拜《圣典博伽瓦谭》。耐心、仔细地研读它，可以使我们得到至尊主最高的祝福。《圣典博伽瓦谭》像神本人一样光辉灿烂、充满极乐、绝对完美。假如我们经由灵性导师这一透明的媒介接受《圣典博伽瓦谭》，就可以靠朗诵它得到至尊梵奎师那发出的所有超然的光芒。主柴坦亚的私人秘书圣斯瓦茹帕·达摩达尔·哥斯瓦米(Svarūpa Dāmodara Gosvāmī)，劝所有想要到普瑞(Purī)去见主柴坦亚的人，从“奉献者·博伽瓦谭”那里学习《圣典博伽瓦谭》。“奉献者·博伽瓦谭”是觉悟了自我的、真正的灵性导师，人只有透过这样的灵性导师才能理解《圣典博伽瓦谭》的教导，以得到正确的结果。研习《圣典博伽瓦谭》可以使人得到与至尊主本人交往所能得到的一切利益。与圣主奎师那本人交往，可以得到所有超然的祝福，而《圣典博伽瓦谭》中就满载了祂给予的这一切祝福。

第 41 节 तदिदं ग्राहयामास सुतमात्मवतां वरम् ।
सर्ववेदेतिहासानां सारं सारं समुद्धृतम् ॥४१॥

tad idaṁ grāhayām āsa
sutam ātmavatāṁ varam
sarva-vedetihāsānāṁ
sāraṁ sāraṁ samuddhṛtam

tat — 那 / idam — 这 / grāhayām āsa — 使……接受 / sutam — 向他的儿子 / ātmavatām — 自我觉悟了的 / varam — 最受尊敬的 / sarva — 所有 / veda — 韦达文献(知识的书籍) / itihāsānām — 所有历史的 / sāram— 奶油 / sāram — 奶油 / samuddhṛtam— 取出

译文 圣维亚萨戴瓦从所有韦达文献和宇宙历史中提取出这精华部分后，把它传给自己的儿子——最受尊敬的觉悟了自我的人。

要旨 知识贫乏的人只接受佛陀显现后或公元前六百年以后的世界历史；按照他们的计算，经典里谈到的更早期的历史，都只不过是虚构出的故事而已。那不是事实！往世书(Purāṇas)和《玛哈巴茹阿特》(Mahābhārata)等韦达文献中谈到的故事，都是真实的历史，不仅是这个星球的历史，还有这个宇宙中其他百万个星球上的历史。对知识贫乏的人来说，经典里有时谈到的这个世界以外的星球上的历史，是令人难以置信的。但他们不知道，不同星球的情况各不相同，不是都像地球一样，所以来自其他星球的史实与我们在地球上经验到的不相符。考虑到不同的星球具有不同的情况、时间和环境，就不会觉得往世书中记载的故事全都是“天方夜谭”了。我们应该永远记住一条格言，那就是：一个人的食物是另一个人的毒药。因此，我们不应该把往世书中记载的故事和历史当做是虚构出来的而加以拒绝。像维亚萨那样伟大的圣人(ṛṣi)，根本不可能把一些虚构出的故事放进他们的文献中。

《圣典博伽瓦谭》中描述了从不同星球上的历史中精选出的史实，因此被所有灵性的权威公认为是伟大的往世书(Mahā-Purāṇa)。这些历史的特殊重要意义在于，它们都与至尊主在不同时间和环境中所从事的活动有关。圣舒卡戴瓦·哥斯瓦米是所有觉悟了自我的灵魂中最崇高的人物，而他把《圣典博伽瓦谭》当做是从他父亲维亚萨戴瓦那里学习的内容。圣维亚萨戴瓦是伟大的权威，《圣典博伽瓦谭》的内容又是如此重要，以致他首先把其中的信息先传给了他那伟大的儿子圣舒卡戴瓦·哥斯瓦米。《圣典博伽瓦谭》被比喻为是牛奶中的奶油。奶油是牛奶最美味的精华；韦达文献就像知识的牛奶海洋，而《圣典博伽瓦谭》因为记载了至尊主与祂的奉献者从事的所有令人愉快、富有启发性且丰富多彩的真实活动，所以是知识的精华——牛奶中的奶油。但是，从没有信仰之人、不信神者和把朗诵《圣典博伽瓦谭》当职业赚钱的人那里接受《圣典博伽瓦谭》的信息，就什么也得不到。《圣典博伽瓦谭》被传给圣舒卡戴瓦·哥斯瓦米，而他不靠《圣典博伽瓦谭》赚钱。他不需要靠赚这种钱去付家庭开支。舒卡戴瓦是没有家庭拖累的弃绝阶层人士，我们必须从他那样的人物那里接受《圣典博伽瓦谭》。牛奶无疑非常有营养，给人以滋养，可一旦被毒蛇的嘴碰过后，就不再起滋养作用，相反变成了死亡的根源。同样道理，不严格遵守外士纳瓦(Vaiṣṇava，维施努的奉献者)戒律的人，不应该用《圣典博伽瓦谭》去赚钱，造成众多的聆听者灵性的死亡。至尊主在《博伽梵歌》中说，所有韦达经的目的是为了了解祂(主奎师那)。《圣典博伽瓦谭》是以被记录下来的知识为形式展现的圣主奎师那本人。因此，它是全部韦达经典的精华。它包含了时间的长河中所有与圣奎师那有关的历史事实，因此，实际上是所有历史的精华。

第 42 节 स तु संश्रावयामास महाराजं परीक्षितम् ।
प्रायोपविष्टं गङ्गायां परीतं परमर्षिभिः ॥४२॥

sa tu saṁśrāvayām āsa
mahārājaṁ parīkṣitam
prāyopaviṣṭaṁ gaṅgāyāṁ
parītaṁ paramarṣibhiḥ

saḥ— 维亚萨戴瓦之子 / tu — 再次 / saṁśrāvayām āsa — 使……听得到 / mahā-rājam — 向帝王 / parīkṣitam — 名叫帕瑞克西特 / prāya-paviṣṭam— 坐在那里不饮不食，直至死亡 / gaṅgāyām — 在恒河岸 / parītam — 被围着 / parama-ṛṣibhiḥ— 由伟大的圣哲们

译文 舒卡戴瓦·哥斯瓦米——维亚萨戴瓦的儿子，接着把这部《博伽瓦谭》传给了伟大的帝王帕瑞克西特，当时帝王正坐在恒河岸边断食断水等待死亡，身边围绕着众多的圣人。

要旨 在师徒传承中，所有超然的信息都被正确地接受。梵文称这师徒传承为帕让帕茹阿(paramparā)。《圣典博伽瓦谭》或任何其他的韦达文献，除非是经师徒传承接受的，否则不可能对其中传达的知识有正确的了解。维亚萨戴瓦把《圣典博伽瓦谭》的信息传给舒卡戴瓦·哥斯瓦米，苏塔·哥斯瓦米又从舒卡戴瓦·哥斯瓦米那里接受了同样的信息。因此，人应该从苏塔·哥斯瓦米或他的代表那里接受《圣典博伽瓦谭》的信息，而不是从不恰当的解释者那里接受。

帝王帕瑞克西特(Parīkṣit)被告知他死亡的时间后立刻离开他的王

国和家庭，到恒河岸边坐下，断食直到死亡。由于他是当时的帝王，所有伟大的圣哲贤人、神秘主义者等都赶到那里。就有关他当时的责任问题，他们向他提出许多建议，最后决定：他该聆听舒卡戴瓦·哥斯瓦米讲述有关主奎师那的一切。就这样，舒卡戴瓦·哥斯瓦米给他讲述了《圣典博伽瓦谭》。

圣商卡尔查尔亚(Śaṅkarācārya)传播强调绝对者非人格特征的假象宗(Māyāvāda)哲学，但就连他最后也劝人必须托庇于圣主奎师那的莲花足。他说明，光是辩论并不能使人得到什么。他承认，他用纷繁复杂的文法修辞对《韦丹塔·苏塔》(Vedānta-sūtra,《吠檀陀经》)所作的解释和宣讲，在人死亡时并不能提供帮助。在死亡的紧要关头，人必须吟诵哥文达(Govinda)的名字。这是所有伟大的超然主义者提出的忠告。很久很久以前，舒卡戴瓦·哥斯瓦米就说明了这同一个事实——人在死亡时必须记着纳茹阿亚纳(Nārāyaṇa)。这是所有灵性活动的本质。为了追求永恒的真理，帝王帕瑞克西特聆听了有资格的舒卡戴瓦·哥斯瓦米朗诵的《圣典博伽瓦谭》。《圣典博伽瓦谭》的讲述者和聆听者，都靠同一个媒介得到了拯救。

第 43 节 कृष्णे स्वधामोपगते धर्मज्ञानादिभिः सह ।
कलौ नष्टदृशामेष पुराणार्कोऽधुनोदितः ॥४३॥

kṛṣṇe sva-dhāmopagate
dharma-jñānādibhiḥ saha
kalau naṣṭa-dṛśām eṣa
purāṇārko 'dhunoditaḥ

kṛṣṇe — 在奎师那的 / sva-dhāma — 自己的居所 / upagate — 回去以后 / dharma — 宗教 / jñāna — 知识 / ādibhiḥ— 结合一起 / saha — 与 / kalau — 在喀历年代 / naṣṭa-dṛśām — 那些失去了远见的人 / eṣaḥ—

所有这些 / purāṇa-arkaḥ— 像太阳一样灿烂的往世书 / adhunā — 现在 / uditaḥ— 已经升起来

译文 这部《博伽梵往世书》如同光芒万丈的太阳，就在主奎师那由宗教和知识等陪伴着离开地球回祂自己的住所后升起。在喀历年代中因愚昧的浓密黑暗而失去视野的人，将从这部往世书中得到光明。

要旨 圣主奎师那有祂自己的永恒住所(dhāma)；在那里，祂由永恒的同伴陪伴着永恒地享受着那里的一切。祂永恒的住所是祂内在能量的展示，而物质世界是祂外在能量的展示。当祂降临物质世界时，祂用祂的内在能量(ātma-māyā)展示祂自己和祂随身带来的一切。至尊主在《博伽梵歌》中说，祂凭祂自己的力量(ātma-māyā)降临。因此，祂的形象、名字、声望、个人用品、住所等，都不是物质的产物。祂降临是为了教化堕落的灵魂，重建祂亲自制定的宗教原则。除了神本人，没人能制定宗教原则。要么是祂，要么是祂授权了的合适人选，才能制定宗教原则。真正的宗教意味着了解神；了解我们与祂的关系，以及在与祂的关系中我们该履行的责任；了解我们离开这个物质躯体后的目的地是什么。深陷在物质能量中的受制约的灵魂，根本不知道所有这些生命的原则，大多数人像动物一样只知道吃、睡、恐惧和交配。他们打着宗教、知识或解脱的幌子所从事的，几乎全都是感官享乐的活动。特别是现在这个纷争的年代——喀历年代(Kali-yuga)，人们就更加愚昧、无明。喀历年代里的人只不过是更高级一些的动物而已。他们没有灵性知识，从不过神圣的宗教生活。他们是如此盲目，根本看不到任何超出精微的心念、智力或自我意识范畴之外的事物，但却为他们在知识、科技和物质繁荣方面取得的进步而骄傲。他们完全不知道生命的最终目标，因此根本不在乎去冒在离开现有的躯体后会投生为狗或猪的生命危险。人格首神圣奎师那在喀历年代将要开始前显现在我们面前，几乎在喀历年代一开始就返回祂永恒的住所。当祂在这个世界时，祂通过祂的各种活动展示了一切。祂特别讲述《博伽梵歌》，清除了所有伪宗教原则。在祂离开这个物质世界前，祂通过纳茹阿达授权圣维亚萨戴瓦汇编《圣典博伽瓦谭》的信息。因此，对这个年代里的盲目之人来说，《博伽梵歌》和《圣典博伽瓦谭》就像照明的火炬。换句话说，如果这个喀历年代里的人想要看到生命中的真正光明，他们必须只研读这两部著作。这样才能实现他们生命的目标。《博伽梵歌》是学习《博伽瓦谭》前必学的预备课程。《圣典博伽瓦谭》是生命的至善——圣主奎师那本人的化身。所以，我们必须把《圣典博伽瓦谭》视为是主奎师那的直接代表。能看《圣典博伽瓦谭》的人，就能看到圣主奎师那本人。两者没有区别。

第 44 节　तत्र कीर्तयतो विप्रा विप्रर्षेर्भूरितेजसः ।
अहं चाध्यगमं तत्र निविष्टस्तदनुग्रहात् ।
सोऽहं वः श्रावयिष्यामि यथाधीतं यथामति ॥४४॥

tatra kīrtayato viprā
vipraṛṣer bhūri-tejasaḥ
ahaṁ cādhyagamaṁ tatra
niviṣṭas tad-anugrahāt
so 'haṁ vaḥ śrāvayiṣyāmi
yathādhītaṁ yathā-mati

tatra — 那里 / kīrtayataḥ— 在吟诵的时候 / viprāḥ— 布茹阿玛纳啊 / vipra-ṛṣeḥ— 从伟大的布茹阿玛纳圣哲 / bhūri — 伟大的 / tejasaḥ— 有力量的 / aham — 我 / ca — 也 / adhyagamam — 能够了解 / tatra — 在聚会中 / niviṣṭaḥ— 因全神贯注 / tat-anugrahāt — 由他的仁慈 / saḥ— 那同一件事 / aham — 我 / vaḥ— 向你们 / śrāvayiṣyāmi — 将让你们听到 / yathā-adhītam yathā-mati — 至于我的觉悟

译文 博学的布茹阿玛纳啊！舒卡戴瓦·哥斯瓦米在那里（帝王帕瑞克西特等待死亡的地方）朗诵《博伽瓦谭》时，我全神贯注地聆听。因此，靠这位卓越、强大的圣人的仁慈，我学习了《博伽瓦谭》。现在，我将努力把我从他那里学到的《博伽瓦谭》，以及我的领悟，照原样讲给你们听。

要旨 人如果从舒卡戴瓦·哥斯瓦米那种觉悟了自我的伟大灵魂那里聆听《博伽瓦谭》，无疑就能直接看到圣主奎师那本人存在于《圣典博伽瓦谭》的字里行间。但世上有一种人以朗诵《博伽瓦谭》为手段赚钱，并用赚取的钱去花天酒地，寻欢作乐；我们绝对不能向那种冒牌货去学习《博伽瓦谭》。与沉溺于性生活的人交往的人，无法学习《圣典博伽瓦谭》。那是学习《博伽瓦谭》的秘密。不仅如此，向那些用自己的世俗学识解释《博伽瓦谭》内容的人学习，也不可能真正学懂《博伽瓦谭》。人如果真的想要在《博伽瓦谭》的字里行间见到圣主奎师那，就必须从舒卡戴瓦·哥斯瓦米的代表那里学习《博伽瓦谭》，而不是向其他人学习。这就是学习《圣典博伽瓦谭》的程序，没有选择可言。苏塔·哥斯瓦米是舒卡戴瓦·哥斯瓦米的真正代表，因为他要呈现他从伟大、博学的布茹阿玛纳(brāhmaṇa, 婆罗门)那里接收的信息。舒卡戴瓦·哥斯瓦米讲述他从他伟大的父亲那里听到的《博伽瓦谭》；同样，苏塔·哥斯瓦米讲述他从舒卡戴瓦·哥斯瓦米那里听到的《博伽瓦谭》。当然，光是听并不足够，人必须以正确的态度领悟聆听到的内容。梵文“完美地倾听(niviṣṭa)”的意思是说，苏塔·哥斯瓦米用他的耳朵畅饮《博伽瓦谭》的果汁。那是接受《博伽瓦谭》的真正方法。人应该全神贯注地聆听真正有资格的人的讲述；这样才能立刻领悟到主奎师那就在《博伽瓦谭》的每一页中。这节诗里谈到了通晓《博伽瓦谭》的秘诀。心中不纯洁的人，不可能全神贯注地聆听。行为不纯洁的人，心不可能纯洁。在从事吃、睡、防卫和交配这四项活动时不纯洁的人，行为不可能纯洁。但无论如何，如果人能够全神贯注地聆听真正有资格的人朗诵《博伽瓦谭》，那他从一开始就能在《博伽瓦谭》的字里行间看到圣主奎师那本人。

到此为止，结束了巴克提韦丹塔对《圣典博伽瓦谭》第 1 篇第 3 章——“奎师那是所有化身的源头”所作的阐释。

第四章

圣纳茹阿达的出现

第 1 节

व्यास उवाच
इति ब्रुवाणं संस्तूय मुनीनां दीर्घसत्रिणाम् ।
वृद्धः कुलपतिः सूतं बह्वृचः शौनकोऽब्रवीत् ॥१॥

vyāsa uvāca
iti bruvāṇaṁ saṁstūya
muninām dīrgha-satriṇām
vṛddhaḥ kula-patiḥ sūtaṁ
bahvṛcaḥ śaunako 'bravīt

vyāsaḥ— 维亚萨戴瓦 / uvāca — 说 / iti — 如此 / bruvāṇam — 讲述 / saṁstūya — 恭贺 / munīnām — 伟大圣哲们的 / dīrgha— 长时间的 / satriṇām — 那些举行祭祀仪式的人的 / vṛddhaḥ— 年长的 / kula-patiḥ— 集会中的长老 / sūtam — 向苏塔 · 哥斯瓦米 / bahu-ṛcaḥ— 有学识的 / śaunakaḥ— 名叫绍纳卡 / abravīt — 说

译文　圣维亚萨戴瓦说，聆听苏塔·哥斯瓦米的一番话后，参加长时间祭祀仪式的、全体圣人中既年长又博学的领袖人物绍纳卡·牟尼，恭贺苏塔·哥斯瓦米道：

要旨　在博学之人的聚会中，当要向演讲者说话表示恭贺时，恭贺者必须具备如下的资格：他必须是与会者的领袖、年长者，而且必须学识渊博。绍纳卡(Śaunaka)圣哲具备所有这些资格；所以当圣苏塔 · 哥斯瓦米(Sūta Gosvamī)表示想要把他从舒卡戴瓦 · 哥斯瓦米那里听到的《圣典博伽瓦谭》，以及他的领悟，照原样讲给与会者们听时，绍纳卡便起身恭贺苏塔 · 哥斯瓦米。个人的领悟并非是指出于自负，企图炫耀自己比前辈灵性导师(ācārya)更有学问。人必须对前辈灵性导师有完全的信心，同时必须很好地领悟经典的内容，以便能在不同的情况下用适合当时情况的方式恰如其分地呈现它。而且，经典的原本目的必须保持，不应该从中挤出一些模糊不清的含义。为了便于听众的理解，要以令人感兴趣的方式呈现谈论的主题。这才称为领悟。聚会者们的领袖人物绍纳卡，仅仅通过演讲者圣苏塔·哥斯瓦米说“按照我的领悟(yathā-dhītaṁ yathā-mati)”一句，就可以判断出苏塔·哥斯瓦米的价值。正因为如此，绍纳卡十分高兴地热烈祝贺苏塔·哥斯瓦米。博学的人不会想要去听不忠实呈现前辈灵性导师所谈内容的人说话。因此，在《圣典博伽瓦谭》被第二次朗诵的这个聚会上，讲述者和听众都是真正有资格的。这应该是朗诵《圣典博伽瓦谭》的标准，以便毫无困难地达到真正的目的——认识主奎师那。除非这样，否则为达到其他目的去讲述《圣典博伽瓦谭》，就只是在浪费讲述者和听众的精力而已了。

第 2 节

शौनक उवाच
सूत सूत महाभाग वद नो वदतां वर ।
कथां भागवतीं पुण्यां यदाह भगवाञ्छुकः ॥२॥

śaunaka uvāca
sūta sūta mahā-bhāga
vada no vadatāṁ vara
kathāṁ bhāgavatīṁ puṇyāṁ
yad āha bhagavāñ chukaḥ

śaunakaḥ— 绍纳卡 / uvāca — 说 / sūta sūta — 苏塔·哥斯瓦米啊 / mahā-bhāga — 最幸运的 / vada — 请说 / naḥ— 向我们 / vadatām — 那些能够说话的人的 / vara — 尊敬的 / kathām —讯息 / bhāgavatīm — 《博伽瓦谭》的 / puṇyām — 虔诚的 / yat — ……的 / āha — 说 / bhagavān — 极有力的 / śukaḥ— 圣舒卡戴瓦·哥斯瓦米

译文　绍纳卡说：苏塔·哥斯瓦米啊！您是所有能讲解和朗诵的人中最幸运、最受尊敬的人。请讲述由卓越、有力的圣人舒卡戴瓦·哥斯瓦米所讲解的《圣典博伽瓦谭》的虔诚信息。

要旨　绍纳卡·哥斯瓦米和聚会的全体成员，都渴望聆听苏塔·哥斯瓦米讲述《博伽瓦谭》的内容，所以绍纳卡在这节诗里再次满怀欣喜地对苏塔·哥斯瓦米致词。圣人们不想听那些为达到自己的目的而用自己的方式去解释《博伽瓦谭》的冒牌货讲经。那些所谓的《博伽瓦谭》背诵者，一般都是些以此为职业赚钱的人，或者是些无法进入至尊人超然的个人活动的、所谓有学问的非人格神主义者。在这些人当中，非人格神主义者，会歪曲《博伽瓦谭》的意思去附和、支持非人格神主义的观点；而以背诵《博伽瓦谭》为职业赚钱的人，会立刻去背诵第十章，错误地解释至尊主的娱乐活动中最机密的部分。这两种人都不是朗诵《博伽瓦谭》的真正有资格的人。只有准备按照舒卡戴瓦·哥斯瓦米的讲述呈现《博伽瓦谭》的人，以及准备聆听舒卡戴瓦·哥斯瓦米和他的代表讲述的人，才真正有资格参与对《圣典博伽瓦谭》的超然谈论。

第 3 节　कस्मिन् युगे प्रवृत्तेयं स्थाने वा केन हेतुना ।
कुतः सञ्चोदितः कृष्णः कृतवान् संहितां मुनिः ॥ ३ ॥

kasmin yuge pravṛtteyaṁ
sthāne vā kena hetunā
kutaḥ sañcoditaḥ kṛṣṇaḥ
kṛtavān saṁhitāṁ muniḥ

kasmin — 在其中 / yuge — 期间 / pravṛttā — 开始 / iyam — 这 / sthāne — 在某地 / vā — 或 / kena — 以什么 / hetunā— 缘由 / kutaḥ— 从那里 / sañcoditaḥ— 受……的鼓舞 / kṛṣṇaḥ— 奎师那 · 兑帕亚纳 · 维亚萨 / kṛtavān — 编纂 / saṁhitām — 韦达文献 / muniḥ— 有学识的人

译文 这信息是什么时候、在什么地方开始讲解的？又为什么要讲解？伟大的圣人奎师那·兑帕亚纳·维亚萨，是从哪里得到编纂这部文献的灵感的？

要旨 由于《圣典博伽瓦谭》是圣维亚萨戴瓦(Vyāsadeva)的特殊贡献，博学的绍纳卡·牟尼便在此问了许多问题。他知道，为了便于智力欠佳的妇女、庶铎(śūdras, 首陀罗)和再生者家中的堕落成员的理解，圣维亚萨戴瓦已经以多种方式解释了韦达经(Vedas)的内容，甚至撰写了长篇史诗《玛哈巴茹阿特》(Mahābhārata)。然而，《圣典博伽瓦谭》超越所有上述的文献，因为其中没有丝毫世俗的内容。所以，绍纳卡圣人提出的问题很有智慧，而且关系重大。

第 4 节 तस्य पुत्रो महायोगी समदृङ् निर्विकल्पकः ।
एकान्तमतिरुन्निद्रो गूढो मूढ इवेयते ॥ ४ ॥

tasya putro mahā-yogī
sama-dṛṅ nirvikalpakaḥ
ekānta-matir unnidro
gūḍho mūḍha iveyate

tasya — 这 / putraḥ— 儿子 / mahā-yogī— 一位伟大的奉献者 / sama-dṛk— 平等看待一切 / nirvikalpakaḥ— 绝对的一元论者 / ekānta-matiḥ — 心始终专注于一元论 / unnidraḥ— 超越无知 / gūḍhaḥ— 并不暴露 / mūḍhaḥ— 弱智 / iva — 像 / iyate — 看来像

译文 他(维亚萨)儿子是伟大的奉献者、平等看待一切的一元论者，他的心始终专注于一元论。他超脱世俗活动，但因为没有显露这一点，所以看起来像是个无知或弱智的人。

要旨 圣舒卡戴瓦·哥斯瓦米是解脱了的灵魂，所以始终保持警觉，不受错觉能量的束缚。《博伽梵歌》中非常明确地解释了这种警觉。解脱的灵魂和受制约的灵魂从事的活动不同：解脱的灵魂总是忙于争取灵性的进步，而这在受制约的灵魂看来就像是在做梦。受制约的灵魂想象不了解脱的灵魂真正在做的事。当受制约的灵魂这样做梦时，解脱的灵魂却保持清醒。同样，在解脱的灵魂看来，受制约的灵魂所从事的活动就像一场梦。受制约的灵魂和解脱的灵魂表面上看也许一样，但其实他们所做的事情不同，注意力集中的点也总是不同。受制约的灵魂关心的是感官享乐，而解脱的灵魂关注的是自我觉悟。受制约的灵魂所专注的是物质，而解脱的灵魂对物质漠不关心。下面的诗中对这种漠不关心作了解释。

第 5 节 दृष्ट्वानुयान्तमृषिमात्मजमप्यनग्नं
देव्यो ह्रिया परिदधुर्न सुतस्य चित्रम् ।
तद्वीक्ष्य पृच्छति मुनौ जगदुस्तवास्ति
स्त्रीपुम्भिदा न तु सुतस्य विविक्तदृष्टेः ॥५॥

dṛṣṭvānuyāntam ṛṣim ātmajam apy anagnaṁ
devyo hriyā paridadhur na sutasya citram
tad vīkṣya pṛcchati munau jagadus tavāsti
strī-pum-bhidā na tu sutasya vivikta-dṛṣṭeḥ

dṛṣṭvā— 看到 / anuyāntam — 跟随着 / ṛṣim — 圣哲 / ātmajam — 他的儿子 / api — 虽然 / anagnam — 并不是裸体的 / devyaḥ— 美丽的少女 / hriyā — 由于羞怯 / paridadhuḥ— 遮盖身体 / na — 不 / sutasya — 儿子的 / citram — 令人惊讶的 / tat vīkṣya — 看到 / pṛcchati — 询问 / munau — 向圣哲(维亚萨) / jagaduḥ— 回答 / tava — 你的 / asti — 有 / strī-pum — 男性及女性 / bhidā — 分别 / na — 不 / tu — 但是 / sutasya — 儿子的 / vivikta — 净化了 / dṛṣṭeḥ— 一个看某事物的人

译文 正在裸浴的美丽少女们看到在后面追赶儿子的圣维亚萨戴瓦时，急忙用衣服遮盖自己的身体，尽管圣维亚萨戴瓦本人并没有裸体。但当他儿子经过时，她们却没这么做。圣人询问其中的缘由，少女们回答说，他儿子是纯洁的，在看她们时根本没区分男女间的差别。但圣人却作此区分。

要旨 《博伽梵歌》第 5 章的第 18 节诗中说：博学的圣人用他灵性的视力，平等地看待母牛、狗和吃狗肉的人，以及博学、温和的布茹阿玛纳(brāhmaṇa, 婆罗门)。圣舒卡戴瓦·哥斯瓦米已经达到那个境界。因此，他不区分男女；只看到众生穿着不同的衣服。正如只要看一眼一个孩子的眼睛，就能明白他究竟有多么单纯；正在沐浴的女士们光是研究一下一个人的瞥视，就能明白他的想法。舒卡戴瓦·哥斯瓦米当年是个十六岁的少年，身体所有的部位都发育成熟了。他和正在沐浴的女士们当时都赤裸着身体。但由于舒卡戴瓦·哥斯瓦米超越了性关系，他看起来非常天真、单纯。正沐浴的女士们凭她们特殊的能力，可以马上意识到这一点，因此没有太在意他。但当他父亲经过时，女士们却迅速穿上了衣服。圣维亚萨戴瓦扮演了居士的角色，所以尽管那些淑女们都可以当维亚萨戴瓦的女儿或孙女了，但她们还是在他出现时按照社会习俗作出了反应。居士必定区分男女，否则不可能是居士。人应该努力了解灵魂与物质躯体的区别，而不是男女的区别。人只要区分男女，就不该试图成为像舒卡戴瓦·哥斯瓦米那样的托钵僧(sannyāsī)。至少从理论上讲，人必须确信，生物既不是男性，也不是女性。灵魂外面穿的衣服由物质自然构成，用以吸引异性，使人深陷在物质存在中。解脱的灵魂超越这种反常的区别。他不对生物加以区分。对他来说，众生都是灵性的。灵性视力的这种完美状态称为解脱的状态，而舒卡戴瓦·哥斯瓦米就达到了这种状态。圣维亚萨戴瓦也处在超然的状态中，但由于他是居士，为了符合社会习俗，他没有自称自己是解脱的灵魂。

第 6 节　कथमालक्षितः पौरैः सम्प्राप्तः कुरुजाङ्गलान् ।
उन्मत्तमूकजडवद्विचरन् गजसाह्वये ॥ ६ ॥

katham ālakṣitaḥ pauraiḥ
samprāptaḥ kuru-jāṅgalān
unmatta-mūka-jaḍavad
vicaran gaja-sāhvaye

katham — 怎样 / ālakṣitaḥ— 被认出 / pauraiḥ— 由市民 / samprāptaḥ— 达到 / kuru-jāṅgalān — 库茹・湛嘎拉省 / unmatta — 疯子 / mūka — 哑巴 / jaḍavat— 弱智 / vicaran — 游荡 / gaja-sāhvaye — 哈斯提纳普尔

译文　他(维亚萨的儿子舒卡戴瓦・哥斯瓦米）像个疯子、哑巴和白痴，在库茹・湛嘎拉省内游荡后进入哈斯提纳普尔城(德里)，城中的居民是怎么认出他的?

要旨　现在的德里城之所以曾经被称为哈斯提纳普尔(Hastināpura)，是因为它是由哈斯提(Hastī)王兴建的。舒卡戴瓦・哥斯瓦米离开他父母的家后，像个疯子一样在流浪，使城里的居民很难了解他的崇高地位。因此，要知道一个人是不是圣人，不是靠看，而是靠听。去找一个伟大的圣人(sādhu)，不是去看他，而是去聆听他的话。一个人如果没有准备聆听伟大圣人的话，去找圣人就不会有所收益。舒卡戴瓦・哥斯瓦米是个可以讲述至尊主的超然活动的伟大圣人。他讲话的目的不是满足普通市民的幻想。他的崇高地位是在讲述《博伽瓦谭》的主题时被认出的。他从不会像一个魔术师那样靠变戏法去骗人。他表面上看起来像个智力迟钝、不能说话的疯子，但其实却是最崇高的超然人物。

第 7 节 कथं वा पाण्डवेयस्य राजर्षेर्मुनिना सह ।
संवादः समभूत्तात यत्रैषा सात्वती श्रुतिः ॥ ७ ॥

kathaṁ vā pāṇḍaveyasya
rājarṣer muninā saha
saṁvādaḥ samabhūt tāta
yatraiṣā sātvatī śrutiḥ

katham — 怎样 / vā — 还有 / pāṇḍaveyasya — 潘杜的后裔(帕瑞克西特) / rājarṣeḥ— 一位圣贤国王的 / muninā — 与那位牟尼 / saha — 与 / saṁvādaḥ— 讨论 / samabhūt — 发生 / tāta — 亲爱的 / yatra — 于是 / eṣā— 像这样 / sātvatī— 超然的 / śrutiḥ— 韦达经的精华

译文 帕瑞克西特王与这位大圣人相遇，使他给君王吟唱这韦达经中极为超然的精华（《圣典博伽瓦谭》）成为可能，这事是如何发生的?

要旨 这节诗中说明《圣典博伽瓦谭》是韦达经的精华。它不是未经授权的人有时所说的，是“虚构出来的故事”。《圣典博伽瓦谭》又被称为舒卡·萨密塔(Śuka-saṁhitā)，意思是博学、伟大的圣人舒卡戴瓦·哥斯瓦米吟诵的韦达赞歌。

第 8 节 स गोदोहनमात्रं हि गृहेषु गृहमेधिनाम् ।
अवेक्षते महाभागस्तीर्थीकुर्वंस्तदाश्रमम् ॥ ८ ॥

sa go-dohana-mātraṁ hi
gṛheṣu gṛha-medhinām
avekṣate mahā-bhāgas
tīrthī-kurvaṁs tad āśramam

saḥ— 他(舒卡戴瓦·哥斯瓦米) / go-dohana-mātram — 只有挤一次

牛奶那样长的时间 / hi — 肯定地 / gṛheṣu — 在屋里 / gṛha-medhinām — 过家庭生活之人的 / avekṣate — 等待 / mahā-bhāgaḥ— 最幸运的 / tīrthī— 朝圣 / kurvan — 转变成 / tat āśramam — 居所

译文　他(舒卡戴瓦・哥斯瓦米)在居士家门前停留的时间，通常不超过给一头牛挤奶的时间。他这么做仅仅是为了圣洁化那住所。

要旨　舒卡戴瓦・哥斯瓦米与帝王帕瑞克西特相遇，并解释了《圣典博伽瓦谭》的主题。他到居士家去接受布施，不会在任何居士家停留超过半小时(挤牛奶的时间)。他所光顾的那些居士家里的人是幸运的，因为他吉祥的出现圣洁化了他们的住所。所以，舒卡戴瓦・哥斯瓦米是处在超然状态中的理想的传教者。那些身处弃绝阶层且奉献一生传扬首神信息的人，应该从他的活动中学习到：除了用超然的知识启发居士，他们没有必要与居士交往。向居士要求布施的目的，是为了圣洁化那居士的家。处在弃绝阶层的人不应该被居士拥有的财富所吸引，因而对富人卑躬屈膝、曲意奉承。对一个身处弃绝阶层的人来说，这比喝毒药和自杀还要危险。

第 9 节　अभिमन्युसुतं सूत प्राहुर्भागवतोत्तमम् ।
तस्य जन्म महाश्चर्यं कर्माणि च गृणीहि नः ॥९॥

abhimanyu-sutaṁ sūta
prāhur bhāgavatottamam
tasya janma mahāścaryaṁ
karmāṇi ca gṛṇīhi naḥ

abhimanyu-sutam — 阿比曼纽之子 / sūta — 苏塔啊 / prāhuḥ— 据说 / bhāgavata-uttamam — 至尊主一流的奉献者 / tasya — 他的 /

janma — 诞生 / mahā-āścaryam — 非常奇妙 / karmāṇi — 活动 / ca — 和 / gṛṇīhi — 请告诉 / naḥ— 我们

译文 据说帕瑞克西特王是至尊主一流的奉献者，他的出生和活动都很奇妙。请告诉我们有关他的事迹。

要旨 帕瑞克西特王的出生很奇妙，因为他还在母亲子宫中时就已经得到了人格首神圣奎师那的保护。他的活动也很奇妙，因为他惩罚了想要杀死乳牛的喀历(Kali)。屠杀乳牛意味着人类文明的结束。他要保护乳牛，使其免遭罪恶的重要代表人物的屠杀。他的死也很奇妙，因为他在死前被告知了死期，而这对每一个凡人来说都是奇妙的事，使他可以通过坐在恒河岸边聆听至尊主超然的活动而为自己的死做好准备。他在死前的每一天都聆听《博伽瓦谭》，不吃不喝也不睡觉。所以，与他有关的一切都很奇妙，他的活动值得我们倾听。这节诗就表达了圣人们想要聆听有关他的一切细节的愿望。

第 10 节 स सम्राट् कस्य वा हेतोः पाण्डूनां मानवर्धनः ।
प्रायोपविष्टो गङ्गायामनादृत्याधिराट्श्रियम् ॥१०॥

sa samrāṭ kasya vā hetoḥ
pāṇḍūnāṁ māna-vardhanaḥ
prāyopaviṣṭo gaṅgāyām
anādṛtyādhirāṭ-śriyam

saḥ— 他 / samrāṭ — 帝王 / kasya — 为什么 / vā — 或 / hetoḥ— 理由 / pāṇḍūnām — 潘杜之子的 / māna-vardhanaḥ— 一个使家庭富裕的人 / prāya-upaviṣṭaḥ— 坐着并断食 / gaṅgāyām — 在恒河岸边 / anādṛtya — 忽略了 / adhirāṭ — 得来的王国 / śriyam— 财富

译文 他曾是伟大的帝王，拥有他得到的王国中的一切财富。他是那么高贵，甚至使潘杜王朝的声望得到进一步的提升。他为什么放弃一切，到恒河岸边坐下，断食直至死亡？

要旨 帕瑞克西特王曾是地球的帝王，统治疆域包括陆地和海洋，而且不需要任何努力、经历任何麻烦就得到了这样一个王国。他是从祖父尤帝士提尔王和其兄弟们那里继承王国的。此外，他把国家治理得很好，为他祖父们的美名更增添了光彩。总之，无论是他的财富，还是他对国家的治理，都令人称心如意。既然如此，他为什么要放弃这一切对他有利的条件，到恒河岸边坐下，断食直至死亡呢？这实在令人震惊，因此大家都渴望了解原因。

第 11 节 नमन्ति यत्पादनिकेतमात्मनः
शिवाय हानीय धनानि शत्रवः ।
कथं स वीरः श्रियमङ्ग दुस्त्यजां
युवैषतोत्स्रष्टुमहो सहासुभिः ॥११॥

namanti yat-pāda-niketam ātmanaḥ
śivāya hānīya dhanāni śatravaḥ
kathaṁ sa vīraḥ śriyam aṅga dustyajām
yuvaiṣatotsraṣṭum aho sahāsubhiḥ

namanti — 顶礼 / yat-pāda — 他的足 / niketam — 之下 / ātmanaḥ— 自己的 / śivāya— 福利 / hānīya — 曾带来 / dhanāni — 财富 / śatravaḥ— 敌人 / katham — 为了什么原因 / saḥ— 他 / vīraḥ— 英雄的 / śriyam — 财富 / aṅga— 苏塔 · 哥斯瓦米啊 / dustyajām — 不能超越的 / yuvā — 正当壮年 / aiṣata — 想要 / utsraṣṭum — 放弃 / aho — 感叹 / saha — 与 / asubhiḥ— 生命

译文 他是如此非凡的帝王，以致他的敌人都拜倒在他脚下，为了切身利益交出他们的财富。他朝气蓬勃、年轻力壮，拥有不可逾越的王者尊严。他为什么要放弃这一切，甚至他的生命呢？

要旨 他生活中的一切都称心如意。他相当年轻，有力量、有财产让他可以享受生活，所以不存在退出活跃生活的理由。他是那么强大有力，具有骑士风范，以致他的敌人都臣服在他脚下，向他顶礼，为了切身的利益把所有的财产都交给他，因此征收国税毫无困难。帕瑞克西特王是个虔诚的君王。他征服了他的敌人们，所以整个王国一片繁荣昌盛，有足够的牛奶、谷物和金属，所有的河流和山脉都充满了生机。所以，从物质的角度看，一切都令人满意，不存在提早放弃他的王国和生命的问题。圣人们渴望聆听这一切。

第 12 节 शिवाय लोकस्य भवाय भूतये
य उत्तमश्लोकपरायणा जनाः ।
जीवन्ति नात्मार्थमसौ पराश्रयं
मुमोच निर्विद्य कुतः कलेवरम् ॥१२॥

śivāya lokasya bhavāya bhūtaye
ya uttama-śloka-parāyaṇā janāḥ
jīvanti nātmārtham asau parāśrayaṁ
mumoca nirvidya kutaḥ kalevaram

śivāya — 福利 / lokasya — 所有生物的 / bhavāya — 为了繁荣 / bhūtaye — 为了经济发展 / ye — 一个……的人 / uttama-śloka-parāyaṇāḥ— 献身于人格首神的 / janāḥ— 人 / jīvanti — 活着 / na — 但不是 / ātma-artham — 自私的利益 / asau — 那 / para-āśrayam — 别人的庇护所 / mumoca — 放弃 / nirvidya — 毫无执著 / kutaḥ— 为什么原因 / kalevaram — 不免一死的躯体

译文　那些把毕生献给人格首神的人，只为他人的幸福、快乐和成长而活着。他们不为个人的利益而活。所以，尽管帝王(帕瑞克西特)并不依恋他在尘世间拥有的一切，但他怎么能放弃他人赖以庇护的终有一死的躯体呢？

要旨　帕瑞克西特王是人格首神的奉献者，因此是理想的君王和居士。至尊主的奉献者自然拥有一切美好的品德。帕瑞克西特王就是这方面的典范。他毫不留恋他拥有的世间财富。但既然他是全面为臣民谋福利的君王，他就总是为大众的各方面福利而忙碌，不仅要考虑他们的这一生，还有他们的来世。他不允许开设屠宰场或屠杀乳牛。他不是那种保护一种生物体，却允许另一种生物体被杀的不公平的愚蠢统治者。他是至尊主的奉献者，所以很清楚如何治理他的王国，以使居住在他国土上的人类、动物、植物等所有的生物体都快乐。他不是只关心个人私利的人。自私既是指以个人为中心，也是指以个人为中心的扩展。他两者都不是。他所关心的是如何取悦至尊真理——人格首神。君王是至尊主的代表，所以君王所关注的内容必须是至尊主关心的事。至尊主想要所有的生物都服从祂，从而变得快乐。因此，君王关心的就是引领所有的臣民回到神的王国。为了达到这一目的，应该把臣民们的活动安排得如此协调一致，使他们能在这一生结束时回归家园、回到首神身边去。在典范的君王管理下，王国充满了财富。那时，人不需要吃动物。世上有大量的谷类食物、牛奶和蔬菜可供人类和动物食用，想吃多少，就有多少。如果所有的生物体都对食物和住所感到满意，服从法律，生物体和生物体之间就不会互相打扰了。帝王帕瑞克西特是杰出的君王，所以在他统治期间，他国内的居民都很快乐。

第 13 节　तत्सर्वं नः समाचक्ष्व पृष्टो यदिह किञ्चन ।
मन्ये त्वां विषये वाचां स्नातमन्यत्र छान्दसात् ॥१३॥

tat sarvaṁ naḥ samācakṣva
pṛṣṭo yad iha kiñcana
manye tvāṁ viṣaye vācāṁ
snātam anyatra chāndasāt

tat — 那 / sarvam — 所有 / naḥ— 向我们 / samācakṣva — 清楚地解释 / pṛṣṭaḥ— 询问 / yat iha — 这里 / kiñcana — 所有 / manye — 我们想 / tvām — 你 / viṣaye — 所有的题目 / vācām — 字的意思 / snātam — 完全通晓 / anyatra — 除了 / chāndasāt — 韦达经的一部分

译文 我们知道，除了韦达经中的一部分学科外，您精通所有的知识，因此对我们刚刚提出的所有问题，您都能给予明确的解释。

要旨 韦达经(Vedas)和往世书(Purāṇas)之间的区别，就像布茹阿玛纳(brāhmaṇa, 婆罗门)和博学的传教者(parivrājakācāryas)之间的区别。布茹阿玛纳负责主持韦达经中提到的某些功利性的祭祀，博学的传教者则向众生传播超然的知识。因此，博学的传教者不总是精于吟诵韦达经中记载的曼陀(mantra)，那些曼陀是由负责主持韦达仪式的布茹阿玛纳按照曼陀的重音和韵律进行有系统的练习的。尽管如此，我们不应该认为布茹阿玛纳比到处去传播超然知识的传教者更重要。他们两者既一样又有区别，因为他们是以不同的方式达到同样的目的。

韦达曼陀与往世书和史诗(Itihāsas)之间也没有区别。按照圣吉瓦·哥斯瓦米(Jīva Gosvāmī)的说法，《玛迪严迪纳·施茹缇》中提到，《萨玛》(Sāma,《娑摩》)、《阿塔尔瓦》(Atharva,《阿达婆》)、《瑞歌》(Ṛg,《梨俱》)、《亚诸尔》(Yajur,《耶柔》)，以及众多的往世书、史诗和奥义书(Upaniṣads)等所有的韦达经典，都是从至尊生物的呼吸中流淌出来的。唯一的区别是，韦达曼陀几乎都是以吟诵梵文“欧么”(praṇava oṁkāra)为开始，而这需要按韦达曼陀韵律发音去练习。但那并不意味着韦达曼陀比《圣典博伽瓦谭》更重要。相反，正如前面所说的，《圣典博伽瓦谭》是韦达经典之树上成熟了的果实。不仅如此，最完美的解脱了的灵魂圣舒卡戴瓦·哥斯瓦米，虽然已经觉悟了自我，但却全神贯注地学习《博伽瓦谭》。圣苏塔·哥斯瓦米从舒卡戴瓦·哥斯瓦米那里学习了《博伽瓦谭》，所以他的地位并不会因为不精通吟唱韦达曼陀而比布茹阿玛纳低。是否精通按韵律发音吟唱韦达曼陀，取决于是否多练，而不取决于是否有真正的觉悟。真正的觉悟比鹦鹉学舌般地重复发音更重要。

第 14 节

सूत उवाच
द्वापरे समनुप्राप्ते तृतीये युगपर्यये ।
जातः पराशराद्योगी वासव्यां कलया हरेः ॥१४॥

sūta uvāca
dvāpare samanuprāpte
tṛtīye yuga-paryaye
jātaḥ parāśarād yogī
vāsavyāṁ kalayā hareḥ

sūtaḥ— 苏塔·哥斯瓦米 / uvāca — 说 / dvāpare — 在第二个年代 / samanuprāpte — ……开始时 / tṛtīye — 第三 / yuga — 年代 / paryaye — 代替 / jātaḥ— 孕育了 / parāśarāt — 由帕茹阿沙茹阿 / yogī— 伟大的圣哲 / vāsavyām — 在瓦苏之女的子宫里 / kalayā — 在完整扩展中 / hareḥ— 人格首神的

译文　苏塔·哥斯瓦米说：当第三个年代先于第二个年代出现时，帕茹阿沙茹阿与瓦苏的女儿萨提亚娃缇结合，生下了伟大的圣人维亚萨戴瓦。

要旨 地球上有按顺序循环运行的四个年代，它们的前后顺序分别是：萨提亚(Satya, 金)、杜瓦帕尔(Dvāpara, 银)、特瑞塔(Tretā, 铜)和喀历(Kali, 铁)。但有时候会有两个年代的出现顺序颠倒的情况。外瓦斯瓦塔 · 玛努统治期间，在四个年代循环运行的第二十八个循环中就出现了这种第二个年代和第三个年代顺序颠倒的情况。在那个特殊的年代中，圣主奎师那亲自降临，而由于奎师那的降临，那个年代中就出现一些特殊的变化。大圣人维亚萨戴瓦的母亲是渔夫瓦苏(Vasu)的女儿萨提亚娃缇(Satyavatī)，父亲则是伟大的帕茹阿萨茹阿 · 牟尼(Parāśara Muni)。那是维亚萨戴瓦出生的历史。每一个年代被分成三个时期，每一个时期被称为桑迪亚(sandhyā)。维亚萨戴瓦就显现在那个特殊年代的第三个时期。

第 15 节 स कदाचित्सरस्वत्या उपस्पृश्य जलं शुचिः ।
विविक्त एक आसीन उदिते रविमण्डले ॥१५॥

sa kadācit sarasvatyā
upaspṛśya jalaṁ śuciḥ
vivikta eka āsīna
udite ravi-maṇḍale

saḥ— 他 / kadācit — 有一次 / sarasvatyāḥ— 在萨茹阿斯瓦缇河岸 / upaspṛśya — 在晨浴后 / jalam — 水 / śuciḥ— 净化了 / vivikte — 专一 / ekaḥ— 单独 / āsīnaḥ— 这样坐下 / udite — 升起 / ravi-maṇḍale — 太阳星球

译文 一次，当太阳升起时，他(维亚萨戴瓦)在萨茹阿斯瓦缇河中晨浴后，独自坐下冥想。

要旨　在喜马拉雅山脉的巴达瑞卡灵修区(Badarikāśrama)内流淌着萨茹阿斯瓦缇河(Sarasvatī)。这节诗里说的地方，是圣维亚萨戴瓦在巴达瑞卡灵修区内居住的场所沙弥亚帕斯(Śamyāprāsa)。

第 16 节　**परावरज्ञः स ऋषिः कालेनाव्यक्तरंहसा ।**
युगधर्मव्यतिकरं प्राप्तं भुवि युगे युगे ॥१६॥

parāvara-jñaḥ sa ṛṣiḥ
kālenāvyakta-raṁhasā
yuga-dharma-vyatikaraṁ
prāptaṁ bhuvi yuge yuge

para-avara — 过去和将来 / jñaḥ— 一个知道……的人 / saḥ— 他 / ṛṣiḥ— 维亚萨戴瓦 / kālena— 随着时间的流逝 / avyakta — 不展示的 / raṁhasā — 由伟大的力量 / yuga-dharma — 年代的活动 / vyatikaram — 不正常的现象 / prāptam — 积累了 / bhuvi — 在地球上 / yuge yuge — 不同的年代

译文　大圣人维亚萨戴瓦看到年代责任的履行过程中出现了异常现象。由于时间造成的看不见的影响力，这现象在地球上的不同年代中都会发生。

要旨　像维亚萨戴瓦那样的伟大圣人是解脱了的灵魂，能清楚地看到过去和将来。因此，他能看到未来喀历年代中的异常现象。根据这一情况，他为人民大众做了安排，以便他们在喀历这个充满了愚昧黑暗的年代中能过一种可以取得灵性进步的生活。由于愚昧，人们无法正确估量生命的价值，得到灵性知识的启明。

第 17—18 节 भौतिकानां च भावानां शक्तिह्रासं च तत्कृतम् ।
अश्रद्दधानान्निःसत्त्वान्दुर्मेधान् ह्रसितायुषः ॥१७॥
दुर्भगांश्च जनान् वीक्ष्य मुनिर्दिव्येन चक्षुषा ।
सर्ववर्णाश्रमाणां यद्दध्यौ हितममोघदृक् ॥१८॥

bhautikānāṁ ca bhāvānāṁ
śakti-hrāsaṁ ca tat-kṛtam
aśraddadhānān niḥsattvān
durmedhān hrasitāyuṣaḥ

durbhagāṁś ca janān vīkṣya
munir divyena cakṣuṣā
sarva-varṇāśramāṇāṁ yad
dadhyau hitam amogha-dṛk

bhautikānām ca — 还有一切由物质构成的事物的 / bhāvānām — 行动 / śakti-hrāsam ca — 和自然力量的衰退 / tat-kṛtam — 由那致使 / aśraddadhānān — 没有信心的人 / niḥsattvān — 因为缺乏善心而不耐烦 / durmedhān — 愚笨的/hrasita — 减少/āyuṣaḥ— 寿命的/ durbhagān ca— 还有不幸的/janān — 一般大众/vīkṣya — 看见/ muniḥ— 圣哲/divyena — 由超然的/cakṣuṣā — 视力/sarva — 所有/ varṇa-āśramāṇām— 所有灵性阶段和社会阶层的/yat — 什么/ dadhyau — 沉思过/hitam — 福利/amogha-dṛk — 一个知识渊博的人

译文 具备所有知识的大圣人能透过他的超然视力看到，由于年代的影响，物质的一切事物都在恶化。他还能看到，普通大众不再信神；而且因为缺乏美德，他们变得不再有耐心，他们的寿命会缩短。鉴于此，他开始为处在社会各阶层和生命各阶段的人的福利而冥思苦想。

要旨　时间所具有的看不见的影响力极为强大，会逐渐湮没一切物质的事物。在四个年代循环中的最后一个年代——喀历年代里，一切物质事物的力量都会在时间的影响下逐渐减弱。在这个年代里，大众的物质躯体的寿命大大缩短，记忆力也很大程度地减弱了。物质的活动动力不足：大地不像在其他年代里那样生产同样多的谷物；乳牛不像从前那样提供大量的牛奶；蔬菜和水果的出产也少于从前。为此，人和动物都没有丰富的、有营养的食物可食。在这个年代里，由于生活中有那么多的需求，致使人的寿命缩短、记忆力降低、智力不足，彼此间充满了虚伪和纷争……

伟大的圣人维亚萨戴瓦透过他超然的视力能看到这一切。就像占星家能看出一个人今后的命运，或者天文学家能预测日食和月食发生的时间，那些能透过经典看一切的解脱了的灵魂，可以预言人类将来的一切。他们通过灵修进步所获得的尖锐目光，使他们能看到这一切。

这些超然主义者当然都是至尊主的奉献者；他们一直忙碌地为人民大众的福利做贡献。不同于那些看不到五分钟后会发生什么事情的所谓的政治领袖们，他们是人民大众真正的朋友。这个年代中的人民大众及他们所谓的领袖，全都是不幸的人。他们不相信灵性的知识，由于被喀历年代的影响所左右，总是受各种疾病的打扰。例如：现代有那么多肺结核病人和治疗肺结核的医院，但以前因为时间没有那么不吉利，所以情况并非如此。圣维亚萨戴瓦的代表都无私地工作，一直忙于做一些安排，去帮助地位和生活阶层各不相同的每一个人。然而，这个年代的不幸的人们，却总是不愿意与这样的超然主义者们交流。最伟大的慈善家，是那些努力执行维亚萨、纳茹阿达、玛德瓦、柴坦亚、茹帕和萨茹阿斯瓦提等人物的使命的超然主义者。他们都是一样的。每一个人的个性也许不同，但使命的目标一样，那就是：拯救堕落的灵魂，使他们回归家园、回归首神。

第 19 节 चातुर्होत्रं कर्म शुद्धं प्रजानां वीक्ष्य वैदिकम् ।
व्यदधाद्यज्ञसन्तत्यै वेदमेकं चतुर्विधम् ॥१९॥

cātur-hotraṁ karma śuddhaṁ
prajānāṁ vīkṣya vaidikam
vyadadhād yajña-santatyai
vedam ekaṁ catur-vidham

cātuḥ— 四个 / hotram — 祭祀之火 / karma śuddham — 活动的净化 / prajānām — 一般大众的 / vīkṣya— 看过之后 / vaidikam — 按照韦达仪式 / vyadadhāt — 做成 / yajña — 祭祀 / santatyai — 为了扩展 / vedam ekam — 只有一部韦达经 / catuḥ-vidham — 四个部分

译文 他看到，韦达经中提到的祭祀是净化人们活动的方法。为了更便于给人们解释知识，把程序精简化，他把一部韦达经分成了四部。

要旨 以前只有一部名为《亚诸尔》(Yajur)的韦达经，其中具体谈到了四种类型的祭祀。但为了净化四个社会阶层的职责，使祭祀更容易做，维亚萨戴瓦便把那一部韦达经分成了四部，分别称为《瑞歌》(Ṛg,《梨俱》)、《亚诸尔》(Yajur,《耶柔》)、《萨玛》(Sāma,《娑摩》)和阿塔尔瓦(Atharva,《阿达婆》)。除这四部韦达经之外，还有被称为第五部韦达经的往世书(Purāṇas)——《玛哈巴茹阿特》(Mahābhārata,《摩诃婆罗多》)和赞歌(Saṁhitās)等。圣维亚萨戴瓦和他的许多门徒都是历史上的重要人物；他们对这个喀历年代中的堕落灵魂非常仁慈，充满同情。为了让堕落的灵魂更容易理解，《玛哈巴茹阿特》和众多的往世书通过讲述有关的历史事实来解释四部韦达经的教导。所以，怀疑往世书和《玛哈巴茹阿特》的权威性，说它们不属韦达经的一部分是毫无意义的。《昌窦给亚奥义书》(Chāndogya Upaniṣad)第 7 篇第 1 章的第 4 节诗中，把众所周知记载宇宙古史的往世书和《玛哈巴茹阿特》说成是第五部韦达经。按照圣吉瓦·哥斯瓦米的说法，那才是查明启示经典之不同价值的方法。

第 20 节 ऋग्यजुःसामाथर्वाख्या वेदाश्चत्वार उद्धृताः ।
इतिहासपुराणं च पञ्चमो वेद उच्यते ॥२०॥

ṛg-yajuḥ-sāmātharvākhyā
vedāś catvāra uddhṛtāḥ
itihāsa-purāṇaṁ ca
pañcamo veda ucyate

ṛg-yajuḥ-sāma-atharva-ākhyāḥ— 四部韦达经的名称 / vedāḥ— 韦达经 / catvāraḥ— 四 / uddhṛtāḥ— 分成不同的部分 / itihāsa — 历史记录（《玛哈巴茹阿特》） / purāṇam ca — 及众多往世书 / pañcamaḥ— 第五 / vedaḥ— 知识的本源 / ucyate — 被称为

译文 知识的源头(韦达经)被分成四部。往世书中记载的历史事实和真实故事，被称为第五部韦达经。

第 21 节 तत्रर्ग्वेदधरः पैलः सामगो जैमिनिः कविः ।
वैशम्पायन एवैको निष्णातो यजुषामुत ॥२१॥

tatrarg-veda-dharaḥ pailaḥ
sāmago jaiminiḥ kaviḥ
vaiśampāyana evaiko
niṣṇāto yajuṣām uta

tatra — 随即 / ṛg-veda-dharaḥ— 《瑞歌·韦达》的教授 / pailaḥ— 名叫培拉的圣哲 / sāmà-gaḥ— 《萨玛·韦达》的 / jaiminiḥ— 名叫斋弥

尼的圣哲 / kaviḥ— 资深的 / vaiśampāyanaḥ— 名叫外商帕亚纳的圣哲 / eva — 只有 / ekaḥ— 单独的 / niṣṇātaḥ— 精通于 / yajuṣām — 《亚诸尔 · 韦达》的 / uta — 光荣的

译文 在韦达经被分成四部分后，圣人培拉成为《瑞歌·韦达》的教授，斋弥尼成为《萨玛·韦达》的教授，外尚帕亚纳则因教授《亚诸尔·韦达》而扬名于世。

要旨 为了以不同的方式更详细地解释知识，不同的韦达经被托付给不同的学识渊博的学者去保管。

第 22 节 अथर्वाङ्गिरसामासीत्सुमन्तुर्दारुणो मुनिः ।
इतिहासपुराणानां पिता मे रोमहर्षणः ॥२२॥

atharvāṅgirasām āsīt
sumantur dāruṇo muniḥ
itihāsa-purāṇānāṁ
pitā me romaharṣaṇaḥ

atharva — 《阿塔尔瓦 · 韦达》 / aṅgirasām — 向圣哲安给茹阿 / āsīt — 受托付 / sumantuḥ— 也称为苏曼图 · 牟尼 / dāruṇaḥ— 专心致力于《阿塔尔瓦 · 韦达》 / muniḥ— 圣哲 / itihāsa-purāṇānām — 历史记录及往世书的 / pitā — 父亲 / me — 我的 / romaharṣaṇaḥ— 圣哲柔玛哈尔珊纳

译文 专心致力于实践《阿塔尔瓦·韦达》教导的安给茹阿(苏曼图·牟尼)受托保管《阿塔尔瓦·韦达》。我父亲柔玛哈尔珊纳，受托保管往世书和史记。

要旨　韦达赞歌(śruti-mantras)中说，严格遵守《阿塔尔瓦 · 韦达》中精密原则的安给茹阿 · 牟尼，是《阿塔尔瓦 · 韦达》追随者们的领袖。

第 23 节　त एत ऋषयो वेदं स्वं स्वं व्यस्यन्ननेकधा ।
शिष्यैः प्रशिष्यैस्तच्छिष्यैर्वेदास्ते शाखिनोऽभवन् ॥२३॥

ta eta ṛṣayo vedaṁ
svaṁ svaṁ vyasyann anekadhā
śiṣyaiḥ praśiṣyais tac-chiṣyair
vedās te śākhino 'bhavan

te — 他们 / ete — 所有这些 / ṛṣayaḥ— 渊博的学者 / vedam — 各部韦达经 / svam svam — 就他们受委托的事宜 / vyasyan — 传授 / aneka-dhā— 很多 / śiṣyaiḥ— 门徒 / praśiṣyaiḥ— 徒孙 / tat-śiṣyaiḥ— 曾徒孙 / vedāḥ te — 各部韦达经的追随者 / śākhinaḥ— 各部门的 / abhavan — 因此成为

译文　所有这些博学的学者都按照给他们的嘱托，把韦达经传给他们的众多门徒、孙子辈的门徒，以及重孙辈的门徒，从而形成了韦达经的各个分支传承。

要旨　韦达经是一切知识的源头。无论是世俗知识还是超然的知识，世上没有任何一种知识没有记载在原始韦达经中。学识渊博、值得尊敬的大学者们把韦达经中记载的知识分成不同的部分，他们的追随者后来又对分支性的知识加以详细地阐述。换句话说，韦达知识被不同的师徒传承分成不同的分支性知识，传遍全世界。因此，没人能说世上有超出韦达经记载的知识。

第 24 节 त एव वेदा दुर्मेधैर्धार्यन्ते पुरुषैर्यथा ।
एवं चकार भगवान् व्यासः कृपणवत्सलः ॥२४॥

ta eva vedā durmedhair
dhāryante puruṣair yathā
evaṁ cakāra bhagavān
vyāsaḥ kṛpaṇa-vatsalaḥ

te — 那 / eva — 肯定地 / vedāḥ— 知识之书 / durmedhaiḥ— 由智力欠佳的 / dhāryante — 能够了解 / puruṣaiḥ— 由人 / yathā— 如……一样 / evam — 因此 / cakāra — 编辑 / bhagavān — 强有力者 / vyāsaḥ— 大圣哲维亚萨 / kṛpaṇa-vatsalaḥ— 对无知的大众很仁慈

译文 就这样，对无知大众十分仁慈的大圣人维亚萨戴瓦，编辑了韦达经，以使智力欠佳的人更容易消化其中的知识。

要旨 韦达经原本是一部，这节诗里解释了把它分成许多部分的原因。一切知识的种子——韦达经，不是普通人所能轻易理解的。关于对韦达经的学习有一条严格的规定，即：一个人如果不是有资格的布茹阿玛纳(婆罗门)，不该试图去学习韦达经。这条严格的规定被人们以太多种错误的方式加以诠释。有一种人声称，只要出生在布茹阿玛纳家庭中，就有布茹阿玛纳的资格，而学习韦达经是布茹阿玛纳阶层的专利。另一种人认为，对没有出生在布茹阿玛纳家庭的其他阶层的人来说，有关学习韦达经的严格规定不公平。但这两种人都被误导了。就连布茹阿玛(Brahmā, 梵天)学习韦达经时，都要由至尊主给予解释。这意味着，只有处在善良属性层面上的人，才能理解韦达经的内容。受激情属性和愚昧属性控制的人，没有能力理解韦达经的主题。韦达知识的最终目的是了解人格首神圣奎师那。这位人物很少能被那些受制于激情和愚昧属性的人了解。在萨提亚年代，每个人都处在善良属性的层面上。在杜瓦帕尔和特瑞塔年代，善良属性逐渐减少，大众普遍堕落。在现在这个喀历年代中，善良属性几乎完全消失。为了人们大众的利益，强大有力且慈悲为怀的圣人维亚萨戴瓦，把韦达经的知识分类加以整理，以便受制于激情和愚昧属性的智力欠佳之人也都能遵循。这一点在下节诗中给予了解释。

第 25 节　स्त्रीशूद्रद्विजबन्धूनां त्रयी न श्रुतिगोचरा ।
कर्मश्रेयसि मूढानां श्रेय एवं भवेदिह ।
इति भारतमाख्यानं कृपया मुनिना कृतम् ॥२५॥

strī-śūdra-dvijabandhūnāṁ
　trayī na śruti-gocarā
karma-śreyasi mūḍhānāṁ
　śreya evaṁ bhaved iha
iti bhāratam ākhyānaṁ
　kṛpayā muninā kṛtam

strī— 女人 / śūdra — 劳动阶层 / dvija-bandhūnām — 再生族的朋友的 / trayī— 三 / na — 不 / śruti-gocarā — 为了了解 / karma — 在活动中 / śreyasi — 在福利 / mūḍhānām — 愚蠢人的 / śreyaḥ— 无上利益 / evam — 因此 / bhavet — 达成 / iha — 由此 / iti — 这样想着 / bhāratam— 伟大的《玛哈巴茹阿特》 / ākhyānam — 历史事实 / kṛpayā— 由于极大的仁慈 / muninā— 由那圣哲 / kṛtam — 完成了

译文　出于对大众的同情，伟大的圣人认为这样做能使人达到生命的最高目标，于是又为妇女、劳工和再生者的朋友编纂了名为《玛哈巴茹阿特》的史诗。

要旨 再生者的朋友，是那些出生在布茹阿玛纳、查锤亚(kṣatriya, 刹帝利)、外夏(vaiśya, 吠舍)或有灵性教养的家庭，但自己却比祖先逊色的人。由于这样的后代缺乏应有的净化，所以得不到正式的承认。净化活动甚至在孩子出生前就已经开始了，梵文称授精的净化程序为嘎尔巴达纳·萨么斯卡尔(Garbhādhāna-saṁskāra)。没有经过这种灵性计划生育便出生的人，不被接受为是真正的再生者家庭中的成员。在授精的净化程序之后，还有其他的净化程序，圣线授予仪式就是其中之一。这个仪式是在灵性启迪时举行的。只有在举行过这个仪式后，一个人才有资格被称为再生者。第一次出生从授精的净化仪式开始算起，第二次出生从受到灵性启迪的时刻算起。能够经历这些重要净化程序的人，才是真正的再生者。

如果父母没有按照灵性计划生育的程序做，而是出于激情去生孩子，他们的孩子就被称为再生者的朋友(dvija-bandhu)。这些再生者的朋友与生来智力欠佳的庶铎(śūdra, 首陀罗)和妇女属同一类人。庶铎和妇女阶层的人，除了要举行结婚仪式，不需要经历其他的净化程序。

妇女、庶铎和高阶层人家中不合格的子孙等智力欠佳的人，不具备理解超然的韦达经的目的所必须具备的资格。《玛哈巴茹阿特》就是为他们准备的。《玛哈巴茹阿特》要达到的目的，与韦达经要达到的目的一样，因此其中记载了韦达经的概述——《博伽梵歌》。智力欠佳的人对故事比对哲学更感兴趣，因此维亚萨戴瓦把圣主奎师那讲述的《博伽梵歌》放在史诗《玛哈巴茹阿特》中，以此方式呈现韦达经中的哲学。维亚萨戴瓦和主奎师那都处在超然的层面上，因此联合起来做对这个年代的堕落灵魂有益的事。《博伽梵歌》是所有韦达知识的精华，是灵性知识的基础，其中包含的知识与奥义书中所记载的知识一样。韦丹塔(Vedānta, 吠檀陀)哲学所研究的主题是灵性的大学级课程。只有获得灵性大学文凭后的硕士生，才能进入为至尊主做奉爱服务的灵性领域。这是一门非凡的科学，教导这门科学的伟大教授，就是以圣主柴坦亚·玛哈帕布形象降临的至尊主本人。经祂授权的人，可以启迪他人为至尊主做超然的爱心服务。

第 26 节 **एवं प्रवृत्तस्य सदा भूतानां श्रेयसि द्विजाः ।**
सर्वात्मकेनापि यदा नातुष्यद् धृदयं ततः ॥२६॥

evaṁ pravṛttasya sadā
bhūtānāṁ śreyasi dvijāḥ
sarvātmakenāpi yadā
nātuṣyad dhṛdayaṁ tataḥ

evam — 因此 / pravṛttasya — 从事于……的人 / sadā — 总是 / bhūtānām— 生物的 / śreyasi — 在无上的利益中 / dvijāḥ— 再生者啊 / sarvātmakena api— 无论如何 / yadā — 当 / na — 不 / atuṣyat — 变得满足 / hṛdayam — 心 / tataḥ— 在那时候

译文 经过再生的众布茹阿玛纳啊！他虽然为全人类的福利而工作，但心中还是感到不满足。

要旨 圣维亚萨戴瓦虽然为人民大众的全面福利准备了韦达知识典籍，但心中还是感到不满足。按理说他会因为自己所从事的这些活动而感到满足，但他最后并不感到满足。

第 27 节 **नातिप्रसीदद् धृदयः सरस्वत्यास्तटे शुचौ ।**
वितर्कयन् विविक्तस्थ इदं चोवाच धर्मवित् ॥२७॥

nātiprasīdad dhṛdayaḥ
sarasvatyās taṭe śucau
vitarkayan vivikta-stha
idaṁ covāca dharma-vit

na — 不 / atiprasīdat — 很满意 / hṛdayaḥ— 心里 / sarasvatyāḥ— 萨茹阿斯瓦缇河的 / taṭe — 在……河岸上 / śucau — 净化了以后 / vitarkayan — 考虑到 / vivikta-sthaḥ— 独处 / idam ca — 还有这 / uvāca — 说 / dharma-vit — 了解宗教的人

译文 由于心中不满，圣人立刻开始反省。他知道宗教的实质，于是心中对自己说：

要旨 圣人开始寻找心中不满的原因。心中没有感到满足之前，永远都不能说达到了完美境界。这种心灵的满足只有在物质范畴之外的领域才能找到。

第 28—29 节 धृतव्रतेन हि मया छन्दांसि गुरवोऽग्नयः ।
मानिता निर्व्यलीकेन गृहीतं चानुशासनम् ॥२८॥
भारतव्यपदेशेन ह्याम्नायार्थश्च प्रदर्शितः ।
दृश्यते यत्र धर्मादि स्त्रीशूद्रादिभिरप्युत ॥२९॥

dhṛta-vratena hi mayā
chandāṁsi guravo 'gnayaḥ
mānitā nirvyalīkena
gṛhītaṁ cānuśāsanam

bhārata-vyapadeśena
hy āmnāyārthaś ca pradarśitaḥ
dṛśyate yatra dharmādi
strī-śūdrādibhir apy uta

dhṛta-vratena — 在一个严格纪律的誓言下 / hi — 肯定地 / mayā — 由我 / chandāṁsi — 韦达赞歌 / guravaḥ— 灵性导师们 / agnayaḥ— 祭祀之火 / mānitāḥ— 适当地崇拜 / nirvyalīkena — 没有假装 / gṛhītam ca — 也接受 / anuśāsanam — 传统的纪律 / bhārata — 《玛哈巴茹阿

特》/ vyapadeśena — 由……汇编 / hi — 肯定地 / āmnāya-arthaḥ— 师徒传承的含义 / ca — 和 / pradarśitaḥ— 正确地解释 / dṛśyate — 至于什么是必要的 / yatra — 那里 / dharma-ādiḥ— 宗教之路 / strī-śūdra-ādibhiḥ api — 即使由女人、庶铎(劳工)等 / uta — 确实

译文　我严格遵守戒律，谦逊地崇拜韦达经、灵性导师们和祭祀的圣坛。我也遵守规范守则，透过对就连妇女、庶铎和其他人(再生者的朋友)都能借以明了宗教之途的《玛哈巴茹阿特》的解释，指明了师徒传承的重要性和意义。

要旨　不严格遵守戒律，进入真正的师徒传承，人不可能理解韦达经的含义。想要了解韦达经含义的人，必须崇拜韦达经、灵性导师们和祭祀之火。为了妇女、庶铎(śūdra, 劳工)，以及布茹阿玛纳、查锤亚或外夏家庭中不合格的成员便于理解，《玛哈巴茹阿特》中系统地呈现了韦达知识中所有复杂难懂之处。在这个年代里，《玛哈巴茹阿特》比原始韦达经更重要。

第 30 节　तथापि बत मे दैह्यो ह्यात्मा चैवात्मना विभुः ।
असम्पन्न इवाभाति ब्रह्मवर्चस्य सत्तमः ॥३०॥

tathāpi bata me daihyo
hy ātmā caivātmanā vibhuḥ
asampanna ivābhāti
brahma-varcasya sattamaḥ

tathāpi — 虽然 / bata — 缺点 / me — 我的 / daihyaḥ— 处于身体中 / hi — 肯定地 / ātmā — 生物 / ca — 和 / eva — 即使 / ātmanā— 我自己 / vibhuḥ— 足够的 / asampannaḥ— 缺乏 / iva ābhāti — 看来是 / brahma-varcasya — 韦丹塔学者的 / sattamaḥ— 至尊

译文 我虽然已经达成了韦达经的一切要求，但却仍感到不圆满。

要旨 圣维亚萨戴瓦无疑已经达成了韦达经的一切要求。被掩埋在物质中的生物，只有靠执行韦达经规定的活动才能得到净化，但要达到最高的成就就是另一回事了。生物除非达到最高的成就，否则即使达到了韦达经的一切要求，也不可能处在超然的境界——生物的正常生存状态。圣维亚萨戴瓦看来失去了解决问题的线索，因此心中感到不满足。

第 31 节 किं वा भागवता धर्मा न प्रायेण निरूपिताः ।
प्रियाः परमहंसानां त एव ह्यच्युतप्रियाः ॥३१॥

kiṁ vā bhāgavatā dharmā
na prāyeṇa nirūpitāḥ
priyāḥ paramahaṁsānāṁ
ta eva hy acyuta-priyāḥ

kim vā — 或 / bhāgavatāḥ dharmāḥ— 生物的奉献活动 / na — 不 / prāyeṇa — 差不多 / nirūpitāḥ— 指向 / priyāḥ— 亲爱的 / paramahaṁsā-nām — 达到了完美境界的生物 / te eva — 那也是 / hi — 肯定地 / acyuta — 不会堕落的、不会犯错的 / priyāḥ— 有吸引力的

译文 这也许是因为我没有特别指出为至尊主做奉爱服务这一点，而这是完美生物和永不犯错的至尊主双方都极为喜爱的。

要旨 在这节诗里，圣维亚萨戴瓦自己说出了他感到不满足的原因。他感到不满足，是因为没有指出为至尊主做奉爱服务，而不做服务不符合生物的原本状态。人除非稳定地处在做奉爱服务的原本状态中，

否则无论是至尊主还是生物本身都不可能完全感到满足。当维亚萨戴瓦的灵性导师纳茹阿达·牟尼来找他时，他刚好感受到了这一缺憾。对此，下一节诗进行了描述。

第 32 节　तस्यैवं खिलमात्मानं मन्यमानस्य खिद्यतः ।
कृष्णस्य नारदोऽभ्यागादाश्रमं प्रागुदाहृतम् ॥३२॥

tasyaivaṁ khilam ātmānaṁ
manyamānasya khidyataḥ
kṛṣṇasya nārado 'bhyāgād
āśramaṁ prāg udāhṛtam

tasya — 他的 / evam — 因此 / khilam — 较低的 / ātmānam — 灵魂 / manyamānasya — 在心里想着 / khidyataḥ— 懊悔 / kṛṣṇasya — 奎师那·兑帕亚纳·维亚萨的 / nāradaḥ abhyāgāt — 纳茹阿达来到 / āśramam— 茅屋 / prāk — 以前 / udāhṛtam — 说

译文　就在奎师那·兑帕亚纳·维亚萨正为自己的不足之处感到遗憾时，纳茹阿达到了前面提过的维亚萨戴瓦那间坐落在萨茹阿斯瓦缇河岸边的小屋。

要旨　维亚萨戴瓦不是因为缺乏知识而感到空虚。为至尊主做纯粹的奉爱服务称为巴嘎瓦塔·达尔玛(Bhāgavata-dharma)，一元论者没有机会进入这一领域。一元论者不被列入至尊天鹅(paramahaṁsa, 处在最完美的弃绝阶层的人)的行列。《圣典博伽瓦谭》中充满了对人格首神超然活动的描述。维亚萨戴瓦虽然是被授权了的神性人物，但还是因为没有在他的著作中正确地解释至尊主的超然活动而感到不满足。圣奎师那直接把灵感注入维亚萨戴瓦的心中，使他感到如上所述的缺憾。这节诗中明确表示，没有为至尊主做超然的爱心服务，一切就都是空的；

但为至尊主做超然服务，一切就都实实在在，而不需要额外从事功利性活动或凭经验进行哲学思辨。

第 33 节 तमभिज्ञाय सहसा प्रत्युत्थायागतं मुनिः ।
पूजयामास विधिवन्नारदं सुरपूजितम् ॥३३॥

tam abhijñāya sahasā
pratyutthāyāgataṁ muniḥ
pūjayām āsa vidhivan
nāradaṁ sura-pūjitam

tam abhijñāya— 看到他(纳茹阿达)到来的吉兆 / sahasā — 突然地 / pratyutthāya — 起身 / āgatam — 到达 / muniḥ— 维亚萨戴瓦 / pūjayām āsa — 崇拜 / vidhi-vat— 像对维迪(布茹阿玛)一样尊敬 / nāradam — 向纳茹阿达 / sura-pūjitam — 被半神人崇拜

译文 看到圣纳茹阿达的吉祥到访，圣维亚萨戴瓦恭敬地起身崇拜他，向尊敬创造者布茹阿玛一样尊敬他。

要旨 梵文维迪(vidhi)是指第一个被创造的生物体布茹阿玛。他是韦达经的第一个学生兼教授。他从圣奎师那那里学习韦达经，然后把韦达经教授给他的第一个学生纳茹阿达。所以，在灵性的师徒传承中，纳茹阿达是第二位灵性导师。他是布茹阿玛的代表，因此受到与所有规则(vidhis)的制定者布茹阿玛同等的尊重。同样，师徒传承中所有其他的灵性导师，也都受到与第一位灵性导师同等的尊敬。

到此为止，结束了巴克提韦丹塔对《圣典博伽瓦谭》第 1 篇第 4 章——“圣纳茹阿达的出现”所作的阐释。

第五章

圣纳茹阿达就《圣典博伽瓦谭》给维亚萨戴瓦的指示

第1节 सूत उवाच

अथ तं सुखमासीन उपासीनं बृहच्छ्रवाः ।
देवर्षिः प्राह विप्रर्षिं वीणापाणिः स्मयन्निव ॥ १ ॥

sūta uvāca
atha taṁ sukham āsīna
upāsīnaṁ bṛhac-chravāḥ
devarṣiḥ prāha viprarṣiṁ
vīṇā-pāṇiḥ smayann iva

sūtaḥ— 苏塔 / uvāca — 说 / atha — 因此 / tam — 他 / sukham āsīnaḥ— 舒适地坐着 / upāsīnam — 向一个坐在附近的人 / bṛhat-śravāḥ— 很受尊敬的 / devarṣiḥ— 半神人中的圣哲 / prāha — 说 / viprarṣim — 像布茹阿玛纳中的圣哲 / vīṇā-pāṇiḥ— 一个手持维那琴的人 / smayan iva — 明显地笑着

译文　苏塔·哥斯瓦米说：半神人中的圣人(纳茹阿达)轻松就座，微笑地对布茹阿玛纳中的圣人(维亚萨)说话。

要旨　纳茹阿达之所以微笑，是因为了解大圣人维亚萨戴瓦，以及使维亚萨戴瓦沮丧的原因。正如他将会逐渐解释的，维亚萨戴瓦感到沮丧的原因是，没有充分呈献奉爱服务的科学。纳茹阿达知道这个缺憾，而维亚萨的状态也证实了这一点。

第2节 नारद उवाच

पाराशर्य महाभाग भवतः कच्चिदात्मना ।
परितुष्यति शारीर आत्मा मानस एव वा ॥ २ ॥

nārada uvāca
pārāśarya mahā-bhāga
bhavataḥ kaccid ātmanā
parituṣyati śārīra
ātmā mānasa eva vā

nāradaḥ— 纳茹阿达 / uvāca— 说 / pārāśarya— 帕茹阿沙茹阿之子 / mahā-bhāga— 非常幸运的 / bhavataḥ— 你的 / kaccit — 如果是 / ātmanā — 通过觉悟自我 / parituṣyati — 会满足 / śārīraḥ— 与身体认同 / ātmā— 自我 / mānasaḥ— 与心认同 / eva — 肯定地 / vā — 和

译文 纳茹阿达询问帕茹阿沙茹阿的儿子维亚萨戴瓦道：把身心与自我认同并把身心当做觉悟自我的对象，你感到满足吗？

要旨 纳茹阿达在此暗示维亚萨戴瓦感到沮丧的原因。作为强大有力的圣人帕茹阿沙茹阿(Parāśara)的后代，维亚萨戴瓦出身高贵，而这不会是造成他沮丧的原因。作为伟大父亲的儿子，他不该把自我与躯体或心智相认同。缺乏知识的普通人可以把躯体当做自我，或者把心智当做自我，但维亚萨戴瓦不该这样。人除非真正处在超越了物质躯体和心智的自我觉悟的状态中，否则自然不会快乐。

第 3 节 जिज्ञासितं सुसम्पन्नमपि ते महदद्भुतम् ।
कृतवान् भारतं यस्त्वं सर्वार्थपरिबृंहितम् ॥ ३ ॥

jijñāsitaṁ susampannam
api te mahad-adbhutam
kṛtavān bhārataṁ yas tvaṁ
sarvārtha-paribṛṁhitam

jijñāsitam— 彻底询问 / susampannam — 精通 / api — 虽然 / te — 你的 / mahat-adbhutam — 伟大及奇妙的 / kṛtavān — 预备了 / bhāratam — 《玛哈巴茹阿特》 / yaḥ tvam — 你做了什么 / sarva-artha — 包括一个接一个的韦达目标 / paribṛṁhitam — 详细地解释

译文 你呈献了一部精彩非凡的巨著《玛哈巴茹阿特》，其中充满了对一个接一个的韦达目标的详细解释，因此毫无疑问你的探索很全面，你的研究也很圆满。

要旨 维亚萨戴瓦已经对韦达文献作了详细、彻底的研究，结果编纂出全面解释韦达经的《玛哈巴茹阿特》，所以他无疑不是因为缺乏知识而感到沮丧。

第 4 节 जिज्ञासितमधीतं च ब्रह्म यत्तत्सनातनम् ।
तथापि शोचस्यात्मानमकृतार्थ इव प्रभो ॥ ४ ॥

jijñāsitam adhītaṁ ca
brahma yat tat sanātanam
tathāpi śocasy ātmānam
akṛtārtha iva prabho

jijñāsitam — 完全清楚地考虑到 / adhītam — 得到的知识 / ca — 和 / brahma — 绝对者 / yat — 什么 / tat — 那 / sanātanam — 永恒的 / tathāpi — 尽管这样 / śocasi— 懊悔 / ātmānam — 向自我 / akṛta-arthaḥ— 未完成的 / iva — 像 / prabho — 先生

译文 你已经充分描述了不具人格特征的布茹阿曼(梵)，以及由此而来的知识。尽管如此，你却感到沮丧，认为自己什么都没做，这是为什么呢，我敬爱的先生？

要旨 维亚萨戴瓦编纂的《韦丹塔·苏陀》(《布茹阿玛·苏陀》)，对绝对者的非人格特征进行了详细的描述，被视为是世上最高的哲学解释。《韦丹塔·苏陀》中谈到了永恒这一主题，谈论的方式极具学术性。所以，没人会质疑维亚萨戴瓦所具有的超然学识。但他为什么会认为自己失败了呢？

第5节 व्यास उवाच

अस्त्येव मे सर्वमिदं त्वयोक्तं
तथापि नात्मा परितुष्यते मे ।
तन्मूलमव्यक्तमगाधबोधं
पृच्छामहे त्वात्मभवात्मभूतम् ॥ ५ ॥

vyāsa uvāca
asty eva me sarvam idaṁ tvayoktaṁ
tathāpi nātmā parituṣyate me
tan-mūlam avyaktam agādha-bodhaṁ
pṛcchāmahe tvātma-bhavātma-bhūtam

vyāsaḥ— 维亚萨 / uvāca — 说 / asti — 有 / eva — 肯定地 / me — 我的 / sarvam — 所有 / idam — 这 / tvayā — 由你 / uktam — 说 / tathā-pi— 但仍然 / na — 不 / ātmā— 自我 / parituṣyate — 安慰 / me — 向我 / tat — 那个的 / mūlam — 根 / avyaktam — 没有被察觉 / agādha-bodham — 有无限知识的人 / pṛcchāmahe— 询问 / tvā— 向你 / ātma-bhava — 自我诞生的 / ātma-bhūtam — 后裔

译文　圣维亚萨戴瓦说：您说的有关我的情况很准确。我虽然完成了上述的一切，但却感受不到平静和安慰。您是自生者(没有尘世父母的布茹阿玛)的后代，因此有无尽的知识，所以我请问您，我感到不满的根源究竟是什么？

要旨　在物质世界里，所有的生物体都把自我与躯体或心智相认同，并非常专注于这种概念。正因为如此，在物质世界里散播的一切知识，都与躯体或心智有关，而那正是所有沮丧的根源。这一点并不总是被察觉到，即使是物质知识方面最博学的学者也很难看穿这一点。所以，要想解决所有沮丧的根本原因，最好去找一位像纳茹阿达那样的人物。下面解释了为什么要这么做。

第 6 节　स वै भवान् वेद समस्तगुह्य-
मुपासितो यत्पुरुषः पुराणः ।
परावरेशो मनसैव विश्वं
सृजत्यवत्यत्ति गुणैरसङ्गः ॥ ६ ॥

sa vai bhavān veda samasta-guhyam
upāsito yat puruṣaḥ purāṇaḥ
parāvareśo manasaiva viśvaṁ
sṛjaty avaty atti guṇair asaṅgaḥ

saḥ— 因此 / vai — 肯定地 / bhavān — 你自己 / veda — 知道 / samasta — 包括一切 / guhyam — 机密的 / upāsitaḥ— ……的奉献者 / yat — 因为 / puruṣaḥ— 人格首神 / purāṇaḥ— 最年长的 / parāvareśaḥ— 物质和灵性世界的控制者 / manasā— 心 / eva — 只有 / viśvam — 宇宙 / sṛjati — 创造 / avati atti — 毁灭 / guṇaiḥ— 由物质的品质 / asaṅgaḥ— 不执著于

译文 我的导师！由于您崇拜物质世界的创造者和毁灭者，以及灵性世界的维系者——超越物质自然三种属性的至尊人格首神，您了解所有神秘的事物。

要旨 一心一意为至尊主做奉爱服务的人，是一切知识的象征。至尊主的这样一位奉献者，因为在为至尊主做至善的奉爱服务，所以靠人格首神赋予的资格也变得完美。因此，相对于他所具有的神性财富来说，靠练神秘瑜伽所能得到的八种神秘力量(aṣṭa-siddhi)就太微不足道了。纳茹阿达那样的奉献者能凭他灵性的完美成就奇妙地行事，而这是每一个人都想要获得的能力。圣纳茹阿达的地位虽然不能等同于人格首神的地位，但他却是个百分之百完美的生物。

第7节 त्वं पर्यटन्नर्क इव त्रिलोकी-
मन्तश्चरो वायुरिवात्मसाक्षी ।
परावरे ब्रह्मणि धर्मतो व्रतैः
स्नातस्य मे न्यूनमलं विचक्ष्व ॥ ७ ॥

tvaṁ paryaṭann arka iva tri-lokīm
antaś-caro vāyur ivātma-sākṣī
parāvare brahmaṇi dharmato vrataiḥ
snātasya me nyūnam alaṁ vicakṣva

tvam — 阁下您 / paryaṭan — 旅行 / arkaḥ— 太阳 / iva — 像 / tri-lokīm — 三个世界 / antaḥ-caraḥ— 能够进入每个人的心中 / vāyuḥ iva— 像无所不在的空气那样 / ātma — 觉悟了自我 / sākṣī— 见证人 / parāvare — 因果的事 / brahmaṇi — 在绝对真理中 / dharmataḥ— 在持戒的情况下 / vrataiḥ— 遵守誓言 / snātasya— 全神贯注于 / me — 我的 / nyūnam— 不足 / alam — 清楚地 / vicakṣva — 寻找出

译文　您像太阳一样能到三界中的任何地方去旅行，像空气一样能进入每个人的内心。正因为如此，您与无所不在的超灵一样。所以，尽管我遵守誓言持戒，全神贯注于超然存在，但还是请帮我找出我的不足。

要旨　超然的觉悟、虔诚的活动、崇拜神像、施舍、慈悲、非暴力和在严格持戒的情况下学习经典，对人总是很有帮助。

第8节　　श्रीनारद उवाच

भवतानुदितप्रायं यशो भगवतोऽमलम् ।
येनैवासौ न तुष्येत मन्ये तद्दर्शनं खिलम् ॥ ८ ॥

śrī-nārada uvāca
bhavatānudita-prāyaṁ
yaśo bhagavato 'malam
yenaivāsau na tuṣyeta
manye tad darśanaṁ khilam

śrī-nāradaḥ— 圣纳茹阿达 / uvāca— 说 / bhavatā— 由你 / anudita-prāyam — 几乎没有称赞 / yaśaḥ— 荣耀 / bhagavataḥ— 人格首神 / amalam — 没有瑕疵的 / yena — 由那 / eva — 肯定地 / asau — 祂(人格首神) / na — 并不 / tuṣyeta — 感到喜悦 / manye — 我想 / tat — 那 / darśanam — 哲学 / khilam — 较低的

译文　圣纳茹阿达说：你并没有传播人格首神崇高、无瑕的荣耀。满足不了至尊主超然感官的那种哲学，被视为是没有价值的哲学。

要旨 个体灵魂与至尊灵魂(人格首神)之间的永恒关系，是永恒的仆人和永恒主人的关系。至尊主扩展出众多的生物，以便接受那些生物的爱心服务，而只有这服务才能使至尊主和生物满足。维亚萨戴瓦作为学者编纂了那么多韦达文献，最后还编纂了韦丹塔哲学，但所有这些文献都没有直接赞美人格首神。枯燥的哲学思辨论著，如果没有直接描述至尊主的荣耀，即使谈论的是有关绝对者的超然主题，也没有什么吸引力。人格首神是超然觉悟中的最高目标。对绝对者的非人格布茹阿曼(梵)的觉悟和处在局部区域的超灵的觉悟所产生的超然快乐，少于对至尊人的荣耀的觉悟所产生的超然快乐。

维亚萨戴瓦是《韦丹塔·苏陀》(《吠檀陀经》)的编纂者；尽管如此，他自己的心却很乱。所以可以想象一下，在没有作者维亚萨戴瓦本人解释的情况下去阅读和聆听《韦丹塔·苏陀》，能从中得到什么样的超然快乐？为此，这节诗里提到，需要由同一个作者以编纂《圣典博伽瓦谭》的方式解释《韦丹塔·苏陀》。

第 9 节 यथा धर्मादयश्चार्था मुनिवर्यानुकीर्तिताः ।
न तथा वासुदेवस्य महिमा ह्यनुवर्णितः ॥ ९ ॥

yathā dharmādayaś cārthā
muni-varyānukīrtitāḥ
na tathā vāsudevasya
mahimā hy anuvarṇitaḥ

yathā — 正如 / dharma-ādayaḥ— 所有四个宗教性行为的原则 / ca — 和 / arthāḥ— 宗旨 / muni-varya — 由你自己——伟大的圣哲 / anukīrtitāḥ— 重复地描述 / na — 不 / tathā — 那样 / vāsudevasya — 人格首神圣主奎师那 / mahimā — 荣耀 / hi — 肯定地 / anuvarṇitaḥ— 如此不断地描述

译文　伟大的圣人，你虽然以讲述宗教活动为开始，详尽地描述了人类的四项基本活动，但却没有描述至尊人物华苏戴瓦的荣耀。

要旨　纳茹阿达立刻宣布了他的快速判断，那就是：维亚萨戴瓦在他编纂的众多往世书中没有重点描述至尊主的荣耀，而这正是他感到沮丧的根本原因。当然，维亚萨戴瓦在他的著作中描述了至尊主奎师那的荣耀，但没有像谈宗教活动、经济发展、感官享乐和解脱那样多。这四项活动显然不如为至尊主所做的奉爱服务。作为经授权的学者，圣维亚萨戴瓦很清楚这之间的区别。尽管如此，他并没有重点谈论更好的活动——为至尊主做奉爱服务，而是大量谈论其他活动，多多少少浪费了他宝贵的时间。正因为如此，他感到沮丧。这一点清楚地表明，不为至尊主做奉爱服务，就没人能感到实实在在的快乐。《博伽梵歌》中明确地谈到了这个事实。

寻求解脱是从事宗教活动等四项活动中的最后一项活动；人在解脱后就会为至尊主做纯粹的奉爱服务。这个阶段称为觉悟了自我(brahma-bhūta)的阶段。达到这个觉悟了自我的阶段后，人就满足了。但满足仅仅是超然快乐的开始。人应该通过在这个相对的世界里达到保持中立和平等看待一切的境界，再向前不断迈进。超越平等对待一切的境界后，人就稳定地为至尊主做超然的爱心服务了。这是人格首神在《博伽梵歌》中的教导。最后，纳茹阿达建议维亚萨戴瓦：为了维持觉悟了自我的状态，进而增加超然觉悟的程度，维亚萨戴瓦应该立刻热切地重复描述奉爱服务之途。这么做将消除他严重的沮丧情绪。

第 10 节　न यद्वचश्चित्रपदं हरेर्यशो
जगत्पवित्रं प्रगृणीत कर्हिचित् ।

तद्वायसं तीर्थमुशन्ति मानसा
न यत्र हंसा निरमन्त्युशिक्क्षयाः ॥१०॥

na yad vacaś citra-padaṁ harer yaśo
jagat-pavitraṁ pragṛṇīta karhicit
tad vāyasaṁ tīrtham uśanti mānasā
na yatra haṁsā niramanty uśik-kṣayāḥ

na — 不 / yat — 那 / vacaḥ— 言辞 / citra-padam — 装饰 / hareḥ— 至尊主的 / yaśaḥ— 荣耀 / jagat — 宇宙 / pavitram — 圣化 / pragṛṇīta — 描述 / karhicit — 差不多没有 / tat — 那 / vāyasam — 乌鸦 / tīrtham— 朝圣的地方 / uśanti— 想 / mānasāḥ— 圣洁的人 / na — 不 / yatra — 那里 / haṁsāḥ— 完美的人 / niramanti — 取悦于 / uśik-kṣayāḥ— 那些住在超然居所的人

译文 至尊主独自一人就能使整个宇宙的气氛神圣化，因此在品德高尚的人看来，那些没有描述至尊主荣耀的言辞，就像乌鸦游荡的地方。绝对完美的人因为都住在超然的居所，所以从不到那里去寻找快乐。

要旨 乌鸦和天鹅是两类不同的飞禽，因为它们的心态不同。功利性活动者或受制于激情属性的人，被比喻为是乌鸦；相反，绝对完美的圣人被比喻为是天鹅。乌鸦在垃圾堆中找寻快乐。同样，受制于激情属性的功利性活动者喜欢酒、女人和进行粗俗感官享乐的地方。天鹅不去乌鸦聚会的地方寻找快乐，而喜欢去自然景色优美的环境；那里有点缀着绚丽多彩的莲花的池塘，池塘中的水清澈见底。这就是天鹅与乌鸦这两种飞禽的区别。

大自然安排不同的生物体有不同的心态，要使他们一样是不可能的。

同样道理，心态不同的人所喜欢的文学作品也不同。市场上充斥的文学作品几乎都是有乌鸦般心态的人所喜欢的，其内容都是些围绕感官话题的垃圾。那些内容通常被称为世俗的谈论，都是与粗糙的肉身及精微的心念有关的话题。那些话题用经过修饰的语言加以叙述，充满了世俗的明喻和隐喻。那些文学作品中虽然用尽花样繁多的写作手法，但却从不赞美至尊主。那类诗歌、散文，无论谈的内容是什么，都被视为是对死尸的粉饰。那种无生命的文学作品，被灵性僵死的人视为是快乐的泉源，但被比作天鹅的灵性进步之人却不喜欢看。那种受制于激情和愚昧属性的文学作品在贴上不同的标签后被贩售；可是，由于它们无法满足人的灵性渴望，天鹅般的灵性进步之人对它们不屑一顾。灵性进步之人总是自觉自愿地为至尊主做超然的奉爱服务，并始终保持这种灵性的水平，因此又被称为圣人(mānasa)。始终保持这种标准的灵修之人自然而然不再为粗糙的躯体感官享乐而从事功利性活动，不再任由以自我为中心的精微物质心智进行主观推测。

对“着眼于感官享乐的物质进步”乐此不疲的文学家、科学家、世俗诗人、哲学家和政治家，都是受物质能量操纵的玩偶。他们喜欢在扔弃物的垃圾堆中寻找快乐。按照施瑞达尔·斯瓦米的说法，那是嫖妓之人的快乐。

然而，掌握人类活动之精华的至尊天鹅们，都欣赏描述至尊主荣耀的文献。

第 11 节　तद्वाग्विसर्गो जनताघविप्लवो
यस्मिन् प्रतिश्लोकमबद्धवत्यपि ।
नामान्यनन्तस्य यशोऽङ्कितानि यत्
शृण्वन्ति गायन्ति गृणन्ति साधवः ॥११॥

tad-vāg-visargo janatāgha-viplavo
yasmin prati-ślokam abaddhavaty api

nāmāny anantasya yaśo 'ṅkitāni yat
śṛṇvanti gāyanti gṛṇanti sādhavaḥ

tat — 那 / vāk — 言辞 / visargaḥ— 创造 / janatā — 一般大众 / agha — 罪恶 / viplavaḥ— 革命性的 / yasmin — 在那 / prati-ślokam — 每一节诗 / abaddhavati — 写作技巧不足 / api — 虽然 / nāmāni— 超然的名字等 / anantasya — 无限的至尊主的 / yaśaḥ— 荣耀 / aṅkitāni — 描述 / yat — 什么 / śṛṇvanti— 的确聆听 / gāyanti — 吟诵、吟唱 / gṛṇanti— 确实接受 / sādhavaḥ— 诚实、净化了的人

译文 相反，充满对无限的至尊主的名字、声望、形象和娱乐活动等超然荣耀描述的文献，却是截然不同的创作。这种创作中随处可见的超然话语，在这个世界误导人的文明所导致的不虔诚生活中引起一场革命。这种超然的文献，也许在写作技巧上还存在着不足，但却被极为真诚的纯洁之人所接受、聆听和吟唱。

要旨 “去粗取精、去伪存真”，是伟大的思想家的资格。经典说，智者应该从一罐毒液中提取甘露，应该接受甚至是从污浊的地方得到的金子，应该娶哪怕是出身卑贱但却善良、贤惠的妻子，应该接受甚至是诞生在不可触碰的家庭的人或老师所给予的有益教导。这些都是放之四海而皆准的伦理、道德指示。然而，一个神圣的人远远超出普通人的层面。他总是致力于赞美、宣扬至尊主，因为传播至尊主的圣名和声望，可以净化世界被污染的环境以及人们的心灵；大量出版宣传《圣典博伽瓦谭》这样的超然文献，可以使人做事时头脑清醒。当我写《圣典博伽瓦谭》这节诗的评注时，印度正面临一个危险的关头。我们和邻居朋友中国为边境某地区归属问题产生纷争冲突。我虽然对政治事宜不感兴趣，但还是看到：很多世纪以来，中国和印度一直是和睦相处的；之

所以以前能够和平共处，是因为那时的人们都生活在有神意识的环境中。过去，地球上所有国家的人都敬畏神，而且心灵纯洁、简单，根本不需要政治外交。中国和印度两国根本不需要因为那片不太适合人居住的土地去争吵，因此无疑更不必因为这个问题去打仗。但由于我们谈论过的“纷争的喀历年代的影响”，一个微小的刺激就能引起纷争。纷争的根源其实是这个年代污染的环境，而不是那些表面看来引起纷争的原因。一部分人进行有计划有步骤的宣传，让人们停止赞颂至尊主的名字和声望，使整个环境被污染了。为了改变这种状况，亟须在全世界范围内广泛传播《圣典博伽瓦谭》的信息。每一个有责任心的印度人，都应该向全世界传播《圣典博伽瓦谭》的超然信息，以此为全世界谋求最大的利益，带给世人想要的和平。印度因为忽视这项工作而没有履行她该履行的责任，致使世上有那么多的纷争和烦恼。我们相信，世上的领袖人物如果能接受《圣典博伽瓦谭》的超然信息，他们的心无疑就会改变，而人民大众自然就会以他们为榜样。人民大众都是俗世政治家和人民领袖手中的工具。领袖的心一旦改变，世上的环境必将有根本的改变。我们知道：尽管我们呈献这承载着超然讯息的非凡文献，是为了唤醒人民大众的神意识，使整个世界环境灵性化，但我们诚恳的努力还面临着许多困难。我们用差强人意的语言，特别是外语，去呈献这部著作，无疑会存在许多缺陷。无论我们怎么诚恳地努力以正确的文辞呈献它，都还会有很多不足之处。但我们坚信，尽管我们呈献的文献会有很多缺陷，但其中谈论的严肃主题将会受到重视；而且因为我们诚恳地努力赞美全能的神，社会领袖们还是会接受它。房子起火时，住在房子里的人会冲出去请邻居帮忙灭火，即使邻居也许是外国人，不懂火灾受害者用以表达自己需求的语言，但讲外文的邻居还是会明白火灾受害者的需求。在世界被污染的环境中传播这《圣典博伽瓦谭》超然的信息，需要同样的合作精神。毕竟，《圣典博伽瓦谭》是一门阐述灵性知识的科学；我们考虑的是技术、方法，而不是语言。世人如果理解了这部非凡文献中的具体实践方法，我们的努力就成功了。

当全世界的人从事太多的物质活动时，人与人之间或国与国之间为一点小事就相互攻击便不足为奇了。这是喀历(纷争)年代的定律。整个环境已经被各种各样的腐败污染了，每一个人对此都很清楚。书的市场上泛滥着有害的文学作品，其中满是鼓吹感官享乐的物质概念。许多国家都有政府委派的组织去检查淫秽书刊。这意味着无论是政治领袖还是头脑清醒的人，都不想有这种“文学作品”。但由于人们为了感官享乐而想要它们，市场上的淫秽书刊便屡禁不止。人民大众都喜欢阅读(这是天性)，但他们的心被污染了，所以他们想读那类刊物。在这种情况下，像《圣典博伽瓦谭》这种超然的文献，不仅会减少大众在肮脏思想的控制下所从事的活动，还将为大众提供精神食粮，满足他们渴望阅读有趣的文学作品的愿望。正如黄疸病患者不喜欢吃冰糖，刚开始阅读时，心灵被污染了的人可能不喜欢这部文献；但我们应该知道，冰糖是治疗黄疸病的唯一药物。同样道理，如果我们有计划有步骤地宣传、引导人民大众阅读《博伽梵歌》和《圣典博伽瓦谭》，这些文献就会像冰糖治疗黄疸病人一样，医治人们要感官享乐的疾病。当人们都开始喜欢这部文献时，其他毒害社会的文献就会自动销声匿迹。

因此我们坚信：由于《圣典博伽瓦谭》是仁慈地出现在这一章中的纳茹阿达推荐的，人类社会的每一个成员都将会喜欢《圣典博伽瓦谭》，尽管我们用各国语言所呈现的这部巨著目前还有很多缺陷。

第 12 节 नैष्कर्म्यमप्यच्युतभाववर्जितं
न शोभते ज्ञानमलं निरञ्जनम् ।
कुतः पुनः शश्वदभद्रमीश्वरे
न चार्पितं कर्म यदप्यकारणम् ॥१२॥

naiṣkarmyam apy acyuta-bhāva-varjitaṁ
na śobhate jñānam alaṁ nirañjanam
kutaḥ punaḥ śaśvad abhadram īśvare
na cārpitaṁ karma yad apy akāraṇam

naiṣkarmyam — 自我觉悟，摆脱功利性活动的报应 / api — 虽然 / acyuta — 永不坠落、永不犯错的至尊主 / bhāva — 概念 / varjitam — 缺乏 / na — 并不 / śobhate— 看好 / jñānam — 超然的知识 / alam — 逐渐 / nirañjanam — 毫无物质概念、污染 / kutaḥ— 那里有 / punaḥ— 再次 / śaśvat — 总是 / abhadram — 要不得的、不吉祥的 / īśvare — 向至尊主 / na — 不 / ca — 和 / arpitam — 供奉 / karma — 功利性活动 / yat api — 什么是 / akāraṇam — 非业报性的

译文 有关觉悟自我的知识，如果不含永不坠落者(神)的概念，即使毫无物质性的内容也不好看。更不要说功利性活动了；这种本性短暂、一开始从事就会引起痛苦的活动，如果不用来为至尊主做奉爱服务，又有什么用?

要旨 如上所述，不仅那些不谈至尊主超然荣耀的普通文学作品受到谴责，就连不谈奉爱服务而只推测非人格布茹阿曼的韦达文献也受到谴责。根据这节诗中提出的理由，就连对至尊主不具人格特征的梵光进行思辨都受到谴责，更何谈不是以奉爱服务为目标的普通的功利性活动呢？这种思辨性的知识和功利性活动，不能引人到达完美的目的地。绝大多数世人所从事的功利性活动，从开始从事的那一刻起直到结束，始终会引起痛苦；唯有用它来为至尊主做奉爱服务，才能有良好的收益。《博伽梵歌》中证实这一点说：要把功利性活动的结果贡献出来为至尊主服务，否则它将导致物质束缚。功利性活动真正的享受者是人格首神，因此当生物为了感官享乐去从事它时，它就会成为造成严重烦恼的根源。

第 13 节 अथो महाभाग भवानमोघदृक्
शुचिश्रवाः सत्यरतो धृतव्रतः ।
उरुक्रमस्याखिलबन्धमुक्तये
समाधिनानुस्मर तद्विचेष्टितम् ॥१३॥

atho mahā-bhāga bhavān amogha-dṛk
śuci-śravāḥ satya-rato dhṛta-vrataḥ
urukramasyākhila-bandha-muktaye
samādhinānusmara tad-viceṣṭitam

atho — 因此 / mahā-bhāga— 非常幸运的 / bhavān — 你自己 / amogha-dṛk — 完美的观看者 / śuci — 没有瑕疵的 / śravāḥ— 有名的 / satya-rataḥ— 接受了真实的誓言 / dhṛta-vrataḥ— 坚守灵性的品德 / urukramasya —从事着超自然活动的那一位(神)的 / akhila — 宇宙的 / bandha — 束缚 / muktaye — 为了使解脱 / samādhinā— 靠全神贯注、神定 / anusmara — 多次地冥想后描述出来 / tat-viceṣṭitam — 至尊主的种种娱乐活动

译文 维亚萨戴瓦啊！你的洞察力绝对完美，你的美名毫无瑕庇。你坚守誓言，保持真诚。正因为如此，你能够全神贯注地冥想至尊主的娱乐活动，以解救普通大众摆脱一切物质束缚。

要旨 一般人天生都喜欢阅读文学作品。他们想要从权威那里聆听和阅读一些他们不知道的事情，但他们的这种爱好被那些充满了谈论物质感官享乐话题的不适宜的文学作品所糟蹋。那种作品包括不同的世俗诗歌和哲学思辨论著，它们都或多或少地受错觉能量(māyā)的影响，以感官享乐为最高目标。那些作品虽然没有真正的价值，但却经过各种修辞手法的修饰，吸引智力欠佳的人的注意力。这些受到吸引的生物被

越来越深地捆绑在物质束缚中，世世代代没有解脱的希望。作为最优秀的外士纳瓦(至尊主的奉献者)，纳茹阿达很同情这类垃圾文学的受害者，因此建议维亚萨戴瓦编纂超然的文献；这种文献不仅有吸引力，而且能真正使人摆脱所有的束缚。圣维亚萨戴瓦或他的代表因为受到正确的训练去看事物的真相，所以都胜任编纂超然文献这一职责。圣维亚萨戴瓦和他的代表都因为受到灵性启发而思想纯洁，因为做奉爱服务而坚守诺言，都决心要拯救坠入物质活动泥潭的灵魂。堕落的灵魂都很急切地想要了解每天发生的新鲜事，而像维亚萨戴瓦或纳茹阿达那样的超然主义者可以为这类热心的大众提供来自灵性世界的无数新闻。《博伽梵歌》中说，物质世界只不过是整个创造的一部分，而我们所生活其上的这个地球，只不过是整个物质世界的一个碎片而已。

全世界有成千上万从事写作的人；千百万年来，他们为大众创作了成千上万的文学作品。不幸的是，没有一部作品给地球带来和平与宁静。这是因为那些作品中没有丝毫的灵性内容。为此，我们特别推荐受苦的人类要学习韦达文献，特别是《博伽梵歌》和《圣典博伽瓦谭》，以便能获得想要的解脱，摆脱吞噬人的生命能量的物质文明痛苦。《博伽梵歌》是至尊主本人讲述的信息，由维亚萨戴瓦记录下来。《圣典博伽瓦谭》是对同一位至尊主奎师那所从事的超然活动的描述，本身就能够满足生物想要永久和平及摆脱痛苦的渴望。编纂《圣典博伽瓦谭》的目的，是为了让整个宇宙的众生可以摆脱一切物质束缚，获得彻底的解脱。只有像维亚萨戴瓦和他那些完全沉浸在为至尊主做超然爱心服务中的真正代表，才能够对至尊主的娱乐活动作这样超然的叙述。至尊主的娱乐活动及其超然本质，只有在这样的奉献者做奉爱服务时才自动向他们展示出来；否则没人能了解或描述至尊主的活动，哪怕人用许许多多年去思辨、去推测也无济于事。《博伽瓦谭》中记载的一切都是那么精确；这部五千年前编纂的非凡文献中的所有预言，现在都在丝毫不差地发生着。所以，《博伽瓦谭》的作者维亚萨戴瓦能清楚地看到并了解过去、现在及未来发生的一切。像他这样解脱了的人，不仅视力和知识是完美的，聆听、思考、感受及其他感官活动也都是完美的。解脱了的人拥有完美的感官，而且只有具有完美感官的人才能侍奉感官的主人慧希凯施(Hṛṣīkeśa)——人格首神奎师那。因此，《圣典博伽瓦谭》是韦达经的编纂者——绝对完美的人物圣维亚萨戴瓦，对绝对完美的人格首神的完美描述。

第 14 节 ततोऽन्यथा किञ्चन यद्विवक्षतः
पृथग्दृशस्तत्कृतरूपनामभिः ।
न कर्हिचित्क्वापि च दुःस्थिता मति-
र्लभेत वाताहतनौरिवास्पदम् ॥१४॥

tato 'nyathā kiñcana yad vivakṣataḥ
pṛthag dṛśas tat-kṛta-rūpa-nāmabhiḥ
na karhicit kvāpi ca duḥsthitā matir
labheta vātāhata-naur ivāspadam

tataḥ— 从那 / anyathā— 之外 / kiñcana— 一些事物 / yat — 不论什么 / vivakṣataḥ— 想去描述 / pṛthak — 分别地 / dṛśaḥ— 视阈 / tat-kṛta — 对那件事情的反应 / rūpa — 形状 / nāmabhiḥ— 由名字 / na karhicit — 永不 / kvāpi — 任何 / ca — 和 / duḥsthitā matiḥ— 心神不定 / labheta — 得益 / vāta-āhata — 被风激起 / nauḥ— 船 / iva — 像 / āspadam — 地方

译文 你想要描述的事物如果看来与至尊主没有关系，就只会产生各种使人心躁动不安的形象、名字；犹如风吹小船，使其漂泊不定。

要旨　维亚萨戴瓦是所有韦达文献的编纂者，他描述了以功利性活动、思辨知识、神秘瑜伽和奉爱服务等各种方式可以获得的超然觉悟。除此之外，在他编纂的各种往世书中，他还推荐了对那么多形象及名字各异的半神人的崇拜。结果是：大众感到困惑，不知道该不该把他们的注意力集中在为至尊主做服务上；他们总是感到心乱，不知道真正的觉悟自我的途径究竟是哪一条。圣纳茹阿达指出维亚萨戴瓦编纂的韦达文献中存在这一缺陷，并强调要描述只与至尊主有关的一切。事实上，除了至尊主，世上没有别的。至尊主展示出各种各样的扩展。祂是整棵树的根，是整个躯体的胃。把水浇到树根上是给树木浇水的正确方法；同样，把胃填饱后，能量就会扩散到全身的每一个部位。所以，除了《博伽梵往世书》(Bhāgavata Purāṇa,《圣典博伽瓦谭》)，维亚萨戴瓦不该编纂其他往世书，因为一丝一毫的偏离都会对自我觉悟造成浩劫性的破坏。如果丝毫的偏离都能造成如此浩劫，更不要说刻意谈论并详细描述与绝对真理人格首神无关的概念会造成什么样的后果了。崇拜半神人存在的最大缺陷，是这种崇拜造成了泛神论的概念，灾难性地产生了许多宣传有损于《博伽瓦谭》原则之教义的宗派；但只有《博伽瓦谭》的这些原则，才能给觉悟自我的人以精确的指导，使人通过怀着超然的爱做奉爱服务，觉悟到自我与人格首神的永恒关系。就有关这方面所举的旋风吹动小船的例子非常恰当。泛神论者为选择崇拜对象而心思混乱，因此永远不可能达到觉悟自我的完美境界。

第 15 节　जुगुप्सितं धर्मकृतेऽनुशासतः
स्वभावरक्तस्य महान् व्यतिक्रमः ।
यद्वाक्यतो धर्म इतीतरः स्थितो
न मन्यते तस्य निवारणं जनः ॥१५॥

jugupsitaṁ dharma-kṛte 'nuśāsataḥ
svabhāva-raktasya mahān vyatikramaḥ

yad-vākyato dharma itītaraḥ sthito
na manyate tasya nivāraṇaṁ janaḥ

jugupsitam — 的确受到谴责 / dharma-kṛte— 为了宗教 / anuśāsataḥ— 指导 / svabhāva-raktasya — 很自然地倾向于 / mahān — 伟大的 / vyatikramaḥ— 没有理由的 / yat-vākyataḥ— 在……的指示下 / dharmaḥ— 宗教 / iti — 这样 / itaraḥ— 一般人 / sthitaḥ— 坚定于 / na — 并不 / manyate — 想 / tasya — ……的 / nivāraṇam— 禁止 / janaḥ— 他们

译文 普通大众自然都很喜欢享受，而你鼓励他们以宗教的名义那么做。这无疑受到谴责，而且极不理智。他们以你的教导为指南，所以将把以宗教名义从事这种活动视为理所当然，根本不在乎这么做是被禁止的。

要旨 圣维亚萨戴瓦以推荐从事功利性活动为基础原则所编纂的《玛哈巴茹阿特》等不同的韦达文献，在这节诗里遭到纳茹阿达的谴责。一世复一世长时间地与物质接触，使生物都有通过努力工作去主宰物质能量的自然倾向。他们不知道人生的责任是什么。人的生命形式是挣脱错觉能量钳制的机会。韦达经的最终目的，是为了让人能回归家园，回到首神身边。在八百四十万种生命形式中不停地旋转轮回，是被判刑的受制约灵魂所过的囚禁生活。人的生命形式是摆脱这种囚禁生活的机会，因此人唯一的工作是重建失去了的与神的关系。在这种情况下，人从不该被鼓励打着宗教的幌子去制定感官享乐的计划。人类精力的这种转向，导致了被误导的文明的发展。圣维亚萨戴瓦是被授权在《玛哈巴茹阿特》等韦达文献中对知识给予解释的人，所以他以某种形式鼓励感官享乐是在人们灵性进步的路途上设置巨大的障碍，因为大众不会自愿退出把他们束缚在物质世界里的物质活动。在人类文明的某个阶段，当这种打着宗教的幌子(例如以祭祀的名义牺牲动物)从事物质活动的现象太过猖獗时，至尊主本人就化身为佛陀(Buddha)前来否定韦达经的权威性，以阻止打着宗教的幌子进行动物祭祀的活动。纳茹阿达预见到这种情况，所以谴责这种鼓励人以宗教的名义进行感官享乐的文献。吃肉的人之所以还继续以宗教的名义在某个半神人或女神面前举行动物祭祀，是因为在韦达文献的某些地方推荐了这种有条件限制的祭祀。推荐这种祭祀的目的本是为了劝阻吃肉的人吃肉，但后来，这种宗教活动的宗旨逐渐被遗忘了，屠宰场变得很普遍。这是因为愚蠢的物质主义者不想去聆听有资格的人对韦达文献的解释。

韦达经中明确地说，靠辛苦工作、积累钱财，甚至是繁殖人口，永远都不可能使人达到人生的完美境界；相反，人生的完美境界只有靠弃绝才能获得。物质主义者不理会这一训谕。按照他们的观点，只有那些因为有身体缺陷而没能力养家糊口的人，或者家庭生活不成功的人，才会过所谓的弃绝生活。

当然，在像《玛哈巴茹阿特》那样的史记中，既有物质的话题，也有超然的主题。《博伽梵歌》就是《玛哈巴茹阿特》的一个篇章。整部《玛哈巴茹阿特》所表达的要旨，以《博伽梵歌》的最高教导为总结，那就是：人应该放弃所有其他的从事，只全心全意地皈依主奎师那的莲花足。但倾向物质生活的人，更受《玛哈巴茹阿特》中记载的政治、经济和慈善活动的吸引，而不是受《博伽梵歌》主题的吸引。纳茹阿达直言责备维亚萨戴瓦的这种妥协精神，建议他直接表明人类生活的基本需求是认识自己与至尊主的永恒关系，并立刻皈依祂。

承受某种疾病痛苦的病人，几乎总是想要吃一些医生禁止他吃的东西。有经验的医生不会作出任何妥协，去让病人吃哪怕一点点他根本不该吃的东西。《博伽梵歌》中说，不应该劝阻执著于功利性活动的人从事他的职业，因为他有可能逐渐升上觉悟自我的层面。这条训示有时适用于那些只进行枯燥的哲学思辨而没有灵性觉悟的人，但对于正在做奉爱服务的人就不需要这样建议了。

第 16 节 विचक्षणोऽस्यार्हति वेदितुं विभो-
रनन्तपारस्य निवृत्तितः सुखम् ।
प्रवर्तमानस्य गुणैरनात्मन-
स्ततो भवान्दर्शय चेष्टितं विभोः ॥१६॥

vicakṣaṇo 'syārhati veditum vibhor
ananta-pārasya nivṛttitaḥ sukham
pravartamānasya guṇair anātmanas
tato bhavān darśaya ceṣṭitaṁ vibhoḥ

vicakṣaṇaḥ— 很擅长 / asya — 祂的 / arhati — 应得 / veditum — 了解 / vibhoḥ— 至尊主的 / ananta-pārasya— 无限者的 / nivṛttitaḥ— 退休 / sukham — 物质快乐 / pravartamānasya— 那些执著于 / guṇaiḥ— 由物质属性 / anātmanaḥ— 缺乏关于灵性价值的知识 / tataḥ— 因此 / bhavān — 您阁下 / darśaya — 指明途径 / ceṣṭitam — 活动 / vibhoḥ— 至尊主的

译文 至尊主是无限的。只有经验丰富、退出追求物质快乐之活动的人，才有资格了解灵性知识。所以，对那些因依恋物质而无法理解灵性知识的人，您阁下应该通过描述至尊主的超然活动，指给他们通向超然觉悟的路。

要旨 神学研究的主题是十分困难的主题，尤其当它牵涉到神的超然本性时更是如此。它不是依恋物质活动的人所能理解的主题。只有通过培养灵性知识而几乎完全退出物质主义活动的经验丰富之人，才能研究这门伟大的科学。《博伽梵歌》中明确地说，在千百万人中，只有一个人有资格进入超然觉悟的范畴；而在上万个这种有超然觉悟的人中，只有很少几个人能理解专门把神作为一个人来研究的神学。正因为如此，纳茹阿达建议维亚萨戴瓦通过直接描述至尊主的超然活动来阐述神的科学。维亚萨戴瓦本人就是精通这门科学的人，而且他不依恋物质享乐。因此，他是阐述这门神学的合适人选，他的儿子舒卡戴瓦·哥斯瓦米是接受这门科学的适合人选。

《圣典博伽瓦谭》是最高级的神学，因此能对一般大众产生类似药物的作用。这部文献因为记载了至尊主的超然活动，所以与至尊主本人没有区别。事实上，它是至尊主的文学化身。所以，普通大众可以通过聆听对至尊主活动的描述与至尊主接触，逐渐治愈物质疾病。经验丰富的奉献者也可以根据具体的时间和环境，找到改变非奉献者的各种方法。奉爱服务是强有力的活动，经验丰富的奉献者可以寻找合适的方法将其注入物质主义者们迟钝的大脑中。奉献者为侍奉至尊主所从事的这种超然活动，可以给物质主义者的愚蠢社会带去新的生命。就如何用超然的知识改变物质主义者这方面，柴坦亚·玛哈帕布和祂的追随者们展示了专家的灵活与熟练。靠运用同样的方法，我们可以给这个纷争年代里的物质主义者带去和平的生活及超然的觉悟。

第 17 节　त्यक्त्वा स्वधर्मं चरणाम्बुजं हरे-
भजन्नपक्वोऽथ पतेत्ततो यदि ।
यत्र क्व वाभद्रमभूदमुष्य किं
को वार्थ आप्तोऽभजतां स्वधर्मतः ॥१७॥

tyaktvā sva-dharmaṁ caraṇāmbujaṁ harer
bhajann apakvo 'tha patet tato yadi
yatra kva vābhadram abhūd amuṣya kiṁ
ko vārtha āpto 'bhajatāṁ sva-dharmataḥ

tyaktvā — 抛弃了 / sva-dharmam — 自己的职责 / caraṇa-ambu-jam — 莲花足 / hareḥ— 哈尔依(至尊主)的 / bhajan — 在做奉爱服务的过程中 / apakvaḥ— 未成熟 / atha — 为了 / patet — 堕落 / tataḥ— 从那地方 / yadi — 如果 / yatra — 因此 / kva — 什么 / vā — 或(讥讽地) / abhadram — 不利的 / abhūt— 会发生 / amuṣya— 他的 / kim — 没有事物 / kaḥ vā arthaḥ— 什么利益 / āptaḥ— 得到 / abhajatām — 非奉献者的 / sva-dharmataḥ— 因为履行职责

译文 放弃俗世的职责转而为至尊主做奉爱服务的人，在不成熟的阶段也许间或会堕落，但那并不影响他最终获得成功。然而一个非奉献者，即使他全心全意履行他的职责，也不会有任何收获。

要旨 就人类的责任而言，一个人一出生就要履行无数的责任；他不仅有对父母、家庭成员、社会、国家、人类、其他生物体、半神人等的责任，还有对伟大的哲学家、诗人、科学家等的责任。但经典中说，人可以放弃履行所有上述这些责任，全心全意地只为至尊主服务。因此，人如果这样做，而且圆满地为至尊主做奉爱服务，他的人生就成功了。但有时会发生这样的情况，那就是：有人因一时的感情用事而为至尊主服务，但长期下来，由于各种各样的原因，他因不良的交往而从为至尊主做服务的路途上退下来。历史上发生过很多这样的事件。帝王巴茹阿特(Bharata)因生前过于依恋一头小鹿而被迫在来世投生为一头鹿。他在死时还想着那头鹿，于是来世变成了一头鹿，尽管在鹿的身体里他没有忘记前生发生的事情。同样，祺陀凯图(Citraketu)也因为冒犯希瓦的莲花足而从他原有的地位上坠落。但尽管如此，这节诗中还是强调，托庇于至尊主的莲花足，即使不慎坠落，中断了履行做奉爱服务的责任，他也永远不会忘记至尊主的莲花足。人只要为至尊主做过一次奉爱服务，就可以在任何情况下都接续上这种服务。《博伽梵歌》中说，哪怕做一点点奉爱服务，都可以使人免于最可怕的危险处境。历史上这样的事例很多，阿佳米勒(Ajāmila)的例子就是其中之一。阿佳米勒人生的早期曾是奉献者，但年轻时堕落了。然而，至尊主还是在他死的时候拯救了他。

第 18 节　तस्यैव हेतोः प्रयतेत कोविदो
न लभ्यते यद् भ्रमतामुपर्यधः ।
तल्लभ्यते दुःखवदन्यतः सुखं
कालेन सर्वत्र गभीररंहसा ॥१८॥

tasyaiva hetoḥ prayateta kovido
na labhyate yad bhramatām upary adhaḥ
tal labhyate duḥkhavad anyataḥ sukhaṁ
kālena sarvatra gabhīra-raṁhasā

tasya — 为了那目的 / eva — 只是 / hetoḥ— 原因 / prayateta — 应该努力 / kovidaḥ— 一个有哲学头脑的人 / na labhyate — 得不到 / yat — 什么 / bhramatām — 游荡 / upari adhaḥ— 从最高到最低下 / tat — 那 / labhyate — 能够得到 / duḥkhavat— 像苦恼 / anyataḥ— 作为过去活动的结果 / sukham — 感官享乐 / kālena — 在适当的时候 / sarvatra — 到处 / gabhīra — 精微的 / raṁhasā— 进步

译文　真正有智慧并有哲学倾向的人，应该只为最有意义的目标而努力。人即使从最高的星球(布茹阿玛珞卡)游荡到最低的星球(帕塔拉珞卡)，也无法达到那目标。至于产自感官享受的快乐，它会在一定的时候自动到来，就像我们虽然都不希望受苦，但却不可避免地会受苦一样。

要旨 全世界的每一个人都在试图通过各种努力获得最大限度的感官享乐；有的人忙于做贸易、办工厂、赚钱、争夺政治权利；有的人则从事经典推荐的功利性活动，希望来世到更高的星球上享受快乐。据经典记载：月亮上的居民靠喝一种名叫索玛·茹阿萨(soma-rasa)的甘露使自己能更大限度地进行感官享乐；按经典的推荐，慷慨布施可以上升到伟大祖先居住的星球琵垂珞卡(Pitṛloka)去。所以感官享乐多种多样，不是这一生享受就是等到来世再享受。有的人非常渴望在不从事虔诚活动的情况下就到月球或其他星球上去，于是试图凭借人造的机械设备去那些星球。但事实并不是他们想象的那样。至尊者制定的法律是：按照生物从事的活动判定他属于哪一个等级，可以住进哪一个星球。按照经典的规定：做善事可以使人享受出身良好、富有、受教育和身体健美等福报。我们看到，即使是这一生，人也可以靠虔诚地工作获得良好的教育，或者变得富有。同样，靠虔诚地活动，我们在来世也可以有这种令人向往的处境。如果事实不是这样，我们也就不会看到在同一时间、同一地点出生的两个人，境遇却完全不同的情况了。这都是前世活动的结果造成的。然而，所有这些物质情况都不是持久的。按照我们自己做的事情，我们既可以被提升到这个宇宙中最高等的布茹阿玛星球去，也可以被贬到最低等的帕塔拉(Patala)星球去。有哲学倾向的人不该对这种易变的状态感兴趣，而应该为进入永恒的世界而努力，在那里过永恒、极乐、充满知识的生活。他一旦到了那里，就再也不会被迫回到这个物质世界里的任何星球上去。物质生活的特点是有苦有乐，无论在最高等的布茹阿玛星球上，还是在其他星球上，情况都是如此。无论是当半神人还是当猪狗，都得过这种苦乐混杂的生活，只不过苦乐的程度和质量不同而已。但是，没人能摆脱生老病死的痛苦。同样，每个人都有他注定该享受的快乐。没人可以靠个人的努力增加或减少自己该得到的一切。而且，即使得到了，也可以再失去。所以，人不应该为这种微不足道的事物浪费时间，而应该只为回归首神努力。这才是每一个人的人生使命。

第 19 节　न वै जनो जातु कथञ्चनाव्रजेन्
मुकुन्दसेव्यन्यवदङ्ग संसृतिम् ।
स्मरन्मुकुन्दाङ्घ्र्युपगूहनं पुन-
र्विहातुमिच्छेन्न रसग्रहो जनः ॥१९॥

na vai jano jātu kathañcanāvrajen
mukunda-sevy anyavad aṅga saṁsṛtim
smaran mukundāṅghry-upagūhanaṁ punar
vihātum icchen na rasa-graho janaḥ

na — 永不 / vai — 肯定地 / janaḥ— 一个人 / jātu — 在任何时候 / kathañcana — 设法地 / āvrajet— 不用经历 / mukunda-sevī— 至尊主的奉献者 / anyavat — 像其他人 / aṅga — 啊！我亲爱的 / saṁsṛtim — 物质存在 / smaran — 记住 / mukunda-aṅghri — 至尊主的莲花足 / upagūhanam — 拥抱 / punaḥ— 再次 / vihātum — 愿意放弃 / icchet — 欲望 / na — 永不 / rasa-grahaḥ— 一个品尝到甘美滋味的人 / janaḥ— 人

译文　我亲爱的维亚萨，主奎师那的奉献者虽然有时会因为某种原因堕落，但必定不像其他人(功利性活动者等)那样过物质生活，因为只要欣赏过一次至尊主莲花足的美好，就会除了再三回味那欣喜若狂的感受外，什么都做不了。

要旨　至尊主的奉献者因为体验到主奎师那莲花足的甜美(rasa-graha)，所以自然而然不再对物质存在中的活动感兴趣。与那些总是倾向堕落的功利性活动者交往有可能使奉献者堕落，历史上这样的例子很多。但奉献者即使堕落了，也永远不会与堕落的功利性活动者一样。功利性活动者因他的业报而受苦；相反，奉献者是由至尊主以惩罚的方式直接教育他。孤儿受的苦难与君王最爱的孩子所受的磨难不一样。孤儿是没人照顾他，所以真的很可怜；富贵之人最爱的儿子虽然看起来与孤儿一样在受苦，但其实总是在他有能力的父亲的监管下。至尊主的奉献者因为不良的交往，有时会模仿功利性活动者。功利性活动者想要主宰物质世界。同样，初级奉献者愚蠢地想要通过做奉爱服务累积一些物质力量。这种愚蠢的奉献者有时会被至尊主亲自置于困境；至尊主也许会出于对他的偏爱，拿走他所有的物质拥有。这样一来，头脑发昏的奉献者便遭到他朋友和亲戚的遗弃。凭至尊主的仁慈，遭遗弃的奉献者头脑清醒过来，重新回到做奉爱服务的路途上。

《博伽梵歌》中也说，像这样堕落了的奉献者，会得到一个机会，投生在品德崇高的布茹阿玛纳(婆罗门)家庭中，或者富有的商人家中。这种奉献者不如那些遭到至尊主惩罚且似乎被置于绝境的奉献者幸运。因至尊主的意愿而被置于绝境的奉献者，比投生在条件良好的家庭中的奉献者更幸运。堕落了的奉献者来世虽然出生在条件良好的家庭中，但因为没那么幸运，所以有可能忘记至尊主的莲花足。被置于绝境的奉献者其实更幸运，因为他认为自己没希望了，所以会赶快托庇于至尊主的莲花足。

纯粹的奉爱服务可以让人品尝到无与伦比的灵性甘美滋味，以致品尝到那种滋味的奉献者自然而然就对物质享乐失去了兴趣。这是在做奉爱服务的过程中取得进步、通向完美的征象。纯粹的奉献者始终铭记主奎师那的莲花足，一刻都不忘记祂，即使以三个世界的全部财富为代价与他交换，都不能使他忘记奎师那。

第 20 节 इदं हि विश्वं भगवानिवेतरो
यतो जगत्स्थाननिरोधसम्भवाः ।
तद्धि स्वयं वेद भवांस्तथापि ते
प्रादेशमात्रं भवतः प्रदर्शितम् ॥२०॥

idaṁ hi viśvaṁ bhagavān ivetaro
yato jagat-sthāna-nirodha-sambhavāḥ

tad dhi svayaṁ veda bhavāṁs tathāpi te
prādeśa-mātraṁ bhavataḥ pradarśitam

idam — 这 / hi — 所有 / viśvam — 宇宙 / bhagavān— 至尊主 / iva — 几乎一样 / itaraḥ— 有别于 / yataḥ— 由谁 / jagat — 各个世界 / sthāna — 存在 / nirodha — 毁灭 / sambhavāḥ— 创造 / tat hi — 所有有关的 / svayam — 亲自 / veda — 知道 / bhavān — 您阁下 / tathā api — 仍然 / te — 向您 / prādeśa-mātram— 只是一个概要 / bhavataḥ— 向您 / pradarśitam — 解释

译文　人格首神至尊主虽然本身就是这宇宙，但却离它很远。这展示的宇宙在祂体内安息，由祂释放出来，毁灭后又进入祂。您很清楚这一切。我说的只是概要而已。

要旨　对纯粹奉献者来说，穆昆达(Mukunda)——主奎师那，既具人格特征，又不具人格特征。不具人格特征的宇宙展示也是穆昆达，因为它来自穆昆达的能量。这就好比一棵树：树是一个整体，而叶子和树枝是树长出来的各个部分。树的叶子和枝也都是树，但树本身既不是叶子，也不是树枝。韦达经典中说，“整个宇宙创造不是别的，而是布茹阿曼(梵)”；这意思是，由于一切都源自至尊布茹阿曼，所以没有什么是独立于祂而存在的。同样，长在身体上的手和腿都称为身体，但身体作为整体既不是手，也不是腿。至尊主的形象是由永恒、知识和美丽构成的超然形象。所以，至尊主能量的创造，也呈现着部分的永恒、知识和美丽。这使得在至尊主外在能量玛亚控制下的受制约、被迷惑了的灵魂，深陷物质自然的罗网中。他们不知道一切的源头——至尊主，因此把物质世界视为一切。他们也不知道躯体的一部分——手和腿，如果与整个躯体分开，就不再是与躯体连在一起时的手和腿了。同样道理，与为至尊人格首神做超然爱心服务截然分开的不信神者文明，就像断手、断腿一样。这样的手和腿也许看起来还是手和腿，但已经起不到手和腿该起的作用了。至尊主的奉献者维亚萨戴瓦很清楚这一点，所以纳茹阿达进一步建议他更详细地描述有关至尊主，以使受制约、被迷惑了的灵魂可以从他那里学习，了解到至尊主是一切的始源。

按照韦达经典的说法，至尊主绝对强大有力，因此祂的至尊能量总是完美的，而且与祂一样。灵性天空和物质天空，以及其中的一切存在，都分别产自至尊主的内在能量和外在能量。相比之下，外在能量较低等，而内在能量较高等。较高等的能量是生命力，因此她与至尊主本人完全一样；外在能量因为没有生命力，所以与至尊主是部分相同。但是，这两种能量既不比产生一切能量的至尊主伟大，也不可能与祂平等；这些能量始终在祂的控制下，恰似电能无论有多强大，都始终在电力工程师的控制下。

在人体和其他种类躯体中的生物，都是至尊主内在能量的产物，因此与至尊主也完全一样。但生物永远不可能与人格首神平等或高于祂。至尊主和众生都是个体。生物在物质能量的帮助下也可以创造出一些东西，但他们中没有谁的创造能与至尊主的创造相比。人类可以制造一个小小的玩具般的人造卫星，甚至把它投进外太空，但那并不意味着他们能制造出一个与飘浮在空中的地球或月亮一样的星球来，而这些是至尊主创造的。只有知识贫乏的人才会声称自己与至尊主是平等的。但他们永远不可能与至尊主平等。永远不可能！人在达到十全十美的境界时，也许能获得大部分与至尊主一样的质量(最多至百分之七十八)，但永远不可能与至尊主平等或高于祂。只有在病态的情况下，愚蠢的生物才会声称自己与至尊主一样。有这种想法的人被错觉能量所误导。被误导的灵魂必须承认至尊主的至高地位，同意为祂做爱心服务。生物就是为此而被创造出来的。不为至尊主做奉爱服务，世界不可能有和平与平静。纳茹阿达建议圣维亚萨戴瓦在《圣典博伽瓦谭》中解释这一点。《博伽梵歌》中也声明这一点说，要全身心地皈依至尊主的莲花足。这是完美的人唯一该做的事情。

第 21 节 त्वमात्मनात्मानमवेह्यमोघदृक्
परस्य पुंसः परमात्मनः कलाम् ।
अजं प्रजातं जगतः शिवाय तन्
महानुभावाभ्युदयोऽधिगण्यताम् ॥२१॥

tvam ātmanātmānam avehy amogha-dṛk
parasya puṁsaḥ paramātmanaḥ kalām
ajaṁ prajātaṁ jagataḥ śivāya tan
mahānubhāvābhyudayo 'dhigaṇyatām

tvam — 你自己 / ātmanā — 由你自己 / ātmānam — 超灵 / avehi — 找出 / amogha-dṛk — 一个具有完美视域的人 / parasya — 超然性的 / puṁsaḥ— 人格首神 / paramātmanaḥ— 至尊主的 / kalām — 完整部分 / ajam — 不经出生就存在 / prajātam — 出生了 / jagataḥ— 世界的 / śivāya— 为了……的幸福 / tat — 那 / mahā-anubhāva — 至尊人格首神圣主奎师那的 / abhyudayaḥ— 娱乐活动 / adhigaṇyatām — 栩栩如生地描述

译文 您具备完美的视阈。您作为至尊主的完整部分出现，所以您本人就很了解人格首神超灵。您虽然不经出生就存在，但为了全体人类的福利而出现在这个地球上。因此，请更生动地描述至尊人格首神圣奎师那超然的娱乐活动吧！

要旨 圣维亚萨戴瓦是经人格首神奎师那授权了的化身。祂出于没有缘故的仁慈，降临这个世界拯救坠落在此的灵魂。这些坠落下来的、健忘的灵魂，不为至尊主做超然的爱心服务。生物都是至尊主不可缺少的一部分，是至尊主永恒的仆人。因此，为了堕落灵魂的利益，维亚萨戴瓦有系统地编纂了所有的韦达文献；堕落灵魂的责任是善用这些文献，挣脱物质存在。尽管圣纳茹阿达形式上是圣维亚萨戴瓦的灵性导师，但圣维亚萨戴瓦其实根本不需要灵性导师，因为他实质上是所有人的灵性导师。然而，由于他在做灵性导师(ācārya)的工作，他就必须以身作则教导我们一条原则，那就是：人必须有一个灵性导师，哪怕他是神本人。主奎师那、主茹阿玛和主柴坦亚·玛哈帕布，以及首神所有的化身，都接受正式的灵性导师，尽管他们超然的本质决定他们本来就具有所有的知识。为了引导大众投靠主奎师那的莲花足，主奎师那本人化身为维亚萨戴瓦来描述至尊主超然的娱乐活动。

第 22 节 इदं हि पुंसस्तपसः श्रुतस्य वा
स्विष्टस्य सूक्तस्य च बुद्धिदत्तयोः ।
अविच्युतोऽर्थः कविभिर्निरूपितो
यदुत्तमश्लोकगुणानुवर्णनम् ॥२२॥

idaṁ hi puṁsas tapasaḥ śrutasya vā
svişṭasya sūktasya ca buddhi-dattayoḥ
avicyuto ’rthaḥ kavibhir nirūpito
yad-uttamaśloka-guṇānuvarṇanam

idam — 这 / hi — 肯定地 / puṁsaḥ— 每一个人的 / tapasaḥ— 凭着苦修 / śrutasya — 凭着对韦达经的研究 / vā— 或 / sviṣṭasya — 祭祀 / sūktasya — 灵性教育 / ca — 和 / buddhi — 知识的培养 / dattayoḥ— 布施 / avicyutaḥ— 绝无谬误的 / arthaḥ— 利益 / kavibhiḥ— 通过公认有学识的人 / nirūpitaḥ— 结论 / yat — 什么 / uttamaśloka— 由精选的诗歌所描述的至尊主 / guṇa-anuvarṇanam — 对……的超然品质的描述

译文　精选诗篇中对至尊主作了清楚的说明。博学之人明确断言：苦修、研习韦达经、祭祀、吟诵赞美诗和布施等培养知识的绝对效用，在对至尊主的超然描述中达到登峰造极的境界。

要旨　人的智力之所以高度发达，是为了让人学习艺术、科学、哲学、物理学、化学、心理学、经济学和政治学等知识。靠培养这类知识，人类社会可以过上完美的生活。人类的这种完美生活以对至尊生物维施努的认识为最高境界。为此，韦达赞歌(śruti)中指示说，那些真正有学问的人，应该渴望为主维施努服务。不幸的人迷恋维施努·玛亚(viṣṇu-māyā)的外在美，完全不明白：完美的顶峰——觉悟自我，要靠维施努的仁慈。维施努·玛亚的意思是感官享乐，感官享乐短暂而痛苦。陷在维施努·玛亚罗网中的人，利用知识的进步进行感官享乐。纳茹阿达·牟尼解释说，宇宙中的一切都只不过是至尊主的各种能量的产物；至尊主用祂不可思议的力量启动各种物质能量，使其相互作用创造出各种展示。所有的展示都来自至尊主的能量，依靠祂的能量，并在毁灭后进入祂体内。所以，没有什么是与至尊主不同的，但同时，至尊主总是不同于祂所创造的一切。

当先进的知识被用于为至尊主服务时，整个程序就变得完整了。人格首神和祂超然的名字、形象、荣耀等，都与祂本人一样。经典建议所有的圣人和至尊主的奉献者，应该把艺术、科学、哲学、物理学、化学、心理学及其他所有种类的知识，全部只用于为至尊主服务。艺术、文学、诗歌、绘画艺术等都应该用来歌颂至尊主。小说家、诗人和著名的文学家，通常都是写与感官享乐有关的主题，但如果他们能转而为至尊主服务，就可以用他们的才能描述至尊主超然的娱乐活动了。瓦勒弥克依(Vālmīki)是优秀的诗人，维亚萨戴瓦是非凡的作家，他们两人把全副的精力用于描述至尊主的超然活动，并因此而永垂青史。同样，科学和哲学也应该用于为至尊主服务。为感官享乐而写些枯燥的思辨理论毫无益处。哲学和科学应该被用来证实至尊主的荣耀。进步之人渴望通过科学的手段了解绝对真理，因此优秀的科学家应该努力以科学为基础证明至尊主的存在。同样，哲学性思辨应该被用来证实至尊真理有感情和感知力，是全能的。同样，其他学科的知识也应该总是被用来为至尊主服务。对此，《博伽梵歌》中也作了同样的声明。不用于为至尊主服务的知识，只不过是无知。各种进步知识的真正用途应该是证实至尊主的荣耀，那才是真正重要的。把科学知识用于为至尊主服务，以及所有类似的活动，都是对至尊主的赞颂(hari-kīrtana)。

第 23 节 अहं पुरातीतभवेऽभवं मुने
दास्यास्तु कस्याश्चन वेदवादिनाम् ।
निरूपितो बालक एव योगिनां
शुश्रूषणे प्रावृषि निर्विविक्षताम् ॥२३॥

ahaṁ purātīta-bhave 'bhavaṁ mune
dāsyās tu kasyāścana veda-vādinām
nirūpito bālaka eva yogināṁ
śuśrūṣaṇe prāvṛṣi nirviviksatām

aham — 我 / purā— 以前 / atīta-bhave — 在上一个周期 / abhavam — 变成 / mune — 牟尼啊 / dāsyāḥ— 奴仆的 / tu — 但是 / kasyāścana — 肯定 / veda-vādinām — 韦丹塔的追随者 / nirūpitaḥ— 从事于 / bālakaḥ— 男仆 / eva — 只是 / yoginām— 奉献者的 / śuśrūṣaṇe — 对……的服务 / prāvṛṣi— 雨季的四个月 / nirvivikṣatām— 居住在一起

译文 牟尼啊！我在上一个创造周期内曾是一名女仆的儿子，她负责为遵守韦丹塔原则的布茹阿玛纳服务。当他们在雨季的四个月间住在一起时，我服侍过他们。

要旨　在这节诗中，纳茹阿达·牟尼简短地讲述了充满奉爱服务气氛的环境所产生的奇迹。他前世曾是一个地位低微的母亲的儿子，没有受过适当的教育。尽管如此，由于他把精力都用于为至尊主服务，他获得了永生。这就是奉爱服务的强大作用。生物是至尊主的边缘能量，注定是被恰当地用于为至尊主做超然爱心服务的。当生物没有为至尊主做服务时，他就处在玛亚的迷惑中。因此，生物一旦停止感官享乐，转而用所有的精力为至尊主服务，玛亚制造的错觉就立刻消失了。纳茹阿达·牟尼本人前生的例子清楚地表明，为至尊主服务始于为至尊主真正的仆人服务。至尊主说，为祂的仆人服务，比为祂本人服务还要好。为奉献者服务，比为至尊主本人服务更可贵。所以，人应该选择一位一直不断地在为至尊主服务的至尊主真正的仆人，拜他为灵性导师，为这位灵性导师服务。至尊主超越物质感官所能感知的范畴，而这样一位灵性导师是让人能看到至尊主的透明媒介。为真正的灵性导师服务，至尊主就会按照服务者所做的服务，成比例地向服务者一直不断地展示祂自己。用人的精力为至尊主服务，是最终获得解脱的通路。人一旦在真正的灵性导师的指导下为至尊主做服务，整个宇宙创造就立刻变得与至尊主协调一致。经验丰富的灵性导师通晓利用一切去赞美至尊主的艺术，因此在他的指导下，整个世界都可以凭借至尊主仆人的神性恩典转变成灵性的居所。

第 24 节　ते मय्यपेताखिलचापलेऽर्भके
　　दान्तेऽधृतक्रीडनकेऽनुवर्तिनि ।
चक्रुः कृपां यद्यपि तुल्यदर्शनाः
　　शुश्रूषमाणे मुनयोऽल्पभाषिणि ॥२४॥

te mayy apetākhila-cāpale ’rbhake
dānte ’dhṛta-krīḍanake ’nuvartini

cakruḥ kṛpāṁ yadyapi tulya-darśanāḥ
śuśrūṣamāṇe munayo 'lpa-bhāṣiṇi

te — 他们 / mayi — 向我 / apeta — 未曾经过 / akhila — 所有种类 / cāpale — 倾向 / arbhake — 向一个男孩 / dānte — 已控制了感官 / adhṛta-krīḍanake — 没有运动的习惯 / anuvartini — 顺从 / cakruḥ— 赐予 / kṛpām — 没有缘故的仁慈 / yadyapi — 虽然 / tulya-darśanāḥ— 本性公正 / śuśrūṣamāṇe— 向有信心的人 / munayaḥ— 追随韦丹塔的牟尼们 / alpa-bhāṣiṇi — 从不说废话

译文 尽管韦丹塔的追随者们本性公正，不偏心，但他们还是出于他们没有缘故的仁慈祝福了我。至于我，我当时很自制，虽然还是个男童，但却不眷恋玩耍。此外，我并不淘气，也从不说废话。

要旨 至尊主在《博伽梵歌》中说，所有的韦达经都在追寻我。主柴坦亚说，韦达经中只谈了三个主题，那就是：建立生物与人格首神的关系，做奉爱服务时履行相关的职责，从而达到最终的目的——回到首神身边。正因为如此，韦丹塔的追随者们(vedānta-vādīs)，被说成是人格首神的纯粹奉献者。韦丹塔的追随者们——巴克缇 · 韦丹塔(bhakti-vedāntas)，在传播为至尊主做奉爱服务的超然知识时始终不偏不倚。对他们来说，没有人是敌人，也没有人是朋友；没有人受过教育，也没有人未受过教育；没有人是特别讨人喜欢的，也没有人是令人不快的。巴克缇 · 韦丹塔看到大众都在浪费时间从事非真实的感官享乐事宜；他们要做的是，使无知大众重建他们失去了的、与人格首神的关系。靠他们的努力，就连最健忘的灵魂也会觉醒，恢复过灵性生活。就这样，在巴克缇 · 韦丹塔的启发下，大众逐渐在超然觉悟的路途上向前迈进。

所以，韦丹塔的追随者们甚至在那个男孩变得完全自制且对儿童游戏不感兴趣之前就启发了他。但在启蒙他之前，他已经开始越来越多地遵守戒律，而遵守戒律对想要取得灵性进步的人来说是非常关键的。韦达社会的社会四阶层和灵性四阶段制度(varṇāśrama-dharma)，是真正的人类生活的开始。按照这一制度，男孩一到五岁，就会被送到灵性导师的灵修所(āśrama)去接受训练，成为过独身禁欲生活的学生(brahmacārī)；在那里，无论是君王的儿子，还是普通市民的儿子，都要有系统地接受遵守纪律的训练。这种义务教育不仅是要为国家培养良民，还要让孩子作准备进一步过有利于灵性觉悟的生活。遵守社会四阶层和灵性四阶段制度的人的孩子，对不负责任的感官享乐生活一无所知。甚至在父亲让母亲怀孕前，孩子就已经被注入了灵性的敏锐。父母要对孩子是否能成功地挣脱物质束缚负责任。这才是成功的计划生育，生育能够达到最高完美境界的孩子。不自制，不守戒律，不完全服从，就没人能成功地执行灵性导师的指令；而不这样做的人，不可能回到首神身边。

第 25 节　उच्छिष्टलेपाननुमोदितो द्विजैः
सकृत्स्म भुञ्जे तदपास्तकिल्बिषः ।
एवं प्रवृत्तस्य विशुद्धचेतस-
स्तद्धर्म एवात्मरुचिः प्रजायते ॥२५॥

ucchiṣṭa-lepān anumodito dvijaiḥ
sakṛt sma bhuñje tad-apāsta-kilbiṣaḥ
evaṁ pravṛttasya viśuddha-cetasas
tad-dharma evātma-ruciḥ prajāyate

ucchiṣṭa-lepān — 剩余的食物 / anumoditaḥ— 得到准许 / dvijaiḥ— 由追随韦丹塔的布茹阿玛纳 / sakṛt— 有一次 / sma — 在过去 / bhuñje — 取得 / tat — 通过那行动 / apāsta — 消除 / kilbiṣaḥ— 一切罪恶 /

evam — 因此 / pravṛttasya — 从事于 / viśuddha-cetasaḥ— 一个内心洁净的人 / tat — 那个别的 / dharmaḥ— 本性 / eva — 肯定地 / ātma-ruciḥ— 超然的吸引 / prajāyate— 被展示出来的

译文 只有一次，经他们的允许，我吃了他们吃剩下的食物，而这样做的结果是：我所有的罪恶立即被清除，我的心因而变得纯净。那时，超然主义者所独有的本质开始吸引我。

要旨 纯粹的奉爱服务像传染病一样具有很强的传染性，但这种传染是好的传染。纯粹的奉献者清除了所有种类的罪。人格首神是最纯洁的实体，人除非像至尊主一样纯洁，不沾染任何物质质量，否则不可能成为至尊主的纯粹奉献者。上面谈到过的巴克缇·韦丹塔是纯粹的奉献者，那男孩通过与他们接触并吃过一次他们吃剩下的食物，便被“传染”，具有了他们的品德。吃纯粹奉献者吃剩下的食物，甚至可以不必征得那些奉献者本人的同意。但是，世上也有伪装的奉献者，我们应该十分谨慎不要被他们蒙蔽。有很多事情会妨碍人进入为至尊主做奉爱服务的领域。但与纯粹的奉献者联谊，可以帮助初习奉献者去除所有这些障碍，使自身越来越多地具有纯粹奉献者所具有的超然品德；而这意味着受人格首神的名字、形象、质量和娱乐活动等的吸引。被纯粹奉献者“传染”而具有了他们的品德，意味着也发展出纯粹奉献者的爱好——喜欢一直不断地聆听人格首神的超然活动。这种超然的喜好可以立刻使所有的物质事物变得索然无味。正因为如此，纯粹的奉献者根本不受物质活动的吸引。清除掉所有的罪恶或奉爱服务路途上的障碍后，人可以变得对奉爱服务感兴趣；人可以变得稳定；人可以具有完美的品位；人可以具有超然的情感；最后，人可以处在为至尊主做爱心服务的层面上。这每一个阶段的成长，都要靠与纯粹奉献者的联谊。这就是这节诗的要旨。

第 26 节　तत्रान्वहं कृष्णकथाः प्रगायता-
मनुग्रहेणाशृणवं मनोहराः ।
ताः श्रद्धया मेऽनुपदं विशृण्वतः
प्रियश्रवस्यङ्ग ममाभवद्रुचिः ॥२६॥

tatrānvahaṁ kṛṣṇa-kathāḥ pragāyatām
anugraheṇāśṛṇavaṁ manoharāḥ
tāḥ śraddhayā me 'nupadaṁ viśṛṇvataḥ
priyaśravasy aṅga mamābhavad ruciḥ

tatra — 因此 / anu — 每天 / aham — 我 / kṛṣṇa-kathāḥ— 对主奎师那种种活动的描述 / pragāyatām — 描述 / anugraheṇa — 没有缘故的仁慈 / aśṛṇavam— 聆听 / manaḥ-harāḥ— 有吸引力的 / tāḥ— 那些 / śrad-dhayā— 恭敬地 / me — 向我 / anupadam — 每一步 / viśṛṇvataḥ— 专心地聆听 / priyaśravasi — 人格首神的 / aṅga — 维亚萨戴瓦啊 / mama — 我的 / abhavat — 这样变成 / ruciḥ— 趣味

译文　噢，维亚萨戴瓦，在那次联谊中，凭借那些伟大的韦丹塔主义者的仁慈，我能聆听他们描述主奎师那魅力四射的活动。这样聚精会神地倾听，使我越来越喜爱聆听有关人格首神的一切。

要旨　绝对人格首神主奎师那的魅力不只限于祂个人的形象特征，还有祂超然的活动。绝对者，祂的名字、声望、形象、娱乐活动、随行人员和个人用品等一切都是绝对的。至尊主出于祂没有缘故的仁慈降临这个物质世界，以人类中的一员的角色展出祂各种各样超然的娱乐活动，以使受祂吸引的人们能够回归首神。人类天生就喜欢听历史及对各种人物从事世俗活动的描述，但却不知道，这样的接触只会使人浪费宝贵的时间，并深陷物质自然三种属性而不可自拔。与其这样浪费时间，不如把注意力转移到至尊主超然的娱乐活动上，这样做可以使人获得灵性的成功。通过聆听对至尊主娱乐活动的叙述，人直接与人格首神接触上；而且，正如前面解释过的，聆听有关人格首神的一切，物质世界里受制约的灵魂所积累的一切罪恶，都可以从内在连根拔除。这样，清除了一切罪恶的聆听者，就会逐渐摆脱物质执著，变得越来越受至尊主的吸引。纳茹阿达·牟尼用他个人的体验解释了这一点。结论是：聆听对至尊主的娱乐活动的描述，可以使人成为至尊主的同伴之一。纳茹阿达·牟尼获得了永生、无尽的知识和无限的极乐；他可以不受限制地游遍物质世界和灵性世界。聚精会神地聆听真正的权威讲述至尊主超然的娱乐活动，可以使我们达到人生最高的完美境界，就像纳茹阿达在他的前世曾经聆听纯粹奉献者(巴克缇·韦丹塔)的叙述一样。在这个纷争(喀历)的年代里，经典特别推荐了这个在与奉献者联谊的情况下聆听的程序。

第 27 节 तस्मिंस्तदा लब्धरुचेर्महामते
प्रियश्रवस्यस्खलिता मतिर्मम ।
ययाहमेतत्सदसत्स्वमायया
पश्ये मयि ब्रह्मणि कल्पितं परे ॥२७॥

tasmiṁs tadā labdha-rucer mahā-mate
priyaśravasy askhalitā matir mama
yayāham etat sad-asat sva-māyayā
paśye mayi brahmaṇi kalpitaṁ pare

tasmin — 虽然是这样 / tadā— 在那时 / labdha — 得到 / ruceḥ— 品味 / mahā-mate— 伟大的圣哲啊 / priyaśravasi— 对至尊主 / askhalitā matiḥ— 没有中断的注意力 / mama — 我的 / yayā — 由那 / aham — 我 / etat — 所有这些 / sat-asat — 粗糙及精微的 / sva-māyayā — 自己的

愚昧 / paśye — 看 / mayi — 在我之中 / brahmaṇi— 至尊者 / kalpitam — 被接受 / pare — 在超然性中

译文　伟大的圣人啊！我一旦体验到聆听有关人格首神的美好滋味，从此便坚持不懈、全神贯注地倾听有关祂的一切。随着我的这一喜好不断加剧，我认识到：至尊主和我都是超然的，仅仅是因为我太愚昧，我才误以为粗糙和精微的覆盖物包裹着我和至尊主。

要旨　所有的韦达文献都把物质存在中的愚昧比喻为是黑暗，把人格首神比作太阳。有光明的地方，不会有黑暗。至尊主与祂超然的娱乐活动没有区别，因此聆听对至尊主娱乐活动的描述，就是在与至尊主本人进行超然的接触。与至高无上的光明结合，就会驱散所有的黑暗——愚昧。正是愚昧，才使得受制约的灵魂错误地以为，自己与至尊主都是物质自然的产物。但事实上，人格首神和灵魂都是超然的，都与物质自然毫无关系。当愚昧被去除时，人就会清楚地认识到：除了人格首神，世上不存在别的。当人了解到粗糙和精微的躯体都来自人格首神时，这知识之光便允许人用它们来为至尊主服务。粗糙的躯体应该被用于为至尊主服务，例如：提水清洗神庙，或者向神像顶礼等。在庙里崇拜至尊主(arcanā)的做法，可以使人用粗糙的躯体为至尊主服务。同样，精微的心应该被用于聆听至尊主的超然娱乐活动并思考这一切，应该用于吟诵、吟唱祂的圣名等。所有这些活动都是超然的。除了这些活动，不应该用粗糙或精微的感官去从事其他活动。人只有以门徒的身份在灵性导师的指导下做了许许多多年的服务后，才能够做到始终专注于从事这些超然的活动。然而，仅仅靠聆听发展出的对人格首神的爱就具有强烈的效果，纳茹阿达 · 牟尼的经历便是一个证明。

第 28 节 इत्थं शरत्प्रावृषिकावृतू हरे-
विशृण्वतो मेऽनुसवं यशोऽमलम् ।
सङ्कीर्त्यमानं मुनिभिर्महात्मभि-
र्भक्तिः प्रवृत्तात्मरजस्तमोपहा ॥२८॥

itthaṁ śarat-prāvṛṣikāv ṛtū harer
viśṛṇvato me 'nusavaṁ yaśo 'malam
saṅkīrtyamānaṁ munibhir mahātmabhir
bhaktiḥ pravṛttātma-rajas-tamopahā

ittham — 因此 / śarat — 秋天 / prāvṛṣikau — 雨季 / ṛtū— 两个季节 / hareḥ— 至尊主的 / viśṛṇvataḥ— 不断地聆听 / me — 我自己 / anusavam — 恒常地 / yaśaḥ amalam — 十足的荣耀 / saṅkīrtyamānam — 由……吟诵、吟唱 / munibhiḥ— 伟大的圣哲 / mahā-ātmabhiḥ— 伟大的灵魂 / bhaktiḥ— 奉爱服务 / pravṛttā — 开始流出 / ātma— 生物 / rajaḥ— 激情属性 / tama — 愚昧属性 / upahā — 消失

译文 就这样，在雨季和秋季这两个季节中，我有机会聆听那些灵魂高尚的圣人们一直不断地歌唱主哈尔依的光辉荣耀。在我聆听那些荣耀时，我的奉爱之情开始不停地涌流出来，洗清了包裹着我的激情和愚昧属性。

要旨 为至尊主做超然的爱心服务，是生物的本性。这种本性潜伏在每一个生物体的心中；与物质自然的激情和愚昧属性接触，使这一本性从无法追溯的时候起就被覆盖住。如果靠至尊主和祂那些灵魂高尚的奉献者的仁慈，人足够幸运能与至尊主纯粹的奉献者接触上，有机会聆听至尊主的光辉荣耀，那他的奉爱服务之情无疑就会如河水般涌流出来。河水涌流直到大海；同样，与纯粹奉献者接触所涌流出的纯粹的奉爱服务之情，直达最高的目标——对神超然的爱。这样的奉爱服务之情

涌流不息，会无止境地不断增强。奉爱服务之情涌流的力量是如此强大，以致所有的旁观者都会摆脱激情属性和愚昧属性的影响。物质自然的这两种属性就这样被去除，生物获得解脱，恢复他原本的状态。

第 29 节　तस्यैवं मेऽनुरक्तस्य प्रश्रितस्य हतैनसः ।
श्रद्दधानस्य बालस्य दान्तस्यानुचरस्य च ॥२९॥

tasyaivaṁ me 'nuraktasya
prasritasya hatainasaḥ
śraddadhānasya bālasya
dāntasyānucarasya ca

tasya — 他的 / evam — 因此 / me — 我的 / anuraktasya — 依恋他们 / praśritasya— 顺从地 / hata — 摆脱 / enasaḥ— 罪恶 / śraddadhāna-sya — 具有信心的人的 / bālasya — 男孩子的 / dāntasya — 征服了 / anucarasya — 严格地遵守训令 / ca — 和

译文　我非常依恋那些圣人。由于我举止温顺，我所有的罪恶都在为他们做服务的过程中被根除了。我对他们有坚定的信心。我控制感官，身心一致地严格按他们的教导做。

要旨　这节诗中谈了有望升为纯粹奉献者的人必须具备的资格。这样的人必须始终寻求纯粹奉献者的联谊。人不应该被伪装的奉献者所误导。他自己必须简朴、坦率，温顺地接受纯粹奉献者的教导。纯粹的奉献者是完全皈依人格首神的灵魂。他知道人格首神是至高无上的拥有者，所有其他人都是人格首神的仆人。只有与纯粹奉献者联谊，才能使人清除通过世俗交往所积累起来的一切罪恶。初级奉献者必须忠心耿耿地为纯粹奉献者服务，必须非常恭顺、严格地遵守纯粹奉献者的训令。这些都是下决心甚至要在这一生就取得灵性成功的奉献者所具有的表现。

第 30 节 ज्ञानं गुह्यतमं यत्तत्साक्षाद्भगवतोदितम् ।
अन्ववोचन् गमिष्यन्तः कृपया दीनवत्सलाः ॥३०॥

jñānaṁ guhyatamaṁ yat tat
sākṣād bhagavatoditam
anvavocan gamiṣyantaḥ
kṛpayā dīna-vatsalāḥ

jñānam — 知识 / guhyatamam — 最机密的 / yat — 什么是 / tat — 那 / sākṣāt— 直接地 / bhagavatā uditam — 由至尊主本人提出 / anvavocan — 指示 / gamiṣyantaḥ— 离开的时候 / kṛpayā — 没有缘故的仁慈 / dīna-vatsalāḥ— 那些对贫穷、谦虚者很仁慈的人

译文 那些对内心贫乏的灵魂极为仁慈的纯粹奉献者(巴克缇·韦丹塔)离开时，把人格首神本人教导的最机密的知识传给了我。

要旨 纯粹的韦丹塔主义者——巴克缇·韦丹塔，完全按照至尊主本人的教导去教导追随者们。在《博伽梵歌》和所有其他经典中，人格首神都明确地教导人应该只信奉至尊主。至尊主是一切的创造者、维系者和毁灭者。整个展示了的创造凭至尊主的意愿存在着；凭祂的意愿，当所有的物质展示毁灭后，祂将与祂的全体随员和生活设施留在祂永恒的住所中。创造前，祂在祂永恒的住所中；毁灭后，祂将继续存在。因此，祂不是被创造的生物之一。祂是超然的。在《博伽梵歌》中，至尊主说：在距离祂教导阿尔诸纳(Arjuna)时很久很久以前，祂把同样的知识传授给太阳神，但随着时间的流逝，师徒传承中断，知识失传了；由于阿尔诸纳是祂理想的奉献者和朋友，祂便把知识传授给阿尔诸纳。所以，至尊主的教导只有祂的奉献者才能理解，其他人理解不了。不了解至尊主的超然形象的非人格神主义者，理解不了至尊主传授

的这最机密的知识。这节诗中“最机密的知识”一词意义重大，因为有关奉爱服务的知识远远高于有关不具人格特征的布茹阿曼(梵)的知识。梵文“格亚纳么(jñānam)”一词的意思是“普通的知识”或任何一种知识。这种知识不断发展直到上升为有关非人格布茹阿曼的知识。在这个基础上，如果加入奉爱的内容，这知识就会发展上升到有关超灵(Paramātmā)的知识，也就是无所不在的首神的知识。这知识比有关布茹阿曼的知识要机密。但当这种知识进入纯粹奉爱服务的领域，就到达了超然知识最机密的部分，被称为最机密的知识。至尊主把这最机密的知识传授给布茹阿玛(Brahmā, 梵天)、阿尔诸纳和乌达瓦(Uddhava)等人。

第 31 节 येनैवाहं भगवतो वासुदेवस्य वेधसः ।
मायानुभावमविदं येन गच्छन्ति तत्पदम् ॥३१॥

yenaivāhaṁ bhagavato
vāsudevasya vedhasaḥ
māyānubhāvam avidaṁ
yena gacchanti tat-padam

yena — 由那 / eva — 肯定地 / aham — 我 / bhagavataḥ— 人格首神的 / vāsudevasya— 圣主奎师那的 / vedhasaḥ— 至尊创造者的 / māyā — 能量 / anubhāvam— 影响 / avidam — 容易了解 / yena — 由那 / gacchanti — 他们去 / tat-padam — 在至尊主的莲花足下

译文 凭借那机密的知识，我能够明了万物的创造者、维系者和毁灭者圣主奎师那的能量所起的作用。了解这一切，人便可以回到至尊主身边，与祂相见。

要旨 凭奉爱服务或说最机密的知识，人很容易就可以明白至尊主的各种能量是如何运作的。祂的能量的一部分(低等能量)展现为物质世界，另一部分(高等能量)展现为灵性世界；而介于高、低等能量之间的中间能量，则展现为要么侍奉低等能量，要么侍奉高等能量的个体生物。侍奉物质能量(低等能量)的生物为了生存和快乐而苦苦奋斗，但物质世界里的快乐感觉只不过是一种错觉。相反，在灵性能量范畴中的生物，都直接为至尊主服务，过着永恒、全知和永远快乐的生活。至尊主在《博伽梵歌》中说，祂希望深陷在物质能量王国中的所有受制约的灵魂，都能停止从事物质活动，从而回到祂身边。这是知识中最机密的部分。但这部分知识只有纯粹的奉献者才能明白，也只有这样的奉献者才能进入神的王国，看到祂本人，侍奉祂本人。纳茹阿达就是一个具体的典范；他获得了永恒的知识和永恒的极乐。获得成功的方法和途径对所有的人都是公开的，唯一的条件是：要以纳茹阿达·牟尼为榜样去做。按照韦达赞歌(śruti)的教导，至尊主有无限的能量(祂没有努力就有的)，上面已经用三个主要的名称描述了这些能量。

第 32 节 एतत्संसूचितं ब्रह्मंस्तापत्रयचिकित्सितम् ।
यदीश्वरे भगवति कर्म ब्रह्मणि भावितम् ॥३२॥

etat saṁsūcitaṁ brahmaṁs
tāpa-traya-cikitsitam
yad īśvare bhagavati
karma brahmaṇi bhāvitam

etat — 这样多 / saṁsūcitam — 由有学识的人决定 / brahman — 布茹阿玛纳-维亚萨啊 / tāpa-traya — 三类痛苦 / cikitsitam — 解救的措施 / yat — 什么 / īśvare — 至尊的控制者 / bhagavati — 像人格首神 / karma — 个人的规定活动 / brahmaṇi — 向那伟大的 / bhāvitam— 奉献

译文 布茹阿玛纳·维亚萨戴瓦啊！有学问的人断言，去除一切烦恼与痛苦的最佳方法，是奉献个人的一切活动，来为至尊人格首神圣主奎师那服务。

要旨　圣纳茹阿达·牟尼亲自体验到，获得解脱或说摆脱一切痛苦生活的最可行、最实际的方法是：恭顺地聆听真正的权威讲述至尊主超然的活动。这是真正有效的方法。整个物质存在充满了痛苦。这些痛苦主要分三种，与自己的身心有关的痛苦，自然灾害造成的痛苦，以及由其他生物体造成的痛苦。愚蠢的人用他们的小脑瓜杜撰出许多去除三种苦的方法。整个世界都在为摆脱这些痛苦而苦苦奋斗，但人们不知道：如果没有至尊主的批准，任何计划或去除痛苦的方法都不能真正给世人带来想要的和平与平静。没有至尊主的允许，任何医疗手段都无法治愈病人。没有至尊主的允许，再好的船也不能保障人能平安地渡过河流或海洋。我们应该清楚：至尊主是最后的评审官，所以我们必须努力争取至尊主的仁慈，以便去除成功路途上的一切障碍，获得最后的成功。至尊主无所不在、无所不能、无所不知。好与坏的一切，最终都要由祂批准。因此，我们应该学习用我们的行动去争取至尊主的仁慈。无论我们接受祂非人格布茹阿曼(梵)的特征，接受祂是处在局部区域的超灵，还是承认祂是至尊人格首神，我们必须学习把我们的活动用于为至尊主做服务。我们的身份并不重要：人必须献出一切为至尊主服务。如果一个人是博学的学者、科学家、哲学家或诗人，他就应该用他的所学来证实至尊主的至尊地位；努力从生活的方方面面去研究至尊主的能量，而不要诽谤祂、试图成为祂，或者只积累了一些不完整的知识就想去取代祂的地位。如果一个人是行政官员、战士或政治家，他就应该用治国能力或政治家的才能建立至尊主的至尊地位，像圣阿尔诸纳一样，为至尊主而战。伟大的战士阿尔诸纳一开始拒绝作战，但当至尊主说服他那场战争必须要打时，圣阿尔诸纳就改变了自己的决定，为至尊主而战了。同样，如果一个人是商人、企业家、农业家，那他就应该为满足至尊主去花他辛苦赚得的钱，始终想着：他所积累的钱都是至尊主的财产。钱财被认为是幸运女神拉珂施蜜(Lakṣmī)，而至尊主纳茹阿亚纳

(Nārāyaṇa)是拉珂施蜜的丈夫。努力让拉珂施蜜为主纳茹阿亚纳服务并快乐地生活。这就是在生活的方方面面认识至尊主的方式。毕竟，最好的是从所有的物质活动中摆脱出来，全神贯注地聆听至尊主超然的娱乐活动。但是，如果没有这样的机会，人就应该利用自己特别喜爱的一切为至尊主做服务。这才是获得和平与平静的方法。这节诗中的梵文“由有学识的人决定(saṁsūcitam)”一词也非常重要。人千万不要以为纳茹阿达的觉悟只是孩子的想象。事实并非如此。他的觉悟也是经验丰富、博学的学者所得出的认识。这就是“由有学识的人决定”一词的真正含义。

第 33 节 आमयो यश्च भूतानां जायते येन सुव्रत ।
तदेव ह्यामयं द्रव्यं न पुनाति चिकित्सितम् ॥३३॥

āmayo yaś ca bhūtānāṁ
jāyate yena suvrata
tad eva hy āmayaṁ dravyaṁ
na punāti cikitsitam

āmayaḥ— 疾病 / yaḥ ca — 无论什么 / bhūtānām— 生物的 / jāyate — 变得可能 / yena — 靠 / suvrata — 善良的灵魂啊 / tat — 那 / eva — 非常 / hi — 肯定地 / āmayam — 疾病 / dravyam — 事物 / na — 不是吗 / punāti — 医治 / cikitsitam — 用来治疗

译文 虔诚的灵魂啊！引起一种疾病的事物不是也可以用来医治那疾病吗?

要旨 经验丰富的医生用饮食疗法治疗他的病人。例如：奶制品有时会引起肠功能紊乱，但同样的牛奶一旦转变成酸奶(优酪乳)，再混合一些有治疗作用的原料，就能解决肠功能紊乱的问题。同样道理，靠从事物质活动无法减轻物质存在的三种苦。必须把这样的活动灵性化；正如铁块被放到火上烧后，具有了火的燃烧、灼热性质。同样，所有的事物一旦被用于为至尊主服务，事物的性质就立刻发生了变化。这是取得灵性成功的秘诀。我们不应该试图主宰物质自然，也不应该排斥物质事物。在不利的情况下尽力而为的最佳做法是：用一切为至尊灵性生物服务。一切都来自至尊灵魂，祂凭祂不可思议的力量可以把灵性转变成物质，把物质转变成灵性。因此，凭至尊主的恩典，所谓的物质事物可以立刻转变成灵性力量。这种转变所需要的条件是，用所谓的物质为至尊灵魂服务。那就是治疗我们的物质疾病，把我们提升到没有痛苦、悲伤和恐惧的灵性层面去的方法。当一切这样被用来为至尊主服务时，我们就可以体验到，除了至尊布茹阿曼(梵)，世上没有别的。这样，我们就领悟了韦达赞歌中说的“一切都是布茹阿曼”了。

第 34 节　एवं नृणां क्रियायोगाः सर्वे संसृतिहेतवः ।
त एवात्मविनाशाय कल्पन्ते कल्पिताः परे ॥३४॥

evaṁ nṛṇāṁ kriyā-yogāḥ
sarve saṁsṛti-hetavaḥ
ta evātma-vināśāya
kalpante kalpitāḥ pare

evam — 因此 / nṛṇām — 人类的 / kriyā-yogāḥ— 一切活动 / sarve — 一切事物 / saṁsṛti — 物质存在 / hetavaḥ— 原由 / te — 那 / eva — 肯定地 / ātma — 工作之树 / vināśāya — 杀戮 / kalpante — 成为有资格 / kalpitāḥ— 奉献 / pare — 向超然性

译文　因此，人一旦奉献自己所有的活动为至尊主做服务，那些曾经使他长期受束缚的活动就成了“工作之树”的摧毁者。

要旨 生物在物质世界中永恒从事的功利性活动，无疑已经根深蒂固，所以在《博伽梵歌》中被比喻为是榕树。灵魂只要还有享受工作结果的倾向，就不得不按照他从事活动的性质，从一个躯体轮回到另一个躯体中。人们必须把享受的倾向转变成为至尊主的使命服务的愿望，而人一旦这样做，他的活动就转变成活动瑜伽(karma-yoga)，即：通过从事符合他本性的活动，使他能够达到灵性完美境界的方法。这节诗中的梵文“工作之树(ātma)”，指的是所有的功利性活动。结论是：当所有的功利性活动和其他活动的结果，都被贡献出来为至尊主服务时，所从事的活动就不会产生进一步的报应，就会逐渐发展成超然的奉爱服务。这种活动不仅完全砍断工作之榕树的根，而且还将把这种活动的从事者带到至尊主的莲花足旁。

结论是：人首先必须寻求与那些不仅精通韦丹塔(吠檀多)，还是觉悟了自我的灵魂，是人格首神圣主奎师那的纯粹奉献者的神圣之人联谊。在与他们联谊的过程中，初级奉献者必须全心全意地亲自为他们做爱心服务。这样的服务态度将使伟大的灵魂更愿意把他们的仁慈赐予服务者，即：把纯粹奉献者所有的超然质量都灌注给初级奉献者。逐渐地，这会使人培养出对聆听至尊主超然的娱乐活动的强烈依恋之情，而这样的聆听使他能够明白粗糙躯体和精微躯体的本质，了解超越它们之上的纯粹灵魂的知识，以及他本人与人格首神——至尊灵魂的永恒关系。一旦明确了这种永恒的关系，为至尊主所做的纯粹的奉爱服务，就会逐渐发展成对人格首神的完整知识，这知识超越对人格首神的非人格布茹阿曼和处在局部区域的超灵的认识。正如《博伽梵歌》中声明的，练这种与至尊人相连的瑜伽(puruṣottama-yoga)，可以使人甚至在现有的这个躯体中就能达到完美，以最高的百分比展现出至尊主的美好品质。这些都是与纯粹奉献者联谊后逐渐发展出来的。

第 35 节 यदत्र क्रियते कर्म भगवत्परितोषणम् ।
ज्ञानं यत्तदधीनं हि भक्तियोगसमन्वितम् ॥३५॥

yad atra kriyate karma
bhagavat-paritoṣaṇam
jñānaṁ yat tad adhīnaṁ hi
bhakti-yoga-samanvitam

yat — 任何 / atra — 在此生或在这个世界 / kriyate — 做 / karma — 工作 / bhagavat — 向人格首神 / paritoṣaṇam — ……的满足 / jñānam — 知识 / yat tat — 被称为 / adhīnam — 依靠 / hi — 肯定地 / bhakti-yoga — 奉爱服务 / samanvitam — 与……吻合

译文 在这一生为实现至尊主的使命而做的工作，称为奉爱瑜伽——为至尊主所做的超然爱心服务；知识将伴随着做服务而到来。

要旨 人们普遍的观念是：根据经典的指导从事功利性活动，就足以使人获得灵性觉悟所需要的超然知识了。奉爱瑜伽(bhakti-yoga)——为至尊主所做的超然爱心服务，被视为是另一种形式的功利性活动(karma)。但事实上，奉爱瑜伽超越功利性活动和哲学思辨(jñāna)。奉爱瑜伽不依赖哲学思辨或功利性活动；相反，哲学思辨和功利性活动依赖奉爱瑜伽。圣纳茹阿达之所以向维亚萨特别推荐活动瑜伽(kriyā-yoga 或 karma-yoga)，是因为满足至尊主才是一切的关键。至尊主不想让祂的孩子们——众生，受物质生存中的三种苦。祂想要他们都回到祂身边，与祂生活在一起。然而，回归首神意味着，人必须清除物质沾染。所以，当活动是用来满足至尊主时，从事活动的人就逐渐去除物质影响而得到净化。这种净化的意思是，获得灵性的知识。因此，是否能获得超然知识取决于为满足至尊主所从事的活动(karma)。其他不含奉爱瑜伽的内容，不以满足至尊主为原则的知识，不能引导人回归神的王国，甚至不能使人获得解脱。有关这一点，这同一章的第 12 节诗中已经作了解释(naiṣkarmyam apy acyuta-bhāva-varjitam)。结论是：正如《博伽梵歌》所证实的，为至尊主做纯粹的奉爱服务，特别是聆听和歌唱至尊主超然荣耀的奉献者，靠至尊主的神恩，获得灵性的启明。

第 36 节 कुर्वाणा यत्र कर्माणि भगवच्छिक्षयासकृत् ।
गृणन्ति गुणनामानि कृष्णस्यानुस्मरन्ति च ॥३६॥

kurvāṇā yatra karmāṇi
bhagavac-chikṣayāsakṛt
gṛṇanti guṇa-nāmāni
kṛṣṇasyānusmaranti ca

kurvāṇāḥ— 在执行……的时候 / yatra — 随即 / karmāṇi — 责任 / bhagavat — 人格首神 / śikṣayā — 由……的意旨 / asakṛt — 不断地 / gṛṇanti — 采取 / guṇa — 品质 / nāmāni— 名字 / kṛṣṇasya — 奎师那的 / anusmaranti — 不停地记着 / ca — 和

译文 遵照至尊人格首神圣主奎师那的命令履行责任，人就是始终在记着奎师那的名字和特质。

要旨 至尊主经验丰富的奉献者，能够这样过他的一生，即：在从事各种有益于这一生或下一生的职责时，一直不断地铭记至尊主的名字、声望和特质等。《博伽梵歌》中明确说明至尊主的命令是：人在生活的各个领域中应该只为至尊主而工作。在生活的各个领域里，至尊主都应该是主人。按照韦达制度，在任何情况下，甚至在崇拜天帝因铎

(Indra)、布茹阿玛(Brahmā)、萨茹阿斯瓦缇(Sarasvatī)和甘内什(Gaṇeśa)等半神人的仪式上，都必须有维施努的代表作为祭祀的控制力量(yajñeśvara)在场。经典推荐，为了达到不同的目的可以崇拜不同的半神人，但要使祭祀起到正确的作用，必须有维施努在场。

除了这些韦达仪式，就连在我们的日常生活(例如我们的居士事务、生意或职业)中，我们都必须总想着，必须把所有活动的结果都献给至尊享受者——主奎师那。在《博伽梵歌》中，至尊主声明祂本人是一切的最高享受者，所有星球的至尊拥有者和全体生物的朋友。除了圣主奎师那，没人能声称自己是至尊主创造中的一切的拥有者。纯粹的奉献者始终铭记着这一点，一直不断地反复歌颂至尊主超然的名字、声望和特质，而这意味着他一直不断地与至尊主有接触。至尊主与祂的名字、声望等没有区别，因此与祂的名字、声望等接触，意味着一直不断地与至尊主本人接触。

我们必须把收入的一大部分——不少于百分之五十，用于执行主奎师那的命令。为了这个原因，我们不仅应该贡献我们赚得的利润，还必须向他人传播这教义，因为这也是至尊主的命令。至尊主明确地说，祂最珍爱那些始终忙于在全世界宣传祂的名字和声望的人。对物质世界的科学性发现，也同样可以用于完成祂的命令。祂想要《博伽梵歌》的信息在祂的奉献者中间传扬。在没有积累从事苦修、布施、受教育之功德的人中间传播《博伽梵歌》的信息极为困难，因此我们必须努力先把不愿意聆听这一信息的人转变成至尊主的奉献者。就如何能够做到这一点，主柴坦亚教给我们一个非常简单的方法。祂通过唱歌、跳舞和提供餐饮去传播至尊主的信息。因此，我们收入的百分之五十应该用于这个目的。在这个纷争的堕落年代里，只要社会上的领导人和富有之人同意用他们收入的百分之五十，按照圣主柴坦亚·玛哈帕布的教导去为至尊主服务，就足以把这个混乱的地狱般的世界，转变成至尊主的超然居所了。这一点是毫无疑问的。没有人会拒绝参加可以欣赏优美歌声、曼妙舞姿并品尝美味餐饮的盛大聚会。所有的人都会参加这样的盛大聚会，每一个人都无疑会亲身感受至尊主的超然存在；而光是这样，就足以帮助参加聚会的人与至尊主接触，从而通过灵性的觉悟净化自己。成功地举行这种灵性聚会的唯一条件是：必须要在一位纯粹的奉献者的指导下举行。这样的奉献者完全清除了一切世俗欲望，完全停止从事功利性活动，以及对至尊主的本质进行枯燥的哲学思辨。没有人需要去探索至尊主的本质。在《博伽梵歌》和所有其他的韦达文献中，至尊主本人已经专门作了讲解。我们只要按照至尊主的指示全盘接受就够了。那将带领我们走上通向完美的路。人们可以继续保持他的现状；尤其在这个困难重重的年代里，人不一定非要改变他的现状。唯一的条件是：人必须改掉为了要变得与神一样而进行枯燥思辨的习惯。去除这种骄傲自大的虚荣心后，人就可以非常谦恭地从一位真正的奉献者(上面谈论过他们的资格)的口中，接受至尊主在《博伽梵歌》或《博伽瓦谭》里给予的指示了。毫无疑问，那将使一切都得到圆满的结局。

第 37 节 ॐ नमो भगवते तुभ्यं वासुदेवाय धीमहि ।
प्रद्युम्नायानिरुद्धाय नमः सङ्कर्षणाय च ॥३७॥

om̐ namo bhagavate tubhyaṁ
vāsudevāya dhīmahi
pradyumnāyāniruddhāya
namaḥ saṅkarṣaṇāya ca

oṁ— 吟诵、吟唱至尊主超然荣耀的标记 / namaḥ— 向至尊主顶拜 / bhagavate — 向人格首神 / tubhyam — 向您 / vāsudevāya — 向瓦苏戴瓦之子——至尊主 / dhīmahi — 让我们吟诵、吟唱 / pradyumnāya, aniruddhāya and saṅkarṣaṇāya — 华苏戴瓦所有完整的扩展 / namaḥ— 尊敬地顶拜 / ca — 和

译文　让我们都来歌唱华苏戴瓦，以及祂的完整扩展帕杜么纳、阿尼如达和商卡尔珊的荣耀。

要旨　按照经典《潘查茹阿陀》(Pañcarātra)的解释，纳茹阿亚纳是华苏戴瓦(Vāsudeva)、商卡尔珊 (Saṅkarṣaṇa)、帕杜么纳(Pradyumna)和阿尼如达(Aniruddha)等所有首神扩展的源头。上述这四位首神的扩展以圣主奎师那的副官著称，祂们站的位置是：华苏戴瓦在左，商卡尔珊在右，帕杜么纳在商卡尔珊的右边，阿尼如达在华苏戴瓦的左边。

这节诗是以梵音欧么(oṁkāra praṇava)为开始，以迪玛黑(dhīmahi)为结尾的超然的韦达赞歌或曼陀(mantra)。

它要说明的是：任何活动，无论是功利性活动，还是经验主义者的哲学思辨，如果最终目的不是要获得对至尊主的超然觉悟，就被认为是毫无用处的。为此，纳茹阿达以他自己对至尊主与生物通过奉爱活动的渐进程序发展亲密关系的体验，解释了纯粹奉爱服务的本质。这种通过奉爱服务发展亲密关系的渐进程序，以最终获得对至尊主的爱为顶峰；而这种以各种超然的关系(rasa)所品尝的对至尊主的爱，梵文称为普瑞玛(premā)。世上也有人混合了功利性活动或经验主义的哲学思辨去做这种奉爱服务。

现在，这首由三十三个字母组成的赞歌，解释了以绍纳卡(Śaunaka)为首的大圣人们就“苏塔依靠灵性导师们获得的成就”一事提出的问题。这首赞歌称呼了四位神明——至尊主与祂的完整扩展。控制者是圣主奎师那，其他的完整扩展是祂的副官。教导的最机密部分是：人应该一直不断地歌颂和铭记至尊人格首神圣主奎师那，以及华苏戴瓦、商卡尔珊、帕杜么纳和阿尼如达等祂不同的完整扩展的荣耀。这些扩展是维施努范畴(viṣṇu-tattva)或能量范畴(śakti-tattvas)等所有其他真理的始源。

第38节 इति मूर्त्यभिधानेन मन्त्रमूर्तिममूर्तिकम् ।
यजते यज्ञपुरुषं स सम्यग्दर्शनः पुमान् ॥३८॥

iti mūrty-abhidhānena
mantra-mūrtim amūrtikam
yajate yajña-puruṣaṁ
sa samyag darśanaḥ pumān

iti — 因此 / mūrti — 表现形式 / abhidhānena — 以声音 / mantra-mūrtim— 超然声音的代表形象 / amūrtikam — 没有物质形象的至尊主 / yajate — 崇拜 / yajña— 维施努 / puruṣam — 人格首神 / saḥ— 只有他 / samyak — 圆满的 / darśanaḥ— 一个已经看到的人 / pumān — 人

译文 谁以超然的声音表现形式崇拜没有物质形象的至尊人格首神维施努，谁就是真正看到了真相。

要旨 我们现有的感官都由物质元素制成，对于领悟主维施努的超然形象来说都是有缺陷的。为此，我们靠吟诵、吟唱的超然方式，透过声音振荡去崇拜祂。任何超越我们有缺陷的感官所能感知的范畴的事物，都可以靠声音振荡完全认识到。我们可以通过倾听从远处传来的声音察觉到发出声音之人的存在。如果从物质方面这是可行的，那么灵性方面为什么不可行呢？这种体验不是对不具人格特征的事物模糊不清的体验，而是对拥有永恒、极乐和知识形象的、超然的人格首神的真实体验。

在名为《阿玛茹阿·寇沙》(Amara-kośa)的梵文辞典中，梵文穆尔缇(mūrti)一词有“形象”和“困难”这两个意思。因此，灵性导师圣维施瓦纳特·查夸瓦尔提·塔库尔(Viśvanātha Cakravartī Ṭhākura)，解释梵文阿穆尔缇卡么(amūrtikam)一词的意思是“没有困难”。至尊主充满永恒、快乐和知识的超然形象，可以被我们原本的灵性感官感知到；而吟诵、吟唱神圣的超然声音——曼陀(mantras)，可以使我们的灵性感官重新启动。我们应该从真正的灵性导师这一透明的中介那里接收这样的声音，应该在灵性导师的指导下练习吟诵、吟唱。那将逐渐引领我们越来越靠近至尊主。经授权并得到公认的潘查茹阿特瑞卡(pāñcarātrika)系统中，推荐了这个崇拜的方法。潘查茹阿特瑞卡中记载了做超然的奉爱服务最权威的规范守则。没有这些规范守则的帮助，人接近不了至尊主；当然，要接近至尊主不可能靠枯燥的哲学思辨。潘查茹阿特瑞卡系统不但适合在这个纷争的年代里用，而且非常实用。在这个年代里，潘查茹阿特瑞卡比韦丹塔(吠檀多)还重要。

第 39 节　इमं स्वनिगमं ब्रह्मन्नवेत्य मदनुष्ठितम् ।
अदान्मे ज्ञानमैश्वर्यं स्वस्मिन् भावं च केशवः ॥३९॥

imaṁ sva-nigamaṁ brahmann
avetya mad-anuṣṭhitam
adān me jñānam aiśvaryaṁ
svasmin bhāvaṁ ca keśavaḥ

imam — 因此 / sva-nigamam — 与至尊人格首神有关的韦达经的机密知识 / brahman — 布茹阿玛纳啊(维亚萨) / avetya — 清楚地知道 / mat — 由我 / anuṣṭhitam — 执行 / adāt— 赐予我 / me — 我 / jñānam — 超然知识 / aiśvaryam — 财富 / svasmin — 个人的 / bhāvam — 亲密的爱 / ca — 和 / keśavaḥ— 主奎师那

译文　啊，布茹阿玛纳！就这样，至尊主奎师那首先赐予我韦达经机密部分中教导的超然知识，然后是灵性的财富，接着是为祂做的亲密的爱心服务。

要旨 靠超然的声音振荡与至尊主交流，无异于与圣主奎师那本人交流。那是接近至尊主的绝对完美的方法。吟诵、吟唱圣名时，人很有可能对圣名作出十种冒犯，而这是因执著于物质概念所致。在不作出这些冒犯的情况下与至尊主进行纯洁的接触，可以使奉献者超越物质层面，理解韦达文献的内在含义，包括至尊主在超然王国中的存在等内容。当奉献者对灵性导师和至尊主有坚定不变的信心时，至尊主就会逐渐向奉献者揭示祂自己。这以后，至尊主就会赐予奉献者八种神秘力量。最后，至尊主把奉献者接受为祂个人的随从，通过灵性导师这一代理让奉献者为至尊主做特殊的服务。相对于展示潜藏在自己体内的神秘力量，纯粹的奉献者更喜欢为至尊主做服务。圣纳茹阿达用自己的个人经验解释了所有这些；人可以通过完美地吟诵、吟唱至尊主的圣名，获得圣纳茹阿达所获得的一切能力。任何人只要是从师徒传承中接受纳茹阿达的代表所传授的超然声音振荡，就可以不受限制地吟诵、吟唱。

第 40 节 त्वमप्यदभ्रश्रुत विश्रुतं विभोः
समाप्यते येन विदां बुभुत्सितम् ।
प्राख्याहि दुःखैर्मुहुरर्दितात्मनां
सङ्क्लेशनिर्वाणमुशन्ति नान्यथा ॥४०॥

tvam apy adabhra-śruta viśrutaṁ vibhoḥ
samāpyate yena vidāṁ bubhutsitam
prākhyāhi duḥkhair muhur arditātmanāṁ
saṅkleśa-nirvāṇam uśanti nānyathā

tvam — 您 / api — 还有 / adabhra — 伟大的 / śruta— 韦达文献 / viśrutam — 也听到 / vibhoḥ— 全能的 / samāpyate— 满足 / yena — 由那 / vidām — 有学识的人的 / bubhutsitam — 总是想学习超然知识的人 / prākhyāhi — 描述 / duḥkhaiḥ— 由种种痛苦 / muhuḥ— 总是 /

ardita-ātmanām— 受苦的众生 / saṅkleśa— 受苦 / nirvāṇam — 减轻 / uśanti na — 摆脱不了 / anyathā — 用其他方法

译文　您精通渊博的韦达经知识，了解全能的至尊主的活动，因此请描述它们。这样做将满足大学者们的渴望，同时减轻始终在承受物质煎熬的普通大众的痛苦。事实上，除此之外，没有其他方法可以使人摆脱这样的痛苦。

要旨　圣纳茹阿达凭他的实际体验明确断言：解决物质活动存在的一切问题的最佳方法是，广泛传播至尊主的超然荣耀。世上有四种虔诚的人，有四种邪恶的人；四种虔诚的人承认全能的神的权威，因此当这些虔诚的人(1)身陷困境时，(2)需要金钱时，(3)寻求知识时，以及(4)越来越想更多地了解有关神的一切时，就会自然而然地托庇于至尊主。所以，纳茹阿达建议维亚萨戴瓦，用他已经获得的渊博的韦达知识去广泛传播神的超然知识。

邪恶的人也分四类，他们分别是：(1)全神贯注于功利性活动的进展，从而受制于随之而来的痛苦的人；(2)沉溺于为感官享乐而为非作歹并为此受苦的人；(3)有渊博的物质方面的知识，但却因意识不到要承认全能的神的权威而受苦的人，以及(4)尽管始终处在困境中，但就是不信神，并且故意仇恨神的名字的人。

圣纳茹阿达建议维亚萨戴瓦描述至尊主的荣耀，以利益上述所有虔诚和邪恶的八种人。由此可见，《圣典博伽瓦谭》并不是为某一类人或某一个宗派的人编纂，而是为真正关心自己的幸福，想要获得内心平静的真诚灵魂编纂的。

到此为止，结束了巴克提韦丹塔对《圣典博伽瓦谭》第 1 篇第 5 章——“纳茹阿达就《圣典博伽瓦谭》给维亚萨戴瓦的指示”所作的阐释。

第六章

纳茹阿达和维亚萨戴瓦间的对话

第 1 节

सूत उवाच
एवं निशम्य भगवान्देवर्षेर्जन्म कर्म च ।
भूयः पप्रच्छ तं ब्रह्मन् व्यासः सत्यवतीसुतः ॥१॥

sūta uvāca
evaṁ niśamya bhagavān
devarṣer janma karma ca
bhūyaḥ papraccha taṁ brahman
vyāsaḥ satyavatī-sutaḥ

sūtaḥ uvāca— 苏塔说 / evam — 这样 / niśamya — 听着 / bhagavān — 神有力的化身 / devarṣeḥ— 半神人中伟大的圣哲的 / janma — 诞生 / karma — 活动 / ca — 和 / bhūyaḥ— 再次 / papraccha — 要求 / tam — 他 / brahman — 众布茹阿玛纳啊 / vyāsaḥ— 维亚萨戴瓦 / satyavatī-sutaḥ— 萨提亚娃缇之子

译文 苏塔说：众布茹阿玛纳啊！萨缇亚娃缇的儿子、神的化身维亚萨戴瓦，聆听了圣纳茹阿达的出生和活动后，提出这样的问题。

要旨 维亚萨戴瓦想要进一步了解纳茹阿达所达到的完美境界，所以想更多地了解他。在这一章中，纳茹阿达将描述他怎么能在全神贯注地冥想至尊主的超然形象时短暂地看到了至尊主，以及后来在看不到至尊主，感到与祂分离的情况下有多痛苦。

第 2 节 व्यास उवाच
भिक्षुभिर्विप्रवसिते विज्ञानादेष्टृभिस्तव ।
वर्तमानो वयस्याद्ये ततः किमकरोद्भवान् ॥ २ ॥

vyāsa uvāca
bhikṣubhir vipravasite
vijñānādeṣṭṛbhis tava
vartamāno vayasy ādye
tataḥ kim akarod bhavān

vyāsaḥ uvāca— 圣维亚萨戴瓦说 / bhikṣubhiḥ— 由伟大的托钵僧 / vipravasite — 去了其他地方之后 / vijñāna — 有关超然领域的科学知识 / ādeṣṭṛbhiḥ— 那些给予教导的人 / tava — 您的 / vartamānaḥ— 现在的 / vayasi — 寿命 / ādye — 在开始之前 / tataḥ— 在那以后 / kim — 什么 / akarot — 做 / bhavān — 您阁下

译文 圣维亚萨戴瓦问：那些在您(纳茹阿达)的前生教导您超然的科学知识的伟大圣人们离开您后，您都做了些什么？

要旨 维亚萨戴瓦是纳茹阿达的门徒，因此他很自然地渴望了解纳茹阿达接受灵性导师们的启迪后做了什么。他要向纳茹阿达学习，以达到同样的生命完美境界。这种向灵性导师询问的愿望，是进步路途上必不可少的因素。梵文术语称这种询问的程序是“对超然职责的询问(sad-dharma-pṛcchā)”。

第 3 节 स्वायम्भुव कया वृत्त्या वर्तितं ते परं वयः ।
कथं चेदमुदस्राक्षीः काले प्राप्ते कलेवरम् ॥ ३ ॥

svāyambhuva kayā vṛttyā
vartitaṁ te paraṁ vayaḥ

kathaṁ cedam udasrākṣīḥ
kāle prāpte kalevaram

svāyambhuva— 布茹阿玛之子啊 / kayā — 在什么情况下 / vṛttyā — 职业 / vartitam — 过 / te — 您 / param — 在被启迪后 / vayaḥ— 寿命 / katham — 怎样 / ca — 和 / idam — 这 / udasrākṣīḥ— 您离开 / kāle — 在适当的时候 / prāpte— 得到了 / kalevaram — 身体

译文 布茹阿玛的儿子啊！您得到启蒙后怎样度过您的余生？您离开原先那个身体后是如何得到现在这个身体的？

要旨 纳茹阿达·牟尼前生只是个普通女仆的儿子，所以他怎能如此完美地转变成有永恒、极乐和知识的灵性身体这一点无疑非常重要。维亚萨戴瓦想要他描述真相，以满足大家的求知欲。

第 4 节 प्राक्कल्पविषयामेतां स्मृतिं ते मुनिसत्तम ।
न ह्येष व्यवधात्काल एष सर्वनिराकृतिः ॥ ४ ॥

prāk-kalpa-viṣayām etāṁ
smṛtiṁ te muni-sattama
na hy eṣa vyavadhāt kāla
eṣa sarva-nirākṛtiḥ

prāk — 之前 / kalpa — 布茹阿玛一天的时间 / viṣayām — 论题 / etām— 所有这些 / smṛtim — 记忆 / te — 您的 / muni-sattama — 伟大的圣哲啊 / na — 不 / hi — 肯定地 / eṣaḥ— 所有这些 / vyavadhāt — 有任何分别 / kālaḥ— 时间 / eṣaḥ— 所有这些 / sarva — 所有 / nirākṛtiḥ— 毁灭

译文 伟大的圣人啊！既然时间会摧毁一切，怎么我们现在谈论的这件发生在布茹阿玛今天以前的事情，还那么清晰地留在您的记忆中，没有随时间的流逝而被淡忘呢？

要旨 正如灵魂即使在物质躯体毁灭后也不毁灭，灵性的意识也不被毁灭。纳茹阿达甚至在前一个创造周期(kalpa)里他所具有的躯体中，就培养了这一灵性意识。“物质躯体意识”的意思是指，灵性意识通过物质躯体这一媒介表达。这样表达出的意识低等、可毁灭，而且是扭曲的。但是，灵性层面上的意识是高等意识，而且就是灵魂本身，因此永不毁灭。

第 5 节

नारद् उवाच
भिक्षुभिर्विप्रवसिते विज्ञानादेष्टृभिर्मम ।
वर्तमानो वयस्याद्ये तत एतदकारषम् ॥ ५ ॥

nārada uvāca
bhikṣubhir vipravasite
vijñānādeṣṭṛbhir mama
vartamāno vayasy ādye
tata etad akārāṣam

nāradaḥ uvāca — 圣纳茹阿达说 / bhikṣubhiḥ— 由伟大的圣哲们 / vipravasite — 去了别的地方后 / vijñāna — 科学化的灵性知识 / ādeṣṭṛbhiḥ— 那些向我传授的 / mama — 我的 / vartamānaḥ— 现在 / vayasi ādye — 在这一生之前 / tataḥ— 此后 / etat — 这样多 / akārāṣam— 执行

译文 圣纳茹阿达说：把超然的科学知识传授给我的大圣人们起程去了其他地方，我则开始以如下的方式生活。

要旨　在纳茹阿达的前生，伟大的圣人们仁慈地给他灌输了灵性的知识。这使他的生活发生了明显的变化，尽管他当时只是一个五岁的男孩。那是被真正的灵性导师启迪后，可以看到的重要征象。与奉献者的真正联谊，使人的生活朝灵性觉悟的方向快速转化。在这一章中，纳茹阿达·牟尼将一一解释这种变化是怎么在他的前生发生的。

第 6 节　एकात्मजा मे जननी योषिन्मूढा च किङ्करी ।
मय्यात्मजेऽनन्यगतौ चक्रे स्नेहानुबन्धनम् ॥ ६ ॥

ekātmajā me jananī
　yoṣin mūḍhā ca kiṅkarī
mayy ātmaje 'nanya-gatau
　cakre snehānubandhanam

eka-ātmajā— 只有一个儿子 / me — 我的 / jananī— 母亲 / yoṣit — 妇女 / mūḍhā— 愚蠢的 / ca — 和 / kiṅkarī— 女仆 / mayi — 向我 / ātmaje— 因为是她的后裔 / ananya-gatau — 一个再无其他地方可以被保护的人 / cakre — 做 / sneha-anubandhanam — 亲情捆绑

译文　我那当女仆的母亲是个单纯的妇女；我作为她的独子，除了她没有别人给予我保护，所以她用她全副的精力保护我，用她的爱紧紧地绑住我。

第 7 节　सास्वतन्त्रा न कल्पासीद्योगक्षेमं ममेच्छती ।
ईशस्य हि वशे लोको योषा दारुमयी यथा ॥ ७ ॥

sāsvatantrā na kalpāsīd
　yoga-kṣemaṁ mamecchatī
īśasya hi vaśe loko
　yoṣā dārumayī yathā

sā— 她 / asvatantrā — 依靠 / na — 不 / kalpā— 能够 / āsīt— 是 / yoga-kṣemam — 维持 / mama — 我的 / icchatī— 虽然想要 / īśasya — 天意的 / hi — 为了 / vaśe— 在……的控制下 / lokaḥ— 每一个人 / yoṣā — 玩偶 / dāru-mayī— 木做的 / yathā— 就像

译文 她希望好好地养育我，但因为并不是独立的，所以没有能力为我做任何事。整个世界都完全在至尊主的控制下，因此每个人都像木偶大师手中的木偶一样。

第 8 节 अहं च तद्ब्रह्मकुले ऊषिवांस्तदुपेक्षया ।
दिग्देशकालाव्युत्पन्नो बालकः पञ्चहायनः ॥ ८ ॥

aham̐ ca tad-brahma-kule
ūṣivām̐s tad-upekṣayā
dig-deśa-kālāvyutpanno
bālakaḥ pañca-hāyanaḥ

aham — 我 / ca — 还有 / tat — 那 / brahma-kule — 在布茹阿玛纳的学校 / ūṣivān— 居住 / tat — 她的 / upekṣayā — 因为依靠 / dik-deśa — 方向及国家 / kāla — 时间 / avyutpannaḥ— 并没有经验 / bālakaḥ— 只是儿童 / pañca— 五 / hāyanaḥ— 岁

译文 我五岁时住在一所布茹阿玛纳学校里。我依赖母亲的爱，对其他地方一无所知。

第 9 节 एकदा निर्गतां गेहाद् दुहन्तीं निशि गां पथि ।
सर्पोऽदशत्पदा स्पृष्टः कृपणां कालचोदितः ॥ ९ ॥

ekadā nirgatāṁ gehād
　duhantīṁ niśi gāṁ pathi
sarpo 'daśat padā spṛṣṭaḥ
　kṛpaṇāṁ kāla-coditaḥ

ekadā— 有一次 / nirgatām — 出去了 / gehāt — 从家里 / duhantīm — 为了挤牛奶 / niśi— 在晚上 / gām — 母牛 / pathi — 在路上 / sarpaḥ— 蛇 / adaśat — 被咬 / padā— 腿上 / spṛṣṭaḥ— 这样被打击 / kṛpaṇām— 可怜的妇人 / kāla-coditaḥ— 被至尊的时间所影响

译文　一天，我那可怜的母亲夜晚出去挤牛奶，在至尊时间的影响下，被毒蛇在腿上咬了一口。

要旨　那是神用以把真诚的灵魂拉近祂的方法。可怜的男孩只有爱他的母亲在照顾他，但至尊主为了把他完全置于自己仁慈的照顾下，还是凭至尊意愿把他母亲带走了。

第 10 节　तदा तदहमीशस्य भक्तानां शमभीप्सतः ।
अनुग्रहं मन्यमानः प्रातिष्ठं दिशमुत्तराम् ॥१०॥

tadā tad aham īśasya
　bhaktānāṁ śam abhīpsataḥ
anugrahaṁ manyamānaḥ
　prātiṣṭhaṁ diśam uttarām

tadā— 那时候 / tat — 那 / aham — 我 / īśasya — 至尊主的 / bhaktānām— 奉献者的 / śam — 慈悲 / abhīpsataḥ— 想要 / anugraham — 特别的祝福 / manyamānaḥ— 那样想 / prātiṣṭham— 离开后 / diśam uttarām— 向北方

译文 我把这视为是至尊主特殊的仁慈，而至尊主永远会祝福祂的奉献者。这样想着，我便起程向北方进发。

要旨 至尊主亲密的奉献者在自己前进的每一个阶段中，都看到是至尊主在指导、在祝福。从世俗的角度看是古怪或困难的事，被奉献者视为是至尊主的特殊仁慈。世俗的成功与繁荣是一种物质的发烧状态；凭至尊主的恩典，这种物质发烧的热度被逐渐降低，灵性的健康一步一步在恢复。世人误解这一点。

第 11 节 स्फीताञ्जनपदांस्तत्र पुरग्रामव्रजाकरान् ।
खेटखर्वटवाटीश्च वनान्युपवनानि च ॥११॥

sphītāñ janapadāṁs tatra
pura-grāma-vrajākarān
kheṭa-kharvaṭa-vāṭīś ca
vanāny upavanāni ca

sphītān— 非常繁盛 / jana-padān — 大都市 / tatra — 那里 / pura — 城市 / grāma — 乡村 / vraja — 大农场 / ākarān — 矿场 / kheṭa— 农地 / kharvaṭa — 山谷 / vāṭīḥ— 花园 / ca — 和 / vanāni — 森林 / upava-nāni— 苗圃 / ca — 和

译文 一路上，我经过许多繁华的大都市，以及城镇、乡村、畜牧场、矿山、农田、溪谷、花园、苗圃和原始森林。

要旨 人类所从事的农耕、采矿、养殖和园艺等活动，古往今来从未变过；甚至从上一个创造周期到现在这个创造周期，这同一些活动始终在进行，即使到下一个创造周期也不会变。千百万年之后，在自然法律的控制下，另一个创造周期一开始，宇宙的历史就会以几乎完全同样的方式重演。世俗的学者们把宝贵的时间浪费在挖掘出土文物的考古活动上，而不去内省生命必不可少的需求。圣纳茹阿达·牟尼虽然只是个孩子，但自从受到激励，过灵修生活后，就再也没有浪费过一分一秒去想方设法赚钱，哪怕是走过城镇、乡村、矿山和工厂，也丝毫没有分心。他一直不断地向灵性解放的目标前进。《圣典博伽瓦谭》这部超然的文献所记录的是，精选出的千百万年来所发生的最重要的历史。

第 12 节　चित्रधातुविचित्राद्रीनिभभग्नभुजद्रुमान् ।
जलाशयाञ्छिवजलान्नलिनीः सुरसेविताः ।
चित्रस्वनैः पत्ररथैर्विभ्रमद् भ्रमरश्रियः ॥१२॥

citra-dhātu-vicitrādrīn
ibha-bhagna-bhuja-drumān
jalāśayāñ chiva-jalān
nalinīḥ sura-sevitāḥ
citra-svanaiḥ patra-rathair
vibhramad bhramara-śriyaḥ

citra-dhātu— 像黄金、银、铜等贵重金属 / vicitra — 多种多样的 / adrīn— 山与山丘 / ibha-bhagna — 被巨大的大象所折断 / bhuja — 枝干 / drumān — 树 / jalāśayān śiva — 使健康的 / jalān — 水塘 / nalinīḥ— 莲花 / sura-sevitāḥ— 天堂上的居民都想要的 / citra-svanaiḥ— 令人心情愉快 / patra-rathaiḥ— 由鸟 / vibhramat — 困惑的 / bhramara-śriyaḥ— 被雄蜂装饰

译文　我走过丘陵和蕴藏着丰富的金、银、铜等各种矿物的高山，经过大片如仙境般长满了美丽莲花的水塘，莲花上空飞舞着陶醉的蜜蜂和歌喉婉转的鸟儿。

第 13 节 नलवेणुशरस्तन्बकुशकीचकगह्वरम् ।
एक एवातियातोऽहमद्राक्षं विपिनं महत् ।
घोरं प्रतिभयाकारं व्यालोलूकशिवाजिरम् ॥१३॥

nala-veṇu-śaras-tanba-
kuśa-kīcaka-gahvaram
eka evātiyāto 'ham
adrākṣaṁ vipinaṁ mahat
ghoraṁ pratibhayākāraṁ
vyālolūka-śivājiram

nala — 管子 / veṇu — 竹 / śaraḥ— 栏 / tanba — 充满 / kuśa— 尖的草 / kīcaka— 杂草 / gahvaram — 山洞 / ekaḥ— 单独 / eva — 只有 / atiyātaḥ— 很难经过 / aham — 我 / adrākṣam — 探访 / vipinam — 浓密的森林 / mahat — 庞大的 / ghoram — 恐怖的 / pratibhaya-ākāram — 危险的 / vyāla — 蛇 / ulūka— 猫头鹰 / śiva— 胡狼 / ajiram — 活动场所

译文 接着，我又独自穿越大片大片难以独自穿越的灯芯草丛、竹林、芦苇丛、锐利如刀锋的草丛、野草丛和许多山洞。我还曾留宿在黑暗、可怕且危险的密林深处，而那里是毒蛇、猫头鹰和豺狼游戏的庭园。

要旨 托钵僧(parivrājakācārya)的职责是，独自走遍所有的森林、山丘、城镇、村庄等，体验神的创造的多样化，以获得对神的信心和精神力量，同时用神的信息启蒙当地的居民。托钵僧(sannyāsī)有责任无所畏惧地历尽一切艰难险阻。这个年代最典型的托钵僧是主柴坦亚；祂以同样的方式穿越中印度的密林，甚至教化了老虎、狗熊、蛇、鹿、大象和许多其他丛林动物。在这个喀历年代里，一般人不允许进入弃绝阶层(sannyāsa)。为了欺骗大众而穿上托钵僧服装的人，不同于原先典型的托钵僧。当托钵僧的人应该发誓完全停止社会交际，毕生只为至尊主服务。换衣服只是外在形式。主柴坦亚没有接受托钵僧的名字，而这个喀历年代里的所谓的托钵僧，也应该像主柴坦亚学习，不改变自己过去的名字。在这个年代里，聆听和反复吟诵、吟唱至尊主的神圣荣耀这项奉爱服务，受到强烈的推荐。发誓出家的人，不需要模仿纳茹阿达或主柴坦亚那样的托钵僧，而只需要坐在一处圣地，用他所有的时间和精力聆听并反复吟诵温达文(Vṛndāvana)六位哥斯瓦米等伟大的灵性导师留下的神圣典籍。

第 14 节 परिश्रान्तेन्द्रियात्माहं तृट्परीतो बुभुक्षितः ।
स्नात्वा पीत्वा ह्रदे नद्या उपस्पृष्टो गतश्रमः ॥१४॥

pariśrāntendriyātmāhaṁ
tṛṭ-parīto bubhukṣitaḥ
snātvā pītvā hrade nadyā
upaspṛṣṭo gata-śramaḥ

pariśrānta— 疲倦 / indriya — 身体的 / ātmā — 心理上 / aham — 我 / tṛṭ-parītaḥ— 因为口渴 / bubhukṣitaḥ— 饥饿 / snātvā — 沐浴 / pītvā— 喝了一些水 / hrade — 在湖里 / nadyāḥ— 一条河 / upas-pṛṣṭaḥ— 接触 / gata — 得到解除 / śramaḥ— 疲劳

译文 这样的旅行使我身心疲惫。我又渴又饿，于是便在河塘中沐浴、喝水。与水的接触，使我恢复了精力。

要旨 云游四方的托钵僧在口渴、饥饿的情况下，可以凭借大自然的馈赠满足这些身体的需要，而不必到居士的门前去行乞。因此，他们去居士家不是为了乞讨，而是给居士们以灵性的启发。

第 15 节 तस्मिन्निर्मनुजेऽरण्ये पिप्पलोपस्थ आश्रितः ।
आत्मनात्मानमात्मस्थं यथाश्रुतमचिन्तयम् ॥१५॥

tasmin nirmanuje 'raṇye
pippalopastha āśritaḥ
ātmanātmānam ātmasthaṁ
yathā-śrutam acintayam

tasmin — 在那 / nirmanuje — 没有人类居住 / araṇye — 在森林 / pippala — 榕树 / upasthe — 坐在它下面 / āśritaḥ— 求庇护于 / ātmanā— 用智慧 / ātmānam — 超灵 / ātma-stham — 处于我自己之内 / yathā-śrutam— 如我从解脱了的灵魂那里所听闻的一样 / acintayam — 想过

译文 那以后，在一个杳无人迹的森林中的一棵榕树的树荫下，我按照从解脱的灵魂们那里学到的知识，运用自己的智能开始冥想处在心中的超灵。

要旨 人不应该随心所欲地冥想；而应该在真正的灵性导师这一透明媒介的指导下，认真学习权威经典教导的冥想科学，正确地运用自己受过训练的智力，冥想住在每一个生物体心中的超灵。只有按灵性导师的命令为至尊主做爱心服务的奉献者，才能稳定地培养这样的意识。圣纳茹阿达接触了真正的灵性导师，真诚地为他们做服务，从而得到真正的启迪。随后，他开始冥想。

第 16 节 ध्यायतश्चरणाम्भोजं भावनिर्जितचेतसा ।
औत्कण्ठ्याश्रुकलाक्षस्य हृद्यासीन्मे शनैर्हरिः ॥१६॥

dhyāyataś caraṇāmbhojaṁ
bhāva-nirjita-cetasā

autkaṇṭhyāśru-kalākṣasya
hṛdy āsīn me śanair hariḥ

dhyāyataḥ— 这样冥想着 / caraṇa-ambhojam — 处在局部区域的人格首神的莲花足 / bhāva-nirjita — 心被对至尊主超然的爱所转变 / cetasā — 所有心智活动(思想、感受和意愿) / autkaṇṭhya— 热心 / aśrukala — 流下泪水 / akṣasya — 眼睛的 / hṛdi— 在我心里 / āsīt — 出现 / me — 我的 / śanaiḥ— 没有延误 / hariḥ— 人格首神

译文　对至尊主超然的爱转化了我的心，我一旦开始用它去冥想人格首神的莲花足，泪水便夺眶而出，人格首神奎师那也立刻出现在我的心莲上。

要旨　这节诗中的梵文“巴瓦(bhāva)”一词非常重要。人有了对至尊主超然的情感之后，就达到了巴瓦的阶段。最初的阶段是喜欢至尊主，梵文称为刷达(śraddhā)；为了增强对至尊主的喜爱之情，人必须与至尊主的纯粹奉献者联谊。第三个阶段是练习遵守奉爱服务的规范守则。这将消除所有的疑虑，去除个人所有妨碍在奉爱服务路途上进步的缺点。

当所有的疑虑和个人的缺点都被清除后，人就对超然事物有了稳定的信心，以及越来越多的欣赏。这个阶段使人受到至尊主的吸引，而这以后就是巴瓦——纯粹爱神的前一个阶段。上述所有不同的阶段，都是发展对神超然的爱的不同阶段。人心中一旦充满了对神超然的爱之后，就会感到与神强烈的离别之情，同时出现八种如痴如醉的征象。在这种情况下，流泪是奉献者很自然的反应。由于圣纳茹阿达·牟尼在他前生离开家后很快达到那个阶段，他用他发展了的、没有丝毫物质沾染的灵性感官真正看到至尊主的出现，是绝对可能的。

第 17 节 प्रेमातिभरनिर्भिन्नपुलकाङ्गोऽतिनिर्वृतः ।
आनन्दसम्प्लवे लीनो नापश्यमुभयं मुने ॥१७॥

premātibhara-nirbhinna-
pulakāṅgo 'tinirvṛtaḥ
ānanda-samplave līno
nāpaśyam ubhayaṁ mune

premā — 爱 / atibhara — 极度的 / nirbhinna — 特别出色的 / pulaka — 快乐的感觉 / aṅgaḥ— 不同的身体部分 / ati-nirvṛtaḥ— 因为完全被淹没 / ānanda — 狂喜 / samplave — 在……的海洋 / līnaḥ— 沉浸 / na — 不 / apaśyam— 能够看 / ubhayam — 两者 / mune — 维阿萨戴瓦啊

译文 维亚萨戴瓦啊！那时，极度快乐的情感淹没了我，使我身体的每一个部分都各自充满了活力。沉浸在如痴如醉海洋中的我，看不到自己，也看不见至尊主了。

要旨 灵性的快乐感觉和强烈的如痴如醉状态，是世俗的感觉和情感所无法比拟的，因此要描述这种感觉和情感非常困难。我们只能从圣纳茹阿达·牟尼的话语里稍微体会一下这种如痴如醉的状态。身体的每一个部分或感官都有它具体的作用。看到至尊主后，所有的感官就都被完全激发起来为至尊主服务，因为在解脱的状态中，感官变得完全适合为至尊主服务。正因为如此，在那种超然的如痴如醉状态中，所有的感官都各自充满活力地侍奉至尊主。在这样的情况下，纳茹阿达·牟尼浑然忘我，变得既看不到自己，也看不见至尊主了。

第 18 节 रूपं भगवतो यत्तन्मनःकान्तं शुचापहम् ।
अपश्यन् सहसोत्तस्थे वैक्लव्याद् दुर्मना इव ॥१८॥

rūpaṁ bhagavato yat tan
　manaḥ-kāntaṁ śucāpaham
apaśyan sahasottasthe
　vaiklavyād durmanā iva

rūpam — 形象 / bhagavataḥ— 人格首神的 / yat — 如这样的 / tat — 那 / manaḥ— 心的 / kāntam — 如它所欲的 / śucā-apaham — 消除绝望情绪 / apaśyan — 没有看 / sahasā — 突然间 / uttasthe — 起来 / vaiklavyāt — 受到骚扰 / durmanāḥ— 失去了向往已久的珍爱对象 / iva — 像它本来的

译文　至尊主原本的超然形象使人感到心满意足，且立即去除人的一切焦虑和绝望情绪。一旦看不见至尊主的那个形象，我立即像人失去向往已久的珍爱对象那样心绪不宁，从地上弹跳了起来。

要旨　纳茹阿达 · 牟尼亲身体会到，至尊主不是没有形象的。但祂的形象与我们在物质世界里看到的所有的形象都完全不同。我们这一生中会看到物质世界里的各种形象，但没有一个形象能让我们感到心满意足，也没有一个形象能去除我们心中的不安。这些都是至尊主超然形象的特征，人只要看过一次那形象，就不会对任何事物感到满足了；除了至尊主的超然形象外，物质世界里再也没有什么形象能满足观看者了。说至尊主没有形象或不具人格特征的意思是：祂没有物质的形象，也不像任何物质世界里的人物。

作为与形象超然的至尊主有着永恒关系的灵性生物，我们一世复一世地追寻至尊主那超然的形象，从没有对物质世界里的任何形象感到彻底的心满意足过。纳茹阿达 · 牟尼看到了至尊主那超然的形象，但只是一瞬间而已；当他再也看不到那形象时，他变得心绪不宁，突然站立起来，去寻找那形象。其实，我们一生复一生所追求的，正是纳茹阿达 · 牟尼所得到的。因此，至尊主的形象突然消失后，对他来说无疑是巨大的打击。

第 19 节 **दिदृक्षुस्तदहं भूयः प्रणिधाय मनो हृदि ।**
वीक्षमाणोऽपि नापश्यमवितृप्त इवातुरः ॥१९॥

didṛkṣus tad ahaṁ bhūyaḥ
praṇidhāya mano hṛdi
vīkṣamāṇo 'pi nāpaśyam
avitṛpta ivāturaḥ

didṛkṣuḥ— 想看 / tat — 那 / aham — 我 / bhūyaḥ— 再次 / praṇidhāya — 集中注意力后 / manaḥ— 心神 / hṛdi — 在心中 / vīkṣamāṇaḥ— 等着看 / api — 尽管 / na — 永不 / apaśyam — 看到祂 / avitṛptaḥ— 没有得到满足 / iva — 像 / āturaḥ— 悲伤

译文 我希望能再看到至尊主的那个超然形象，但无论我怎么全神贯注地努力，急切地要在心中再看那形象，我都再也看不到祂了。不能实现重见祂的愿望，使我悲伤不已。

要旨 没有机械的方式可以使人看到至尊主的形象。要看到至尊主的形象，得完全依靠至尊主没有缘故的仁慈。正如我们不能要求太阳按我们喜欢的时间升起，我们也不能要求至尊主出现在我们眼前。太阳按照自己的规律升起在东方，至尊主出于祂没有缘故的仁慈自愿出现。我们应该耐心地等待那个时刻，同时继续履行为至尊主做奉爱服务的责任。纳茹阿达 · 牟尼以为可以按他第一次努力并获得成功的同一种机械的方式做，就可以再次见到至尊主，但尽管他尽了自己最大的努力，也没能获得第二次的成功。至尊主完全不受制于任何义务。只有纯粹的奉爱之情才能绑住祂。我们用我们的物质感官既看不到祂，也感知不到祂。当奉献者在完全依靠祂的仁慈的情况下真诚为祂做奉爱服务，让祂满意和高兴时，祂也许就会自愿出现在奉献者眼前。

第 20 节　एवं यतन्तं विजने मामाहागोचरो गिराम् ।
गम्भीरश्लक्ष्णया वाचा शुचः प्रशमयन्निव ॥२०॥

evaṁ yatantaṁ vijane
māṁ āhāgocaro girām
gambhīra-ślakṣṇayā vācā
śucaḥ praśamayann iva

evam — 如此 / yatantam — 尝试 / vijane — 在孤独的地方 / mām — 像我 / āha — 说 / agocaraḥ— 超越物质声音的范围 / girām — 言辞 / gambhīra— 沉重的 / ślakṣṇayā — 悦耳的 / vācā — 言辞 / śucaḥ— 苦恼 / praśamayan — 减缓 / iva — 像

译文　用世俗言语根本无法形容的超然人格首神，看到我在那人迹罕至的地方努力尝试，便用庄严、悦耳的言辞对我说话，以减轻我心中的悲伤。

要旨　韦达经中说，神是世俗的言语和智力所无法攀及的。尽管如此，靠祂没有缘故的仁慈，人可以用适合的感官聆听祂或讲述祂。这就是神不可思议的能力所在。得到祂仁慈的人可以聆听祂。至尊主对纳茹阿达 · 牟尼非常满意，所以给他注入所需要的力量，以使他能听到至尊主讲话。然而，其他处在练习按规范守则做奉爱服务阶段中的人，不可能直接感知到至尊主的接触。那是纳茹阿达得到的特殊礼物。他听到至尊主悦耳的话语时，与至尊主分离的悲伤之情得到一定程度的缓解。深深地爱着神的奉献者始终感受着离别的痛苦，因此一直处在超然的如痴如醉状态中。

第 21 节 हन्तास्मिञ्जन्मनि भवान्मा मां द्रष्टुमिहार्हति ।
अविपक्वकषायाणां दुर्दर्शोऽहं कुयोगिनाम् ॥२१॥

hantāsmiñ janmani bhavān
mā māṁ draṣṭum ihārhati
avipakva-kaṣāyāṇāṁ
durdarśo 'haṁ kuyogināam

hanta — 纳茹阿达啊 / asmin — 这 / janmani — 寿命 / bhavān — 你自己 / mā— 不 / mām — 我 / draṣṭum — 看 / iha — 这里 / arhati — 值得 / avipakva — 未成熟的 / kaṣāyāṇām — 物质的污秽 / durdarśaḥ— 很难被看见 / aham — 我 / kuyoginām — 服务不圆满

译文 纳茹阿达啊(至尊主说)！很遗憾你在你这一生期间再也看不到我了。为我做服务没有达到成熟的阶段，没有彻底摆脱一切物质污染的人，很难看到我。

要旨 人格首神在《博伽梵歌》中被描述为是最纯净、至高无上的绝对真理。祂身上没有丝毫物质污染的痕迹，因此哪怕有丝毫物质污染的人都接近不了祂。当人至少去除了激情和愚昧这两种物质属性后，真正的奉爱服务才正式开始；而这两种属性被去除后所展现的征象是，人不再有物质享乐的欲望(kāma)和贪念(lobha)。这就是说，人必须去除感官享乐的欲望和贪欲。尽管和谐的属性是善良属性，但要完全清除所有的物质污染意味着连善良属性的影响也要摆脱。独自到森林中去寻找神，被视为是受善良属性的影响。人可以为了达到灵性的完美离家出走到森林去，但并不意味着就能在森林里见到至尊主。人必须完全去除所有的物质依恋，处在超然的层面上；而唯有做到这一点，才能帮助奉献者有机会直接与人格首神接触。最佳的方法是：人应该住在至尊主的超然形象受到崇拜的地方。至尊主的庙宇是超然的地方，而森林是从物质角度看属于受善良属性影响的居住地。初级奉献者总是被建议要崇拜至尊主的神像(arcanā)，而不是到森林里去寻找至尊主。奉爱服务始于崇拜至尊主的神像，而这一程序比去森林要好。圣纳茹阿达·牟尼在现在这一生中丝毫没有物质渴望，仅仅他的临在就能把任何地方转变为灵性世界外琨塔(Vaikuṇṭha)，像他这样纯洁的人都没有去森林。他从一个地方旅行到另一个地方，教化普通人、半神人、克伊纳尔(Kinnaras)、歌仙(Gandharvas)、圣人、牟尼等，把他们转变为至尊主的奉献者。由于他的努力，帕拉德·玛哈茹阿佳(Prahlāda Mahārāja)、杜茹瓦·玛哈茹阿佳(Dhruva Mahārāja)和许多其他奉献者都在为至尊主做奉爱服务。因此，至尊主纯粹的奉献者，都以纳茹阿达和帕拉德这样伟大的奉献者为榜样，用全部的时间以吟诵、吟唱(kīrtana)的形式赞美至尊主。这样的传教方式超越所有的物质属性。

第 22 节 सकृद्यद्दर्शितं रूपमेतत्कामाय तेऽनघ ।
मत्कामः शनकैः साधु सर्वान्मुञ्चति हृच्छयान् ॥२२॥

sakṛd yad darśitaṁ rūpam
etat kāmāya te 'nagha
mat-kāmaḥ śanakaiḥ sādhu
sarvān muñcati hṛc-chayān

sakṛt — 只有一次 / yat — 那 / darśitam — 展示 / rūpam — 形象 / etat — 这是 / kāmāya — 为了渴求 / te — 你的 / anagha — 有德性的人啊 / mat — 我的 / kāmaḥ— 欲望 / śanakaiḥ— 透过增加 / sādhuḥ— 奉献者 / sarvān— 所有 / muñcati— 放弃 / hṛt-śayān— 物质欲望

译文 善良正直的人啊！你只看到我本人一次，而这只是为了让你增强想要见我的愿望，因为你越渴望见到我，你的物质欲望就去除得越彻底。

要旨 生物不可能没有愿望。他不是无生命的石头。他必须思考、感受和有意愿，换句话说是必须活动。但如果他的思考、感受和愿望是物质的(以自我为中心的)，他就受束缚；相反，当他的所思所想、所感受和愿望的都是为至尊主服务时，他就逐渐摆脱所有的束缚。人越为至尊主做超然的爱心服务，就越渴望做更多的服务。这是神性服务的超然本质。物质性的服务会使人感到厌烦，但为至尊主所做的灵性服务，既不会让人感到厌烦，也不会有结束的时候。人可以不断地增强他对为至尊主做超然的爱心服务的渴望，但从不会有厌烦或到头的感觉。按照至尊主的指导热情地为至尊主做服务，可以使人体验到至尊主超然的临在。因此，看至尊主意味着为祂做服务，因为祂本人和祂的服务没有区别。真诚的奉献者应该继续真诚地为至尊主做服务，至尊主将给予适当的指导，让奉献者知道在哪里、怎样为祂做服务。纳茹阿达没有物质欲望，但至尊主在这节诗中用话语指导他，以增强他对至尊主的热爱。

第23节 सत्सेवयादीर्घयापि जाता मयि दृढा मतिः ।
हित्वावद्यमिमं लोकं गन्ता मज्जनतामसि ॥२३॥

sat-sevayādīrghayāpi
jātā mayi dṛḍhā matiḥ
hitvāvadyam imaṁ lokaṁ
gantā maj-janatām asi

sat-sevayā— 透过对绝对真理的服务 / adīrghayā — 几天 / api — 即使 / jātā— 到达了 / mayi — 向我 / dṛḍhā— 坚定的 / matiḥ— 智慧 / hitvā— 放弃 / avadyam — 可悲的 / imam — 这个 / lokam — 众多物质世界 / gantā— 前往 / mat-janatām — 我的同伴 / asi — 成为

译文 为绝对真理服务，哪怕是短短的几天，奉献者都会得到智慧，从而能够全神贯注于我。这必然使他在离开这个可悲的物质世界后，到灵性世界成为我的同伴。

要旨　为绝对真理服务意味着，在真正的灵性导师指导下为绝对的人格首神服务。灵性导师是至尊主与初习奉献者之间透明的媒介。初习奉献者没有能力靠他不完美的物质感官所具有的力量靠近绝对的人格首神，因此在灵性导师的指导下，他受到训练为至尊主做超然的服务。靠这样的训练，哪怕是几天，初习奉献者也会得到做这种超然服务的智慧，使他摆脱物质世界的长期囚禁，晋升到超然的世界，在神的王国中成为至尊主的解脱了的同伴。

第 24 节　मतिर्मयि निबद्धेयं न विपद्येत कर्हिचित् ।
प्रजासर्गनिरोधेऽपि स्मृतिश्च मदनुग्रहात् ॥२४॥

matir mayi nibaddheyaṁ
na vipadyeta karhicit
prajā-sarga-nirodhe 'pi
smṛtiś ca mad-anugrahāt

matiḥ— 智慧 / mayi — 对我奉献 / nibaddhā — 从事于 / iyam — 这 / na — 永不 / vipadyeta — 分离 / karhicit — 在任何时间 / prajā — 生物 / sarga — 在创造的时候 / nirodhe — 以及在毁灭的时候 / api — 即使 / smṛtiḥ— 记忆 / ca — 和 / mat — 我的 / anugrahāt— 由……的恩惠

译文　用来为我做奉爱服务的智慧任何时候都不会被削弱。凭借我的仁慈，即使在创造和毁灭时，你的记忆都不会中断。

要旨　为人格首神做奉爱服务永远都不会是徒劳无功的。由于人格首神是永恒的，应用在为祂做服务过程中的智慧或与之有关的任何事物也都是永恒的。《博伽梵歌》中说，为人格首神所做的这种超然的服务，一生复一生不断积累，当奉献者完全成熟时，他所做的奉爱服务总计起来使他有资格进入与人格首神直接交往的范畴。为神所做的服务的这种积累，永远都不会失去，相反会不断增加，直到奉献者变得完全成熟。

第 25 节 एतावदुक्त्वोपरराम तन्महद्
भूतं नभोलिङ्गमलिङ्गमीश्वरम् ।
अहं च तस्मै महतां महीयसे
शीर्ष्णावनामं विदधेऽनुकम्पितः ॥२५॥

etāvad uktvopararāma tan mahad
bhūtaṁ nabho-liṅgam aliṅgam īśvaram
ahaṁ ca tasmai mahatāṁ mahīyase
śīrṣṇāvanāmaṁ vidadhe 'nukampitaḥ

etāvat— 因此 / uktvā — 说 / upararāma — 停止 / tat — 那 / mahat — 伟大的 / bhūtam — 奇妙的 / nabhaḥ-liṅgam — 用声音人格化 / aliṅgam — 用眼睛看不到 / īśvaram — 至尊权威 / aham — 我 / ca — 还有 / tasmai — 向祂 / mahatām — 伟大的 / mahīyase — 向被称颂的 / śīrṣṇā — 用头 / avanāmam — 顶拜 / vidadhe — 执行 / anukampitaḥ— 因为受祂恩惠

译文 说完这番话，那位用眼睛看不到而以声音出现的无比神奇的至尊权威便不再说话。我满怀感恩之情，向祂恭恭敬敬地顶礼。

要旨 看不到人格首神而只听到祂的声音，与看到祂本人是一样的。人格首神透过祂的呼吸产出四部韦达经(Vedas)，通过韦达经的超然声音被看到、被悟到。同样，《博伽梵歌》是至尊主的声音代表，与祂本人没有区别。结论是：通过坚持不懈地吟诵、吟唱超然的声音，可以看到和听到至尊主。

第 26 节 नामान्यनन्तस्य हतत्रपः पठन्
गुह्यानि भद्राणि कृतानि च स्मरन् ।
गां पर्यटंस्तुष्टमना गतस्पृहः
कालं प्रतीक्षन् विमदो विमत्सरः ॥२६॥

nāmāny anantasya hata-trapaḥ paṭhan
guhyāni bhadrāṇi kṛtāni ca smaran
gāṁ paryaṭaṁs tuṣṭa-manā gata-spṛhaḥ
kālaṁ pratīkṣan vimado vimatsaraḥ

nāmāni— 圣名、名望等 / anantasya — 无限者的 / hata-trapaḥ— 不理会物质世界的所有仪式 / paṭhan — 通过朗诵及重复地阅读等 / guhyāni — 神秘的 / bhadrāṇi— 绝对吉祥有益 / kṛtāni— 活动 / ca — 和 / smaran — 不断地记着 / gām — 在地球上 / paryaṭan — 到处旅游 / tuṣṭa-manāḥ— 完全的满足 / gata-spṛhaḥ— 完全摆脱一切物质欲望 / kālam — 时间 / pratīkṣan— 等候 / vimadaḥ— 没有骄傲 / vimatsaraḥ— 没有妒忌

译文　接下来，我开始不断重复歌唱至尊主的圣名和声望，而不理会物质世界的任何礼节、仪式。对至尊主超然的娱乐活动的这种歌唱和记忆，绝对吉祥有益。我一边这样做，一边周游世界，心中没有忌妒和骄傲，只有彻底的满足感。

要旨　就这样，纳茹阿达·牟尼用他个人的例子，概括性地解释了至尊主真诚的奉献者的生活。这样的奉献者在得到至尊主或祂真正的代表的启迪后，不但自己非常认真地吟诵、吟唱至尊主的荣耀，还周游

世界，使其他人也能听到至尊主的荣耀。这样的奉献者对物质所得没有兴趣。他们只有一个愿望，那就是：回归首神。这个愿望在他们离开物质躯体后就会实现。他们因为有人生的最高目标——回归首神，所以从不忌妒任何人，也不会因为有资格回归首神而骄傲自大。他们唯一要做的是歌唱和铭记至尊主的圣名、形象和娱乐活动，并按照个人的能力，为他人的福利而不求任何物质所得地去传播神的信息。

第 27 节 एवं कृष्णमतेर्ब्रह्मन्नासक्तस्यामलात्मनः ।
कालः प्रादुरभूत्काले तडित्सौदामनी यथा ॥२७॥

evaṁ kṛṣṇa-mater brahman
nāsaktasyāmalātmanaḥ
kālaḥ prādurabhūt kāle
taḍit saudāmanī yathā

evam — 这样 / kṛṣṇa-mateḥ— 全心全意想着奎师那的人 / brahman — 维阿萨戴瓦啊 / na — 不 / āsaktasya — 一个执著的人的 / amala-ātmanaḥ— 完全摆脱一切物质污染的人的 / kālaḥ— 死亡 / prādurabhūt — 出现 / kāle — 在适当的时间 / taḍit — 闪电 / saudāmanī— 照明 / yathā — 正如

译文 就这样，布茹阿玛纳·维亚萨戴瓦啊！在死亡来临时，全神贯注地想着奎师那的我，因为彻底清除了物质污染而不再有任何执著，所以如闪电与发光同时发生一样在死亡时获得了新生。

要旨 全神贯注地想着奎师那，意味着清除物质污垢或渴望。正如一个非常富有的人，不会渴望得到微不足道的小东西；主奎师那的奉献者因为必定能回到神的王国，在那里过上永恒、充满知识和快乐的生活，所以自然不会渴望得到像玩偶或影子一样没有永恒价值且微不足道的物质事物。这就是灵性上富有之人所表现出的征象。在适当的时候，当纯粹的奉献者完全准备好后，就会突然以死亡的形式更换身体。对一个纯粹的奉献者来说，这种变化就像闪电与电光同时发生一样。那就是说，凭借至尊者的意愿，奉献者离开他的物质躯体的同时，发展出一个灵性的身体。即使在死亡之前，纯粹的奉献者已经不受物质的影响，因为他的身体像在火中烧过的铁变得通红且具有燃烧性一样，已经被灵性化了。

第 28 节 प्रयुज्यमाने मयि तां शुद्धां भागवतीं तनुम् ।
आरब्धकर्मनिर्वाणो न्यपतत्पाञ्चभौतिकः ॥२८॥

prayujyamāne mayi tāṁ
śuddhāṁ bhāgavatīṁ tanum
ārabdha-karma-nirvāṇo
nyapatat pāñca-bhautikaḥ

prayujyamāne — 因为得到赏赐 / mayi — 给我 / tām — 那 / śud-dhām— 超然的 / bhāgavatīm — 适宜与人格首神交往 / tanum — 身体 / ārabdha — 得到 / karma — 功利性活动 / nirvāṇaḥ— 终止了 / nyapatat — 离开 / pāñca-bhautikaḥ— 由五种物质元素组成的身体

译文 我离开由五种物质元素构成的躯体，获赐一个适合与人格首神交往联谊的超然身体，从而终止了活动(卡尔玛)的一切报应。

要旨 纳茹阿达被人格首神告知，他将获得一个适合与至尊主交往的超然身体；而他一离开物质躯体就得到了灵性的身体。这个超然的身体没有物质特点，而是具有三种基本的超然品质，那就是：永恒，免于物质属性的影响，没有功利性活动的反应。物质躯体因为缺乏这三种品质而不断受苦。奉献者一旦开始为至尊主做奉爱服务，他的身体就立刻充满超然的品质。超然的奉爱服务的影响，就像磁铁碰到铁所产生的影响。因此，更换身体意味着物质自然三种属性不再对纯粹的奉献者产生影响。启示经典中记载了许多这样的例子。杜茹瓦·玛哈茹阿佳、帕拉德·玛哈茹阿佳，以及许多其他的奉献者，都能以他们当时有的身体面对面地看到人格首神。这意味着，那些奉献者的身体实质已经从物质的转为灵性的了。那是经授权的哥斯瓦米们(Gosvāmīs)通过权威经典所表明的看法。《布茹阿玛·萨密塔》(Brahma-saṁhitā)中说，从一种叫做因铎·勾帕(indra-gopa)的细菌开始，直到伟大的天帝因铎，所有的生物体都受制于业报定律，因自己的活动而受苦或享乐。只有奉献者才能凭借至尊权威人格首神没有缘故的仁慈，免于这种反应。

第 29 节 कल्पान्त इदमादाय शयानेऽम्भस्युदन्वतः ।
शिशयिषोरनुप्राणं विविशेऽन्तरहं विभोः ॥२९॥

kalpānta idam ādāya
śayāne 'mbhasy udanvataḥ
śiśayiṣor anuprāṇaṁ
viviśe 'ntar ahaṁ vibhoḥ

kalpa-ante — 在布茹阿玛的一天之末 / idam — 这 / ādāya — 全部拿 / śayāne — 躺下来 / ambhasi — 在原因海洋中 / udanvataḥ— 毁灭 / śiśayiṣoḥ— 人格首神(纳茹阿亚纳)的躺下 / anuprāṇam — 呼吸 / viviśe— 进入 / antaḥ— 里面 / aham — 我 / vibhoḥ— 主布茹阿玛的

译文 当一个创造周期结束，人格首神纳茹阿亚纳在毁灭之水中躺下时，布茹阿玛与所有的创造元素一起进入祂体内，我也随祂的呼吸进入祂体内。

要旨 纳茹阿达以布茹阿玛的儿子闻名，就像主奎师那以瓦苏戴瓦的儿子闻名一样。人格首神和祂的解脱了的奉献者纳茹阿达等，都以同样的方式在物质世界里显现。正如《博伽梵歌》中所说，至尊主的出生与活动都是超然的。因此，按照权威的意见，纳茹阿达显现为布茹阿玛的儿子，也是超然的娱乐活动。他显现与隐迹的方式基本上与至尊主的一样。所以，作为灵性生物，至尊主与祂的奉献者同时既一样又不同。他们同属于超然的范畴。

第 30 节 सहस्रयुगपर्यन्ते उत्थायेदं सिसृक्षतः ।
मरीचिमिश्रा ऋषयः प्राणेभ्योऽहं च जज्ञिरे ॥३०॥

sahasra-yuga-paryante
utthāyedaṁ sisṛkṣataḥ
marīci-miśrā ṛṣayaḥ
prāṇebhyo 'haṁ ca jajñire

sahasra — 一千 / yuga — 四百三十万年 / paryante — 在那段时间的末期 / utthāya— 期限已到 / idam — 这 / sisṛkṣataḥ— 想再次创造 / marīci-miśrāḥ— 像玛瑞祺的圣哲 / ṛṣayaḥ— 所有的圣人 / prāṇebhyaḥ— 来自祂的感官 / aham — 我 / ca — 和 / jajñire — 出现

译文 四十三亿太阳年后，当布茹阿玛醒过来，按至尊主的意愿重新创造时，玛瑞祺、安给茹阿、阿特瑞等所有的圣人，就从至尊主的超然身体被创造出来，我也和他们一起显现。

要旨 布茹阿玛生命的一个白天的长度，是四十三亿二千万太阳年。他的夜晚是同样的长度。《博伽梵歌》中也这样说。当布茹阿玛的夜晚来临时，他以瑜伽睡眠(yoga-nidrā)的方式在他父亲嘎尔博达卡沙依·维施努(Garbhodakaśāyī Viṣṇu)体内休息。等他睡了四十三亿二千万太阳年后，他这个代理就再一次按照至尊主的意愿重新创造。这时，所有伟大的圣人(ṛṣis)就再一次从至尊主超然身体的不同部位显现出来，纳茹阿达也随他们一同显现。这意味着纳茹阿达以同一个超然的身体显现，就像一个人睡觉后醒来，身体没换一样。圣纳茹阿达可以永恒地自由进出全能者创造的各个领域，无论是超然的还是物质的创造领域。他的身体是超然的，没有身体与灵魂之别，不像受制约的灵魂那样；他以他这种超然的身体显现和隐迹。

第 31 节 अन्तर्बहिश्च लोकांस्त्रीन् पर्येम्यस्कन्दितव्रतः ।
अनुग्रहान्महाविष्णोरविघातगतिः क्वचित् ॥३१॥

antar bahiś ca lokāṁs trīn
paryemy askandita-vrataḥ
anugrahān mahā-viṣṇor
avighāta-gatiḥ kvacit

antaḥ— 在超然的世界里 / bahiḥ— 在物质世界里 / ca — 和 / lokān— 众多星球 / trīn — 三个部分 / paryemi — 旅游 / askandita — 没有中断的 / vrataḥ— 誓言 / anugrahāt — 靠没有缘故的仁慈 / mahā-viṣṇoḥ— 玛哈·维施努(原因之洋维施努)的 / avighāta — 没有限制地 / gatiḥ— 进口 / kvacit — 在任何时间

译文 从那以后，凭借全能的维施努的恩典，我不受限制地在超然世界和物质三界中遨游。我之所以能这样，是因为我坚持不懈、从不间断地为至尊主做奉爱服务。

要旨 正如《博伽梵歌》中声明的，物质范畴分三个区域：高等星系(ūrdhva-loka)、中等星系(madhya-loka)和低等星系(adho-loka)。在最高的星球——布茹阿玛珞卡(Brahmaloka)之上，是宇宙的物质覆盖层。在宇宙覆盖层之上是无限扩展的灵性天空，其中有无数自放光明的外琨塔星球，上面住着神本人和祂的同伴——永恒解脱的灵魂。圣纳茹阿达·牟尼能不受限制地自由进出所有这些物质星球和灵性星球，就像全能的至尊主可以随意去祂创造中的任何地方一样。在物质世界里，生物受善良、激情和愚昧这三种物质自然属性的影响。但圣纳茹阿达·牟尼超越所有这些物质属性，因此可以不受限制地随处旅游。他是解脱了的太空人。主维施努没有缘故的仁慈无与伦比，而这样的仁慈只有依靠至尊主恩典的奉献者才能感受到。正因为如此，奉献者从不坠落，但功利性活动者和哲学思辨者等物质主义者，却会因他们各自所受的自然属性的影响而被迫坠落。诗中所提到的其他圣人，不能像纳茹阿达那样进入超然的世界。《尼尔星哈往世书》(Nṛsiṁha Purāṇa)中揭露了这一真相。像玛瑞祺(Marīci)那样的圣人是功利性活动方面的权威，而萨纳卡(Sanaka)和萨纳坦(Sanātana)那样的圣人是哲学思辨方面的权威。但是，圣纳茹阿达·牟尼是为至尊主做超然的奉爱服务方面最优秀的权威。所有为至尊主做奉爱服务的伟大权威，都追随纳茹阿达·牟尼，遵守《纳茹阿达奉爱经》(Nārada-bhakti-sūtra)中的教导，因此至尊主所有的奉献者都无疑具有进入神的王国外琨塔的资格。

第 32 节　देवदत्तामिमां वीणां स्वरब्रह्मविभूषिताम् ।
मूर्च्छयित्वा हरिकथां गायमानश्चराम्यहम् ॥३२॥

deva-dattām imām vīṇāṁ
svara-brahma-vibhūṣitām
mūrcchayitvā hari-kathāṁ
gāyamānaś carāmy aham

deva — 至尊人格首神(圣主奎师那) / dattām — 由……赠送的 / imām — 这 / vīṇām — 一种弦乐器 / svara — 旋律 / brahma — 超然的 / vibhūṣitām — 有……的装饰 / mūrcchayitvā — 振动 / hari-kathām — 超然讯息 / gāyamānaḥ— 不断地歌唱 / carāmi — 遨游 / aham — 我

译文 我就这样弹奏着这把名叫维那琴的乐器，一直不断地唱着至尊主的超然荣耀遨游世界，而这把发出超然声音的维那琴是主奎师那赐给我的。

要旨 《林嘎往世书》(Liṅga Purāṇa)中描述了圣主奎师那亲手送给纳茹阿达的、名叫维纳的弦乐器，圣吉瓦·哥斯瓦米(Jīva Gosvāmī)也确认了这一点。这个超然的乐器与圣奎师那和纳茹阿达一样，因为他们都属同一个超然的范畴。纳茹阿达的那个乐器发出的声音振荡不可能是物质的，因此用那个乐器所传播的至尊主的荣耀及娱乐活动也是超然的，没有丝毫物质的缺陷。梵文“沙(ṣaḍja)、瑞(ṛṣabha)、嘎(gāndhāra)、玛(madhyama)、帕(pañcama)、达(dhaivata)、尼(niṣāda)”这七个音乐音节也是超然的，应该特别用来作超然的歌曲。作为至尊主纯粹的奉献者，圣纳茹阿达戴瓦始终在用至尊主送他的乐器歌唱至尊主的超然荣耀，报答至尊主的恩典，因此永远不会从他崇高的地位坠落下来。以圣纳茹阿达·牟尼为榜样，物质世界里的觉悟了自我的灵魂们也正确运用上述的音节为至尊主服务，一直不断地歌唱至尊主的荣耀。《博伽梵歌》中确认说，这些伟大的灵魂唯一做的事情，就是一直不断地歌唱至尊主的荣耀。

第 33 节 प्रगायतः स्ववीर्याणि तीर्थपादः प्रियश्रवाः ।
आहूत इव मे शीघ्रं दर्शनं याति चेतसि ॥३३॥

pragāyataḥ sva-vīryāṇi
tīrtha-pādaḥ priya-śravāḥ
āhūta iva me śīghraṁ
darśanaṁ yāti cetasi

pragāyataḥ— 这样地吟唱 / sva-vīryāṇi — 自己的活动 / tīrtha-pādaḥ— 一切德行及圣洁都源自其莲花足的至尊主 / priya-śravāḥ— 悦耳的 / āhūtaḥ— 叫 / iva — 就像 / me — 对我 / śīghram — 很快 / darśanam— 景象 / yāti— 出现 / cetasi — 在心座上

译文 我一旦开始歌唱至尊主奎师那神圣的活动，其荣耀和活动听来令人愉快的至尊主，就会像受到邀请一样，立刻出现在我心中的宝座上。

要旨 绝对的人格首神跟祂超然的名字、形象、娱乐活动和与之有关的声音振荡没有区别。纯粹的奉献者一旦开始以聆听、吟诵(吟唱)和记忆至尊主的名字、声望及活动的形式做纯粹的奉爱服务，至尊主就会立即通过灵性的电视把祂的影像投射到纯粹奉献者的心镜上，让纯粹奉献者超然的眼睛能看到祂。因此，通过为至尊主做超然的爱心服务与至尊主连接着的纯粹奉献者，可以每时每刻感受到至尊主的存在。每个人都喜欢听他人讲述自己的光荣，这是很自然的心理状态，是天性；作为一个个体人物，至尊主毫不例外也有这样的心理特点。个体灵魂展现的所有心理特征，都只不过是绝对的至尊主所具有的心理特征的反射而已。唯一的区别是：至尊主是最伟大的人物，祂所从事的一切活动都是绝对的。所以，如果至尊主喜欢祂纯粹的奉献者歌唱祂的荣耀，那也没什么可令人惊讶的。既然祂是绝对的，祂就能以祂的荣耀体现祂自己；祂的荣耀与祂本人没有区别。圣纳茹阿达歌唱至尊主的荣耀不是为了个人的利益，而是因为至尊主本人与祂的荣耀一样，歌颂祂的荣耀就如同看到祂本人一样。

第 34 节 एतद्ध्यातुरचित्तानां मात्रास्पर्शेच्छया मुहुः ।
भवसिन्धुप्लवो दृष्टो हरिचर्यानुवर्णनम् ॥३४॥

etad dhy ātura-cittānāṁ
mātrā-sparśecchayā muhuḥ
bhava-sindhu-plavo dṛṣṭo
hari-caryānuvarṇanam

etat — 这 / hi — 肯定地 / ātura-cittānām — 那些心中始终充满着忧虑的人的 / mātrā — 感官享乐的对象 / sparśa — 感官 / icchayā — 由欲望 / muhuḥ— 总是 / bhava-sindhu — 无知的海洋 / plavaḥ— 船 / dṛṣṭaḥ— 经验到 / hari-carya — 人格首神哈尔依的活动 / anuvarṇanam — 不停地吟诵、吟唱

译文 我个人的体会是：靠不断歌唱人格首神的超然活动这条最适合的船，那些因为想用感官去接触感官对象而充满焦虑和担忧的人，都能跨越无知的海洋。

要旨 生物的特征是，他一刻都不能不活动；他必须做些什么，想些什么或讲些什么。物质主义者一般是思考和谈论能满足他们感官的主题。但如果他们的思考和谈论是在外在错觉能量的影响下进行的，那么这种感官享乐活动就不会给他们任何真正的满足。相反，从事这种活动的人会变得满心烦恼和焦虑。这称为“那不是的(māyā)”，即：把不能给予他们满足的对象当做是可以给予满足的对象。为此，纳茹阿达·牟尼谈他的个人体会说：对这种忙于感官享乐的沮丧之人来说，一直不断地歌唱至尊主的活动才会使他满足。因此唯一要做的就是改变谈论的主题。没人能阻止生物的思考活动，以及感受、意愿或工作。但人如果真想要获得快乐，就必须改变自己思考、感受、意愿和工作的内容。与

其谈论一个垂死之人的政治活动，不如谈论至尊主本人的管理活动。与其欣赏电影明星的活动，不如把注意力转移到至尊主与祂永恒的同伴牧牛姑娘(gopīs)和幸运女神拉珂施蜜(Lakṣmīs)所从事的活动上。全能的人格首神出于祂没有缘故的仁慈降临地球，从事与世人所从事的活动几乎一样但同时又是非凡的活动。祂之所以能做到这一点，是因为祂全能。祂这么做是为了所有受制约的灵魂，以使他们能把注意力转向超然存在。这样做，受制约的灵魂就会逐渐升上超然的层面，轻易跨越无知的海洋——一切痛苦的根源。这是圣纳茹阿达·牟尼等权威根据个人体验所作的说明。如果我们开始追随伟大的圣人——至尊主最爱的奉献者，我们也可以有同样的体验。

第 35 节　यमादिभिर्योगपथैः कामलोभहतो मुहुः ।
मुकुन्दसेवया यद्वत्तथात्माद्धा न शाम्यति ॥३५॥

yamādibhir yoga-pathaiḥ
kāma-lobha-hato muhuḥ
mukunda-sevayā yadvat
tathātmāddhā na śāmyati

yama-ādibhiḥ— 通过练习自制的程序 / yoga-pathaiḥ— 靠练瑜伽(锻炼躯体，培养神通以达到神圣阶段) / kāma— 感官享乐的欲望 / lobha — 对感官满足的贪婪 / hataḥ— 制止 / muhuḥ— 总是 / mukunda — 人格首神 / sevayā— 由服务 / yadvat — 原样的 / tathā — 像那 / ātmā— 灵魂 / addhā— 彻底 / na — 并不 / śāmyati — 满足

译文　练瑜伽确实可以达到抑制感官的效果，使人可以不再受欲望和渴求的干扰，但这并不足以满足灵魂，因为真正的满足感来自为人格首神做奉爱服务。

要旨 练瑜伽的目的是控制感官。靠按照神秘瑜伽的程序练习身体的坐姿，以及思考、感受 、愿望、全神贯注地冥想，最后融入超然存在，可以使人控制住感官。感官被视为是毒蛇，而瑜伽练习正是控制毒蛇的方法。然而，纳茹阿达 · 牟尼却推荐了另一个控制感官的程序，那就是：为人格首神穆昆达(Mukunda)做超然的爱心服务。他凭他的经验说，为至尊主做奉爱比用机械的方法控制感官影响力更强，更实际。在为主穆昆达做奉爱服务的过程中，感官被超然地运用，因此就没有机会被用于感官享乐了。感官需要做事，而用非自然的方法去抑制它们根本不起作用，因为一旦有享受的机会，如毒蛇般的感官就会立刻钻空子。历史上有许多这方面的实例，例如：维施瓦弥陀 · 牟尼(Viśvāmitra Muni)就因梅娜卡的美丽而堕落。相反，尽管穿戴漂亮的玛亚半夜去诱惑塔库尔 · 哈尔依达斯(Ṭhākura Haridāsa)，但却没能使伟大的奉献者塔库尔 · 哈尔依达斯落入她的圈套。

关键在于：没有为至尊主做奉爱服务，无论是瑜伽系统还是枯燥的哲学思辨都不可能使人获得人生最高的成功。为至尊主所做的不掺杂丝毫功利性活动、神秘瑜伽或哲学思辨色彩的纯粹奉爱服务，是觉悟自我最佳的方法。这种纯粹的奉爱服务本质是超然的，瑜伽和思辨系统都没有奉爱服务重要。当超然的奉爱服务与其他次要的程序混在一起时，它就不再是超然的，而被称为混合型奉爱服务。《圣典博伽瓦谭》的作者圣维亚萨戴瓦，将在这部著作中逐一地阐述超然的觉悟程序，以及混合的觉悟程序。

第 36 节 सर्वं तदिदमाख्यातं यत्पृष्टोऽहं त्वयानघ ।
जन्मकर्मरहस्यं मे भवतश्चात्मतोषणम् ॥३६॥

sarvaṁ tad idam ākhyātaṁ
yat pṛṣṭo 'haṁ tvayānagha

janma-karma-rahasyaṁ me
bhavataś cātma-toṣaṇam

sarvam — 所有 / tat — 那 / idam — 这 / ākhyātam — 描述 / yat — 无论什么 / pṛṣṭaḥ— 询问 / aham — 我自己 / tvayā — 由你 / anagha — 没有任何罪恶 / janma — 诞生 / karma — 活动 / rahasyam — 神秘 / me — 我的 / bhavataḥ— 你的 / ca — 和 / ātma — 自我 / toṣaṇam— 满足

译文　维亚萨戴瓦啊！您免于一切罪恶，为此我应您的请求给您解释了我的出生和为觉悟自我而从事的活动。所有这些也都有助于您个人的满足。

要旨　为回答维亚萨戴瓦的询问，满足他的好奇心，纳茹阿达·牟尼充分解释了奉爱活动的整个程序，从开始阶段一直到超然的阶段，无一遗漏。他解释了怎样靠超然的联谊获得奉爱服务的种子，怎样靠聆听圣人的话语逐渐使奉爱服务的种子发芽、成长。这样聆听的结果是，人不再对世俗世界感兴趣，以至就连小孩子在得到他母亲(唯一照顾他的亲人)的死讯后，都能把那视为是神的祝福，并立刻抓住机会去寻找至尊主。尽管没人能用世俗的眼睛看到至尊主，但至尊主还是赐予他真诚渴望见至尊主一面的愿望。纳茹阿达还解释了怎样做纯粹的奉爱服务，可以使人摆脱积累起来的功利性活动的报应；解释了他的物质身体是怎么转变成灵性躯体的。只有灵性的身体才能进入至尊主的灵性王国；而除了纯粹的奉献者，没人有资格进入神的王国。纳茹阿达·牟尼本人对超然觉悟的全部奥秘有充分的体验，因此聆听像他那样的权威所说的话，可以使人对奉爱生活有所了解，而这些即使在最初的韦达经中也几乎没有记载。韦达经(Vedas)和奥义书(Upaniṣads)中只有对奉爱生活这部分内容的暗示而已，并没有直接的解释。正因为如此，《圣典博伽瓦谭》被公认为是韦达文献之树上的成熟了的果实。

第37节

सूत उवाच
एवं सम्भाष्य भगवान्नारदो वासवीसुतम् ।
आमन्त्र्य वीणां रणयन् ययौ यादृच्छिको मुनिः ॥३७॥

sūta uvāca
evaṁ sambhāṣya bhagavān
nārado vāsavī-sutam
āmantrya vīṇāṁ raṇayan
yayau yādṛcchiko muniḥ

sūtaḥ— 苏塔·哥斯瓦米 / uvāca — 说 / evam — 因此 / sambhāṣya—对……说 / bhagavān — 超然而有力量的 / nāradaḥ— 纳茹阿达·牟尼 / vāsavī— 名叫瓦萨薇(萨提亚瓦缇) / sutam — 儿子 / āmantrya — 邀请 / vīṇām— 琴 / raṇayan — 震动 / yayau — 走去 / yādṛcchikaḥ— 任意地 / muniḥ— 圣哲

译文 苏塔·哥斯瓦米说：圣纳茹阿达·牟尼对维亚萨戴瓦说了这番话后，便弹着他的维那琴离开，按他的自由意愿继续他的旅程。

要旨 每一个生物都渴望彻底自由，因为那是他超然的本性。这种自由只有通过为至尊主做超然的服务才能得到。受至尊主外在能量的迷惑，众生都认为自己是自由的，但实际却受自然法律的束缚。受制约的灵魂甚至在这个地球上都不能自由地从一个地方到另一个地方，更不要说从一个星球到另一个星球了。但像纳茹阿达那样一直不断在歌唱着至尊主荣耀的绝对自由的灵魂，却能够不仅在地球上到处旅行，在宇宙中随意穿梭，还能到灵性世界的任何地方去。他的自由与至尊主的自由一样，对此我们也只能想象其自由是无限的。他凭他的自由意愿到处旅行，而并不是因为某种原因、出于某种义务而被迫旅行；当然，也没人能阻止他自由自在的旅行。同样道理，超然的奉爱服务系统也是不受控制的。某个人在遵守了各种各样的规范守则后也许培养了对至尊主的爱，但也许没有。同样，与奉献者的联谊也不受控制。有的人也许幸运地得到了这种联谊，但有的人也许做了成千上万的努力也没能得到。因此，在奉爱服务的领域中，自由是主轴。没有自由就谈不上做奉爱服务。投靠、服从至尊主，并不意味着失去了自由。透过灵性导师这一透明的媒介投靠至尊主，就可以获得完全的自由。

第 38 节　अहो देवर्षिर्धन्योऽयं यत्कीर्तिं शार्ङ्गधन्वनः ।
गायन्माद्यन्निदं तन्त्र्या रमयत्यातुरं जगत् ॥३८॥

aho devarṣir dhanyo 'yaṁ
yat-kīrtiṁ śārṅgadhanvanaḥ
gāyan mādyann idaṁ tantryā
ramayaty āturaṁ jagat

aho — 所有的荣耀归予 / devarṣiḥ— 神中的圣哲 / dhanyaḥ— 所有功能 / ayam yat — 谁 / kīrtim — 荣耀 / śārṅga-dhanvanaḥ— 人格首神的 / gāyan — 吟唱 / mādyan — 以……为乐 / idam — 这 / tantryā— 用乐器 / ramayati — 使快乐 / āturam — 痛苦的 / jagat — 世界

译文　所有的光荣和成就归于圣纳茹阿达·牟尼，因为他赞美人格首神的活动，他这么做时不仅自己高兴，也使宇宙中所有痛苦的灵魂快乐。

要旨　纳茹阿达·牟尼弹奏着他的乐器歌颂至尊主超然的活动，以解救在物质宇宙中受苦的众生。在物质宇宙中，没有谁是快乐的，众生所感受的快乐只不过是玛亚所给予的错觉。至尊主的错觉能量是如此强大，就连躺在肮脏的粪便上的猪都感到自己是快乐的。在物质世界里，没人能真正快乐。纳茹阿达·牟尼为了启发在宇宙中受苦的众生而到处旅行。这位伟大的圣人的使命是让受制约的灵魂回归家园，回到首神身边，而这也是以他为榜样的真正奉献者的使命。

到此为止，结束了巴克提韦丹塔对《圣典博伽瓦谭》第 1 篇第 6 章——“纳茹阿达和维亚萨戴瓦间的对话”所作的阐释。

第七章

朵纳的儿子受惩罚

第1节

शौनक उवाच
निर्गते नारदे सूत भगवान् बादरायणः ।
श्रुतवांस्तदभिप्रेतं ततः किमकरोद्विभुः ॥१॥

śaunaka uvāca
nirgate nārade sūta
bhagavān bādarāyaṇaḥ
śrutavāṁs tad-abhipretaṁ
tataḥ kim akarod vibhuḥ

śaunakaḥ— 圣绍纳卡 / uvāca— 说 / nirgate — 去了 / nārade — 纳茹阿达 · 牟尼 / sūta — 苏塔啊 / bhagavān —具有超然力量的人 / bādarāyaṇaḥ— 维亚萨戴瓦 / śrutavān — 听到的人 / tat — 他的 / abhipretam —心中的愿望 / tataḥ— 此后 / kim — 什么 / akarot — 他做 / vibhuḥ— 伟大的

译文 圣人绍纳卡询问道：苏塔啊！伟大而又超然有力的维亚萨戴瓦听了圣纳茹阿达 · 牟尼讲述的一切。那么在纳茹阿达离开后，维亚萨戴瓦都做了什么呢？

要旨 《圣典博伽瓦谭》从这一章开始正式讲述它第一次被讲述的历史。这一章中主要讲述帕瑞克西特王在他母亲的子宫中神奇获救的事。引发这件事的是朵纳 · 阿查尔亚(Ācārya Droṇa)的儿子朵尼(Drauṇi)——阿施瓦塔玛(Aśvatthāmā)。他趁朵帕蒂(Draupadī)的五个儿子熟睡之际杀死了他们，为此受到阿尔诸纳(Arjuna)的惩罚。圣维亚萨戴瓦在着手编纂《圣典博伽瓦谭》之前，通过进入奉爱瑜伽的神性恍惚状态，了解了事情发展的全部真相。

第2节

सूत उवाच
ब्रह्मनद्यां सरस्वत्यामाश्रमः पश्चिमे तटे ।
शम्याप्रास इति प्रोक्त ऋषीणां सत्रवर्धनः ॥२॥

sūta uvāca
brahma-nadyāṁ sarasvatyām
āśramaḥ paścime taṭe
śamyāprāsa iti prokta
ṛṣīṇāṁ satra-vardhanaḥ

sūtaḥ— 圣苏塔 / uvāca— 说 / brahma-nadyām — 与韦达经、布茹阿玛纳、圣人及至尊主直接有关的河岸边 / sarasvatyām — 萨茹阿斯瓦缇 / āśramaḥ— 为打坐冥想而设的茅屋 / paścime — 在西面的 / taṭe— 河岸 / śamyāprāsaḥ— 名为沙弥亚帕斯的地方 / iti — 这样 / proktaḥ— 据说 / ṛṣīṇām — 圣哲们的 / satra-vardhanaḥ— 那给活动增添活力的

译文 圣苏塔说：在与韦达经有着紧密联系的萨茹阿斯瓦缇河的西岸，有个名叫沙弥亚帕萨的地方。在那个给圣人们的超然活动增添活力的地方，坐落着一个专供冥想用的小屋。

要旨 合适的地方和环境对提高灵性的知识水平来说无疑是必需的。位于萨茹阿斯瓦缇(Sarasvatī)河西岸的地方，尤其适合帮助人达成这一目的。在那里的一个名叫沙弥亚帕萨(Śamyāprāsa)的地方，坐落着维亚萨戴瓦的灵修所(āśrama)。圣维亚萨戴瓦是个居士，但他住的地方却被称为灵修所。这是因为，灵修所是指时刻以灵修为首要任务的居住

地，所以不分居住其中的人是居士还是托钵僧。韦达社会中的社会四阶层和灵性四阶段制度(varṇāśrama)规定，人生的每一个阶段都是一个灵修阶段(āśrama)。这意味着：人生的每一个阶段都是为了发展灵性意识；无论是过独身禁欲生活的学生(brahmacārī)、居士(gṛhastha)、逐渐退出家庭生活的人(vānaprastha)，还是托钵僧(sannyāsī)，其人生使命都一样，即：认识至尊者。因此从灵修的角度讲，不存在谁比谁重要或次要的问题。区别在于：弃绝的形式不同。托钵僧们是因为他们的弃绝形式而受到尊敬。

第 3 节 तस्मिन् स्व आश्रमे व्यासो बदरीषण्डमण्डिते ।
आसीनोऽप उपस्पृश्य प्रणिदध्यौ मनः स्वयम् ॥ ३ ॥

tasmin sva āśrame vyāso
badarī-ṣaṇḍa-maṇḍite
āsīno 'pa upaspṛśya
praṇidadhyau manaḥ svayam

tasmin — 在那(修行地) / sve — 自己的 / āśrame — 在茅屋里 / vyāsaḥ— 维亚萨戴瓦 / badarī— 浆果 / ṣaṇḍa — 树 / maṇḍite— 围绕着 / āsīnaḥ— 坐在 / apaḥ upaspṛśya— 碰到水 / praṇidadhyau — 集中 / manaḥ— 注意力 / svayam — 他自己

译文 那个周围长满浆果树的小屋，是圣维亚萨戴瓦的灵修所。维亚萨戴瓦用水净化自己后，便在自己的灵修所中坐下来打坐冥想。

要旨 维亚萨戴瓦遵从他灵性导师圣纳茹阿达 · 牟尼的训令，在他超然的灵修所中全神贯注地冥想。

第 4 节 भक्तियोगेन मनसि सम्यक्प्रणिहितेऽमले ।
अपश्यत्पुरुषं पूर्णं मायां च तदपाश्रयम् ॥ ४ ॥

bhakti-yogena manasi
samyak praṇihite 'male
apaśyat puruṣaṁ pūrṇaṁ
māyāṁ ca tad-apāśrayam

bhakti — 奉爱服务 / yogena — 靠连起来的程序 / manasi — 心念 / samyak — 完美的 / praṇihite — 从事及坚定于 / amale — 没有任何物质 / apaśyat— 见了 / puruṣam— 人格首神 / pūrṇam — 绝对的 / māyām— 能量 / ca — 还有 / tat — 祂的 / apāśrayam — 在完全控制下

译文 接着，他集中自己的心念，全神贯注地用它做奉爱服务(奉爱瑜伽)，心中没有丝毫的物质欲念。以此方式，他看到了绝对的人格首神，以及完全在祂控制下的祂的外在能量。

要旨 只有按照奉爱服务的连接程序去做，才有可能看清绝对真理。这一点在《博伽梵歌》中也得到证实。人只有按照奉爱服务的程序去做，才能对绝对真理人格首神有完美的认识；而凭借这样完美的知识，人就可以进入神的王国。对至尊神不具人格特征的梵光(Brahman)或处在局部区域的超灵(Paramātmā)的认识，是对绝对者的不完美的认识，不能使人进入神的王国。圣纳茹阿达建议圣维亚萨戴瓦全神贯注于对人格首神及祂的活动的超然冥想。梵光不是绝对真理的全部，没有体现祂的全貌，因此圣维亚萨戴瓦没有把注意力放在那上面。人格首神才是绝对真理的全貌，《博伽梵歌》第 7 章的第 19 节诗对此这样确认说：人格首神是一切原因的起因(vāsudevaḥ sarvam iti)。奥义书中也证实说：人格首神华苏戴瓦(Vāsudeva)被不具人格特征、金色灿烂的灼热梵光笼罩着(hiraṇmayena pātreṇa)；只有当至尊主仁慈地移开那由梵光构成的帷幕，我们才能看到这位绝对者真正的面貌。这节诗中把绝对者描述为是菩茹沙(puruṣa)——人。韦达文献中有那么多地方提到绝对的人格首神，《博伽梵歌》中更证实这位菩茹沙是永恒的第一人。绝对的人格首神是完美的人。这位至尊人有各种各样的能量，其中内在能量、外在能量和边缘能量尤其重要。这节诗里提到的能量是外在能量；这一点在后面描述的她的活动中将给予清楚的证实。绝对人的内在能量始终与绝对人在一起，就像月光与月亮在一起一样。外在能量使生物处在愚昧的黑暗中，因此被比喻为是黑暗。这节诗中的梵文“在完全的控制下(apāśrayam)”一词说明，至尊主的这个能量完全受祂的控制。至尊主的内在能量(更高的能量)也称为玛亚(māyā)，但那是灵性的玛亚，是在绝对的区域内展示的能量。当人完全托庇于这个内在能量时，物质愚昧的黑暗就立刻被驱散。就连那些稳定地处在神性恍惚状态中的人(ātmārāma)，都托庇于这个玛亚——内在能量。奉爱服务(奉爱瑜伽)，是内在能量的职责，因此在内在能量所管辖的领域中没有物质能量(低等能量)的存身之处。这就像在灵性光芒的照射下黑暗无处藏身一样。这种内在能量甚至高于觉悟非人格梵的概念所获得的灵性快乐。《博伽梵歌》中说，不具人格特征的梵光也是从绝对的人格首神圣奎师那身上放射出来的。正如后面的诗将要解释的，至尊人(parama-puruṣa)非圣奎师那本人莫属。

第 5 节　यया सम्मोहितो जीव आत्मानं त्रिगुणात्मकम् ।
परोऽपि मनुतेऽनर्थं तत्कृतं चाभिपद्यते ॥५॥

yayā sammohito jīva
ātmānaṁ tri-guṇātmakam
paro 'pi manute 'narthaṁ
tat-kṛtaṁ cābhipadyate

yayā— 由谁 / sammohitaḥ— 迷惑了 / jīvaḥ— 生物 / ātmānam— 自我 / tri-guṇa-ātmakam — 被三种自然属性制约、或是一种物质的产物 / paraḥ— 超然的 / api — 尽管 / manute — 认为是理所当然的 / anartham — 不需要的事物 / tat — 由那 / kṛtam ca— 反应 / abhipadyate — 因此而经历

译文 由于这一外在能量，生物虽然本质上超越物质自然的三种属性，但却以为自己是物质的产物，所以要经受物质的痛苦。

要旨 这节诗和下一节诗中指出了导致物质主义者痛苦的根源，解决问题的方式，以及最终可以达到的完美境界。原本超然的生物现在被囚禁在物质的牢笼中，遭到物质能量的关押，因此以为自己是物质的产物。由于这种非神圣的接触，纯粹的灵性生物在物质自然的控制下承受物质的痛苦，误认为自己是物质的产物。这意味着：在受物质制约的情况下，他以现在这种扭曲的方式思考、感受和愿望，对他来说是不自然的。他原本有他正常的思考、感受和愿望的方式。生物在他原本的状态下并不是没有思考、感受和愿望的权利及能力。《博伽梵歌》中证实说，受制约的灵魂的真正的知识现在被愚昧遮盖了。为此，这里驳斥了"生物是绝对的非人格梵"的理论。那是不可能的，因为生物在他不受制约的原本状态中有他自己的思考方式。他现在这种受制约的状态是由外在能量的影响所致，而这意味着当至尊主离开时，错觉能量采取了主动。至尊主不希望生物受外在能量的影响。外在能量清楚这一事实，但还是承担起吃力不讨好的任务，用她的迷惑力把健忘的灵魂置于错觉的影响下。至尊主并不干涉错觉能量的这一任务，因为错觉能量做的这项工作也是改造受制约的灵魂所必需的。深爱孩子的父亲虽然并不喜欢让其他人惩罚他的孩子，但为了纠正他那些不服从的孩子，他还是让非常严格的人来监管他们。尽管如此，绝对深爱孩子的全能父亲同时也想要

拯救受制约的灵魂，使他们摆脱错觉能量的钳制。国王把违抗命令的臣民放进监狱，但有时，想要拯救犯人的国王也会亲自去监狱，请求犯人改邪归正，使犯人重获自由。同样，至尊主从祂的王国降临到错觉能量控制的王国中，以讲述《博伽梵歌》的形式亲自解救受制约的灵魂。在《博伽梵歌》中，祂本人建议说：尽管错觉能量很难战胜，但投靠至尊主的莲花足的人却因至尊主发布命令而被释放。这个皈依程序是使人摆脱错觉能量之迷惑的方法。靠联谊的影响，人可以完成这个皈依程序。正因为如此，至尊主建议说，通过聆听对至尊者有真正认识的圣人的讲话，人开始为至尊主做超然的奉爱服务。受制约的灵魂对聆听有关至尊主的一切产生兴趣，而只有靠这样的聆听，他对至尊主才能逐渐由尊敬上升到热爱，最后至依恋。这一切都是靠投靠、服从的皈依程序达成的。至尊主在这节诗中又通过祂的化身维亚萨戴瓦建议了这一点。这意味着，至尊主以两种方式教化受制约的灵魂，一种方式是通过祂的外在能量给予惩罚，另一种方式是祂本人以内在和外在灵性导师的形式给予指引。在每一个生物体的心中，至尊主以超灵(Paramātmā)的身份成为灵性导师；从外在，祂以经典、圣人和启迪灵性导师的形式当受制约灵魂的灵性导师。这在下一节诗中有更明确的解释。

韦达经典《克纳奥义书》(Kena Upaniṣad)在谈到半神人的控制力量时证实说，错觉能量受至尊主本人的控制。这里也清楚地说明，外在能量本人控制着物质世界里的众生。受外在能量控制的生物所具有的状态，不是他的原本状态。尽管如此，《圣典博伽瓦谭》的说明清楚地显示，在完美的生物人格首神面前，这同样的外在能量地位低下。外在能量(错觉能量)只能管理物质世界里的生物；甚至接近不了完美的生物——至尊主。因此，认为至尊主因为受错觉能量的迷惑而成为普通生物的想法，纯粹是想象而已。如果生物与至尊主属于同一个范畴，维亚萨戴瓦自然会看到这一点；而且也就不存在被迷惑的生物受物质痛苦的问题了，因为至尊生物是全知、从不受迷惑的。一元论者为了把至尊主和生物放在同一个范畴内，进行了太多的肆无忌惮的想象。至尊主如果与生物是一样的，那祂所从事的娱乐活动就将是错觉能量的展示，圣舒卡戴瓦·哥斯瓦米也就不会不辞辛劳地传播有关祂超然的娱乐活动的知识了。

对在玛亚控制下受苦的人类来说，《圣典博伽瓦谭》是最好的治疗药物。圣维亚萨戴瓦先诊断出受制约灵魂的真正疾病，即：被外在能量所迷惑。换句话说，他看到受制约灵魂的疾病和生病的原因，但也看到了凌驾于外在(错觉)能量的至尊完美生物。下一节诗建议了治疗方法。至尊人格首神和生物在质上无疑是一样的，但至尊主是错觉能量的控制者，而生物则被错觉能量所控制。所以说，至尊主与生物既一样，同时又有区别。这节诗阐明的另一个要点是：至尊主与生物的关系是永恒、超然的，否则至尊主就不会操心来教化受制约的灵魂，要把他们救出玛亚的牵制了。同样，受制约的灵魂也需要唤醒他对至尊主自然的爱，而那是生物所能达到的最高的完美境界。《圣典博伽瓦谭》医治受制约的灵魂，以使其达到生命的那个境界。

第 6 节 अनर्थोपशमं साक्षाद्भक्तियोगमधोक्षजे ।
लोकस्याजानतो विद्वांश्चक्रे सात्वतसंहिताम् ॥६॥

anarthopaśamaṁ sākṣād
bhakti-yogam adhokṣaje
lokasyājānato vidvāṁś
cakre sātvata-saṁhitām

anartha — 那些多余的事物 / upaśamam — 减缓 / sākṣāt— 直接地 / bhakti-yogam — 奉爱服务的联系程序 / adhokṣaje — 向超然性 / lokasya — 一般大众的 / ajānataḥ— 那些不知道的 / vidvān— 极有学识的 / cakre — 编纂 / sātvata— 与至尊真理有关的 / saṁhitām— 韦达文献

译文　生物所受的不必受的物质痛苦，可以通过做奉爱服务与超然的至尊主连接得到缓解，但绝大多数人不知道这一点。为此，博学的维亚萨戴瓦编纂了讲述有关至尊真理的这部韦达文献。

要旨　圣维亚萨戴瓦看到了绝对完美的人格首神。这节诗及前面的诗所作的说明表示，人格首神作为整体也包括祂不可缺少的部分。因此，维亚萨戴瓦看到了至尊主的不同能量，其中包括内在能量、边缘能量和外在能量。他还看到至尊主的各个完整扩展，以及完整扩展的不同化身。不仅如此，他还清楚地看到受制约的灵魂在至尊主外在能量的迷惑下所受的本不需要受的痛苦。最后，他看到了治愈受制约灵魂的方法——奉爱服务。奉爱服务是一门非凡的超然科学，它以聆听和吟诵(吟唱)至尊人格首神的名字、形象和荣耀等为开端。要唤醒沉睡在心中的对首神的爱，并不依靠聆听和吟诵、吟唱的机械程序，而完全只依靠至尊主没有缘故的仁慈。当奉献者真诚的努力使至尊主完全满意时，至尊主就会赐予奉献者为祂做超然爱心服务的机会。尽管如此，如果我们按照规定的聆听和吟诵、吟唱方式做，也会感到我们所受的本不需要受的物质存在的痛苦顿时减轻了。要缓解这种物质影响，并不需要培养超然的知识。相反，只有为最高的觉悟目标至尊真理服务才能获得超然的知识。

第7节　यस्यां वै श्रूयमाणायां कृष्णे परमपूरुषे ।
भक्तिरुत्पद्यते पुंसः शोकमोहभयापहा ॥७॥

yasyāṁ vai śrūyamāṇāyāṁ
kṛṣṇe parama-pūruṣe
bhaktir utpadyate puṁsaḥ
śoka-moha-bhayāpahā

yasyām — 这部韦达文献 / vai — 肯定地 / śrūyamāṇāyām — 只要聆听 / kṛṣṇe — 向主奎师那 / parama — 至尊 / pūruṣe— 向人格首神 / bhaktiḥ— 奉爱服务的情感 / utpadyate — 涌流 / puṁsaḥ— 生物的 / śoka — 悲伤 / moha — 虚幻 / bhaya — 恐惧 / apahā — 那会熄灭的

译文 光是用耳朵聆听这韦达文献，就会生出为至尊人格首神圣主奎师那做奉爱服务的情感，从而立刻熄灭哀伤、错觉和害怕的火焰。

要旨 人体上有各种各样的感官，其中耳朵是感知力最强的感官。这个感官甚至在人熟睡时都工作。人在清醒时可以用他的手抵御敌人的攻击，但熟睡时就只能靠耳朵保护自己了。就有关摆脱物质痛苦，达到生命最高的完美境界这一点，这节诗中谈到了聆听的重要性。每一个人都时刻感受着悲哀的情绪；人因为一直在追求海市蜃楼般的幻象，所以总是害怕假想中的敌人。这些都是物质疾病的主要病症。这节诗中明确提示，光靠聆听《圣典博伽瓦谭》的信息，人就产生对至尊人格首神圣奎师那的依恋之情；而一旦有了这种感情，物质疾病的病症也就消失了。圣维亚萨戴瓦看到了绝对完美的人格首神，而这节诗中明确说明绝对完美的人格首神就是圣奎师那。

奉爱服务最后的结果是发展出对至尊人真正的爱。男人和女人的关系中经常会用到的“爱”这个词，是说明主奎师那和生物之间关系的唯一最恰当的词。《博伽梵歌》中把生物称为帕奎缇(prakṛti)，而梵文帕奎缇是阴性受词——女性。至尊主始终被描述为是至高无上的男人(parama-puruṣa)，至尊主与生物之间的感情类似男人与女人的感情。因此，“对首神的爱”这一说法非常恰当。

怀着爱心为至尊主做奉爱服务，以聆听有关至尊主的一切为开端。至尊主本人与聆听有关祂的主题没有区别。至尊主在所有的方面都是绝对的，所以祂本人及聆听与祂有关的一切之间没有分别。聆听有关祂的一切，意味着借由超然的声音振荡立刻与祂接触上。超然的声音功效十分强大，以致可以立刻清除上述所有的物质影响。正如前面谈到的，与物质的接触使生物产生错觉，把物质躯体的短暂囚禁视为是永恒不变的事实。在这种错觉的影响下，备受各种假象迷惑的生物，经历各种各样的生命形式。即使在最高的人体生命阶段，这同样的错觉也会以许多“主义”的形式遍布各处，割裂生物与至尊主的爱的关系，从而也分裂人与人之间的爱的关系。聆听《圣典博伽瓦谭》所讲述的超然主题，可以使人去除这种物质主义的错误概念。只有这样，人类社会中才会真正开始有政治家们所热切渴望并为之努力的和平。政治家们希望人与人之间、国家与国家之间能和平共处，但同时，由于太想主宰物质世界里的一切，制造了很多的假象和恐惧。正因为如此，政治家们的和平会议并不能给人类社会带来真正的和平。唯有靠聆听《圣典博伽瓦谭》中讲述的与至尊人格首神圣奎师那有关的主题，才能给人类社会带来真正的和平。愚蠢的从政者们也许几百年、几百年一直不断地召开各种和平会议及政府首脑会议，但永远都不会取得成功。除非我们重建我们失去了的与奎师那的关系，否则把物质躯体当做自我的错觉会继续战胜我们，世界仍将弥漫着恐惧与担忧。至于说至尊人格首神就是圣奎师那是否是事实这一点，不仅启示经典中列举了成千上万的证据，住在温达文(Vṛndāvana)、纳瓦兑帕(Navadvīpa)和普瑞(Purī)等地的奉献者也通过个人体验提供了成千上万的证据。甚至在梵文《考穆迪》(Kaumudī)词典中，列出奎师那的同义词是：雅首达(Yaśodā)的儿子，以及至尊人格首神帕茹阿布茹阿曼(Parabrahman)。结论是：仅仅靠聆听《圣典博伽瓦谭》这部韦达典籍，人可以与至尊人格首神圣奎师那直接接触上，从而超越尘世的痛苦、错觉和恐惧，达到生命最高的完美境界。这些是真正以服从的态度聆听和阅读《圣典博伽瓦谭》所得到的具体结果。

第 8 节 स संहितां भागवतीं कृत्वानुक्रम्य चात्मजम् ।
शुकमध्यापयामास निवृत्तिनिरतं मुनिः ॥८॥

sa saṁhitāṁ bhāgavatīṁ
kṛtvānukramya cātma-jam
śukam adhyāpayām āsa
nivṛtti-nirataṁ muniḥ

saḥ— 那 / saṁhitām — 韦达文献 / bhāgavatīm — 与人格首神有关 / kṛtvā — 做了 / anukramya — 经过改正和重写 / ca — 和 / ātma-jam — 他自己的儿子 / śukam — 舒卡戴瓦 · 哥斯瓦米 / adhyāpayām āsa — 教导 / nivṛtti— 自我觉悟的途径 / niratam — 从事于 / muniḥ— 圣哲

译文 伟大的圣人维亚萨戴瓦编纂、修订《圣典博伽瓦谭》后，把它传授给儿子——已经在从事觉悟自我活动的圣舒卡戴瓦 · 哥斯瓦米。

要旨 《圣典博伽瓦谭》是作者对他编纂的《布茹阿玛 · 苏陀》(Brahma-sūtras)所进行的自然评注。《布茹阿玛 · 苏陀》——《韦丹塔 · 苏陀》(Vedānta-sūtra,《吠檀多经》)，是为那些已经在从事觉悟自我活动的人编纂的；而《圣典博伽瓦谭》的编纂方式及内容，则可以使人光是聆听其中的主题就立即走上觉悟自我的路途。尽管这部巨著是专门为全身心从事觉悟自我活动的人(paramahaṁsas)编纂的，但其中的话语甚至深入追逐尘世名利之人的心。追逐尘世名利的人都在忙于感官享乐，但就连这样的人也将从这部韦达文献中找到治愈他们的物质疾病的方法。舒卡戴瓦 · 哥斯瓦米从一出生就是解脱了的灵魂，他父亲又教授他《圣典博伽瓦谭》。尽管世俗学者们对《圣典博伽瓦谭》编纂的年代有不同的看法，但从这部巨著记载的内容看，无疑就会清楚：它在主奎师那起程返回灵性世界后，帕瑞克西特(Parīkṣit)王离世前就编纂完成了。当帕瑞克西特王作为整个地球(Bhārata-varṣa)的君王统治全世界时，他处罚了喀历(Kali)年代的人格化身。按照启示经典及占星术推算，喀历年代从五千年前开始。因此，《圣典博伽瓦谭》至少是在五千年前编纂完成的。长篇史诗《玛哈巴茹阿特》(Mahābhārata,《摩诃婆罗多》)在《圣典博伽瓦谭》之前编纂完成，众多的往世书(Purāṇas)则先于《玛哈巴茹阿特》完成。这是对各部韦达文献编纂完成的时间所作的判断。按照纳茹阿达的指示，维亚萨戴瓦编纂《圣典博伽瓦谭》时，在进行细节性描述前先给出了整部著作的概要。《圣典博伽瓦谭》是弃绝之途(nivṛtti-mārga)的科学，而享乐之途(pravṛtti-mārga)受到纳茹阿达的谴责。受制约的灵魂自然受到享乐之途的吸引。《圣典博伽瓦谭》中的论题可以治愈人类的物质主义疾病，或者说，完全终止物质存在的痛苦。

第9节

शौनक उवाच
स वै निवृत्तिनिरतः सर्वत्रोपेक्षको मुनिः ।
कस्य वा बृहतीमेतामात्मारामः समभ्यसत् ॥ ९ ॥

śaunaka uvāca
sa vai nivṛtti-nirataḥ
sarvatropekṣako muniḥ
kasya vā bṛhatīm etām
ātmārāmaḥ samabhyasat

śaunakaḥ uvāca — 圣绍纳卡说 / saḥ— 他 / vai — 当然 / nivṛtti— 在自我觉悟的路途上 / nirataḥ— 总是从事于 / sarvatra — 在各方面 / upekṣakaḥ— 不关心的 / muniḥ— 圣人 / kasya — 为了什么原因 / vā — 或 / bṛhatīm— 庞大的 / etām — 这 / ātmārāmaḥ— 一个自我取悦的人 / samabhyasat — 经过研究

译文 圣绍纳卡问苏塔·哥斯瓦米道：圣舒卡戴瓦·哥斯瓦米已经稳定地走在觉悟自我的路途上，因此从自我获得了快乐。那他为什么还要不辞辛劳地学习这部卷帙浩繁的文献呢？

要旨 普通人所能达到的生命最高的完美境界是：停止物质活动，稳定地走觉悟自我的路。从感官享乐的活动中获取快乐的人，以及专注于与物质躯体有关的福利事业的人，都称为功利性活动者(karmīs)。在千百万这样的功利性活动者当中，也许会有一个人靠觉悟自我成为从灵性自我获得快乐的人——阿特玛茹阿玛(ātmārāma)。梵文阿特玛(ātmā)的意思是“自我”，阿茹阿玛(ārāma)的意思是“取得快乐”。每一个人都在寻找最高的快乐，但每一个人的快乐标准并不一样。因此，功利性活动者的快乐标准，不同于从灵性自我获得快乐的人的快乐标准。从灵性自我获得快乐的人与物质享乐者在各个方面都完全不同。圣舒卡戴瓦·哥斯瓦米已经达到了从灵性自我获得快乐的境界，但他还是不辞辛劳地研究非凡的文献《圣典博伽瓦谭》，并乐此不疲。这意味着，甚至对那些从灵性自我获得快乐并已经学习了所有其他韦达知识的人来说，《圣典博伽瓦谭》都是更高的学习内容——研究生的学习内容。

第10节

सूत उवाच
आत्मारामाश्च मुनयो निर्ग्रन्था अप्युरुक्रमे ।
कुर्वन्त्यहैतुकीं भक्तिमित्थम्भूतगुणो हरिः ॥१०॥

sūta uvāca
ātmārāmāś ca munayo
nirgranthā apy urukrame
kurvanty ahaitukīm bhaktim
ittham-bhūta-guṇo hariḥ

sūtaḥ uvāca — 苏塔·哥斯瓦米说 / ātmārāmāḥ— 那些满足于阿特

玛(一般指灵性的自我)的人 / ca — 还有 / munayaḥ— 圣哲们 / nirgranthāḥ— 摆脱一切束缚 / api — 虽然 / urukrame — 向伟大的冒险家 / kurvanti — 做 / ahaitukīm — 纯真的 / bhaktim — 奉爱服务 / ittham-bhūta— 这样神气的 / guṇaḥ— 品质 / hariḥ— 至尊主的

译文 苏塔·哥斯瓦米回答道：所有满足于灵性自我的人(阿特玛茹阿玛)，特别是稳定地走在觉悟自我路途上的人，虽然摆脱了各种各样的物质束缚，但都渴望为人格首神做纯粹的奉爱服务。这意味着至尊主拥有超然的特质，所以能吸引所有的人，包括解脱的灵魂。

要旨 圣主柴坦亚·玛哈帕布给祂首要的奉献者圣萨纳坦·哥斯瓦米，生动地解释了这节有关阿特玛茹阿玛(ātmārāma)的诗。祂指出这节诗中有十一个重要的梵文词：(1)从灵性自我获得快乐的人(ātmārāma)，(2) 圣哲贤人(munayaḥ)，(3)不受束缚(nirgrantha)，(4)尽管(api)，(5)也(ca)，(6)向伟大的冒险家(urukrama)，(7)做(kurvanti)，(8)纯粹的(ahaitukīm)，(9)奉爱服务(bhaktim)，(10)如此奇妙的特质(ittham-bhūta-guṇaḥ)，以及(11)至尊主的(hariḥ)。按照梵文词典《维施瓦·帕卡沙》(Viśva-prakāśa)的记载，从灵性自我获得快乐的人(ātmā)一词还有其他七个意思，它们分别是：(1)绝对真理(Brahman)，(2)躯体，(3)心，(4)努力，(5)忍耐，(6)智慧，以及(7)个人习惯。

圣哲贤人(munayaḥ)一词是指(1)那些富有思想的人，(2)严肃和沉默的人，(3)禁欲主义者，(4)坚持不懈的人，(5)托钵僧，(6)智者，以及(7)圣人。

不受束缚(nirgrantha)一词梵文的其他意思是：(1)摆脱无知的人，(2)与经典训令无关的人，或者说是没有义务遵守道德伦理学、哲学、心理学和形而上学等方面的启示经典及韦达经中提到的规范守则的人(换句话说，白痴、文盲和顽童等，不需要遵守规范守则),(3)一位富翁，以及(4)极度贫穷的人。

按照《沙布达·寇沙》(Śabda-kośa)词典的记录，用梵文前缀“尼(ni)”有“(1)必然、(2)计算、(3)建筑、(4)禁止的”意思，而用“格冉塔(grantha)”一词有财富、论题和词汇等意思。

向伟大的冒险家(urukrama)一词指的是“活动很光荣的人”，其中梵文“夸玛(krama)”的意思是“步伐”。向伟大的冒险家(urukrama)一词特别指至尊主的化身瓦玛纳(Vāmana)，祂跨出跨度无法估量的步伐横跨了整个宇宙。主维施努极为强大，祂的活动十分光荣：祂用祂的内在能量创造了灵性世界，用祂的外在能量创造了物质世界；祂凭借祂无所不在的特性，作为至尊真理遍布各处，但同时又凭借祂的个人特征，永恒地住在祂超然的居所哥珞卡·温达文(Goloka Vṛndāvana)，在那里从事各种各样超然的娱乐活动。祂的活动无与伦比；因此，向伟大的冒险家(urukrama)一词只适用于祂。

按照梵文语法，“做(kurvanti)”一词是指为某人做事情。因此，它的意思是圣哲贤人(munayaḥ)为至尊主做奉爱服务。他们不是为个人的利益，而是为取悦至尊主(Urukrama)做服务。

梵文“黑图(hetu)”的意思是“原因的”。有许多原因可以使人感官享乐，它们主要可以分为几大类，那就是：物质享乐、神秘力量和解脱。这些都是文明程度较高之人所向往的。谈到物质享乐，世上有数不胜数的物质享乐，物质主义者因为受错觉能量的迷惑，所以渴望越来越多地进行享乐。物质享乐的种类数之不尽，而物质宇宙中没有一个人能一样不少地享尽所有的享乐。至于神秘力量，它们共有八种，例如：形体变得最微小，变得没有重量，得到自己想要的一切，主宰物质自然，控制其他生物，创造飘浮在空中的星球，等等。《博伽瓦谭》中提到了所有这些神秘力量。至于解脱，经典中说有五种形式。

纯粹奉献的意思是：为至尊主做服务，而不想获得上述提到的种种个人利益。这种不带丝毫自私自利动机的纯粹奉献者，能完全满足强大的人格首神圣奎师那。

为至尊主所做的纯粹奉爱服务有不同的上升阶段。在物质领域中练习做奉爱服务有八十一种形式，而在这样的活动之上，是一种超然的奉爱服务练习，按规范守则做奉爱服务，梵文称作萨达纳·巴克缇(sādhana-bhakti)。当人不带丝毫自私自利的动机练习萨达纳·巴克缇变得成熟，产生出对至尊主超然的爱时，为至尊主所做的超然的爱心服务就开始逐渐发展，经历九种渐进阶段，它们分别是：依恋、爱、深爱、感情、关系密切、忠诚、追随、如痴如醉和强烈的离别之情。

还没有实际做奉爱服务的奉献者对至尊主的依恋，发展上升到对神有超然的爱的阶段。至尊主活跃的仆人所具有的依恋，发展上升到忠诚的阶段；而与至尊主有朋友关系的奉献者对至尊主的依恋发展上升到追随的阶段，对至尊主有父母之情的奉献者对至尊主的依恋，也发展上升到同样的阶段。以情侣之爱爱着至尊主的奉献者，从如痴如醉的阶段发展上升到有强烈的离别之情的阶段。这些是为至尊主做纯粹的奉爱服务所展现出的一些特征。

按照经典《哈尔依·巴克缇·苏窦达亚》(Hari-bhakti-sudhodaya)的说法，梵文“如此奇妙的(ittham-bhūta)”的含义是“十足的极乐”。通过觉悟非人格梵(Brahman)所感受到的超然极乐，被比喻为是牛蹄印的凹陷中存留的那么一点可怜的水。然而，看到人格首神所感受到的极乐却是汪洋大海，无与伦比。圣主奎师那本人的形象极有魅力，其中包括了所有的吸引力、所有的极乐和所有的情感(rasas)。这些吸引力是如此的强，以致没人再对物质享乐、神秘力量和解脱感兴趣。这一声明不需要用所谓合乎逻辑的论据来支持，人的本性使其自然受圣主奎师那的特质的吸引。我们必须清楚地了解，至尊主的特质与世俗特性没有丝毫关系。至尊主所有的特质都充满极乐、知识和永恒。至尊主有无数的特质，一个人受至尊主的一种特质的吸引，而同时另一个人受祂的另一种特质的吸引。

例如：萨纳卡(Sanaka)、萨纳坦(Sanātana)、萨南达(Sananda)和萨纳特·库玛尔(Sanat-kumāra)这四位独身禁欲的奉献者、伟大的圣人，就被供奉在至尊主莲花足上的混合了檀香浆的鲜花及图拉西(tulasī)叶子的芳香所吸引；而舒卡戴瓦·哥斯瓦米则受至尊主超然的娱乐活动的吸引。舒卡戴瓦·哥斯瓦米已经处在解脱的状态中，但还是受至尊主的娱乐活动的吸引。这证明，至尊主的娱乐活动的性质不是物质的。同样道理，年轻的牧牛姑娘们受至尊主的身体特征的吸引，而茹珂蜜妮(Rukmiṇī)则通过聆听至尊主的荣耀受到祂的吸引。主奎师那甚至使幸运女神对祂念念不忘。所有的少女都特别受祂的吸引，魂牵梦萦地想着祂，年长的女士则以深情的母爱时刻牵挂着祂。所有的男子也深受祂的吸引，把祂视为主人和朋友。

梵文“哈尔依(hari)”包含很多意思，但最主要的意思是：祂(至尊主)战胜一切不吉祥的事物；通过赐予奉献者对祂纯粹、超然的爱，带走奉献者的心。在极为痛苦的时候思念至尊主，可以使人摆脱各种各样的痛苦和焦虑。至尊主会把纯粹奉献者在奉爱服务路途上的一切障碍逐一去除掉，使得奉献者有能力专注地做聆听和吟诵、吟唱等九种奉爱服务。

至尊主凭借祂个人的超然相貌和特质，吸引了纯粹奉献者的全部注意力，使纯粹奉献者们都一心扑在祂身上。正因为主奎师那的魅力是如此强大，以致奉献者不渴求通过从事宗教活动所得到的四种结果。这些都是至尊主超然的相貌和特质所具有的吸引力。在这节诗的十一个重要梵文词中的“尽管(api)”和“也(ca)”这两个词，使其他词的意思无限增强。按照梵文语法，梵文“尽管(api)”一词有七个同义词。

这样解释这节诗中的每一个梵文词后，人就可以看到主奎师那所具备的无数超然品质，而这些超然品质深深地吸引了纯粹奉献者的心。

第 11 节　हरेर्गुणाक्षिप्तमतिर्भगवान् बादरायणिः ।
अध्यगान्महदाख्यानं नित्यं विष्णुजनप्रियः ॥११॥

harer guṇākṣipta-matir
bhagavān bādarāyaṇiḥ
adhyagān mahad ākhyānaṁ
nityaṁ viṣṇu-jana-priyaḥ

hareḥ— 人格首神哈尔依的 / guṇa— 超然的品质 / ākṣipta — 专注于 / matiḥ— 心 / bhagavān— 强有力的 / bādarāyaṇiḥ— 维亚萨戴瓦之子 / adhyagāt— 经过研究 / mahat — 伟大的 / ākhyānam — 描述 / nityam — 有规律地 / viṣṇu-jana— 至尊主的奉献者 / priya*f* — 所爱的

译文　圣维亚萨戴瓦的儿子圣舒卡戴瓦·哥斯瓦米，不仅超然有力，而且备受至尊主奉献者的喜爱。他学习了这优美的叙事诗篇(《圣典博伽瓦谭》)。

要旨　按照《布茹阿玛·外瓦尔塔往世书》(Brahma-vaivarta Purāṇa)的记载，圣舒卡戴瓦·哥斯瓦米甚至在他母亲的子宫中就已经是解脱了的灵魂。圣维亚萨戴瓦知道这孩子出生后不会留在家里，于是便给他讲述了《博伽瓦谭》的概要，以使他能喜爱至尊主所从事的超然活动。舒卡戴瓦·哥斯瓦米出生后，通过亲口朗诵《博伽瓦谭》的诗文更深入了解了其中的主题。

关键在于：解脱的灵魂一般都有要与至尊整体合一的一元论观点，都喜爱至尊者不具人格特征的梵光(Brahman)；但与维亚萨戴瓦那样的纯粹奉献者联谊后，就连这种解脱了的灵魂都深受至尊主的超然特质的吸引。依靠圣纳茹阿达的仁慈，圣维亚萨戴瓦能够讲述《圣典博伽瓦谭》这部伟大的叙事诗；而依靠圣维亚萨戴瓦的仁慈，圣舒卡戴瓦·哥斯瓦米能够理解它的内涵。至尊主的超然特质是那么有魅力，甚至使圣舒卡戴瓦·哥斯瓦米不再全神贯注于至尊主的非人格特征，而是深受至尊主本人从事的活动的吸引。

事实上，他抛弃绝对者不具人格特征的概念，心想他花那么多时间把心思专注在至尊者的非人格特征上，只不过是在浪费自己的时间而已。换句话说，他感受到专注于至尊主的个人特征所得到的快乐，远远超过专注于非人格特征所得到的快乐。从那时起，不仅他本人变得非常喜爱至尊主的奉献者(viṣṇu-janas)，至尊主的奉献者也非常喜爱他。至尊主的奉献者们不愿意抹杀生物的个体性，而希望成为至尊主的随身仆人。正因为如此，他们不怎么喜欢非人格神主义者。同样，想要与至尊者合一的非人格神主义者，也无法估量至尊主的奉献者的价值。所以，从无法追溯的年代起，这两类超然主义者就时常成为对手。换句话说，由于他们对至尊者的认识不同，一个是最终对至尊者本人的认识，一个是对至尊者的非人格特征的觉悟，他们彼此疏远对方。因此看起来，圣舒卡戴瓦·哥斯瓦米也曾经不喜欢至尊主的奉献者，但自从他自己成为充满奉爱之情的奉献者后，他总希望得到至尊主奉献者的超然联谊；而自从他成为按照《博伽瓦谭》教导去做的奉献者(Bhāgavata)后，至尊主的奉献者们也非常喜欢他的联谊。就这样，父子二人原先都精通布茹阿曼(Brahman, 梵)的超然知识，而后来两人都变得全神贯注于至尊主的个人特质。关于舒卡戴瓦·哥斯瓦米是怎么受《博伽瓦谭》内容吸引的这一点，这节诗作了全面的回答。

第 12 节 परीक्षितोऽथ राजर्षेर्जन्मकर्मविलापनम् ।
संस्थां च पाण्डुपुत्राणां वक्ष्ये कृष्णकथोदयम् ॥१२॥

parīkṣito 'tha rājarṣer
janma-karma-vilāpanam
saṁsthāṁ ca pāṇḍu-putrāṇāṁ
vakṣye kṛṣṇa-kathodayam

parīkṣitaḥ— 帕瑞克西特王 / atha — 因此 / rājarṣeḥ— 国王中的圣人的 / janma — 诞生 / karma — 活动 / vilāpanam — 救赎 / saṁsthām — 退出尘世 / ca — 和 / pāṇḍu-putrāṇām— 潘杜诸子的 / vakṣye— 我将会说 / kṛṣṇa-kathā-udayam — 那引起对至尊人格首神奎师那之超然的描述

译文 苏塔·哥斯瓦米接着对以绍纳卡为首的圣人们说：我现在要开始背诵这一对主奎师那的超然叙述，对君王中的圣哲帕瑞克西特王的出生、活动和获救等主题的叙述，以及对潘杜之子退出尘世的叙述。

要旨 主奎师那对坠落了的灵魂是这样仁慈，以致亲自化身降临到各种不同的物种中，参加他们的日常活动。任何与记载至尊主的活动有关的历史，无论其古远还是近代，都被视为是对至尊主的超然描述。往世书(Purāṇas)和《玛哈巴茹阿特》(Mahābhārata)等韦达经的补充文献，如果没有记载有关奎师那的内容，都只不过是故事或史实；但只要其中记载了有关奎师那的内容，它们就变得超然；当我们聆听或阅读这些文献时，我们立刻变得与至尊主有了超然的联系。《圣典博伽瓦谭》也是往世书，但这部往世书所具有的特殊意义在于：至尊主的活动是叙述的中心，而不是对历史事实的补充。正因为如此，圣主柴坦亚·玛哈帕布评论《圣典博伽瓦谭》是毫无瑕疵的往世书。有一类智力欠佳的所谓《博伽梵往世书》(Bhāgavata Purāṇa)的爱好者；他们想要立刻去欣赏这部《圣典博伽瓦谭》第十篇叙述的至尊主从事的活动，而不去首先理解前面篇章的内容。他们错误地认为前面的篇章都没有描述奎师那，因此便愚蠢地直接阅读第十篇。这节诗中特别告诉这些读者，《圣典博伽瓦谭》的其他篇章与第十篇一样重要。在没有完全理解其他九篇的主旨之前，人不该尝试去触碰第十篇的内容。奎师那与祂纯粹的奉献者潘达瓦五兄弟等，在同一个层面上。在所有的关系中(rasas)，奎师那总是与祂的奉献者在一起，而像潘达瓦五兄弟那样的纯粹奉献者也不会在没有奎师那的情况下独自存在。奉献者和至尊主永远连接在一起，他们彼此是不可分的。因此，有关他们的话题也都属于奎师那话题(kṛṣṇa-kathā)的范畴。

第 13—14 节 यदा मृधे कौरवसृञ्जयानां
वीरेष्वथो वीरगतिं गतेषु ।
वृकोदराविद्धगदाभिमर्श-
भग्नोरुदण्डे धृतराष्ट्रपुत्रे ॥१३॥
भर्तुः प्रियं द्रौणिरिति स्म पश्यन्
कृष्णासुतानां स्वपतां शिरांसि ।
उपाहरद्विप्रियमेव तस्य
जुगुप्सितं कर्म विगर्हयन्ति ॥१४॥

yadā mṛdhe kaurava-sṛñjayānāṁ
vīreṣv atho vīra-gatiṁ gateṣu
vṛkodarāviddha-gadābhimarśa-
bhagnoru-daṇḍe dhṛtarāṣṭra-putre

bhartuḥ priyaṁ drauṇir iti sma paśyan
kṛṣṇā-sutānāṁ svapatāṁ śirāṁsi
upāharad vipriyam eva tasya
jugupsitaṁ karma vigarhayanti

yadā — 当 / mṛdhe — 在战场上 / kaurava — 兑塔瓦施陀那一派 / sṛñjayānām — 潘达瓦兄弟那一派 / vīreṣu — 战士的 / atho — 因此 / vīra-gatim — 战士们应达到的目的地 / gateṣu— 达到了 / vṛkodara — 彼玛

(潘达瓦兄弟中的二哥) / āviddha — 被打 / gadā — 被棒打 / abhimarśa — 悲伤 / bhagna — 断了 / uru-daṇḍe— 脊椎神经 / dhṛtarāṣṭra-putre — 兑塔瓦施陀之子 / bhartuḥ— 主人的 / priyam — 取悦 / drauṇiḥ— 朵纳查尔亚之子 / iti — 这样 / sma — 将会 / paśyan — 看见 / kṛṣṇā — 朵帕蒂 / sutānām— 儿子们的 / svapatām — 睡觉的时候 / śirāṁsi — 头颅 / upāharat — 作为战利品 / vipriyam — 取悦 / eva — 像 / tasya — 他的 / jugupsitam — 罪大恶极的 / karma — 行动 / vigarhayanti — 不赞同

译文 当考茹阿瓦和潘达瓦两个阵营中的战将都被杀死在库茹柴陀战场上，而战死的战将们都到达他们所应去的目的地时，当兑塔瓦施陀的儿子杜尤丹因脊柱被彼玛森纳的大头棒打断而哀叹失败时，朵纳查尔亚的儿子(阿施瓦塔玛)趁朵帕蒂的五个儿子熟睡之际砍下他们的头，把那些首级当做战利品带给他的主人杜尤丹，愚蠢地以为他主人会为此而高兴。然而，杜尤丹非但一点儿都不高兴，反而谴责那可憎的行为。

要旨 《圣典博伽瓦谭》中谈论的有关圣主奎师那的活动的超然话题，以叙述库茹柴陀(Kurukṣetra)战争的结局为开始，而至尊主本人就是在库茹柴陀战场讲述《博伽梵歌》时介绍了祂自己。正因为如此，《博伽梵歌》和《圣典博伽瓦谭》中谈论的，都是有关主奎师那的超然话题。《博伽梵歌》是奎师那话题(kṛṣṇa-kathā)，因为它是由至尊主本人讲述的；《圣典博伽瓦谭》也是奎师那话题，因为它讲述了有关奎师那。主柴坦亚希望每一个人都了解这两种奎师那话题。圣主柴坦亚·玛哈帕布是扮演了奎师那的奉献者的奎师那本人，因此讲述主奎师那和讲述圣奎师那·柴坦亚·玛哈帕布的经典完全一样。主柴坦亚希望所有出生在印度的人，都能认真理解这样的奎师那话题，并在完全领悟后向全世界的每一个人去传播这超然的信息。那将给生病的世界带来想要的和平与繁荣。

第 15 节 माता शिशूनां निधनं सुतानां
निशम्य घोरं परितप्यमाना ।
तदारुदद्वाष्पकलाकुलाक्षी
तां सान्त्वयन्नाह किरीटमाली ॥१५॥

mātā śiśūnāṁ nidhanaṁ sutānāṁ
niśamya ghoraṁ paritapyamānā
tadārudad vāṣpa-kalākulākṣī
tāṁ sāntvayann āha kirīṭamālī

mātā — 母亲 / śiśūnām — 儿童的 / nidhanam — 屠杀 / sutānām — 儿子们的 / niśamya— 听到后 / ghoram — 恐怖的 / paritapyamānā — 哀悼 / tadā — 在那时 / arudat — 开始哭泣 / vāṣpa-kala-ākula-akṣī— 泪流满面 / tām — 她 / sāntvayan — 抚慰 / āha— 说 / kirīṭamālī— 阿尔诸纳

译文 潘达瓦兄弟五个儿子的母亲朵帕蒂，听到儿子被残杀的消息后失声痛哭、泪如泉涌。为了安抚她的丧子之痛，阿尔诸纳这样对她说：

第 16 节 तदा शुचस्ते प्रमृजामि भद्रे
यद् ब्रह्मबन्धोः शिर आततायिनः ।
गाण्डीवमुक्तैर्विशिखैरुपाहरे
त्वाक्रम्य यत्स्नास्यसि दग्धपुत्रा ॥१६॥

tadā śucas te pramṛjāmi bhadre
yad brahma-bandhoḥ śira ātatāyinaḥ

gāṇḍīva-muktair viśikhair upāhare
tvākramya yat snāsyasi dagdha-putrā

tadā — 只在那时候 / śucaḥ— 在悲伤的哭泣 / te — 你的 / pramṛjā-mi— 将擦 / bhadre — 温柔的夫人啊 / yat — 当 / brahma-bandhoḥ— 一个堕落了的布茹阿玛纳的 / śiraḥ— 头颅 / ātatāyinaḥ— 侵略者的 / gāṇḍīva-muktaiḥ— 由名叫甘迪瓦的弓箭射出 / viśikhaiḥ— 由箭 / upāhare — 会献给你 / tvā— 你自己 / ākramya— 站在它上面 / yat — 那 / snāsyasi — 沐浴 / dagdha-putrā— 在将儿子烧成灰烬后

译文　高贵的夫人啊！等我用我的甘迪瓦弓射出利箭，射下那布茹阿玛纳的头颅，并把它拿来献给你时，我再来帮你擦眼泪，抚慰你。这样，等你火化了你儿子的身体后，你就可以站在他的首级上沐浴了。

要旨　纵火烧屋，下毒，突然用致命的武器进行攻击，抢劫财物或侵占农田，以及引诱他人之妻：这样的敌人被称为侵犯者。这样的侵犯者，无论他是布茹阿玛纳(brāhmaṇa, 婆罗门)还是所谓的布茹阿玛纳的儿子，在任何情况下都必须受到惩罚。当阿尔诸纳(Arjuna)发誓要斩去名叫阿施瓦塔玛(Aśvatthāmā)的侵犯者的首级时，他很清楚阿施瓦塔玛是布茹阿玛纳的儿子，但由于这个所谓的布茹阿玛纳的行为就像个屠夫，他理应受到这样的惩罚。而且，杀死布茹阿玛纳的这种被证明是恶棍的儿子，根本不存在罪恶的问题。

第 17 节　इति प्रियां वल्गुविचित्रजल्पैः
स सान्त्वयित्वाच्युतमित्रसूतः ।
अन्वाद्रवद्दंशित उग्रधन्वा
कपिध्वजो गुरुपुत्रं रथेन ॥१७॥

iti priyāṁ valgu-vicitra-jalpaiḥ
sa sāntvayitvācyuta-mitra-sūtaḥ
anvādravad daṁśita ugra-dhanvā
kapi-dhvajo guru-putraṁ rathena

iti — 这样 / priyām — 向亲爱的 / valgu — 甜蜜的 / vicitra — 各式各样的 / jalpaiḥ— 用声明 / saḥ— 他 / sāntvayitvā— 满足 / acyuta-mitra-sūtaḥ— 阿尔诸纳——由永不堕落、永远正确的至尊主作为朋友及车夫指导 / anvādravat — 追赶 / daṁśitaḥ— 有盔甲保护 / ugra-dhanvā— 装备有威力强大的武器 / kapi-dhvajaḥ— 阿尔诸纳 / guru-putram — 武术老师的儿子 / rathena — 上了战车

译文 用这番声明使亲爱的夫人感到满意后，由绝对正确的至尊主以朋友及马车御者身份指引着的阿尔诸纳，便穿上盔甲，带上威力强大的武器，登上他的战车，去追赶他武术老师的儿子阿施瓦塔玛。

第 18 节 तमापतन्तं स विलक्ष्य दूरात्
कुमारहोद्विग्नमना रथेन ।
पराद्रवत्प्राणपरीप्सुरुर्व्यां
यावद्गमं रुद्रभयाद्यथा कः ॥१८॥

tam āpatantaṁ sa vilakṣya dūrāt
kumāra-hodvigna-manā rathena
parādravat prāṇa-parīpsur urvyāṁ
yāvad-gamaṁ rudra-bhayād yathā kaḥ

tam — 他 / āpatantam — 来势汹汹 / saḥ— 他 / vilakṣya— 看见 / dūrāt— 从远处 / kumāra-hā — 杀害王子的人 / udvigna-manāḥ— 心烦意乱 / rathena — 在战车上 / parādravat— 逃跑 / prāṇa — 生命 /

parīpsuḥ— 为了保护 / urvyām — 以极快的速度 / yāvat-gamam — 他逃走 / rudra-bhayāt— 因为对希瓦神的恐惧 / yathā— 像 / kaḥ— 布茹阿玛(或arkah — 太阳神)

译文　谋杀王子们的凶手阿施瓦塔玛，看到阿尔诸纳以极快的速度从很远的地方朝他冲来，便仓皇跳上他的战车拼命奔逃，就像布茹阿玛有一次因害怕希瓦而奔逃一样。

要旨　梵文"喀哈(kaḥ)"和"阿尔喀哈(arkaḥ)"在众多的往世书中出现过两次。梵文"喀哈(kaḥ)"一词指的是布茹阿玛(Brahmā)。他有一次深受他女儿魅力的吸引，竟然开始追她。布茹阿玛的行为触怒了希瓦(Śiva)，希瓦便用他的三叉戟去打布茹阿玛。布茹阿玛仓皇逃命。至于梵文"阿尔喀哈(arkaḥ)"一词，在《瓦玛纳往世书》(Vāmana Purāṇa)中出现过一次。这部往世书中记载到：有个名叫维丢玛利(Vidyunmālī)的恶魔拥有一架用黄金打造、光芒四射的飞机；他驾着那架飞机到了太阳的背面，那架飞机的强烈光芒使夜晚消失了。太阳神对此非常生气，于是用他致命的光线熔化了那架飞机。这激怒了希瓦，希瓦便攻击太阳神。太阳神赶快逃跑，最后掉在喀西(Kāśī)一地。喀西又称瓦尔纳西(Vārāṇasī, 旧称贝拿乐斯)，此地以珞拉尔喀(Lolārka)闻名于世。

第 19 节　यदाशरणमात्मानमैक्षत श्रान्तवाजिनम् ।
अस्त्रं ब्रह्मशिरो मेने आत्मत्राणं द्विजात्मजः ॥१९॥

yadāśaraṇam ātmānam
aikṣata śrānta-vājinam
astraṁ brahma-śiro mene
ātma-trāṇaṁ dvijātmajaḥ

yadā — 当 / aśaraṇam — 没有别的保护了 / ātmānam — 他自己 /

aikṣata — 看见 / śrānta-vājinam — 马匹疲倦了 / astram — 武器 / brahma-śiraḥ— 最高或终极的(核武器) / mene — 运用了 / ātma-trāṇam— 为了保护自己 / dvija-ātma-jaḥ— 布茹阿玛纳的儿子

译文 布茹阿玛纳的儿子(阿施瓦塔玛)看到他的马匹都累了时，心想，要想保住自己的命，就只得用最有力的武器——核武器(布茹阿玛斯陀)了。

要旨 只有在毫无选择的最后关头，才能使用名叫布茹阿玛斯陀(brahmāstra)的核武器。这节诗中的梵文“布茹阿玛纳的儿子(dvijātma-jaḥ)”一词非常重要，因为阿施瓦塔玛虽然是朵纳查尔亚(Droṇācārya)的儿子，但却不完全是个够资格的布茹阿玛纳。最有智慧的人被称为布茹阿玛纳，布茹阿玛纳不是个世袭的称号。阿施瓦塔玛以前又被称为布茹阿玛·般杜(brahma-bandhu)，意思是布茹阿玛纳的朋友。作为布茹阿玛纳的朋友，并不意味着凭资格他是个布茹阿玛纳。布茹阿玛纳的朋友或儿子，只有在完全具备资格时才能被称为布茹阿玛纳，否则不能。由于阿施瓦塔玛的决定非常幼稚，所以这节诗有意称他为是布茹阿玛纳的儿子。

第 20 节 अथोपस्पृश्य सलिलं सन्दधे तत्समाहितः ।
अजानन्नपि संहारं प्राणकृच्छ्र उपस्थिते ॥२०॥

athopaspṛśya salilaṁ
sandadhe tat samāhitaḥ
ajānann api saṁhāraṁ
prāṇa-kṛcchra upasthite

atha — 因此 / upaspṛśya — 圣洁地接触 / salilam — 水 / sandadhe — 吟诵赞歌 / tat — 那 / samāhitaḥ— 聚精会神 / ajānan — 没有认识 /

api — 虽然 / saṁhāram— 收回 / prāṇa-kṛcchre — 生命危在旦夕 / upasthite — 这样的处境

译文　由于他的生命受到威胁，他便在并不知道如何收回那种核武器的情况下，就开始触碰水圣化自己，然后全神贯注地吟诵发射核武器的圣诗。

要旨　物质活动的精微形式所产生的效力比粗糙形式所产生的效力要强大得多。物质活动的这种精微形式是通过声音净化发生作用的。这节诗中描述的靠吟诵圣诗发射核武器的方法，采用的就是这种方法。

第 21 节　ततः प्रादुष्कृतं तेजः प्रचण्डं सर्वतो दिशम् ।
प्राणापदमभिप्रेक्ष्य विष्णुं जिष्णुरुवाच ह ॥२१॥

tataḥ prāduṣkṛtaṁ tejaḥ
pracaṇḍaṁ sarvato diśam
prāṇāpadam abhiprekṣya
viṣṇuṁ jiṣṇur uvāca ha

tataḥ— 此后 / prāduṣkṛtam — 散播 / tejaḥ— 光芒 / pracaṇḍam — 凶猛的 / sarvataḥ— 全面的 / diśam — 方向 / prāṇa-āpadam — 影响生命 / abhiprekṣya— 观察到 / viṣṇum— 向至尊主 / jiṣṇuḥ— 阿尔诸纳 / uvāca — 说 / ha — 在过去

译文　随即，一道耀眼的光芒照亮了四面八方。它是那么强烈，以致阿尔诸纳认为自己已经危在旦夕，于是便对主奎师那说。

第22节 अर्जुन उवाच
कृष्ण कृष्ण महाबाहो भक्तानामभयङ्कर ।
त्वमेको दह्यमानानामपवर्गोऽसि संसृतेः ॥२२॥

arjuna uvāca
kṛṣṇa kṛṣṇa mahā-bāho
bhaktānām abhayaṅkara
tvam eko dahyamānānām
apavargo 'si saṁsṛteḥ

arjunaḥ uvāca — 阿尔诸纳说 / kṛṣṇa — 主奎师那啊 / kṛṣṇa — 主奎师那啊 / mahā-bāho — 全能者 / bhaktānām — 奉献者的 / abhayaṅkara — 消除恐惧 / tvam — 您 / ekaḥ— 单独 / dahyamānānām— 那些受苦的人 / apavargaḥ— 解脱的途径 / asi — 是 / saṁsṛteḥ— 在物质性的种种痛苦中

译文 阿尔诸纳说：我的主奎师那啊！您是全能的人格首神。您的各种能量没有极限。所以，只有您能把勇气注入您奉献者的心中。每一个遭受物质痛苦烈焰烧灼的人，都只能在您这里找到解脱的途径。

要旨 阿尔诸纳很清楚圣主奎师那的超然特质，因为他和奎师那在库茹柴陀战场上并肩作战时已经体验过了。正因为如此，阿尔诸纳对主奎师那的评价具有权威性。奎师那全能，尤其能让祂的奉献者变得无所畏惧。因为有至尊主的保护，所以至尊主的奉献者从没有恐惧。物质存在有时被比喻为是森林里燃起的熊熊大火，而只有圣主奎师那的仁慈才能扑灭那烈火。灵性导师是至尊主的仁慈的代表。因此，被物质存在的烈焰烧灼着的人，可以通过觉悟了自我的灵性导师这一透明的媒介，蒙受至尊主的仁慈之雨。灵性导师可以用他的言语深入受苦之人的心，为其注入能扑灭物质存在大火的超然知识。

第 23 节 त्वमाद्यः पुरुषः साक्षादीश्वरः प्रकृतेः परः ।
मायां व्युदस्य चिच्छक्त्या कैवल्ये स्थित आत्मनि ॥२३॥

tvam ādyaḥ puruṣaḥ sākṣād
īśvaraḥ prakṛteḥ paraḥ
māyāṁ vyudasya cic-chaktyā
kaivalye sthita ātmani

tvam ādyaḥ— 您是最初的 / puruṣaḥ— 享受者 / sākṣāt — 直接 / īśvaraḥ— 控制者 / prakṛteḥ— 物质自然的 / paraḥ— 超然的 / māyām — 物质能量 / vyudasya — 一个把……扔在一边的人 / cit-śaktyā — 凭借内在能量 / kaivalye — 在纯洁永恒的知识和快乐中 / sthitaḥ— 置于 / ātmani— 自我

译文 您是扩展自己遍布整个创造的第一位人格首神，您超越物质能量。您用您的灵性力量去除物质能量的影响。您永远处在永恒极乐的状态中，充满超然的知识。

要旨 至尊主在《博伽梵歌》中声明，投靠至尊主莲花足的人，可以摆脱无知的钳制。奎师那恰似太阳，而玛亚或物质存在就像黑暗；阳光所到之处，黑暗或愚昧立刻消失。这节诗中推荐了摆脱愚昧世界的最佳方法。这节诗中称主奎师那为第一位人格首神，其他的人格首神都是祂扩展出来的。无所不在的主维施努，是主奎师那的完整扩展。圣主奎师那扩展出无数的首神形象、生物，以及各种能量；但祂是存在中的第一位至尊主，一切都来自祂。在物质世界里体验到的至尊主无所不在的特质，也是至尊主的部分展示。因此，超灵也包含在祂体内。祂是绝对的人格首神。祂远离物质创造，所以与物质展示的作用与反作用毫无关系。黑暗是太阳的反面表现，因此黑暗的存在有赖于太阳的存在。然而，有太阳的地方就没有黑暗的踪迹。正如太阳只充满光明，远离物质存在的至尊人格首神充满极乐。祂不仅充满极乐，而且还充满超然的多样化。超然存在根本不是静态的，而是丰富多彩、充满活力的展现。祂不同于由物质自然三种属性所构成的错综复杂的物质自然。祂是至尊者(parama)，因此是绝对的。祂有各种各样的能量，祂用不同的能量创造、维系和毁灭物质世界。然而，在祂自己的住所，一切都是永恒和绝对的。世界不是由能量或强有力的代理自行管理，而是由强大的全能者用所有的能量管理着。

第 24 节 स एव जीवलोकस्य मायामोहितचेतसः ।
विधत्से स्वेन वीर्येण श्रेयो धर्मादिलक्षणम् ॥२४॥

sa eva jīva-lokasya
māyā-mohita-cetasaḥ
vidhatse svena vīryeṇa
śreyo dharmādi-lakṣaṇam

saḥ— 那超然性 / eva — 肯定地 / jīva-lokasya— 受制约的生物的 / māyā-mohita — 被错觉能量迷惑 / cetasaḥ— 内心 / vidhatse — 执行 / svena — 由您自己 / vīryeṇa — 影响 / śreyaḥ— 至善 / dharma-ādi — 解脱的四项原则 / lakṣaṇam— 以……为特征

译文 然而，您虽然超越物质范畴，但却为了受制约灵魂的最高利益而赐予他们以宗教为开始，以解脱为结束的四项活动的结果。

要旨 人格首神圣奎师那出于祂没有缘故的仁慈，在不受物质自然属性影响的情况下降临这个展示了的世界。祂永恒地超出物质展示之外。祂出于没有缘故的仁慈降临，只是为了教化被错觉能量迷惑了的堕落灵魂。他们受物质能量的侵害，想要利用各种错误的借口去享受她，尽管从本质上讲，他们根本无法享受。生物永恒是至尊主的仆人，当他忘记自己的地位，想要享受物质世界时，他实际上就在错觉的影响下了。至尊主降临这个世界，就是要铲除这种错误的感官享乐概念，教化受制约的灵魂，使他们回到首神身边。那就是至尊主对堕落灵魂所展现的绝对仁慈。

第 25 节 तथायं चावतारस्ते भुवो भारजिहीर्षया ।
स्वानां चानन्यभावानामनुध्यानाय चासकृत् ॥२५॥

tathāyaṁ cāvatāras te
bhuvo bhāra-jihīrṣayā
svānāṁ cānanya-bhāvānām
anudhyānāya cāsakṛt

tathā— 如此 / ayam — 这 / ca — 和 / avatāraḥ— 化身 / te — 您的 / bhuvaḥ— 物质世界的 / bhāra — 负担 / jihīrṣayā— 移去 / svā-nām— 朋友们的 / ca ananya-bhāvānām — 专一的奉献者的 / anudhyā-nāya— 为了不断地回忆 / ca — 和 / asakṛt— 充分满足

译文 为此，您化身降临，以消除世界的负担，帮助您的朋友，特别是那些一直全神贯注冥想您的忠心耿耿的奉献者。

要旨 看起来至尊主偏向祂的奉献者。每一个生物都与至尊主有关。祂虽然平等对待每一个生物，但还是更倾向祂自己的人和奉献者。至尊主是所有生物的父亲，因此没人能是祂的父亲。在祂从事的超然娱乐活动中，祂的奉献者扮演祂的家属、亲戚。但这是祂超然的娱乐活动，与物质世界里的父亲等亲人概念毫无关系。正如上面谈过的，至尊主超越物质自然属性，因此在奉爱服务中所具有的祂的家人和亲戚等关系与物质世界中的关系截然不同。

第 26 节 किमिदं स्वित्कुतो वेति देवदेव न वेद्म्यहम् ।
सर्वतो मुखमायाति तेजः परमदारुणम् ॥२६॥

kim idaṁ svit kuto veti
deva-deva na vedmy aham
sarvato mukham āyāti
tejaḥ parama-dāruṇam

kim — 什么 / idam — 这 / svit — 来 / kutaḥ— 从那里 / vā iti— 或 / deva-deva — 一切主人的主人 / na — 不 / vedmi — 我知道 / aham — 我 / sarvataḥ— 四周 / mukham — 方向 / āyāti — 来自 / tejaḥ— 光芒 / parama — 非常 / dāruṇam — 危险

译文 众神之神啊！这危险的光芒怎么会射向四面八方？它来自何方？我对它一无所知。

要旨 任何呈献在人格首神面前的东西，都应该先恭恭敬敬地祈祷后再献给祂。那是标准的做法。圣阿尔诸纳虽然是至尊主亲密的朋友，但为了给大众树立榜样，还是按标准方法做。

第27节 श्रीभगवानुवाच
वेत्थेदं द्रोणपुत्रस्य ब्राह्ममस्त्रं प्रदर्शितम् ।
नैवासौ वेद संहारं प्राणबाध उपस्थिते ॥२७॥

śrī-bhagavān uvāca
vetthedaṁ droṇa-putrasya
brāhmam astraṁ pradarśitam
naivāsau veda saṁhāraṁ
prāṇa-bādha upasthite

śrī-bhagavān — 至尊人格首神 / uvāca— 说 / vettha — 从我而知

道 / idam — 这 / droṇa-putrasya — 朵纳之子的 / brāhmam astram — 梵(核子)武器的赞歌 / pradarśitam — 展示 / na — 不 / eva — 即使 / asau — 他 / veda — 知道 / saṁhāram— 收回 / prāṇa-bādhe— 生命的灭绝 / upasthite — 危在旦夕

译文　至尊人格首神说：我告诉你，这是朵纳儿子的所为。他发射了布茹阿玛斯陀(核武器)，但不知道如何收回那强烈的光芒。他害怕死亡的威胁，因此在绝望的情形下做了这件事。

要旨　布茹阿玛斯陀(brahmāstra)类似现代运用原子能制造的核武器。它产生类似核武器产生的无法忍受的热，但区别在于：原子弹是粗糙型的核武器，而布茹阿玛斯陀是通过吟唱圣诗产生的精微型武器。那是一门不同的科学，在过去的年代中，生活在地球(Bhārata-varṣa)的人运用了这门科学。这门吟唱圣诗的精微科学也是物质性的，但还是有待现代物质科学家去了解。精微的物质科学不是灵性的，但却与更精微的灵性方法有着直接的关联。圣诗的吟诵者知道如何运用武器，也知道如何收回它。那是门完整的知识。但朵纳查尔亚(Droṇācārya)的儿子只知道用这门精微的科学发射武器，却不知道如何收回它。他只是因为害怕正在逼近的死亡就贸然使用了这种武器，所以这一行为不仅不恰当，而且还是违反宗教原则的。作为布茹阿玛纳的儿子，他不应该犯那么多错误。就因为他这种恶劣的玩忽职守的行为，他受到至尊主本人的惩罚。

第 28 节　न ह्यस्यान्यतमं किञ्चिदस्त्रं प्रत्यवकर्शनम् ।
जह्यस्त्रतेज उन्नद्धमस्त्रज्ञो ह्यस्त्रतेजसा ॥२८॥

na hy asyānyatamaṁ kiñcid
astraṁ pratyavakarśanam

jahy astra-teja unnaddham
astra-jño hy astra-tejasā

na — 不 / hi — 肯定地 / asya — 它的 / anyatamam — 其他 / kiñ-cit — 任何事 / astram — 武器 / prati — 反击 / avakarśanam — 反应性的 / jahi — 压制它 / astra-tejaḥ— 这武器的光芒 / unnaddham — 非常有力的 / astra-jñaḥ— 军事科学专家 / hi — 理所当然 / astra-tejasā — 靠你武器的影响

译文 阿尔诸纳啊！只有用另一个布茹阿玛斯陀才能对抗他发射的这个布茹阿玛斯陀。既然你精通军事科学，你就用你的武器的力量去抑制那个布茹阿玛斯陀的威力吧。

要旨 对原子弹来说，现在还没有发现能与之抗衡，抵消其影响的武器。但靠精微科学的作用，布茹阿玛斯陀的效应能被抵消掉；在那个时代，精通军事科学的人知道具体的方法。朵纳查尔亚的儿子不知道制造抗衡武器的技术，因此奎师那要求阿尔诸纳用他的武器的力量去抵消那个布茹阿玛斯陀的作用。

第29节

सूत उवाच
श्रुत्वा भगवता प्रोक्तं फाल्गुनः परवीरहा ।
स्पृष्ट्वापस्तं परिक्रम्य ब्राह्मं ब्राह्मास्त्रं सन्दधे ॥२९॥

sūta uvāca
śrutvā bhagavatā proktaṁ
phālgunaḥ para-vīra-hā
spṛṣṭvāpas taṁ parikramya
brāhmaṁ brāhmāstraṁ sandadhe

sūtaḥ— 苏塔 · 哥斯瓦米 / uvāca — 说 / śrutvā— 听到后 /

bhagavatā — 由人格首神 / proktam — 说什么 / phālgunaḥ— 阿尔诸纳的另外一个名字 / para-vīra-hā — 杀戮敌对战士的人 / spṛṣṭvā — 触碰到后 / āpaḥ— 水 / tam — 祂 / parikramya — 绕拜着 / brāhmam — 至尊主 / brāhma-astram— 至尊的武器 / sandadhe — 按照……行事

译文　圣苏塔·哥斯瓦米说：听了人格首神的指示后，阿尔诸纳触碰水来净化自己并绕拜主奎师那，接着便发射了他的布茹阿玛斯陀，以对抗另一个布茹阿玛斯陀。

第 30 节　संहत्यान्योन्यमुभयोस्तेजसी शरसंवृते ।
आवृत्य रोदसी खं च ववृधातेऽर्कवह्निवत् ॥३०॥

samhatyānyonyam ubhayos
tejasī śara-saṁvṛte
āvṛtya rodasī khaṁ ca
vavṛdhāte 'rka-vahnivat

saṁhatya — 由……的会合 / anyonyam — 各自 / ubhayoḥ— 两者的 / tejasī— 光芒 / śara — 武器 / saṁvṛte— 遮盖 / āvṛtya — 遮盖 / rodasī— 整个天空 / kham ca — 还有外太空 / vavṛdhāte — 增加 / arka — 太阳 / vahni-vat — 像火一样

译文　当两个布茹阿玛斯陀的光芒会合在一起时，出现了一个如太阳般巨大的火圈。这个火圈笼罩了整个天空，以及其间的众多星球。

要旨　一个布茹阿玛斯陀放射出的光芒所产生的热，相当于宇宙毁灭时太阳发出的灼热。原子能的辐射热与布茹阿玛斯陀产生的热相比微不足道。原子弹的爆炸，最多可以炸毁一个地球，但布茹阿玛斯陀所产生的热，却可以摧毁整个宇宙环境，因此被比喻为是宇宙毁灭时的热。

第 31 节 दृष्ट्वास्त्रतेजस्तु तयोस्त्रीँल्लोकान् प्रदहन्महत् ।
दह्यमानाः प्रजाः सर्वाः सांवर्तकममंसत ॥३१॥

dṛṣṭvāstra-tejas tu tayos
trīl lokān pradahan mahat
dahyamānāḥ prajāḥ sarvāḥ
sāṁvartakam amaṁsata

dṛṣṭvā— 看了 / astra — 武器 / tejaḥ— 热力 / tu — 但是 / tayoḥ— 两者的 / trīn — 三个 / lokān — 星球 / pradahat — 燃烧 / mahat — 很厉害 / dahyamānāḥ— 炽热 / prajāḥ— 生物 / sarvāḥ— 到处 / sāṁvartakam — 在宇宙被毁灭时的那种摧毁性的火焰的名字 / amaṁsata — 开始想

译文 上、中、下三个世界内所有的居民都被两个布茹阿玛斯陀会合后产生的热力烤焦了。这使大家都想起了毁灭时的桑瓦尔塔卡烈火。

要旨 三个世界是指宇宙中的上、中、下三个星系。尽管两个布茹阿玛斯陀武器是在这个地球被发射出来，但它们会合后所产生的热却笼罩了整个宇宙，使宇宙中不同星系上的众生都感到了过度的热，将其比作是宇宙毁灭时的桑瓦尔塔卡(sāṁvartaka)烈火。从这节诗可以看出，没有一个星球上没有生物体；这与智力欠佳的物质主义者的想象不一样。

第 32 节 प्रजोपद्रवमालक्ष्य लोकव्यतिकरं च तम् ।
मतं च वासुदेवस्य सञ्जहारार्जुनो द्वयम् ॥३२॥

prajopadravam ālakṣya
loka-vyatikaraṁ ca tam
mataṁ ca vāsudevasya
sañjahārārjuno dvayam

prajā — 大众 / upadravam — 纷扰 / ālakṣya — 看见了以后 / loka — 星球 / vyatikaram — 毁灭 / ca — 和 / tam — 那 / matam ca — 以及意见 / vāsudevasya — 华苏戴瓦(圣主奎师那)的 / sañjahāra — 收回 / arjunaḥ— 阿尔诸纳 / dvayam — 两种武器

译文　看到这一切对大众的危害，以及众星球所面临的毁灭，阿尔诸纳立刻按主奎师那的心愿同时收回了两个布茹阿斯陀。

要旨　对现代原子弹爆炸可以毁灭整个世界的推测，只不过是幼稚的想象。首先，原子能的力量没有强大到足以毁灭整个世界。其次，所有的一切最终都取决于至尊主的至尊意愿，因为没有祂的旨意或批准，没有什么能被建立起来或被毁灭。认为自然法律是最强大的想法很愚蠢。正如《博伽梵歌》中所证实的，物质自然法律在至尊主的指挥下运作。至尊主在《博伽梵歌》中说，物质自然在祂的监督下工作。世界毁灭与否是凭至尊主的意愿，而不是渺小的政治家们的幻象。圣主奎师那想要收回朵纳查尔亚的儿子及阿尔诸纳发射的武器，阿尔诸纳就立刻执行祂的命令。同样，全能的至尊主有许多代理；由于祂的旨意，人只能按照祂的意愿行事。

第 33 节　तत आसाद्य तरसा दारुणं गौतमीसुतम् ।
बबन्धामर्षताम्राक्षः पशुं रशनया यथा ॥३३॥

tata āsādya tarasā
dāruṇaṁ gautamī-sutam

babandhāmarṣa-tāmrākṣaḥ
paśuṁ raśanayā yathā

tataḥ— 随着 / āsādya— 逮捕 / tarasā — 巧妙地 / dāruṇam — 危险的 / gautamī-sutam— 高塔弥之子 / babandha — 绑起 / amarṣa— 愤怒的 / tāmra-akṣaḥ— 那红铜般的眼睛 / paśum — 动物 / raśanayā — 用绳索 / yathā— 就好像

译文 愤怒之火把阿尔诸纳的双眼烧得像通红的铜球。他圆睁怒目，敏捷地上前抓住高塔弥的儿子，用绳子把他像捆绑动物一样绑了起来。

要旨 阿施瓦塔玛的母亲奎琵(Kṛpī)出生在高塔玛(Gautama)的家庭中。这节诗的重点是，阿尔诸纳抓住阿施瓦塔玛后，像绑动物一样用绳子把他捆绑了起来。按照施瑞达尔 · 斯瓦米(Śrīdhara Svāmī)的说法，阿尔诸纳有义务(dharma)把这个布茹阿玛纳的儿子像抓动物一样地抓起来。施瑞达尔 · 斯瓦米的这一提议，在后面圣奎师那的说明中也得到了确认。阿施瓦塔玛虽然是朵纳查尔亚和奎琵的亲生儿子，但他任凭自己堕落，从事低劣的活动，因此不把他视为布茹阿玛纳，而像动物一样对待他是恰当的。

第 34 节 शिबिराय निनीषन्तं रज्ज्वा बद्ध्वा रिपुं बलात् ।
प्राहार्जुनं प्रकुपितो भगवानम्बुजेक्षण: ॥३४॥

śibirāya ninīṣantaṁ
rajjvā baddhvā ripuṁ balāt
prāhārjunaṁ prakupito
bhagavān ambujekṣaṇaḥ

śibirāya — 在去军营的途中 / ninīṣantam — 带他去的时候 / rajjvā — 用绳索 / baddhvā— 绑着 / ripum — 敌人 / balāt— 用武力 / prāha — 说 / arjunam — 向阿尔诸纳 / prakupitaḥ— 在心情愤怒的状态中 / bhagavān— 人格首神 / ambuja-īkṣaṇaḥ— 用祂莲花般的眼睛看

译文 捆好阿施瓦塔玛后，阿尔诸纳准备把他带回军营。人格首神圣奎师那用莲花般的眼睛看着愤怒的阿尔诸纳，开口对他说话。

要旨 阿尔诸纳和圣主奎师那两人在此被描述为是都很愤怒，但阿尔诸纳的眼睛像通红的铜球，而至尊主的眼睛却像莲花。这意味着：阿尔诸纳的愤怒心情与至尊主的愤怒不在同一个层面上。至尊主是超然的，因此在任何状态下都是绝对的。祂的愤怒不同于在物质自然属性控制下的受制约灵魂的愤怒。由于祂绝对，祂的愤怒和高兴是一样的。祂的愤怒并不是在物质自然三种属性的控制下展示的。那只是祂的心向着祂的奉献者的表现，祂的超然本性即是如此。因此，即使祂愤怒，祂愤怒的对象也得到祝福。祂在任何情况下都不变。

第 35 节 मैनं पार्थार्हसि त्रातुं ब्रह्मबन्धुमिमं जहि ।
योऽसावनागसः सुप्तानवधीन्निशि बालकान् ॥३५॥

mainaṁ pārthārhasi trātuṁ
brahma-bandhum imaṁ jahi
yo 'sāv anāgasaḥ suptān
avadhīn niśi bālakān

mā enam— 永不向他 / pārtha — 阿尔诸纳啊 / arhasi — 应该 /

trātum— 释放 / brahma-bandhum — 一位布茹阿玛纳的亲戚 / imam — 他 / jahi — 杀 / yaḥ— (有的)他 / asau — 那些 / anāgasaḥ— 没有错误的 / suptān— 在睡觉的时候 / avadhīt — 杀 / niśi — 在晚上 / bālakān — 男孩

译文 圣主奎师那说：阿尔诸纳啊！这个布茹阿玛纳的亲属(布茹阿玛·般杜)趁无辜的男孩熟睡之际杀死了他们，你千万不要仁慈地放过他。

要旨 梵文“布茹阿玛纳的亲属(brahma-bandhu)”一词意义重大。一个人出生在布茹阿玛纳(婆罗门)的家庭中，但却没有布茹阿玛纳的资格；这样的人被称为布茹阿玛纳的亲属，而不被称为布茹阿玛纳。高等法院法官的儿子不是高等法官，但因为他是可尊敬的法官的亲人而称他为“高等法官的儿子”是可以的。因此，光凭出生，人并不就是高等法院的法官。同样道理，成为一名布茹阿玛纳不是光靠出身，而是凭成为布茹阿玛纳所必须具备的资格。正如高等法院的法官一职要由有资格的人来承担，布茹阿玛纳的地位也只有具备资格后才能获得。经典(śāstra)的教导是：一个有优秀品质的人即使没有出生在布茹阿玛纳的家庭中，也应该被接受为是布茹阿玛纳；同样，一个出生在布茹阿玛纳家庭中的人如果不具备布茹阿玛纳的品质，就必须被视为是“非布茹阿玛纳”，或者用更好的词来形容是布茹阿玛纳的亲属。一切宗教原则和韦达经的最高权威圣主奎师那，亲自指出这些区别。祂将在后面的诗篇中解释为什么要把阿施瓦塔玛称为布茹阿玛纳的亲属。

第 36 节 मत्तं प्रमत्तमुन्मत्तं सुप्तं बालं स्त्रियं जडम् ।
प्रपन्नं विरथं भीतं न रिपुं हन्ति धर्मवित् ॥३६॥

mattaṁ pramattam unmattaṁ
suptaṁ bālaṁ striyaṁ jaḍam
prapannaṁ virathaṁ bhītaṁ
na ripuṁ hanti dharma-vit

mattam — 不注意的 / pramattam — 酒醉的 / unmattam — 神智不健全的 / suptam — 睡眠中的 / bālam— 男孩 / striyam — 妇人 / jaḍam — 愚蠢的 / prapannam — 投降了的 / viratham — 一个失去了战车的人 / bhītam — 恐惧 / na — 不 / ripum — 敌人 / hanti — 杀戮 / dharma-vit — 一个懂得种种宗教原则的人

译文 知道宗教原则的人，既不会趁对手没注意、酒醉、精神错乱、睡觉、恐惧或没有战车的时候杀死对手，也不会杀妇女、儿童、白痴或已投降的灵魂。

要旨 了解宗教原则的战士从不会去杀投降了的敌人。以前的战争不是以感官享乐为目的，而是依据宗教原则而战。正如诗中提到的，战士从不会去杀死一个喝醉了、睡着了……的敌人。这些是符合宗教原则的战争所具有的一些规定。以前的战争从不是由自私的政治领袖凭他的喜好发动的；它是以宗教原则为基础进行，其中没有任何邪恶的因素。以宗教原则为基础执行的暴力，比所谓的非暴力要强得多。

第 37 节 स्वप्राणान् यः परप्राणैः प्रपुष्णात्यघृणः खलः ।
तद्वधस्तस्य हि श्रेयो यद्दोषाद्यात्यधः पुमान् ॥३७॥

sva-prāṇān yaḥ para-prāṇaiḥ
prapuṣṇāty aghṛṇaḥ khalaḥ
tad-vadhas tasya hi śreyo
yad-doṣād yāty adhaḥ pumān

sva-prāṇān— 自己的生命 / yaḥ— 谁 / para-prāṇaiḥ— 以牺牲他人生命 / prapuṣṇāti — 适当地维持 / aghṛṇaḥ— 无耻的 / khalaḥ— 卑鄙的 / tat-vadhaḥ— 杀他 / tasya — 他的 / hi — 肯定地 / śreyaḥ— 幸福 / yat — 由那 / doṣāt— 因为过错 / yāti— 去 / adhaḥ— 往下 / pumān— 一个人

译文 以牺牲他人生命为代价苟活着的残忍、卑鄙之徒，理应被处死。这么做对他本人有好处，否则他会因他的所作所为而坠落。

要旨 杀人偿命是对那些以牺牲他人性命为代价活着的无耻、残暴之徒的惩罚。从伦理道德的角度考虑所作出的“通过判死刑惩罚罪犯”的决策，是为了拯救这种残忍的人不至于下地狱。国家判杀人犯以死刑对杀人犯有好处，因为他来生就不必为谋杀行为而受苦了。对杀人犯来说，死刑已经是对他的最轻的惩罚了，韦达经典的补充文献(smṛti-śāstra)中说：国王如果按杀人偿命的原则惩罚杀人犯，就可以清除罪犯所有的罪恶，以至于他们有可能升入天堂星球。按照公民法规及宗教原则的伟大权威玛努(Manu)的说法，就连杀死动物的人都被视为是谋杀者，因为对首要责任是使自己具备回归首神的资格的文明人来说，动物的肉不是该吃的食物。他说，在杀死一个动物的行为中，有一伙罪犯共谋犯罪，他们会像共谋杀人的一伙罪犯一样受到惩罚。因此，在杀动物的行为中，允许杀动物、亲手杀动物、卖被杀动物的肉、烹煮肉食、经营肉制品及吃这种烹煮过的肉食的人，都会受到自然法律的惩罚。尽管物质科学不断进步，但却没人能创造出一个生物体，所以没人有权利凭自己的异想天开去杀任何生物体。对肉食者来说，经典批准他们只能在举行过动物祭祀后吃。这样的认可是为了限制开设屠宰场，而不是鼓励杀动物。经典中所允许的动物祭祀，对祭祀中被献祭的动物和吃动物肉的人两者都有好处。对在祭祀中被献祭的动物的好处是：于祭坛中被献祭的动物在祭祀后立刻得到提升，获得人体。通过献祭动物吃动物肉的人所得到的好处是：避免犯更严重的罪(吃由屠杀场屠宰动物得到的肉；屠宰场是制造社会、国家及人民大众所有苦难的可怕场所)。物质世界本身就是个永远充满焦虑的地方，而鼓励屠宰动物使整个环境越来越多地受到战争、瘟疫、饥荒和许多其他灾难的污染。

第 38 节 प्रतिश्रुतं च भवता पाञ्चाल्यै शृण्वतो मम ।
आहरिष्ये शिरस्तस्य यस्ते मानिनि पुत्रहा ॥३८॥

pratiśrutaṁ ca bhavatā
pāñcālyai śṛṇvato mama
āhariṣye śiras tasya
yas te mānini putra-hā

pratiśrutam — 答应了 / ca — 和 / bhavatā — 由你 / pāñcālyai — 向国王潘查拉的女儿(朵帕蒂) / śṛṇvataḥ— 被听到 / mama — 由我亲自 / āhariṣye— 我必须带 / śiraḥ— 头 / tasya — 他的 / yaḥ— 谁 / te — 你的 / mānini— 考虑 / putra-hā— 你儿子的凶手

译文 再者说，我亲耳听到你对朵帕蒂承诺，你会把杀她儿子的凶手的首级带给她。

第 39 节 तदसौ वध्यतां पाप आततायात्मबन्धुहा ।
भर्तुश्च विप्रियं वीर कृतवान् कुलपांसनः ॥३९॥

tad asau vadhyatāṁ pāpa
ātatāyy ātma-bandhu-hā
bhartuś ca vipriyaṁ vīra
kṛtavān kula-pāṁsanaḥ

tat — 因此 / asau — 这个人 / vadhyatām — 会被杀 / pāpaḥ— 罪恶者 / ātatāyī— 攻击者 / ātma — 自己 / bandhu-hā — 儿子的杀害者 / bhartuḥ— 主人的 / ca — 还有 / vipriyam — 并没有满足 / vīra — 战士啊 / kṛtavān — 已经做完……的人 / kula-pāṁsanaḥ— 家里的渣滓

译文 这人是杀死你家人的暗杀者。不仅如此，他还引起他主人的不满。他是他家族的渣滓。马上处死他！

要旨 这节诗中谴责朵纳查尔亚(Droṇācārya)的儿子是他家族的渣滓。朵纳查尔亚的英名受到世人的敬仰。尽管他加入了敌人的阵营，潘达瓦(Pāṇḍavas)五兄弟对他始终很尊敬，阿尔诸纳在战争正式开打前甚至还向他行礼。那样做并没有什么不对的。然而，朵纳查尔亚的儿子阿施瓦塔玛，却通过做出经再生的高等阶层人士永远都不会做的事，使自己从他所在的阶层坠落下来。阿施瓦塔玛杀死朵帕蒂的五个正在熟睡的儿子，犯了杀人罪。他这么做使他的主人杜尤丹非常不满，杜尤丹永远都不会同意他去杀潘达瓦兄弟那五个正在熟睡中的儿子。这意味着：阿施瓦塔玛成了攻击阿尔诸纳家庭成员的攻击者，因此应该受到阿尔诸纳的惩罚。经典中说：在没有预先通知的情况下攻击他人，从背后攻击杀死他人，纵火烧他人的房屋，以及绑架他人的妻子，都要被判处死刑。奎师那提醒阿尔诸纳所有这些事实，让他加以考虑，做该做的事情。

第40节

सूत उवाच
एवं परीक्षता धर्मं पार्थः कृष्णेन चोदितः ।
नैच्छद्धन्तुं गुरुसुतं यद्यप्यात्महनं महान् ॥४०॥

sūta uvāca
evaṁ parīkṣatā dharmaṁ
pārthaḥ kṛṣṇena coditaḥ

naicchad dhantuṁ guru-sutaṁ
yadyapy ātma-hanaṁ mahān

sūtaḥ— 苏塔·哥斯瓦米 / uvāca— 说 / evam — 这 / parīkṣatā — 被检验 / dharmam — 在责任问题上 / pārthaḥ— 圣阿尔诸纳 / kṛṣṇena — 由主奎师那 / coditaḥ— 被鼓励 / na aicchat — 不喜欢 / hantum — 去杀 / guru-sutam — 他老师的儿子 / yadyapi — 虽然 / ātma-hanam— 儿子的凶手 / mahān — 非常伟大

译文 苏塔·哥斯瓦米说：尽管奎师那为检验阿尔诸纳的宗教责任感，鼓励阿尔诸纳处死朵纳查尔亚的儿子，尽管阿施瓦塔玛是谋杀阿尔诸纳家人的可憎凶手，但伟大的灵魂阿尔诸纳还是不愿意杀阿施瓦塔玛。

要旨 阿尔诸纳无疑是伟大的灵魂，这一点在此也得到了证明。至尊主在这里亲自鼓励阿尔诸纳杀了朵纳的儿子，但阿尔诸纳却认为应该赦免他伟大的老师的儿子阿施瓦塔玛，因为阿施瓦塔玛虽然是个不称职的儿子，而且异想天开地做出各种对任何人都没好处的可憎的事，但他毕竟是朵纳查尔亚的儿子。

圣主奎师那表面上鼓励阿尔诸纳杀死阿施瓦塔玛，只是为了检验阿尔诸纳的责任感。并不是阿尔诸纳不了解他该履行的业务，也不是圣主奎师那不知道阿尔诸纳的责任感。但圣主奎师那经常只是为了强调责任感的重要性而检验祂许多的纯粹奉献者。牧牛姑娘(gopīs)们受到这样的检验，帕拉德·玛哈茹阿佳(Prahlāda Mahārāja)也受到这样的检验。所有纯粹的奉献者都在各个方面成功地经受了至尊主的检验。

第 41 节 अथोपेत्य स्वशिबिरं गोविन्दप्रियसारथिः ।
न्यवेदयत्तं प्रियायै शोचन्त्या आत्मजान् हतान् ॥४१॥

athopetya sva-śibiraṁ
govinda-priya-sārathiḥ
nyavedayat taṁ priyāyai
śocantyā ātma-jān hatān

atha — 此后 / upetya — 达到了 / sva — 自己的 / śibiram — 阵营 / govinda — 满足感官的人(圣主奎师那) / priya — 亲切 / sārathiḥ— 战车夫 / nyavedayat — 交托给 / tam — 他 / priyāyai— 向亲爱的 / śocantyai— 为……哀悼 / ātma-jān— 自己的儿子们 / hatān — 被谋杀

译文 回到自己的军营后，阿尔诸纳与他的朋友兼战车御者(圣奎师那)一起，把杀人犯带到心爱的妻子面前，他妻子当时正为儿子被谋害而伤心欲绝地痛哭不已。

要旨 阿尔诸纳与奎师那的超然关系，是最亲密的朋友关系。在《博伽梵歌》中，至尊主本人亲自声明，阿尔诸纳是祂最亲密的朋友。每一个生物都以某种充满深情的关系与至尊主相连，要么当祂的仆人，要么当祂的朋友、父母或配偶。因此，每一个生物，只要他全心全意地想要与至尊主在一起，并为此而认真地按奉爱瑜伽的程序做，他就能在灵性世界里享受与至尊主在一起的快乐。

第 42 节 तथाहृतं पशुवत्पाशबद्ध-
मवाङ्मुखं कर्मजुगुप्सितेन ।
निरीक्ष्य कृष्णापकृतं गुरोः सुतं
वामस्वभावा कृपया ननाम च ॥४२॥

tathāhṛtaṁ paśuvat pāśa-baddham
avāṅ-mukhaṁ karma-jugupsitena
nirīkṣya kṛṣṇāpakṛtaṁ guroḥ sutaṁ
vāma-svabhāvā kṛpayā nanāma ca

tathā— 因此 / āhṛtam — 带入 / paśu-vat — 像一头动物 / pāśa-baddham— 用绳子绑起 / avāk-mukham— 并没有说话 / karma — 活动 / jugupsitena — 因为罪大恶极 / nirīkṣya — 看见 / kṛṣṇā — 朵帕蒂 / apakṛtam — 行为卑鄙的人 / guroḥ— 老师 / sutam — 儿子 / vāma — 美丽的 / svabhāvā — 本性 / kṛpayā — 由于同情心 / nanāma — 顶拜 / ca — 和

译文　圣苏塔·哥斯瓦米说：朵帕蒂看到阿施瓦塔玛像动物一样被五花大绑起来，并因为当了最可耻的暗杀者而沉默着。出于女性的天性，以及她善良、端庄的本性，她向阿施瓦塔玛表示了对布茹阿玛纳的敬意。

要旨　阿施瓦塔玛受到至尊主本人的谴责，并被阿尔诸纳当做罪犯一样对待，而不是当做布茹阿玛纳(brāhmaṇa, 婆罗门)或老师的儿子那样对待。然而，当他被带到圣朵帕蒂面前时，尽管朵帕蒂因她儿子被谋杀而悲伤，尽管凶手被带到她面前，她却不能不向凶手表示对布茹阿玛纳或布茹阿玛纳的儿子该表示的尊敬。这是由她女性的温和本性所致。女人总的来说不比男孩强，因此没有像男人那样具有分辨力。阿施瓦塔玛用实际行动证实自己是朵纳查尔亚或布茹阿玛纳不称职的儿子，并因此而受到最高权威圣主奎师那的谴责。尽管如此，性格温和的女子却还是不自觉地向这种人表示敬意。

迄今为止，无论一个出身布茹阿玛纳家庭的人(brahma-bandhu)有多么堕落和可憎，印度家庭中的妇女还会向他表示对布茹阿玛纳的适当敬意。但是，男人们已经开始反对在良好的布茹阿玛纳家庭中出生，但本人行为却不如庶铎(śūdra, 首陀罗)的那种人。

这节诗中特别用了“生性温柔、和善(vāma-svabhāvā)”一句。善良的男人或女人很容易接受任何事情，智者却不这样。但无论如何，我们不该只是为了做一个和善的人而放弃我们的判断力和识别力。我们必须有良好的判断力，能判断事物的是非曲直。我们不该听从妇女的温和本性而去接受名不副实的人或事物。心肠柔软的妇女也许会向阿施瓦塔玛表示敬意，但那并不意味着他是个名副其实的布茹阿玛纳。

第 43 节 उवाच चासहन्त्यस्य बन्धनानयनं सती ।
मुच्यतां मुच्यतामेष ब्राह्मणो नितरां गुरुः ॥४३॥

uvāca cāsahanty asya
bandhanānayanaṁ satī
mucyatāṁ mucyatām eṣa
brāhmaṇo nitarāṁ guruḥ

uvāca — 说 / ca — 和 / asahantī— 对她来说是不能容忍的 / asya — 他的 / bandhana — 因为受束缚 / ānayanam— 带给他 / satī— 贞节的妇人 / mucyatām mucyatām— 就释放了他 / eṣaḥ— 这 / brāhmaṇaḥ— 一位布茹阿玛纳 / nitarām — 我们的 / guruḥ— 老师

译文 她不能容忍看到阿施瓦塔玛被用绳子捆绑着，所以作为虔诚的女士，她说道：放开他，他是布茹阿玛纳——我们的灵性导师。

要旨 阿施瓦塔玛被带到朵帕蒂面前时，朵帕蒂不能容忍看到一个布茹阿玛纳像罪犯一样被抓起来，带到她面前，尤其是那个布茹阿玛纳还是老师的儿子。

阿尔诸纳清楚地知道阿施瓦塔玛是朵纳查尔亚的儿子，但还是把他抓了起来。奎师那也很清楚阿施瓦塔玛的身份，但他们两人并没有因为考虑到他是布茹阿玛纳的儿子，就不谴责他这个杀人犯。按照启示经典的教导，如果一个老师或灵性导师用他自己的言行证实他不称职，他就该遭到拒绝。灵性导师(guru)又被称为阿查尔亚(ācārya)，即：吸收了所有启示经典(śāstras)的精华并以身作则帮助他的门徒按照经典的教导去实践的人。阿施瓦塔玛没有履行布茹阿玛纳或老师的职责，不配享有布茹阿玛纳的崇高地位，因此遭到拒绝。考虑到这一点，圣主奎师那或阿尔诸纳有权谴责阿施瓦塔玛。但就朵帕蒂这样的淑女而言，她不是从经典的角度考虑问题，而是从习俗的角度考虑问题。按照习俗，阿施瓦塔玛受到与他父亲同等的尊敬。之所以这样，是仅仅由于感情用事，人们通常会把布茹阿玛纳的儿子视为是真正的布茹阿玛纳。但布茹阿玛纳和布茹阿玛纳的儿子是有区别的。应该按照一个人的资格评判他是否是布茹阿玛纳，而不该仅仅因为某人是布茹阿玛纳的儿子，就认为他是布茹阿玛纳。

但朵帕蒂并不考虑这些，而是希望立刻给阿施瓦塔玛松绑。那是由她美好的情操所致。这意味着，至尊主的奉献者能忍受所有个人的苦难，但却从不会对他人不仁不义，哪怕对敌人也不会。这些都是至尊主的纯粹奉献者的特征。

第 44 节　**सरहस्यो धनुर्वेदः सविसर्गोपसंयमः ।**
अस्त्रग्रामश्च भवता शिक्षितो यदनुग्रहात् ॥४४॥

sarahasyo dhanur-vedaḥ
savisargopasaṁyamaḥ
astra-grāmaś ca bhavatā
śikṣito yad-anugrahāt

sa-rahasyaḥ— 机密的 / dhanuḥ-vedaḥ— 使用弓箭的知识 / sa-visarga— 发射 / upasaṁyamaḥ— 控制 / astra — 武器 / grāmaḥ— 所有种类 / ca — 和 / bhavatā — 由你自己 / śikṣitaḥ— 学习 / yat — 由谁 / anugrahāt— ……的仁慈

译文 靠朵纳老师的仁慈，你才学会了射箭的武功和控制武器的秘诀。

要旨 朵纳查尔亚向阿尔诸纳传授了包括靠韦达赞歌发射和控制武器等所有机密在内的军事科学(Dhanur-veda)。低等的军事技术有赖于有形的武器，但比那更精微的技术是边吟诵韦达赞歌(mantra)边射箭所制造的强大威力，那种威力比机关枪或原子弹等低等的物质武器要强大得多。那种对武器的控制是靠韦达赞歌——声音的超然科学。《茹阿玛亚纳》(Rāmāyaṇa,《罗摩衍那》)中说，圣主茹阿玛的父亲达沙茹阿塔王(Mahārāja Daśaratha)曾经仅仅凭声音控制箭。他可以在根本不看目标的情况下，就只是靠听声音射中目标。这是比现代低等的军事武器更精微的军事技术。朵纳查尔亚把这一切都传授给了阿尔诸纳；为此，朵帕蒂希望阿尔诸纳对朵纳查尔亚心存感激。在朵纳查尔亚离开人世的情况下，他的儿子就是他的代表。这是淑女朵帕蒂的看法。人们也许争论说，朵纳查尔亚作为严格的布茹阿玛纳为什么要去传授军事科学。对这个问题的回答是：布茹阿玛纳应该成为老师，不管他教授的是哪一门知识。有学问的布茹阿玛纳应该当老师、祭司和接受布施的人。名副其实的布茹阿玛纳被授权从事这样的职业。

第 45 节 स एष भगवान्द्रोणः प्रजारूपेण वर्तते ।
तस्यात्मनोऽर्धं पत्न्यास्ते नान्वगाद्वीरसूः कृपी ॥४५॥

sa eṣa bhagavān droṇaḥ
prajā-rūpeṇa vartate
tasyātmano ’rdhaṁ patny āste
nānvagād vīrasūḥ kṛpī

saḥ— 他 / eṣaḥ— 当然地 / bhagavān — 至尊主 / droṇaḥ— 朵纳查尔亚 / prajā-rūpeṇa— 以他的儿子阿施瓦塔玛的形象 / vartate — 存在

着 / tasya — 他的 / ātmanaḥ— 身体的 / ardham — 一半 / patnī— 妻子 / āste — 活着的 / na — 不 / anvagāt — 经历 / vīrasūḥ— 有儿子在 / kṛpī— 奎帕查尔亚的妹妹

译文 他(朵纳查尔亚)无疑以他儿子为代表继续存在着。他妻子奎琵因为有儿子，所以才没有走进火化她丈夫的火中(萨提)。

要旨 朵纳查尔亚的妻子奎琵(Kṛpī)是奎帕查尔亚的妹妹。启示经典中说，作为丈夫的配偶，忠贞的妻子如果没有生育后代，就有权选择自愿随丈夫一起去死。朵纳查尔亚的妻子之所以没有这么做，是因为她有了儿子——她丈夫的代表。一个妇女如果跟她丈夫生的儿子还活着，那她就不算是真正的寡妇，而只是名义上的寡妇。因此，无论如何阿施瓦塔玛是朵纳查尔亚的代表，杀阿施瓦塔玛就等同于杀朵纳查尔亚。这就是朵帕蒂反对杀阿施瓦塔玛的论点。

第 46 节 तद्धर्मज्ञ महाभाग भवद्भिर्गौरवं कुलम् ।
वृजिनं नार्हति प्राप्तुं पूज्यं वन्द्यमभीक्ष्णशः ॥४६॥

tad dharmajña mahā-bhāga
bhavadbhir gauravaṁ kulam
vṛjinaṁ nārhati prāptuṁ
pūjyaṁ vandyam abhīkṣṇaśaḥ

tat — 因此 / dharma-jña — 一个明白宗教原则的人 / mahā-bhāga — 最幸运的 / bhavadbhiḥ— 由你自己 / gauravam — 颂扬了 / kulam — 家庭 / vṛjinam— 那痛苦的 / na — 不 / arhati — 值得 / prāptum — 为了得到 / pūjyam — 值得崇拜的 / vandyam — 值得尊敬的 / abhīkṣṇaśaḥ— 总是

译文 了解宗教原则的最幸运的人啊！使永远值得尊敬和崇拜的光荣家庭中的成员悲伤，对你没有好处。

要旨 对一个值得尊敬的家庭的一点点侮辱，都足以造成不幸。因此，有教养的人应该始终小心对待值得崇拜的家庭中的成员。

第 47 节 मा रोदीदस्य जननी गौतमी पतिदेवता ।
यथाहं मृतवत्सार्ता रोदिम्यश्रुमुखी मुहुः ॥४७॥

mā rodīd asya jananī
gautamī pati-devatā
yathāhaṁ mṛta-vatsārtā
rodimy aśru-mukhī muhuḥ

mā — 并不 / rodīt— 使哭泣 / asya — 他的 / jananī— 母亲 / gautamī— 朵纳的妻子 / pati-devatā — 贞洁的 / yathā — 如有 / aham — 我自己 / mṛta-vatsā— 一位孩子已死的人 / ārtā — 痛苦地 / rodimi — 哭泣 / aśru-mukhī— 泪眼汪汪 / muhuḥ— 不停地

译文 我的夫君，不要让朵纳老师的妻子像我一样哭泣。我因儿子们的死而悲痛欲绝。她不必像我一样不停地哀哭。

要旨 像圣朵帕蒂那样有同情心的善良女士，无论是从母爱的角度考虑，还是从尊重朵纳查尔亚的妻子的角度考虑，都不愿意让朵纳查尔亚的妻子也经受丧子之痛。

第 48 节 यैः कोपितं ब्रह्मकुलं राजन्यैरजितात्मभिः ।
तत्कुलं प्रदहत्याशु सानुबन्धं शुचार्पितम् ॥४८॥

yaiḥ kopitaṁ brahma-kulaṁ
rājanyair ajitātmabhiḥ
tat kulaṁ pradahaty āśu
sānubandhaṁ śucārpitam

yaiḥ— 由那些 / kopitam — 激怒了 / brahma-kulam — 布茹阿玛纳阶层 / rājanyaiḥ— 由行政阶层 / ajita — 不受限制的 / ātmabhiḥ— 自己 / tat — 那 / kulam — 家庭 / pradahati — 被烧成灰烬 / āśu — 在很短时间内 / sa-anubandham — 与家庭成员一起 / śucā-arpitam — 造成悲伤

译文　如果统治者不控制自己的感官，冒犯布茹阿玛纳，激怒了他们，他们的怒火就会烧毁整个皇族，造成全体皇室成员的悲伤。

要旨　人类社会中的布茹阿玛纳阶层从灵性角度划分属于高等阶层，而负责行政管理的君王阶层，以及商人阶层和劳工阶层都低于布茹阿玛纳阶层。这些较低阶层的成员总是很尊敬布茹阿玛纳阶层的成员，及来自这种高等家庭的成员。

第49节

सूत उवाच
धर्म्यं न्याय्यं सकरुणं निर्व्यलीकं समं महत् ।
राजा धर्मसुतो राज्ञ्याः प्रत्यनन्दद्वचो द्विजाः ॥४९॥

sūta uvāca
dharmyaṁ nyāyyaṁ sakaruṇaṁ
nirvyalīkaṁ samaṁ mahat
rājā dharma-suto rājñyāḥ
pratyanandad vaco dvijāḥ

sūtaḥ uvāca — 苏塔 · 哥斯瓦米说 / dharmyam — 符合宗教原则 /

nyāyyam — 公正 / sa-karuṇam — 充满慈悲 / nirvyalīkam — 在宗教上没有欺骗 / samam — 平等 / mahat — 光荣的 / rājā — 国王 / dharma-sutaḥ— 儿子 / rājñyāḥ— 由王后 / pratyanandat — 支持 / vacaḥ— 说法 / dvijāḥ— 布茹阿玛纳啊

译文 苏塔·哥斯瓦米说：众布茹阿玛纳啊！尤帝士提尔王完全支持王后根据宗教原则所作的声明，认为它理由充分、庄严、慈悲为怀、公正且发自肺腑。

要旨 尤帝士提尔王(Mahārāja Yudhiṣṭhira)是阎罗王(Yamarāja)或称达玛茹阿佳(Dharmarāja)的儿子。他完全支持朵帕蒂王后要求阿尔诸纳释放阿施瓦塔玛所说的一番话。人不该容忍他人侮辱高贵家庭的成员。阿尔诸纳是从朵纳查尔亚那里学到军事科学的，因此他和家人都对朵纳查尔亚的家人心存感激。如果对这样一个有恩于自己的家庭以怨报德，从道德的角度看是极不道德的。朵纳查尔亚的妻子是朵纳查尔亚这位伟大灵魂的另一半，因此满怀同情地对待她，绝不应该把她置于失去儿子的悲伤境地。这就是同情。朵帕蒂的一番声明绝非口是心非，而是根据她的亲身体验说出来的，所以让人感到很公正。没有生过孩子的妇女无法理解母亲的悲伤。朵帕蒂本人曾是母亲，因此对奎琵将会感到的悲伤程度估计得十分准确。她要对伟大家庭的成员表示适当的尊敬这一点值得颂扬。

第 50 节 नकुलः सहदेवश्च युयुधानो धनञ्जयः ।
भगवान्देवकीपुत्रो ये चान्ये याश्च योषितः ॥५०॥

nakulaḥ sahadevaś ca
yuyudhāno dhanañjayaḥ

bhagavān devakī-putro
ye cānye yāś ca yoṣitaḥ

nakulaḥ— 纳库拉 / sahadevaḥ— 萨哈戴瓦 / ca — 和 / yuyudhānaḥ— 萨提亚克依 / dhanañjayaḥ— 阿尔诸纳 / bhagavān — 人格首神 / devakī-putraḥ— 黛瓦克伊之子——圣主奎师那 / ye — 那些 / ca — 和 / anye — 其他人 / yāḥ— 那些 / ca — 和 / yoṣitaḥ— 女士们

译文 纳库拉和萨哈戴瓦(尤帝士提尔王的两个弟弟)，萨提亚克依和阿尔诸纳，黛瓦克伊的儿子圣主奎师那，以及女士们和其他人，都一致赞同君王的看法。

第 51 节 तत्राहामर्षितो भीमस्तस्य श्रेयान् वधः स्मृतः ।
न भर्तुर्नात्मनश्चार्थे योऽहन् सुप्तान् शिशून् वृथा ॥५१॥

tatrāhāmarṣito bhīmas
tasya śreyān vadhaḥ smṛtaḥ
na bhartur nātmanaś cārthe
yo 'han suptān śiśūn vṛthā

tatra — 随着 / āha — 说 / amarṣitaḥ— 在愤怒的情绪中 / bhīmaḥ— 彼玛 / tasya — 他的 / śreyān — 终极的好处 / vadhaḥ— 杀 / smṛtaḥ— 记录 / na — 不 / bhartuḥ— 主人的 / na — 不 / ātmanaḥ— 他自己本身的 / ca — 和 / arthe — 为了那原因 / yaḥ— 谁 / ahan — 杀 / suptān— 睡眠 / śiśūn — 孩子 / vṛthā — 没有目的

译文 但彼玛不同意大家的意见。他认为这个罪犯仅仅因为愤怒就去谋杀熟睡着的孩子，做出不论是对他自己还是对他主人都没有益处的事，因此建议处死他。

第 52 节 निशम्य भीमगदितं द्रौपद्याश्च चतुर्भुजः ।
आलोक्य वदनं सख्युरिदमाह हसन्निव ॥५२॥

niśamya bhīma-gaditaṁ
draupadyāś ca catur-bhujaḥ
ālokya vadanaṁ sakhyur
idam āha hasann iva

niśamya — 刚听过后 / bhīma— 彼玛 / gaditam — 说 / draupadyāḥ— 朵帕蒂的 / ca — 和 / catuḥ-bhujaḥ— 四只手的人(人格首神) / ālokya — 看了以后 / vadanam — 面孔 / sakhyuḥ— 祂朋友的 / idam — 这 / āha — 说 / hasan — 微笑 / iva — 好像

译文 人格首神查图尔布佳(有四只手臂的那一位)，听了彼玛、朵帕蒂和其他人的意见，看了他亲爱的朋友阿尔诸纳的脸色后，微笑着开口说话了。

要旨 圣主奎师那有两只手臂，为什么在这节诗中被称为有四只手臂的人呢？对此，施瑞达尔 · 斯瓦米作出了解释。就有关是否杀死阿施瓦塔玛这一点，彼玛和朵帕蒂各持己见。彼玛要立刻杀死他，而朵帕蒂要让他活着。我们可以想象一下，当彼玛准备杀死阿施瓦塔玛时，朵帕蒂阻止他会是什么情形。为了要劝阻他们两人，至尊主展示出另外两只手臂。至尊主圣奎师那原本只展示两只手臂，但在祂的纳茹阿亚纳形象中，祂展示了四只手臂。祂以祂的纳茹阿亚纳形象与奉献者一起住在灵性天空中众多的外琨塔(Vaikuṇṭha)星球上，同时以祂原本的圣奎师那形象住在离外琨塔星球很远很远的奎师那珞卡(Kṛṣṇaloka)星球上。为此，如果圣奎师那被称为查图尔布佳(caturbhujaḥ, 有四只手臂的那一位)并不矛盾。若是有需要，祂可以展示出千百万的手臂，就像祂展示宇宙形象(viśva-rūpa)给阿尔诸纳看一样。所以，能展示千百万手臂的人，在情况需要时自然也可以展示四只手臂。

当阿尔诸纳为如何处理阿施瓦塔玛而感到茫然不知所措时，圣主奎师那作为阿尔诸纳极为亲密的朋友，微笑着挺身而出解决问题。

第53—54节 श्रीभगवानुवाच

ब्रह्मबन्धुर्न हन्तव्य आततायी वधार्हणः ।
मयैवोभयमाम्नातं परिपाह्यनुशासनम् ॥५३॥
कुरु प्रतिश्रुतं सत्यं यत्तत्सान्त्वयता प्रियाम् ।
प्रियं च भीमसेनस्य पाञ्चाल्या मह्यमेव च ॥५४॥

śrī-bhagavān uvāca
brahma-bandhur na hantavya
ātatāyī vadhārhaṇaḥ
mayaivobhayam āmnātaṁ
paripāhy anuśāsanam

kuru pratiśrutaṁ satyaṁ
yat tat sāntvayatā priyām
priyaṁ ca bhīmasenasya
pāñcālyā mahyam eva ca

śrī-bhagavān — 人格首神 / uvāca— 说 / brahma-bandhuḥ— 布茹阿玛纳的亲属 / na — 不 / hantavyaḥ— 被杀 / ātatāyī— 攻击者 / vadha-arhaṇaḥ— 应该被杀 / mayā — 由我 / eva — 肯定地 / ubhayam — 两者 / āmnātam— 按照权威的规定来描述 / paripāhi— 只是执行 / anuśā-sanam — 规律 / kuru — 只要遵守 / pratiśrutam — 正如由……承诺 / satyam — 真理 / yat tat — 那 / sāntvayatā — 当安抚……的时候 / priyām — 亲爱的妻子 / priyam — 满足 / ca — 还有 / bhīmasenasya — 圣彼玛的 / pāñcālyāḥ— 朵帕蒂的 / mahyam — 也向我 / eva — 肯定地 / ca — 和

译文 人格首神圣奎师那对阿尔诸纳说：布茹阿玛纳的朋友不该被杀，但如果他是侵犯者，就必须被处死。所有这些规则都记在经典中，你应该以经典为依据行事。你既要实现你对妻子的承诺，也必须令彼玛和我满意。

要旨 阿尔诸纳之所以感到茫然不知所措，是因为在有关阿施瓦塔玛该杀该留的问题上，不同的人引证不同的经典依据提出了不同的见解。阿施瓦塔玛既是布茹阿玛纳不称职的儿子(brahma-bandhu)，又是侵犯者。作为布茹阿玛纳不称职的儿子，他不该被杀，但按照玛努(Manu)的规定：一个侵犯者，哪怕他是布茹阿玛纳(更不用说是布茹阿玛纳不称职的儿子)都该被处死。朵纳查尔亚毫无疑问是真正的布茹阿玛纳，他因为在战场上作战而被杀死。阿施瓦塔玛虽然是侵犯者，但却没有拿任何战斗武器。经典规定是：不能杀一个没有武器或战车的侵犯者。上述这一切无疑令人困惑。除此之外，阿尔诸纳不但必须遵守之前为安慰朵帕蒂曾作出的承诺，也必须让建议杀死阿施瓦塔玛的彼玛和奎师那感到满意。面对摆在阿尔诸纳面前的这种进退两难的局面，奎师那给出了解决的方法。

第55节 सूत उवाच
अर्जुनः सहसाज्ञाय हरेर्हार्दमथासिना ।
मणिं जहार मूर्धन्यं द्विजस्य सहमूर्धजम् ॥५५॥

sūta uvāca
arjunaḥ sahasājñāya
harer hārdam athāsinā
maṇiṁ jahāra mūrdhanyaṁ
dvijasya saha-mūrdhajam

sūtaḥ— 苏塔 · 哥斯瓦米 / uvāca— 说 / arjunaḥ— 阿尔诸纳 /

sahasā — 就在那时 / ājñāya— 知道它 / hareḥ— 至尊主的 / hārdam — 动机 / atha — 因此 / asinā — 用剑 / maṇim — 珠宝 / jahāra — 割下 / mūrdhanyam— 头上的 / dvijasya — 再生族的 / saha — 与 / mūrdhajam— 头发

译文　对于主奎师那给这种模棱两可的命令所要达到的目的，阿尔诸纳心知肚明，于是用他的宝刀把阿施瓦塔玛头上的头发和所戴的珠宝首饰都割了下来。

要旨　不同的人所发出的彼此矛盾的命令，使人无所适从。为此，阿尔诸纳用他敏锐的智慧找到了一个折中的解决办法。他割下阿施瓦塔玛戴在头上的珠宝首饰。这既如同割下他的头，但同时又为达到所有具体的目的而留下了他的一条命。这节诗中说阿施瓦塔玛是经过再生的人。他确实是经过再生的人，但却从他的地位上坠落，因此受到恰当的惩罚。

第 56 节　विमुच्य रशनाबद्धं बालहत्याहतप्रभम् ।
तेजसा मणिना हीनं शिबिरान्निरयापयत् ॥५६॥

vimucya raśanā-baddhaṁ
bāla-hatyā-hata-prabham
tejasā maṇinā hīnaṁ
śibirān nirayāpayat

vimucya — 在释放他以后 / raśanā-baddham — 从绳索的束缚 / bāla-hatyā — 杀戮儿童 / hata-prabham — 丧失身体的光泽 / tejasā— 力量的 / maṇinā — 因为珠宝 / hīnam — 被夺去 / śibirāt— 在军营中 / nirayāpayat — 赶他出去

译文 阿施瓦塔玛因为犯了谋杀无辜孩子的罪，身体已经是暗淡无光了，头上再一失去珠宝，就变得更加无力。他就这样被松绑，赶出了军营的帐篷。

要旨 这样被羞辱后，丢尽了脸的阿施瓦塔玛被主奎师那和阿尔诸纳运用智慧杀死又没有被杀。

第 57 节 वपनं द्रविणादानं स्थानान्निर्यापणं तथा ।
एष हि ब्रह्मबन्धूनां वधो नान्योऽस्ति दैहिकः ॥५७॥

vapanaṁ draviṇādānaṁ
sthānān niryāpaṇaṁ tathā
eṣa hi brahma-bandhūnāṁ
vadho nānyo 'sti daihikaḥ

vapanam — 剪去头发 / draviṇa— 财富 / adānam — 没收了 / sthānāt — 从住所 / niryāpaṇam — 驱逐 / tathā — 还有 / eṣaḥ— 所有这些 / hi — 肯定地 / brahma-bandhūnām — 一位布茹阿玛纳亲属的 / vadhaḥ— 杀 / na — 不 / anyaḥ— 任何其他方法 / asti — 有 / daihikaḥ— 有关身体的事情

译文 削去他的头发，剥夺他的财产，把他从他的居住地赶走，是经典规定对布茹阿玛纳亲属的惩罚。经典没有关于杀布茹阿玛纳躯体的指令。

第 58 节 पुत्रशोकातुराः सर्वे पाण्डवाः सह कृष्णया ।
स्वानां मृतानां यत्कृत्यं चक्रुर्निर्हरणादिकम् ॥५८॥

putra-śokāturāḥ sarve
pāṇḍavāḥ saha kṛṣṇayā
svānāṁ mṛtānāṁ yat kṛtyaṁ
cakrur nirharaṇādikam

putra — 儿子 / śoka — 丧失亲人之痛 / āturāḥ— 不胜悲伤 / sarve — 所有他们 / pāṇḍavāḥ— 潘杜的儿子们 / saha — 与 / kṛṣṇayā— 与朵帕蒂 / svānām— 亲属的 / mṛtānām — 死者的 / yat — 什么 / kṛ-tyam — 应该要做 / cakruḥ— 执行 / nirharaṇa-ādikam — 可以承担的

译文 那以后，沉浸在悲痛中的潘杜之子和朵帕蒂，为他们亲属的尸体举行了相关的仪式。

到此为止，结束了巴克提韦丹塔对《圣典博伽瓦谭》第 1 篇第 7 章——“朵纳的儿子受惩罚”所作的阐释。

第八章

琨缇王后的祈祷及帕瑞克西特的获救

第 1 节

सूत उवाच
अथ ते सम्परेतानां स्वानामुदकमिच्छताम् ।
दातुं सकृष्णा गङ्गायां पुरस्कृत्य ययुः स्त्रियः ॥१॥

sūta uvāca
atha te samparetānāṁ
svānām udakam icchatām
dātuṁ sakṛṣṇā gaṅgāyāṁ
puraskṛtya yayuḥ striyaḥ

sūtaḥ uvāca— 苏塔说 / atha — 因此 / te — 潘达瓦兄弟 / samparetā-nām— 死的 / svānām — 亲属的 / udakam — 水 / icchatām — 愿意有 / dātum — 递交 / sa-kṛṣṇāḥ— 与朵帕蒂一起 / gaṅgāyām — 在恒河上 / puraskṛtya — 放在前面 / yayuḥ— 走 / striyaḥ— 妇女

译文 苏塔·哥斯瓦米说：那以后，潘达瓦兄弟想要按亲属的愿望去为他们供奉水，于是便与朵帕蒂一起前往恒河。女士们都走在前面。

要旨 迄今为止，家里有人死去时到恒河或其他圣河去沐浴，仍是印度社会不变的习俗：为了死者的利益，家里的每一个成员都要把一整罐恒河水倒入恒河；在去恒河的路上，女士们走在长长的队伍前列。潘达瓦五兄弟也遵循这条有五千多年历史的规定。主奎师那作为潘达瓦兄弟的表兄弟，也是家庭成员之一。

第 2 节 ते निनीयोदकं सर्वे विलप्य च भृशं पुनः ।
आप्लुता हरिपादाब्जरजःपूतसरिज्जले ॥ २ ॥

te ninīyodakaṁ sarve
vilapya ca bhṛśaṁ punaḥ
āplutā hari-pādābja-
rajaḥ-pūta-sarij-jale

te — 他们所有人 / ninīya — 已供奉 / udakam — 水 / sarve — 他们每一个人 / vilapya — 哀痛了 / ca — 和 / bhṛśam — 充分的 / punaḥ— 再次 / āplutāḥ— 沐浴 / hari-pādābja — 至尊主的莲花足 / rajaḥ— 尘埃 / pūta— 净化了 / sarit — 恒河的 / jale — 在水中

译文 他们怀着悲痛的心情供奉了足量的恒河水之后，自己也去恒河中沐浴。恒河之水因为混合了至尊主莲花足上的尘土而变得神圣。

第 3 节 तत्रासीनं कुरुपतिं धृतराष्ट्रं सहानुजम् ।
गान्धारीं पुत्रशोकार्तां पृथां कृष्णां च माधवः ॥ ३ ॥

tatrāsīnaṁ kuru-patiṁ
dhṛtarāṣṭraṁ sahānujam
gāndhārīṁ putra-śokārtāṁ
pṛthāṁ kṛṣṇāṁ ca mādhavaḥ

tatra — 那里 / āsīnam — 正坐着 / kuru-patim — 库茹之王 / dhṛtarāṣṭram — 兑塔瓦施陀 / saha-anujam — 和他的弟弟们 / gāndhārīm— 甘妲瑞 / putra — 儿子 / śoka-artām—因丧失亲人而悲伤不已 / pṛthām — 琨缇 / kṛṣṇām — 朵帕蒂 / ca — 和 / mādhavaḥ— 圣主奎师那

译文　库茹之王尤帝士提尔与他的弟弟们，以及兑塔瓦施陀、甘妲瑞、琨缇和朵帕蒂，都悲痛欲绝地坐在那里，主奎师那也在场。

要旨　库茹柴陀战争是家庭成员之间的战争，因此所有受到影响的人都是同一个大家族的人，其中有尤帝士提尔王和他的兄弟，以及琨缇(Kuntī)、朵帕蒂、苏芭朵(Subhadrā)、兑塔瓦施陀、甘妲瑞(Gāndhārī)和她的儿媳妇等。所有重要人物的尸体之间都有着某种血缘关系，因此家庭的不幸是共同的。作为潘达瓦兄弟的表兄弟、琨缇的侄子、苏芭朵的哥哥，主奎师那也是家庭中的一分子，所以同情他们所有的人。为此，祂开始适度地安慰他们。

第 4 节　सान्त्वयामास मुनिभिर्हतबन्धूञ्शुचार्पितान् ।
भूतेषु कालस्य गतिं दर्शयन्न प्रतिक्रियाम् ॥ ४ ॥

sāntvayām āsa munibhir
hata-bandhūñ śucārpitān
bhūteṣu kālasya gatiṁ
darśayan na pratikriyām

sāntvayām āsa— 抚慰 / munibhiḥ— 和在场的牟尼 / hata-bandhūn — 失去朋友与亲戚的人 / śucārpitān— 都受到震惊、影响 / bhūteṣu — 向生物 / kālasya — 全能者的至高无上的法律的 / gatim — 反作用 / darśayan— 用实例说明 / na — 不 / pratikriyām — 补救措施

译文　奎师那和众多的牟尼开始引用全能的神所制定的严格法律，以及它们在生物体身上所起的作用，安慰那些被整个事件所震惊及受到影响的人。

要旨 在至尊人格首神的命令下，没有一个生物能修改大自然严格的法律。生物永恒受全能的至尊主的管制。至尊主制定了所有的法律和秩序，这些法律和秩序通常被称为达尔玛(dharma)或宗教。没人能制定宗教准则。真正的宗教是遵守至尊主的命令，而至尊主在《博伽梵歌》中明确说明了祂的命令。所有的人都应该只听从祂或祂的命令。这将使人获得物质和灵性的全面快乐。我们只要还在物质世界里，我们的责任就是听从至尊主的命令。如果靠至尊主的恩典，我们摆脱了物质世界的钳制，那么在解脱的状态下，我们也是继续为至尊主做超然的爱心服务。我们在物质状态中时，因为没有灵性的眼光，所以既看不到自己，也看不到至尊主。然而，我们一旦摆脱了物质的影响，回复我们原本的灵性形象，我们就不但能看到自己，也能面对面地看到至尊主。梵文穆克提(Mukti)的意思是：在放弃了物质的生命概念后，回复人原本的灵性状态。人体生命就是为让人争取这种灵性自由而设的。不幸的是：在物质错觉能量的影响下，我们把这种极为短暂的污染生活当做是我们永恒的存在，从而被所谓的国家、家庭、土地、孩子、妻子、社团、钱财等拥有所迷惑，而这些都只不过是错觉能量(māyā)制造的虚幻产物。在错觉能量的控制下，我们不断争斗，以保护这些非真实的财产。培养灵性的知识可以使我们认识到：我们与所有这些物质事物根本没有关系。于是，我们立刻不再有物质执著。与至尊主的奉献者交往、联谊，使人立刻去除物质存在的焦虑。至尊主的奉献者有能力把超然的声音注入困惑的心灵深处，从而使人实际摆脱一切悲伤和错觉。这是使那些受严格的物质法律反作用影响的人平静下来的简易方法。严格的物质法律的反作用，以生、老、病、死的形式展现出来，而这些是物质存在无法解决的问题。战争的受害者——库茹家族的成员，为亲属的死而悲伤，至尊主运用知识去安抚他们。

第 5 节　साधयित्वाजातशत्रोः स्वं राज्यं कितवैर्हृतम् ।
घातयित्वासतो राज्ञः कचस्पर्शक्षतायुषः ॥५॥

sādhayitvājāta-śatroḥ
svaṁ rājyaṁ kitavair hṛtam
ghātayitvāsato rājñaḥ
kaca-sparśa-kṣatāyuṣaḥ

sādhayitvā — 执行 / ajāta-śatroḥ— 对没有敌人的人的 / svam rājyam— 自己的王国 / kitavaiḥ— 由聪明的人的(杜尤丹及其党羽) / hṛtam — 篡夺 / ghātayitvā — 杀死了 / asataḥ— 肆无忌惮的 / rājñaḥ— 属于王后的 / kaca — 发束 / sparśa — 曾粗暴地抓 / kṣata — 缩短了 / āyuṣaḥ— 由寿命

译文　聪明的杜尤丹和他的党羽，狡诈地篡夺了没有敌人的尤帝士提尔王的王位。至尊主仁慈地帮尤帝士提尔收复了他的王国，杀了所有与杜尤丹结盟的不义君王。其他人也死了，他们的寿命因粗暴地拉扯朵帕蒂王后的头发而缩短。

要旨　在辉煌的日子里，也就是在喀历年代到来之前的日子里，布茹阿玛纳、乳牛、妇女、孩子和老人，都受到妥善的保护。

一、对布茹阿玛纳的保护，可以维持社会四阶层和灵性四阶段制度(varṇāśrama)——灵性生活最科学的文化。

二、对乳牛的保护，使人类社会能够得到最神奇、超自然的食物——牛奶。牛奶滋养脑组织细胞，使其更好地理解生命的更高目标。

三、对妇女的保护使社会保持纯洁，从而使我们能够生育优秀的后代，过平静、安定、上进的生活。

四、对孩子的保护给予人体生命以最佳的机会，使灵魂可以为摆脱物质束缚铺设道路。这种对孩子的保护，始于父母为生孩子而在交媾前按照“净化子宫的程序(garbhādhāna-saṁskāra)”进行净化的那一天。那是纯洁生活的开始。

五、对老人的保护，给予他们机会，让他们为死后更好的生活做准备。

上述这套完整的观点所基于的目标是：使人有一个成功的人生，不受经过修饰的猫狗文明的影响。经典禁止杀害上述的无辜生物，因为哪怕是侮辱他们，都会使人缩短寿命。在喀历年代里，他们没有受到妥善的保护。正因为如此，现代人口的寿命变得相当短。《博伽梵歌》中说，当妇女因为得不到保护而变得不再贞节时，就会生下要不得的后代(varṇa-saṅkara)。侮辱一位贞节的妇女意味着缩短寿命。杜尤丹(Duryodhana)的弟弟杜沙森(Duḥśāsana)这个无赖，因为侮辱了理想的贞节女士朵帕蒂而最终失去了性命。上面介绍的这些，是至尊主制定的严格法律的一部分。

第 6 节 याजयित्वाश्वमेधैस्तं त्रिभिरुत्तमकल्पकैः ।
तद्यशः पावनं दिक्षु शतमन्योरिवातनोत् ॥ ६ ॥

yājayitvāśvamedhais taṁ
tribhir uttama-kalpakaiḥ
tad-yaśaḥ pāvanaṁ dikṣu
śata-manyor ivātanot

yājayitvā— 靠举行 / aśvamedhaiḥ— 献祭一匹马的祭祀 / tam — 他(尤帝士提尔王) / tribhiḥ— 三个 / uttama — 最好的 / kalpakaiḥ— 由有能力的祭司举行，具备适当的材料 / tat — ……的 / yaśaḥ— 名声 / pāvanam — 高洁的 / dikṣu — 所有的方向 / śata-manyoḥ— 曾举行过一

百次这种祭祀的因铎 / iva — 像 / atanot — 传播

译文　圣主奎师那让尤帝士提尔王圆满地举办了三场马祭(阿施瓦梅达·雅格亚)。这使他的美名如举办了一百场马祭的因铎一样传遍四方。

要旨　这节诗是对今后描述尤帝士提尔王举办的马祭(Aśvamedha-yajña)所作的序言。把尤帝士提尔王与天帝相比意义重大。尽管天帝比尤帝士提尔王富有百万倍，但尤帝士提尔王的名望却绝不比天帝弱。这其中的原因在于：尤帝士提尔王是至尊主纯粹的奉献者；凭借至尊主的恩典，尤帝士提尔王才会与天帝齐名，尽管他只举行了三场马祭，而天帝举行过一百场马祭。那是至尊主的奉献者所具有的特权。至尊主平等对待众生，但至尊主的奉献者比其他人更光荣，因为他永远与绝对伟大的人物有接触。阳光普照，但还是有些地方永远处在黑暗中。这并不是太阳所致，相反取决于接受者的接受力。同样，至尊主永远把仁慈平等地给予众生，但只有祂纯粹的奉献者才能得到祂所有的仁慈。

第 7 节　आमन्त्र्य पाण्डुपुत्रांश्च शैनेयोद्धवसंयुतः ।
द्वैपायनादिभिर्विप्रैः पूजितैः प्रतिपूजितः ॥ ७ ॥

āmantrya pāṇḍu-putrāṁś ca
śaineyoddhava-saṁyutaḥ
dvaipāyanādibhir vipraiḥ
pūjitaiḥ pratipūjitaḥ

āmantrya — 正邀请 / pāṇḍu-putrān — 潘杜的所有儿子 / ca — 也 / śaineya— 萨提亚克依 / uddhava — 乌达瓦 / saṁyutaḥ— 曾陪同 / dvaipāyana-ādibhiḥ— 由像维亚萨戴瓦这样的圣哲 / vipraiḥ— 由布茹阿玛纳 / pūjitaiḥ— 正受敬拜 / pratipūjitaḥ— 至尊主也同样回应

译文 圣主奎师那受到以维亚萨戴瓦为首的众布茹阿玛纳的崇拜后，也回礼致敬。随后，祂邀约了潘杜的儿子们，准备启程回府。

要旨 圣主奎师那表面上是个查锤亚(kṣatriya, 刹帝利)，不被布茹阿玛纳(brāhmaṇa, 婆罗门)所崇拜。但当时在场的、以维亚萨戴瓦为首的布茹阿玛纳，都知道祂是人格首神，因此都崇拜祂。至尊主向他们回礼只是为了尊重社会秩序，即：查锤亚要服从布茹阿玛纳阶层的人。尽管圣主奎师那作为至尊主受到各界人士的崇敬，但祂行为处事从不违背社会四阶层的规定。至尊主刻意遵守所有这些社会惯例，好让其他人今后能以祂为榜样。

第 8 节 गन्तुं कृतमतिर्ब्रह्मन्द्वारकां रथमास्थितः ।
उपलेभेऽभिधावन्तीमुत्तरां भयविह्वलाम् ॥ ८ ॥

gantuṁ kṛtamatir brahman
dvārakāṁ ratham āsthitaḥ
upalebhe 'bhidhāvantīm
uttarāṁ bhaya-vihvalām

gantum — 正想要出发 / kṛtamatiḥ— 已经决定 / brahman — 布茹阿玛纳呀 / dvārakām — 向着杜瓦尔卡 / ratham — 在战车上 / āsthitaḥ— 坐着 / upalebhe — 见过 / abhidhāvantīm— 匆匆地来 / uttarām — 乌塔茹阿 / bhaya-vihvalām — 因害怕

译文 祂刚坐上自己的战车要向杜瓦尔卡进发，便看到乌塔茹阿惊恐万状、匆匆忙忙地向祂跑来。

要旨　潘达瓦兄弟家的全体成员都完全依靠至尊主的保护，所以至尊主在任何情况下都保护他们。至尊主保护所有的生物，但完全依靠祂的人，受到祂的特别照顾。父亲对格外依赖他的小儿子给予更多的关心。

第9节

उत्तरोवाच
पाहि पाहि महायोगिन्देवदेव जगत्पते ।
नान्यं त्वदभयं पश्ये यत्र मृत्युः परस्परम् ॥ ९ ॥

uttarovāca
pāhi pāhi mahā-yogin
deva-deva jagat-pate
nānyaṁ tvad abhayaṁ paśye
yatra mṛtyuḥ parasparam

uttarā uvāca — 乌塔茹阿说 / pāhi pāhi — 保护，保护 / mahā-yogin — 最伟大的神秘主义者 / deva-deva — 受崇拜的人中最值得崇拜的人 / jagat-pate — 宇宙之主啊 / na — 不 / anyam — 任何其他人 / tvat — 比你 / abhayam — 无畏 / paśye — 我确实看见 / yatra — 有……的所在 / mṛtyuḥ— 死亡 / parasparam — 在二元性的世界里

译文　乌塔茹阿说：啊！众神之神，宇宙之主！您是最伟大的神秘主义者。请保护我，除您之外，再没有谁能救我摆脱这相对世界中的死亡的钳制了。

要旨　这个物质世界是二元性的世界，与绝对区域的同一性形成对比。二元性的世界由物质和灵性组成，而绝对世界完全灵性，没有丝

毫的物质属性。在二元性的世界里，每一个人都错误地想要成为世界的主人。但在绝对的世界里，至尊主绝对是主人，所有其他人无疑都是祂的仆人。在二元性的世界里，每一个人都忌妒其他人，由于物质和灵性的相对存在，死亡是不可避免的。对皈依的灵魂来说，至尊主是他不再有恐惧的唯一依靠。人除非投靠在至尊主的莲花足下，否则无法拯救自己摆脱物质世界里死亡的钳制。

第 10 节 अभिद्रवति मामीश शरस्तप्तायसो विभो ।
कामं दहतु मां नाथ मा मे गर्भो निपात्यताम् ॥१०॥

abhidravati mām īśa
śaras taptāyaso vibho
kāmaṁ dahatu māṁ nātha
mā me garbho nipātyatām

abhidravati — 朝向……而来 / mām — 我 / īśa — 至尊主啊 / śaraḥ— 箭 / tapta — 火红的 / ayasaḥ— 铁 / vibho — 伟大的人啊 / kāmam — 欲望 / dahatu — 让它燃烧 / mām— 我 / nātha — 保护者啊 / mā — 不要 / me — 我的 / garbhaḥ— 胎儿 / nipātyatām — 流产

译文 我的主啊！您是全能的。一枝火一般的铁箭正急速朝我射来。我的至尊主，如果您愿意，就让它烧毁我个人吧，但请不要让它烧到我的胎儿，造成流产。我的主，请帮帮我！

要旨 这件事发生在乌塔茹阿(Uttarā)的丈夫阿比曼纽(Abhimanyu)死后。阿比曼纽的遗孀乌塔茹阿当时还很年轻，尽管她本想随她丈夫而去，但因为她怀孕了，至尊主的伟大奉献者帕瑞克西特王(Mahārāja Parīkṣit)就躺在她的子宫中，所以她有责任保护胎儿。孩子的母亲承担着给予孩子一切保护的巨大责任；因此，乌塔茹阿对主奎师那坦诚相告时没有感到难为情。乌塔茹阿是优秀君王的女儿、大英雄的妻子、伟大奉献者的学生，后来又成为卓越君王的母亲。她在所有方面都是幸运的。

第11节

सूत उवाच
उपधार्य वचस्तस्या भगवान् भक्तवत्सलः ।
अपाण्डवमिदं कर्तुं द्रौणेरस्त्रमबुध्यत ॥११॥

sūta uvāca
upadhārya vacas tasyā
bhagavān bhakta-vatsalaḥ
apāṇḍavam idaṁ kartuṁ
drauṇer astram abudhyata

sūtaḥ uvāca — 苏塔 · 哥斯瓦米说 / upadhārya — 耐心地听她说话 / vacaḥ— 话语 / tasyāḥ— 她 / bhagavān — 人格首神的 / bhakta-vatsalaḥ— 极爱其奉献者的祂 / apāṇḍavam — 没有潘达瓦兄弟后裔的存在 / idam — 这 / kartum — 做 / drauṇeḥ— 朵纳查尔亚的儿子的 / astram — 武器 / abudhyata — 明白了

译文　苏塔 · 哥斯瓦米说：永远深爱其奉献者的圣主奎师那，耐心听了乌塔茹阿的话后，立刻明白：朵纳查尔亚的儿子阿施瓦塔玛发射了布茹阿玛斯陀，以扼杀潘达瓦家族的最后一个传人。

要旨　至尊主虽然在任何方面都不偏不倚，但还是更倾向于祂的奉献者，因为这对众生的福利是必不可少的。潘达瓦家庭是奉献者的家庭，所以至尊主想要他们统治世界。那就是祂摧毁杜尤丹一伙的统治，建立尤帝士提尔王统治的原因。为此，祂也要保护躺在母亲子宫中的帕瑞克西特王。祂不希望看到世上没有潘达瓦家族——理想的奉献者家族。

第 12 节 तर्ह्येवाथ मुनिश्रेष्ठ पाण्डवाः पञ्च सायकान् ।
आत्मनोऽभिमुखान्दीप्तानालक्ष्यास्त्राण्युपाददुः ॥१२॥

tarhy evātha muni-śreṣṭha
pāṇḍavāḥ pañca sāyakān
ātmano 'bhimukhān dīptān
ālakṣyāstrāṇy upādaduḥ

tarhi — 于是 / eva — 也 / atha — 因此 / muni-śreṣṭha — 牟尼中的领袖人物啊 / pāṇḍavāḥ— 潘杜诸子 / pañca — 五位 / sāyakān — 武器 / ātmanaḥ— 自己 / abhimukhān — 朝向 / dīptān — 耀眼的 / ālakṣya — 正看见它 / astrāṇi— 武器 / upādaduḥ— 拿起

译文 大思想家中的领袖(绍纳卡)啊！看到耀眼的布茹阿玛斯陀逼近他们，潘达瓦五兄弟各自拿起了自己的武器。

要旨 布茹阿玛斯陀(brahmāstras)比核武器要精良得多。阿施瓦塔玛发射布茹阿玛斯陀只是为了杀死以尤帝士提尔王为首的帕达瓦五兄弟，以及他们那个正躺在乌塔茹阿子宫中的唯一的孙子。因此，布茹阿玛斯陀比原子武器更有效、更精密，不像原子弹那样盲目。原子弹一旦被发射出去后，它们不区分哪一个是要攻击的目标，哪一个不是。原子弹的目标不精确，所以伤害的大部分是与目标不相干的人或物。布茹阿玛斯陀不像原子弹。它设定的目标精确，并且直奔目标而去，不会伤害目标以外的人或物。

第 13 节 व्यसनं वीक्ष्य तत्तेषामनन्यविषयात्मनाम् ।
सुदर्शनेन स्वास्त्रेण स्वानां रक्षां व्यधाद्विभुः ॥१३॥

vyasanaṁ vīkṣya tat teṣām
ananya-viṣayātmanām

sudarśanena svāstreṇa
svānāṁ rakṣāṁ vyadhād vibhuḥ

vyasanam — 巨大的危险 / vīkṣya — 观察到 / tat — 那 / teṣām — 他们的 / ananya — 无其他 / viṣaya — 手段 / ātmanām — 于是有意…… / sudarśanena — 靠至尊主奎师那的飞轮 / sva-astreṇa — 由武器 / svānām— 祂自己的奉献者的 / rakṣām — 保护 / vyadhāt — 曾做 / vibhuḥ— 全能者

译文 全能的人格首神圣奎师那，看到巨大的危险正降临在把自己完全交付给祂的纯粹奉献者身上，便立刻举起祂的苏达尔珊飞轮保护他们。

要旨 阿施瓦塔玛发射的最高级的武器布茹阿玛斯陀类似核武器，但比核武器更炙热，有更多的辐射能。布茹阿玛斯陀作为更精微的声音产物，其实是更精微的科学产物；那更精微的声音振荡，靠吟诵记载在韦达经(Vedas)中的赞歌(mantra)发出。这种武器的另一个先进之处在于：它不像核武器那样目标不精确；它可以在不伤害其他人或物的情况下直奔目标而去。阿施瓦塔玛发射这种武器只是为了杀死潘杜(Pāṇḍu)家族中剩下的男性成员。从某种意义上说，这种武器比原子弹更危险，因为它能穿透被保护得最好的地方，而绝不会错失目标。圣主奎师那了解这一切，因此立刻拿起自己的武器，保护那些只依靠祂保护的奉献者。在《博伽梵歌》中，至尊主明确声明说：祂的奉献者永远都不会被毁灭；而且，祂按照奉献者为祂做奉爱服务的质量或程度作出回应。这节诗中“完全依靠至尊主的保护(ananya-viṣayātmanām)”一句很重要。潘达瓦兄弟们虽然个个都是伟大的战将，但却完全依靠至尊主的保护。至尊主根本不会把最伟大的战士放在眼里，祂可以在瞬间消灭他们。当至尊主看到潘达瓦兄弟没有时间对抗阿施瓦塔玛发射的布茹阿玛斯陀时，祂立刻拿起自己的武器，甚至不惜冒着打破自己誓言的风险。尽管库茹柴陀战争几乎已经结束，但按照祂所发的誓言，祂不应该拿起自己的武器。然而，处理危机情况比遵守誓言更重要。祂有个更著名的名字是“巴克塔·瓦特萨拉(bhakta-vatsala)”，意思是“祂奉献者的爱人”。相比之下，祂更愿意继续当祂奉献者的爱人，而不是从不打破誓言的尘世道德家。

第 14 节 अन्तःस्थः सर्वभूतानामात्मा योगेश्वरो हरिः ।
स्वमाययावृणोद्गर्भं वैराट्याः कुरुतन्तवे ॥१४॥

antaḥsthaḥ sarva-bhūtānām
ātmā yogeśvaro hariḥ
sva-māyayāvṛṇod garbhaṁ
vairāṭyāḥ kuru-tantave

antaḥsthaḥ— 处在里面 / sarva — 所有 / bhūtānām — 生物的 / ātmā— 灵魂 / yoga-īśvaraḥ— 一切神秘主义的主人 / hariḥ— 至尊主 / sva-māyayā— 靠个人的能量 / āvṛṇot — 曾覆盖 / garbham — 胎儿 / vairāṭyāḥ— 乌塔茹阿的 / kuru-tantave — 为了库茹王的后裔

译文 神秘力量的至尊主人圣奎师那，作为超灵处在每个生物体的心中。为了保护库茹王朝的后裔，祂用祂个人的能量裹住乌塔茹阿的胎儿。

要旨 神秘力量的至尊主人可以以祂的完整扩展——超灵，同时处在每一个生物体的心中，甚至每一个原子中。所以，祂通过在乌塔茹阿子宫内裹住帕瑞克西特王救了他，保住了潘杜王的后代，也是库茹王的后代。兑塔瓦施陀和潘杜都是库茹王的后代，他们的儿子自然也都是库茹王的后代，因此通常都被称为库茹族人。但是，当要强调兑塔瓦施陀的儿子和潘杜之子的区别时，兑塔瓦施陀的儿子就被称为库茹族，而潘杜的儿子则被称为潘达瓦。由于兑塔瓦施陀的儿子和孙子都在库茹柴陀战场上战死了，库王王朝最后的男性后裔就被称为是库茹族的后裔。

第 15 节 यद्यप्यस्त्रं ब्रह्मशिरस्त्वमोघं चाप्रतिक्रियम् । वैष्णवं तेज आसाद्य समशाम्यद्भृगूद्वह ॥१५॥

yadyapy astraṁ brahma-śiras
tv amoghaṁ cāpratikriyam
vaiṣṇavaṁ teja āsādya
samaśāmyad bhṛgūdvaha

yadyapi — 虽然 / astram — 武器 / brahma-śiraḥ— 至高无上的 / tu — 但是 / amogham — 没有制止 / ca — 和 / apratikriyam — 势不可挡 / vaiṣṇavam — 和维施努有关 / tejaḥ— 力量 / āsādya— 面对 / samaśāmyat — 使……失效 / bhṛgu-udvaha — 布瑞古家族的光荣啊

译文 绍纳卡啊！阿施瓦塔玛发射的威力无比强大的布茹阿玛斯陀，虽然势如破竹般地冲过来，可一旦面对维施努(主奎师那)的力量，便受到挫折，力量化为乌有。

要旨 《博伽梵歌》中说，光芒万丈的超然梵光(brahmajyoti)是圣主奎师那放射出的。换句话说，这称为布茹阿玛 · 忒佳(brahma-tejas)的灿烂光芒不是别的，而是至尊主身体的光芒，就像太阳光是太阳球体发出的光芒一样。阿施瓦塔玛发射的布茹阿玛斯陀也是如此；尽管从物质的层面上看它势不可当，但实际上它无法超越至尊主的至尊力量。阿施瓦塔玛发射的、称为布茹阿玛斯陀的武器，被至尊主用祂自己的能量中和并击退。换句话说，至尊主并没有等待他人的帮助，因为祂是绝对者。

第 16 节 मा मंस्था ह्येतदाश्चर्यं सर्वाश्चर्यमयेऽच्युते ।
य इदं मायया देव्या सृजत्यवति हन्त्यजः ॥१६॥

mā maṁsthā hy etad āścaryaṁ
sarvāścaryamaye 'cyute
ya idaṁ māyayā devyā
sṛjaty avati hanty ajaḥ

mā— 别 / maṁsthāḥ— 认为 / hi — 当然 / etat — 这一切 / āścaryam — 奇妙的 / sarva — 所有 / āścarya-maye — 在绝对神秘的 / acyute — 永不堕落、绝对正确的 / yaḥ— ……的他 / idam — 这个(创造) / māyayā — 靠祂的能力 / devyā — 超然的 / sṛjati — 创造 / avati — 维持 / hanti — 消灭 / ajaḥ— 不经出生就存在

译文 啊！众布茹阿玛纳！千万别以为这在永不失败的人格首神的神秘活动中是什么特别神奇的事。祂虽然不经出生就存在，但却靠祂本人超然的能量维系和毁灭物质的一切。

要旨 对生物体的小脑袋瓜来说，至尊主的活动永远是不可思议的。对至尊主而言，没有什么是不可能；但祂所有的活动对我们而言却是奇妙无比，所以祂总是超乎我们想象的极限。至尊主是绝对全能、绝对完美的人格首神。至尊主是百分之百的完美，而纳茹阿亚纳(Nārāyaṇa)、布茹阿玛(Brahmā)、希瓦(Śiva)等其他人物，以及半神人和其他生物体，则只拥有至尊主这种完美的不同百分比。没人与祂平等或比祂伟大。祂无与伦比。

第 17 节 ब्रह्मतेजोविनिर्मुक्तैरात्मजैः सह कृष्णया ।
प्रयाणाभिमुखं कृष्णमिदमाह पृथा सती ॥१७॥

brahma-tejo-vinirmuktair
ātmajaiḥ saha kṛṣṇayā
prayāṇābhimukhaṁ kṛṣṇam
idam āha pṛthā satī

brahma-tejaḥ— 布茹阿玛斯陀的辐射 / vinirmuktaiḥ— 从……被救出 / ātma-jaiḥ— 和她的儿子一起 / saha — 和……一起 / kṛṣṇayā — 朵帕蒂 / prayāṇa— 出发 / abhimukham — 朝向 / kṛṣṇam — 向主奎师那 / idam — 这 / āha— 说 / pṛthā— 琨缇 / satī— 忠贞的，献身于侍奉至尊主

译文　从布茹阿玛斯陀辐射线造成的威胁中被救出后，至尊主忠贞的奉献者琨缇，以及她的五个儿子和朵帕缇，都在至尊主启程回府时对祂倾吐各自的心声。

要旨　琨缇(Kuntī)对圣主奎师那忠诚、热爱，所以在这节诗中被称为“忠贞的(satī)”。她将在下面向主奎师那祈祷时表达她的心声。在遇到危险时，至尊主忠贞的奉献者只会向至尊主求救，而不会去找其他生物体或半神人。这始终是潘达瓦全家的独特之处。他们的心中只有奎师那，他们只托庇于奎师那；正因为如此，至尊主也总是在所有的方面、所有的情况下帮助他们。那就是至尊主超然的本性。祂根据奉献者对祂的依靠程度给予相应的回应。所以，人不该寻求半神人或其他不完美的生物体的帮助，而应该向有能力拯救祂的奉献者的主奎师那寻求所有的帮助。即使忠贞的奉献者从不要求至尊主的帮助，至尊主还是出于祂自己的意愿，永远渴望帮助祂的奉献者。

第 18 节　कुन्त्युवाच

नमस्ये पुरुषं त्वाद्यमीश्वरं प्रकृतेः परम् ।
अलक्ष्यं सर्वभूतानामन्तर्बहिरवस्थितम् ॥१८॥

kunty uvāca
namasye puruṣaṁ tvādyam
īśvaraṁ prakṛteḥ param
alakṣyaṁ sarva-bhūtānām
antar bahir avasthitam

kuntī uvāca— 圣琨缇说 / namasye — 让我顶礼 / puruṣam — 至尊人 / tvā— 您 / ādyam— 最初的 / īśvaram— 控制者 / prakṛteḥ— 物质宇宙的 / param — 超出 / alakṣyam— 不可见的人 / sarva — 所有 / bhūtānām — 生物的 / antaḥ— 在里面 / bahiḥ— 在……外面 / avasthitam — 存在

译文 圣琨缇说：啊，奎师那！我向您顶礼，因为您是存在中的第一人，不受物质世界特质的影响。您虽然存在于万物的内部和外在，但人们却看不见您。

要旨 尽管奎师那在扮演圣琨缇黛薇的侄子，但圣琨缇黛薇很清楚奎师那是存在中的第一位人格首神。像她这样一位有知识的女士，不可能犯向她侄子顶礼的错误。因此，她称奎师那是超越物质宇宙的最初人物(puruṣa)。尽管所有的生物也都是超然的，但他们既不是最初的，也不是永无错误的。生物容易坠落受物质自然的钳制，但至尊主从不会这样。正因为如此，韦达经典《喀塔奥义书》第 2 篇第 2 章的第 13 节诗中，说祂是全体生物的领袖(nityo nityānāṁ cetanaś cetanānām)。祂还被称为伊士瓦尔(īśvara)——控制者。生物或像月亮神昌铎(Candra)和太阳神苏尔亚(Sūrya)那样的半神人，也都在某种程度上是控制者(īśvara)，但他们都不是至高无上的控制者。

奎师那是帕茹阿梅刷尔(parameśvara)——超灵。祂既在内又在外。祂虽然作为圣琨缇的侄子出现在琨缇面前，但也在她和每一个生物体的体内。在《博伽梵歌》第 15 章的第 15 节诗中，至尊主说："我在众生的心中。记忆、知识和遗忘都来自我。研究韦达经的目的是要知道我。事实上，我是韦丹塔的撰稿人、韦达经的知悉者。”琨缇王后断言：至尊主虽然同时存在于众生的体内和体外，但却不被人所看见。可以说，至尊主对普通人来说是个谜。琨缇王后个人的体会是：主奎师那虽然在她面前，但也进入乌塔茹阿的子宫内，拯救她的胎儿，使胎儿免遭阿施瓦塔玛发射的布茹阿玛斯陀的攻击。琨缇本人对圣奎师那是无所不在还是处在局部区域这一点感到迷惑。事实上，祂两者都是，但祂不像那些不皈依祂的人揭示自己；祂保留这个权利。这层遮挡祂的帷幕就是至尊主的错觉能量，称为玛亚。这种能量控制造反的灵魂那有限的视力。对此，下文将给予解释。

第 19 节 मायाजवनिकाच्छन्नमज्ञाधोक्षजमव्ययम् ।
न लक्ष्यसे मूढदृशा नटो नाट्यधरो यथा ॥१९॥

māyā-javanikācchannam
ajñādhokṣajam avyayam
na lakṣyase mūḍha-dṛśā
naṭo nāṭyadharo yathā

māyā — 迷惑的 / javanikā — 幕 / ācchannam— 被……覆盖 / ajñā — 愚昧的 / adhokṣajam — 超越物质概念的范围(超然的) / avyayam — 无缺陷的、无过失的 / na — 不 / lakṣyase — 曾观察 / mūḍha-dṛśā— 由愚蠢的观察者 / naṭaḥ— 艺术家 / nāṭya-dharaḥ— 打扮的演员 / yathā— 像

译文 您永无缺点、从不犯错。您用迷惑能量的帷幕遮住自己，超出生物有限的感官所感知的范畴。愚蠢的观察者看不到您，正如经乔装打扮后的演员，使人认不出其真面目。

要旨 在《博伽梵歌》中，圣主奎师那说：智力欠佳的人误把祂当做是与我们一样的普通人，因此轻视祂。在这节诗中，琨缇王后也证实了这一点。抗拒至尊主权威的人，是智力欠佳的人。经典中称这样的人是恶魔(asura)。恶魔认识不到至尊主的权威。当至尊主本人以茹阿玛(Rāma)、尼尔星哈(Nṛsiṁha)、瓦茹阿哈(Varāha)或祂奎师那的原本形象降临我们中间时，祂从事了那么多人类根本无法想象的神奇活动。正如我们在这部巨著的第十篇中会看到的，圣主奎师那甚至在祂还是躺在母亲怀中的婴儿时就已经展示了人类所无法想象的活动。女巫菩坦娜(Pūtanā)把涂抹了毒药的乳头塞进至尊主奎师那的嘴里，企图以此方式杀死祂时，却反而被祂杀死了。至尊主像普通婴儿一样吮吸菩坦娜乳房的同时，也吸取了她的生命。同样，祂在还是幼儿时，就为了保护温达文(Vṛndāvana)的居民举起了哥瓦尔丹山(Govardhana)，仿佛举起一把小玩具伞，而且一站就是七天七夜。至尊主的这些超然活动，都记载在往世书(Purāṇas)、史诗(Itihāsas)和奥义书(Upaniṣads)等权威的韦达经典中。祂借由《博伽梵歌》的形式宣讲了精彩的教导。祂完美地扮演了英雄、居士、老师和弃绝者等角色，充分展现了祂的非凡能力。维亚萨(Vyāsa)、戴瓦拉(Devala)、阿西塔(Asita)、纳茹阿达(Nārada)、玛德瓦(Madhva)、商卡尔(Śaṅkara)、茹阿玛努佳(Rāmānuja)、圣柴坦亚·玛哈帕布(Caitanya Mahāprabhu)、吉瓦·哥斯瓦米(Jīva Gosvāmī)、维施瓦纳特·查夸瓦尔提(Viśvanātha Cakravartī)、巴克提希丹塔·萨茹阿斯瓦提(Bhaktisiddhānta Sarasvatī)等权威人物，以及这个传承中的其他权威，都公认圣主奎师那是至尊人格首神。祂本人也在启示经典中多次声明自己的地位，但尽管如此，就是有那么一种心态邪恶的人总是不愿意承认主奎师那是至高无上的绝对真理。这一部分是由于他们缺乏知识，一部分是因为他们过去和现在所从事的罪恶活动使他们变得顽固不化。这种人即使当圣主奎师那到他们面前时，他们也认不出祂、不承认祂。此外，太依赖自己有缺陷的感官的人也无法正确了解至尊主；现代科学家就属于这种人，他们想凭他们做实验得到的知识了解一切。然而，靠不完美的实验性知识，不可能了解至尊人。祂在这节诗中被描述为是“超越实验性知识的范畴(adhokṣaja)”。我们所有的感官都有缺陷，但却声称我们可以观察到一切。然而我们必须承认，我们只能在特定的物质条件下观察到有些事物，而这也是不受我们控制的。至尊主超越我们感官知觉的察知力。琨缇王后承认受制约灵魂的这一不足之处，尤其是智力欠佳的妇女们的缺陷。对智力欠佳的人来说，必须要有神庙、清真寺或教堂等让他们开始认识至尊主的权威，并在这样的圣地中聆听权威人士讲述有关祂的知识。对智力欠佳的人来说，灵性生活的这一开端非常重要，因此只有愚蠢的人才会极力反对兴建这种提高大众灵性品质的崇拜场所。对智力欠佳的人来说，在神庙、清真寺或教堂里向至尊主的权威顶礼致敬，与高级奉献者通过为祂做服务冥想祂一样有益。

第 20 节　तथा परमहंसानां मुनीनाममलात्मनाम् ।
भक्तियोगविधानार्थं कथं पश्येम हि स्त्रियः ॥२०॥

tathā paramahaṁsānāṁ
munīnām amalātmanām
bhakti-yoga-vidhānārthaṁ
kathaṁ paśyema hi striyaḥ

tathā — 除此之外 / paramahaṁsānām— 高等的超然主义者 / munīnām— 伟大的哲学家或心智思辨家 / amala-ātmanām — 有能力区别灵性和物质的人 / bhakti-yoga — 奉爱服务的科学 / vidhāna-artham — 为了执行 / katham — 如何 / paśyema — 能够观察 / hi — 肯定地 / striyaḥ— 妇女

译文　进步的超然主义者和心智思辨者，因为能分清物质与灵性的差别而得到净化。您亲自降临，将奉爱服务的超然科学植入他们心中。然而，我们女人该如何完美地了解您呢？

要旨 就连最伟大的哲学家也无法真正了解至尊主。奥义书中说，至尊真理——绝对的人格首神，超越最伟大的哲学家所思想的能力范围。伟大的学者或脑力最强的脑子也无法了解祂。只有靠祂的仁慈，人才能了解祂。没有接收到祂的仁慈的人也许会年复一年地思考有关祂，但还是了解不了祂。这一事实被扮演单纯的妇女角色的琨缇王后所证实。妇女通常没有能力向哲学家那样去思索，但她们因为立刻就相信至尊主的至高无上性和全能，毫不犹豫地向至尊主致敬，所以得到了至尊主的祝福。至尊主极为仁慈，祂并不是只对伟大的哲学家才施以特殊的恩典；祂还看人们的目的是否真诚。正因为如此，在任何宗教活动中，通常都能看到有大量的妇女参加。在每一个国家的每一个宗教团体中都可以看到，妇女比男人对宗教更感兴趣。因单纯而更容易接受至尊主的权威，比炫耀伪善的宗教热情更有效。

第 21 节 कृष्णाय वासुदेवाय देवकीनन्दनाय च ।
नन्दगोपकुमाराय गोविन्दाय नमो नमः ॥२१॥

kṛṣṇāya vāsudevāya
devakī-nandanāya ca
nanda-gopa-kumārāya
govindāya namo namaḥ

kṛṣṇāya— 至尊主 / vāsudevāya— 向着瓦苏戴瓦的儿子 / devakī-nandanāya— 向着黛瓦克伊的儿子 / ca — 和 / nanda-gopa — 南达与牧牛人 / kumārāya— 向着他们的儿子 / govindāya — 向着能使母牛与感官快乐的至尊人格首神 / namaḥ— 谦恭地顶礼 / namaḥ— 顶拜

译文　因此，让我恭恭敬敬地顶拜至尊主——瓦苏戴瓦的儿子、黛瓦克伊的喜悦、南达和温达文其他牧牛人的儿郎，您使乳牛和感官生气勃勃。

要旨　这样一位凭物质资格无法接近的至尊主，为了向祂的纯粹奉献者表示特殊的仁慈，消灭数目剧增的邪恶之徒，出于没有缘故的无限仁慈，以祂的原本形象降临地球。在至尊主降临到地球的所有化身中，琨缇王后最喜爱主奎师那的形象，因为这个形象更容易让人接近。至尊主化身茹阿玛降临时，从小到大都一直是君王的儿子；但祂以奎师那的形象降临时，尽管也是君王的儿子，但在显现后立刻离开亲生父母(瓦苏戴瓦王和黛瓦克伊王后)的怀抱，去到雅首达妈妈的怀中，并在神圣的布阿佳布弥(Vrajabhūmi)一地扮演了普通牧牛童的角色。布阿佳布弥(Vrajabhūmi)因为祂在那里从事童年时的娱乐活动而变得更为神圣。因此，主奎师那比主茹阿玛更仁慈。毫无疑问，奎师那对琨缇的哥哥瓦苏戴瓦及其家人都非常仁慈。祂如果没有当瓦苏戴瓦和黛瓦克伊的儿子，琨缇王后就不可能称祂为侄子，也不可能怀着深情的母爱对祂说话了。但是，南达(Nanda)和雅首达(Yaśodā)更幸运，因为他们能欣赏到至尊主孩提时的娱乐活动，那些活动比祂的任何其他娱乐活动都更有魅力。奎师那在布阿佳布弥时所从事的孩提娱乐活动无与伦比，是祂在祂原本的住所奎师那珞卡中从事的永恒活动的再现。《布茹阿玛·萨密塔》第5章的第29节诗中描述说："奎师那珞卡是遍地布满点金石的地方(cintāmaṇi-dhāma)。"圣主奎师那与祂所有超然的随员和设施一起降临到布阿佳布弥。圣柴坦亚·玛哈帕布对此确认说：没人比布阿佳布弥的居民，特别是那些为满足主奎师那而献出一切的牧牛姑娘更幸运。奎师那与南达和雅首达一起从事的娱乐活动，以及祂与牧牛人，特别是牧牛童和乳牛一起从事的娱乐活动，使祂被称为哥文达(Govinda)。主奎师那作为哥文达更偏爱布茹阿玛纳(婆罗门)和乳牛，由此显示出：人类的繁荣更有赖于布茹阿玛纳文化和对乳牛的保护。缺乏这两者的地方，永远不会令主奎师那满意。

第 22 节 नमः पङ्कजनाभाय नमः पङ्कजमालिने ।
नमः पङ्कजनेत्राय नमस्ते पङ्कजाङ्घ्रये ॥२२॥

namaḥ paṅkaja-nābhāya
namaḥ paṅkaja-māline
namaḥ paṅkaja-netrāya
namas te paṅkajāṅghraye

namaḥ— 恭敬地顶拜 / paṅkaja-nābhāya — 向腹部有一个莲花状凹陷的至尊主 / namaḥ— 顶拜 / paṅkaja-māline — 一个始终以莲花花环装饰自己的人 / namaḥ— 顶拜 / paṅkaja-netrāya — 一个目光如莲花一样清凉的人 / namaḥ te — 顶拜 / paṅkaja-aṅghraye— 向脚底镌刻着莲花的您(因此被说成有着莲花足)

译文 主啊！让我恭恭敬敬地顶拜您。您的腹部有一处莲花状凹记，您始终用莲花花环作装饰，您的瞥视如莲花般清凉，您的双脚镌刻着朵朵莲花。

要旨 这节诗中描述的是人格首神的灵性身体上所具有的一些特殊标记，这些标记使祂的身体有别于所有其他的躯体。这些都是至尊主身上的特征。至尊主也许会显现为我们中的一员，但祂特殊的身体特征使祂永远有别于我们。圣琨缇说她自己因为是女人，所以没有资格看至尊主。她之所以这样说，是因为妇女、劳工阶层人士(śūdras)和社会中三个高级阶层人士所生养的恶劣的后代(dvija-bandhus)，没有足够的智慧理解与至尊绝对真理的灵性名字、声望、特质和形象等有关的超然主题。这些人虽然没有能力理解有关至尊主的灵性题旨，但却能看到至尊主的神像形象(arcā-vigraha)。至尊主以神像的形式降临物质世界，就是为了给予包括妇女、劳工阶层人士和社会前三个阶层的堕落后裔在内的所有堕落灵魂表示仁慈。由于堕落的灵魂只能看到物质的事物，至尊主便作为嘎尔博达卡沙依·维施努(Garbhodakaśāyī Viṣṇu)屈尊进入无数宇宙中的每一个宇宙。从嘎尔博达卡沙依·维施努超然的腹部中央的莲花状的凹陷处，长出一枝莲花，宇宙中的第一位生物体布茹阿玛就诞生在那上面。为此，至尊主被称为潘卡佳纳比(Paṅkajanābhi)。主潘卡佳纳比接受人们用各种物质元素制成神像的超然形象(arcā-vigraha)，这些形象分别是：心中的形象、用木头雕刻的形象、用土塑造的形象、用金属铸造的形象、用宝石制成的形象、用颜料画的形象、在沙子上绘制的形象等。至尊主的所有这些形象永远用莲花花环装扮着。在至尊主的庙里，崇拜气氛宁静，吸引那些总是忙于物质争斗、内心焦灼不安的非奉献者。冥想者崇拜至尊主在心中的形象。至尊主甚至对妇女、劳工阶层人士和高等阶层人士生养的堕落后代也很仁慈，只要他们同意去神庙崇拜为他们而设的神的各种形象就好。这些拜访神庙的人，并非知识贫乏的人所说的偶像崇拜者。所有伟大的灵性导师(ācārya)在各地兴建这样的神庙，是为了利益智力欠佳的人。妇女及实际上属于劳工阶层或更低等阶层的人，不应该摆出一副已经超越神庙崇拜阶段的样子。看至尊主时，应该从至尊主的莲花足看起，然后逐渐向上，逐一看至尊主的腿部、腰部、胸部和脸庞。在没有习惯于看至尊主的莲花足前，人不该试图直接去看至尊主的脸庞。圣琨缇作为至尊主的姑妈，在看奎师那时并没有从至尊主的莲花足看起，因为这样做也许会使至尊主感到难为情。所以，为了避免至尊主感到尴尬，琨缇黛薇便从至尊主的莲花足以上的部位看起，即：从至尊主的腰部，逐渐向上直到脸庞，然后再向下到至尊主的莲花足。她做的一切都很妥当。

第 23 节 यथा हृषीकेश खलेन देवकी
कंसेन रुद्धातिचिरं शुचार्पिता ।
विमोचिताहं च सहात्मजा विभो
त्वयैव नाथेन मुहुर्विपद्गणात् ॥२३॥

yathā hṛṣīkeśa khalena devakī
kaṁsena ruddhāticiraṁ śucārpitā
vimocitāhaṁ ca sahātmajā vibho
tvayaiva nāthena muhur vipad-gaṇāt

yathā — 如是 / hṛṣīkeśa— 感官的主人 / khalena — 被妒嫉的人 / devakī— 黛瓦克伊(主奎师那的母亲) / kaṁsena— 被康萨王 / ruddhā — 拘禁 / ati-ciram — 一段很长的时间 / śuca-arpitā— 苦恼 / vimocitā — 被释放 / aham ca — 以及我本人 / saha-ātma-jā — 和我的小孩子们 / vibho — 伟大的人啊 / tvayā eva — 被阁下 / nāthena — 作为保护者 / muhuḥ— 不断地 / vipat-gaṇāt — 从种种的危险中

译文 啊！慧希凯施，感官之主，所有主人的主人。您解放了您母亲黛瓦克伊，她曾被邪恶的康萨王长期关押，过着痛苦的生活。您也解救了我和我的孩子，使我们脱离了一连串的危险。

要旨 邪恶的康萨王(Kaṁsa)害怕被黛瓦克伊的第八个儿子(奎师那)杀死，于是便把奎师那的母亲、他自己的妹妹黛瓦克伊，与她丈夫瓦苏戴瓦一起关进了监狱。他把黛瓦克伊在生奎师那之前生的所有的儿子都杀死了，但奎师那被转移到祂的养父南达王的家中，所以逃脱了这个屠杀孩子的刽子手的魔掌。琨缇黛薇跟她的孩子们也得到拯救，摆脱了一系列的危险。然而，琨缇黛薇得到了主奎师那更多的恩典，因为主奎师那并没有解救黛瓦克伊的其他孩子，但却救了琨缇黛薇的孩子们。

祂之所以这么做，是因为黛瓦克伊的丈夫瓦苏戴瓦还活着，而琨缇黛薇却是个寡妇，除了奎师那没人可以帮助她。结论是：奎师那会给处在更危险境地的奉献者更多的帮助。祂有时把祂的奉献者置于这种危险的境地，因为在那种情况下，无可奈何的奉献者会变得更依恋祂。奉献者越依恋至尊主，就会取得越大的成功。

第 24 节　विषान्महाग्नेः पुरुषाददर्शना-
दसत्सभाया वनवासकृच्छ्रतः ।
मृधे मृधेऽनेकमहारथास्त्रतो
द्रौण्यस्त्रतश्चास्म हरेऽभिरक्षिताः ॥२४॥

viṣān mahāgneḥ puruṣāda-darśanād
asat-sabhāyā vana-vāsa-kṛcchrataḥ
mṛdhe mṛdhe 'neka-mahārathāstrato
drauṇy-astrataś cāsma hare 'bhirakṣitāḥ

viṣāt — 免于受毒害 / mahā-agneḥ— 从大火中 / puruṣa-ada — 食人者 / darśanāt — 凭战斗 / asat — 邪恶的 / sabhāyāḥ— 集会 / vana-vāsa — 被流放到森林里 / kṛcchrataḥ— 苦楚 / mṛdhe mṛdhe — 一次又一次的战斗 / aneka — 许多的 / mahā-ratha — 伟大的武将 / astrataḥ— 武器 / drauṇi— 朵纳查尔亚的儿子 / astrataḥ— 从武器 / ca — 和 / āsma — 表示过去的意思 / hare — 我的主啊 / abhirakṣitāḥ— 完全被保护

译文　亲爱的奎师那，主啊！您把我们从下毒的糕饼、熊熊烈火、食人生番、邪恶的家族聚会、苦难重重的森林流亡生活，以及赫赫武将相鏖战的战场中救下。现在，您再次搭救我们，使我们免遭阿施瓦塔玛武器的伤害。

要旨 这节诗中列举了琨缇黛薇与她的儿子们所遭受的危难。黛瓦克伊有一次被她邪恶的哥哥置于困境，其他时候都很好。但琨缇黛薇和她的儿子们一年复一年地被置于一个又一个的困境中。为争夺王国的统治权，杜尤丹和他的党羽把琨缇的儿子们不断置于困境中，而每一次至尊主都救他们脱离险境。一次，彼玛被安排吃下有毒的糕饼；一次，他们被送进用虫胶盖的房子，并遭到纵火。另一次，朵帕蒂被拖到众人面前，差一点被剥光衣服，在邪恶的库茹家族成员的面前遭到羞辱。至尊主为朵帕蒂提供了无限长的衣料，使杜尤丹及其党羽没能看到她的裸体。同样，当他们被流放到森林中时，彼玛必须与名叫黑丁巴(Hiḍimbā)的食人魔打斗，但至尊主救了他。事情并没有就此结束。在经历了所有这些苦难后，库茹柴陀大战开打了；阿尔诸纳必须与朵纳、彼士玛(Bhīṣma)和卡尔纳(Karṇa)等伟大的战将，以及所有强大有力的战士作战。最后，甚至在一切都结束时，朵纳查尔亚的儿子还要发射布茹阿玛斯陀来杀害乌塔茹阿肚子里的孩子，而至尊主拯救了库茹族幸存下来的唯一后代帕瑞克西特王。

第25节 विपदः सन्तु ताः शश्वत्तत्र तत्र जगद्गुरो ।
भवतो दर्शनं यत्स्यादपुनर्भवदर्शनम् ॥२५॥

vipadaḥ santu tāḥ śaśvat
tatra tatra jagad-guro
bhavato darśanaṁ yat syād
apunar bhava-darśanam

vipadaḥ— 灾难 / santu — 让事情发生 / tāḥ— 所有 / śaśvat — 再三 / tatra — 那儿 / tatra — 与那儿 / jagat-guro — 宇宙之主啊 / bhavataḥ— 您的 / darśanam— 遇见 / yat — ……的 / syāt — 是 / apunaḥ— 不再 / bhava-darśanam — 看到重复不断的生死

译文　我愿所有那些灾难能一再到来，好让我们能一次又一次地见到您，因为见到您意味着我们不用再面对生死轮回。

要旨　概括说来，从事过一些虔诚活动的苦恼之人、贫穷之人、有智慧的人和好奇爱问的人，会崇拜或开始崇拜至尊主。其他一味从事罪恶活动的人，无论其身份地位如何，都因为被错觉能量误导而无法接近至尊主。当灾难降临时，虔诚的人就会毫不犹豫地托庇于至尊主的莲花足。时刻铭记至尊主的莲花足，意味着为摆脱生死做准备。因此，我们欢迎所谓灾难的降临，因为灾难给我们想起至尊主的机会，而想起至尊主就意味着解脱。

至尊主的莲花足被视为是用来跨越无知海洋的最合适的船只。托庇于至尊主莲花足的人，获得解脱就像抬腿跨过牛犊的蹄子踩在地上形成的蹄洼一样容易。这样的人适合住在至尊主的居所，他们与步步危机的地方毫无关系。

在《博伽梵歌》中，至尊主说：这个物质世界是灾难重重的危险地带。智力欠佳的人不知道这个地方的本质就是灾难重重，因此还忙着制定计划要解决那些灾难。他们对至尊主的住所一无所知；那里充满极乐，丝毫没有灾难的踪迹。在物质世界里，无论环境如何，灾难都是要发生的，所以明智之人应该不受尘世灾难的打扰。在忍受各种各样不可避免的灾难时，我们应该不断提高我们的灵性觉悟，因为这是人生的使命。灵魂超越所有的物质灾难，因此所谓的灾难是假的。一个人也许在梦中看到老虎正吞吃他，而他会为这场灾难而哭喊。但事实上并没有老虎，也没有痛苦；他所经历的只是一场梦而已。同样道理，我们生活中的所有灾难都是梦。人如果足够幸运，能经奉爱服务与至尊主接上关系，他就赢得了一切。通过九种奉爱服务中的任何一种服务与至尊主接触上，都永远是在回归首神的路途上向前迈出的一步。

第 26 节 जन्मैश्वर्यश्रुतश्रीभिरेधमानमदः पुमान् ।
नैवार्हत्यभिधातुं वै त्वामकिञ्चनगोचरम् ॥२६॥

janmaiśvarya-śruta-śrībhir
edhamāna-madaḥ pumān
naivārhaty abhidhātuṁ vai
tvām akiñcana-gocaram

janma — 出生 / aiśvarya — 财富 / śruta — 教育 / śrībhiḥ— 具有美 / edhamāna— 日益增加地 / madaḥ— 陶醉于 / pumān — 人类 / na — 永不 / eva — 永远 / arhati — 应得 / abhidhātum— 怀着感情地对……说话 / vai — 肯定地 / tvām— 您 / akiñcana-gocaram — 使在物质上贫困潦倒的人容易接近的人

译文 我的主，尽管您平易近人，但只有彻底厌倦物质生活的人才会接近您。那些正在物质旅途上奋力向前，试图凭尊贵的出身、万贯家财、高等教育和美丽的外貌在社会上出人头地的人，不会诚心诚意地接近您。

要旨 物质上的成就意味着出身高贵，拥有万贯家财，受过教育和具有吸引人的外貌。所有的物质主义者都疯狂地追求这些物质财富，而拥有这些被认为是物质文明进步。但拥有所有这些物质资产的结果是：人陶醉于这种短暂的拥有，变得骄傲自满，无法满怀深情地呼唤至尊主的圣名："啊，哥文达！啊，奎师那！"经典中说，呼唤一次至尊主的圣名所能清除的罪比所能犯的还要多。这就是呼唤至尊主的圣名的力量。经典的这一声明不含丝毫夸张的成分。事实上，尽管至尊主的圣名有如此巨大的能量，但呼唤至尊主的圣名也要讲求质量。它取决于呼唤时的感情。无助的人能充满感情地呼唤至尊主的圣名，但物质上踌躇满志的人尽管呼唤同样的圣名，但却不会太真诚。骄傲自大的物质主义者偶尔也会说至尊主的圣名，但却无法深情地呼唤祂。因此可以说，具有出身高贵、富有、受过高等教育和外形美丽这四种物质成就的人，没有资格取得灵性的进步。包裹纯粹灵性灵魂的物质是外相，就像发烧是身体有病的外在表现。一般的做法是退烧，而不是乱治，使热度更高。我们时常会看到，在灵性上取得进步的人，在物质上变贫困了。这种变化不会使灵性进步的人受到打击。换句话说，就像退烧是病情好转的表现，灵修后在物质上变得贫困也是好现象。物质陶醉使人对生命的目标越来越迷茫，而降低物质陶醉应该是人生的原则。完全被迷惑的人根本没有资格进入神的王国。

第 27 节　नमोऽकिञ्चनवित्ताय निवृत्तगुणवृत्तये ।
आत्मारामाय शान्ताय कैवल्यपतये नमः ॥२७॥

namo 'kiñcana-vittāya
nivṛtta-guṇa-vṛttaye
ātmārāmāya śāntāya
kaivalya-pataye namaḥ

namaḥ— 向您顶拜 / akiñcana-vittāya — 向物质上穷困潦倒之人的财富 / nivṛtta— 完全超然物质属性的影响 / guṇa — 物质属性 / vṛttaye — 情爱 / ātma-ārāmāya— 自给自足者 / śāntāya — 最温和的 / kaivalya-pataye — 一元论者之主 / namaḥ— 顶礼

译文　我虔诚地顶拜您——物质上穷困潦倒之人的财富。您不介入物质自然属性相互间的作用与反作用。您自给自足，因而最和蔼可亲，是一元论者的主人。

要旨　生物体一旦一无所有便完蛋了。因此实际说来，生物体不可能真正弃绝。生物体放弃某种事物，是为了获得更有价值的另一种事物。学生改掉他的孩子气，是为了获得更好的教育。仆人放弃他手头的工作，是为了换一份更好的工作。同样，奉献者不追求尘世里的一切，并非是一无所求，而是为了追求灵性上实实在在的事物。圣茹帕·哥斯瓦米(Rūpa Gosvāmī)、萨纳坦·哥斯瓦米(Sanātana Gosvāmī)和圣茹阿古纳特·达斯·哥斯瓦米(Raghunātha dāsa Gosvāmī)，以及其他一些人，为了能侍奉至尊主而放弃了他们尘世的荣华富贵。从世俗的角度看，他们都是当时了不起的大人物。茹帕和萨纳坦两位哥斯瓦米曾是孟加拉政府的大臣，圣茹阿古纳特·达斯·哥斯瓦米是当时印度的一个大地主的儿子。但是，他们放弃当时所拥有的一切，以获得比那些更高级的东西。奉献者在物质上一般都很贫穷，但他们在至尊主的莲花足下有一块极其秘密的宝地。关于圣萨纳坦·哥斯瓦米，流传着这样一段佳话：他有块点金石，但却把它遗弃在一堆垃圾里。有个穷人捡到了这块点金石，但后来却想不通为什么这么珍贵的宝石会被放在这种人们不屑一顾的角落。于是，他请求萨纳坦·哥斯瓦米给他最有价值的东西。萨纳坦·哥斯瓦米给了他至尊主的圣名。梵文“阿克因查纳(Akiñcana)”一词的意思是，“没有物质东西可给的人”。真正的奉献者——玛哈特玛(mahātmā)，不给他人物质的东西，因为他本人已经放弃了一切物质所有。然而，他能把至尊人格首神这最有价值的财富送给人，因为至尊人格首神是真正的奉献者唯一拥有的财富。萨纳坦·哥斯瓦米并没有把他扔在垃圾堆里的那块点金石当做财富看待，否则他就不会把它扔在那种地方了。举这个特殊的例子是为了让初级奉献者们明白：追求物质财富和要求取得灵性进步，是水火不相容的两件事。除非人能够看到万事万物因为与至尊主相连而全都是灵性的，否则他必须始终分清物质和灵性。尽管像萨纳坦·哥斯瓦米那样的灵性导师自己能看清一切都是灵性的，但因为我们没有这种灵性的视觉，他便为我们树立学习的榜样。

物质视野的扩大或物质文明的进步，是灵性进步路途上巨大的绊脚石。这种物质进步，把生物捆绑在带着各种痛苦的物质躯体中。这种物质进步梵文称为阿纳尔塔(anartha)——不该要的东西。事实的确如此。在现代物质文明社会中，人们花很多钱买一只口红和带着物质化的生命概念生产出的许许多多不该要的东西。由于人把注意力分散在那么多不该要的东西上，浪费了自己的精力，以致不能获得灵性觉悟，而灵性觉悟才是人类最根本的需要。企图登上月球是浪费精力的另一个例子，因为即便登上月球，也解决不了生命问题。至尊主的奉献者被称为阿克因查纳，因为他们几乎没有什么物质资产。这些物质资产都是物质自然三种属性的产物。它们阻止灵性能量，因此我们拥有这种物质自然的产物越少，就越有机会取得灵性上的进步。

至尊人格首神与物质活动没有直接的联系。祂的一切活动，包括展示在这个物质世界里的，都是灵性的，不受物质自然各种属性的影响。至尊主在《博伽梵歌》中说：祂的一切活动，甚至包括祂在物质世界里的显现和隐迹都是超然的；完美地了解这一点的人，将不再投身于这个物质世界，而是回归首神。

追求物质享受并想主宰物质自然就会导致物质疾病。追求物质享乐是物质自然三种属性相互作用的结果，无论是至尊主还是奉献者都不屑于这种不真实的享乐。因此，梵文称至尊主和祂的奉献者是“超越物质自然属性相互作用的人(nivṛtta-guṇa-vṛtti)”。完美的“超越物质自然属性相互作用的人”是至尊主，因为祂从不为物质自然属性所吸引。然而生物有受物质自然属性吸引的倾向，其中一些被骗入物质自然编织的、诱人的假象罗网中。

由于至尊主为奉献者所拥有，奉献者相应的也为至尊主所拥有，因此奉献者无疑超越物质自然属性。这是理所当然的。这种纯粹的奉献者完全不同于那些为减轻痛苦、改变贫困状态或因好奇和思辨而接近至尊主的非纯粹奉献者。纯粹奉献者与至尊主超然地相互依恋着。对于其他人，至尊主并没有什么要与之交流的，所以祂又称为阿特玛茹阿玛(ātmārāma)——自给自足的。作为自给自足的祂，祂是所有想要与祂合一的一元论者的主人。这种一元论者融入至尊主身体放射出的梵光(brahmajyoti)，而奉献者则加入至尊主超然的娱乐活动。我们永远都不要把这些娱乐活动误认为是物质的。

第28节 मन्ये त्वां कालमीशानमनादिनिधनं विभुम् ।
समं चरन्तं सर्वत्र भूतानां यन्मिथः कलिः ॥२८॥

manye tvāṁ kālam īśānam
anādi-nidhanaṁ vibhum
samaṁ carantaṁ sarvatra
bhūtānāṁ yan mithaḥ kaliḥ

manye — 我认为 / tvām — 您阁下 / kālam — 永恒的时间 / īśānam — 至尊主 / anādi-nidhanam — 无始无终 / vibhum — 无所不在 / samam — 平等施与仁慈 / carantam — 分配 / sarvatra — 到处 / bhūtānām — 生物的 / yat mithaḥ— 通过交往 / kaliḥ— 不和

译文 我的主，我认为您是永恒的时间、至尊控制者；您永恒存在，没有开始和结束；您无所不在。您对众生一视同仁，平等施与仁慈。生物体之间的不和，起源于他们相互间的交际往来。

要旨 琨缇黛薇知道奎师那既不是她侄子，也不是她娘家的一个普通成员。她清楚地知道：奎师那是以超灵(Paramātmā)的形式居住在每一个个体生物心中的、存在中的第一位至尊主。超灵的另一个名字叫卡拉(kāla)——永恒的时间。永恒的时间见证着我们所从事的一切好与坏的活动，并相应的决定给我们什么样的报应。说我们不知道自己为什么受苦是没用的。我们也许忘了我们从事过的、导致我们现在受苦的罪恶活动，但必须记住：超灵一直陪伴着我们，因此知道过去、现在和未来的一切。由于主奎师那的超灵形象决定一切活动和报应，所以祂还是至尊控制者。没有祂的允许，就连小草都不能晃动。生物被赐予他们应得的自由，如果误用得到的自由，就会受苦。至尊主的奉献者不误用他们的自由，所以是至尊主的好孩子。其他误用自由的人，被置于永恒时间所指定的各种痛苦中。时间为受制约的灵魂提供快乐和痛苦。一切都由永恒的时间事先决定好了。正如痛苦不求自来，快乐也会不请自到，因为早都由时间决定好了。所以，没有谁是至尊主的敌人或朋友，大家都在按自己命中注定的结果享受快乐或承受痛苦。个体生物的命运，是在他与其他个体交往的过程中形成的。这个物质世界里的每一个生物都想主宰物质自然，因此在至尊主的监督下造就自己的命运。至尊主无所不在，所以能看到每个生物的活动。而由于至尊主永恒存在，没有开始和结束，祂又被称为永恒的时间——卡拉。

第 29 节　न वेद कश्चिद्भगवंश्चिकीर्षितं
तवेहमानस्य नृणां विडम्बनम् ।
न यस्य कश्चिद्दयितोऽस्ति कर्हिचिद्
द्वेष्यश्च यस्मिन् विषमा मतिर्नृणाम् ॥२९॥

na veda kaścid bhagavaṁś cikīrṣitaṁ
tavehamānasya nṛṇāṁ viḍambanam
na yasya kaścid dayito 'sti karhicid
dveṣyaś ca yasmin viṣamā matir nṛṇām

na — 并不 / veda — 知道 / kaścit — 任何人 / bhagavan — 主啊 / cikīrṣitam — 娱乐活动 / tava — 您的 / īhamānasya — 和世人一样 / nṛṇām— 一般人的 / viḍambanam — 误导的 / na — 决不 / yasya — 祂的 / kaścit — 任何人 / dayitaḥ— 偏爱的对象 / asti — 有 / karhicit — 任何地方 / dveṣyaḥ— 妒嫉的对象 / ca — 和 / yasmin — 向祂 / viṣamā — 偏心 / matiḥ— 概念 / nṛṇām — 人们的

译文 主啊，没人能理解您超然的娱乐活动；它们看似人类所为，因此使人误解。您不偏袒谁，也不忌妒谁，人们只是凭猜测认为您偏心。

要旨 至尊主向堕落的灵魂平均分配祂的仁慈。祂不敌视任何人。至尊人格首神扮演人类的角色令人困惑。祂从事的娱乐活动看上去恰似人类所为，但实际上是超然的，没有丝毫物质污染。毫无疑问，大家都知道祂袒护祂纯粹的奉献者，但其实就像阳光普照万物，祂从不偏袒任何人。靠利用阳光，就连石头有时也提高了它的价值。然而，尽管阳光强烈地照射着，可瞎子却看不见。黑暗和光明是截然相反的两个概念，但这并不表示太阳在分配其光芒时有所偏重。阳光普照万物，可万物的接受能力却不一样。愚蠢的人认为，做奉爱服务就是向至尊主献媚邀宠。但事实上，为至尊主做超然爱心服务的纯粹奉献者们并非一群生意人。商业机构为客人提供服务以换取利润，纯粹的奉献者侍奉至尊主却不是为了做这种交易。正因为如此，至尊主把全部的仁慈都赐给他们。痛苦的人、贫穷的人、好问的人或哲学家们，为了达到某种目的暂时与至尊主联系，等目的一达到就不再理会祂了。正在受苦的人如果虔诚，就会祈求至尊主让他脱离困难；但在绝大多数情况下，痛苦一结束，他就不再与至尊主联系了。至尊主向他展示仁慈，可他不愿意接受。这就是纯粹奉献者和混杂型奉献者之间的区别。完全反对为至尊主做奉爱服务的人，正处在绝望无助的黑暗中；只在需要时祈求至尊主帮助的人，部分地领受了至尊主的仁慈；而全心全意为至尊主服务的人，则领受到至尊主全部的仁慈。这种在接受至尊主的仁慈时所显出的不公平与接受者有关，而不是绝对仁慈的至尊主有什么偏心。

当至尊主凭祂绝对仁慈的能量降临这个物质世界时，祂扮演了人的角色，让人看起来祂只袒护祂的奉献者，但真相并非如此。尽管表面上看祂有偏心，但祂实际上是平均分配祂的仁慈。在库茹柴陀战场上，所有战死在至尊主面前的将士，无论有无资格解脱，都获得了解脱。死在至尊主面前可以使离开躯体的灵魂得到净化，消除一切恶报，从而在超然之所的某个地方获得一席之地。无论如何，人只要晒太阳，就必定能通过吸收热量和照射紫外线获得所需要的益处。因此结论是：至尊主永远都不偏心。大众认为祂偏心是一种误解。

第 30 节　जन्म कर्म च विश्वात्मन्नजस्याकर्तुरात्मनः ।
तिर्यङ्नृषिषु यादःसु तदत्यन्तविडम्बनम् ॥३०॥

janma karma ca viśvātmann
ajasyākartur ātmanaḥ
tiryaṅ-nṝṣiṣu yādaḥsu
tad atyanta-viḍambanam

janma — 在 / karma — 活动 / ca — 与 / viśva-ātman — 宇宙的灵魂啊 / ajasya —不经出生就存在者的 / akartuḥ— 不活动者的 / ātmanaḥ— 生命能力的 / tiryak — 动物 / nṛ — 人 / ṛṣiṣu — 在圣者当中 / yādaḥsu — 在水中 / tat — 那 / atyanta — 真实的 / viḍambanam— 令人困惑的

译文　宇宙之魂啊！这当然令人困惑：您虽然不活动，但却在工作；您虽然是生命力，不经出生就存在，但却诞生在这世上。您本人亲自降临在动物、人类、圣哲和水生物中。这一切实在令人困惑。

要旨　至尊主超然的娱乐活动不仅令人困惑，而且看起来还自相矛盾。换句话说，对人类有限的思维能力而言，祂的活动都是不可思议的。尽管至尊主是无所不在、遍布各处的超灵，但祂却以雄猪等动物形象，茹阿玛和奎师那等人类形象，纳茹阿亚纳等圣人(ṛṣi)形象，以及鱼等水生物形象显现。可是，经典又说祂不经出生就存在，祂不需要做任何事。韦达赞歌(śruti mantra)中说，至尊梵不需要做任何事；没有谁与祂平等或比祂伟大；祂拥有多种能量，凭祂那些自动展现的知识、力量和活动，一切就都被办妥了。所有这些声明都清楚地证明：对我们有限的思维能力来说，至尊主的活动、形象和行为都是不可思议的；由于祂不可思议地有力，一切对祂来说都是有可能的。因此，没有谁能准确地估计祂，祂的一举一动都让普通人感到困惑。人们无法通过韦达知识了解祂，但却可以透过祂纯粹的奉献者轻易就了解祂，因为他们与祂关系密切。奉献者明白：尽管祂在动物中显现，但祂既不是动物、不属于人类、圣人，也不是一条鱼；祂在所有的情况下都永远是至高无上的至尊主。

第 31 节 गोप्याददे त्वयि कृतागसि दाम तावद्
या ते दशाश्रुकलिलाञ्जनसम्भ्रमाक्षम् ।
वक्त्रं निनीय भयभावनया स्थितस्य
सा मां विमोहयति भीरपि यद्बिभेति ॥३१॥

gopy ādade tvayi kṛtāgasi dāma tāvad
yā te daśāśru-kalilāñjana-sambhramākṣam
vaktraṁ ninīya bhaya-bhāvanayā sthitasya
sā māṁ vimohayati bhīr api yad bibheti

gopī— 牧牛女(雅首达) / ādade— 拿起来 / tvayi — 在您的……上 / kṛtāgasi — 制造骚乱(因为打破奶油罐) / dāma— 绳索 / tāvat — 在那时 / yā— 那……的事物 / te — 您的 / daśā — 情况 / aśru-kalila — 满面泪水 / añjana — 药膏 / sambhrama — 不安 / akṣam — 眼睛 / vaktram — 脸 / ninīya— 向下的 / bhaya-bhāvanayā — 以恐惧 / sthitasya — 情况的 / sā — 那个 / mām — 我 / vimohayati — 迷惑 / bhīḥ api — 甚至恐惧的人格化身 / yat — 谁 / bibheti — 害怕

译文 亲爱的奎师那，您犯错时雅首达拿出绳子来绑您，您惊恐万状地眨着眼，泪珠扑簌簌地往下掉，洗刷着涂在您眼周的黑眼膏。尽管恐惧的人格化身惧怕您，但您当时却害怕了。您的这一表现令我困惑。

要旨 这节诗里说的是至尊主的娱乐活动给人造成的另一个困惑。正如前面解释的，至尊主在任何情况下都是至高无上的。这节诗里叙述的是，祂作为至尊者的同时，又在祂纯粹的奉献者面前充当了一个玩偶的具体事例。至尊主的纯粹奉献者出于对祂纯粹的爱为祂服务；他们在做这种奉爱服务时会忘了至尊主的地位。当至尊主的奉献者不是怀着敬仰心，而纯粹是出于发自内心的爱而为至尊主服务时，至尊主会更喜欢接受他们所做的爱心服务。奉献者一般都是怀着敬仰的心态崇拜至尊主，但当他们出于纯粹的爱，认为至尊主比自己更弱时，至尊主心里更高兴。至尊主在祂原本的住所哥珞卡·温达文(Goloka Vṛndāvana)中，就是在这种状态下与祂的奉献者进行爱的交流并从事娱乐活动的。奎师那的朋友认为祂是他们中的一员，对祂并没有敬仰之心。祂的父母(他们都是纯粹的奉献者)只把祂当做是自己的小孩子。至尊主在接受父母的处罚时，比听韦达经中的赞歌还要高兴。同样，未婚妻们的责备在祂耳里比韦达赞歌还动听。至尊主到这个物质世界来展示祂在超然的王国哥珞卡·温达文所从事的娱乐活动，以吸引普通大众时，祂扮演了“雅首达的养子”的角色，向雅首达展现了独一无二的服从态度。至尊主在从事那些天真的儿童娱乐活动时，常常打破雅首达妈妈存放黄油(butter)的罐子糟蹋黄油，或者把黄油分给祂的朋友和玩伴，包括著名的温达文猴子，让它们也体会到祂的慷慨大方。雅首达妈妈看到这一切后，出于对至尊主纯粹的爱，决定要假装惩罚一下她这个超然的儿子。她像家庭主妇们通常做的那样，拿出绳子威胁至尊主说要把祂绑起来。至尊主看到雅首达妈妈手里拿着绳子，便低下头哭了起来，泪珠洗刷涂在祂美丽的眼睛周围的黑眼膏后，顺着脸颊滚落下来。琨缇黛薇崇拜至尊主的这一情态，因为她知道至尊主至高无上的地位。至尊主虽然经常使恐惧的人格化身胆寒，但却害怕她母亲以普通的方式惩罚祂。琨缇知道奎师那崇高的地位，而雅首达却不知道。因此说，雅首达的地位比琨缇还要高。雅首达得到至尊主当她的孩子，至尊主使她彻底忘了她的孩子就是至尊主本人。雅首达妈妈如果知道至尊主的崇高地位，就不会毫不犹豫地要惩罚祂了。然而，至尊主使雅首达彻底忘了这一事实，因为祂想在深爱着祂的雅首达面前完全展示祂的稚气。雅首达妈妈和奎师那之间的爱的交流十分自然，琨缇回忆起这一情景时感到困惑，所以只有赞美至尊主奎师那作为儿子所表现出的超然的爱，同时间接地赞美雅首达那独一无二的爱的地位，因为她甚至能把全能的至尊主当做她的儿子加以控制。

第 32 节 केचिदाहुरजं जातं पुण्यश्लोकस्य कीर्तये ।
यदोः प्रियस्यान्ववाये मलयस्येव चन्दनम् ॥३२॥

kecid āhur ajaṁ jātaṁ
puṇya-ślokasya kīrtaye
yadoḥ priyasyānvavāye
malayasyeva candanam

kecit — 有人 / āhuḥ— 说 / ajam — 不经出生就存在者 / jātam — 出生 / puṇya-ślokasya — 伟大虔诚的国王的 / kīrtaye — 为了使增添光辉 / adoḥ— 雅杜王的 / priyasya — 亲爱的人的 / anvavāye — 在……的家族里 / malayasya — 马来亚山 / iva — 就像 / candanam — 檀香树

译文 有人说，您——不经出生就存在的人，降临是为了表彰虔诚的君王，有人说您降生是为了取悦您最钟爱的奉献者之一——雅杜王。您显现在他的家族，犹如檀香树生长在马来亚山。

要旨 至尊主在这个物质世界里显现实在令人困惑不解，于是有关这位不经出生就存在者降生的事便众说纷纭、莫衷一是。至尊主在

《博伽梵歌》中说，祂虽然是一切创造的主人，而且不经出生就存在，但还是出生在这个物质世界里。因此，我们不能否认这位不经出生就存在者降生于物质世界这件事，因为祂本人对此给予了证实。但有关祂降生的原因，人们还有不同的看法。对此，《博伽梵歌》声明说：祂靠祂自己的内在能量降临，目的是为了重建宗教原则，保护虔诚者，消灭邪恶者。这便是不经出生就存在者显现的使命。尽管如此，有人还是说至尊主来到这个物质世界是为了表彰虔诚的尤帝士提尔王。为全世界的利益着想，圣主奎师那当然想要确立潘达瓦兄弟的政权。虔诚的君王当政时，人民就会幸福、快乐；邪恶的君王当政时，人民就会受苦受难。在喀历年代里，大多数统治者都是邪恶的，人民因此一直不快乐。在民主制度下，不虔诚的民众自己选举出他们中的代表来统治他们，所以他们不能为他们的不快乐而谴责任何人。纳拉 · 玛哈茹阿佳(Mahārāja Nala)也是一位著名的贤明君主，但他与主奎师那没有联系。因此，主奎师那必然会表彰尤帝士提尔王，同时也通过降生在雅杜王朝(Yadu)，给雅杜王以荣誉。至尊主被称为雅达瓦(Yādava)、雅杜维茹阿(Yaduvīra)和雅杜南丹(Yadunandana)，尽管祂从不受这些名称的束缚。祂就像生长在马来亚(Malaya)山上的檀香树。树木在任何地方都可以生长，但由于檀香树绝大多数生长在马来亚山区，檀香木这个名字便与马来亚山有了联系。所以结论是：至尊主就像太阳一样永远是不经出生就存在的，但却如太阳每天从东方地平线上升起般地显现。正如太阳从不属于东方地平线，至尊主也不是任何人的儿子，而是万物的父亲。

第 33 节 अपरे वसुदेवस्य देवक्यां याचितोऽभ्यगात् ।
अजस्त्वमस्य क्षेमाय वधाय च सुरद्विषाम् ॥३३॥

apare vasudevasya
devakyāṁ yācito 'bhyagāt

ajas tvam asya kṣemāya
　vadhāya ca sura-dviṣām

apare — 其他人 / vasudevasya — 瓦苏戴瓦的 / devakyām— 黛瓦克伊的 / yācitaḥ— 被祈求 / abhyagāt — 诞生 / ajaḥ— 不经出生就存在 / tvam — 您是 / asya — 他的 / kṣemāya — 为了造福 / vadhāya— 为了杀戮的目的 / ca — 与 / sura-dviṣām — 妒嫉半神人的人的

译文 有人说，由于瓦苏戴瓦和黛瓦克伊一起向您祈祷，您便以他们儿子的身份降生。您无疑是不经出生就存在的，但却为了他们的幸福而降生，同时消灭忌妒半神人的人。

要旨 经典中说，瓦苏戴瓦和黛瓦克伊在他们的前世分别叫苏塔帕(Sutapā)和普瑞施妮(Pṛśni)，曾经为了让至尊主当他们的儿子而进行严格的苦修；结果，至尊主以他们的儿子的身份显现了。《博伽梵歌》中声明：为了全世界人民的利益，为了消灭物质主义无神论者——阿苏茹阿(asura)，至尊主降临世上。

第 34 节 भारावतारणायान्ये भुवो नाव इवोदधौ ।
सीदन्त्या भूरिभारेण जातो ह्यात्मभुवार्थितः ॥३४॥

bhārāvatāraṇāyānye
　bhuvo nāva ivodadhau
sīdantyā bhūri-bhāreṇa
　jāto hy ātma-bhuvārthitaḥ

bhāra-avatāraṇāya — 只为了减轻世界的重担 / anye — 其他人 / bhuvaḥ— 世界的 / nāvaḥ— 船 / iva — 像 / udadhau — 在海上 / sīdantyāḥ— 受苦 / bhūri — 非常 / bhāreṇa — 因为重担 / jātaḥ— 您诞生 / hi — 肯定的 / ātma-bhuvā — 由布茹阿玛 / arthitaḥ— 被祈求

译文　还有人说，这世界承受了太多的伤害，仿佛海上超载的船只；您儿子布茹阿玛为此向您祈祷，您于是前来减轻不幸。

要旨　创造后第一个出生的生物布茹阿玛(Brahmā)，是纳茹阿亚纳(Nārāyaṇa)的亲生儿子。纳茹阿亚纳作为嘎尔博达卡沙依·维施努(Garbhodakaśāyī Viṣṇu)，首先进入物质宇宙。没有灵性的接触，物质无法创造。这一原理从创造开始便是如此。至尊灵魂进入宇宙，第一个生物体布茹阿玛就出生在从维施努超然的腹部长出的一朵莲花上。为此，维施努被称为帕德玛纳巴(Padmanābha)。布茹阿玛被称为阿特玛·布(ātma-bhū)，因为他父亲在根本没有与拉珂施蜜母亲接触的情况下直接生下了他。拉珂施蜜就在纳茹阿亚纳的身边为祂做服务，但纳茹阿亚纳还是在甚至没有触碰拉珂施蜜的情况下生出了布茹阿玛。那就是至尊主全能的一次展现。以为纳茹阿亚纳与其他生物一样的人，应该从这件事当中学到一课。纳茹阿亚纳不是普通的生物；祂是人格首神本人，祂超然的身体的每一个部分的每一个感官，都具有其他所有感官的力量。普通生物体要靠性交生孩子，如果命中注定没有孩子，他也没有办法。但纳茹阿亚纳作为全能者，不受任何条件的束缚。祂完整独立，凭祂的各种力量独自轻松、完美地做每一件事情。布茹阿玛是至尊父亲的亲生儿子，并不曾被放进一个母亲的子宫，因此被称为阿特玛·布。布茹阿玛负责对宇宙内部作进一步的创造，间接地展示全能者的能量。在宇宙的晕圈中，有个名叫施维塔兑帕(Śvetadvīpa)的超然星球，上面住着至尊主的超灵展示——祺柔达卡沙依·维施努(Kṣīrodakaśāyī Viṣṇu)。负责管理宇宙事物的半神人一旦遇到解决不了的困难时，就会去找布茹阿玛解决；如果布茹阿玛也束手无策时，他就会向祺柔达卡沙依·维施努祈祷，求祂化身前来并赐予解决问题的方法。当康萨(Kaṁsa)等恶魔统治地球时，地球不堪恶魔们的恶行所造成的重负，于是上述问题便出现了。布茹阿玛与其他半神人一起到祺柔达卡海岸边祈祷，结果被告知：奎师那将作为瓦苏戴瓦和黛瓦克伊的儿子降临。所以有人说，由于布茹阿玛的祈祷，至尊主显现了。

第 35 节 भवेऽस्मिन् क्लिश्यमानानामविद्याकामकर्मभिः ।
श्रवणस्मरणार्हाणि करिष्यन्निति केचन ॥३५॥

bhave 'smin kliśyamānānām
avidyā-kāma-karmabhiḥ
śravaṇa-smaraṇārhāṇi
kariṣyann iti kecana

bhave — 在物质的创造中 / asmin — 这 / kliśyamānānām — 受苦的人的 / avidyā — 无知 / kāma — 欲望 / karmabhiḥ— 通过从事功利性活动 / śravaṇa— 听见 / smaraṇa— 记得 / arhāṇi — 崇拜 / kariṣyan— 有机会履行 / iti — 因此 / kecana — 其他人

译文 但其他人却说，您显现是为了恢复聆听、记忆和崇拜等各项奉爱服务，以使历尽物质痛苦的受制约的灵魂从中受益，获得解脱。

要旨 至尊主在《博伽梵歌》中声明：祂为了重建宗教之途而在每个年代显现。宗教之途是至尊主亲自制定的，没人能另辟蹊径，但某些野心家却把自创宗教作为一种时髦来追赶。真正的宗教是把至尊主接受为至高无上的权威，然后怀着发自内心的爱为祂服务。生物自然就有做服务的倾向，因为创造他的目的就在于此。生物唯一要行使的职责，就是为至尊主服务。至尊主至高无上，生物从属于祂。因此，生物的职责就是为祂做服务。不幸的是：被假象迷惑的生物因为错误的认识而受物质欲望的驱使，成了感官的仆人。这种物质欲望被称为愚昧(avidyā)。受这种欲望的驱使，生物制定出以扭曲的性生活为中心的种种物质享乐计划，从而被至尊主指挥着在各个星球上的各种躯体中轮回，被捆绑在生与死的枷锁中。他除非超越愚昧，否则不可能摆脱物质生活的三重苦难。这是物质自然的法律。

然而，由于至尊主对受苦的灵魂极为仁慈，其仁慈程度超出灵魂的期望，因此祂出于没有缘故的仁慈，来到受苦的灵魂面前，重建奉爱服务的原则。这些原则包括：聆听、吟诵(吟唱)、记忆、服务、崇拜、祈祷，以及与神合作、投靠祂。无论是全部做这些服务，或选择其中的一项去做，都有助于受制约的灵魂去除愚昧，从而摆脱受外在能量的迷惑所造成的物质痛苦。这一特殊的仁慈，是至尊主以柴坦亚·玛哈帕布这一形象显现后赐予生物的。

第 36 节

शृण्वन्ति गायन्ति गृणन्त्यभीक्ष्णशः
स्मरन्ति नन्दन्ति तवेहितं जनाः ।
त एव पश्यन्त्यचिरेण तावकं
भवप्रवाहोपरमं पदाम्बुजम् ॥३६॥

śṛṇvanti gāyanti gṛṇanty abhīkṣṇaśaḥ
smaranti nandanti tavehitaṁ janāḥ
ta eva paśyanty acireṇa tāvakaṁ
bhava-pravāhoparamaṁ padāmbujam

śṛṇvanti — 聆听 / gāyanti — 吟唱 / gṛṇanti — 取 / abhīkṣṇaśaḥ— 不断地 / smaranti — 记得 / nandanti — 取乐 / tava — 您的 / īhitam — 活动 / janāḥ— 一般人 / te — 他们 / eva — 肯定地 / paśyanti — 能看见 / acireṇa — 很快 / tāvakam— 您的 / bhava-pravāha— 如不息的川流般重复出生 / uparamam — 中止 / pada-ambujam — 莲花足

译文 奎师那啊！谁不断聆听、吟诵(吟唱)、复述您超然的活动，或在他人这样做时感到高兴，谁无疑就能很快看到您那双能终止生死轮回的莲花足。

要旨 我们现在的视觉受条件限制，看不到圣主奎师那。要想看到祂，就必须靠过一种与现在截然不同、对首神充满真爱的生活，来改变现有的视觉。当圣奎师那亲临地球时，并非每个人都能认出祂是至尊人格首神。像茹阿瓦纳(Rāvaṇa)、黑冉亚卡希普(Hiraṇyakaśipu)、康萨、佳尔桑达(Jarāsandha)、锡舒帕勒(Śiśupāla)那样的物质主义者，虽然靠物质所得成了大人物，但当至尊主降临时却认不出祂。因此，即使至尊主来到我们面前，如果我们不具备看祂所必须有的视觉，我们也看不见祂。要具备这一必须有的资格，只能通过做奉爱服务，而奉爱服务的第一项，就是从正确的来源聆听有关奎师那的一切。《博伽梵歌》是闻名世界的受欢迎的文献之一，广为大众聆听、吟诵和复述。然而，人们有时体验到，尽管他们做了聆听一类的奉爱服务，但却没有与至尊主面对面地相见。究其原因：奉爱服务的第一项——聆听(śravaṇa)，非常重要；如果从正确的来源聆听，见效就非常快。然而，人们一般都是从未经授权的人那里聆听。这种未经授权的人也许有很高的学历，但因为并不遵守奉爱服务的原则，所以从他们那里聆听纯粹是浪费时间。他们有时为了达到个人的目的，便迎合社会潮流去解释经典中的经文。因此，人应该先选择一位真正有资格的讲授者，然后听他讲解。只要完美地执行了聆听的程序，其他各个程序就会自动得到完美地执行。

至尊主从事各种各样的超然活动，只要我们从正确的来源聆听，那么每一个超然活动都能给予我们想要得到的结果。《博伽瓦谭》(Bhāgavatam)中描述的至尊主的活动，以祂与潘达瓦兄弟的交往为开始，其中谈了许多祂与恶魔及其他人物打交道的娱乐活动；第十篇讲述了祂与祂的情人——牧牛姑娘，以及祂与杜瓦尔卡的妻子们之间纯洁、高尚的交流。至尊主是绝对的，因此祂从事的每一项活动都具有同样的超然本质。然而，从未经授权的人那里聆听《博伽瓦谭》的人们，有时会更喜欢听至尊主与牧牛姑娘们交往的事。聆听者的这一倾向说明他们有色欲，因此真正有资格的讲述者在讲述至尊主与牧牛姑娘交往的事情时，绝不会让人产生邪念。无论是聆听《圣典博伽瓦谭》还是聆听其他经典，人都应该从开篇开始聆听对至尊主的描述，这将帮助聆听者通过循序渐进的过程臻达完美的境界。所以，人不应该以为至尊主与牧牛姑娘的交往比祂与潘达瓦兄弟的交往重要。我们必须时刻记住：至尊主永远超越一切世俗的执著。在以上提到的至尊主从事的各种活动中，祂在所有的情况下都超越世人。而聆听有关祂、祂的奉献者或对手的活动，对人的灵性生活大有裨益。编纂韦达经(Vedas)和往世书等文献的目的，是为了帮助我们恢复失去的与至尊主的关系。因此，聆听所有这些经典非常重要。

第 37 节　अप्यद्य नस्त्वं स्वकृतेहित प्रभो
जिहाससि स्वित्सुहृदोऽनुजीविनः ।
येषां न चान्यद्भवतः पदाम्बुजात्
परायणं राजसु योजितांहसाम् ॥३७॥

apy adya nas tvaṁ sva-kṛtehita prabho
jihāsasi svit suhṛdo 'nujīvinaḥ
yeṣāṁ na cānyad bhavataḥ padāmbujāt
parāyaṇaṁ rājasu yojitāṁhasām

api — 如果 / adya — 今天 / naḥ— 我们 / tvam — 您 / sva-kṛta — 自我履行 / īhita — 所有的义务 / prabho — 我的主啊 / jihāsasi — 放弃 / svit — 可能 / suhṛdaḥ— 亲密的朋友们 / anujīvinaḥ— 依赖……的怜悯 / yeṣām— ……人的 / na — 也不 / ca — 与 / anyat — 任何其他人 / bhavataḥ— 您的 / pada-ambujāt— 从莲花足 / parāyaṇam — 依赖的 / rājasu— 向诸王 / yojita — 从事于 / aṁhasām — 敌意

译文 我的主啊！您履行了您所有的职责。您今天就要离开我们吗？在目前各路诸侯都与我们反目，我们除了仰仗您的仁慈不能指望其他人保护时，您要离我们而去吗？

要旨 潘达瓦兄弟是最幸运的，因为他们能有幸完全依靠至尊主的仁慈。在物质世界里，靠其他人的仁慈是最不幸的表现。然而，由于我们与至尊主之间有着超然的关系，如果我们能完全依靠祂，我们将是最幸运的。“要完全独立”的想法是产生物质疾病的根源。但严酷的物质自然并不允许我们独立。人们把他们为摆脱严格的自然法律控制所进行的错误尝试，当做是“靠科学实验获得知识的方法”。从远古时代恶魔茹阿瓦纳(Rāvaṇa)想架设一条直登天堂的梯子开始，到如今这个年代人们想战胜物质自然法则，企图靠电子和机械的力量接近遥远的星系，整个物质世界都在这种错误地为摆脱自然法律控制而努力的基础上运行。然而，人类文明的最高目标是：在至尊主的引导下努力工作，变得完全依靠祂。完美文明的最高成就是：勤奋地工作，但同时又完全依靠至尊主。潘达瓦兄弟是达到这一文明标准的最佳典范。毫无疑问，他们完全仰赖圣主奎师那的祝福，但同时又不是懒惰的寄生虫。尽管论人品，论从事的活动，他们都是出类拔萃的，但他们仍然时时刻刻寻求至尊主的仁慈，因为他们知道：从属、依靠至尊主是生物原本的地位。因此，生命之完美在于顺从至尊主的意愿，而不是在物质世界里的虚假独立。那些努力“不依靠”至尊主的人，被称为阿纳塔(anātha)——不受保护的人，而完全顺从至尊主意愿的人被称为萨纳塔(sanātha)——有人保护的人。所以，我们必须努力成为有人保护的人，以便在物质存在的不利情况中始终得到保护。物质自然的迷惑作用，使我们忘了物质的生存环境是最糟糕、最混乱的。为此，《博伽梵歌》第 7 章的第 19 节诗给我们指明了方向。诗中说，经过许许多多次生死后，幸运的人认识到真相，即：华苏戴瓦——奎师那就是一切，彻底投靠祂是最佳的生活方式。伟大的灵魂(mahātmā)就是这样做的。潘达瓦家中所有的人都是处在居士生活阶段的伟大灵魂，其中尤帝士提尔王是这些伟大灵魂的领袖，王后琨缇黛薇是母亲。因此，《博伽梵歌》和所有的往世书(Purāṇas)，尤其是《博伽梵往世书》(Bhāgavata Purāṇa)，都不可避免地与潘达瓦这一家伟大的灵魂的生活史连在了一起。对他们而言，与至尊主分离就像鱼儿离开了水。所以，圣琨缇黛薇感到这分离犹如晴天霹雳，这位王后所有的祈祷都是为了试图说服至尊主留下来与他们在一起。库茹柴陀战争结束后，尽管与潘达瓦兄弟为敌的君王都被消灭掉了，但那些人的儿子和孙子还在与潘达瓦兄弟打交道。事实上，不仅潘达瓦兄弟被置于充满敌意的环境中，我们所有的人都始终在这样的环境中。因此，最佳的生活方式是变得完全顺从至尊主的意愿，从而克服物质生存中的一切困难。

第 38 节　के वयं नामरूपाभ्यां यदुभिः सह पाण्डवाः ।
भवतोऽदर्शनं यर्हि हृषीकाणामिवेशितुः ॥३८॥

ke vayaṁ nāma-rūpābhyāṁ
yadubhiḥ saha pāṇḍavāḥ
bhavato 'darśanaṁ yarhi
hṛṣīkāṇām iveśituḥ

ke — ……的人 / vayam — 我们 / nāma-rūpābhyām — 没有声望与才能 / yadubhiḥ— 和雅杜兄弟 / saha — 与……在一起 / pāṇḍavāḥ— 与潘达瓦兄弟 / bhavataḥ— 您的 / adarśanam— 缺席 / yarhi — 好像 / hṛṣīkāṇām— 感官的 / iva — 像 / īśituḥ— 生物的

译文　正如某个躯体的名望将随着其中生命之魂的离开而烟消云散，如果您不守护我们，我们所有的名望和活动就会立即与潘达瓦兄弟和雅杜王朝一起结束。

要旨 琨缇黛薇很清楚：潘达瓦兄弟之所以能生存下来，完全是因为圣主奎师那的仁慈。正如没有意识的指挥，躯体的感官就只是废物一堆，尽管雅杜王朝无疑是伟大的联合王朝，在伟大的君主、道德的人格化身尤帝士提尔的带领下，潘达瓦兄弟也无疑树立了崇高的威望，但如果没有主奎师那的指引，他们将全都化为乌有。谁都不应该骄傲地以为自己是在没有至尊主支持、指引的情况下，赢得威信和力量的。生物永远不是独立的，而他最终依靠的对象就是至尊主本人。因此，即使我们靠我们拥有的物质知识发明出各种抵抗物质自然法律的东西，但如果没有至尊主的指导，无论这一切发明有多么强大、坚固，都将以失败而告终。

第 39 节 नेयं शोभिष्यते तत्र यथेदानीं गदाधर ।
त्वत्पदैरङ्किता भाति स्वलक्षणविलक्षितैः ॥३९॥

neyaṁ śobhiṣyate tatra
yathedānīṁ gadādhara
tvat-padair aṅkitā bhāti
sva-lakṣaṇa-vilakṣitaiḥ

na — 不 / iyam — 我们这个国度的土地 / śobhiṣyate — 将会显得很美丽 / tatra — 那时 / yathā — 就像它现在的样子 / idānīm — 如何 / gadādhara — 奎师那啊 / tvat — 您的 / padaiḥ— 由脚 / aṅkitā— 有记号的 / bhāti— 灿烂 / sva-lakṣaṇa — 您自己的标识 / vilakṣitaiḥ— 因为印有

译文 嘎达达尔(奎师那)啊！我们的王国现在因为大地上印有您莲花足的足迹而美丽辉煌。但您离开后，这美景将不复存在。

要旨 至尊主的莲花足上有些特殊的标记使祂有别于众人。祂的足底有旗帜、霹雳、赶象棒、伞、莲花和飞轮等标记。当至尊主行走在大地上时，这些标记便印在大地柔软的泥土上。因此，当圣主奎师那住在潘达瓦兄弟的王国哈斯提纳普尔(Hastināpura)时，哈斯提纳普尔大地上便印上了这些标记。这些吉祥的标记把潘达瓦兄弟的王国点缀得异常华美。琨缇黛薇说出至尊主具有这些与众不同的标记，生怕至尊主离开后有不吉祥的事情发生。

第 40 节 इमे जनपदाः स्वृद्धाः सुपक्वौषधिवीरुधः ।
वनाद्रिनद्युदन्वन्तो ह्येधन्ते तव वीक्षितैः ॥४०॥

ime jana-padāḥ svṛddhāḥ
supakvauṣadhi-vīrudhaḥ
vanādri-nady-udanvanto
hy edhante tava vīkṣitaiḥ

ime — 所有这些 / jana-padāḥ— 城市与乡镇 / svṛddhāḥ— 曾繁荣 / supakva — 自然 / auṣadhi — 草本植物 / vīrudhaḥ— 蔬菜 / vana — 森林 / adri — 山 / nadī— 河 / udanvantaḥ— 海 / hi — 当然地 / edhante — 正增加 / tava — 由你 / vīkṣitaiḥ— 看见

译文 百草茂盛，五穀丰登，树上果实累累，河水畅流不止，山中遍布矿藏，海里资源丰富，城市和乡村处处呈现一派繁荣景象。这一切都是您扫视的结果。

要旨 人类社会的繁荣靠大自然的赐予，而不靠庞大的工业企业。庞大的工业企业是无神论文明的产物，导致人类丧失崇高的生活目标。尽管工业发展使少数人靠剥削过上了奢侈的生活，但我们越多地建设这种令人烦恼的工业，榨取人类的活力，普通大众就会越不满，社会就会越动荡。大自然的礼物，包括谷物、蔬菜、水果、河流，以及蕴藏着矿物和宝石的山脉，满是珍珠的海洋，都是至尊主命令给予的。按照至尊主的旨意，物质自然有时大量提供，有时减少提供这些物产。物质自然的法律是：人类可以利用大自然给予的这些神圣礼物安居乐业，过繁荣的生活，不受想主宰物质自然的剥削动机的迷惑。我们越是想满足自己随心所欲的享乐欲望，并企图为达到这一目的而剥削物质自然，就会被这种剥削企图所带来的报应束缚得越紧。既然我们有足够的谷物、水果、蔬菜和草药，我们为什么还要开设屠宰场，杀害可怜的动物呢？人如果有足够的谷物和蔬菜吃，根本没有必要杀害动物。河水灌溉田地，而地里长出的一切远多于我们的所需。山脉出产矿物，海里出产珠宝。人类文明中既然已经有足够的谷物、矿物、珠宝、水和牛奶等，我们为什么还要以一些不幸之人的劳动为代价，寻求发展可怕的工业呢？然而，我们只有靠至尊主的仁慈才能得到大自然的这些礼物。所以，我们需要做的是服从至尊主的法律，通过做奉爱服务达到人生的完美境界。琨缇黛薇的祈祷就指出了这一点。她希望至尊主赐予他们仁慈，以便靠祂的恩典维持大自然的富足。

第 41 节 अथ विश्वेश विश्वात्मन् विश्वमूर्ते स्वकेषु मे ।
स्नेहपाशमिमं छिन्धि दृढं पाण्डुषु वृष्णिषु ॥४१॥

atha viśveśa viśvātman
viśva-mūrte svakeṣu me
sneha-pāśam imaṁ chindhi
dṛḍhaṁ pāṇḍuṣu vṛṣṇiṣu

atha — 所以 / viśva-īśa — 宇宙的主啊 / viśva-ātman — 宇宙的灵魂啊 / viśva-mūrte— 宇宙的人格形象啊 / svakeṣu — 向我的族人 / me —

我的 / sneha-pāśam — 情感的结 / imam — 这个 / chindhi — 割断 / dṛḍham — 深的 / pāṇḍuṣu— 为了潘达瓦兄弟 / vṛṣṇiṣu — 也为了维施尼家族

译文 啊，宇宙之主，宇宙之魂！宇宙的人格形象啊！因此，请斩断我对潘达瓦和维施尼等亲人所具有的亲情之结吧！

要旨 至尊主纯粹的奉献者羞于向至尊主请求任何有关个人利益的事，但居士有时受亲情捆绑，迫不得已请求至尊主的帮助。圣琨缇黛薇了解这一事实，因此祈求至尊主斩断她对潘达瓦兄弟和维施尼(Vṛṣṇi)等亲人的情感给她带来的束缚。潘达瓦兄弟是她儿子，维施尼家族是她娘家的亲人。奎师那与这两家人都很亲近。这两家人都是依靠着至尊主的奉献者，都需要至尊主的帮助。圣琨缇黛薇希望圣主奎师那一直与她儿子潘达瓦兄弟在一起，但这样一来，她娘家就会得不到至尊主的恩惠。这些偏心搅得琨缇心乱如麻，因此她想斩断亲情之结。

纯粹的奉献者斩断他与家人间狭隘的感情束缚，以便为所有遗忘了至尊主的灵魂的利益而在更大的范围内做更多的奉爱服务。有关这方面的典范是追随主柴坦亚的六位哥斯瓦米(Gosvāmī)。他们六位都来自上流社会中最有学问和教养的富贵人家，但为了普通大众的利益，他们离开他们舒适的家庭去当了托钵僧。斩断所有的亲情，意味着拓展活动的领域。做不到这一点的人，不能作有资格的布茹阿玛纳(婆罗门)、君王、大众领袖或至尊主的奉献者。人格首神在当一位理想的君王时，曾树立了这样的榜样。当至尊主以圣茹阿玛禅铎(Rāmacandra)显现世上时，曾斩断了对祂心爱的妻子的感情，展示了作为理想君王的品格。

像布茹阿玛纳、奉献者、君王或公众领袖这样的人物，在履行他们的规定职责时必须胸襟开阔。圣琨缇黛薇了解这一事实，因此为内心的脆弱而向至尊主祈祷，请求祂帮助自己摆脱这种亲情的束缚。她通过称至尊主为宇宙之主、宇宙之魂，指出至尊主是万能的，能斩断牢固的亲情之结。因此，至尊主对内心脆弱的奉献者特别喜爱时，就会通过祂全能的能量安排某种情况，迫使那奉献者打破亲情，使那奉献者变得完全依靠祂，从而扫清了那个奉献者回归首神的道路。

第 42 节 त्वयि मेऽनन्यविषया मतिर्मधुपतेऽसकृत् ।
रतिमुद्वहतादद्धा गङ्गेवौघमुदन्वति ॥४२॥

tvayi me 'nanya-viṣayā
matir madhu-pate 'sakṛt
ratim udvahatād addhā
gaṅgevaugham udanvati

tvayi — 向您 / me — 我的 / ananya-viṣayā — 无掺杂的 / matiḥ— 注意力 / madhu-pate — 玛杜的主人啊 / asakṛt— 连续不断地 / ratim — 吸引力 / udvahatāt— 能溢出 / addhā— 直接地 / gaṅgā — 恒河 / iva — 像 / ogham — 流动 / udanvati — 下到海里

译文 啊，玛杜的主人！正如恒河之水滔滔不绝涌流入海，请让我始终把注意力集中在您这里，永不转向他人吧！

要旨 当人把注意力完全集中在为至尊主做超然的爱心服务时，他便达到了做纯粹奉爱服务的完美境界。斩断所有其他的感情，并不是说要否定对某人的感情等这些比较细腻的情感。这是不可能的事。无论是谁，作为生物，他必定对他人有感情，因为这是生命的征象。欲望、愤怒、渴求和感情等这些生命的征象，是无法消除的。唯一能改变的是它们所针对的对象。欲望是无法打消的，但在做奉爱服务时，欲望就从“想进行感官享乐”转变为“只想为至尊主做服务”了。对家庭、社会、国家等对象的所谓的情感，都包含有不同程度的感官享乐成分。当这种欲望转变为想去满足至尊主时，它就叫做奉爱服务。

在《博伽梵歌》中我们看到：阿尔诸纳为了满足自己的愿望，不想与他的堂兄弟等亲戚作战，但当他聆听了至尊主教导的《博伽梵歌》后，他改变了自己的想法，决定为至尊主服务。这么做使他本人成为至尊主的一位大名鼎鼎的奉献者。所有的经典都宣布：阿尔诸纳通过以朋友的身份为至尊主服务，达到了灵性上的完美。尽管还是有战争，有友谊，有阿尔诸纳，有奎师那，但阿尔诸纳却通过做奉爱服务变了一个人。正因为如此，琨缇在祈祷中指出：要改变活动的性质。圣琨缇想全心全意地为至尊主服务，而这就是她祈祷的内容。这种纯粹的奉爱是生命的最高目标。我们常常把注意力分散到其他一些非神圣或不是为至尊主服务的计划上。当我们改变计划要为至尊主服务时，也就是说，当感官因为用于为至尊主服务而得到净化时，活动就被称为是纯粹的奉爱服务。圣琨缇黛薇希望达到这种完美的境界，并为此向至尊主祈祷。

琨缇黛薇对潘达瓦兄弟和维施尼家族的情感属于奉爱服务的范畴，因为为至尊主服务和为奉献者服务是完全一样的。有时，为奉献者服务比为至尊主服务还有价值。但琨缇黛薇此时对潘达瓦兄弟和维施尼家族的情感是出于家庭关系的缘故。这种由于物质关系而产生的情感之结是不实在的，是玛亚(māyā)，因为与躯体和心念有关的关系是受外在能量的影响产生的。灵魂间的关系，也就是建立在与至尊灵魂相连的基础上的关系，才是真正的关系。琨缇黛薇说要斩断与家庭的关系，意思是斩断建立在皮肉基础上的关系。这种建立在皮肉基础上的关系导致物质束缚，但灵魂之间的关系使人解脱。灵魂与灵魂之间的关系可以通过与超灵的关系这一媒介来建立。在黑暗中看不到真相，但在阳光下就能看到太阳和所有在黑暗中看不到的一切。这就是奉爱服务的方法。

第 43 节　श्रीकृष्ण कृष्णसख वृष्ण्यृषभावनिध्रुग्-
राजन्यवंशदहनानपवर्गवीर्य ।

गोविन्द गोद्विजसुरार्तिहरावतार
योगेश्वराखिलगुरो भगवन्नमस्ते ॥४३॥

śrī-kṛṣṇa kṛṣṇa-sakha vṛṣṇy-ṛṣabhāvani-dhrug-
rājanya-vaṁśa-dahanānapavarga-vīrya
govinda go-dvija-surārti-harāvatāra
yogeśvarākhila-guro bhagavan namas te

śrī-kṛṣṇa — 圣主奎师那啊 / kṛṣṇa-sakha — 阿尔诸纳的朋友啊 / vṛṣṇi— 维施尼的后裔啊 / ṛṣabha — 首领啊 / avani — 地球 / dhruk — 叛逆的 / rājanya-vaṁśa— 众王的王朝 / dahana — 消灭者啊 / anapavarga — 没有退化 / vīrya — 英勇行为 / govinda — 哥珞卡居所的拥有者啊 / go — 乳牛的 / dvija — 布茹阿玛纳 / sura — 半神人 / arti-hara — 为了去除痛苦 / avatāra — 降临下来的至尊主啊 / yoga-īśvara — 一切神秘力量的主人啊 / akhila — 宇宙的 / guro — 导师啊 / bhagavan — 所有财富的拥有者啊 / namaḥte— 向您恭敬地顶拜

译文 啊，奎师那！阿尔诸纳的朋友！维施尼王朝后裔的领袖！您摧毁了危害地球的政治团体。您高超的本领永不减弱。您是超然居所的主人，降临世上是为了去除乳牛、布茹阿玛纳和奉献者的痛苦。您拥有一切神秘力量，是整个宇宙的导师。您是万能的神，我虔敬地向您顶礼膜拜。

要旨 圣琨缇黛薇在此对至尊主奎师那作了概括性的总结。万能的至尊主有祂永恒、超然的住所；祂在那里照看苏茹阿碧(surabhi)乳牛，成千上万的幸运女神在祂身边侍奉着祂。祂降临物质世界是为了教导祂的奉献者，同时消灭危害地球的各种政治团体，以及玩忽职守、不好好管理国家的君王。尽管祂用祂无限的能量进行创造、维系和毁灭，但祂杰出的才能和所具有的能力却始终如一，从没有丝毫减退。乳牛、布茹阿玛纳和祂的奉献者，永远是祂特别关注的对象，因为他们对造福众生起着极为重要的作用。

第 44 节

सूत उवाच
पृथयेत्थं कलपदैः परिणूताखिलोदयः ।
मन्दं जहास वैकुण्ठो मोहयन्निव मायया ॥४४॥

sūta uvāca
pṛthayettham kala-padaiḥ
pariṇūtākhilodayaḥ
mandaṁ jahāsa vaikuṇṭho
mohayann iva māyayā

sūtaḥ uvāca— 苏塔说 / pṛthayā — 靠普瑞塔(琨缇) / ittham — 这个 / kala-padaiḥ— 被精选的话 / pariṇūta — 被崇拜 / akhila — 宇宙的 / udayaḥ— 荣耀 / mandam — 柔和地 / jahāsa— 微笑 / vaikuṇṭhaḥ— 至尊主 / mohayan — 令人神魂颠倒的 / iva — 像 / māyayā— 祂的神秘力量

译文　苏塔·哥斯瓦米说：至尊主边倾听琨缇黛薇对祂的字斟句酌的赞美祷告，边和善地微笑着。那微笑与祂的神秘力量一样迷人。

要旨　经典中说，世上所具有的迷人的一切，都是至尊主的代表。试图主宰物质世界的受制约的灵魂，对至尊主的神秘力量着迷。至尊主的奉献者也深受至尊主的吸引，但他们着迷的内容与受制约的灵魂不同；他们被至尊主的荣耀和至尊主对他们的祝福所吸引。正如电能以各种方式工作，至尊主的能量以各种形式展现。圣琨缇黛薇对至尊主的祈祷中所提到的祂的荣耀，只是祂荣耀的一小部分。祂所有的奉献者，都是以那种字斟句酌的赞美方式崇拜祂。为此，至尊主又称为“被人们以超然的赞歌所赞颂的至尊主”——乌塔玛诗珞卡(Uttamaśloka)。尽管用所有精挑细选的语言都不足以形容至尊主的荣耀，但至尊主听了这样的祈祷还是感到满意，就像正在咿呀学语的孩子对父亲说话时即使语不成句，也会令父亲满意一样。梵文“玛亚”一词，既用于指“迷惑”，也用来指“仁慈”。在这节诗中，“玛亚”一词是指至尊主对琨缇黛薇的仁慈。

第 45 节 तां बाढमित्युपामन्त्र्य प्रविश्य गजसाह्वयम् ।
स्त्रियश्च स्वपुरं यास्यन् प्रेम्णा राज्ञा निवारितः ॥४५॥

tāṁ bāḍham ity upāmantrya
praviśya gajasāhvayam
striyaś ca sva-puraṁ yāsyan
premṇā rājñā nivāritaḥ

tām— 那一切 / bāḍham — 接受 / iti — 因此 / upāmantrya— 接着通知 / upāmantrya— 进入 / gajasāhvayam — 哈斯提纳普尔的皇宫 / striyaḥ ca — 别的女士们 / sva-puram — 自己的住宅 / yāsyan— 正要前往……之时 / premṇā— 深情地 / rājñā— 被国王 / nivāritaḥ— 拦住

译文 接受了圣琨缇的祷告后，至尊主进入哈斯提纳普尔的宫殿向其他女士告别；但就在准备动身时，尤帝士提尔王又拦住祂，深情地挽留祂。

要旨 至尊主一旦决定启程回杜瓦尔卡(Dvārakā)，没人能让祂留在哈斯提纳普尔。但尤帝士提尔王请求至尊主再多住几天，至尊主就立刻答应了。这表明，至尊主无法拒绝尤帝士提尔王的爱的力量。除了爱心服务，没有什么能征服全能的神。全能的神在所有的方面都是完全独立的，但祂甘心情愿地要回报祂纯粹的奉献者对祂的爱。

第 46 节　व्यासाद्यैरीश्वरेहाज्ञैः कृष्णेनाद्भुतकर्मणा ।
प्रबोधितोऽपीतिहासैर्नाबुध्यत शुचार्पितः ॥४६॥

vyāsādyair īśvarehājñaiḥ
kṛṣṇenādbhuta-karmaṇā
prabodhito 'pītihāsair
nābudhyata śucārpitaḥ

vyāsa-ādyaiḥ— 由维亚萨为首的大圣人 / īśvara— 全能的神 / īhā— 靠……的意志 / jñaiḥ— 被有学识的人 / kṛṣṇena— 被奎师那本身 / adbhuta-karmaṇā — 被履行所有超人工作的人 / prabodhitaḥ— 被安抚 / api — 虽然 / itihāsaiḥ— 由来自历史的种种证据 / na — 不 / abudhyata — 满意 / śucā arpitaḥ— 悲伤

译文　尤帝士提尔王是那么悲伤，就连以维亚萨为首的伟大圣人们的教导和从事超人活动的主奎师那的教导，以及所有的历史证明，都无法说服、安慰他。

要旨　虔诚的尤帝士提尔王因为在库茹柴陀战争中杀死了千百万人而感到羞愧难当，尤其是因为这场战争是为了使他夺回王位。杜尤丹当时坐上了王位，而且把国家管理得不错，从这方面说并不需要战争。但是，基于公正、合法等原则，尤帝士提尔必须坐上王位，取代杜尤丹。所有的政治斗争都围绕着这一点在进行，而全世界所有的君王和居民都卷入了这场堂兄弟间的战争。主奎师那当时也在，祂站在尤帝士提尔王一边。《玛哈巴茹阿特》(Mahābhārata,《摩诃婆罗多》)开篇第 20

节诗中说：在历时十八天的库茹柴陀战争中，有六百四十万人被杀死在战场上，有几十万人失踪。这实际上是五千年来最大规模的战争了。

这场仅仅是为了立尤帝士提尔 · 玛哈茹阿佳(Mahārāja Yudhiṣṭhira)为王而进行的大规模屠杀，使他本人羞愧难当。为此，他试图用维亚萨等伟大的圣人及至尊主本人提出的历史证据说服自己：既然要打仗的原因是正义的，那么这场仗本身也是正义的。尽管当时最伟大的人物都这样开导尤帝士提尔王，但他并不满意。这节诗中说奎师那是从事超人活动的至尊主，但在这件事情上，无论是祂还是维亚萨都不能说服尤帝士提尔王。这是否意味着奎师那作为一个从事超人活动的活动者失败了呢？不是，当然不是。对这一点的解释是：至尊主作为处在尤帝士提尔王和维亚萨心中的超灵——伊士瓦尔(īśvara)，因为是按照祂自己的愿望在行事，所以从事了更超人的活动。作为尤帝士提尔王心中的超灵，祂没有让君王被维亚萨和包括祂自己在内的其他人说服，因为祂想要让君王聆听祂的另一个伟大的奉献者——将要死去的彼士玛戴瓦(Bhīṣmadeva)的教导。至尊主想让伟大的战将彼士玛戴瓦在他临终时看到祂本人，看到如今已登上王位的、最心爱的孙子尤帝士提尔王等人……从而平静地离开这个物质存在。彼士玛戴瓦根本不愿意与失去了父亲的潘达瓦兄弟作战，他们是他最心爱的孙子。但查锤亚(kṣatriya, 沙帝利)也是对自己很严格的人；由于杜尤丹在赡养他，他被迫站在杜尤丹一边。除此之外，至尊主还希望尤帝士提尔王听了彼士玛戴瓦的话语后感到安慰，这样世人就会看到：彼士玛戴瓦所具有的知识胜过所有其他人，包括至尊主本人。

第 47 节 आह राजा धर्मसुतश्चिन्तयन् सुहृदां वधम् ।
प्राकृतेनात्मना विप्राः स्नेहमोहवशं गतः ॥४७॥

āha rājā dharma-sutaś
cintayan suhṛdāṁ vadham

prākṛtenātmanā viprāḥ
sneha-moha-vaśaṁ gataḥ

āha— 说 / rājā— 尤帝士提尔王 / dharma-sutaḥ— 达尔玛(阎罗王)之子 / cintayan — 想到 / suhṛdām — 朋友们的 / vadham — 杀害 / prākṛtena — 仅凭着物质的概念 / ātmanā — 靠着自己 / viprāḥ— 布茹阿玛纳啊 / sneha — 情感 / moha — 迷惘 / vaśam — 被带走 / gataḥ— 离去

译文 朋友们的死，使达尔玛的儿子尤帝士提尔王像普通的物质主义者一样悲痛欲绝。圣人们啊！就这样，被感情蒙蔽的他开始说话了。

要旨 尽管谁也没想到尤帝士提尔王会变得像普通人那样悲伤，但由于至尊主的意愿，他却因尘世的情感而迷惑了(就像阿尔诸纳显得迷惑一样)。洞察一切的人清楚：生物超越生命的物质概念，他既不是躯体，也不是心智。普通人从躯体的角度判断什么是暴力，什么是非暴力，但那是一种错误的看法。每个人都有义务履行自己的规定职责。查锤亚必须为正义的原因而战，无论对方是谁。在这样履行职责时，人不该因为摧毁物质躯体而心神不安，物质躯体只不过是充满活力的灵魂所穿的外衣而已。尤帝士提尔王很清楚这些道理，但至尊主却使他变得像个普通人一样迷惑；这背后的计划是：至尊主要让彼士玛教导君王，就像祂亲自教导阿尔诸纳一样。

第 48 节 अहो मे पश्यताज्ञानं हृदि रूढं दुरात्मनः ।
पारक्यस्यैव देहस्य बह्व्यो मेऽक्षौहिणीर्हताः ॥४८॥

aho me paśyatājñānaṁ
hṛdi rūḍhaṁ durātmanaḥ

pārakyasyaiva dehasya
　　bahvyo me 'kṣauhiṇīr hatāḥ

aho — 啊 / me — 我的 / paśyata — 瞧瞧 / ajñānam — 无知 / hṛdi — 在心中 / rūḍham — 处于 / durātmanaḥ— 罪人的 / pārakyasya— 本该用来造福他人的 / eva — 肯定地 / dehasya — 身体的 / bahvyaḥ— 许许多多的 / me — 被我 / akṣauhiṇīḥ— 军事方阵 / hatāḥ— 杀害了

译文　(尤帝士提尔王说)：唉，我是罪大恶极的人！看看我这颗充满愚昧的心吧！这本该用来造福他人的躯体，已经杀了许许多多军事方阵的人。

要旨　一个包含有二万一千八百七十辆战车、二万一千八百七十头大象、十万九千三百五十个步兵和六万五千六百一十个骑兵的军事方阵，梵文称为阿克扫黑尼(akṣauhiṇī)。这样的军事方阵，在库茹柴陀战争中被摧毁了许许多多。作为世上最虔诚的君王，尤帝士提尔王认为自己应该对杀死这么多生物体负责，因为这场战争是为了使他恢复王位而打的。然而，这个躯体本是为他人的利益而存在的。当这个躯体中有生命存在时，这个躯体应该用来为他人服务；当生命力离开这个躯体时，这个躯体就该被狗、豺狼或蛆吃掉。尤帝士提尔王之所以感到难过，是因为：为了这么一个短暂的躯体，竟然造成了这么大规模的杀戮。

第 49 节　बालद्विजसुहृन्मित्रपितृभ्रातृगुरुद्रुहः ।
न मे स्यान्निरयान्मोक्षो ह्यपि वर्षायुतायुतैः ॥४९॥

bāla-dvija-suhṛn-mitra-
　　pitṛ-bhrātṛ-guru-druhaḥ
na me syān nirayān mokṣo　hy api
　　varṣāyutāyutaiḥ

bāla— 男孩们 / dvi-ja — 再生者 / suhṛt — 祝福者 / mitra — 朋友们 / pitṛ — 父母 / bhrātṛ — 兄弟们 / guru — 导师 / druhaḥ— 杀了的人 / na — 永远 / me — 我的 / syāt — 将有 / nirayāt— 来自地狱 / mokṣaḥ— 解脱 / hi — 肯定地 / api — 虽然 / varṣa— 岁月 / ayuta — 数百万 / āyutaiḥ— 增添

译文 我杀了众多的少年、布茹阿玛纳、祝愿者、朋友、父母、导师和兄弟。所有这些罪恶使我哪怕活上几百万年，也解除不了等待我的下地狱的命运。

要旨 毫无疑问，无论何时，只要有战争爆发，就有对少年、布茹阿玛纳和妇女等众多无辜之人的大量杀戮，而杀戮这些无辜的人被认为是最大的罪恶。他们都是无辜的生物体，在任何情况下都不允许杀害他们。这是经典的规定。尤帝士提尔王知道所发生的这些大规模的杀戮。同样，在双方的阵营中都有朋友、父辈之人和老师，而他们都被杀死了。只是想一想这样的杀戮，就使尤帝士提尔王毛骨悚然。因此，他认为自己会在地狱中住上亿万年。

第 50 节 नैनो राज्ञः प्रजाभर्तुर्धर्मयुद्धे वधो द्विषाम् ।
इति मे न तु बोधाय कल्पते शासनं वचः ॥५०॥

naino rājñaḥ prajā-bhartur
dharma-yuddhe vadho dviṣām
iti me na tu bodhāya
kalpate śāsanaṁ vacaḥ

na — 永不 / enaḥ— 罪恶 / rājñaḥ— 国王的 / prajā-bhartuḥ— 国民生活的维护者的 / dharma — 为了正当的原因 / yuddhe — 在战斗中 / vadhaḥ— 杀 / dviṣām— 敌人的 / iti — 这一切 / me — 对我 / na — 永

不 / tu — 但是 / bodhāya — 为了满足 / kalpate — 他们负责行政管理事宜 / śāsanam— 指令 / vacaḥ— ……的话语

译文 对一个君王来说，为了正义的原因，为保卫自己的臣民而杀是无罪的。但经典的这条指令不适用于我。

要旨 尤帝士提尔王认为，在他没有参与王国管理的情况下，杜尤丹把王国治理得很好，并没有伤害任何臣民；仅仅是为了他个人从杜尤丹手中获得王国，就引起了这场大屠杀，杀死了那么多生物体。这场屠杀并非由管理国家引起，而是为了实现自己的野心。为此，他认为他该承担这一切罪恶。

第 51 节 स्त्रीणां मद्धतबन्धूनां द्रोहो योऽसाविहोत्थितः ।
कर्मभिर्गृहमेधीयैर्नाहं कल्पो व्यपोहितुम् ॥५१॥

strīṇāṁ mad-dhata-bandhūnāṁ
droho yo 'sāv ihotthitaḥ
karmabhir gṛhamedhīyair
nāhaṁ kalpo vyapohitum

strīṇām — 妇女的 / mat — 由我 / hata-bandhūnām— 被杀的朋友们的 / drohaḥ— 敌意 / yaḥ— 那 / asau — 所有那一切 / iha — 借此 / utthitaḥ— 积累了 / karmabhiḥ— 由于工作 / gṛhamedhīyaiḥ— 被从事物质福利工作的人 / na — 永不 / aham — 我 / kalpaḥ— 能够期待 / vyapohitum — 恢复相同的情况

译文 我杀了那么多妇女的亲人，为此所引发的敌意不是从事物质福利工作所能消除的。

要旨　梵文“贵哈梅迪(gṛhamedhī)”是指那些只是为了获得物质成功而从事福利事业的人。这种物质成功有时受罪恶活动的束缚，因为物质主义者在履行物质职责时必定会犯罪，即使并非故意，也不可避免。韦达经(Vedas)中介绍了几种可以去除这种恶报的祭祀。韦达经中说，举行马祭(Aśvamedha-yajña)可以使人摆脱甚至是杀布茹阿玛纳的罪(brahma-hatyā)。

尤帝士提尔王虽然举行过这种马祭，但还是认为，即使举行这种祭祀也无法消除他所犯的滔天大罪。打仗时，无论是丈夫、兄弟，还是父亲、儿子，都要上战场，而当他们被杀死时，新的敌意又产生了。这种不断积累的业报，哪怕举行上千次的马祭也无法予以抵消。

活动(karma)就是这样进行的；它同时产生一种行动和另一种反应，因此不断增加物质活动的锁链，把从事活动的人捆绑在物质世界中。对如何纠正这种情况，《博伽梵歌》第 9 章的第 27—28 节诗中建议说：只有为至尊主服务时，这种业与报的锁链才会中断。库茹柴陀战争实际上是按照至尊主圣奎师那的意愿开打的，从奎师那说的话中可以清楚看到，仅仅是祂的意愿使然，尤帝士提尔才会被扶上哈斯提纳普尔的王位。鉴于潘达瓦兄弟只不过是在执行至尊主的命令，事实上没有罪恶可以触碰他们。至于那些为个人的利益而宣战的人，他们必须承担战争所造成的一切后果。

第 52 节　यथा पङ्केन पङ्काम्भः सुरया वा सुराकृतम् ।
भूतहत्यां तथैवैकां न यज्ञैर्मार्ष्टुमर्हति ॥५२॥

yathā paṅkena paṅkāmbhaḥ
surayā vā surākṛtam
bhūta-hatyāṁ tathaivaikāṁ
na yajñair mārṣṭum arhati

yathā— 尽量 / paṅkena— 由污泥 / paṅka-ambhaḥ— 混杂着污泥的水 / surayā — 用酒 / vā — 或者 / surākṛtam — 接触酒而造成的不洁 / bhūta-hatyām — 杀死动物 / tathā— 就像 / eva— 肯定地 / ekām— 一(个) / na — 永不 / yajñaiḥ— 通过举行规定的祭祀 / mārṣṭum— 抵消 / arhati — 是值得的

译文 正如无法透过泥浆过滤泥水，不可能用酒清洗酒瓶，通过献祭动物也不可能抵消杀人的罪行。

要旨 马祭(Aśvamedha-yajña)或牛祭(Gomedha-yajña)，是在祭祀中要献祭一匹马或一头公牛的祭祀。当然，这样的祭祀并非是为了伤害动物。主柴坦亚(Caitanya)说，在这种祭祀的祭坛被献祭的动物，会得到一个新的、年轻的身体。那只是为了证明韦达经中的赞歌的效力。当众正确地吟唱韦达经中的赞歌，举行祭祀的人无疑可以消除其恶报。这个虚伪、纷争的年代里因为没有能主持这类祭祀的经验丰富的布茹阿玛纳，所以不可能完美地举行这类祭祀。为此，尤帝士提尔王暗示了在这个喀历(Kali)年代里所该举行的祭祀。在这个喀历年代里，唯一被推荐该举行的祭祀，是圣主柴坦亚·玛哈帕布所发动的歌颂至尊主的圣名的祭祀(hari-nāma-yajña)。但是，我们不该一边为了自己的享受杀害动物，一边试图靠参加歌颂至尊主的圣名的祭祀抵消杀害动物的恶报。至尊主的奉献者永远不会为了个人的利益去伤害动物，但当接到至尊主的命令时(像至尊主命令阿尔诸纳那样)，也不会不去履行查锤亚的职责。因此，只要按照至尊主的意愿做一切就是最好的。世上只有奉献者才能这么做。

到此为止，结束了巴克提韦丹塔对《圣典博伽瓦谭》第 1 篇第 8 章——“琨缇王后的祈祷及帕瑞克西特的获救”所作的阐释。

第九章

彼士玛戴瓦在主奎师那面前过世

第 1 节

सूत उवाच
इति भीतः प्रजाद्रोहात्सर्वधर्मविवित्सया ।
ततो विनशनं प्रागाद्यत्र देवव्रतोऽपतत् ॥ १ ॥

sūta uvāca
iti bhītaḥ prajā-drohāt
sarva-dharma-vivitsayā
tato vinaśanaṁ prāgād
yatra deva-vrato 'patat

sūtaḥ uvāca — 圣苏塔 · 哥斯瓦米说 / iti — 于是 / bhītaḥ— 惧怕 / prajā-drohāt— 由于杀害臣民 / sarva — 所有 / dharma — 宗教活动 / vivitsayā — 为了理解 / tataḥ— 之后 / vinaśanam— 发生战斗的场所 / prāgāt— 他去了 / yatra — 那里 / deva-vrataḥ— 彼士玛戴瓦 / apatat — 躺下准备死亡

译文 苏塔 · 哥斯瓦米说：因为害怕在库茹柴陀战场上杀了那么多人所造成的恶果，尤帝士提尔王启程前往发生大屠杀的现场。那里，彼士玛戴瓦正躺在箭床上处于即将离世之际。

要旨 在这第九章中，如圣主奎师那所愿，彼士玛戴瓦(Bhīṣmadeva)将就有关规定职责的主题教导尤帝士提尔王(Yudhiṣṭhira)。不仅如此，彼士玛戴瓦还会在即将离开这个有死亡的世界前向至尊主作最后的祷告，从而不再进一步受物质束缚。彼士玛戴瓦被赋予力量，可以按照他的愿望离开他的物质躯体，躺在箭床上是他自己选择要这么做的。这位非凡的战将离开世界的这种方法，吸引了当时全宇宙精英的注意力，他们都聚集在那里向他表示对他的爱戴、敬意和对这位伟大灵魂的深情厚谊。

第 2 节 तदा ते भ्रातरः सर्वे सदश्वैः स्वर्णभूषितैः ।
अन्वगच्छन् रथैर्विप्रा व्यासधौम्यादयस्तथा ॥ २ ॥

tadā te bhrātaraḥ sarve
sadaśvaiḥ svarṇa-bhūṣitaiḥ
anvagacchan rathair viprā
vyāsa-dhaumyādayas tathā

tadā— 在那时 / te — 他们大家 / bhrātaraḥ— 兄弟们 / sarve — 全在一起 / sat-aśvaiḥ— 由最好的马匹拉着 / svarṇa — 黄金 / bhūṣitaiḥ— 由……装饰着 / anvagacchan — 接连跟着 / rathaiḥ— 坐着战车 / viprāḥ— 布茹阿玛纳啊 / vyāsa— 圣哲维亚萨 / dhaumya — 道弥亚 / ādayaḥ— 和其他人 / tathā— 也

译文 尤帝士提尔王所有的兄弟都坐在由佩戴着金饰的一流骏马所拉着的漂亮战车上跟着他。随他们同行的还有维亚萨、道弥亚(潘达瓦兄弟家博学的家庭祭司)等圣人和其他人。

第 3 节 भगवानपि विप्रर्षे रथेन सधनञ्जयः ।
स तैर्व्यरोचत नृपः कुवेर इव गुह्यकैः ॥ ३ ॥

bhagavān api viprarṣe
rathena sa-dhanañjayaḥ
sa tair vyarocata nṛpaḥ
kuvera iva guhyakaiḥ

bhagavān— 人格首神(圣奎师那) / api — 也 / vipra-ṛṣe— 布茹阿玛纳中的圣人啊 / rathena — 坐着战车 / sa-dhanañjayaḥ— 和财富的征服者(阿尔诸纳)一起 / saḥ— 祂 / taiḥ— 由他们 / vyarocata — 显得极其高贵气派 / nṛpaḥ— 那位国王(尤帝士提尔) / kuvera — 半神人的司库(库维尔) / iva — 像……一样 / guhyakaiḥ— 被称为古亚卡人的同伴

译文　布茹阿玛纳中的圣人啊！人格首神圣主奎师那与阿尔诸纳同坐一辆战车也随队同行。这阵势把尤帝士提尔王衬托得非常高贵，如同库维尔被他的同伴(古亚卡)们簇拥着一般。

要旨　圣主奎师那希望潘达瓦兄弟(Pāṇḍavas)以最高统治者的身份出现在彼士玛戴瓦的面前，好让他在临终前看到他们很幸福。库维尔(Kuvera)是最富有的半神人，这节诗中形容尤帝士提尔王看上去像他一样，因为圣主奎师那一行人所组成的阵容与尤帝士提尔王的王威十分相称。

第 4 节　दृष्ट्वा निपतितं भूमौ दिवश्च्युतमिवामरम् ।
प्रणेमुः पाण्डवा भीष्मं सानुगाः सह चक्रिणा ॥ ४ ॥

dṛṣṭvā nipatitaṁ bhūmau
divaś cyutam ivāmaram
praṇemuḥ pāṇḍavā bhīṣmaṁ
sānugāḥ saha cakriṇā

dṛṣṭvā— 这样看到 / nipatitam — 躺下 / bhūmau— 在地上 / divaḥ— 来自天空 / cyutam — 落下 / iva — 像…… / amaram — 半神人 / praṇemuḥ— 顶礼 / pāṇḍavāḥ— 潘杜的儿子 / bhīṣmam — 向着彼士玛 / sa-anugāḥ— 和弟弟们在一起 / saha — 也和……在一起 / cakriṇā — 至尊主(手持飞轮)

译文 看到他(彼士玛)像从天上掉下来的半神人般躺在地上，尤帝士提尔王和他的弟弟们，以及主奎师那都向他顶礼。

要旨 尽管主奎师那既是尤帝士提尔王的堂弟，又是阿尔诸纳的密友，但潘达瓦兄弟全家都知道主奎师那是至尊人格首神。至尊主虽然很清楚自己的至尊地位，但始终按照人类习俗行事，因此也仿佛祂就是尤帝士提尔王的一个弟弟般向临终前的彼士玛戴瓦顶礼。

第 5 节 तत्र ब्रह्मर्षयः सर्वे देवर्षयश्च सत्तम ।
राजर्षयश्च तत्रासन्द्रष्टुं भरतपुङ्गवम् ॥ ५ ॥

tatra brahmarṣayaḥ sarve
devarṣayaś ca sattama
rājarṣayaś ca tatrāsan
draṣṭuṁ bharata-puṅgavam

tatra — 那儿 / brahma-ṛṣayaḥ— 布茹阿玛纳中的圣人 / sarve — 所有 / deva-ṛṣayaḥ— 半神人中的圣哲 / ca — 与 / sattama — 处在善良属性层面上 / rāja-ṛṣayaḥ— 诸王间的圣人 / ca — 与 / tatra — 在那地方 / āsan— 曾出现 / draṣṭum— 正要看 / bharata — 巴茹阿特的后裔 / puṅgavam — ……的首领

译文 为了看一眼巴茹阿特王后裔中的领袖(彼士玛)，宇宙中所有处在善良属性层面上的伟大灵魂，包括半神人中的圣人、布茹阿玛纳和君王们，都聚集在他周围。

要旨 梵文“圣人(ṛṣis)”是指那些靠灵性成就达到完美的人。所有的人，无论是君王还是托钵僧，都能获得这样的灵性成就。彼士玛戴瓦本人即是一位布茹阿玛纳圣人，又是巴茹阿特王(Bharata)的后裔中的领袖人物。在场所有的圣人都处在善良属性的层面上，他们聚集在现场，聆听伟大的战将临终前要说的话。

第 6—7 节　पर्वतो नारदो धौम्यो भगवान् बादरायणः ।
बृहदश्वो भरद्वाजः सशिष्यो रेणुकासुतः ॥ ६ ॥
वसिष्ठ इन्द्रप्रमदस्त्रितो गृत्समदोऽसितः ।
कक्षीवान् गौतमोऽत्रिश्च कौशिकोऽथ सुदर्शनः ॥ ७ ॥

parvato nārado dhaumyo
bhagavān bādarāyaṇaḥ
bṛhadaśvo bharadvājaḥ
saśiṣyo reṇukā-sutaḥ

vasiṣṭha indrapramadas
trito gṛtsamado 'sitaḥ
kakṣīvān gautamo 'triś ca
kauśiko 'tha sudarśanaḥ

parvataḥ— 帕尔瓦塔 · 牟尼 / nāradaḥ— 纳茹阿达 · 牟尼 / dhaumyaḥ— 道弥亚 / bhagavān— 首神的化身 / bādarāyaṇaḥ— 维亚萨戴瓦 / bṛhadaśvaḥ— 比尔哈达刷 / bharadvājaḥ— 巴尔杜瓦佳 / sa-śiṣyaḥ— 和门徒在一起 / reṇukā-sutaḥ— 帕茹阿舒茹阿玛 / vasiṣṭhaḥ— 瓦希施塔 / indrapramadaḥ— 因铎帕玛德 / tritaḥ— 特瑞塔 / gṛtsamadaḥ— 贵嚓玛达 / asitaḥ— 阿西塔 / kakṣīvān — 卡尔西宛 / autamaḥ— 高塔玛 / atriḥ— 阿特瑞 / ca — 与 / kauśikaḥ— 考希卡 / atha — 与…… / sudarśanaḥ— 苏达尔珊

译文　在场的有：帕尔瓦塔·牟尼、纳茹阿达、道弥亚、神的化身维亚萨、毕尔哈达刷、巴尔杜瓦佳和帕茹阿舒茹阿玛及他们的门徒，还有瓦希施塔、因铎帕玛德、特瑞塔、贵嚓玛达、阿西塔、卡克西宛、高塔玛、阿特瑞、考希卡和苏达尔珊等所有的圣人。

要旨　　帕尔瓦塔·牟尼(Parvata Muni)：他被认为是远古的圣人之一。他几乎始终与纳茹阿达·牟尼(Nārada Muni)在一起。他们都是不用任何物质的交通工具就能在空中旅行的太空人。帕尔瓦塔·牟尼像纳茹阿达·牟尼一样，也是半神人中伟大的圣人(devarṣi)。他与纳茹阿达·牟尼一起出席了帕瑞克西特王的儿子佳纳美佳亚王(Janamejaya)举行的祭祀仪式。这场祭祀的目的是要杀死世上所有的蛇。帕尔瓦塔·牟尼和纳茹阿达·牟尼又都被称为歌仙(Gandharvas)，因为他们可以边在空中遨游，边歌唱至尊主的荣耀。由于他们能在空中飞行，他们在空中看到了朵帕蒂(Draupadī)的选夫大会(svayaṁvara)。像纳茹阿达·牟尼一样，帕尔瓦塔·牟尼也经常去参观天帝因铎(Indra)的皇家聚会。作为歌仙，他有时去参观重要的半神人之一库维尔(Kuvera)的皇家聚会。纳茹阿达·牟尼和帕尔瓦塔·牟尼有一次与逊佳亚王(Sṛñjaya)的女儿产生了一些问题。逊佳亚得到帕尔瓦塔·牟尼的祝福，有了一个儿子。

纳茹阿达·牟尼：他不可避免地与往世书(Purāṇas)的叙述有着千丝万缕的联系。《博伽瓦谭》对他进行了描述。在他的前世，他是一个女仆的儿子，但凭借与纯粹奉献者的良好联谊，他受启蒙开始做奉爱服务；在来世，他成为无与伦比的完美之人。《玛哈巴茹阿特》(《摩诃婆罗多》)中多处提到他的名字。他是半神人中的首要圣人。他是布茹阿玛(Brahmājī)的儿子及门生；从他开始，布茹阿玛的师徒传承一直延续下来。他启迪了帕拉德·玛哈茹阿佳(Prahlāda Mahārāja)和杜茹瓦·玛哈茹阿佳(Dhruva Mahārāja)，并使许多人物成为至尊主著名的奉献者。他甚至启迪了韦达文献的作者维亚萨戴瓦，维亚萨戴瓦启迪了玛德瓦查尔亚(Madhvācārya)。从那以后，包括高迪亚传承(Gauḍīya-sampradāya)在内的玛德瓦传承(Madhva-sampradāya)便传遍了整个宇宙。圣柴坦亚·玛哈帕布属于这个玛德瓦传承，因此布茹阿玛、纳茹阿达·牟尼、维亚萨戴瓦，一直到玛德瓦、柴坦亚和温达文的六位哥斯瓦米(Gosvāmī)，都属于这同一个师徒传承。从无法追溯的年代起，纳茹阿达教导了许许多多的君王。在《博伽瓦谭》中我们可以看到：当帕拉德·玛哈茹阿佳还在他母亲的腹中时，纳茹阿达就开始教导他。纳茹阿达还教导了奎师那的父亲瓦苏戴瓦(Vasudeva)，以及尤帝士提尔王。

道弥亚：他是在乌特考查卡圣地(Utkocaka Tīrtha)从事严酷苦行的伟大圣人，被指定为潘达瓦王室的王家祭司。在潘达瓦兄弟举行的许多次盛大的宗教仪式(saṁskāra)中，他都担任主祭司的职责。他主持了每一个潘达瓦与朵帕蒂举行的订婚仪式。他甚至在潘达瓦五兄弟被流放期间就出现在他们身边，时常在他们困惑时根据情况给予他们忠告。他教他们隐姓埋名地生活了一年；那时，潘达瓦兄弟们严格地遵循了他的教导。在库茹柴陀战争后举行的丧葬仪式中，他的名字也被提起过。《玛哈巴茹阿特》的阿努沙散篇(Anuṣāsana-parva)第 127 章的第 15—16 节诗中说，他十分精心地给予尤帝士提尔王以宗教方面的训导。他实际上非常适合当居士家的祭司，因为他可以指引潘达瓦兄弟走正确的宗教之途。家庭祭司专门负责指导处在不同社会阶层中的居士正确地履行各自的职责(āśrama-dharma)。家庭祭司与灵性导师几乎没有区别。圣哲贤人及布茹阿玛纳的职责即是如此。

维亚萨戴瓦(Vyāsadeva)**：**他被称为奎师那、奎师那·兑帕亚纳(Kṛṣṇa-dvaipāyana)、兑帕亚纳、萨提亚娃缇·苏塔(Satyavatī-suta)、帕茹阿沙尔亚(Pārāśarya)、帕茹阿沙尔特玛佳(Parāśarātmaja)、巴达茹阿亚纳(Bādarāyaṇa)和维戴夫亚萨(Vedavyāsa)等。他是萨提亚娃缇在嫁给彼士玛戴瓦的父亲商坦努(Śantanu)王之前，与伟大的圣人帕茹阿沙茹阿(Parāśara)生的儿子。他是至尊主纳茹阿亚纳(Nārāyaṇa)的一个强大的化身，他把伟大的知识传遍了全世界。正因为如此，在吟诵韦达文献，特别是往世书之前，要向维亚萨戴瓦致敬。舒卡戴瓦·哥斯瓦米是他的儿子，外商帕亚纳(Vaiśampāyana)等圣人是他的门徒，负责保管、传播韦达经的不同部分。他是伟大的史诗《玛哈巴茹阿特》及非凡、超然的文献《博伽瓦谭》的作者。他还编纂了《布茹阿玛·苏陀》(Brahma-sūtras)——《韦丹塔·苏陀》(Vedānta-sūtra,《吠檀多经》)，或者又称《巴达茹阿亚纳·苏陀》(Bādarāyaṇa-sūtras)。凭借严格的苦行，他成为圣人中最受尊敬的作者。当他为了喀历年代中的大众的利益，想要把伟大的史诗《玛哈帕茹阿特》记录下来时，他感到需要有一位记录速度非常快的速记员能把他口述的内容记下来。听从布茹阿玛的命令，甘内什负责把维亚萨戴瓦口述的内容记录下来，但条件是：维亚萨戴瓦一刻都不能停止口述。就这样，维亚萨戴瓦和甘内什共同努力完成了《玛哈巴茹阿特》的编纂工作。

维亚萨戴瓦，在他母亲——后来嫁给桑坦努王的萨提亚娃缇的命令下，以及桑坦努王与第一位妻子恒河生的长子彼士玛戴瓦的请求下，生了兑塔瓦施陀(Dhṛtarāṣṭra)、潘杜(Pāṇḍu)和维杜茹阿(Vidura)这三个杰出的儿子。《玛哈巴茹阿特》是库茹柴陀战争结束，所有的玛哈巴茹阿特英雄都战死沙场后，维亚萨戴瓦编纂的。在帕瑞克西特王的儿子佳纳美佳亚王举行的王室聚会中，《玛哈巴茹阿特》第一次被讲述出来。

毕尔哈达刷(Bṛhadaśva)：他是古代的圣人，曾经与尤帝士提尔王见过几次面。他第一次与尤帝士提尔王见面是在卡米亚文(Kāmyavana)。这位圣人讲述了纳拉王(Nala)的历史。当时，还有一个人也叫毕尔哈达刷，他是依克施瓦库(Ikṣvāku)王朝的子孙(《玛哈巴茹阿特》森林篇209.4—5)。

巴尔杜瓦佳(Bharadvāja)：他是七位圣人(ṛṣi)中的一位，曾经出席了阿尔诸纳的诞生典礼。这位强有力的圣人有时会在恒河岸边从事严酷的苦行，他设在帕亚嘎圣地(Prayāgadhāma)的灵修所至今仍非常著名。据经典记载，这位圣人有一次在恒河中沐浴时看见了一位美丽的天堂社交女郎贵塔祺(Ghṛtacī)，不自觉地排出了精液。他把精液存放在一个土制的罐子里，结果朵纳诞生了。所以，朵纳查尔亚是巴尔杜瓦佳·牟尼的儿子。另外一些人说，朵纳查尔亚的父亲不是七位圣人之一，而是布茹阿玛的优秀的奉献者。他有一次去找朵纳查尔亚，要求他停止库茹柴陀战争。

帕茹阿舒茹阿玛(Paraśurāma)：他是伟大的圣人佳玛达格尼亚(Maharṣi Jamadagni)和圣瑞努卡(Reṇukā)的儿子，所以也被称为瑞努卡苏塔(Reṇukāsuta)。他是神的强有力的化身之一，曾经杀戮查锤亚(kṣatriya，刹帝利)阶层的人共达二十一次。他用那些查锤亚的血满足了他的祖先们的灵魂。他从查锤亚的手中夺取了整个地球的统治权后，把它布施给了喀夏帕·牟尼(Kaśyapa)。后来，他到玛亨铎·帕尔瓦特(Mahendra Parvata)从事严酷的苦行。帕茹阿舒茹阿玛把军事科学(Dhanur-veda)传授给朵纳查尔亚，因为朵纳查尔亚是布茹阿玛纳(婆罗门)。他出席了尤帝士提尔王的加冕典礼，与其他伟大的圣人们一起主持了这场盛大的宗教仪式。

帕茹阿舒茹阿玛的寿命是那么长，以致在不同的年代中分别遇到了茹阿玛和奎师那。他与茹阿玛比武，但承认奎师那是至尊人格首神。当他看到阿尔诸纳与奎师那在一起时，他称赞了阿尔诸纳。当安芭(Ambā)想要嫁给彼士玛戴瓦，而彼士玛戴瓦拒绝娶安芭为妻时，安芭遇到了帕茹阿舒茹阿玛；在安芭的请求下，帕茹阿舒茹阿玛要求彼士玛戴瓦娶安芭为妻。尽管帕茹阿舒茹阿玛是彼士玛戴瓦的灵性导师之一，但彼士玛戴瓦还是拒绝了他的要求。当彼士玛戴瓦不理会帕茹阿舒茹阿玛的警告时，帕茹阿舒茹阿玛与彼士玛戴瓦对打，战斗非常激烈。最后，帕茹阿舒茹阿玛对彼士玛戴瓦感到满意，祝福他成为世上最伟大的战将。

瓦希施塔(Vasiṣṭha)：他是布茹阿玛纳中十分著名的圣人，以神圣的布茹阿玛纳·瓦希施塔戴瓦(Brahmarṣi Vasiṣṭhadeva)闻名于世。在史诗《茹阿玛亚纳》(Rāmāyaṇa，《罗摩衍纳》)和《玛哈巴茹阿特》记载的时代中，他都是十分突出的人物。他主持了人格首神茹阿玛的加冕典礼；他也出现在库茹柴陀战场上。他可以去所有高等和低等的星球，在黑冉亚卡希普(Hiraṇyakaśipu)的那段历史中也出现了他的名字。他和维施瓦弥陀(Viśvāmitra)的关系十分紧张。维施瓦弥陀想要瓦希施塔·牟尼的如愿牛卡玛戴努(kāmadhenu)，瓦希施塔拒绝了维施瓦弥陀的要求。为此，维施瓦弥陀杀了瓦希施塔的一百个儿子。作为理想的布茹阿玛纳，瓦希施塔容忍了维施瓦弥陀对他的嘲笑、辱骂。一次，由于不堪忍受维施瓦弥陀的折磨，他试图自杀，但无论怎么做都无法成功。他从山顶上向下跳，但他落下碰到的那些石头变成了一堆棉花，救了他。他跳进大海，但海浪把他冲到岸上。他跳进河水中，但河水也把他冲到岸边。就这样，他为自杀所做的一切努力都以失败告终。他是七大圣人之一，也是著名的恒星阿冉妲缇(Arundhatī)的丈夫。

因铎帕玛德(Indrapramada)：另一位著名的圣人。

特瑞塔(Trita)：他是生物体的祖先高塔玛(Gautama)的三个儿子中的第三个儿子，他的两个兄弟分别称为艾卡特(Ekat)和兑塔(Dvita)。他们都是伟大的圣人，严格遵守宗教原则。靠严格的苦修，他们晋升到布茹阿玛居住的星球布茹阿玛珞卡上。一次，特瑞塔·牟尼掉进一口井中。他是许多祭祀的组织者，因此作为伟大的圣人之一，他也在彼士玛戴瓦临终前去向他表示敬意。他是住在瓦茹纳星球(Varuṇaloka)上的七位圣人之一。他来自西方世界，极有可能是欧洲的那些国家。那时，整个世界的文化都是韦达文化。

贵嚓玛达(Gṛtsamada)：他是天堂王国中的一位圣人，是天帝因铎的密友，与毕尔哈斯帕提(Bṛhaspati)一样伟大。他曾经出席尤帝士提尔王举行的皇家聚会，也到过彼士玛戴瓦去世的地方。有时，他给尤帝士提尔王解释主希瓦(Śiva)的荣耀。他是维塔哈维亚(Vitahavya)的儿子，外形很像因铎，以致因铎的敌人有时误把他当做因铎去抓他。他是《瑞歌·韦达》(Ṛg-veda)的杰出学者，所以备受布茹阿玛纳阶层的崇敬。他过独身禁欲的生活，在各个方面都很有力量。

阿西塔(Asita)：有一位君王与他同名，但这节诗里提到的阿西塔是当时一位强大有力的圣人阿西塔·戴瓦拉(Asita Devala)。他给他父亲解释了《玛哈巴茹阿特》中的一百五十万节诗。他是参加佳纳美佳亚王举行的蛇祭祀的成员之一，也与其他伟大的圣人一起出席了尤帝士提尔王的加冕典礼。他在安佳娜(Añjana)山丘上曾经教导过尤帝士提尔王。他也是主希瓦的奉献者之一。

卡克西宛(Kakṣīvān)：他是高塔玛·牟尼的一个儿子，是伟大的圣人昌达考希卡(Candakausika)的父亲。他是尤帝士提尔王的议会中的一名议员。

阿特瑞(Atri)：阿特瑞·牟尼是一位伟大的布茹阿玛纳圣人，是布茹阿玛的心念生出的儿子之一。布茹阿玛极为强大有力，以致只凭思想就可以生出儿子。他的这些儿子被称为心念之子(mānasa-putra)。布茹阿玛有七个经由思想生出的儿子，在这七位伟大的布茹阿玛纳圣人中，阿特瑞就是其中的一员。伟大的帕柴塔(Pracetā)们就出生在他的家中。阿特瑞·牟尼有两个查锤亚儿子都成了君王。阿尔塔玛王(Arthama)就是其中之一。他被视为是世上二十一位生物体祖先(prajāpati)之一。他妻子的名字叫阿娜苏雅(Anasūyā)。在帕瑞克西特王举行的所有盛大的祭祀中，阿特瑞都给予帮助。

考希卡(Kauśika)：他是尤帝士提尔王的王室议会中的永久议员。他有时会遇到主奎师那。世上有几位其他的圣人与他同名。

苏达尔珊(Sudarśana)：这个被人格首神(维施努或奎师那)当做私人武器的飞轮，极为强大有力，比布茹阿玛纳斯陀(brahmāstra)或其他同种类的毁灭性武器还要威力强大。有些韦达文献中说，是火神(Agnideva)把这件武器送给了圣奎师那，但事实上，这武器是至尊主永恒携带的武器。火神把这件武器送给奎师那，就如同茹克玛(Rukma)把茹克蜜妮(Rukmiṇī)嫁给至尊主一样。至尊主接受祂的奉献者送给祂的礼物，尽管这些礼物本就永恒地属于祂。《玛哈巴茹阿特》第一篇中对苏达尔珊这件武器有极为详尽的描述。圣主奎师那用这件武器杀了始终与祂为敌的锡舒帕勒(Śiśupāla)，还杀死了沙勒瓦(Śālva)。有时，祂让祂的朋友阿尔诸纳用这件武器杀他的敌人(《玛哈巴茹阿特》维茹阿塔篇 56.3)。

第 8 节 अन्ये च मुनयो ब्रह्मन् ब्रह्मरातादयोऽमलाः ।
शिष्यैरुपेता आजग्मुः कश्यपाङ्गिरसादयः ॥ ८ ॥

anye ca munayo brahman
brahmarātādayo 'malāḥ
śiṣyair upetā ājagmuḥ
kaśyapāṅgirasādayaḥ

anye — 许多其他人 / ca — 也 / munayaḥ— 众圣人 / brahman — 众布茹阿玛纳啊 / brahmarāta— 舒卡戴瓦 · 哥斯瓦米 / ādayaḥ— 和其他类似的人 / amalāḥ— 完全净化了 / śiṣyaiḥ— 由门徒 / upetāḥ— 伴随 / ājagmuḥ— 到达 / kaśyapa— 喀夏帕 / āṅgirasa — 安给茹阿萨 / ādayaḥ— 其他人

译文 舒卡戴瓦 · 哥斯瓦米、喀夏帕和安给茹阿萨等许多其他净化了的灵魂，也由他们各自的门徒陪伴着到了现场。

要旨 **舒卡戴瓦 · 哥斯瓦米(Śukadeva Gosvāmī)——布茹阿玛茹阿塔(Brahmarāta)：**他是圣维亚萨戴瓦著名的儿子和门徒。圣维亚萨戴瓦先传授给他《玛哈巴茹阿特》，然后是《圣典博伽瓦谭》(Śrīmad-Bhāgavatam)。舒卡戴瓦 · 哥斯瓦米在歌仙(Gandharvas)、夜叉(Yakṣas)和吃人魔(Rākṣasas)的议会上，背诵了《玛哈巴茹阿特》的一百四十万节诗，在帕瑞克西特王面前第一次背诵了《圣典博伽瓦谭》。他从他伟大的父亲那里认真、仔细地学习了所有的韦达文献，凭借广博的有关宗教原则的知识成为彻底净化了的灵魂。从《玛哈巴茹阿特》聚会堂篇(Sabhā-parva)第4章的第11节诗中可以了解到，他出席了尤帝士提尔王的王室会议，出现在帕瑞克西特王断食的现场。作为圣维亚萨戴瓦的真诚弟子，他向他父亲详细询问了有关宗教原则和灵性价值标准的问题，而他伟大的父亲通过给他讲解各种内容满足了他；这些内容包括：通过练习可以使人到达灵性王国的瑜伽(yoga)体系；功利性活动与经验主义知识之间的区别；获得灵性觉悟的方法；学生生活、居士生活、退休生活和弃绝生活这四个生活阶段 (āśramas)的知识；至尊人格首神至高无上的地位；面对面与至尊主相见的程序；接受知识的适合人选；有关五种元素的知识；智力独一无二的地位；物质自然和生物之间的意识差别；觉悟了自我的灵魂所具有的表现；物质躯体的运作原理；物质自然属性的影响所具有的征象；永恒的欲望之树，以及心理活动。舒卡戴瓦·哥斯瓦米经他父亲和纳茹阿达的许可，有时会去太阳星球。《玛哈巴茹阿特》和平篇(Śānti-parva)第332节诗中，描述了他在太空旅行的情况。他最后到达了超然的区域。他的其他名字分别是，阿冉内亚(Araṇeya)、阿茹尼苏塔(Aruṇisuta)、外亚萨克伊(Vaiyāsaki)和维亚萨特玛佳(Vyāsātmaja)。

喀夏帕(Kaśyapa)**：**他是生物体的祖先之一，是玛瑞祺的儿子、生物体祖先达克沙(Dakṣa)的女婿。他是巨鸟嘎茹达(Garuḍa)的父亲，而嘎茹达被允许吃的食物是大象和乌龟。喀夏帕娶了生物体的祖先达克沙的十三个女儿，她们的名字分别是：阿迪缇(Aditi)、迪缇(Diti)、妲努(Danu)、喀氏塔(Kāṣṭhā)、阿瑞氏塔(Ariṣṭā)、苏茹阿萨(Surasā)、伊拉(Ilā)、牟妮(Muni)、考若妲娃莎(Krodhavaśā)、塔么茹阿(Tāmrā)、苏茹阿碧(Surabhi)、萨茹阿玛(Saramā)和缇弥(Timi)。喀夏帕与他的那些妻子生了许许多多孩子，既有半神人，也有恶魔。他与他的第一个妻子阿迪缇一起生了十二位阿迪提亚(Āditya)，其中一位就是首神的化身瓦玛纳(Vāmana)。伟大的圣人喀夏帕在阿尔诸纳出生时也出现过。他接受帕茹阿舒茹阿玛布施给他的整个世界，后来要求帕茹阿舒茹阿玛离开世俗世界。他的另一个名字是阿瑞施塔内弥(Ariṣṭanemi)。他生活在宇宙的北部。

安给茹阿萨(Āṅgirasa)：他是伟大的圣人安给茹阿(Maharṣi Aṅgirā)的儿子，以半神人的祭司毕尔哈斯帕提(Bṛhaspati)著称。据经典中记载，朵纳查尔亚是他的部分化身。苏夸查尔亚(Śukrācārya)是恶魔们的灵性导师，毕尔哈斯帕提向他挑战。毕尔哈斯帕提的儿子是喀查(Kaca)。他把火武器先送给了巴尔杜瓦佳·牟尼(Bharadvāja Muni)。他与他的妻子——著名的恒星昌朵玛西(Candramāsī)，一起生了火神等六个儿子。他可以在空中旅行，所以甚至能进入布茹阿玛珞卡和因铎珞卡。他向天帝因铎提议要征服恶魔。一次，他诅咒了因铎，使他在地球上当了一头猪，而且不愿意返回天堂。这就是错觉能量的魔力所在。就连一头猪都不愿意舍弃它在地球上的拥有，去换取天堂王国。毕尔哈斯帕是不同的星球上的居民的宗教导师。

第 9 节 तान् समेतान्महाभागानुपलभ्य वसूत्तमः ।
पूजयामास धर्मज्ञो देशकालविभागवित् ॥ ९ ॥

tān sametān mahā-bhāgān
upalabhya vasūttamaḥ
pūjayām āsa dharma-jño
deśa-kāla-vibhāgavit

tān — 他们大家 / sametān — 聚一起 / mahā-bhāgān — 都极有能力的 / upalabhya — 接待了 / vasu-uttamaḥ— 瓦苏当中最好的一位(彼士玛戴瓦) / pūjayām āsa — 欢迎了 / dharma-jñaḥ— 一个知道宗教原则的人 / deśa— 地方 / kāla— 时间 / vibhāga-vit — 一个懂得适应时间和地点的人

译文 八位瓦苏中最优秀的彼士玛戴瓦，欢迎聚集在现场的所有伟大而强有力的圣人们，因为他明了在不同时间和地点中的一切宗教原则。

要旨　宗教权威们十分清楚如何根据不同的时间和地点调整宗教原则。所有伟大的灵性导师(ācāryas)、传教士或世上的改革者，都通过根据时间和地点调整宗教原则来执行他们的使命。世上不同的区域有不同的气候和风土人情；人如果必须履行传播至尊主使命的职责，就必须能熟练地根据时间和地点调整行事的方式。彼士玛戴瓦是传播奉爱服务文化的十二位伟大权威中的一位，所以能够恰到好处地迎接每一位在他临终前从宇宙各地聚集到那里的强有力的圣人。他当然无法像往常那样迎接大家，因为他当时既不在自己家中，身体状况又不好。但他意识清醒，因此可以用甜美的话语表达他由衷的欣赏和感谢，热情接待每一位到访者。人可以用身、口、意履行他的职责。彼士玛戴瓦很清楚如何正确地运用他的身、口、意，所以尽管他不能起身迎接大家，但并不妨碍他迎接大家。

第 10 节　कृष्णं च तत्प्रभावज्ञ आसीनं जगदीश्वरम् ।
हृदिस्थं पूजयामास माययोपात्तविग्रहम् ॥१०॥

kṛṣṇaṁ ca tat-prabhāva-jña
āsīnaṁ jagad-īśvaram
hṛdi-sthaṁ pūjayām āsa
māyayopātta-vigraham

kṛṣṇam — 向主奎师那 / ca — 也 / tat — 祂的 / prabhāva-jñaḥ— 知道荣耀的人(彼士玛) / āsīnam — 正坐着 / jagat-īśvaram — 宇宙的主 / hṛdi-stham— 处在心中 / pūjayām āsa — 曾崇拜 / māyayā — 靠内在的力量 / upātta— 曾展示 / vigraham — 形象

译文　主奎师那虽然处在每一个生物体的心中，但还是通过祂的内在能量在众人面前展现祂的超然形象。这位至尊主就坐在彼士玛戴瓦面前。彼士玛戴瓦知道祂的荣耀，因此以恰当的方式崇拜了祂。

要旨 至尊主以祂同时出现在每一个地方展现了祂的全能。祂虽然永不离开祂永恒的居所哥珞卡·温达文(Goloka Vṛndāvana)，但却同时处在每一个生物体的心中，甚至每一个微小得让人无法看见的原子内。当祂在物质世界里展示祂永恒的超然形象时，祂透过祂的内在能量这么做。祂的外在能量，也就是物质能量，与祂的永恒形象毫无关系。圣彼士玛戴瓦知道这一切真相，因此以恰当的方式崇拜祂。

第 11 节 पाण्डुपुत्रानुपासीनान् प्रश्रयप्रेमसङ्गतान् ।
अभ्याचष्टानुरागाश्रैरन्धीभूतेन चक्षुषा ॥११॥

pāṇḍu-putrān upāsīnān
praśraya-prema-saṅgatān
abhyācaṣṭānurāgāśrair
andhībhūtena cakṣuṣā

pāṇḍu — 尤帝士提尔与众兄弟的先父 / putrān — ……的儿子 / upāsīnān— 正静静地坐在附近 / praśraya— 被压倒 / prema — 深情地 / saṅgatān — 已汇集 / abhyācaṣṭa— 道贺 / anurāga — 感动地 / aśraiḥ— 欢喜的泪 / andhībhūtena — 沉浸在 / cakṣuṣā — 用他的双眼

译文 潘杜王的儿子们沉默地坐在彼士玛戴瓦身边，为祖父不久于人世而悲伤不已。看到这情形，彼士玛戴瓦深情地向他们道贺。他沉浸在疼爱孙子的情感中，眼里含着欢喜的泪。

要旨 潘杜王(Mahārāja Pāṇḍu)离开人世时，祂的儿子还都是小孩子，所以自然要在年长的王室成员，特别是彼士玛戴瓦的爱护下长大成人。潘达瓦兄弟长大成人后，被奸诈的杜尤丹及其同伙所骗；彼士玛戴瓦虽然知道潘达瓦兄弟是无辜的，无端地被置于困境中，但却出于政治考量而不能站在潘达瓦兄弟一边。伟大的战将兼祖父彼士玛戴瓦，在他人生的最后时刻，看到以尤帝士提尔王为首的他这些最崇高的孙子们高贵地坐在他身边，情不自禁地流下了爱的泪水。他回忆起他这些最虔诚的孙子所经受过的巨大磨难。当然，尤帝士提尔终于登上王位，代替了杜尤丹，这使他极为满意，于是开始向他们道贺。

第 12 节　अहो कष्टमहोऽन्याय्यं यद्यूयं धर्मनन्दनाः ।
जीवितुं नार्हथ क्लिष्टं विप्रधर्माच्युताश्रयाः ॥१२॥

aho kaṣṭam aho 'nyāyyaṁ
yad yūyaṁ dharma-nandanāḥ
jīvituṁ nārhatha kliṣṭaṁ
vipra-dharmācyutāśrayāḥ

aho — 呀 / kaṣṭam — 多可怕的苦难 / aho — 呀 / anyāyyam— 多不公平的待遇 / yat — 因为 / yūyam — 你们这些善良的灵魂 / dharma-nandanāḥ— 宗教人格化身的儿子们 / jīvitum— 一直活着 / na — 永不 / arhatha — 应得的 / kliṣṭam— 痛苦 / vipra — 布茹阿玛纳 / dharma — 虔诚 / acyuta — 神 / āśrayāḥ— 受保护

译文　彼士玛戴瓦说：唉，作为宗教人格化身的儿子，你们这些善良的灵魂受了多可怕的罪，多不公平的待遇啊！在那种苦难的情形下，你们本来是活不下去的，但布茹阿玛纳、神和宗教都在保护你们。

要旨　库茹柴陀战争中的大规模杀戮使尤帝士提尔王内心备受煎熬。彼士玛戴瓦能理解这一点，所以一开口就说尤帝士提尔王所受过的罪多么可怕。尤帝士提尔王被不公平地置于困境，而库茹柴陀战争之所以开打，就是为了对抗这种不公。因此，他不该为这场大规模的杀戮而悔恨不已。彼士玛戴瓦尤其想指出，布茹阿玛纳、至尊主和宗教原则都保护他们。他们只要受到这三者的保护，就没有理由感到沮丧。所以，彼士玛戴瓦鼓励尤帝士提尔王打消他的沮丧情绪。无论生活多么艰难，人只要完全按照至尊主的意愿行事，在真正的布茹阿玛纳和至尊主的奉献者(Vaiṣṇavas)指导下严格遵守宗教原则，就没有理由沮丧。彼士玛戴瓦作为传播奉爱服务文化的十二位伟大权威中的一位，想要向潘达瓦兄弟强调这个重点。

第 13 节 संस्थितेऽतिरथे पाण्डौ पृथा बालप्रजा वधूः ।
युष्मत्कृते बहून् क्लेशान् प्राप्ता तोकवती मुहुः ॥१३॥

saṁsthite 'tirathe pāṇḍau
pṛthā bāla-prajā vadhūḥ
yuṣmat-kṛte bahūn kleśān
prāptā tokavatī muhuḥ

saṁsthite— 死后 / ati-rathe — 伟大的将军的 / pāṇḍau — 潘杜 / pṛthā — 琨缇 / bāla-prajā — 有年幼的小孩 / vadhūḥ— 我的媳妇 / yuṣmat-kṛte— 为了你 / bahūn — 多方面对 / kleśān — 苦恼 / prāptā— 经历过 / toka-vatī— 尽管有了成年的男孩 / muhuḥ— 不断地

译文 至于我的儿媳妇琨缇，自从大将军潘杜死后，就立刻成了带着许多孩子的寡妇，因此吃了很多苦。而且，在你们成长的过程中，你们的所作所为也给她带去了很多麻烦。

要旨 琨缇黛薇经受的痛苦更令人痛惜。年轻守寡并要在王室中把孩子抚养成人，使她承受了巨大的痛苦。她的孩子长大成人后，他们的所作所为使她继续受苦。所以，她一直不断地在受苦。这意味着：天意注定她要受苦。对此，人必须忍受，泰然处之。

第 14 节　सर्वं कालकृतं मन्ये भवतां च यदप्रियम् ।
सपालो यद्वशे लोको वायोरिव घनावलिः ॥१४॥

sarvaṁ kāla-kṛtaṁ manye
bhavatāṁ ca yad-apriyam
sapālo yad-vaśe loko
vāyor iva ghanāvaliḥ

sarvam — 这一切 / kāla-kṛtam — 不可避免的时间所造成的 / manye — 我认为 / bhavatām ca— 也为了你们 / yat — 无论什么 / apriyam — 可憎的 / sa-pālaḥ— 和统治者一起 / yat-vaśe— 在那个时间主宰之下 / lokaḥ— 在每一个星球上的每一个人 / vāyoḥ— 风携带着 / iva — 如 / ghana-āvaliḥ— 云带

译文　依我看，这一切都是由不可避免的时间造成的。正如风携带云朵，每个星球上的每个生物体都受时间的控制。

要旨　正如每一个星球上的一切事物都受时间的控制，宇宙中所有的空间都受时间的控制。如同空气的力量携带着云朵，所有巨大的星球，包括太阳在内，都被空气的力量所控制。同样，不可避免的时间 (kāla)，甚至控制着空气的活动及其他元素。万事万物都被至尊时间所控制，而时间是至尊主在物质世界里的强有力的代表。所以，尤帝士提尔不该为时间不可思议的活动而感到难过。每一个人，只要他还在物质世界中，就必须承受时间的作用和反作用。尤帝士提尔不该认为他在前世犯了罪，所以要在这一生承受苦果。就连最虔诚的人都不得不在物质自然环境中受苦。但虔诚的人因为在真正的布茹阿玛纳和至尊主的奉献者的指导下遵守宗教原则，所以始终对至尊主很忠诚。人应该毕生在布茹阿玛纳和至尊主的奉献者的指导下遵守宗教原则，而不该受永恒时间的恶作剧的打扰。就连这个宇宙中的最高控制者布茹阿玛，都得受时间的控制；所以，我们不该因为在真正遵守宗教原则的情况下仍受到时间的控制而感到心不甘、情不愿。

第 15 节 यत्र धर्मसुतो राजा गदापाणिर्वृकोदरः ।
कृष्णोऽस्त्री गाण्डिवं चापं सुहृत्कृष्णस्ततो विपत् ॥१५॥

yatra dharma-suto rājā
gadā-pāṇir vṛkodaraḥ
kṛṣṇo 'strī gāṇḍivaṁ cāpaṁ
suhṛt kṛṣṇas tato vipat

yatra — 有的地方 / dharma-sutaḥ— 达尔玛茹阿佳的儿子 / rājā— 国王 / gadā-pāṇiḥ— 他手中握着强有力的大头棒 / vṛkodaraḥ— 彼玛 / kṛṣṇaḥ— 阿尔诸纳 / astrī— 携带武器的人 / gāṇḍivam — 甘迪瓦 / cāpam— 弓 / suhṛt — 祝福者 / kṛṣṇaḥ— 人格首神主奎师那 / tataḥ— 其 / vipat — 挫折

译文 不可避免的时间所产生的影响有多奇妙啊！它是不可逆转的；否则，既然有宗教之神的儿子尤帝士提尔王、使用大头棒的伟大战将彼玛、运用全能武器甘迪瓦的卓越弓箭手阿尔诸纳在，尤其是有亲自保佑潘达瓦兄弟的至尊主在，怎么还会发生那么多不幸的事情？

要旨 就物质或灵性的资源而言，潘达瓦兄弟什么都不缺。物质上，他们装备精良，因为有彼玛(Bhīma)和阿尔诸纳两位伟大的战将在。灵性上，君王本身就是宗教的象征。最重要的是：人格首神圣主奎师那作为祝福者，亲自关心他们的事情。尽管如此，潘达瓦兄弟还是遇到那么多的挫折。尽管有虔诚活动的力量、人格的力量、精通管理的能力和强有力的武器，而且一切都在主奎师那的直接监督下，潘达瓦兄弟仍然遭遇重重困难。对此唯一的解释，是不可思议的时间(kāla)的影响所致。时间与至尊主本人一样，所以时间的影响表明了至尊主本人的难以理解的意愿。当事情超出任何人的控制时，根本没必要感到悲伤。

第 16 节 न ह्यस्य कर्हिचिद्राजन् पुमान् वेद विधित्सितम् ।
यद्विजिज्ञासया युक्ता मुह्यन्ति कवयोऽपि हि ॥१६॥

na hy asya karhicid rājan
pumān veda vidhitsitam
yad vijijñāsayā yuktā
muhyanti kavayo 'pi hi

na — 永不 / hi — 肯定地 / asya — 祂的 / karhicit — 无论什么 / rājan— 君王啊 / pumān — 任何人 / veda — 知道 / vidhitsitam — 计划 / yat — ……的那个 / vijijñāsayā— 寻根究底地询问 / yuktāḥ— 从事于 / muhyanti — 困惑的 / kavayaḥ— 伟大的哲学家 / api — 甚至 / hi — 肯定地

译文 君王啊！没人了解至尊主(圣奎师那)的计划，就连寻根究底的大哲学家们都感到困惑。

要旨 尤帝士提尔王在迷惑的情况下所认为的“是自己从事过的罪恶活动招致了痛苦”等想法，被伟大的权威彼士玛(十二位传播奉爱服务文化的权威人士之一)完全否定了。彼士玛要让尤帝士提尔王铭记一点，那就是：从无法追溯的时候起，从没有谁，包括像希瓦和布茹阿玛那样的半神人在内，能够弄清至尊主的真正计划。所以我们又能明白什么呢？去探询它都是多余的。就连圣人们在哲学方面寻根究底地探询，都无法查明至尊主的计划。最好的做法是：完全顺从至尊主的指令。潘达瓦兄弟所受的痛苦根本不是他们过去的行为所导致的。至尊主必须执行祂要重建真、善、美的王国的计划，而祂的奉献者短暂地受苦，是为了让美德战胜邪恶。彼士玛戴瓦虽然在打仗时站在与尤帝士提尔王为敌的一方，但无疑很高兴看到美德获胜，看到尤帝士提尔王登上了王位。至尊主想要世人看到：不论邪恶的一方有何等人才，邪恶终究无法战胜美德，所以就连像彼士玛那样伟大的斗士因为站在错误的一边，也无法赢得库茹柴陀战争。彼士玛戴瓦本是至尊主杰出的奉献者，但至尊主的旨意令他选择站在与潘达瓦兄弟敌对的一方作战。

第 17 节 तस्मादिदं दैवतन्त्रं व्यवस्य भरतर्षभ ।
तस्यानुविहितोऽनाथा नाथ पाहि प्रजाः प्रभो ॥१७॥

tasmād idaṁ daiva-tantraṁ
vyavasya bharatarṣabha
tasyānuvihito 'nāthā
nātha pāhi prajāḥ prabho

tasmāt — 因此 / idam — 这个 / daiva-tantram — 只是命运的魅力 / vyavasya — 确定 / bharata-ṛṣabha — 巴茹阿特后裔中最优秀的人 / tasya — 由祂 / anuvihitaḥ— 如……希望的 / anāthāḥ— 无助的 / nātha— 主人啊 / pāhi — 照顾 / prajāḥ— 臣民的 / prabho — 主啊

译文 巴茹阿特后裔中最优秀的人(尤帝士提尔)啊！因此我断言，这一切都是至尊主计划的一部分。接受至尊主不可思议的计划，你就必须按其行事。我的君主，你现在既然是被指定的统治者，就应该立刻去照顾那些感到绝望无助的臣民。

要旨 俗话说，家庭主妇通过教导自己的女儿来教导儿媳妇。同样道理，至尊主通过教导祂的奉献者来教导世人。奉献者无需特意向至尊主学习什么新东西，因为至尊主始终在真诚的奉献者的内心给予教导。所以无论何时，每当至尊主安排一场教导奉献者的演出，其实都是为了教导智力欠佳的人，《博伽梵歌》就是一例。因此，奉献者的责任是：心甘情愿地接受至尊主所安排的苦难，把它们视为是祝福。彼士玛戴瓦劝潘达瓦兄弟尽快承担管理国家的重任，不要犹豫。库茹柴陀战争使可怜的人们失去了保护，他们在等待尤帝士提尔王就任。至尊主纯粹的奉献者把苦难视为是至尊主赐予的恩惠。既然至尊主是绝对的，苦难与恩惠之间就没有世俗的区别。

第 18 节 एष वै भगवान् साक्षादाद्यो नारायणः पुमान् ।
मोहयन्मायया लोकं गूढश्चरति वृष्णिषु ॥१८॥

eṣa vai bhagavān sākṣād
ādyo nārāyaṇaḥ pumān
mohayan māyayā lokaṁ
gūḍhaś carati vṛṣṇiṣu

eṣaḥ— 这个 / vai — 积极地 / bhagavān — 人格首神 / sākṣāt — 原始的 / ādyaḥ— 第一位 / nārāyaṇaḥ— (躺在水面上的)至尊主 / pumān — 至高无上的享乐者 / mohayan — 令人困惑的 / māyayā— 靠祂自己创造的能量 / lokam — 众星球 / gūḍhaḥ— 不可思议的 / carati — 移动 / vṛṣṇiṣu— 在维施尼家族中

译文 这位圣奎师那不是别人，正是不可思议的最初的人格首神。祂虽然是首位纳茹阿亚纳——至尊享乐者，但却像我们中的一员那样生活在维施尼王的后裔间，用祂自己创造的能量迷惑我们。

要旨 获取知识的韦达方法是向权威询问。要完美地获得韦达知识，必须透过师徒传承从权威那里接受。与智力欠佳的人所曲解的完全相反，韦达知识从不是教条。有关谁是孩子的父亲这样机密的信息，只有母亲是权威，只有她才能证实。所以，权威并非教条。有关这一事实，《博伽梵歌》第4章的第2节诗中给予了证实。从权威那里接受知识的系统才是完美的学习系统。全世界都把这一系统接受为是真正的学习系统，只有不诚实的辩论者才会予以否定。例如：现代太空船在空中飞行，当科学家们说这些航天器到达了月亮的另一边时，人们盲目地相信这些故事，因为他们已经把现代科学家接受为是权威了。权威们说什么，大众就相信什么。但至于韦达经典所记载的事实，他们被告知不要相信。他们即使接受了其中的内容，也会给予不同的解释。每一个人都想对韦达知识有直接的认识，但却都愚蠢地否定它。可是，有关太空游一事，他们听什么就信什么。这意味着，被误导的人只相信一个权威——科学家们，但却拒绝把韦达经视为权威。这结果是：人们越来越堕落。

这节诗是一位权威说，圣奎师那是最初的人格首神、第一位纳茹阿亚纳。就连商卡尔阿查尔亚那样的非人格神主义者，都在他对《博伽梵歌》的评注一开始就说：人格首神纳茹阿亚纳，超越物质的创造。这个宇宙是物质创造之一，但纳茹阿亚纳超越这样的物质创造。

在精通奉爱服务文化这门超然知识的十二位权威中(mahājanas)，彼士玛戴瓦是其中的一位。他对圣主奎师那是存在中的第一位人格首神这一事实的证实，也得到了非人格神主义者商卡尔的确认。所有其他的灵性导师们(ācāryas)，也都证实了这节诗中的声明，因此我们没有理由不承认圣主奎师那是最初的人格首神。彼士玛戴瓦说，圣奎师那是第一位纳茹阿亚纳。就有关这一点，布茹阿玛在《博伽瓦谭》第 10 篇第 14 章的第 14 节诗中也给予了证实。灵性世界(Vaikuṇṭha)中有无数的纳茹阿亚纳，祂们都是人格首神，都是最初的人格首神圣奎师那的完整扩展。

存在中的第一位至尊主圣奎师那首先扩展出巴拉戴瓦(Baladeva)的形象，巴拉戴瓦扩展出许许多多其他的形象，如：桑卡尔珊(Saṅkarṣaṇa)、帕杜么纳(Pradyumna)、阿尼如达(Aniruddha)、华苏戴瓦(Vāsudeva)、纳茹阿亚纳(Nārāyaṇa)、菩茹沙(Puruṣa)、茹阿玛(Rāma)和尼尔星哈(Nṛsiṁha)。所有这些扩展都同样属于维施努范畴(viṣṇu-tattva)，而圣奎师那是所有完整扩展的源头。因此，祂是至尊人格首神。祂是物质世界的创造者，所有外琨塔(Vaikuṇṭha)星球上的主宰神明纳茹阿亚纳。正因为如此，祂在人类中的活动也让人感到迷惑。所以，至尊主在《博伽梵歌》中说，愚蠢的人不知道祂活动的错综复杂性，以为祂只不过是人类中的一员。

圣奎师那的内在和外在这两种能量对第三种能量——边缘能量的作用，是导致人对祂感到迷惑的原因。生物是祂的边缘能量的扩展，因此有时受内在能量的迷惑，有时受外在能量的迷惑。凭充满活力的内在能量，圣奎师那扩展出无数的纳茹阿亚纳，在超然的世界里接受生物超然的爱心服务，与他们进行爱心交流。通过祂内在能量的有力扩展，祂化身到这个物质世界的人类、动物或半神人中，重建那些被祂的外在能量迷惑、生活在不同物种中的生物遗忘了的与祂的关系。然而，像彼士玛那样伟大的权威人士，凭借至尊主的仁慈而没有被祂的外在能量所迷惑。

第 19 节 अस्यानुभावं भगवान् वेद गुह्यतमं शिवः ।
देवर्षिर्नारदः साक्षाद्भगवान् कपिलो नृप ॥१९॥

asyānubhāvaṁ bhagavān
veda guhyatamaṁ śivaḥ
devarṣir nāradaḥ sākṣād
bhagavān kapilo nṛpa

asya — 祂的 / anubhāvam — 荣耀 / bhagavān— 最强有力者 / veda — 知道 / guhya-tamam — 亲密地 / śivaḥ— 主希瓦 / deva-ṛṣiḥ— 半

神人间伟大的圣哲 / nāradaḥ— 纳茹阿达 / sākṣāt— 直接地 / bhagavān— 人格首神 / kapilaḥ— 卡皮拉 / nṛpa — 君王啊

译文 君王啊！主希瓦、半神人中的圣人纳茹阿达及首神的化身卡皮拉，都因为与祂直接交往而十分了解祂的荣耀。

要旨 至尊主的纯粹奉献者都是透过不同的超然爱心服务而十分了解至尊主荣耀的人(budha)。由于至尊主有无数完整扩展的形象，怀着不同的情感忙于为至尊主做服务的奉献者也数不胜数。尽管彼士玛戴瓦在这节诗中只提到了至尊主的三位重要的奉献者的名字，但实际上共有十二位极为了解至尊主荣耀的伟大奉献者，他们是：布茹阿玛、纳茹阿达、希瓦、库玛尔兄弟(Kumāras)、卡皮拉(Kapila)、玛努(Manu)、帕拉德(Prahlāda)、彼士玛、佳纳卡(Janaka)、舒卡戴瓦·哥斯瓦米、巴利·玛哈茹阿佳(Bali Mahārāja)和阎罗王(Yamarāja)。现代伟大的灵性导师(ācārya)之一圣维施瓦纳特·查夸瓦尔提·塔库尔(Śrīla Viśvanātha Cakravartī Ṭhākura)解释说，奉献者最初欣赏到至尊主的荣耀(anubhāva)时，会出现流汗、颤抖、哭泣、流泪、发疹等狂喜的征兆，这些征兆在奉献者进一步深入了解至尊主的荣耀时会越来越明显。对巴瓦(bhāva)的这种不同的领会，于雅首达用绳子捆绑至尊主时在雅首达与至尊主之间进行，于至尊主驾驭阿尔诸纳的战车时在奎师那与阿尔诸纳之间进行。至尊主的这些荣耀是当祂在祂的奉献者面前扮演从属的角色时展示的，那是至尊主荣耀的另一个特征。舒卡戴瓦·哥斯瓦米和库玛尔兄弟虽然处在超然的状态中，但却因巴瓦的另一个特征而转变，转变成至尊主的纯粹奉献者。至尊主让奉献者所承受的苦难，造成了至尊主与奉献者之间的另一种超然情感(bhāva)的交流。至尊主说："我把我的奉献者置于困境，使奉献者在与我交流超然的情感(巴瓦)时变得更纯洁。"把奉献者置于物质困境，是使其摆脱错觉性物质关系所必需的。物质的关系建立在交换物质享乐的基础上，而物质享乐主要取决于物质资源。因此，当至尊主收回奉献者的物质资源时，奉献者就会把全部的注意力转向为至尊主做超然的爱心服务。这样，至尊主便把坠落的灵魂救出了物质存在的困境。至尊主给予祂的奉献者的苦难，不同于从事罪恶活动所引起的苦果。布茹阿玛、希瓦、纳茹阿达、卡皮拉、库玛尔兄弟和彼士玛等上述伟大的权威(mahājana)，最清楚至尊主的这些荣耀；只有靠他们的恩典，我们才能够对至尊主的这些荣耀有所理解。

第 20 节 **यं मन्यसे मातुलेयं प्रियं मित्रं सुहृत्तमम् ।**
अकरोः सचिवं दूतं सौहृदादथ सारथिम् ॥२०॥

yaṁ manyase mātuleyaṁ
priyaṁ mitraṁ suhṛttamam
akaroḥ sacivaṁ dūtaṁ
sauhṛdād atha sārathim

yam — 这个人 / manyase — 你认为 / mātuleyam — 表兄弟 / priyam — 很亲密 / mitram — 朋友 / suhṛt-tamam — 热心的祝福者 / akaroḥ— 曾履行 / sacivam — 顾问 / dūtam— 信使 / sauhṛdāt— 善意地 / atha — 因此 / sārathim— 驾驭战车的人

译文 君王啊！你因为无知而以为圣奎师那是你的表弟、亲密的朋友、祝福者、顾问、使者、恩人等等。但祂其实就是人格首神本人。

要旨 圣主奎师那虽然表现得像是潘达瓦兄弟的表兄弟、兄弟、朋友、祝福者、顾问、使者、恩人等等，但实际上是至尊人格首神。出于祂没有缘故的仁慈及对祂纯粹奉献者的喜爱，祂为他们做各种各样的服务，但那并不意味着祂作为绝对之人的地位改变了。认为祂是普通人，是十足的愚昧。

第 21 节 सर्वात्मनः समदृशो ह्यद्वयस्यानहङ्कृतेः ।
तत्कृतं मतिवैषम्यं निरवद्यस्य न क्वचित् ॥२१॥

sarvātmanaḥ sama-dṛśo
hy advayasyānahaṅkṛteḥ
tat-kṛtaṁ mati-vaiṣamyaṁ
niravadyasya na kvacit

sarva-ātmanaḥ— 存在于每个人的心中的人 / sama-dṛśaḥ— 对众生平等仁慈的人 / hi — 肯定地 / advayasya — 绝对者的 / anahaṅkṛteḥ— 不与物质的假我认同 / tat-kṛtam — 祂所做的一切 / mati — 意识 / vaiṣamyam — 区别心 / niravadyasya — 摆脱了所有的执著 / na — 永不 / kvacit — 在任何阶段

译文 作为绝对的人格首神，祂处在众生的心中。祂对众生平等仁慈，没有分别心，没有假我，因此无论做什么，都不会有物质缺陷。祂永远平静。

要旨 至尊主是绝对的，所以没有什么有别于祂。祂是凯瓦利亚(kaivalya)，世上除祂之外没有别的。万事万物以及众生都是祂能量的展示，因此祂凭着祂那些与祂没有区别的能量遍布各处。太阳与普照大地的阳光及光芒中的每一个光粒子同属一体。同样，至尊主用祂的各种能量遍布各处。祂是超灵(Paramātmā)，作为至尊的指引者处在每一个生物体的心中；所以，祂已经是众生的战车御者和顾问了。正因为如此，当祂为阿尔诸纳驾驭马车时，祂崇高的地位并没有任何改变。只有奉爱服务才能使至尊主愿意扮演战车御者的角色，这就是奉爱服务的力量。由于祂是绝对灵性的，与物质的生命概念毫无关系，所以祂的活动没有高低之分。作为绝对的人格首神，祂没有假我，因此既不会与任何有别于祂的事物认同，也不会以相对性的观点看待一切。所以，祂在给祂纯粹的奉献者驾驭战车时，并没有低人一等的感觉。只有纯粹的奉献者才能使温柔亲切的至尊主为他做服务，这是纯粹奉献者的光荣。

第 22 节　तथाप्येकान्तभक्तेषु पश्य भूपानुकम्पितम् ।
यन्मेऽसूंस्त्यजतः साक्षात्कृष्णो दर्शनमागतः ॥२२॥

tathāpy ekānta-bhakteṣu
paśya bhūpānukampitam
yan me 'sūṁs tyajataḥ sākṣāt
kṛṣṇo darśanam āgataḥ

tathāpi — 仍然 / ekānta — 忠心耿耿的 / bhakteṣu — 向奉献者 / paśya— 看这里 / bhū-pa — 国王啊 / anukampitam — 多么有同情心的 / yat — ……的 / me — 我的 / asūn — 生命 / tyajataḥ— 正结束 / sākṣāt — 直接地 / kṛṣṇaḥ— 人格首神 / darśanam — 以我的看法 / āgataḥ— 仁慈地到来

译文　尽管祂同样仁慈地对待每一个生物体，但因为我是祂忠心耿耿的仆人，祂还是在我即将离世前来到我面前。

要旨　至尊主——绝对的人格首神圣奎师那，虽然平等对待众生，但还是更倾向于祂纯粹的奉献者；祂纯粹的奉献者全心投靠、服从祂，知道只有祂才是保护者和主人。永恒生活的自然状态是，每一个生物都坚信至尊主才是保护者、朋友和主人。全能者按祂的意愿把生物造就成只有完全依靠祂时才感到最快乐。

与此相反的倾向造成坠落。生物有这种因误以为自己可以完全独立地主宰物质世界而坠落的倾向。假我是造成一切痛苦的根源。人必须在任何情况下都把注意力集中于至尊主。

主奎师那之所以在彼士玛戴瓦临终前来到他面前，是因为他是主奎师那坚定的奉献者。至尊主当了阿尔诸纳的表兄弟，因此阿尔诸纳与奎师那还有些“躯体方面的关系”，但彼士玛与奎师那并没有那种“躯体关系”。那么，把奎师那吸引到他身边的原因就是灵魂与至尊主的亲密关系了。尽管如此，由于“躯体关系”很自然并令人高兴，所以至尊主在被称为南达·玛哈茹阿佳(Mahārāja Nanda)的儿子、雅首达的儿子及茹阿妲茹阿妮的爱人时感到更高兴。这种因与至尊主有“躯体关系”而有的亲和力，是通过爱心服务与至尊主交流的另一个特征。彼士玛戴瓦意识到这种甜美的超然情感，所以喜欢称至尊主为维佳亚·萨卡(Vijaya-Sakha)、帕尔塔·萨卡(Pārtha-Sakha)等，这些称呼与南达·南丹(Nanda-nandana)或雅首达·南丹(Yaśodā-nandana)完全一样。建立我们与至尊主超然的甜美关系的最佳方式，是通过至尊主认识的奉献者去接近祂。我们不该试图直接与至尊主建立关系；在我们与至尊主之间，必须有一位光明正大、经验丰富的中间人，指引我们走正确的道路。

第 23 节

भक्त्यावेश्य मनो यस्मिन् वाचा यन्नाम कीर्तयन् ।
त्यजन् कलेवरं योगी मुच्यते कामकर्मभिः ॥२३॥

bhaktyāveśya mano yasmin
vācā yan-nāma kīrtayan
tyajan kalevaraṁ yogī
mucyate kāma-karmabhiḥ

bhaktyā — 以诚挚的心关注 / āveśya — 冥想 / manaḥ— 心 / yasmin — ……的 / vācā — 以言语 / yat — 奎师那 / nāma— 圣名 / kīrtayan — 通过吟诵、吟唱 / tyajan — 正离去 / kalevaram — 这物质躯体 / yogī— 奉献者 / mucyate — 获得解脱 / kāma-karmabhiḥ— 从功利性活动

译文 对那些殷勤地做奉爱服务、冥想祂、歌唱祂圣名的奉献者，人格首神会在他们离开物质躯体时出现在他们心中，把他们从功利性活动的捆绑中释放出来。

要旨 瑜伽(yoga)是使人把注意力从其他的人、事、物上收回，只全神贯注于至尊主的方法。事实上，这样的全神贯注称为萨玛迪(samādhi)——全心全意地为至尊主服务，全神贯注于为至尊主服务的人被称为瑜伽师(yogī)。至尊主的这样一位瑜伽师奉献者，一天二十四小时都在为至尊主服务，以致他全副的注意力都集中在为至尊主做的九种奉爱服务上。这九种奉爱服务分别是：聆听、吟诵(吟唱)、记忆、崇拜、祈祷、成为自愿做服务的仆人、执行至尊主的命令、与至尊主建立友好的关系，以及献出自己的一切为至尊主服务。正如《博伽梵歌》在谈论有关萨玛迪的最高完美阶段时所解释的，通过这样练瑜伽——透过为至尊主服务与至尊主相连，就可以使至尊主欣赏做服务的奉献者。至尊主称这种罕见的奉献者是最优秀的瑜伽师。这样一位完美的瑜伽师凭借至尊主的神性恩典，能够在具有完美意识的情况下，把他的注意力完全集中在至尊主身上。这样，通过在离开躯体前吟诵、吟唱至尊主的圣名，瑜伽师立刻被至尊主的内在能量转到灵性世界其中的一个永恒星球上去，那里根本没有物质生活及随之而产生的痛苦。在物质存在中，生物不得不根据他所从事的功利性活动，一生复一生地承受物质存在的三种苦。这样的物质生活完全是由物质欲望造成的。为至尊主做奉爱服务不会抹杀生物天生的愿望，而是把它们用于奉爱服务这一正确的事业中。这样做净化欲望，使人有资格被转入灵性天空。彼士玛戴瓦所谈的其实是奉爱瑜伽；他很幸运在离开他的物质躯体前，能有至尊主直接来到他面前。所以，他在下面的诗中表达了他希望至尊主留在他眼前的愿望。

第 24 节 स देवदेवो भगवान् प्रतीक्षतां
कलेवरं यावदिदं हिनोम्यहम् ।
प्रसन्नहासारुणलोचनोल्लसन्-
मुखाम्बुजो ध्यानपथश्चतुर्भुजः ॥२४॥

sa deva-devo bhagavān pratīkṣatāṁ
kalevaraṁ yāvad idaṁ hinomy aham
prasanna-hāsāruṇa-locanollasan-
mukhāmbujo dhyāna-pathaś catur-bhujaḥ

saḥ— 祂 / deva-devaḥ— 众神中的至尊神 / bhagavān — 人格首神 / pratīkṣatām — 仁慈地等着 / kalevaram — 躯体 / yāvat — 只要 / idam — 这个(物质躯体) / hinomi — 可以离开 / aham — 我 / prasanna — 快乐的 / hāsa— 微笑着 / aruṇa-locana— 像初生太阳般红的双眼 / ullasat — 美丽地装饰 / mukha-ambujaḥ— 祂的莲花脸 / dhyāna-pathaḥ— 在我冥想的路途上 / catur-bhujaḥ— 纳茹阿亚纳的四臂形象(彼士玛崇拜的形象)

译文 我的至尊主有着四只手臂，以及装饰俊美的莲花脸庞和像初生太阳般红的双眼。祂微笑着，愿祂在我离开这个物质躯体时能仁慈地等待我！

要旨 彼士玛戴瓦很清楚主奎师那是最初的纳茹阿亚纳。他所崇拜的神像是四臂的纳茹阿亚纳，但他知道，四臂的纳茹阿亚纳是主奎师那的完整扩展。他间接地提出，他希望圣主奎师那展示四臂纳茹阿亚纳的形象。外士纳瓦的行为举止总是很谦卑。尽管彼士玛戴瓦在离开他的物质躯体后百分之百能到灵性世界的外琨塔星球去，但作为谦卑的外士纳瓦，他考虑他离开现有的躯体后有可能再也看不到至尊主了，所以还是希望在死亡时可以看着至尊主美丽的脸庞。尽管至尊主已经保证祂纯粹的奉献者会进入祂的居所，但外士纳瓦从不骄傲自大。彼士玛戴瓦在此说："只要我还没有离开这个躯体。"这意味着：大将军会按照他自己的意愿离开躯体，而不是被自然法律强迫着离开躯体。他是那么强大，以致能在他的躯体中想留多长时间就留多长时间。他是从他的父亲那里得到这个祝福的。他希望至尊主以四臂的纳茹阿亚纳形象留在他面前，以使他能把注意力完全集中于至尊主，在那样冥想时处在狂喜的状态中；这样，他的心也许会在想念至尊主的过程中得到净化。如此一来，他就不在乎离开现有的躯体后会去哪里了。纯粹的奉献者并不是很渴望回到神的王国去。他完全听从至尊主的善意。即使至尊主想要他去地狱，他也同样感到满意。纯粹的奉献者所怀有的唯一愿望是：无论发生什么情况，他都能集中注意力思念至尊主的莲花足。彼士玛戴瓦唯一想要的是：他能全神贯注地思念至尊主，并在这种情况下离开世界。这是纯粹奉献者追求的最高目标。

第 25 节

सूत उवाच
युधिष्ठिरस्तदाकर्ण्य शयानं शरपञ्जरे ।
अपृच्छद्विविधान्धर्मानृषीणां चानुशृण्वताम् ॥२५॥

sūta uvāca
yudhiṣṭhiras tad ākarṇya
śayānaṁ śara-pañjare
apṛcchad vividhān dharmān
ṛṣīṇāṁ cānuśṛṇvatām

sūtaḥ uvāca— 圣苏塔 · 哥斯瓦米说过 / yudhiṣṭhiraḥ— 尤帝士提尔王 / tat — 那 / ākarṇya— 聆听 / śayānam — 躺下 / śara-pañjare — 在箭床上 / apṛcchat — 问了 / vividhān— 种种 / dharmān— 职务 / ṛṣīṇām — 圣人们的 / ca — 与 / anuśṛṇvatām — 聆听了……之后

译文 苏塔·哥斯瓦米说：听了彼士玛戴瓦所说的哀婉动人的一番话，尤帝士提尔王当着所有在场的大圣人，询问他有关各种宗教责任的基本原则。

要旨 彼士玛戴瓦以那样哀婉动人的语气说话，使尤帝士提尔王确信他很快就要离开这个世界了。尤帝士提尔受到圣主奎师那的启发要向彼士玛戴瓦询问有关宗教的原则。圣主奎师那从内心启示尤帝士提尔王，让他当着在场的众多圣人的面询问彼士玛戴瓦，以此表明：彼士玛戴瓦那样的至尊主的奉献者，虽然表面上像追名逐利的人一样生活着，但实际上优于许多伟大的圣人，甚至维亚萨戴瓦。另一个要点是：彼士玛戴瓦那时躺在死亡的箭床上，而且在那种状态下承受着巨大的痛苦，人们本不该在那时问他任何问题；但圣主奎师那想要向世人证明，祂纯粹的奉献者凭借灵性的启明，身心的状态永远是健全的，因此在任何情况下都可以完美地解释正确的生活方式。尤帝士提尔也更愿意通过询问彼士玛戴瓦来解决他的问题，而不是询问在场的那些表面上看比彼士玛戴瓦更有学问的人。这一切都是手持飞轮的圣主奎师那的安排，祂要确立祂的奉献者的光荣。父亲喜欢看到儿子变得比自己更出名。至尊主强调说明，祂的奉献者比祂本人更值得崇拜。

第 26 节 पुरुषस्वभावविहितान् यथावर्णं यथाश्रमम् ।
वैराग्यरागोपाधिभ्यामाम्नातोभयलक्षणान् ॥२६॥

puruṣa-sva-bhāva-vihitān
yathā-varṇaṁ yathāśramam
vairāgya-rāgopādhibhyām
āmnātobhaya-lakṣaṇān

puruṣa— 人类 / sva-bhāva — 靠他自己所得到的品性 / vihitān — 规定的 / yathā— 依照 / varṇam — 社会阶层的区分 / yathā — 依照 /

āśramam— 灵性阶段 / vairāgya — 不执著 / rāga — 执著 / upādhibhyām — 在这些称谓当中 / āmnāta — 系统地 / ubhaya — 两者 / lakṣaṇān — 征象

译文 为了回答尤帝士提尔王的问题，彼士玛戴瓦首先阐明了根据个人资格所划分的各个社会阶层和灵性阶段，接着又系统地分析描述了超脱与执著这两者的影响和作用。

要旨 至尊主本人制定的人类社会的四个阶层和人生的四个阶段(《博伽梵歌》4.13)，是为了使每一个人都可以增加超然的品质，以便能逐渐觉悟到自己的灵性身份，从而为摆脱物质束缚(受制约的生活)而行事。有关这个主题内容，几乎所有的往世书(Purāṇas)中都以同样的精神给予了阐述；在《玛哈巴茹阿特》和平篇(Śānti-parva)中，从第16章开始，彼士玛戴瓦给予了更精心的描述。

至尊主为文明人制定的社会四阶层和灵性四阶段制度(varṇāśrama-dharma)，是为了训练人，使其能够成功地结束其人生。追求觉悟自我的生活，不同于只忙于吃、睡、忧虑和交配的低等动物生活。彼士玛戴瓦忠告所有的人应该具备九种资格，那就是：(1)不愤怒，(2)不说谎，(3)平等分配财富，(4)宽恕，(5)只与自己的合法妻子生孩子，(6)保持心灵纯洁、身体干净，(7)不对他人怀有敌意，(8)生活俭朴、思想单纯，以及(9)赡养仆人或部下。不具备上述这九种基本品质的人，根本称不上是文明人。除此之外，所有的韦达经典中都谈到，为了履行各自的规定职责，知识分子(brāhmaṇa)、管理人员、商人和劳工阶层人士，必须具备特定的资格。对知识分子来说，控制感官是最基本的资格。它以伦理、道德为基础。即使是与自己的合法妻子都不该放纵性生活，而必须加以控制。这样，家庭计划生育自然就得到了执行。知识分子如果不按照韦达生活方式生活，就会使他的优秀资格受到损害。这意味着，他必须认真学习韦达文献，特别是《圣典博伽瓦谭》和《博伽梵歌》。要学习这些韦达知识，人必须去找一位在全心全意做奉爱服务的人。这个人绝对不做经典(śāstra)中禁止的事情。一个抽烟、喝酒的人绝不能当老师。在现代教育体系中，学校在评价老师的资格时不再考虑他的道德生活。正因为如此，现代教育的结果是，以那么多的方式误用高等智力。

经典特别忠告管理国家的人员(kṣatriya)要给予布施，在任何情况下都不要接受布施。现代社会中的行政官员为了政治活动而筹募捐款，但从不以任何方式给国民以布施，完全违背经典的教导。管理阶层人士必须精通经典，但绝不该去当职业教师。国家的管理者应该用他们的力量去杀盗贼、流氓、进行黑市交易的人等所有的社会不良分子，而不该自命是非暴力者，为此而下地狱。当阿尔诸纳在库茹柴陀战场上想要当一个非暴力的懦夫时，主奎师那严厉地批评了他。至尊主因为阿尔诸纳宣布想要以非暴力的方式解决问题而把他降到不文明的人的层面。国家的统治者必须亲自接受军事教育的培训。不应该仅仅凭选票的票数，让一个懦夫坐上总统的宝座。过去的君王都具有侠义的品格、骑士的风范。所以，应该通过定期训练国家的统治者如何履行君王的规定职责来维持君主体制。在有战斗的时候，君王或总统绝不该在没有被敌人打伤的情况下返家。现代所谓的国王从不亲临战场，但却非常精通增加不必要的军事力量，以赢得虚假的荣誉。当国家被一帮商人和劳工所掌控时，政府机构就全部被污染了。

经典特别忠告商人们(vaiśyas)要保护乳牛。对乳牛的保护意味着增加酸奶(优酪乳)和黄油等奶制品的产量。发展农业和分配粮食，是受韦达知识教育的商人们的首要职责。他们受训练要给予布施。正如国家管理人员被委以保护国民的责任，商人们被委以保护动物的责任。永远都不该杀害动物。杀害动物是野蛮社会的征象。农作物、水果和牛奶是适合人类的食物，而且数量充足。人类社会应该更注重对动物的保护。劳工在工业企业中工作是对他的生产力的误用。各种各样的工厂并不能生产大米、小麦、谷物、牛奶、水果和蔬菜等人类赖以维生的必需品。用机器生产出的产品只会使有既得利益的少数人以越来越不自然的生活方式生活，同时却使千百万人忍饥挨饿、生活不安定。这不该是文明的标准。

劳工阶层的人(śūdra)智力欠佳，所以不该独立自主。他们应该真诚地为人类社会其他三个高等阶层的人士服务。劳工阶层的人光是靠为高等阶层的人服务，就可以获得日常生活的一切必需品。经典特别指示，劳工阶层的人从不该有银行存款。他们一旦积累了钱财，就会误用这些钱财去从事喝酒、乱性和赌博等罪恶的活动。这些罪恶活动使整个人口的素质下降到比劳工阶层的人的素质还要低的程度。高等阶层的人士应该始终照顾劳工阶层的人的生活，应该给他们提供用过的旧衣服。劳工阶层的人在他的主人老弱病残时不该离开他的主人，而主人应该让仆人在各个方面都感到满足。在让仆人作出任何贡献之前，必须先为他提供丰盛的食物及足够的衣服，让他感到满足。在这个年代里，人们花费几百万、几百万的钱举行各种各样的盛大宴会，但穷苦的劳工们却没有足够的食物吃，得不到施舍和衣服等。劳工们为此而不满，使社会动荡不安。

可以说，社会四阶层和灵性四阶段制度是觉悟自我路途上的循序渐进的程序，两者相互依赖。灵性四阶段制度(āśrama-dharma)的主要目的，是唤醒人的知识，使人变得不执著。独身禁欲的学生生活阶段(brahmacārī āśrama)是灵性生活的训练阶段。在这个阶段中，人受到教育，知道这个物质世界不是生物真正的家园；被物质捆绑住的受制约的灵魂，是物质世界里的囚犯，所以觉悟自我是人生的最高目标。整个灵性四阶段制度的目的，是为了让人变得超脱。不能培养这种超脱精神的人，被允许去过培养同样超脱精神的家庭生活。培养了超脱精神的人可以立即进入第四个阶段——弃绝阶段，只靠布施过活；不积累钱财，只是为最终觉悟自我而维持生命。居士生活为仍然依恋物质生活的人而设，逐渐退出家庭生活的阶段 (vānaprastha)和托钵僧的生活(sannyāsa)是为那些不再依恋物质生活的人而设的。独身禁欲的学生生活阶段专为训练超脱与不超脱的人而设。

第 27 节 दानधर्मान् राजधर्मान्मोक्षधर्मान् विभागशः ।
स्त्रीधर्मान् भगवद्धर्मान् समासव्यासयोगतः ॥२७॥

dāna-dharmān rāja-dharmān
moksa-dharmān vibhāgaśaḥ
strī-dharmān bhagavad-dharmān
samāsa-vyāsa-yogataḥ

dāna-dharmān — 施舍 / rāja-dharmān— 君王的国事活动 / mokṣa-dharmān — 为了解脱的行动 / vibhāgaśaḥ— 依区分 / strī-dharmān — 妇女的职务 / bhagavat-dharmān— 奉献者的行动 / samāsa — 一般地 / vyāsa — 明白地 / yogataḥ— 依靠

译文 随后，他分别解释了布施活动、君王的国事活动及为获得拯救而从事的活动，并简洁、全面地讲述了妇女和奉献者的职责。

要旨 布施是居士的主要职责之一，居士应该准备把他辛苦赚来的钱的百分之五十布施出去。过独身禁欲生活的学生(brahmacārī)应该做祭祀，居士应该布施，逐渐退出家庭生活的人或进入弃绝阶层的人应该从事苦行。这些是走觉悟自我之路的人，在人生的不同阶段所该承担的责任。在独身禁欲的学生生活阶段，人得到足够的训练，以致能了解整个世界都属于人格首神，都是至尊主的资产。所以，没人能声称拥有这个世界里的任何东西。为此，在允许性享乐的居士生活阶段，人必须给那些为至尊主服务的人或项目布施。至尊主是能量的源头，每一个人的能量都来自至尊主，或者说是从至尊主那里借来的。正因为如此，必须以为至尊主做超然的爱心服务的形式，把用这种能量从事活动所得到的结果还给至尊主。河水来自大海蒸发形成的云所下的雨，所以最终还要流回大海；同样道理，我们的能量借自至尊的源头——至尊主的能量，最终必须把它还给至尊主。这样做才是完美地运用我们的能量的方式。因此，在《博伽梵歌》第9章的第27节诗中，至尊主说：我们无论做什么，吃什么，供奉或施舍什么，从事什么苦行，都必须把它们当做给至尊主的供奉去做。那才是运用我们借来的能量的正确方式。当我们以那种方式去运用我们的能量时，我们的能量就去除了物质缺陷的沾染，变得纯净；我们重新具备资格，恢复过我们原本自然的生活——为至尊主服务的生活。

有关君王的国事活动(Rāja-dharma)是一门重要的科学，它不同于现代社会中为得到和巩固政治权利所进行的外交活动。过去，君王都要受系统的培训，以变得宽宏、慷慨，而不是只会当一个征收税款的人。他们受到训练，为造福国民而举行各种各样的祭祀。领导王国中的全体居民(prajās)获得解脱，是君王必须承担的重大责任。父亲、灵性导师和一国之君，必须承担起领导他们所照顾的对象走最终摆脱生老病死之路的责任。当他们正确地履行这些首要的责任时，就不需要“人民当家做主的人民政府”了。在现代社会中，人们一般是通过操纵选举获得政府职位，但他们从未受过训练如何当政，而且并不是每个人都可以当管理者。在这种情况下，没受过训练的行政官员虽然主观上想让被他管理的人在各方面都感到幸福，但结果却把事情搞得一团糟。另一方面，这些没受过训练的行政官员逐渐变成流氓和贼，不断增加税收，以维持一个在各方面都起不到好作用的不稳定的政府。事实上，有资格的布茹阿玛纳所该履行的职责之一，就是按照《玛努法典》(Manu-saṁhitā)和帕茹阿沙尔所著的《宗教职责典籍》(Dharma-śāstras)等经典的教导指导君王，正确地管理国家。理想的君王是人民大众的典范，如果君王虔诚、具有骑士风范、宽宏、慷慨，国民就会服从他。这样的君王绝不是以牺牲国民的利益为代价沉溺于感官享乐的懒人，而是始终保持警醒，随时准备杀死盗贼和土匪。虔诚的君王绝不会以非暴力(ahiṁsā)的名义，愚蠢地对盗贼和土匪表示宽容。对盗贼和土匪要采取杀一儆百的方式，以便将来没人再胆敢以有组织的形式从事这样的恶行。这些盗贼和土匪永远都不该参与国家的管理。不幸的是，现代政府中满是这样的人。

过去的税收法很简单，不存在强迫和侵占的问题。君王有权要求国民上缴其资产的四分之一，国民对此永远都不该怀有怨恨之心。虔诚的君王及宗教的和谐，可以使大自然赐予足够的财富，包括：谷物、水果、鲜花、丝绸、棉花、牛奶、宝石和矿物等，因此没人会从物质的角度感到不快乐。国民因耕种农田和饲养动物而富有，所以有足够的谷物、水果和牛奶，根本不需要电影院和酒吧等非自然的生活设施，也不需要品种过于繁多的肥皂和化妆品。

在过去的年代里，君王必须看到人类有限的精力得到正确的运用。人的精力根本不是让人用来从事动物所从事的活动，而是让人用来觉悟自我的。政府的职能就是专门帮助人实现觉悟自我的目的；为此，一国之君必须正确选择内阁成员，而不是以选票为依据来组阁。部长、大臣、军队指挥官，甚至普通的士兵，都应该根据其个人的能力来挑选。在这些人上任之前，君王必须仔细观察他们各自的能力或资格。君王尤其关注那些献出一切传播灵性知识的人(tapasvīs)不被忽视。过去的君王们很清楚，至尊人格首神从不容忍对祂纯粹奉献者的任何侮辱。这种献出一切传播灵性知识的人得到领导者的信任，就连流氓和盗贼都从不敢违抗这种人的命令。对于王国中未受过教育的人、无力照顾自己的人及寡妇，君王会给予特殊的保护。国家的防御系统在敌人来犯之前就已经设置妥当。征收税款的程序很简单，但那些钱不是让人用来浪费，而是为了增加国库中的储备金。战士从世界各地招募而来，并受到训练承担特殊的责任。

谈到获得拯救，人必须征服物质享乐的欲望、愤怒、不正当的欲望、贪婪和迷惑。要想不再愤怒，人应该学习宽恕。要想去除不正当的欲望，人不应该为感官享乐而制订计划。靠灵修，人可以征服睡眠。仅仅靠忍受，人就可以征服欲望和贪婪。要想免受各种疾病的打扰，人必须控制自己的饮食。靠自制，人可以消除不切实际的希望。回避与不良分子的交往，可以节省很多钱。练瑜伽(yoga)可以使人控制食欲；了解这个世界是短暂的，可以使人去除一身的俗气。头昏眼花可以靠清晨早起来调治，没有必要的争论可以靠查明真相来回避。深沉与沉默可以避免饶舌，勇敢使人去除恐惧。注重自我修养，可以使人获得完善的知识。要想真正获得拯救，人必须去除物质享乐的欲望、贪婪、愤怒、幻想等。

就妇女阶层而言，她们被认为是激发男人的动力。所以，妇女比男人更有力。强大的恺撒受古埃及艳后克娄巴特拉的控制。这种强有力的女士都很害羞。因此，害羞对女士来说极为重要。这个控制的阀门一旦失去，女人就会因为通奸行为给社会造成浩劫。通奸意味着在全世界生产要不得的孩子(varṇa-saṅkara)。

彼士玛戴瓦给予的最高教导内容，是取悦至尊主的程序。我们都是至尊主永恒的仆人，当我们忘记我们本性中的这个重要部分时，我们便被置于受制约的物质生活状态中。取悦至尊主的简单程序(特别对居士而言)，是在家里安置至尊主的神像。人可以一方面全神贯注于侍奉神像，一方面继续从事日常工作。在家崇拜神像，为奉献者服务，聆听《圣典博伽瓦谭》，住在圣地和吟诵(吟唱)至尊主的圣名，都是些花费不多但可以取悦至尊主的奉爱服务。以上这些就是彼士玛戴瓦祖父给他的孙子讲解的内容。

第 28 节　धर्मार्थकाममोक्षांश्च सहोपायान् यथा मुने ।
नानाख्यानेतिहासेषु वर्णयामास तत्त्ववित् ॥२८॥

dharmārtha-kāma-mokṣāṁś ca
sahopāyān yathā mune
nānākhyānetihāseṣu
varṇayām āsa tattvavit

dharma — 职责 / artha — 经济发展 / kāma — 欲望的满足 / mokṣān— 终极的解脱 / ca — 和 / saha — 以及 / upāyān — 手段 / yathā — 如实地 / mune — 圣哲啊 / nānā— 各式各样的 / ākhyāna — 靠引证历史实例 / itihāseṣu— 各种历史里 / varṇayām āsa — 描述 / tattva-vit — 认识真理的人

译文 他因为对史实非常了解，所以接下来又引用历史实例描述了人在不同的生命阶段所该履行的责任。

要旨 往世书(Purāṇas)、《玛哈巴茹阿特》和《茹阿玛亚纳》（Rāmāyaṇa,《罗摩衍那》）等韦达文献中所谈到的事件，虽然没有按时间的前后顺序排列，但都是对发生在过去的真实历史的叙述。这些对普通人来说有教育意义的历史事实，没有按时间的先后顺序排列分类；而且，它们不但发生在不同的星球上，甚至发生在不同的宇宙中。正因为如此，对这些历史事实的描述有时超越三维空间的范畴。我们唯一要做的是接受这些事件中的历史教训，尽管经典中记载的一些事情超出我们的理解范围。彼士玛戴瓦给尤帝士提尔王讲述这些事件，以回答他提出的各种问题。

第 29 节 धर्मं प्रवदतस्तस्य स कालः प्रत्युपस्थितः ।
यो योगिनश्छन्दमृत्योर्वाञ्छितस्तूत्तरायणः ॥२९॥

dharmaṁ pravadatas tasya
sa kālaḥ pratyupasthitaḥ

yo yoginaś chanda-mṛtyor
vāñchitas tūttarāyaṇaḥ

dharmam — 职责 / pravadataḥ— 描述时 / tasya — 他的 / saḥ— ……的 / kālaḥ— 时间 / pratyupasthitaḥ— 恰好显现 / yaḥ— 也就是 / yoginaḥ— 对于神秘主义者 / chanda-mṛtyoḥ— 可以选择死亡时间的人的 / vāñchitaḥ— 渴望 / tu — 但是 / uttarāyaṇaḥ—太阳运行在北方时

译文 就在彼士玛戴瓦讲述规定职责时，太阳运行到了北半球。可以控制自己的死亡时间的神秘主义者们，都期待着这一时刻。

要旨 高级瑜伽师(yogīs)或称神秘主义者，可以按照他们自己的意愿在合适的时间离开物质躯体，到他们想去的适合的星球去。《博伽梵歌》第8章的第24节诗中说：在火神的影响下，当太阳在北方运行的时刻，完全按照至尊主的愿望行事的觉悟了自我的灵魂，通常可以离开物质躯体，到灵性天空去。据韦达经中记载，这些时间被认为是离开躯体的吉祥时刻，完成了系统瑜伽(yoga)练习的富有经验的神秘主义者，就会充分利用这些时刻离开躯体。瑜伽的完美境界意味着，达到了能够按自己的意愿离开物质躯体的这一超凡状态。瑜伽师还能够在不借助物质交通工具的情况下，在转眼间到任何他想去的星球去。瑜伽师可以在很短的时间内到达物质世界里最高的星系，这对于物质主义者来说是不可能的事情。对他们来说，到最高的星球去要以时速几百万英里的速度走上几百万年才可以。这是一门不同的科学，而彼士玛戴瓦很清楚如何运用这门科学。他一直等待着离开他的物质躯体最适合的时刻；就在他教导他高尚的孙子潘达瓦兄弟时，离开物质躯体的黄金时刻到了。因此，在崇高的圣主奎师那、虔诚的潘达瓦兄弟和以人格首神的化身维亚萨为首的大圣人们面前，他作准备离开他的物质躯体。

第 30 节 तदोपसंहृत्य गिरः सहस्रणी-
विमुक्तसङ्गं मन आदिपूरुषे ।
कृष्णे लसत्पीतपटे चतुर्भुजे
पुरः स्थितेऽमीलितदृग्व्यधारयत् ॥३०॥

tadopasaṁhṛtya giraḥ sahasraṇīr
vimukta-saṅgaṁ mana ādi-pūruṣe
kṛṣṇe lasat-pīta-paṭe catur-bhuje
puraḥ sthite 'mīlita-dṛg vyadhārayat

tadā — 在那时 / upasaṁhṛtya — 正在收回 / giraḥ— 演说 / sahasraṇīḥ— (精通数千种科学与艺术的)彼士玛戴瓦 / vimukta-saṅgam — 彻底摆脱了一切束缚的 / manaḥ— 心 / ādi-pūruṣe — 向原始的人格首神 / kṛṣṇe — 向奎师那 / lasat-pīta-paṭe— 身着黄衣 / catur-bhuje — 向原始的四臂纳茹阿亚纳 / puraḥ— 就在……前面 / sthite — 站着 / amīlita — 睁大的 / dṛk — 目光 / vyadhārayat — 牢牢地

译文 因此，这位曾用数千种方法谈论过各种主题，在千万个战场上奋战过，保护过千百万人的人物，停止了他的讲述。彻底摆脱了一切束缚的他，收回心念，集中注意力，圆睁双目紧紧盯着站在他面前、身着闪亮黄衫的四臂至尊人格首神圣奎师那。

要旨 彼士玛戴瓦在离开他的物质躯体的重要时刻，就有关人体生命的重要作用方面树立了光辉的榜样。人死亡时受什么内容吸引，那内容就是他来生的开始。正因为如此，如果人全神贯注于思念至尊主圣奎师那，那他无疑就会回到首神的身边。对此，《博伽梵歌》第8章的第5—15节诗都证实说：

在死亡时铭记着我离开躯体的人，立即获得我的本质。这是毫无疑问的。(第 5 节)

琨缇的儿子啊！人在离开躯体时无论记起什么情形，就必会到达那情景。(第 6 节)

因此，阿尔诸纳，你应该总以奎师那的形象想着我，同时继续履行你打仗的规定职责。把你的活动献给我，把心和智力固定在我身上，你无疑必将到我那里去。(第 7 节)

帕尔塔啊！谁冥想作为至尊人格首神的我，始终用心铭记我，不偏离正途，谁就必然到我那里去。(第 8 节)

应该冥想至尊人是全知、最老的，是主宰，比最小的还小，是万物的维系者，超越所有的物质概念，不可思议，永远是一个人。祂像太阳一样光芒万丈。祂是超然的，在物质自然之外。(第 9 节)

死亡时把生命之气固定在两眉间，并用瑜伽的力量全神贯注、满怀热爱之情地记着至尊主，就必将到至尊人格首神那里去。(第 10 节)

精通韦达经的人、发“欧么卡尔(oṁkāra)”音的人和属于弃绝阶层的伟大圣人，进入布茹阿曼(Brahman, 梵)。想达到这种完美境界的人禁欲。我现在就给你简单扼要地解释这个使人获救的程序。(第 11 节)

瑜伽的状态是脱离感官活动的状态。关闭所有的感官之门，把注意力固定在心中，把生命之气集中在头顶，使自己稳定地处在瑜伽的状态中。(第 12 节)

人处在这种瑜伽状态中后，念出神圣的音节欧么(oṁ)——至高无上的字母组合，如果此时想着至尊人格首神离开自己的躯体，就必将到达灵性星球。(第 13 节)

普瑞塔的儿子啊！对毫不偏离地总记着我的人来说，我是容易得到的，因为他一直不断地为我做奉爱服务。(第 14 节)

伟大的灵魂——热爱着我的瑜伽师，到我那里后永不重返这个充满痛苦的短暂世界，因为他们达到了最高的完美境界。(第 15 节)

圣彼士玛戴瓦达到了按照意愿离开他的躯体的完美境界；十分幸运的是：他专注的对象——至尊主奎师那，在他死亡时亲自来到他面前。所以，他睁大双眼，目不转睛地注视着至尊主。出于发自内心的爱，他长久以来一直渴望见到圣奎师那。由于他是纯粹的奉献者，他几乎不需要按照瑜伽程序中的各种细节去做。简单的奉爱瑜伽(bhakti-yoga)足以使他达到完美。因此，彼士玛戴瓦热切地希望看到主奎师那本人——最可爱的对象。靠至尊主的恩典，圣彼士玛戴瓦在他停止呼吸的最后时刻获得了这个机会。

第 31 节 विशुद्धया धारणया हताशुभ-
स्तदीक्षयैवाशु गतायुधश्रमः ।
निवृत्तसर्वेन्द्रियवृत्तिविभ्रम-
स्तुष्टाव जन्यं विसृजञ्जनार्दनम् ॥३१॥

viśuddhayā dhāraṇayā hatāśubhas
tad-īkṣayaivāśu gatā-yudha-śramaḥ
nivṛtta-sarvendriya-vṛtti-vibhramas
tuṣṭāva janyaṁ visṛjañ janārdanam

viśuddhayā — 靠净化了的 / dhāraṇayā — 冥想 / hata-aśubhaḥ— 减轻了物质存在不吉祥的人 / tat — 祂 / īkṣayā — 注视 / eva — 仅仅 / āśu — 立即 / gatā — 离开了 / yudha — 来自箭的 / śramaḥ— 疲劳 / nivṛtta — 停止了 / sarva — 所有 / indriya — 感官 / vṛtti— 活动 / vibhramaḥ— 多方从事 / tuṣṭāva— 他祷告了 / janyam — 物质的躯体 / visṛjan— 离开……之际 / janārdanam— 向生物的控制者

译文 靠毫无杂念地冥想、注视圣主奎师那，他立即摆脱了所有物质的不吉祥，从箭伤造成的身体痛苦中解脱出来。就这样，他感官的一切外在活动都立刻停止下来。他在离开他的物质躯体时向众生的控制者祈祷。

要旨 物质躯体是物质能量所给予的礼物，术语称为错觉。灵魂之所以与物质躯体认同，是因为遗忘了他与至尊主的永恒关系。对像彼士玛戴瓦那样的至尊主的纯粹奉献者来说，至尊主一旦到面前，这种错觉马上就被去除了。主奎师那恰似太阳，而错觉——外在的物质能量，就像黑暗。有太阳在，黑暗就无立足之处。所以，至尊主一旦到彼士玛戴瓦面前，彼士玛戴瓦所受到的一切物质污染都被彻底清除干净，从而能够停止不纯洁的感官与物质相连所从事的活动，处在超然的状态中。灵魂原本是纯洁的，感官也如此；物质的污染使感官扮演了不完美、不纯洁的角色。重新与至纯的主奎师那取得联系后，感官再次变得纯洁，不再有物质的污染。至尊主的临在，使彼士玛戴瓦在离开物质躯体前达到了所有这些超然的状态。至尊主是一切众生的控制者和恩人：这是所有韦达经的定论。《喀塔奥义书》(Kaṭha Upaniṣad)中说：在全体永恒的生物中，祂是至高无上的永恒生物。祂独自一人提供了所有种类的生物体所需要的一切(nityo nityānāṁ cetanaś cetanānām eko bahūnāṁ yo vidadhāti kāmān / tam ātma-sthaṁ ye 'nupaśyanti dhīrās teṣāṁ śāntiḥ śāśvatī netareṣām)。因此，祂也为祂伟大的奉献者圣彼士玛戴瓦提供了满足他超然愿望的一切便利条件。圣彼士玛戴瓦开始祈祷如下。

第32节

श्रीभीष्म उवाच

इति मतिरुपकल्पिता वितृष्णा
भगवति सात्वतपुङ्गवे विभूम्नि ।
स्वसुखमुपगते क्वचिद्विहर्तुं
प्रकृतिमुपेयुषि यद्भवप्रवाहः ॥३२॥

śrī-bhīṣma uvāca
iti matir upakalpitā vitṛṣṇā
bhagavati sātvata-puṅgave vibhūmni
sva-sukham upagate kvacid vihartuṁ
prakṛtim upeyuṣi yad-bhava-pravāhaḥ

śrī-bhīṣmaḥ uvāca— 圣彼士玛戴瓦说 / iti — 这样 / matiḥ— 思想、感觉和意愿 / upakalpitā— 集中于 / vitṛṣṇā — 毫无感官的欲望 / bhagavati — 向人格首神 / sātvata-puṅgave — 向奉献者的领袖 / vibhūmni— 向伟大者 / sva-sukham — 在自我中找到的满足 / upagate — 向已经达到它的祂 / kvacit — 有时候 / vihartum — 出自超然的喜悦 / prakṛtim — 在物质世界里 / upeyuṣi— 确实接受它 / yat-bhava — 来自祂……创造 / pravāhaḥ— 创造与毁灭

译文 彼士玛戴瓦说：让我此刻把我的思想、感情和意愿集中于绝对有力的圣主奎师那身上，它们那么长时间都在忙于不同的主题和规定职责。主奎师那永远是自给自足、自我满足的，但作为奉献者的领袖，祂有时会降临到祂所创造的物质世界享受超然的快乐。

要旨 由于彼士玛戴瓦是政治家、库茹(Kuru)王朝的首脑、伟大的将军和查锤亚(kṣatriya)的领袖，他要思考太多事情，他的思想、感情和意愿被分散在许多不同的人事物上。此刻，为了获得纯粹的奉爱服务，他要把思想、感情和意愿的全部力量都投放在至尊生物主奎师那身上。这节诗把主奎师那描述为是奉献者的领袖、全能者。主奎师那虽然是存在中的第一位人格首神，但却亲自降临地球，把奉爱服务的恩惠赐予祂纯粹的奉献者。祂有时作为主奎师那亲自降临，有时以主柴坦亚的形象降临。两者都是纯粹奉献者的领袖。至尊主纯粹的奉献者除了想侍奉至尊主，没有其他愿望，因而被称为沙特瓦塔(sātvata)。至尊主是这

些沙特瓦塔的领袖。彼士玛戴瓦除了想侍奉至尊主，没有其他愿望。人除非清除了所有种类的物质欲望，否则至尊主不会成为他的领袖。人不可能完全去除欲望，只可以净化欲望。就有关这一点，至尊主本人在《博伽梵歌》中证实说，对于一直以爱心侍奉祂的纯粹奉献者，祂在他们的内心给予教导。这种教导不是为了任何物质的目的，而是使人回归家园，回到首神身边(《博伽梵歌》10.10)。对想要主宰物质自然的普通人而言，至尊主不仅允许他们那么做，而且还见证他们的活动，但却从不给这种非奉献者有关回归首神的教导。至尊主就这样以不同的方式，与不同的生物——奉献者和非奉献者打交道。正如一国之君同时统治着犯人和自由的国民这两种人，至尊主是所有生物的领袖。然而，至尊主对待奉献者和非奉献者的方式不同。非奉献者从不想从至尊主那里得到任何指示，所以至尊主就对他们保持沉默，尽管祂见证着他们所有的活动，给予他们该得到的好或坏的结果。至尊主的奉献者超越这种物质的好坏。他们在超然之途上不断向前，根本不想要任何物质的东西。奉献者也知道圣奎师那是最初的纳茹阿亚纳，因为圣主奎师那通过祂的完整扩展显现为一切物质创造的源头卡冉诺达卡沙依·维施努(Kāraṇodakaśāyī Viṣṇu)。至尊主也想与祂纯粹的奉献者联谊，所以仅仅是为了他们，祂降临到地球上与他们同乐。至尊主按照祂自己的意愿到来，而不是受物质自然的制约被迫下来。正因为如此，这节诗中把祂描述为是全能者(vibhu)，祂从不受物质自然法律的制约。

第 33 节 त्रिभुवनकमनं तमालवर्णं
रविकरगौरवराम्बरं दधाने ।
वपुरलककुलावृताननाब्जं
विजयसखे रतिरस्तु मेऽनवद्या ॥३३॥

tri-bhuvana-kamanaṁ tamāla-varṇaṁ
ravi-kara-gaura-varāmbaraṁ dadhāne

vapur alaka-kulāvṛtānanābjaṁ
vijaya-sakhe ratir astu me 'navadyā

tri-bhuvana — 三类星球 / kamanam — 最可取的 / tamāla-varṇam — 像青蓝色的塔茂树一样 / ravi-kara — 太阳光 / gaura — 金黄色 / vara-ambaram — 闪亮的衣裳 / dadhāne — 穿着……的人 / vapuḥ— 躯体 / alaka-kula-āvṛta— 涂着檀香浆的 / anana-abjam — 莲花般的脸庞 / vijaya-sakhe — 向阿尔诸纳的朋友 / ratiḥ astu— 愿祂成为吸引我的对象 / me — 我的 / anavadyā — 不求功利性结果的欲望

译文 圣奎师那是阿尔诸纳的密友。祂以有着像塔茂树一样微蓝色的超然身体来到这个地球，祂的身体吸引了三个(上、中、下)星系中的每一个生物体。愿祂闪亮的黄色衣衫和祂那涂着檀香浆的莲花脸，成为吸引我的对象。愿我不再渴求功利性成果。

要旨 当圣奎师那降临到地球上时，祂是凭祂本人的内在快乐能量这样做的。上、中、下三个星系(三界)中的居民，都渴望看到祂超然身体富有魅力的特征。宇宙中没有任何一个地方的生物体，具有主奎师那身上的那些美丽特征。所以，祂超然的身体与任何物质的创造都没有关系。这节诗中描述阿尔诸纳是胜者，奎师那是阿尔诸纳亲密的朋友。在经历了库茹柴陀战争后，彼士玛戴瓦躺在箭床上正在回忆主奎师那为阿尔诸纳驾驭战车时所穿的衣服。当阿尔诸纳与彼士玛戴瓦搏斗时，奎师那穿着的闪亮衣服吸引了彼士玛的注意力。在这节诗中，他间接地赞赏他所谓的敌人阿尔诸纳有至尊主当朋友。由于有至尊主做朋友，阿尔诸纳永远是胜者。至尊主喜欢别人把祂和那些以不同的超然关系与祂相连的奉献者连在一起称呼，所以彼士玛戴瓦抓住这个机会把奎师那称为阿尔诸纳的朋友(vijaya-sakha)。当至尊主奎师那为阿尔诸纳驾驭战车时，阳光照射在至尊主的衣服上反射出的美丽色彩，使彼士玛戴瓦永生难忘。作为一名伟大的战将，他以骑士的心态体验与奎师那的关系。不同的奉献者以不同的情感(rasas)与至尊主建立不同的超然关系，并各自在最高的如痴如醉状态中津津有味地体验着他与至尊主的交流。智力欠佳的世俗之人想要表现自己与至尊主有超然的关系，于是造作地模仿布阿佳圣地(Vrajadhāma)的少女们，想要立刻体验与至尊主的亲密的爱侣关系。他们只不过是基于世俗之人的心态去表演这种廉价的与至尊主的关系，因为真正体验过与至尊主的爱侣关系的人，不可能依恋那些甚至受到世俗道德观谴责的世俗情侣关系。个体灵魂与至尊主的永恒关系是逐步发展起来的。灵魂与至尊主有五种主要的关系，不同的灵魂可以与至尊主真正建立其中的任何一种关系，而这并不会使真正的奉献者在超然的程度上有任何区别。彼士玛戴瓦就是这方面的一个具体范例，我们应该非常小心如何看待这位伟大的将军与至尊主的超然关系。

第 34 节　युधि तुरगरजोविधूम्रविष्वक्-
कचलुलितश्रमवार्यलङ्कृतास्ये ।
मम निशितशरैर्विभिद्यमान-
त्वचि विलसत्कवचेऽस्तु कृष्ण आत्मा ॥३४॥

yudhi turaga-rajo-vidhūmra-viṣvak-
kaca-lulita-śramavāry-alaṅkṛtāsye
mama niśita-śarair vibhidyamāna-
tvaci vilasat-kavace 'stu kṛṣṇa ātmā

yudhi — 在战场上 / turaga — 马 / rajaḥ— 尘土 / vidhūmra— 变成灰色 / viṣvak — 挥动 / kaca — 头发 / lulita — 散开 / śramavāri — 汗 / alaṅkṛta— 装饰着 / āsye — 向着脸 / mama — 我的 / niśita — 尖锐的 / śaraiḥ— 被箭 / vibhidyamāna — 被……刺穿 / tvaci — 在皮肤里 /

vilasat — 享受 / kavace — 保护盔甲 / astu — 愿 / kṛṣṇe — 向圣主奎师那 / ātmā — 心

译文 在战场上(圣奎师那出于友谊为阿尔诸纳服务的地方)，主奎师那柔顺的头发被马蹄扬起的尘土染成了灰色；驾驭着战车的祂，脸上挂着成串的汗珠。所有这些装饰，衬托着我的利箭在祂身上制造的伤口，使祂极为享受。让我全神贯注于圣奎师那。

要旨 奎师那的绝对形象由永恒、极乐和知识构成。至尊主与个体生物有五种主要的关系，它们是：中立的关系(śānta)、主仆关系(dāsya)、朋友关系(sakhya)、父母子女的关系(vātsalya)和爱侣的关系(mādhurya)。当人以这五种主要关系中的一种为至尊主做超然的爱心服务时，只要是出于真正的爱而做，至尊主就会亲切地予以接受。圣彼士玛戴瓦是以仆人对主人的关系为至尊主做服务的伟大奉献者。因此，他把利箭射向至尊主超然的身体，与其他奉献者把柔软的玫瑰花抛向至尊主一样，都是在崇拜至尊主。

彼士玛戴瓦看来好像是在为攻击至尊主而后悔；但事实上，至尊主的超然身体一点儿都没有疼的感觉。祂的身体不是物质的。祂本人与祂的身体没有区别，且完全是灵性的。灵魂永远不会被刺穿、烧伤、吹干或沾湿，《博伽梵歌》中对此给予了生动的解释。就有关这一点，《斯勘达往世书》(Skanda Purāṇa)也声明说，灵魂永远不会被污染、永远不会被毁灭。他既不会有痛苦，也不会干枯。当主维施努化身来到我们面前时，祂显得像是受制约的灵魂之一，被关在物质的牢笼中，但这只是为了迷惑那些始终想要杀死至尊主的无神论者(asuras)。他们甚至在至尊主刚一显现时就想杀死祂。康萨(Kaṁsa)想要杀奎师那(Kṛṣṇa)，茹阿瓦纳(Rāvaṇa)想要杀茹阿玛(Rāma)。愚蠢的他们不知道真相，不知道至尊主永远不可能被杀死，灵魂永不毁灭。

正因为如此，彼士玛戴瓦用利箭去射主奎师那的身体这一行为，使不信神的非奉献者迷惑。然而，奉献者们——解脱了的灵魂，不会为此感到困惑。

彼士玛戴瓦非常欣赏至尊主绝对仁慈的态度。这是因为：尽管在战场上彼士玛戴瓦用向至尊主发射利箭的方式阻挠至尊主，但至尊主并没有撇下阿尔诸纳不管；尽管彼士玛戴瓦这样不友好地对待至尊主，但至尊主并没有在彼士玛戴瓦临终前不愿意来看他。在这一场景中，彼士玛的悔过与至尊主的仁慈态度都是独一无二的。

就有关这一点，对至尊主怀有情侣之爱的奉献者、伟大的灵性导师(ācārya)圣维施瓦纳塔·查夸瓦尔提·塔库尔给予了非常特殊的评论。他说：彼士玛戴瓦用利箭在至尊主身上刺出伤口所造成的刺痛，就像强烈的性欲致使至尊主的未婚妻去咬至尊主所造成的刺痛那样令至尊主高兴。由异性造成的这种刺痛永远都不会被视为是敌意的表现，即使身上真有了伤口也无所谓。所以，至尊主与祂纯粹的奉献者圣彼士玛戴瓦之间为交流超然的快乐所进行的打斗，根本不是世俗的。此外，既然至尊主的身体与至尊主本人没有区别，所以在绝对的身体上是不可能有伤口的。利箭在至尊主身上造成的所谓伤口，只会使普通人误解，但稍微了解一点绝对知识的人会明白，彼士玛戴瓦与至尊主以骑士间的关系所进行的超然交流。彼士玛戴瓦的利箭在至尊主身上所造成的伤口，使至尊主十分快乐。这节诗中的“被刺破(vibhidyamāna)”一词非常重要，因为至尊主的皮肤与至尊主本人没有区别。我们的皮肤不同于我们的灵魂，所以对我们来说“被刺破(vibhidyamāna)”一词到很合适。超然的极乐种类繁多，物质世界中的各种活动只不过是超然极乐扭曲了的倒影。物质世界中的一切在质上都是物质的，所以充满了缺陷；相反，在绝对的区域内，一切在质上都是绝对的，因此在多种多样的享乐中不存在缺陷。至尊主享受祂伟大的奉献者彼士玛戴瓦给祂身上制造的伤口，而彼士玛戴瓦因为是以骑士的心态当至尊主的奉献者，所以他的注意力集中在有着伤口的奎师那身上。

第 35 节 सपदि सखिवचो निशम्य मध्ये
निजपरयोर्बलयो रथं निवेश्य ।
स्थितवति परसैनिकायुरक्ष्णा
हृतवति पार्थसखे रतिर्ममास्तु ॥३५॥

sapadi sakhi-vaco niśamya madhye
nija-parayor balayo rathaṁ niveśya
sthitavati para-sainikāyur akṣṇā
hṛtavati pārtha-sakhe ratir mamāstu

sapadi — 在战场上 / sakhi-vacaḥ— 朋友的命令 / niśamya — 聆听后 / madhye — 在中间 / nija — 祂自己的 / parayoḥ— 和对方 / balayoḥ— 力量 / ratham — 战车 / niveśya— 进入了 / sthitavati — 正留在那里时 / parasainika — 对方战士的 / āyuḥ— 寿命 / akṣṇā— 靠看 / hṛtavati— 减少……的行动 / pārtha— 普瑞塔(琨缇)的儿子阿尔诸纳 / sakhe — 向着朋友 / ratiḥ— 亲密的关系 / mama — 我的 / astu — 让发生

译文 在库茹柴陀战场上，圣主奎师那听从祂朋友的命令，把车驶入阿尔诸纳的军阵和杜尤丹的军阵间。与此同时，用祂仁慈的扫视，缩短了对方阵营中战将的寿命。仅仅通过看敌军，祂就做妥了这件事。让我把注意力集中在那位奎师那身上。

要旨 《博伽梵歌》第1章的第21—25节诗中描述说，阿尔诸纳命令永不犯错的圣主奎师那把他的战车驾驭到两军阵前。他要求至尊主把车停在那里，让他仔细观察他在战场上要面对的敌人。至尊主接到命令后，立刻遵命行事，就像一个普通的战车御者一样。至尊主指出对方阵营中所有重要的人物说："这是彼士玛，这是朵纳"，等等。至尊主作为至高无上的生物，从不是任何人的供应商，也不会听命于任何人，不管那人是谁。但出于祂没有缘故的仁慈及对祂纯粹奉献者的爱，祂有时会像一个随时待命的仆人一样执行祂的奉献者的命令。正如父亲很乐意按他小宝贝的话去做，执行奉献者的命令使至尊主很高兴。这种事情只有在彼此有着纯洁、超然的爱的至尊主与祂的奉献者之间才会发生，彼士玛戴瓦很清楚这一事实。正因为如此，他称至尊主为阿尔诸纳的朋友。

至尊主用祂仁慈的扫视缩短了对方阵营中的战士的寿命。据经典记载，在库茹柴陀战场上战死的斗士，因为在死亡时亲眼看到了至尊主，所以都获得了解脱。因此，祂缩短阿尔诸纳的敌人的寿命，并不意味着祂偏袒阿尔诸纳。事实上，祂对对方阵营的战士和将领极为仁慈，因为那些人在家普普通通地死去并不能获得解脱。在库茹柴陀战争中，他们有机会在死亡时看到至尊主，从而摆脱了物质生活。所以，至尊主是至善至美的，祂无论做什么，都是为了每一个人的利益而做。表面上看，祂是为了祂亲密的朋友阿尔诸纳获得胜利而做，但其实也是为了阿尔诸纳的敌人的利益着想。这些都是至尊主的超然活动；了解这一点的人，无论是谁，也都会在离开现有的这个物质躯体后得到解脱。在任何情况下，至尊主都不会犯错，因为祂是绝对的，在所有的时候都绝对的好。

第 36 节 व्यवहितपृतनामुखं निरीक्ष्य
स्वजनवधाद्विमुखस्य दोषबुद्ध्या ।
कुमतिमहरदात्मविद्यया य-
श्चरणरतिः परमस्य तस्य मेऽस्तु ॥३६॥

vyavahita-pṛtanā-mukhaṁ nirīkṣya
sva-jana-vadhād vimukhasya doṣa-buddhyā

kumatim aharad ātma-vidyayā yaś
carana-ratiḥ paramasya tasya me 'stu

vyavahita — 在稍远的地方站着 / pṛtanā — 战士 / mukham — 脸 / nirīkṣya — 通过观看 / sva-jana — 亲属 / vadhāt— 来自杀戮的行动 / vimukhasya — 不情愿的人 / doṣa-buddhyā — 由沾染的智力 / kumatim — 贫乏的知识 / aharat — 清除了 / ātma-vidyayā— 靠超然的知识 / yaḥ— ……的祂 / caraṇa— 向双脚 / ratiḥ— 吸引力 / paramasya — 至尊者的 / tasya — 为了祂 / me — 我的 / astu — 让发生

译文 当阿尔诸纳似乎因为察看战场上站在他面前的战士和将领而被愚昧蒙蔽时，至尊主通过传授他超然的知识清除了他的愚昧。愿祂的莲花足永远吸引着我。

要旨 在战场上，君王和指挥官都站在战士们的前面。这是战争真正的规矩。过去的君王和指挥官与现代所谓的总统或国防部部长保护自己的方式不同，他们不会在可怜的战士或雇佣兵与敌人面对面地作战时自己躲在家里。这也许是现代民主政体的规定，但在真正的君主政体时代，君王们不是在不考虑其资格的情况下靠选举选出的懦夫。正如从库茹柴陀战场上看到的，朵纳、彼士玛、阿尔诸纳和杜尤丹等双方阵营的指挥官们都没有在睡觉，都在身先士卒、冲锋陷阵，而战场则是选在远离民众居住的地方。这意味着无辜的民众一点儿都不受争夺王位的敌对双方的战斗的影响。民众也根本不看战斗中究竟发生了什么事。他们只管把他们收入的四分之一上缴给统治者，无论统治者是阿尔诸纳还是杜尤丹。在库茹柴陀战场上，敌对双方的将领们都面对面地对峙着，阿尔诸纳看到他们后感到巨大的怜悯，悲叹为了夺回王位而必须在战场上杀死自己家族的男性成员。他根本不害怕杜尤丹编排的庞大的军事方阵；然而，作为至尊主仁慈的奉献者，放弃尘世的事物对他来说是很自然的事，所以他决定不为拥有尘世的事物而作战。但这么想是因为缺乏知识，所以这节诗中说他的智力被蒙蔽了。他的智力在任何时候都不可能真正被蒙蔽，因为正如《博伽梵歌》第4章中明确指出的，他是至尊主的奉献者，而且始终与至尊主在一起。阿尔诸纳的智力表面上看是被蒙蔽了；因为如果不是这样，至尊主就不会为所有被错误的物质躯体概念污染、在物质世界中受束缚的灵魂宣讲《博伽梵歌》的教导了。向物质世界里的受制约的灵魂宣讲《博伽梵歌》，是为了使他们摆脱灵魂与躯体认同的错误概念，重建灵魂与至尊主的永恒关系。有关至尊主本人的超然知识(ātma-vidyā)，是至尊主为全宇宙所有生物的利益讲述的。

第 37 节 स्वनिगममपहाय मत्प्रतिज्ञा-
मृतमधिकर्तुमवप्लुतो रथस्थः ।
धृतरथचरणोऽभ्ययाच्चलद्गु-
र्हरिरिव हन्तुमिभं गतोत्तरीयः ॥३७॥

sva-nigamam apahāya mat-pratijñām
ṛtam adhikartum avapluto rathasthaḥ
dhṛta-ratha-caraṇo 'bhyayāc caladgur
harir iva hantum ibhaṁ gatottarīyaḥ

sva-nigamam — 自己的信誉 / apahāya — 为了打破 / mat-pratijñām — 我自己的诺言 / ṛtam — 事实的 / adhi — 更 / kartum — 为了做它 / avaplutaḥ— 下来 / ratha-sthaḥ— 从战车 / dhṛta— 拾起 / ratha — 战车 / caraṇaḥ— 轮子 / abhyayāt— 匆忙地去 / caladguḥ— 踏着土地 / hariḥ— 狮子 / iva — 如…… / hantum — 要杀害 / ibham — 象 / gata — 搁在一旁 / uttarīyaḥ— 外衣

译文 为了让我实现诺言，祂打破自己的誓言，从战车上下来，拿起车轮冲向我，仿佛一头去杀大象的狮子。祂甚至把祂的外衣扔在地上。

要旨 在库茹柴陀战场上的战斗既是按照军事原则在进行，但同时双方也以朋友之间体育竞赛的精神在交战。杜尤丹指责彼士玛戴瓦因为对阿尔诸纳有父亲般的感情，所以不愿意杀死阿尔诸纳。查锤亚(刹帝利)不能容忍他人就有关作战原则的事情侮辱自己。因此，彼士玛戴瓦承诺将在第二天用那些为杀死潘达瓦兄弟而特制的武器杀死他们。杜尤丹听了彼士玛戴瓦的承诺后非常满意，他亲自保管那些在第二天战斗中要用的箭。看到主奎师那用计使阿尔诸纳从杜尤丹那里取箭，彼士玛戴瓦明白这是主奎师那设的一个圈套。为此，彼士玛戴瓦发誓要让奎师那在第二天的战斗中亲自拿起武器，否则祂的朋友阿尔诸纳就会被杀死。在第二天的战斗中，彼士玛戴瓦作战时凶猛异常，频频置阿尔诸纳和奎师那于困境中。阿尔诸纳险些被打败；当时的情况格外危险，他就要被彼士玛戴瓦杀死了。那时，主奎师那想以使彼士玛的誓言成真的方式来取悦祂的这位奉献者；祂把祂奉献者的誓言成真看得比祂自己的誓言成真更重要，所以祂打破了自己的誓言。祂在库茹柴陀战争开始前曾发誓，祂在战争期间不会拿任何武器，不会为交战双方的任何一方动用祂本人的力量。但是，为了保护阿尔诸纳，祂从战车上下来，拿起战车的车轮，愤怒地急速冲向彼士玛戴瓦，恰似一头狮子去杀一头大象。祂把外衣扔在地上，但因为狂怒竟不知道自己把外衣扔了。看到这情景，彼士玛戴瓦立刻放下自己的武器，站在那里等着他心爱的主奎师那去杀他。那一天的战斗就在那一刻结束了，主奎师那救了阿尔诸纳。事实上，由于有奎师那本人在战车上，阿尔诸纳是不可能被杀的，但因为彼士玛戴瓦想要看主奎师那为了救祂朋友而拿起武器，至尊主便制造了让阿尔诸纳危在旦夕的这一局面。主奎师那站在彼士玛戴瓦面前，让他看到他的诺言实现了，奎师那亲自拿起了武器——车轮。

第 38 节　शितविशिखहतो विशीर्णदंशः
क्षतजपरिप्लुत आततायिनो मे ।
प्रसभमभिससार मद्वधार्थं
स भवतु मे भगवान् गतिर्मुकुन्दः ॥३८॥

śita-viśikha-hato viśīrṇa-daṁśaḥ
kṣataja-paripluta ātatāyino me
prasabham abhisasāra mad-vadhārthaṁ
sa bhavatu me bhagavān gatir mukundaḥ

śita — 尖锐的 / viśikha — 箭 / hataḥ— 被……所伤 / viśīrṇa-daṁśaḥ— 支离破碎的盾牌 / kṣataja — 由创伤 / pariplutaḥ— 血迹斑斑 / ātatāyinaḥ— 伟大的侵略者 / me — 我的 / prasabham — 愤怒地 / abhisasāra — 开始前进 / mat-vadha-artham — 为了杀我 / saḥ— 祂 / bhavatu — 变成 / me — 我的 / bhagavān — 人格首神 / gatiḥ— 目的地 / mukundaḥ— 赐予解脱的人

译文　愿祂——赐予解脱的人格首神圣主奎师那，成为我最终的目标。祂在战场上向我冲来，像是因为我的利箭弄伤祂使祂愤怒。祂的盾牌支离破碎，伤口使祂的身体血迹斑斑。

要旨　主奎师那在库茹柴陀战场上与彼士玛戴瓦打交道的方式耐人寻味，因为圣主奎师那的行为表面上看起来是偏向阿尔诸纳，对彼士玛戴瓦怀有敌意；但实际上，祂所做的一切都是为了特意向祂伟大的奉献者彼士玛戴瓦表示特殊的偏爱。在这一交流中令人惊奇的特点是，奉献者可以通过扮演至尊主的敌人的角色取悦至尊主。作为绝对者，至尊主甚至可以接受祂纯粹的奉献者以敌人的角色为祂做的服务。至尊主既不可能有任何敌人，所谓的敌人也不可能伤害到祂，因为祂是不可战胜的(ajita)。尽管如此，当祂纯粹的奉献者像对待敌人一样地打祂，或者以长者的身份训斥祂时(虽然没人能比至尊主优越)，祂从中获取快乐。这些都是至尊主与奉献者之间进行的超然交流。那些对纯粹的奉爱服务一无所知的人，无法看透这种交往的奥秘。彼士玛戴瓦扮演了一个英勇战将的角色，他故意用箭刺破至尊主的身体，让普通人用他们的眼睛看到至尊主受伤了，但其实这一切都是为了迷惑非奉献者。绝对灵性的身体不可能受伤，奉献者也不可能成为至尊主的敌人。否则，彼士玛戴瓦不可能希望这位至尊主奎师那成为他生命最终的目标。彼士玛戴瓦倘若真是至尊主的敌人，主奎师那甚至不用动一下就可以消灭他，而不需要满身是伤、血迹斑斑地来到彼士玛戴瓦面前。祂之所以这样做，是因为祂的战士奉献者想要看祂那点缀着由纯粹奉献者制造的伤口的超然美丽的身体。这是至尊主与祂的仆人之间交流超然情感(rasa)的方式。这种交流更增添了至尊主和祂的奉献者的光辉。当至尊主冲向彼士玛戴瓦时，阿尔诸纳阻止祂，这使祂非常生气；但尽管阿尔诸纳阻止祂，祂还是像奔向自己的爱人那样不顾一切地继续冲向彼士玛戴瓦。表面看起来，祂像是决心要杀死彼士玛戴瓦，但实际上是要取悦这位伟大的奉献者。毫无疑问，至尊主是一切受制约灵魂的拯救者。非人格神主义者想要从祂那里得到拯救，祂总是满足他们的愿望，赐予他们解脱。但是，彼士玛戴瓦在此渴望看至尊主本人的形象。所有纯粹的奉献者都渴望这一点。

第 39 节 विजयरथकुटुम्ब आत्ततोत्रे
धृतहयरश्मिनि तच्छ्रियेक्षणीये ।
भगवति रतिरस्तु मे मुमूर्षो-
र्यमिह निरीक्ष्य हता गताः स्वरूपम् ॥३९॥

vijaya-ratha-kuṭumba ātta-totre
dhṛta-haya-raśmini tac-chriyekṣaṇīye

bhagavati ratir astu me mumūrṣor
yam iha nirīkṣya hatā gatāḥ sva-rūpam

vijaya — 阿尔诸纳 / ratha — 战车 / kuṭumbe — 冒所有危险保护的对象 / ātta-totre— 右手中的鞭子 / dhṛta-haya — 控制马匹 / raśmini — 绳索 / tat-śriyā— 俊美地站着 / īkṣaṇīye— 注视 / bhagavati — 向着人格首神 / ratiḥ astu— 让我的吸引力 / me — 我的 / mumūrṣoḥ— 将死之人 / yam — 祂 / iha — 在这世界里 / nirīkṣya — 通过看 / hatāḥ— 已死的人 / gatāḥ— 获得 / sva-rūpam— 原本形象

译文　在死亡的时刻，让我最终受人格首神圣奎师那的吸引。我全神贯注于阿尔诸纳的战车御者；祂右手挥舞马鞭，左手紧握缰绳，想尽办法谨慎护卫着阿尔诸纳的战车。那些在库茹柴陀战场上看到祂的人，死后恢复他们原本的形象。

要旨　纯粹的奉献者通过为至尊主做爱心服务与祂超然相连，所以时时刻刻都看到祂的临在。这种纯粹的奉献者片刻都忘不了至尊主。这称为全神贯注。神秘主义者(瑜伽师)努力靠控制感官不从事其他活动而把注意力集中于超灵，从而最后达到萨玛迪(samādhi)——全神贯注的状态。奉献者靠一直不断地记忆至尊主的个人形象、圣名、声望、娱乐活动等，更容易达到全神贯注的状态——萨玛迪。因此，练神秘瑜伽的瑜伽师所达到的全神贯注状态，与奉献者达到的全神贯注状态不在一个层面上。练神秘瑜伽的瑜伽师的全神贯注状态是机械的、没有感情的，而纯粹的奉献者自然而然、发自内心地深爱着至尊主，没有丝毫个人动机。彼士玛戴瓦是纯粹的奉献者，作为军队的元帅，他始终铭记至尊主在战场上当阿尔诸纳的战车御者(Pārtha-sārathi)的形象。因此，至尊主当阿尔诸纳战车御者的娱乐活动也是永恒的。至尊主的娱乐活动，从祂降生在康萨的监狱中开始，直到最后毁灭雅杜王朝以及祂的隐迹(mausala-līlā)，一个接一个在所有的宇宙中进行着，恰似时钟的指针从一个点移向另一个点。在这些娱乐活动中，潘达瓦兄弟和彼士玛等与祂有关系的人物，都一直是祂永恒的同伴。所以，彼士玛戴瓦永远都不会忘记至尊主作为阿尔诸纳战车御者的俊美形象，而这个形象就连阿尔诸纳都看不到。打仗时，阿尔诸纳站在他俊美的战车御者身后，而彼士玛戴瓦正好在至尊主的前面。彼士玛戴瓦比阿尔诸纳更多地欣赏到了至尊主在战斗中的形象。

靠至尊主没有缘故的仁慈，在库茹柴陀战场上战死的全体战士和将领，因为在死亡时面对至尊主，看到了祂的形象，所以死后都得到了他们原本的、与至尊主一样的灵性形象。受制约的灵魂一直在轮回圈中周而复始地旋转，从水生物的躯体，上至布茹阿玛的躯体；这些躯体都是玛亚的产物，都是物质自然根据其活动所给予受制约灵魂的。受制约的灵魂的物质形体都是他们的外衣，当受制约的灵魂摆脱物质能量的钳制时，他就恢复他原本的形象。非人格神主义者想要到至尊主不具人格特征的梵光中去，但那个环境根本不适合至尊主不可缺少的一部分——充满活力的灵魂。所以，非人格神主义者会再次坠落，得到物质的形体；这些形体对灵魂来说都是人造的。按照灵魂的原本状态，至尊主的奉献者要么在外琨塔，要么在哥珞卡，重获像至尊主那样的四臂或两臂的灵性形象。这种百分之百灵性的形象，是灵魂原本的形象(svarūpa)。正如彼士玛戴瓦所证实的，在库茹柴陀战场上作战的双方阵营中的众生，死后都重获他们原本的灵性形象。所以，圣主奎师那并不是只对潘达瓦兄弟仁慈；祂也把仁慈给予对方阵营中的人，因为他们都获得了同样的结果。彼士玛戴瓦作为至尊主永恒的同伴，虽然其地位在任何情况下都保证不会改变，但他还是想得到与他人同样的利益。那就是他向至尊主祈祷的内容。结论是：任何生物无论是在内心还是从外在看着人格首神死去，都会重获他原本的灵性形象(svarūpa)，而那是生命最高的完美境界。

第 40 节 ललितगतिविलासवल्गुहास-
प्रणयनिरीक्षणकल्पितोरुमानाः ।
कृतमनुकृतवत्य उन्मदान्धाः
प्रकृतिमगन् किल यस्य गोपवध्वः ॥४०॥

lalita-gati-vilāsa-valgu-hāsa-
praṇaya-nirīkṣaṇa-kalpitorumānāḥ
kṛtam anukṛtavatya unmadāndhāḥ
prakṛtim agan kila yasya gopa-vadhvaḥ

lalita — 有吸引力的 / gati — 动作 / vilāsa— 迷人的行为 / valguhāsa — 甜蜜的微笑 / praṇaya— 深情地 / nirīkṣaṇa— 观看 / kalpita — 心态 / urumānāḥ— 高度赞扬 / kṛtam anukṛtavatya — 在模仿各种活动中 / unmada-andhāḥ— 欣喜若狂地 / prakṛtim — 特征 / agan — 经历了 / kila — 肯定地 / yasya — ……的 / gopa-vadhvaḥ— 牧牛姑娘

译文 让我全神贯注于圣主奎师那，祂爱的举动和微笑吸引着布阿佳圣地的少女们(牧牛姑娘)。少女们模仿至尊主独特的姿态和动作(祂从跳茹阿萨舞的现场离开后)。

要旨 布阿佳布弥(Vrajabhūmi)的少女们，与至尊主共舞，怀着爱侣之情拥抱祂，向祂戏谑微笑，充满爱意地看着祂，借由这种爱心服务所产生的强烈的如痴如醉情感，达到了与至尊主平等的境界。至尊主与阿尔诸纳的关系无疑值得彼士玛戴瓦那样的奉献者赞赏，但至尊主与牧牛姑娘们(gopīs)的关系更值得赞赏，因为她们的奉爱服务更纯洁。靠至尊主的恩典，阿尔诸纳足够幸运地得到至尊主以当他的战车御者的方式为他做的兄弟般的服务，但至尊主并没有赐给阿尔诸纳与祂同等的力量。然而，牧牛姑娘们通过与至尊主平等交流变得几乎与至尊主一样。彼士玛在他人生的最后时刻，以祈祷的方式表达了他想要记住牧牛姑娘并得到她们仁慈的渴望。至尊主更高兴听到祂纯粹的奉献者受到赞美，所以彼士玛戴瓦不仅歌颂当时最吸引他注意的阿尔诸纳与奎师那的关系，还回忆起那些通过为至尊主做爱心服务而获得独一无二机会的牧牛姑娘们。牧牛姑娘们与至尊主的平等关系，永远都不该被误解为是像非人格神主义者获得的融入至尊主(sāyujya)的解脱一样。爱侣的利益是共同的，所以不分彼此，在爱的心醉神迷的完美状态中结合为一体。

第 41 节 मुनिगणनृपवर्यसङ्कुलेऽन्तः-
सदसि युधिष्ठिरराजसूय एषाम् ।
अर्हणमुपपेद ईक्षणीयो
मम दृशिगोचर एष आविरात्मा ॥४१॥

muni-gaṇa-nṛpa-varya-saṅkule 'ntaḥ-
sadasi yudhiṣṭhira-rājasūya eṣām
arhaṇam upapeda īkṣaṇīyo
mama dṛśi-gocara eṣa āvir ātmā

muni-gaṇa— 伟大而博学的圣哲 / nṛpa-varya — 伟大的统治者 / saṅkule— 在……的盛大集会中 / antaḥ-sadasi — 会议 / yudhiṣṭhira — 尤帝士提尔皇帝的 / rāja-sūye — 皇家举行的祭祀 / eṣām— 所有伟大的精英分子的 / arhaṇam— 恭敬地礼拜 / upapeda — 接受了 / īkṣaṇīyaḥ— 吸引力的对象 / mama — 我的 / dṛśi — 视觉 / gocaraḥ— 在……的视线内 / eṣaḥ āviḥ— 亲自出现 / ātmā— 灵魂

译文 在尤帝士提尔王举行的茹阿佳苏亚祭祀现场，聚集了世上最多的精英、王室成员和博学的知识分子。在那盛大的聚会上，圣主奎师那作为最高贵的人格首神，受到与会者的崇拜。我当时也在场；为使我的注意力集中在至尊主身上，我回忆起这件事。

要旨　在库茹柴陀战争发生前，尤帝士提尔王举行了盛大的茹阿佳苏亚(Rājasūya)祭祀。在过去，身为世界皇帝的人为证明他拥有的皇权的权势，会派一匹表示挑战的马走遍全世界，宣告他的至高地位，任何诸侯或国王都有权接受挑战，或者以无言的方式服从这个皇帝。接受挑战的诸侯或国王必须与皇帝作战，凭胜利建立自己的至高地位。被打败的挑战者必须牺牲他的生命，把自己统治的地盘让给获胜的国王或统治者。所以，尤帝士提尔王也向全世界派了这样的挑战马匹，当时全世界所有的诸侯和国王都承认尤帝士提尔王作为世界皇帝的统治地位。那之后，在尤帝士提尔王统治下的各个统治者，都受到邀请来参加尤帝士提尔王举行的盛大的茹阿佳苏亚祭祀。举行这种盛大的祭祀要花费上亿美金，对小国的国王来说不是一件容易的事。这样的祭祀仪式因为花销太大，技术要求太高，所以在现在这个喀历年代中无法举行。此外，在这个年代里根本找不到主持这种仪式的经验丰富、足够纯洁的祭司。

世界各国的君王及学识渊博的大圣人们，接到邀请后从世界各地赶来，聚集在尤帝士提尔王的首都。所有的知识分子，包括大哲学家、宗教家、医师、科学家和所有伟大的圣人，都受到邀请。那就是说：在过去的年代中，布茹阿玛纳(brāhmaṇas, 婆罗门)和查锤亚(kṣatriyas, 刹帝利)是社会中的最高领导人，他们都受到邀请参加这个盛大仪式。外夏(vaiśyas, 吠舍)和庶朵(śūdras, 首陀罗)不是社会中的重要因素，所以这里没有谈到他们。由于现代社会活动的改变，人的重要性根据职业地位也改变了。

在那次盛大的聚会中，圣主奎师那是众人瞩目的焦点。所有的人都想要见主奎师那，都想要谦卑地向至尊主致敬。彼士玛戴瓦记住了所有这一切，而且非常高兴他所崇拜的至尊主——人格首神，此刻就以祂原本的形象站在他面前。冥想至尊主意味着冥想祂的活动、形象、娱乐时光、名字和声望。这样做比冥想想象出的至尊主的非人格特征要容易得多。《博伽梵歌》第 12 章的第 5 节诗中清楚地说：冥想至尊主的非人格特征非常困难。这么做很少得到值得要的结果，所以基本上不算冥想，或者说是在浪费时间。然而，至尊主的奉献者冥想至尊主的真实形象和娱乐活动，因此很容易接近至尊主。对此，《博伽梵歌》第 12 章的第 9 节诗也给予了说明。至尊主与祂超然的活动没有分别。这节诗(śloka)中也指出，当圣主奎师那真正出现在人们面前时，特别是在库茹柴陀战争中，虽然不是所有的人都承认祂是至尊人格首神，但却都承认祂是当时最伟大的人物。关键是：把过世的非常伟大的人当做神崇拜是错误的，因为人死后不可能成为神。人也不应该把人格首神当做一个普通人，即使祂本人降临地球时扮演人类的角色也不应该。这两种看法都是错误的。人变神或神变人的拟人论，对主奎师那来说绝对不适用。

第 42 节 तमिममहमजं शरीरभाजां
हृदि हृदि धिष्ठितमात्मकल्पितानाम् ।
प्रतिदृशमिव नैकधार्कमेकं
समधिगतोऽस्मि विधूतभेदमोहः ॥४२॥

tam imam aham ajaṁ śarīra-bhājāṁ
hṛdi hṛdi dhiṣṭhitam ātma-kalpitānām
pratidṛśam iva naikadhārkam ekaṁ
samadhi-gato 'smi vidhūta-bheda-mohaḥ

tam — 那位人格首神 / imam — 现在在我面前 / aham — 我 / ajam — 不经出生就存在者 / śarīra-bhājām — 受制约灵魂的 / hṛdi— 在心中 / hṛdi — 在心中 / dhiṣṭhitam — 位于 / ātma — 超灵 / kalpitānām—思辨者的 / pratidṛśam— 四面八方 / iva — 正如 / na ekadhā — 不是某一个 / arkam — 太阳 / ekam — 只有一个 / samadhi-gataḥ asmi— 我已进入全神贯注的冥想状态 / vidhūta — 摆脱 / bheda-mohaḥ— 二元论的误解

译文　我现在可以全神贯注地冥想在我面前的圣奎师那——独一无二的至尊主，因为就有关祂处在每个人的心中，甚至心智思辨者心中这一事实，我已超越了二元性的错误概念。祂在每个生物体的心中。对太阳的感知虽然各异，但太阳只有一个。

要旨　绝对的至尊人格首神只有一位，那就是圣主奎师那。但是，祂用祂不可思议的能量扩展出祂的各种扩展和部分的扩展。对祂不可思议的能量一无所知，就会导致具有相对的概念。在《博伽梵歌》第9章的11节诗中，至尊主说：只有愚蠢的人才会把祂当做普通人。这种愚蠢的人不知道祂不可思议的能量。正如太阳出现在全世界每一个人的面前，至尊主凭祂不可思议的能量处在每一个生物体的心中。至尊主的超灵(Paramātmā)形象，是祂的完整扩展的扩展。祂用祂不可思议的能量扩展出无数的超灵，处在每一个生物体的心中，祂也通过扩展祂本人发出的灿烂光芒形成光芒万丈的梵光(brahmajyoti)。《布茹阿玛 · 萨密塔》(Brahma-saṁhitā)中说，梵光是祂本人发出的灿烂光芒。因此，祂与祂本人发出的灿烂梵光，以及祂的完整扩展超灵之间没有区别。不知道这一真相的智力欠佳之人，认为梵光和超灵与圣奎师那不同。这种二元性的错误概念已经从彼士玛戴瓦的心中被完全清除掉了；他现在很满意他终于知道了圣主奎师那无所不在、遍布一切的事实。只有伟大的奉献者(mahātmā)才能获得这样的启明，正如《博伽梵歌》第7章的第19节诗中所说：华苏戴瓦(Vāsudeva)处在一切之中，华苏戴瓦就是一切，除祂之外没有别的存在。奉爱服务艺术的伟大权威彼士玛戴瓦在此证实，华苏戴瓦——圣主奎师那，是最早存在的至尊人；无论是初习者还是纯粹的奉献者都必须努力遵循他的教导。这就是奉爱瑜伽传承的方式。

彼士玛戴瓦崇拜的对象是为阿尔诸纳驾驭战车(Pārtha-sārathi)的圣

主奎师那；牧牛姑娘们崇拜的对象是，最有魅力的夏玛逊达尔(Śyāmasundara)——住在温达文的同一位奎师那。智力欠佳的学者们有时错误地认为，温达文的奎师那与在库茹柴陀战斗中驾驭阿尔诸纳战车的奎师那是两个不同的人物。但彼士玛戴瓦完全去除了这一错误的概念。就连非人格神主义者追求的目标——不具人格特征的梵光(奎师那身体放射出的光芒)也是奎师那，瑜伽师追求的超灵也是奎师那。奎师那既是梵光，也是处在局部区域的超灵，但在梵光或超灵中找不到奎师那或与奎师那的甜美关系。奎师那具有人格特征的形象既是阿尔诸纳的战车御者，又是温达文的夏玛逊达尔，但祂本人既不在梵光中，也不在超灵中。像彼士玛戴瓦那样的伟大灵魂(mahātmās)，了解圣主奎师那所有这些不同的特征，因此在知道祂是一切特征的源头的情况下崇拜祂。

第 43 节

सूत उवाच
कृष्ण एवं भगवति मनोवाग्दृष्टिवृत्तिभिः ।
आत्मन्यात्मानमावेश्य सोऽन्तःश्वास उपारमत् ॥४३॥

sūta uvāca
kṛṣṇa evaṁ bhagavati
mano-vāg-dṛṣṭi-vṛttibhiḥ
ātmany ātmānam āveśya
so 'ntaḥśvāsa upāramat

sūtaḥ uvāca — 苏塔 · 哥斯瓦米说 / kṛṣṇe — 至尊人格首神主奎师那 / evam — 唯一的 / bhagavati — 向着祂 / manaḥ— 用心智 / vāk — 言词 / dṛṣṭi— 视觉 / vṛttibhiḥ— 活动 / ātmani— 向着超灵 / ātmānam — 生物 / āveśya— 融入了 / saḥ— 他 / antaḥ-śvāsaḥ— 吸入 / upāramat — 变得沉默

译文　苏塔·哥斯瓦米说：彼士玛戴瓦就这样用他的心念、话语、视力和行动，把自己融入超灵——至尊人格首神圣主奎师那。随后，他沉默下来，停止了呼吸。

要旨　彼士玛戴瓦在离开他的物质躯体时所达到的境界，梵文术语称为"无二元性的全神贯注状态(nirvikalpa-samādhi)"，因为他完全投入地想着至尊主，回忆祂的各种活动。祂歌颂至尊主的荣耀，用眼睛看着在他面前的至尊主本人。就这样，他把所有的感官活动都集中于至尊主，毫不分心。这是最完美的状态，练习做奉爱服务的人都能达到这种状态。为至尊主所做的奉爱服务分九种，它们分别是：(1)聆听，(2)吟诵、吟唱，(3)记忆，(4)侍奉至尊主的莲花足，(5)崇拜，(6)祈祷，(7)执行命令，(8)与至尊主交朋友，以及(9)完全皈依。做这九种奉爱服务或其中的一种服务，都同样能获得最高的结果，但做这些服务时必须要在至尊主有经验的奉献者的指导下坚持不懈地努力。第一项奉爱服务——聆听，是所有服务中最重要的服务，因此聆听《博伽梵歌》，以及之后聆听《圣典博伽瓦谭》，是想要在人生的最后阶段达到像彼士玛戴瓦那种境界的认真灵修之人所必须做的服务。彼士玛戴瓦在死亡时达到的独特境界，即使在主奎师那没有亲自出现的情况下也能达到。至尊主在《博伽梵歌》中讲述的话语，以及《圣典博伽瓦谭》中的字字句句，与至尊主本人没有区别。它们是至尊主的声音化身，人可以充分利用它们，以使自己达到圣彼士玛戴瓦的境界。每一个人或动物都必然会在一定的时刻死亡，但像彼士玛戴瓦那样死去的人达到完美的境界，被自然法律强迫死去的人则无异于动物。那就是人与动物的区别。生命的人体形式是专门为了让人死得像彼士玛戴瓦一样。

第 44 节　सम्पद्यमानमाज्ञाय भीष्मं ब्रह्मणि निष्कले ।
सर्वे बभूवुस्ते तूष्णीं वयांसीव दिनात्यये ॥४४॥

sampadyamānam ājñāya
bhīṣmaṁ brahmaṇi niṣkale
sarve babhūvus te tūṣṇīṁ
vayāṁsīva dinātyaye

sampadyamānam — 已融入 / ājñāya — 知道这件事之后 / bhīṣmam— 关于圣彼士玛戴瓦 / brahmaṇi — 进入至高无上的绝对真理 / niṣkale — 无限制的 / sarve — 所有出席的 / babhūvuḥ te — 他们都变得 / tūṣṇīm— 沉默 / vayāṁsi iva— 像鸟一样 / dina-atyaye — 日暮时分

译文 得知彼士玛戴瓦融入至尊绝对者的无限永恒存在后，在场所有的人都静默不语，像鸟儿在一天结束时那样沉默。

要旨 “进入或融入至尊绝对者的无限永恒存在”的意思是：进入生物原本的家园。每一个生物都是绝对人格首神不可缺少的一部分，因此与至尊主以主仆的关系永恒地连在一起。正如机器的各个零部件都为整台机器服务，至尊主不可缺少的各个部分都为至尊主服务。机器的任何一个零件从整台机器上掉落下来后，就再也不重要了。同样，绝对者的任何一个不可缺少的部分一旦不再为祂做服务，就变得毫无价值。这个物质世界里的生物都是从至尊整体上掉下来的碎片部分，他们不再像原先没有掉下来时那么重要了。然而，有更多与至尊整体结合在一起的生物是永恒解脱的。至尊主的物质能量称为杜尔嘎·沙克提(Durgā-śakti)，是监狱的负责人，负责监管从整体脱落的部分，让他们在物质自然法律的控制下过受制约的生活。生物一旦意识到这一事实，要为回归家园、回归首神而努力时，就开始有了灵性的渴望。这种灵性的渴望使人询问与布茹阿曼(梵) 有关的一切(brahma-jijñāsā)。这种询问要想获得成功，就要依靠知识、弃绝和为至尊主做奉爱服务。知识(jñāna)的意思是，了解至尊者——与布茹阿玛有关的一切。弃绝的意思是断绝物质的情感，而奉爱服务是通过按一定的程序练习来恢复生物的原本状态。成功地使自己具备进入绝对者领域之资格的生物，被分别称为思辨家(jñānīs)、瑜伽师(yogīs)和奉献者(bhaktas)。思辨家和瑜伽师进入至尊者放射的不具人格特征的光芒中，而奉献者进入称为外琨塔(Vaikuṇṭha)的灵性星球。至尊主作为纳茹阿亚纳统治着这些灵性星球，住在那里的健康、不受制约的生物们，以仆人、朋友、父母及爱侣的身份为至尊主做爱心服务。在那里，不受制约的生物在完全自由的情况下与至尊主一起享受生活。然而，持非人格神主义观点的思辨家和瑜伽师进入外琨塔星球放射出的不具人格特征的强光中。外琨塔星球都像太阳一样是自放光明的，外琨塔星球放射的光芒称为梵光(brahmajyoti)。梵光照射的范围无边无际，物质世界只不过是这梵光中被遮蔽的一小部分而已。这种遮蔽是短暂的，因此是一种假象。

灵性区域中有数不胜数的外琨塔星球；作为至尊主的纯粹奉献者，彼士玛戴瓦进入其中的一个外琨塔星球，在那里至尊主以阿尔诸纳战车御者(Pārtha-sārathi)的永恒形象统治着不受制约的生物，而那些生物一直不断地在为至尊主做服务。彼士玛戴瓦的例子展现了使至尊主和奉献者紧密结合在一起的爱的情感。彼士玛戴瓦从没有忘记过至尊主作为阿尔诸纳战车御者的超然形象；当彼士玛戴瓦离开尘世前往超然世界的时候，至尊主亲自出现在他面前。那是生命的最高完美境界。

第 45 节　तत्र दुन्दुभयो नेदुर्देवमानववादिताः ।
शशंसुः साधवो राज्ञां खात्पेतुः पुष्पवृष्टयः ॥४५॥

tatra dundubhayo nedur
deva-mānava-vāditāḥ
śaśaṁsuḥ sādhavo rājñāṁ
khāt petuḥ puṣpa-vṛṣṭayaḥ

tatra — 此后 / dundubhayaḥ— 鼓 / neduḥ— 敲响了 / deva — 来自其他星球的半神人 / mānava — 来自所有国家的人 / vāditāḥ— 被……打 / śaśaṁsuḥ— 赞美 / sādhavaḥ— 正直的 / rājñām— 因皇室 / khāt—来自天空 / petuḥ— 开始降落 / puṣpa-vṛṣṭayaḥ— 花雨

译文 那以后，人和半神人们开始充满敬意地敲响了鼓，正直的君王们向他表示敬意，天空洒下花雨。

要旨 彼士玛戴瓦受到人类和半神人们的敬重。人类居住在地球及名叫布尔(Bhūr)和布瓦尔(Bhuvar)等其他与地球类似的一组星球上，半神人们则住在天堂星球(Svar)上，大家都知道彼士玛戴瓦是一位伟大的战将，是至尊主的奉献者。尽管他是人类中的一员，但作为奉爱服务文化的十二位权威(mahājana)之一，他与布茹阿玛、纳茹阿达和希瓦在同一个层面上。人只有在达到了灵性的完美境界后，才有可能获得与伟大的半神人一样的资格。因此，彼士玛戴瓦闻名全宇宙。在他那个时代，星际旅行是靠更精微的方法，而不是用机械制造的太空船的无效努力。当居住在遥远的星球上的居民听到彼士玛戴瓦离开尘世的消息时，那些高等星球上的居民，以及地球上的居民，都纷纷向他抛洒鲜花，以示对这位死去的伟大人物的敬仰。天堂洒下花雨是得到伟大的半神人们承认的一个标志，我们永远都不该把这一现象与装饰死尸作比较。彼士玛戴瓦的躯体由于承载了灵性的觉悟，已经失去了它的物质性；正如铁与火接触后变得通红，他的躯体已经被灵性化了。因此，彻底觉悟了自我的灵魂的躯体，不再是物质的。对这样的灵性躯体要举行特殊的仪式加以安置。然而，人们永远都不该模仿这种对彼士玛戴瓦表示敬意和承认的方式，给所有的普通人也举行所谓的佳央缇(jayantī)仪式，把举行这种仪式当做是一种时髦的做法。按照公认的权威经典记载，给一个普通人举行这种佳央缇仪式，无论这个人从物质的角度看地位有多高，都是对至尊主的一种冒犯。原因是：只有在至尊主在地球上显现的那一天才举行佳央缇仪式。彼士玛戴瓦生前的活动极为独特，他离开尘世回归神的王国的方式也是独一无二的。

第46节 तस्य निर्हरणादीनि सम्परेतस्य भार्गव ।
युधिष्ठिरः कारयित्वा मुहूर्तं दुःखितोऽभवत् ॥४६॥

tasya nirharaṇādīni
samparetasya bhārgava
yudhiṣṭhiraḥ kārayitvā
muhūrtaṁ duḥkhito 'bhavat

tasya — 他的 / nirharaṇa-ādīni — 葬仪 / samparetasya — 死尸的 / bhārgava — 布瑞古的后裔啊 / yudhiṣṭhiraḥ— 尤帝士提尔·玛哈茹阿佳 / kārayitvā— 举行了 / muhūrtam —暂时地 / duḥkhitaḥ— 抱歉 / abhavat — 变得

译文 布瑞古的后裔(绍纳卡)啊！为彼士玛戴瓦的尸体举行过葬礼后，悲痛之情再一次穿过尤帝士提尔王的心头。

要旨 对尤帝士提尔王来说，彼士玛戴瓦不仅是最了不起的家长，还是优秀的哲学家，是他和他的弟弟及母亲的好朋友。自从以尤帝士提尔王为首的潘达瓦五兄弟的父亲潘杜王(Mahārāja Pāṇḍu)死后，彼士玛戴瓦就成了潘达瓦兄弟最亲的祖父，并且负责照顾成了寡妇的儿媳妇琨缇黛薇。尽管尤帝士提尔王的伯父兑塔瓦施陀王(Dhṛtarāṣṭra)也在照顾潘达瓦兄弟，但他更偏爱他的以杜尤丹为首的一百个儿子。最后，他们组成了一个庞大的组织，阴谋篡夺失去父亲的潘达瓦五兄弟所合法继承的哈斯提纳普尔(Hastināpura)王国。他们在宏大的王宫中不断卑鄙地实施着一连串的大阴谋，最后把潘达瓦五兄弟流放到了一片茫茫的荒野上。彼士玛戴瓦始终都真诚地同情他们，是他们的祝福者、祖父、朋友，对尤帝士提尔王来说更是哲学家，直到他生命的最后一刻。看到尤帝士提尔王登上王位，他非常快乐地死去。要不是为了等待这一天，他早就离开他的物质身体，而不会忍受巨大的痛苦看着潘达瓦五兄弟受那些不该受的苦了。他只是在等待尤帝士提尔王登上王位的这一天，因为他坚信：有圣主奎师那的保护，潘杜的儿子们最终会赢得库茹柴陀战争。作为至尊主的奉献者，他知道至尊主的奉献者任何时候都不可能被打败。尤帝士提尔王很清楚彼士玛戴瓦对他们的所有这些美好的祝愿，所以彼士玛戴瓦离开后，他必然会感到巨大的别离之情。他是因为与这位伟大的灵魂分开而难过，并不是为彼士玛戴瓦放弃其物质躯体而难过。尽管彼士玛戴瓦是解脱了的灵魂，但为他举行葬礼是必需履行的责任。既然彼士玛戴瓦没有后代，那么尤帝士提尔王作为长孙就成了为他举行葬礼最合适的人选。由家族中一个与彼士玛戴瓦同样伟大的后代负责为他这样一位伟大的人物作最后的宗教仪式和祈祷，是彼士玛戴瓦得到的巨大的恩惠。

第 47 节 तुष्टुवुर्मुनयो हृष्टाः कृष्णं तद्गुह्यनामभिः ।
ततस्ते कृष्णहृदयाः स्वाश्रमान् प्रययुः पुनः ॥४७॥

tuṣṭuvur munayo hṛṣṭāḥ
kṛṣṇaṁ tad-guhya-nāmabhiḥ
tatas te kṛṣṇa-hṛdayāḥ
svāśramān prayayuḥ punaḥ

tuṣṭuvuḥ— 满足 / munayaḥ— 以维亚萨戴瓦为首的大圣人们 / hṛṣṭāḥ— 大家都快乐 / kṛṣṇam— 向主奎师那——人格首神 / tat — 祂的 / guhya — 机密的 / nāmabhiḥ— 靠祂的圣名等 / tataḥ— 然后 / te — 他们 / kṛṣṇa-hṛdayāḥ— 内心一直惦记主奎师那的人们 / sva-āśramān — 朝他们各自的灵修所 / prayayuḥ— 返回 / punaḥ— 再次

译文 接下来，全体伟大的圣人通过吟唱机密的韦达赞歌崇拜在场的圣主奎师那，然后返回各自的隐居所，把圣主奎师那永远留在心中。

要旨 至尊主的奉献者永远在至尊主的心中，至尊主也永远在祂的奉献者的心中。这就是至尊主与祂的奉献者之间甜美的关系。出于对至尊主纯真的热爱和忠诚，奉献者们时时刻刻在自己的心中看到至尊主；至尊主也是如此，尽管世上没有需要祂做的事，祂也没有任何渴求，但祂总是为照顾祂奉献者的利益而忙碌。就普通的生物而言，有大自然的法律在掌管他们的活动与报应；但至尊主总是挂念着要把祂的奉献者引到正确的路途上，所以奉献者由至尊主亲自照管。不仅如此，至尊主也心甘情愿让祂的奉献者来照顾祂。以维亚萨戴瓦为首的全体圣人，都是至尊主的奉献者，因此他们在葬礼结束后吟唱韦达赞歌，以取悦亲临现场的至尊主。所有的韦达赞歌都是为了取悦主奎师那而吟唱给祂听的。对此，《博伽梵歌》第15章的第15节诗证实说：所有的韦达经(Vedas)、奥义书(Upaniṣads)和《韦丹塔》(Vedānta)等，都只是在追寻祂，所有的赞歌都只是为了赞美祂。所以，圣人们做的正符合这一目的。接着，他们愉快地启程返回各自的隐居所。

第 48 节 ततो युधिष्ठिरो गत्वा सहकृष्णो गजाह्वयम् ।
पितरं सान्त्वयामास गान्धारीं च तपस्विनीम् ॥४८॥

tato yudhiṣṭhiro gatvā
saha-kṛṣṇo gajāhvayam
pitaraṁ sāntvayām āsa
gāndhārīṁ ca tapasvinīm

tataḥ— 然后 / yudhiṣṭhiraḥ— 尤帝士提尔 · 玛哈茹阿佳 / gatvā — 去那里 / saha — 伴随 / kṛṣṇaḥ— 至尊主 / gajāhvayam — 在名为嘎佳瓦

亚·哈斯提纳普尔的首都里 / pitaram — 对他的伯父(兑塔瓦施陀) / sāntvayām āsa— 安慰了 / gāndhārīm — 兑塔瓦施陀的妻子 / ca — 和 / tapasvinīm— 苦行的夫人

译文 圣人们离开后，尤帝士提尔王在圣主奎师那的陪伴下，立刻返回他的首都哈斯提纳普尔，安抚他的伯父和苦行的伯母甘妲瑞。

要旨 杜尤丹及其兄弟的父母兑塔瓦施陀和甘妲瑞(Gāndhārī)，是尤帝士提尔王的伯父和伯母。库茹柴陀战争后，这对著名的夫妻失去了他们所有的儿子和孙子，由尤帝士提尔王照顾。痛失所有的儿孙使他们在巨大的痛苦中度日如年，过着近乎是苦行者的禁欲生活。兑塔瓦施陀的伯父彼士玛戴瓦死亡的消息，对这对昔日的国王和王后来说是又一个沉重的打击，所以他们需要尤帝士提尔王的安慰。尤帝士提尔王意识到自己的责任，于是立刻匆匆忙忙地与主奎师那一起到他们那里去，用温和的话语安慰因痛失亲人而悲伤不已的兑塔瓦施陀。

甘妲瑞虽然以忠贞的妻子和慈爱的母亲的身份度过她的一生，但其实是位强有力的苦行者。据经典记载，甘妲瑞因为丈夫目盲而自愿盖住了自己的眼睛。妻子的责任是百分之百地追随丈夫。甘妲瑞是如此忠于她的丈夫，即使他永远看不见，她也跟着他。她的所作所为显示出她是个了不起的苦行者。此外，她所经受的沉重的打击，是她的一百个儿子和她的孙子全部被杀死，这种痛苦对一个妇女来说无疑是难以承受的。然而，她就像一个苦行者一样承受所有这些痛苦。甘妲瑞虽然是妇女，但从品格的角度看，她与彼士玛戴瓦一样伟大。她和她丈夫都是《玛哈巴茹阿特》中的重要人物。

第 49 节 पित्रा चानुमतो राजा वासुदेवानुमोदितः ।
चकार राज्यं धर्मेण पितृपैतामहं विभुः ॥४९॥

pitrā cānumato rājā
vāsudevānumoditaḥ
cakāra rājyaṁ dharmeṇa
pitṛ-paitāmahaṁ vibhuḥ

pitrā— 靠他的伯父兑塔瓦施陀 / ca — 和 / anumataḥ— 得到他的认可 / rājā — 尤帝士提尔王 / vāsudeva-anumoditaḥ— 经主奎师那首肯 / cakāra— 执行了 / rājyam — 王国 / dharmeṇa— 依从治国的国家法律和王室原则 / pitṛ — 父亲 / paitāmaham — 祖先 / vibhuḥ— 和……一样伟大

译文　这以后，伟大、虔诚的尤帝士提尔王，便开始根据经他伯父认可、圣主奎师那首肯的国家法律及王室原则，在他的王国中严格地行使君权。

要旨　尤帝士提尔王不仅仅是个征收税金的人。他始终清楚他作为君王所该履行的职责，这职责不亚于父亲或灵性导师的职责。君王必须从社会、政治、经济及灵性提升等所有的方面照顾臣民的福利。君王必须知道，人生是为了使关在笼中的灵魂摆脱受物质环境制约的境况。因此，他的职责是看到臣民们从各方面得到良好的照顾，最后达到摆脱物质束缚的最高完美境界。

尤帝士提尔王严格遵守这些原则，这些在下一章中就会看到。他不仅遵守原则，而且所做的都得到他那位精通政治事务的伯父的批准，以及《博伽梵歌》哲学的讲述者圣主奎师那的确认。

尤帝士提尔王是一位理想的君王，而在像他那样受过训练的君王管理下的君主制，显然是最佳的政体，优于现代由人民当家作主的共和政体或人民政府。人民大众，特别是在这个喀历年代中的人，都是出身最低贱的庶朵(śūdra, 首陀罗)，都没受过良好的训练，都很不幸，而且所有的交往和联谊都对自己有百害而无一利。他们不知道人生的最高目标，因此选举时所投的票毫无价值，而经这种不负责任的选举选出的人，根本无法像尤帝士提尔王那样承担起照顾国民的重任。

到此为止，结束了巴克提韦丹塔对《圣典博伽瓦谭》第 1 篇第 9 章——“彼士玛戴瓦在主奎师那面前过世”所作的阐释。

圣帕布帕德小传

圣恩 A.C.巴克提韦丹塔·斯瓦米·帕布帕德于 1896 年在印度的加尔各答显世。

1922 年，帕布帕德在加尔各答首次与他的灵性导师圣巴克提希丹塔·萨茹阿斯瓦提·哥斯瓦米会面。巴克提希丹塔·萨茹阿斯瓦提作为一位杰出的宗教学者，在他的一生中创建了 64 所名为高迪亚·玛特的传播韦达文化的机构。巴克提希丹塔非常喜爱这位受过教育的年轻人，于是便说服他献身于传播韦达知识。帕布帕德成了巴克提希丹塔·萨茹阿斯瓦提的学生，并于 11 年后(1933 年)在阿拉哈巴接受了他的启迪，正式成为他的门徒。

在他们第一次会面时，巴克提希丹塔·萨茹阿斯瓦提曾要求帕布帕德用英语去传播韦达知识。为此，帕布帕德在随后的日子里用英文翻译、评注了《博伽梵歌》，参加高迪亚·玛特的传教工作，并在 1944 年独自创办了英语"回归首神"双月刊杂志。他自己编辑，打出原稿，校样，甚至逐本赠送、售卖，为维持杂志的出版艰苦奋斗。"回归首神"杂志自创刊后从未停刊，目前在西方正由他的门徒用 30 多种语言继续出版着。

高迪亚·外士纳瓦协会对帕布帕德的哲学造诣及奉爱精神推崇备至，于 1947 年授予他巴克提韦丹塔的称号。

1950 年，圣帕布帕德在他 54 岁时退出家庭生活，以便用更多的时间进行研究和写作。他到了圣地温达文，住在历史上著名的中世纪神庙——茹阿妲·达摩达尔庙，过着简朴的生活。在那里，他花了好几年的时间进行写作和深入的研究工作。

1959 年，圣帕布帕德在茹阿妲·达摩达尔庙接受萨尼亚希(托钵僧)称号，进入弃绝阶层。接着，他开始翻译、评注含有一万八千节诗的卷帙浩繁的《圣典博伽瓦谭》(《博伽梵往世书》)。这是他生活中的一部杰作。他还撰写了《简易的星际旅行》。

圣帕布帕德在出版了三篇《圣典博伽瓦谭》后，于 1965 年 9 月去了美国，以完成他灵性导师交给他的使命。在随后的岁月里，他写下的权威性翻译、评注和对有关印度哲学及宗教经典作品的综合研究论文，共有 60 多册。

圣帕布帕德乘货轮第一次到纽约时，几乎身无分文。仅仅一年后，他便克服巨大的困难，于 1966 年 7 月建立了国际奎师那意识协会。在 1977 年 11 月 14 日他离世前，他一直指导着协会，看着它成长为一个在全世界有超过一百所灵修所、学校、神庙、研究机构和集体农庄的联合体。

1968 年，圣帕布帕德在美国加利福尼亚州的一个山坡上创办了新温达文——实验性韦达社区。新温达文成了一个繁荣的、有超过两千英亩土地的集体农庄。新温达文的成功激励了圣帕布帕德的门徒。他们在美国和其他国家相继成立了几个同样的集体农庄。

1972 年，圣帕布帕德通过在美国得克萨斯州的达拉斯市创办灵性导师学校，把韦达制度的初级和中级教育引介给西方社会。从那以后，在他的监督、指导下，他的门徒在美国和世界其他地区开设了同样的儿童学校，其主要的教育中心设在印度的温达文。

圣帕布帕德还促成了几个规模宏大的国际文化中心在印度的兴建。坐落在印度西孟加拉圣玛亚普尔的中心，是计划中的灵性城市。这是一个雄心勃勃的计划，需要许多年才能实现、完成。在印度的温达文有宏伟的奎师那 · 巴拉茹阿玛庙宇、国际宾馆、圣帕布帕德纪念馆和博物馆，在孟买有文化和教育主中心。别的中心计划建在印度其他十二个重要地区。

然而，圣帕布帕德最重要的贡献是他的书籍。这些书籍因其深刻、清晰、具权威性而受到学术界的高度敬重，并在为数众多的学院里被当做典范性的教科书使用。他的著作以 50 多种语言翻译出版。于 1972 年成立的巴帝维丹达书籍信托基金会，负责出版圣帕布帕德翻译、评注、撰写的书籍。它目前已成为世上最大的、出版有关印度宗教及哲学书籍的出版机构。

圣帕布帕德不顾自己年事已高，仅仅在 12 年里就进行了 14 次环球旅行，走遍 6 大洲不断演讲。尽管旅程安排得如此紧凑，圣帕布帕德仍翻译、评注、撰写了大量的书籍。他的著作构成了一个名副其实的韦达哲学、宗教、文学和文化的图书馆。

圣帕布帕德著作一览表

《博伽梵歌原意》

《圣典博伽瓦谭》第 1—10 篇

《永恒的柴坦亚经》共 17 篇

《奎师那——快乐的泉源》共 2 卷

《主柴坦亚的教导》

《奉爱的甘露》

《教诲的甘露》

《至尊奥义书》

《博伽梵之光》

《简易星际旅行》

《主卡皮拉的教导》

《琨缇王后的教导》

《首神的讯息》

《觉悟自我的科学》

《瑜伽的完美境界》

《超越生死》

《通向奎师那意识》

《知识之王》

《培养奎师那意识》

《奎师那意识——无与伦比的礼物》

《奎师那意识——瑜伽体系的顶峰》

《完美的问答录》

《生命来自生命》

《回归首神杂志》（创办人）

对圣帕布帕德生前教导的汇编性书籍

《追求解脱》
《第二次机会》
《自我发现之旅》
《文明与超越》
《大自然的法律》
《凭智慧弃绝》
《寻求启发》
《通向超然存在之途》
《超越错觉、假象和疑惑》
《哈瑞·奎师那的挑战》

参考书籍

圣帕布帕德是根据公认的权威经典写作《圣典博伽瓦谭》要旨的，以下是他引用过的经典名称：

《博伽梵歌》	(Bhagavad-gītā)
《布茹阿曼达往世书》	(Brahmāṇḍa Purāṇa)
《布茹阿玛往世书》	(Brahma Purāṇa)
《布茹阿玛·萨密塔》	(Brahma-saṁhitā)
《布茹阿玛·苏陀》(《韦丹塔·苏陀》)	(Brahma-sūtra)
《布茹阿玛·外瓦尔塔往世书》	(Brahma-vaivarta Purāṇa)
《伟大的纳茹阿迪亚往世书》	(Bṛhan-nāradīya Purāṇa)
《昌窦给亚奥义书》	(Chāndogya Upaniṣad)
《哈尔依·巴克提·苏窦达亚》	(Hari-bhakti-sudhodaya)
《哈尔依·巴克提·维拉斯》	(Hari-bhakti-vilāsa)
《至尊主圣名的甘露语法书》	(Hari-nāmāmṛta-vyākaraṇa)
《至尊奥义书》	(Īśopaniṣad)
《喀塔奥义书》	(Kaṭha Upaniṣad)
《考穆迪词典》	(Kaumudī dictionary)
《玛典迪纳·施茹缇》	(Mādhyandina-śruti)
《玛哈巴茹阿特》(《摩诃婆罗多》)	(Mahābhārata)
《玛努法典》	(Manu-smṛti)
《玛茨亚往世书》	(Matsya Purāṇa)
《尼尔星哈往世书》	(Narasiṁha Purāṇa)
《莲花往世书》	(Padma Purāṇa)
《茹阿玛亚纳》(《罗摩衍那》)	(Rāmāyana)
《沙布达·寇沙词典》	(Śabda-kośa dictionary)
《萨玛·韦达往世书》	(Sāma-veda Upaniṣad)
《斯康达往世书》	(Skanda Purāṇa)
《圣典博伽瓦谭》	(Śrīmad-Bhāgavatam)
众多的奥义书	(Upaniṣads)
《瓦玛纳往世书》	(Vāmana Purāṇa)
《瓦茹阿哈往世书》	(Varāha Purāṇa)
《外雅维亚·坦陀》	(Vāyavīya Tantra)
韦达经	(Vedas)
《韦丹塔·苏陀》	(Vedānta-sūtra)
《维施努往世书》	(Viṣṇu Purāṇa)

词　表

- A -

Ācārya — 以身作则，为整个人类树立灵修榜样的灵性导师。

Adhidaivic powers — 至尊主委派给半神人管理宇宙行政事务的职责，例如：控制雨、风和太阳等。

Ahiṁsā — 非暴力。

Akṣauhiṇī — 一个包含有二万一千八百七十辆战车、二万一千八百七十头大象、十万九千三百五十个步兵和六万五千六百一十个骑兵的军事方阵。

Anna-prāśana — 第一次给孩子喂食五谷的仪式；十种净化仪式中的一种。

Ārati — 迎接和崇拜至尊人格首神的一种仪式。在这个仪式中要一边吟唱至尊主的圣名，一边摇铃，一边向至尊主供奉香，点燃用纯净黄油做灯芯的油灯和用樟脑为燃料的灯，以及供奉盛在海螺中的水、一块精美的手帕、芬芳的鲜花、牛尾毛做的拂尘和孔雀羽毛扇。

Arcanā — 崇拜神像的奉爱程序。

Artha — 经济发展。

Āsana — 瑜伽练习中的一种坐姿。

Āśrama — 一生中四个灵性阶段中的其中一个阶段，它们分别是：独身禁欲的学生生活阶段、居士阶段、逐渐退出家庭生活阶段和出家当托钵僧的完全弃绝阶段。

Asura — 无神论者、十足的物质主义者等不按经典原则做事的恶魔；忌妒神，无视至高无上的绝对真理，反对为至尊主奎师那服务的人。

Aśvamedha-yajña — 韦达经中推荐的马祭。

Avatāra — 至尊主降临到物质世界里的化身。

- B -

Bhagavad-gītā — 《博伽梵歌》，至尊主奎师那与祂的奉献者阿尔诸纳在一场大战即将开始前的谈话，其中详细地解释说，奉爱服务既是最重要的灵修方法，也是最高级的灵性完美境界。

Bhāgavata — 与至尊主巴嘎万(Bhagavān)有关的一切，特别是至尊主的奉献者和经典《圣典博伽瓦谭》。

Bhāgavata-dharma — 为至尊主做奉爱服务的科学；至尊主颁布的宗教原则。

Bhāgavata-saptāha — 由那些以朗诵《圣典博伽瓦谭》为职业赚钱的人组织的七天朗诵《圣典博伽瓦谭》的活动。

Bhakta — 至尊主的奉献者。

Bhakti — 为至尊主所做的奉爱服务。

Bhaktivedāntas — 通过做奉爱服务觉悟了韦达经结论的进步的超然主义者。

Bhakti-yoga — 通过做奉爱服务与至尊主相连的方法。

Bhāva — 对神具有如痴如醉的爱的初步阶段。

Brahmacarya — 独身禁欲的学生生活，韦达制度中人生的第一个灵性阶段。

Brahma-tajas — 布茹阿玛纳 (婆罗门) 的力量。

Brahman — 绝对真理，特别指绝对真理不具人格特征的方面。

brāhmaṇa — 婆罗门，知识分子及祭司阶层。韦达社会制度中的最高阶层。

Brahmānanda — 觉悟了至尊主的灵性光芒后所感到的快乐。

Brahmarṣi — 一个称呼，意思是“布茹阿玛纳(婆罗门)中的圣人”。

Brahmāstra — 通过吟诵曼陀生产出的核武器。

- C -

Caṇḍāla — 不可触碰或低于韦达社会中四社会阶层人士的人；吃狗肉的人。

- D -

Daridra-nārāyaṇa — 意思是“贫穷、可怜的纳茹阿亚纳”；假象宗人士把所用的一个冒犯性的梵文词，把至尊主与可怜的穷人放在同一个层面上。

Devarśi — 一个称呼，意思是“半神人中的圣人”。

Dharma — 宗教原则，人的天职，尤其指每一个灵魂的服务本性。

Dhyāna — 冥想瑜伽。

- E -

Ekādaśī — 用来增加对奎师那的想念的特殊日子，是满月和新月后的第十一天。经典规定在这一天禁食谷类和豆类。

- G -

Gandharvas — 半神人中的歌手和音乐家。

Garbhādhāna-saṁskāra — 父母在怀孩子前所举行的一种韦达净化仪式。

Goloka Vṛndāvana (Kṛṣṇaloka) — 最高的灵性星球，主奎师那的私人住所。

Gopīs — 奎师那的牧牛姑娘朋友，是祂最顺从、最亲密的奉献者。

Gosvāmī — 控制了心和感官的人；对进入弃绝阶层的托钵僧的称呼。

Gṛhastha — 按经典的规定过有节制的居士生活的人；韦达灵性生活的第二个阶段。

Guṇa-avatāras — 物质自然三种属性的掌管神明维施努、布茹阿玛和希瓦。

Guru — 灵性导师。

- H -

Hare Kṛṣṇa mantra — 请看Mahā-mantra。

Harināma-yajña — 经典中推荐的这个年代的祭祀，聚众歌唱至尊主的圣名。

Haṭha-yoga — 为了达到净化和控制感官的目的所进行的身体姿势和呼吸的练习。

- I -

Itihāsa — 史记。

- J -

Jīva-tattva — 个体生物，至尊主的微粒部分。

Jñāna — 知识。

Jñāna-kāṇḍa — 韦达经中包含布茹阿曼(梵)知识或说灵性知识的那一部分。

- K -

Kaivalya — 融入至尊主放射的灵性光芒中的非人格解脱。

Kali-yuga — “纷争、伪善的年代”，是大周期循环中的第四个年代，也是最后一个年代，从五千年前开始。

Kalpa — 布茹阿玛的一个白天，地球的四十三亿二千万年。

Kāma — 贪欲；想要满足自己的感官的欲望。
Kāmadhenu — 灵性世界中的灵性的乳牛，可以生产无限量的牛奶。
Karatālas — 在集体吟唱至尊主圣名时手中拿着的用以敲击伴奏的铙钹。
Karma — 物质、功利性的活动及其报应。
Karmī — 从事功利性活动的人；物质主义者。
Kīrtana — 吟唱至尊主的圣名并赞美至尊主的奉爱服务程序。
Kṛṣnaloka — 参看Goloka Vṛndāvana。
Kṣatriya — 战士或管理者；韦达社会的第二个阶层。

- L -

Lakṣmī — 幸运女神，至尊主纳茹阿亚纳永恒的伴侣。
Līlā-avatāras — 至尊主降临物质世界从事灵性的娱乐活动的无数化身。
Loka — 星球。

- M -

Mahā-mantra — 为得到拯救而吟诵、吟唱的伟大的曼陀：
哈瑞 · 奎师那　哈瑞 · 奎师那　奎师那 · 奎师那　哈瑞 · 哈瑞
哈瑞 · 茹阿玛　哈瑞 · 茹阿玛　茹阿玛 · 茹阿玛　哈瑞 · 哈瑞
Mahā-ratha — 可以独自对抗一万个对手的强有力的战将。
Mahājanas — 觉悟了自我的伟大灵魂，奎师那意识科学的权威人士。
Mahat-tattva — 原初的物质能量整体，展示了的物质世界的源头。
Mahātmā — 伟大的灵魂，主奎师那崇高的奉献者。
Mantra — 超然的声音振荡或韦达赞歌，它们可以使人摆脱心中的错觉。
Mathurā — 主奎师那的住所及五千年前显现的地方，温达文就在那一区域内。主奎师那在温达文从事过孩提时期的娱乐活动后，又回到那里。
Māyā — 至尊主的低等、错觉能量，负责统治这个物质创造并迷惑生物，使其遗忘自己与奎师那的关系。
Mayāvādī — 持非人格神哲学观念的人。他们以为绝对真理最终没有形象，个体生物与神是平等的。
Mokṣa — 摆脱物质的束缚。
Mṛdaṅga — 用黏土制做的鼓，在集体吟唱神的圣名时作伴奏用。
Muni — 圣人。

- N -

Nirguṇa — 没有物质属性。

Nivṛtti-mārga — 通向解脱的弃绝之途。

- P -

Pañcarātra — 韦达文献，讲述奉献者在这个年代里崇拜神像的方法。

Paṇḍita — 学者。

Parakīya — 已婚的女子与她情人的关系；特指温达文的少女与奎师那的关系。

Paramahaṁsa — 至尊主那些如天鹅般最高级的奉献者；托钵僧的最高阶段。

Parameśvara — 至高无上的控制者——主奎师那。

Paramparā — 师徒传承，灵性知识经由传承中有资格的灵性导师传递下来。

Prāṇāyāma — 瑜伽练习，特别是八部瑜伽练习(aṣṭāṅga-yoga)中所用的控制呼吸方法。

Prasādam — 主奎师那的仁慈；以爱心供奉给至尊主后被灵性化了的食物或其他东西。

Pravṛtti-mārga — 按照韦达经典的规定进行感官享乐的途径。

Purāṇas — 韦达经的十八部补充文献，历史典籍。

Puruṣa-avatāras — 至尊主为创造物质宇宙所扩展出的三个主要的维施努化身。

- R -

Rājarṣi — 伟大圣洁的君王。

Rājasūya-yajña — 尤帝士提尔王举行、主奎师那参加的盛大祭祀仪式。

Rāma-rājya — 以至尊主的完美君王化身茹阿玛禅铎为榜样所建立的理想的韦达王国。

Rāsa-līlā — 奎师那与祂最高级、最信赖的仆人——布阿佳布弥的牧牛姑娘之间，所进行的最纯洁、灵性的爱的交流。

Ṛṣi — 圣人。

- S -

Sac-cid-ānanda-vigraha — 至尊主的永恒、极乐、充满知识的超然形象。

Sādhu — 圣洁的人。

Śālagrāma-śilā — 至尊主以石头的形象显现的神像化身。

Sampradāya — 师徒传承，也指传统的追随者。

Saṁskāra — 从怀孕到死亡所举行的一个接一个的韦达净化仪式，以达到净化人生的目的。

Sanātana-dharma — 众生永恒的职责或宗教——为至尊主做奉爱服务。

Saṅkīrtana — 聚众或集体赞美至尊主奎师那，特别是用吟唱至尊主的圣名的方法。

Sannyāsa — 韦达灵性生活中的第四个阶段；弃绝的生活。

Śāstra — 像韦达经典那样的启示经典。

Sāyujya — 融入至尊主的灵性光芒(的解脱)。

Smṛti — 启示经典，作为韦达经和奥义书这些原始韦达经典(śruti)的补充文献。

Soma-rasa — 高等星球上的半神人们可以喝到的一种延长寿命的饮料。

Śravaṇam kīrtanaṁ viṣṇoḥ — 聆听和吟诵、吟唱有关主奎师那——维施努的一切的奉爱方法。

Śruti — 经由聆听得到的知识；至尊主直接给予的原始韦达文献，包括韦达经和奥义书(Upaniṣads)。

Śūdra — 韦达社会制度中第四阶层的人——为其他阶层做服务的劳动者。

Śūdrāṇī — 为其他阶层做服务的人(Śūdra)的妻子。

Surabhi cows — 灵性世界中的灵性乳牛，提供无限量的牛奶。

Svāmī — 控制住自己的感官和心念的人；对托钵僧这种弃绝的人的称呼。

Svargaloka — 物质世界里的天堂星球。

Svayaṁvara — 允许公主挑选丈夫的仪式。

- T -

Tapasya — 苦修；为了取得灵性进步自愿承受某种物质的不便。

Tilaka — 奉献者用圣泥在前额和身体的其他部位所画的标志。

Tulasī — 主奎师那所珍爱且祂的奉献者都崇拜的一种神圣的植物。

- V -

Vaikuṇṭha — 灵性世界，在那里没有焦虑。

Vaiṣṇava — 至尊主维施努(Viṣṇu, 奎师那)的奉献者。

Vaiṣyas — 韦达社会制度中的第三阶层的人，即：农场主和商人。

Vānaprastha — 退出家庭生活的人，韦达灵性生活的第三个阶段。

Varṇa — 韦达社会制度中的四个阶层，由人所从事的工作性质和受哪一种物质属性影响所区分。请看Brāhmaṇa，Kṣatriya，Vaiśya，Śūdra。

Varṇā-saṅkara — 在没有遵守韦达宗教原则的情况下怀孕生下的孩子，因此是要不得的后代。

Varṇāśrama-dharma — 韦达社会制度中的四个社会阶层和四个灵性阶段。请看Varṇa和Āśrama。

Vedānta — 圣维亚萨戴瓦撰写的《韦丹塔・苏陀》哲学，其中包含了韦达哲学知识的结论性概述，表明主奎师那是最高的目标。

Vedas — 由主奎师那最先讲述的原始启示经典。

Virāṭ-rupa — 至尊主的宇宙形象。

Viṣṇu — 至尊人格首神为了创造和维系物质宇宙而扩展出的四臂形象。

Viṣṇu-tattva — 首神的地位或种类。用来指至尊主的主要扩展的词。

Vṛndāvana — 奎师那永恒的住所，祂在那里完全展示了祂甜美的质量；这个地球上的一个村庄，至尊主奎师那五千年前在那里演出了祂孩提时的娱乐活动。

Vyāsadeva — 主奎师那的文学化身，为人类编纂了韦达经(Vedas) 、往世书(Purāṇas)、《韦丹塔・苏陀》(Vedānta-sūtra)和《玛哈巴茹阿特》(Mahābhārata)等韦达文献。

- Y -

Yajña — 韦达祭祀；也是一切祭祀的目的和享受者至尊主的名字，意思是祭祀的人格体现。

Yātrā — 一次旅行，一个旅程。

Yoga-nidrā — 主维施努的神秘睡眠。

Yogī — 以某种方法努力与至尊者相连的超然主义者。

Yuga-avatāras — 至尊主分别在四个年代中显现的四个化身，为每一个年代中的人规定适合他们灵性觉悟的灵修方法。

Yugas — 计算宇宙寿命的年代，四个年代循环往复。

- Z -

Zamindār — 富有的地主。

梵文发音指导

人们历来用不同的字母来代表梵文，但在印度被最广泛采用的是戴瓦讷嘎瑞(devanāgarī)字母。戴瓦讷嘎瑞的意思是，半神人的城市文字。戴瓦讷嘎瑞共含有 48 个字母；13 个元音，35 个辅音。古代的梵文语法家根据方便、实用的语言学原则，把这些字母加以排列，其排列顺序被所有的现代语言学者所接受。本书所用的拉丁语字母拼音系统，50 年以来一直被语言学家所采用。

元音

अ a　आ ā　इ i　ई ī　उ u　ऊ ū　ऋ ṛ
ॠ ṝ　ऌ ḷ　ए e　ऐ ai　ओ o　औ au

辅音

喉　音：	क	ka	ख	kha	ग	ga	घ	gha	ङ	ṅa
颚　音：	च	ca	छ	cha	ज	ja	झ	jha	ञ	ña
卷舌音：	ट	ṭa	ठ	ṭha	ड	ḍa	ढ	ḍha	ण	ṇa
齿　音：	त	ta	थ	tha	द	da	ध	dha	न	na
唇　音：	प	pa	फ	pha	ब	ba	भ	bha	म	ma
半元音：	य	ya	र	ra	ल	la	व	va		
丝　音：	श	śa	ष	ṣa	स	sa				

送气音：　ह ha　　　鼻后音(anusvāra)：ं ṁ
无声音(visarga)：ः ḥ　　　省字号(avagraha)：ऽ

数词

०-0　१-1　२-2　३-3　४-4　५-5　६-6　७-7　८-8　९-9

辅音后元音的写法

ा ā　ि i　ी ī　ु u　ू ū　ृ ṛ　ॄ ṝ　े e　ै ai　ो o　ौ au

例如：क ka　का kā　कि ki　की kī　कु ku　कू kū
कृ kṛ　कॄ kṝ　के ke　कै kai　को ko　कौ kau

一般来说当辅音是两个或两个以上一起时有特殊的写法，例如：क्ष kṣa त्र tra。

在辅音后没有标出元音时，应该当作有元音 a 来念。

当出现符号(्)时，表示没有元音，例如：क्。

元音发音

a —如英语 but 中的 u
ā —如英语 far 的 a 而两倍长于 a
ai —如英语 aisle 中的 ai
au —如英语 how 中的 ow
e —如英语 they 中的 e
i —如英语 pin 中的 i
ī —如英语 pique 中的 i 而两倍长于 i
ḷ —如 lree
o —如英语 go 中的 o
ṛ —如英语 rim 中的 ri
ṝ —如英语 reed 中的 ree 而两倍长于
u —如英语 push 中的 u
ū —如英语 rule 中的 u 而两倍长于 u

辅音发音

喉音

k —如英语 kite 中的 i
kh —如英语 Eckhart 中的 kh
g —如英语 give 中的 g
gh —如英语 dig-hard 中的 g-h
ṅ —如英语 sing 中的 ng

唇音

p —如英语 pine 中的 p
ph —如英语 up-hill 中的 p-h
b —如英语 bird 中的 b
bh —如英语 rub-hard 中的 b-h
m —如英语 mother 中的 m

卷舌音

ṭ —如英语 tub 中的 t
ṭh —如英语 light-heart 中的 t-h
ḍ —如英语 dove 中的 d
ḍh —如英语 red-hot 中的 d-h
ṇ —如英语 sing 中的 n

颚音

c —如英语 chair 中的 ch
ch —如英语 staunch-heart 中的 ch-h
j —如英语 joy 中的 j
jh —如英语 hedgehog 中的 dgeh
ñ —如英语 canyon 中的 n

齿音

t —如英语 tub 中的 t
th —如英语 light-heart 中的 t-h
d —如英语 dove 中的 d
dh —如英语 red-hot 中的 d-h
n —如英语 nut 中的 n

半元音

y —如英语 yes 中的 y
r —如英语 run 中的 r
l —如英语 light 中的 l
v —如英语 vine 中的 v

丝音

ś —如德语 sprechen 中的 s

ṣ —如英语 shine 中的 sh

s —如英语 sun 中的 s

送气音

h —如英语 home 中的 h

鼻后音(anusvāra)

ṁ —如法语 bon 中的 n

无声音(visarga)

ḥ —字尾的 h 音（aḥ 发音如 aha；iḥ 发音如 ihi）

梵文音节的声调没有明显的起伏，在一行中字与字之间也没有间单，有的只是一个音节接着一个音节连绵不断地连接。有的音节短，有的音节长，而长音节的长度是短音节的二倍。长音节含有长元音(ā, ai, au, e, ī, o, ṝ ,ū)或短元音后加一个以上的辅音(包括 ḥ 和 ṁ)。丝音辅音——后面带 h 的辅音，只算单辅音。

梵文诗句索引

- A -

ab-bhakṣa upaśāntātmā 13.53
ābhāṣatainān abhinandya yuktān 19.22
abhidravati mām īśa 8.10
abhimanyu-sutaṁ sūta 4.9
abhisaṅgamya vidhivat 13.5
abhūta-pūrvaḥ sahasā 18.29
abhyācaṣṭānurāgāśrair 9.11
abhyarthitas tadā tasmai 17.38
abibhrad aryamā daṇḍaṁ 13.15
abrahmaṇyā nṛpa-vyājāḥ 17.27
adān me jñānam aiśvaryaṁ 5.39
adharmāṁśais trayo bhagnāḥ 17.24
adhijahrur mudaṁ rājñaḥ 12.6
adhikramanty aṅghribhir āhṛtāṁ balāt 14.38
adho-vadanam ab-bindūn 14.23
adhvany urukrama-parigraham aṅga rakṣan 15.20
adhyagān mahad ākhyānaṁ 7.11
adṛṣṭāśruta-vastutvāt 3.32
adyaiva rājyaṁ balam ṛddha-kośaṁ 19.3
agnir nisṛṣṭo dattaś ca 13.24
agre guṇebhyo jagad-ātmanīśvare 10.21
agrecaro mama vibho ratha-yūthapānām 15.15
āha rājā dharma-sutaś 8.47
ahaituky apratihatā 2.6
ahaṁ ca tad-brahma-kule 6.8
ahaṁ ca tasmai mahatāṁ mahīyase 6.25
ahaṁ cādhyagamaṁ tatra 3.44
ahaṁ hi pṛṣṭo 'ryamaṇo bhavadbhir 18.23
ahaṁ purātīta-bhave 'bhavaṁ mune 5.23
āhariṣye śiras tasya 7.38
āhartaiṣo 'śvamedhānāṁ 12.25
āhartāsmi bhujaṁ sākṣād 17.15
ahastāni sahastānām 13.47
aho adharmaḥ pālānāṁ 18.33
aho adya vayaṁ brahman 19.32
aho alaṁ ślāghyatamaṁ yadoḥ kulam 10.26
aho bata svar-yaśasas tiraskarī 10.27
aho batāṁho mahad adya te kṛtam 18.41
aho devarṣir dhanyo 'yaṁ 6.38
aho kaṣṭam aho 'nyāyyaṁ 9.12
aho mahīyasī jantor 13.23
aho mayā nīcam anārya-vat kṛtaṁ 19.1
aho me paśyatājñānaṁ 8.48
aho nṛ-loke pīyeta 16.8
aho sanāthā bhavatā sma yad vayaṁ 11.8
āho surādīn hṛta-yajña-bhāgān 16.20
aho vayaṁ dhanyatamā nṛpāṇāṁ 19.13
aho vayaṁ janma-bhṛto 'dya hāsma 18.18
āhūta iva me śīghraṁ 6.33
āhūto bhagavān rājñā 12.35
ājahārāśva-medhāṁs trīn 16.3
ajaṁ prajātaṁ jagataḥ śivāya tan 5.21
ajānann api saṁhāraṁ 7.20
ajānatām ivānyonyaṁ 15.23
ajas tvam asya kṣemāya 8.33
ajāta-śatrāv abhavan 10.6
ajāta-śatruḥ kṛta-maitro hutāgnir 13.31
ajāta-śatruḥ pṛtanāṁ 10.32
ajāta-śatruṁ pratyūce 13.36
akaroḥ sacivaṁ dūtaṁ 9.20
ākhyāhi vṛṣa bhadraṁ vaḥ 17.13
ākhyāhy anantācaritopapannaṁ 18.17
ākhyātāny apy adhītāni 1.6
akrūraś cograsenaś ca 11.16
alabdha-māno 'vajñātaḥ 14.39
alabdha-tṛṇa-bhūmy-ādir 18.28
ālakṣaye bhavatīm antarādhiṁ 16.19
alakṣya-liṅgo nija-lābha-tuṣṭo 19.25
alakṣyaṁ sarva-bhūtānām 8.18
alakṣyamāṇe nara-deva-nāmni 18.43
alaṅkṛtāṁ pūrṇa-kumbhair 11.15
ālokya vadanaṁ sakhyur 7.52
āmantrya cābhyanujñātaḥ 10.8
āmantrya pāṇḍu-putrāṁś ca 8.7
āmantrya vīṇāṁ raṇayan 6.37
āmayo yaś ca bhūtānāṁ 5.33
ambā ca hata-putrārtā 13.33
ambā vā hata-putrārtā 13.39
amūni pañca sthānāni 17.40
anāgaḥsv iha bhūteṣu 17.15
anāma-rūpātmani rūpa-nāmanī 10.22
ānanda-samplave līno 6.17
ananya-puruṣa-śrībhir 14.21
ānartān bhārgavopāgāc 10.35
ānartān sa upavrajya 11.1
anarthopaśamaṁ sākṣād 7.6
anavekṣamāṇo niragād 15.43
andhaḥ puraiva vadhiro 13.22
aṅguṣṭha-mātram amalaṁ 12.8
antaḥ-praviṣṭa ābhāti 2.31
antaḥsthaḥ sarva-bhūtānām 8.14
antar bahiś ca lokāṁs trīn 6.31
antarhitasya smaratī visṛṣṭā 16.23
antaro 'nantaro bhāti 13.48
anugrahād bhagavataḥ 18.1
anugrahaṁ manyamānaḥ 6.10
anugrahān mahā-viṣṇor 6.31
anuvartitā svid yaśasā 12.18
anvādravad daṁśita ugra-dhanvā 7.17
anvagacchan rathair viprā 9.2
anvavocan gamiṣyantaḥ 5.30
ānvīkṣikīm alarkāya 3.11
anyāś ca jāmayaḥ pāṇḍor 13.4
anyathā te 'vyakta-gater 19.36
anye ca devarṣi-brahmarṣi-varyā 19.11
anye ca kārṣṇi-pravarāḥ 14.31
anye ca munayaḥ sūta 1.7
anye ca munayo brahman 9.8
anye 'pi cāham amunaiva kalevareṇa 15.12
anyonyam āsīt sañjalpa 10.20
apāṇḍavam idaṁ kartuṁ 8.11
āpannaḥ saṁsṛtiṁ ghorāṁ 1.14

apāpeṣu sva-bhṛtyeṣu 18.47
apare vasudevasya 8.33
apaśyan sahasottasthe 6.18
apaśyat puruṣaṁ pūrṇaṁ 7.4
apāyayat surān anyān 3.17
āpāyayati govinda- 18.12
api devarṣiṇādiṣṭaḥ 14.8
api mayy akṛta-prajñe 13.33
api me bhagavān prītaḥ 19.35
api naḥ suhṛdas tāta 13.11
api smaranti kuśalam 14.33
api smaratha no yuṣmat- 13.8
api svasty āsate sarve 14.33
api svit parya-bhuṅkthās tvaṁ 14.43
apīpalad dharma-rājaḥ 12.4
apīvya-darśanaṁ śyāmaṁ 12.8
āplutā hari-pādābja- 8.2
apramāṇa-vido bhartur 11.39
apramattaḥ pramatteṣu 18.8
apratarkyād anirdeśyād 17.20
apṛcchad vividhān dharmān 9.25
āpūryamāṇaḥ pitṛbhiḥ 12.31
apy adya nas tvaṁ sva-kṛtehita prabho 8.37
apy eṣa vaṁśyān rājarṣīn 12.18
ārabdha-karma-nirvāṇo 6.28
arakṣatāṁ vyasanataḥ 13.34
arakṣyamāṇāḥ striya urvi bālān 16.21
arhaṇam upapeda īkṣaṇīyo 9.41
arjunaḥ sahasājñāya 7.55
āruroha rathaṁ kaiścit 10.8
asampanna ivābhāti 4.30
āśaṁsamānaḥ śamalaṁ 13.33
āsan sapatna-vijayo 14.9
āsate kuśalaṁ kaccid 14.29
āsate sasnuṣāḥ kṣemaṁ 14.27
asau guṇamayair bhāvair 2.33
āsīnā dīrgha-satreṇa 1.21
āsīno 'pa upaspṛśya 7.3
āśīrbhir yujyamāno 'nyair 11.23
aśraddadhānān niḥsattvān 4.17
āśrayaḥ sarva-bhūtānāṁ 12.23
asṛg varṣanti jaladā 14.16
āśrutya tad ṛṣi-gaṇa-vacaḥ parīkṣit 19.22
aśrūyantāśiṣaḥ satyās 10.19
aṣṭame merudevyāṁ tu 3.13
āste 'dhunā sa rājarṣiḥ 17.44
āste yadu-kulāmbhodhāv 14.35
astra-grāmaś ca bhavatā 7.44
astraṁ brahma-śiro mene 7.19
astrāṇy amogha-mahimāni nirūpitāni 15.16
astra-tejaḥ sva-gadayā 12.10
asty eva me sarvam idaṁ tvayoktaṁ 5.5
āśvāsya cāśvapākebhyo 11.22
aśvatthāmnopasṛṣṭena 12.1
asyānubhāvaṁ bhagavān 9.19
ata enaṁ vadhiṣyāmi 17.11
ataḥ paraṁ yad avyaktam 3.32
ataḥ pṛcchāmi saṁsiddhiṁ 19.37
ataḥ pumbhir dvija-śreṣṭhā 2.13
ataḥ sādho 'tra yat sāraṁ 1.11
atha dūrāgatān śauriḥ 10.33
atha taṁ sukham āsīna 5.1
atha te sampaparetānāṁ 8.1
atha viśveśa viśvātman 8.41
athābabhāṣe bhagavān 13.40
athaitāni na seveta 17.41
athājagāma bhagavān 13.38
athākhyāhi harer dhīmann 1.18
athāpi yat-pāda-nakhāvasṛṣṭaṁ 18.21
atharvāṅgirasām āsīt 4.22
athāsau yuga-sandhyāyāṁ 3.25
athavā deva-māyāyā 17.23
athavāsya padāmbhoja- 16.6
athāviśat sva-bhavanaṁ 11.30
atheha dhanyā bhagavanta itthaṁ 3.39
atho mahā-bhāga bhavān amogha-dṛk 5.13
atho vihāyemam amuṁ ca lokaṁ 19.5
athodīcīṁ diśaṁ yātu 13.28
athopaspṛśya salilaṁ 7.20
athopetya sva-śibiraṁ 7.41
atimartyāni bhagavān 1.20
ātmā ca jarayā grastaḥ 13.21
ātmānaṁ ca paritrātam 16.14
ātmānaṁ cānuśocāmi 16.31
ātmanātmānam ātmasthaṁ 6.15
ātmano 'bhimukhān dīptān 8.12
ātmany ātmānam āveśya 9.43
ātmārāmaṁ pūrṇa-kāmaṁ 11.4
ātmārāmāś ca munayo 7.10
ātmārāmāya śāntāya 8.27
ātma-tulya-balair guptāṁ 11.11
ātmaupamyena manujaṁ 11.37
ātma-vairūpya-kartāraṁ 17.13
ātmeśvaram acakṣāṇo 13.35
ato vai kavayo nityaṁ 2.22
atrānurūpaṁ rājarṣe 17.20
atrir vasiṣṭhaś cyavanaḥ śaradvān 19.9
atyakrāmad avijñātaḥ 13.17
autkaṇṭhyāśru-kalākṣasya 6.16
auttareyeṇa dattāni 17.40
avajñātam ivātmānaṁ 18.28
avāpur duravāpāṁ te 15.48
avatārā hy asaṅkhyeyā 3.26
avatāre ṣoḍaśame 3.20
avekṣate mahā-bhāgas 4.8
avicyuto 'rthaḥ kavibhir nirūpito 5.22
avidyayātmani kṛte 3.33
avijñāta-gatir jahyāt 13.26
avipakva-kaṣāyāṇāṁ 6.21
āvṛtya rodasī khaṁ ca 7.30

- B -

babandhāmarṣa-tāmrākṣaḥ 7.33
bāhavo loka-pālānāṁ 11.26
bahiḥ sthitā patiṁ sādhvī 13.58
bāla-dvija-suhṛn-mitra- 8.49
bhadrāśvaṁ ketumālaṁ ca 16.12
bhagavāṁs tatra bandhūnāṁ 11.21
bhagavān api govindo 14.34
bhagavān api viprarṣe 9.3
bhagavān devakī-putro 7.50

bhagavati ratir astu me mumūrṣor 9.39
bhagavat-saṅgi-saṅgasya 18.13
bhagavat-tattva-vijñānaṁ 2.20
bhagavaty uttama-śloke 2.18
bhaktir utpadyate puṁsaḥ 7.7
bhakti-yoga-vidhānārthaṁ 8.20
bhakti-yogena manasi 7.4
bhaktyā nirmathitāśeṣa- 15.29
bhaktyāveśya mano yasmin 9.23
bhārata-vyapadeśena 4.29
bhārāvatāraṇāyānye 8.34
bhartuḥ priyaṁ drauṇir iti sma paśyan 7.14
bhartuś ca vipriyaṁ vīra 7.39
bhautikānāṁ ca bhāvānāṁ 4.17
bhavad-vidhā bhāgavatās 13.10
bhavān hi veda tat sarvaṁ 16.25
bhava-sindhu-plavo dṛṣṭo 6.34
bhavatānudita-prāyaṁ 5.8
bhavato 'darśanaṁ yarhi 8.38
bhavato darśanaṁ yat syād 8.25
bhavāya nas tvaṁ bhava viśva-bhāvana 11.7
bhāvayaty eṣa sattvena 2.34
bhave 'smin kliśyamānānām 8.35
bhejire munayo 'thāgre 2.25
bhidyate hṛdaya-granthiś 2.21
bhikṣubhir vipravasite 6.2
bhikṣubhir vipravasite 6.5
bhīmāpavarjitaṁ piṇḍam 13.23
bhraṣṭa-śriyo nirānandāḥ 14.20
bhrātṛbhir loka-pālābhair 13.16
bhrātur jyeṣṭhasya śreyas-kṛt 13.14
bhū-bhāraḥ kṣapito yena 15.35
bhūrīṇi bhūri-karmāṇi 1.11
bhūta-hatyāṁ tathaivaikāṁ 8.52
bhū-tale 'nupatanty asmin 17.8
bhūteṣu cāntarhita ātma-tantraḥ 3.36
bhūteṣu kālasya gatiṁ 8.4
bhūtvātmopaśamopetam 3.9
bhūyaḥ papraccha taṁ brahman 6.1
brahma-bandhur na hantavya 7.53
brahmādayo bahu-tithaṁ yad-apāṅga- 16.32
brahma-kopotthitād yas tu 18.2
brahma-nadyāṁ sarasvatyām 7.2
brāhmaṇaiḥ kṣatra-bandhur hi 18.34
brāhmaṇaṁ praty abhūd brahman 18.29
brahmaṇy ātmānam ādhāre 13.55
brahmaṇyaḥ satya-sandhaś ca 12.19
brahma-tejo-vinirmuktair 8.17
brahmāvartaṁ kurukṣetraṁ 10.34
brahmāvarte yatra yajanti yajñair 17.33
brahmeti paramātmeti 2.11
bṛhadaśvo bharadvājaḥ 9.6
brūhi bhadrāya bhūtānāṁ 1.11
brūhi naḥ śraddadhānānāṁ 12.3
brūhi naḥ śraddadhānānāṁ 1.17
brūhi yogeśvare kṛṣṇe 1.23
brūyuḥ snigdhasya śiṣyasya 1.8
buddho nāmnāñjana-sutaḥ 3.24

- C -

cacāra duścaraṁ brahmā 3.6
cakāra rājyaṁ dharmeṇa 9.49
cakre veda-taroḥ śākhā 3.21
cakruḥ kṛpāṁ yadyapi tulya-darśanāḥ 5.24
cārv-āyatākṣonnasa-tulya-karṇa- 19.26
caturbhir vartase yena 16.25
caturdaśaṁ nārasiṁhaṁ 3.18
cātur-hotraṁ karma śuddhaṁ 4.19
ceta etair anāviddhaṁ 2.19
cetaso vacasaś cāpi 17.23
chindanti kovidās tasya 2.15
chittvā sveṣu sneha-pāśān draḍhimno 13.29
cīra-vāsā nirāhāro 15.43
citra-dhātu-vicitrādrīn 6.12
citra-dhvaja-patākāgrair 11.13
citra-svanaiḥ patra-rathair 6.12

- D -

dadāra karajair ūrāv 3.18
dadarśa ghora-rūpāṇi 14.2
dadarśa munim āsīnaṁ 18.25
dadarśa puruṣaṁ kañcid 12.7
dadhau mukundāṅghrim ananya-bhāvo 19.7
dadhmau daravaraṁ teṣāṁ 11.1
dādhmāyamānaḥ kara-kañja-sampuṭe 11.2
dadhre kamaṭha-rūpeṇa 3.16
dahatv abhadrasya punar na me 'bhūt 19.3
dahyamānāḥ prajāḥ sarvāḥ 7.31
dahyamāne 'gnibhir dehe 13.58
daivam anye 'pare karma 17.19
daivatāni rudantīva 14.20
daivenāpratighātena 12.16
dakṣiṇena himavata 13.51
dāna-dharmān rāja-dharmān 9.27
daṇḍa-hastaṁ ca vṛṣalaṁ 17.1
daṅkṣyati sma kulāṅgāraṁ 18.37
darśana-sparśa-saṁlāpa- 10.12
darśayan vartma dhīrāṇāṁ 3.13
darśayann ātmano rūpaṁ 15.43
dāruṇān śaṁsato 'dūrād 14.10
dātuṁ sakṛṣṇā gaṅgāyāṁ 8.1
dauṣkulyam ādhiṁ vidhunoti śīghraṁ 18.18
deśa-kālārtha-yuktāni 15.27
deva-dattām imāṁ vīṇāṁ 6.32
devakyāṁ vasudevasya 1.12
devān pitṝn ṛṣīn sādhūn 16.31
devarṣiḥ prāha viprarṣiṁ 5.1
devarṣir nāradaḥ sākṣād 9.19
devīṁ sarasvatīṁ vyāsaṁ 2.4
dhanaṁ prahīṇam ājahrur 12.33
dhānvantaraṁ dvādaśamaṁ 3.17
dhanvinām agraṇīr eṣa 12.21
dharmaḥ padaikena caran 16.18
dharmaḥ projjhita-kaitavo 'tra paramo 1.2
dharmaḥ svanuṣṭhitaḥ puṁsāṁ 2.8
dharmaṁ bravīṣi dharma-jña 17.22
dharmaṁ pravadatas tasya 9.29
dharma-pālo nara-patiḥ 18.46
dharmārtha-kāma-mokṣāṁś ca 9.28
dharmasya hy āpavargyasya 2.9
dharmyaṁ nyāyyaṁ sakaruṇaṁ 7.49

dhatte bhagaṁ satyam ṛtaṁ dayāṁ yaśo 10.25
dhṛtarāṣṭraḥ saha bhrātrā 13.51
dhṛtarāṣṭro yuyutsuś ca 13.3
dhṛta-ratha-caraṇo 'bhyayāc caladgur 9.37
dhṛta-vratena hi mayā 4.28
dhṛtyā bali-samaḥ kṛṣṇe 12.25
dhruvaṁ tato me kṛta-deva-helanād 19.2
dhūmrā diśaḥ paridhayaḥ 14.15
dhundhury-ānaka-ghaṇṭādyā 10.15
dhvasta-māyā-guṇodarko 13.56
dhyāyataś caraṇāmbhojaṁ 6.16
didṛkṣus tad ahaṁ bhūyaḥ 6.19
dig-ambaraṁ vaktra-vikīrṇa-keśaṁ 19.27
dig-deśa-kālāvyutpanno 6.8
draupadī ca tadājñāya 15.50
dṛṣṭāḥ śrutā vā yadavaḥ 13.11
dṛṣṭvā nipatitaṁ bhūmau 9.4
dṛṣṭvānuyāntam ṛṣim ātmajam apy anagnaṁ 4.5
dṛṣṭvāstra-tejas tu tayos 7.31
dṛśyate yatra dharmādi 4.29
dugdhemām oṣadhīr viprās 3.14
durbalān balino rājan 15.25
durbhagāṁś ca janān vīkṣya 4.18
dvaipāyanādibhir vipraiḥ 8.7
dvāpare samanuprāpte 4.14
dvāri dvāri gṛhāṇāṁ ca 11.15
dvijopasṛṣṭaḥ kuhakas takṣako vā 19.15
dvitīyaṁ tu bhavāyāsya 3.7
dyūtaṁ pānaṁ striyaḥ sūnā 17.38

- E -

eka evātiyāto 'ham 6.13
ekadā dhanur udyamya 18.24
ekadā nirgatāṁ gehād 6.9
ekānta-bhaktyā bhagavaty adhokṣaje 15.33
ekānta-matir unnidro 4.4
ekātmajā me jananī 6.6
ekonaviṁśe viṁśatime 3.23
eṣa dātā śaraṇyaś ca 12.20
eṣa hi brahma-bandhūnāṁ 7.57
eṣa hy asmin prajā-tantau 12.15
eṣa kiṁ nibhṛtāśeṣa- 18.31
eṣa rājñāṁ paro dharmo 17.11
eṣa vai bhagavān sākṣād 9.18
etad dhy ātura-cittānāṁ 6.34
etad īśanam īśasya 11.38
etad rūpaṁ bhagavato 3.30
etad vaḥ pāṇḍaveyānāṁ 17.17
etad-arthaṁ hi bhagavān 16.8
etāḥ paraṁ strītvam apāstapeśalaṁ 10.30
etan nānāvatārāṇāṁ 3.5
etat saṁsūcitaṁ brahmaṁs 5.32
etāvad uktvopararāma tan mahad 6.25
etāvatālaṁ nanu sūcitena 18.20
ete cāṁśa-kalāḥ puṁsaḥ 3.28
ete cānye ca bhagavan 16.29
evam ābhāṣitaḥ pṛṣṭaḥ 19.40
evaṁ baliṣṭhair yadubhir 15.26
evaṁ ca tasmin nara-deva-deve 19.18
evaṁ cakāra bhagavān 4.24
evaṁ cintayato jiṣṇoḥ 15.28
evaṁ dharme pravadati 17.21
evaṁ draṣṭari dṛśyatvam 3.31
evaṁ gṛheṣu saktānāṁ 13.17
evaṁ janmāni karmāṇi 3.35
evaṁ kṛṣṇa-mater brahman 6.27
evaṁ kṛṣṇa-sakhaḥ kṛṣṇo 15.1
evaṁ niśamya bhagavān 6.1
evaṁ nṛṇāṁ kriyā-yogāḥ 5.34
evaṁ nṛpāṇāṁ kṣiti-bhāra-janmanām 11.34
evaṁ parīkṣatā dharmaṁ 7.40
evaṁ prasanna-manaso 2.20
evaṁ pravṛttasya sadā 4.26
evaṁ pravṛttasya viśuddha-cetasas 5.25
evaṁ rājā vidureṇānujena 13.29
evaṁ sambhāṣya bhagavān 6.37
evaṁ yatantaṁ vijane 6.20
evaṁvidhā gadantīnāṁ 10.31

- G -

gajāhvaye mahā-bhāgaś 17.44
gāṁ ca dharma-dughāṁ dīnāṁ 17.3
gāṁ paryaṭaṁs tuṣṭa-manā gata-spṛhaḥ 6.26
gambhīra-rayo 'niruddho 14.30
gambhīra-ślakṣṇayā vācā 6.20
gāmbhīryaṁ sthairyam āstikyaṁ 16.28
gāndhārī dhṛtarāṣṭraś ca 10.9
gāndhārī draupadī brahman 13.4
gāndhārīṁ putra-śokārtāṁ 8.3
gāndhāryā vā mahā-bāho 13.37
gāṇḍīva-muktair viśikhair upāhare 7.16
gantuṁ kṛtamatir brahman 8.8
gatāḥ saptādhunā māsā 14.7
gata-svārtham imaṁ dehaṁ 13.26
gāvalgaṇe kva nas tāto 13.32
gāyan mādyann idaṁ tantryā 6.38
gāyanti cottamaśloka- 11.20
ghātayitvāsato rājñaḥ 8.5
ghoraṁ pratibhayākāraṁ 6.13
gītaṁ bhagavatā jñānaṁ 15.30
gopura-dvāra-mārgeṣu 11.13
gopy ādade tvayi kṛtāgasi dāma tāvad 8.31
govinda go-dvija-surārti-harāvatāra 8.43
gṛhaṁ praviṣṭo guru-vandanāya 13.31
gṛṇanti guṇa-nāmāni 5.36
guṇa-karmāśrayāḥ pumbhiḥ 18.10

- H -

hantāsmiñ janmani bhavān 6.21
haranti smarataś cittaṁ 15.27
harer guṇākṣipta-matir 7.11
harer udāraṁ caritaṁ viśuddhaṁ 18.15
hari-bhāvanayā dhvasta- 13.54
harmyāṇy āruruhur vipra 11.24
harṣa-śoka-yutas tasmād 13.59
harṣa-vihvalitātmānaḥ 11.29
hatvā svariktha-spṛdha ātatāyino 10.1
himālayaṁ nyasta-daṇḍa-praharṣaṁ 13.30
hiraṇyaṁ gāṁ mahīṁ grāmān 12.14

hitvāvadyam imaṁ lokaṁ 6.23
hitvedaṁ nṛpa gaṅgāyāṁ 12.28
hitvetarān prārthayato vibhūtir 18.20
hṛdi brahma paraṁ dhyāyan 15.44
hṛdi kṛtvā hariṁ gehāt 13.27
hṛdīkaḥ sasuto 'krūro 14.28
hṛdi-sthaṁ pūjayām āsa 9.10
hṛdy antaḥ stho hy abhadrāṇi 2.17
hṛtaṁ kṣetraṁ dhanaṁ yeṣāṁ 13.24
hutāśa iva durdharṣaḥ 12.21

- I -

icchayā krīḍituḥ syātāṁ 13.43
idaṁ bhāgavataṁ nāma 3.40
idaṁ hi puṁsas tapasaḥ śrutasya vā 5.22
idaṁ hi viśvaṁ bhagavān ivetaro 5.20
idaṁ mamācakṣva tavādhi-mūlaṁ 16.24
idānīṁ dharma pādas te 17.25
ihopahūto bhagavān 16.7
imaṁ sva-nigamaṁ brahmann 5.39
ime jana-padā grāmāḥ 14.20
ime jana-padāḥ svṛddhāḥ 8.40
indrāri-vyākulaṁ lokaṁ 3.28
īśasya hi vaśe loko 6.7
itas tato vāśana-pāna-vāsaḥ- 16.22
iti bhāratam ākhyānaṁ 4.25
iti bhītaḥ prajā-drohāt 9.1
iti bruvāṇaṁ saṁstūya 4.1
iti cintayatas tasya 14.22
iti codīritā vācaḥ 11.11
iti dharmaṁ mahīṁ caiva 17.28
iti laṅghita-maryādaṁ 18.37
iti matir upakalpitā vitṛṣṇā 9.32
iti me na tu bodhāya 8.50
iti mūrty-abhidhānena 5.38
iti priyāṁ valgu-vicitra-jalpaiḥ 7.17
iti putra-kṛtāghena 18.49
iti rājña upādiśya 12.29
iti sampraśna-saṁhṛṣṭo 2.1
iti sma rājādhyavasāya-yuktaḥ 19.17
iti vyavacchidya sa pāṇḍaveyaḥ 19.7
itihāsa-purāṇaṁ ca 4.20
itihāsa-purāṇānāṁ 4.22
ito 'rvāk prāyaśaḥ kālaḥ 13.28
itthaṁ śarat-prāvṛṣikāv ṛtū harer 5.28
ittham-bhūtānubhāvo 'yam 17.45
ity ukto dharma-rājena 13.12
ity uktvā roṣa-tāmrākṣo 18.36
ity uktvāthāruhat svargaṁ 13.60
iyaṁ ca bhūmir bhagavatā 17.26

- J -

jagṛhe pauruṣaṁ rūpaṁ 3.1
jahy astra-teja unnaddham 7.28
jajñe vaṁśa-dharaḥ pāṇḍor 12.12
jalāśayam acakṣāṇaḥ 18.25
jalāśayāñ chiva-jalān 6.12
jalaukasāṁ jale yadvan 15.25
jambūdvīpādhipatyaṁ ca 12.5
janaḥ sadyo viyujyeta 13.20
janamejayādīṁś caturas 16.2
janayaty āśu vairāgyaṁ 2.7
jane 'nāgasy aghaṁ yuñjan 17.14
janitā viṣṇu-yaśaso 3.25
janma guhyaṁ bhagavato 3.29
janma karma ca viśvātmann 8.30
janmādy asya yato 'nvayād itarataś 1.1
janmaiśvarya-śruta-śrībhir 8.26
janma-karma-rahasyaṁ me 6.36
jātaḥ parāśarād yogī 4.14
jātaika-bhaktir govinde 13.2
jātakaṁ kārayām āsa 12.13
jihma-prāyaṁ vyavahṛtaṁ 14.4
jijñāsitam adhītaṁ ca 5.4
jijñāsitaṁ susampannam 5.3
jijñāsitātma-yāthārthyo 12.28
jitāsano jita-śvāsaḥ 13.54
jīvanti nātmārtham asau parāśrayaṁ 4.12
jīvasya tattva-jijñāsā 2.10
jīvema te sundara-hāsa-śobhitam 11.10
jīvituṁ nārhatha kliṣṭaṁ 9.12
jñānaṁ guhyatamaṁ yat tat 5.30
jñānaṁ viraktir aiśvaryaṁ 16.27
jñānaṁ yat tad adhīnaṁ hi 5.35
jñānena vaiyāsaki-śabditena 18.16
jñātuṁ ca puṇya-ślokasya 14.1
jñātuṁ ca puṇya-ślokasya 14.6
jñātvāgād dhāstinapuraṁ 13.1
jugupsitaṁ dharma-kṛte 'nuśāsataḥ 5.15
jugupsitaṁ karma kiñcit 14.43

- K -

kā vā saheta virahaṁ puruṣottamasya 16.35
kaccid ānarta-puryāṁ naḥ 14.25
kaccid āste sukhaṁ rāmo 14.29
kaccid bhadre 'nāmayam ātmanas te 16.19
kaccid rājāhuko jīvaty 14.28
kaccin nābhihato 'bhāvaiḥ 14.40
kaccit preṣṭhatamenātha 14.44
kaccit pure sudharmāyāṁ 14.34
kaccit te 'nāmayaṁ tāta 14.39
kaccit tvaṁ brāhmaṇaṁ bālaṁ 14.41
kaccit tvaṁ nāgamo 'gamyāṁ 14.42
kakṣīvān gautamo 'triś ca 9.7
kālaḥ prādurabhūt kāle 6.27
kalāḥ sarve harer eva 3.27
kāla-karma-guṇādhīno 13.46
kāla-karma-tamo-ruddhaṁ 15.30
kāla-rūpo 'vatīrṇo 'syām 13.49
kālasya ca gatiṁ raudrāṁ 14.3
kalau naṣṭa-dṛśām eṣa 3.43
kālena vā te balināṁ balīyasā 16.24
kalevaraṁ hāsyati svaṁ 13.57
kalim āgatam ājñāya 1.21
kaliṁ sattva-haraṁ puṁsāṁ 1.22
kalinādharma-mitreṇa 15.45
kalpānta idam ādāya 6.29
kāmaṁ dahatu māṁ nātha 8.10
kāmaṁ vavarṣa parjanyaḥ 10.4

kāmān amoghān sthira-jaṅgamānām 17.34
kāmasya nendriya-prītir 2.10
kañcit kālam athāvātsīt 13.14
kaṇṭakaṁ kaṇṭakeneva 15.34
karmabhir gṛhamedhīyair 8.51
karmaṇy asminn anāśvāse 18.12
karma-śreyasi mūḍhānāṁ 4.25
karṇadhāra ivāpāre 13.40
kas tvaṁ mac-charaṇe loke 17.5
kasmin yuge pravṛtteyaṁ 4.3
kasya hetor nijagrāha 16.5
kasya vā bṛhatīm etām 7.9
katham ālakṣitaḥ pauraiḥ 4.6
katham anyāṁs tu gopāyet 13.46
kathāṁ bhāgavatīṁ puṇyāṁ 4.2
kathaṁ cedam udasrākṣīḥ 6.3
kathaṁ sa vīraḥ śriyam aṅga dustyajāṁ 4.11
kathaṁ tv anāthāḥ kṛpaṇā 13.45
kathaṁ vā pāṇḍaveyasya 4.7
kathaṁ vayaṁ nātha ciroṣite tvayi 11.10
kauravendra-pura-strīṇāṁ 10.20
kauśiky-āpa upaspṛśya 18.36
kayā vṛttyā vartitaṁ vaś 13.9
ke vayaṁ nāma-rūpābhyāṁ 8.38
kecid āhur ajaṁ jātaṁ 8.32
kecid vikalpa-vasanā 17.19
kena vā te 'pakṛtam 18.40
kheṭa-kharvaṭa-vāṭīś ca 6.11
kim anyair asad-ālāpair 16.6
kim idaṁ svit kuto veti 7.26
kiṁ kṣatra-bandhūn kalinopasṛṣṭān 16.22
kiṁ nu bāleṣu śūreṇa 18.8
kiṁ punar darśana-sparśa- 19.33
kiṁ te kāmāḥ sura-spārhā 12.6
kiṁ vā bhāgavatā dharmā 4.31
kimpuruṣādīni varṣāṇi 16.12
kīrtyamānaṁ yaśo yasya 10.11
ko nāma tṛpyed rasavit kathāyāṁ 18.14
ko vā bhagavatas tasya 1.16
ko 'vṛścat tava pādāṁs trīn 17.12
kṛcchreṇa saṁstabhya śucaḥ 15.3
krīḍanti paramānandaṁ 14.36
kṛpayā sneha-vaiklavyāt 13.35
kṛpayātithi-rūpeṇa 19.32
kṛṣṇa evaṁ bhagavati 9.43
kṛṣṇa kṛṣṇa mahā-bāho 7.22
kṛṣṇaṁ ca tat-prabhāva-jña 9.10
kṛṣṇāṅghri-sevām adhimanyamāna 19.5
kṛṣṇasya nārado 'bhyāgād 4.32
kṛṣṇāveśena tac-cittaḥ 15.49
kṛṣṇāya vāsudevāya 8.21
kṛṣṇe gate bhagavati 18.35
kṛṣṇe lasat-pīta-paṭe catur-bhuje 9.30
kṛṣṇe sva-dhāmopagate 3.43
kṛṣṇo 'strī gāṇḍivaṁ cāpaṁ 9.15
kṛtam anukṛtavatya unmadāndhāḥ 9.40
kṛtavān bhārataṁ yas tvaṁ 5.3
kṛtavān kila karmāṇi 1.20
kṣatajākṣaṁ gadā-pāṇim 12.9
kṣīyante cāsya karmāṇi 2.21
kṣudrāyuṣāṁ nṛṇām aṅga 16.7
kṣut-tṛṭ-śrama-yuto dīno 18.46
kumatim aharad ātma-vidyayā yaś 9.36
kuru pratiśrutaṁ satyaṁ 7.54
kuru-jāṅgala-pāñcālān 10.34
kurvāṇā yatra karmāṇi 5.36
kurvanti sarvātmakam ātma-bhāvaṁ 3.39
kurvanty ahaitukīṁ bhaktim 7.10
kuśalāny āśu siddhyanti 18.7
kutaḥ punaḥ śaśvad abhadram īśvare 5.12
kutaḥ punar gṛṇato nāma tasya 18.19
kutaḥ sañcoditaḥ kṛṣṇaḥ 4.3

- L -

labdhā sabhā maya-kṛtādbhuta-śilpa-māyā 15.8
labdhāpacitayaḥ sarve 12.29
lakṣaye tatra tatrāpi 17.36
lalita-gati-vilāsa-valgu-hāsa- 9.40
lasat-kuṇḍala-nirbhāta- 11.19
līlā vidadhataḥ svairam 1.18
līlāvatārānurato 2.34
līna-prakṛti-nairguṇyād 15.31
lobhādy-adharma-prakṛtiṁ 14.5
lobho 'nṛtaṁ cauryam anāryam aṁho 17.32
lokāḥ sapālā yasyeme 13.41
lokaṁ paraṁ virajaskaṁ viśokaṁ 19.21
lokasyājānato vidvāṁś 7.6

- M -

mā bhūvaṁs tvādṛśā rāṣṭre 17.12
mā kañcana śuco rājan 13.41
mā maṁsthā hy etad āścaryaṁ 8.16
mā rodīd asya jananī 7.47
mā rodīr amba bhadraṁ te 17.9
mā saurabheyātra śuco 17.9
madhu-bhoja-daśārhārha- 14.25
madhu-bhoja-daśārhārha- 11.11
mahā-dhanāni vāsāṁsi 16.15
maharṣayo vai samupāgatā ye 19.19
mahatsu yāṁ yām upayāmi sṛṣṭiṁ 19.16
mahī-patis tv atha tat-karma garhyaṁ 19.1
mainaṁ pārthārhasi trātuṁ 7.35
maitreya aurvaḥ kavaṣaḥ kumbhayonir 19.10
mām aṅga sārameyo 'yam 14.12
māṁ śrānta-vāham arayo rathino bhuvi- 15.17
mama niśita-śarair vibhidyamāna- 9.34
manasā dhārayām āsur 15.46
mandāḥ sumanda-matayo 1.10
mandaṁ jahāsa vaikuṇṭho 8.44
mandasya manda-prajñasya 16.9
maṅgalāya ca lokānāṁ 14.35
maṇiṁ jahāra mūrdhanyaṁ 7.55
mānitā nirvyalīkena 4.28
manya etair mahotpātair 14.21
manye tvāṁ kālam īśānam 8.28
manye tvāṁ viṣaye vācāṁ 4.13
marīci-miśrā ṛṣayaḥ 6.30
maru-dhanvam atikramya 10.35
mātā śiśūnāṁ nidhanaṁ sutānāṁ 7.15
mataṁ ca vāsudevasya 7.32

mathurāyāṁ tathā vajraṁ 15.39
matir mayi nibaddheyaṁ 6.24
mat-kāmaḥ śanakaiḥ sādhu 6.22
mattaṁ pramattam unmattaṁ 7.36
mātulaḥ sānujaḥ kaccit 14.26
mātur garbha-gato vīraḥ 12.7
māyā-guṇair viracitaṁ 3.30
mayaivobhayam āmnātaṁ 7.53
māyā-javanikācchannam 8.19
māyāṁ vyudasya cic-chaktyā 7.23
māyānubhāvam avidaṁ 5.31
mayy ātmaje 'nanya-gatau 6.6
medhātithir devala ārṣṭiṣeṇo 19.10
megha-gambhīrayā vācā 17.4
miṣato daśamāsasya 12.11
mitho nighnanti bhūtāni 15.24
mohayan māyayā lokaṁ 9.18
mṛdaṅga-śaṅkha-bheryaś ca 10.15
mṛdhe mṛdhe 'neka-mahārathāstrato 8.24
mṛgān anugataḥ śrāntaḥ 18.24
mṛgendra iva vikrānto 12.22
mṛṣā-samādhir āhosvit 18.31
mṛtyāv apānaṁ sotsargaṁ 15.41
mṛtyu-dūtaḥ kapoto 'yam 14.14
mucyatāṁ mucyatām eṣa 7.43
mukunda-sevayā yadvat 6.35
mumucuḥ prema-bāṣpaughaṁ 13.6
mumukṣavo ghora-rūpān 2.26
munayaḥ sādhu pṛṣṭo 'haṁ 2.5
muni-gaṇa-nṛpa-varya-saṅkule 'ntaḥ- 9.41
mūrcchayitvā hari-kathāṁ 6.32

- N -

na bhartur nātmanaś cārthe 7.51
na cāsya kaścin nipuṇena dhātur 3.37
na dattam uktam arthibhya 14.40
na hy asya karhicid rājan 9.16
na hy asyānyatamaṁ kiñcid 7.28
na hy eṣa vyavadhāt kāla 6.4
na jātu kauravendrāṇāṁ 17.8
na jvalaty agnir ājyena 14.18
na karhicit kvāpi ca duḥsthitā matir 5.14
na kaścin mriyate tāvad 16.8
na lakṣyase mūḍha-dṛśā 8.19
na lakṣyate hy avasthānam 19.39
na me syān nirayān mokṣo 8.49
na pibanti stanaṁ vatsā 14.19
na sammumohorubhayād 18.2
na sandeho mahā-bhāga 12.17
na sehire vimuhyanto 10.10
na tathā vāsudevasya 5.9
na te guḍākeśa-yaśo-dharāṇāṁ 17.31
na vā idaṁ rājarṣi-varya citraṁ 19.20
na vai jano jātu kathañcanāvrajen 5.19
na vai nṛbhir nara-devaṁ parākhyaṁ 18.42
na vartitavyaṁ bhavatā kathañcana 17.31
na vartitavyaṁ tad adharma-bandho 17.33
na vayaṁ kleśa-bījāni 17.18
na veda kaścid bhagavaṁś cikīrṣitaṁ 8.29
na vitṛpyanti hi dṛśaḥ 11.25
na vyathanti na hṛṣyanti 18.50
na yad vacaś citra-padaṁ harer yaśo 5.10
na yasya kaścid dayito 'sti karhicid 8.29
na yujyate sadātma-sthair 11.38
nabhaḥ patanty ātma-samaṁ patattriṇas 18.23
nābhi-hradāmbujād āsīd 3.2
nādhayo vyādhayaḥ kleśā 10.6
nadyaḥ samudrā girayaḥ 10.5
nadyo nadāś ca kṣubhitāḥ 14.18
nāhaṁ veda gatiṁ pitror 13.39
nāhaṁ veda vyavasitaṁ 13.37
naicchad dhantuṁ guru-sutaṁ 7.40
naimiṣe 'nimiṣa-kṣetre 1.4
naino rājñaḥ prajā-bhartur 8.50
naiṣkarmyam apy acyuta-bhāva-varjitaṁ 5.12
naivārhaty abhidhātuṁ vai 8.26
naivāsau veda saṁhāraṁ 7.27
nakulaḥ sahadevaś ca 7.50
nala-veṇu-śaras-tanba- 6.13
namaḥ paṅkaja-nābhāya 8.22
namaḥ paṅkaja-netrāya 8.22
nāmāni rūpāṇi mano-vacobhiḥ 3.37
namanti yat-pāda-niketam ātmanaḥ 4.11
nāmāny anantasya hata-trapaḥ paṭhan 6.26
nāmāny anantasya yaśo 'ṅkitāni yat 5.11
namasye puruṣaṁ tvādyam 8.18
namo 'kiñcana-vittāya 8.27
nānākhyānetihāseṣu 9.28
nānārṣeya-pravarān sametān 19.11
nānā-śaṅkāspadaṁ rūpaṁ 15.1
nanda-gopa-kumārāya 8.21
nāneva bhāti viśvātmā 2.32
nāntaṁ guṇānām aguṇasya jagmur 18.14
nānudveṣṭi kaliṁ samrāṭ 18.7
nānurūpānurūpāś ca 10.19
nanv apriyaṁ durviṣahaṁ 13.13
nānyaṁ tvad abhayaṁ paśye 8.9
nara-devatvam āpannaḥ 3.22
nara-devo 'si veṣeṇa 17.5
nārāyaṇa-kalāḥ śāntā 2.26
nārāyaṇaṁ namaskṛtya 2.4
narmāṇy udāra-rucira-smita-śobhitāni 15.18
nārthasya dharmaikāntasya 2.9
naṣṭa-prāyeṣv abhadreṣu 2.18
nāsya tat pratikurvanti 18.48
natāḥ sma te nātha sadāṅghri-paṅkajaṁ 11.6
naṭa-nartaka-gandharvāḥ 11.20
nātidūre kilāścaryaṁ 16.17
nātiprasīdad dhṛdayaḥ 4.27
nāvedayat sakaruṇo 13.13
nāvy āropya mahī-mayyām 3.15
nāyāti kasya vā hetor 14.7
nehātha nāmutra ca kaścanārtha 19.23
neyaṁ śobhiṣyate tatra 8.39
nidhanaṁ ca yathaivāsīt 12.2
nidrayā hriyate naktaṁ 16.9
nigama-kalpa-taror galitaṁ phalaṁ 1.3
nigrahītā kaler eṣa 12.26
nigūḍha-jatruṁ pṛthu-tuṅga-vakṣasam 19.27
niḥspṛhaḥ sarva-kāmebhyaḥ 12.4
niḥśreyasāya lokasya 3.40

nijagrāhaujasā vīraḥ 16.4
nimittāny atyariṣṭāni 14.5
nirgate nārade sūta 7.1
nirghātaś ca mahāṁs tāta 14.15
nirīkṣaṇenābhinandan 10.31
nirīkṣya kṛṣṇāpakṛtaṁ guroḥ sutaṁ 7.42
nirjitya saṅkhye tri-daśāṁs tad-āśiṣo 14.37
nirmamo nirahaṅkāraḥ 15.40
niruddham apy āsravad ambu netrayor 11.32
nirūpito bālaka eva yogināṁ 5.23
nirveda-mūlo dvija-śāpa-rūpo 19.14
niryāty agārān no 'bhadram 10.14
niśamya bhagavan-mārgaṁ 15.32
niśamya bhīma-gaditaṁ 7.52
niśamya bhīṣmoktam athācyutoktaṁ 10.3
niśamya preṣṭham āyāntaṁ 11.16
niśamya śaptam atad-arhaṁ narendraṁ 18.41
niśamya vārtām anatipriyāṁ tataḥ 16.10
niśātam ādade khaḍgaṁ 17.28
niṣpāditaṁ deva-kṛtyam 13.50
nitarāṁ mriyamāṇānāṁ 19.36
nityaṁ nirīkṣamāṇānāṁ 11.25
nivartitākhilāhāra 13.56
niveśayitvā nija-rājya īśvaro 10.2
nivṛtta-sarvendriya-vṛtti-vibhramas 9.31
notpādayed yadi ratiṁ 2.8
nottamaśloka-vārtānāṁ 18.4
nṛdeva-cihna-dhṛk śūdra- 16.5
nṛpa-liṅga-dharaṁ śūdraṁ 16.4
nṛpam agrajam ity āha 15.4
nūnaṁ bhagavato brahman 19.39
nūnaṁ vrata-snāna-hutādineśvaraḥ 10.28
nyarundhann udgalad bāṣpam 10.14
nyavedayat taṁ priyāyai 7.41

- O -

oṁ namo bhagavate tubhyaṁ 5.37

- P -

pādair nyūnaṁ śocasi maika-pādam 16.20
pada-trayaṁ yācamānaḥ 3.19
pade pade kā virameta tat-padāc 11.33
pāhi pāhi mahā-yogin 8.9
paitṛ-ṣvaseya-prīty-arthaṁ 19.35
pañcadaśaṁ vāmanakaṁ 3.19
pañcamaḥ kapilo nāma 3.10
pāṇḍu-putrān upāsīnān 9.11
pāpaṁ kṛtaṁ tad bhagavān 18.47
pāpīyasīṁ nṛṇāṁ vārtāṁ 14.3
papraccha ratham ārūḍhaḥ 17.4
parādravat prāṇa-parīpsur urvyāṁ 7.18
paraity anicchato jīrṇo 13.25
parājito vātha bhavān 14.42
pārakyasyaiva dehasya 8.48
parāśaro gādhi-suto 'tha rāma 19.9
pārāśarya mahā-bhāga 5.2
parasparaṁ ghnanti śapanti vṛñjate 18.44
parāvara-jñaḥ sa ṛṣiḥ 4.16
parāvare brahmaṇi dharmato vrataiḥ 5.7
parāvareśo manasaiva viśvaṁ 5.6
parāyaṇaṁ kṣemam ihecchatāṁ paraṁ 11.6
parebhyaḥ śaṅkitaḥ snehāt 10.32
paribhramantam ulkābhāṁ 12.9
parīkṣin nāma rājarṣiḥ 16.36
parīkṣitaivam ādiṣṭaḥ 17.35
parīkṣito 'tha rājarṣer 7.12
pariśrāntendriyātmāhaṁ 6.14
parituṣyati śārīra 5.2
paro 'pi manute 'narthaṁ 7.5
parokṣeṇa samunnaddha- 15.3
pārtha prajāvitā sākṣād 12.19
pārthivād dāruṇo dhūmas 2.24
parvato nārado dhaumyo 9.6
paśyanti bhakty-utkalitāmalātmanā 10.23
paśyanti nityaṁ yad anugraheṣitaṁ 10.27
paśyanty ado rūpam adabhra-cakṣuṣā 3.4
paśyanty ātmani cātmānaṁ 2.12
paśyotpātān nara-vyāghra 14.10
patiṁ prayāntaṁ subalasya putrī 13.30
patitaṁ pādayor vīraḥ 17.30
patnyaḥ patiṁ proṣya gṛhānupāgataṁ 11.31
patnyās tavādhimakha-kḷpta-mahābhiṣeka- 15.10
phalanty oṣadhayaḥ sarvāḥ 10.5
phalgūni tatra mahatāṁ 13.47
pibanti yāḥ sakhy adharāmṛtaṁ muhur 10.28
pibata bhāgavataṁ rasam ālayaṁ 1.3
piśaṅga-vāsā vana-mālayā babhau 11.27
pitāmaha-samaḥ sāmye 12.23
pitāmahenopanyastaṁ 17.43
pitaraṁ sāntvayām āsa 9.48
pitaraṁ sarva-suhṛdam 11.5
pitaraṁ vīkṣya duḥkhārto 18.38
pitary uparate pāṇḍau 13.34
pitrā cānumato rājā 9.49
pitṛ-bhrātṛ-suhṛt-putrā 13.21
pitṛ-bhūta-prajeśādīn 2.27
pitṛ-mātṛ-suhṛd-bhrātṛ- 14.4
prabodhito 'pītihāsair 8.46
prādāt svannaṁ ca viprebhyaḥ 12.14
pradyumnaḥ sarva-vṛṣṇīnāṁ 14.30
pradyumnaś cārudeṣṇaś ca 11.17
pradyumna-sāmbāmba-sutādayo 'parā 10.29
pradyumnāyāniruddhāya 5.37
prāgalbhyaṁ praśrayaḥ śīlaṁ 16.28
pragāyataḥ sva-vīryāṇi 6.33
pragīyamāṇaṁ ca yaśaḥ 16.13
prāhārjunaṁ prakupito 7.34
praharṣa-vegocchaśita- 11.17
prahvābhivādanāśleṣa- 11.22
prājāpatyāṁ nirūpyeṣṭim 15.39
prajā-sarga-nirodhe 'pi 6.24
prajopadravam ālakṣya 7.32
prākhyāhi duḥkhair muhur arditātmanāṁ 5.40
prāk-kalpa-viṣayām etāṁ 6.4
prākṛtenātmanā viprāḥ 8.47
praṇamya mūrdhnāvahitaḥ kṛtāñjalir 19.31
prāṇāpadam abhiprekṣya 7.21
praṇemuḥ pāṇḍavā bhīṣmaṁ 9.4
prapannaṁ virathaṁ bhītaṁ 7.36
prapatsyata upaśrutya 12.27

prārthyā mahattvam icchadbhir 16.29
prasabham abhisasāra mad-vadhārthaṁ 9.38
prāsādā yatra patnīnāṁ 11.30
prāsāda-śikharārūḍhāḥ 10.16
prasanna-hāsāruṇa-locanollasan- 9.24
praśāntam āsīnam akuṇṭha-medhasaṁ 19.31
praśasya bhūmau vyakiran prasūnair 19.18
praśrayāvanato rājā 13.7
pratidṛśam iva naikadhārkam ekaṁ 9.42
pratikriyā na yasyeha 13.19
pratipūjya vacas teṣāṁ 2.1
pratiruddhendriya-prāṇa- 18.26
pratisandadha āśvāsya 17.42
pratiśrutaṁ ca bhavatā 7.38
pratyabhāṣata dharma-jño 19.40
pratyāhṛtaṁ bahu dhanaṁ ca mayā pareṣāṁ 15.14
pratyudyayuḥ prajāḥ sarvā 11.3
pratyujjagmū rathair hṛṣṭāḥ 11.18
pratyujjagmuḥ praharṣeṇa 13.5
pratyulūkaś ca kuhvānair 14.14
pratyutthāyābhivādyāha 13.38
pratyutthitās te munayaḥ svāsanebhyas 19.28
pravartamānasya guṇair anātmanas 5.16
praviṣṭas tu gṛhaṁ pitroḥ 11.28
prayāṇābhimukhaṁ kṛṣṇam 8.17
prāyaśaḥ sādhavo loke 18.50
prāyeṇa tīrthābhigamāpadeśaiḥ 19.8
prāyeṇaitad bhagavata 15.24
prāyeṇālpāyuṣaḥ sabhya 1.10
prāyopaviṣṭaṁ gaṅgāyāṁ 3.42
prāyopaviṣṭo gaṅgāyām 4.10
prayujyamāne mayi tāṁ 6.28
pṛcchati sma suhṛn madhye 14.24
pṛcchati smāśru-vadanāṁ 16.18
prema-smita-snigdha-nirīkṣaṇānanaṁ 11.8
prematibhara-nirbhinna- 6.17
prīty-utphulla-mukhāḥ procur 11.5
priyāḥ paramahaṁsānāṁ 4.31
priyaṁ ca bhīmasenasya 7.54
provācāsuraye sāṅkhyaṁ 3.10
pṛthāpy anuśrutya dhanañjayoditaṁ 15.33
pṛthayetthaṁ kala-padaiḥ 8.44
pūjayām āsa dharma-jño 9.9
pūjayām āsa vidhivan 4.33
puṁsām ekāntataḥ śreyas 1.9
punaś ca bhūyād bhagavaty anante 19.16
punaś ca yācamānāya 17.39
punāti lokān ubhayatra seśān 19.6
puruṣaṁ taṁ vijānīmo 17.18
puruṣa-sva-bhāva-vihitān 9.26
puruṣasyeha yat kāryaṁ 19.37
pūrvaṁ dṛṣṭam anudhyāyan 12.30
putra-śokāturāḥ sarve 7.58
putreti tan-mayatayā taravo 'bhinedus 2.2

- R -

rājā dharma-suto rājñyāḥ 7.49
rājā labdha-dhano dadhyau 12.32
rājā tam arhayāṁ cakre 13.6
rāja-mārgaṁ gate kṛṣṇe 11.24
rājaṁs tvayānupṛṣṭānāṁ 15.22
rājan nirgamyatāṁ śīghraṁ 13.18
rājarṣayaś ca tatrāsan 9.5
rājarṣīṇāṁ janayitā 12.26
rajas-tamaḥ-prakṛtayaḥ 2.27
rājñāghaṁ prāpitaṁ tātaṁ 18.32
rājñaḥ pratyāgamad brahman 14.22
rājñāṁ kulaṁ brāhmaṇa-pāda-śaucād 19.13
rājño hi paramo dharmaḥ 17.16
rāma-kṛṣṇāv iti bhuvo 3.23
rantideva ivodāro 12.24
ratim udvahatād addhā 8.42
ratna-daṇḍaṁ guḍākeśaḥ 10.17
rāto vo 'nugrahārthāya 12.16
reme strī-ratna-kūṭastho 11.35
ṛg-yajuḥ-sāmātharvākhyā 4.20
ṛṣayo manavo devā 3.27
ṛṣibhir yācito bheje 3.14
rudanty aśru-mukhā gāvo 14.19
rūpaṁ bhagavato yat tan 6.18
rūpaṁ sa jagṛhe mātsyaṁ 3.15

- S -

sa cintayann ittham athāśṛṇod yathā 19.4
sa deva-devo bhagavān pratīkṣatāṁ 9.24
sa eṣa bhagavān droṇaḥ 7.45
sa eṣa bhagavān kālaḥ 13.19
sa eṣa etarhy adhyāsta 17.43
sa eṣa loke vikhyātaḥ 12.30
sa eṣa nara-loke 'sminn 11.35
sa eva bhūyo nija-vīrya-coditāṁ 10.22
sa eva jīva-lokasya 7.24
sa eva prathamaṁ devaḥ 3.6
sa evedaṁ sasarjāgre 2.30
sa go-dohana-mātraṁ hi 4.8
sa kadācit sarasvatyā 4.15
sa kathaṁ tad-gṛhe dvāḥ-sthaḥ 18.34
sa rāja-putro vavṛdhe 12.31
sa sādhu mene na cireṇa takṣakā- 19.4
sa saṁhitāṁ bhāgavatīṁ 7.8
sa samrāṭ kasya vā hetoḥ 4.10
sa saṁvṛtas tatra mahān mahīyasāṁ 19.30
sa saṁyunakti bhūtāni 13.41
sā śrīḥ sva-vāsam aravinda-vanaṁ vihāya 16.32
sa tair vyarocata nṛpaḥ 9.3
sa tu brahma-ṛṣer aṁse 18.30
sa tu saṁśrāvayām āsa 3.42
sa uccakāśe dhavalodaro daro 11.2
sa uttarasya tanayām 16.2
sa vā adyatanād rājan 13.57
sa vā āṅgiraso brahman 18.39
sa vā ayaṁ sakhy anugīta-sat-katho 10.24
sa vā ayaṁ yat padam atra sūrayo 10.23
sa vā idaṁ viśvam amogha-līlaḥ 3.36
sa vai bhavān veda samasta-guhyam 5.6
sa vai kilāyaṁ puruṣaḥ purātano 10.21
sa vai mahā-bhāgavataḥ parīkṣid 18.16
sa vai nivṛtti-nirataḥ 7.9
sa vai puṁsāṁ paro dharmo 2.6
sa veda dhātuḥ padavīṁ parasya 3.38

sa viṣṇu-rāto 'tithaya āgatāya 19.29
sa yāmādyaiḥ sura-gaṇair 3.12
sad-asad-rūpayā cāsau 2.30
sādhayitvājāta-śatroḥ 8.5
sādhūnāṁ bhadram eva syād 17.14
sadyaḥ punanty upaspṛṣṭāḥ 1.15
sadyo naśyanti vai puṁsāṁ 19.34
sahānujaiḥ pratyavaruddha-bhojanaḥ 10.1
sahasra-mūrdha-śravaṇākṣi-nāsikaṁ 3.4
sahasra-yuga-paryante 6.30
śākānna-śiṣṭam upayujya yatas tri-lokīṁ 15.11
sakhyaṁ maitrīṁ sauhṛdaṁ ca 15.4
sakhyuḥ sakheva pitṛvat tanayasya 15.19
sakṛd yad darśitaṁ rūpam 6.22
sākṣān mahā-bhāgavato 18.46
samāgatāḥ sarvata eva sarve 19.23
samāhitena manasā 17.21
samaṁ carantaṁ sarvatra 8.28
sambhūtaṁ ṣoḍaśa-kalam 3.1
saṁhatyānyonyam ubhayos 7.30
sammārjita-mahā-mārga- 11.14
sammuhya cāpam ajahāt pramadottamās tā 11.36
śamo damas tapaḥ sāmyaṁ 16.26
sampadaḥ kratavo lokā 12.5
sampadyamānam ājñāya 9.44
sampanna eveti vidur 3.34
samprasthite dvārakāyāṁ 14.1
sampreṣito dvārakāyāṁ 14.6
saṁsāriṇāṁ karuṇayāha purāṇa-guhyaṁ 2.3
saṁsthāṁ ca pāṇḍu-putrāṇāṁ 7.12
saṁsthite 'tirathe pāṇḍau 9.13
samudra-nigrahādīni 3.22
saṁvādaḥ samabhūt tāta 4.7
śamyāprāsa iti prokta 7.2
sañjalpitāni nara-deva hṛdi-spṛśāni 15.18
śaṅkha-tūrya-ninādena 11.18
saṅkīrtyamānaṁ munibhir mahātmabhir 5.28
sānnidhyāt te mahā-yogin 19.34
sannivartya dṛḍhaṁ snigdhān 10.33
sāntvayām āsa munibhir 8.4
sapadi sakhi-vaco niśamya madhye 9.35
sapālo yad-vaśe loko 9.14
sapta sva-sāras tat-patnyo 14.27
saptānāṁ prītaye nānā 13.52
śāradvataṁ guruṁ kṛtvā 16.3
sarahasyo dhanur-vedaḥ 7.44
śaraṇopasṛtaṁ sattvaṁ 14.41
śaraṇyo nāvadhīc chlokya 17.30
sārathya-pāraṣada-sevana-sakhya-dautya- 16.16
sarpo 'daśat padā spṛṣṭaḥ 6.9
sarvam ātmany ajuhavīd 15.42
sarvaṁ kāla-kṛtaṁ manye 9.14
sarvaṁ kṣaṇena tad abhūd asad īśa- 15.21
sarvaṁ tad idam ākhyātaṁ 6.36
sarvartu-sarva-vibhava- 11.12
sarva-sad-guṇa-māhātmye 12.24
sarvathā na hi śocyās te 13.44
sarvātmakenāpi yadā 4.26
sarvātmanā mriyamāṇaiś ca kṛtyaṁ 19.24
sarvātmanaḥ sama-dṛśo 9.21
sarvato mukham āyāti 7.26
sarva-varṇāśramāṇāṁ yad 4.18
sarva-vedetihāsānāṁ 3.41
sarve babhūvus te tūṣṇīṁ 9.44
sarve tam anunirjagmur 15.45
sarve te 'nimiṣair akṣais 10.13
sarve vayaṁ tāvad ihāsmahe 'tha 19.21
śaśaṁsuḥ sādhavo rājñāṁ 9.45
sasaṅkulair bhūta-gaṇair 14.17
śaśāsa gām indra ivājitāśrayaḥ 10.3
śāsato 'nyān yathā-śāstram 17.16
śastāḥ kurvanti māṁ savyaṁ 14.13
ṣaṣṭham atrer apatyatvaṁ 3.11
sāsvatantrā na kalpāsīd 6.7
sat-kṛtaṁ sūtam āsīnaṁ 1.5
satraṁ svargāya lokāya 1.4
sat-saṅgān mukta-duḥsaṅgo 10.11
sat-sevayādīrghayāpi 6.23
sattvaṁ rajas tama iti prakṛter guṇās 2.23
sattvaṁ viśuddhaṁ kṣemāya 2.25
satyaṁ śaucaṁ dayā kṣāntis 16.26
sauhārdenātigāḍhena 15.28
sautye vṛtaḥ kumatinātmada īśvaro me 15.17
sāyaṁ bheje diśaṁ paścād 10.36
sāyaṁ prātar gṛṇan bhaktyā 3.29
śayyāsanāṭana-vikatthana-bhojanādiṣv 15.19
sendrāḥ śritā yad-anubhāvitam ājamīḍha 15.13
seśaṁ punāty anyatamo mukundāt 18.21
śibirāya ninīṣantaṁ 7.34
sīdantyā bhūri-bhāreṇa 8.34
siktāṁ gandha-jalair uptāṁ 11.14
śiśayiṣor anuprāṇaṁ 6.29
siṣicuḥ sma vrajān gāvaḥ 10.4
śiṣyaiḥ praśiṣyais tac-chiṣyair 4.23
śiṣyair upetā ājagmuḥ 9.8
sitātapatraṁ jagrāha 10.17
sitātapatra-vyajanair upaskṛtaḥ 11.27
śita-viśikha-hato viśīrṇa-daṁśaḥ 9.38
śivaiṣodyantam ādityam 14.12
śivāya lokasya bhavāya bhūtaye 4.12
smaran mukundāṅghry-upagūhanaṁ punar 5.19
smartavyaṁ bhajanīyaṁ vā 19.38
snātvā pītvā hrade nadyā 6.14
snātvānusavanaṁ tasmin 13.53
snehaṁ ca vṛṣṇi-pārthānāṁ 16.14
sneha-pāśam imaṁ chindhi 8.41
snigdheṣu pāṇḍuṣu jagat-praṇatiṁ ca 16.16
so 'haṁ nṛpendra rahitaḥ puruṣottamena 15.20
so 'haṁ vaḥ śrāvayiṣyāmi 3.44
so 'yam adya mahārāja 13.49
śocāmi rahitaṁ lokaṁ 16.30
śocaty aśru-kalā sādhvī 17.27
śocyo 'sy aśocyān rahasi 17.6
śokena śuṣyad-vadana- 15.2
sphītāñ janapadāṁs tatra 6.11
spṛṣṭaṁ vikīrya padayoḥ patitāśru- 15.10
spṛṣṭvāpas taṁ parikramya 7.29
śraddadhānasya bālasya 5.29
śravaṇa-smaraṇārhāṇi 8.35
śrī-kṛṣṇa kṛṣṇa-sakha vṛṣṇy-ṛṣabhāvani- 8.43
śrīmad-bhāgavate mahā-muni-kṛte kiṁ vā 1.2
śrīmadbhis tat-pada-nyāsaiḥ 17.26

śrīmad-dīrgha-catur-bāhuṁ 12.9
śriyo nivāso yasyoraḥ 11.26
śṛṇoty alaṁ svastyayanaṁ pavitraṁ 15.51
śṛṇvāno 'nugrahaṁ dṛṣṭyā 11.11
śṛṇvanti gāyanti gṛṇanty abhīkṣṇaśaḥ 8.36
śṛṇvatāṁ sva-kathāḥ kṛṣṇaḥ 2.17
śrotavyaḥ kīrtitavyaś ca 2.14
srotobhiḥ saptabhir yā vai 13.52
śrutavāṁs tad-abhipretaṁ 7.1
śrutvā bhagavatā proktaṁ 7.29
sthairyaṁ samānam aharan madhu- 16.35
sthāna-trayāt paraṁ prāptaṁ 18.26
sthitavati para-sainikāyur akṣṇā 9.35
sthity-ādaye hari-viriñci-hareti 2.23
strī-dharmān bhagavad-dharmān 9.27
strīṇāṁ mad-dhata-bandhūnāṁ 8.51
strī-śūdra-dvijabandhūnāṁ 4.25
striyaś ca sva-puraṁ yāsyan 8.45
subhadrā draupadī kuntī 10.9
sudarśanena svāstreṇa 8.13
śuddhi-kāmo na śṛṇuyād 1.16
suhṛdāṁ ca viśokāya 10.7
śukam adhyāpayām āsa 7.8
sukhopaviṣṭeṣv atha teṣu bhūyaḥ 19.12
sunanda-nanda-śīrṣaṇyā 14.32
śūnyo 'smi rahito nityaṁ 14.44
surāsurāṇām udadhiṁ 3.16
śūro mātāmahaḥ kaccit 14.26
sūryaṁ hata-prabhaṁ paśya 14.17
suṣeṇaś cārudeṣṇaś ca 14.31
śuśrūṣoḥ śraddadhānasya 2.16
sūta jānāsi bhadraṁ te 1.12
sūta jīva samāḥ saumya 18.11
sūta sūta mahā-bhāga 4.2
svaḥ-pathāya matiṁ cakre 15.32
svalaṅkṛtaṁ śyāma-turaṅga-yojitaṁ 16.11
svāṁ kāṣṭhām adhunopete 1.23
sva-māyayāvṛṇod garbhaṁ 8.14
svāminy aghaṁ yad dāsānāṁ 18.33
svānāṁ cānanya-bhāvānām 7.25
svānāṁ mṛtānāṁ yat kṛtyaṁ 7.58
sva-nigamam apahāya mat-pratijñām 9.37
sva-nirmiteṣu nirviṣṭo 2.33
svanuṣṭhitasya dharmasya 2.13
sva-prāṇān yaḥ para-prāṇaiḥ 7.37
sva-rāṭ pautraṁ vinayinam 15.38
sva-sukham upagate kvacid vihartuṁ 9.32
svātantryaṁ kauśalaṁ kāntir 16.27
svayaṁ ca gurubhir vipraiḥ 11.23
svayaṁ viprakṛto rājñā 18.49
svāyambhuva kayā vṛttyā 6.3
śyāmaṁ sadāpīvya-vayo-'ṅga-lakṣmyā 19.28
syān mahat-sevayā viprāḥ 2.16
syāt sambhramo 'nta-kāle 'pi 18.4

- T -

ta ekadā tu munayaḥ 1.5
ta eta ṛṣayo vedaṁ 4.23
ta eva paśyanty acireṇa tāvakaṁ 8.36
ta eva vedā durmedhair 4.24
ta evātma-vināśāya 5.34
tac chraddadhānā munayo 2.12
tad abhipretam ālakṣya 12.33
tad adya naḥ pāpam upaity ananvayaṁ 18.44
tad asau vadhyatāṁ pāpa 7.39
tad astu kāmaṁ hy agha-niṣkṛtāya me 19.2
tad bhinna-setūn adyāhaṁ 18.35
tad dharmajña mahā-bhāga 7.46
tad dhi svayaṁ veda bhavāṁs tathāpi te 5.20
tad eva hy āmayaṁ dravyaṁ 5.33
tad idaṁ bhagavān rājann 13.48
tad idaṁ grāhayām āsa 3.41
tad idaṁ śrotum icchāmo 12.3
tad vai bhagavato rūpaṁ 3.3
tad vai dhanus ta iṣavaḥ sa ratho 15.21
tad vāyasaṁ tīrtham uśanti mānasā 5.10
tad vīkṣya pṛcchati munau jagadus 4.5
tadā hi caura-pracuro vinaṅkṣyaty 18.43
tadā rajas-tamo-bhāvāḥ 2.19
tadā śucas te pramṛjāmi bhadre 7.16
tadā tad aham īśasya 6.10
tadā te bhrātaraḥ sarve 9.2
tadāhar evāpratibuddha-cetasām 15.36
tadaivehānuvṛtto 'sāv 18.6
tadārudad vāṣpa-kalākulākṣī 7.15
tadārya-dharmaḥ pravilīyate nṛṇāṁ 18.45
tad-dhyānodriktayā bhaktyā 15.47
tadopasaṁhṛtya giraḥ sahasraṇīr 9.30
tad-vadhas tasya hi śreyo 7.37
tad-vāg-visargo janatāgha-viplavo 5.11
tad-yaśaḥ pāvanaṁ dikṣu 8.6
tāḥ putram aṅkam āropya 11.29
tāḥ śraddhayā me 'nupadaṁ viśṛṇvataḥ 5.26
takṣakād ātmano mṛtyuṁ 12.27
tal labhyate duḥkhavad anyataḥ sukhaṁ 5.18
tam abhijñāya sahasā 4.33
tam āpatantaṁ sa vilakṣya dūrāt 7.18
tam ātmajair dṛṣṭibhir antarātmanā 11.32
tam ayaṁ manyate loko 11.37
tāṁ bāḍham ity upāmantrya 8.45
taṁ bandhum āgataṁ dṛṣṭvā 13.3
taṁ bhuktavantaṁ viśrāntam 13.7
taṁ dvyaṣṭa-varṣaṁ su-kumāra-pāda- 19.26
tam imam aham ajaṁ śarīra-bhājāṁ 9.42
taṁ jighāṁsum abhipretya 17.29
taṁ jighṛkṣaty adharmo 'yam 17.25
taṁ menire 'balā mūḍhāḥ 11.39
taṁ mopayātaṁ pratiyantu viprā 19.15
taṁ pādayor nipatitam 14.23
tam ūcur brāhmaṇās tuṣṭā 12.15
tam udyatāsim āhedaṁ 17.35
tam upaśrutya ninadaṁ 11.3
tamasas tu rajas tasmāt 2.24
tan me dharma-bhṛtāṁ śreṣṭha 17.37
tan naḥ paraṁ puṇyam asaṁvṛtārtham 18.17
tan naḥ śuśrūṣamāṇānām 1.13
tan no bhavān vai bhagavat-pradhāno 18.15
tān sametān mahā-bhāgān 9.9
tan-mūlam avyaktam agādha-bodhaṁ 5.5
tantraṁ sātvatam ācaṣṭa 3.8
tapaḥ śaucaṁ dayā satyam 17.24

tarhy evātha muni-śreṣṭha 8.12
tasmād ekena manasā 2.14
tasmād idaṁ daiva-tantraṁ 9.17
tasmāj jahy aṅga vaiklavyam 13.45
tasmān nāmnā viṣṇu-rāta 12.17
tasmiṁs tadā labdha-rucer mahā-mate 5.27
tasmin nārāyaṇa-pade 15.47
tasmin nirmanuje 'raṇye 6.15
tasmin nyasta-dhiyaḥ pārthāḥ 10.12
tasmin sva āśrame vyāso 7.3
tasya janma mahā-buddheḥ 12.2
tasya janma mahāścaryaṁ 4.9
tasya karmāṇy udārāṇi 1.17
tasya mattasya naśyanti 17.10
tasya nirharaṇādīni 9.46
tasya prīta-manā rājā 12.13
tasya putro mahā-yogī 4.4
tasya putro 'titejasvī 18.32
tasyāham abja-kuliśāṅkuśa-ketu-ketaiḥ 16.33
tasyaiva hetoḥ prayateta kovido 5.18
tasyaiva me 'ghasya parāvareśo 19.14
tasyaivaṁ khilam ātmānaṁ 4.32
tasyaivaṁ me 'nuraktasya 5.29
tasyaivaṁ vartamānasya 16.17
tasyāntarāyo maivābhūḥ 13.56
tasyānuvihito 'nāthā 9.17
tasyāpi tava deho 'yaṁ 13.25
tasyātmano 'rdhaṁ patny āste 7.45
tat kathyatāṁ mahā-bhāga 16.5
tat kulaṁ pradahaty āśu 7.48
tat sarvaṁ naḥ samācakṣva 4.13
tata āsādya tarasā 7.33
tataḥ kalau sampravṛtte 3.24
tataḥ parīkṣid dvija-varya-śikṣayā 16.1
tataḥ prāduṣkṛtaṁ tejaḥ 7.21
tataḥ sadyo vimucyeta 1.14
tataḥ saptadaśe jātaḥ 3.21
tataḥ saptama ākūtyāṁ 3.12
tataḥ sarva-guṇodarke 12.12
tataś ca vaḥ pṛcchyam imaṁ vipṛcche 19.24
tatas te kṛṣṇa-hṛdayāḥ 9.47
tathā paramahaṁsānāṁ 8.20
tathāhṛtaṁ paśuvat pāśa-baddham 7.42
tathaivānucarāḥ śaureḥ 14.32
tathāpi bata me daihyo 4.30
tathāpi śocasy ātmānam 5.4
tathāpy ekānta-bhakteṣu 9.22
tathāyaṁ cāvatāras te 7.25
tat-kṛtaṁ mati-vaiṣamyaṁ 9.21
tato 'bhyetyāśramaṁ bālo 18.38
tato nivṛttā hy abudhāḥ striyo 'rbhakā 19.29
tato 'nṛtaṁ madaṁ kāmaṁ 17.39
tato 'nyathā kiñcana yad vivakṣataḥ 5.14
tato rājñābhyanujñātaḥ 12.36
tato 'rtha-kāmābhiniveśitātmanāṁ 18.45
tato vinaśanaṁ prāgād 9.1
tato yudhiṣṭhiro gatvā 9.48
tat-pāda-mūlaṁ śirasā 17.29
tatra brahmarṣayaḥ sarve 9.5
tatra dundubhayo nedur 9.45
tatra go-mithunaṁ rājā 17.1
tatra kīrtayato viprā 3.44
tatra sañjayam āsīnaṁ 13.32
tatra tatra ha tatratyair 10.36
tatra tatrāñjasāyuṣman 1.9
tatra tatropaśṛṇvānaḥ 16.13
tatrābda-koṭi-pratimaḥ kṣaṇo bhaved 11.9
tatrābhavad bhagavān vyāsa-putro 19.25
tatrāhāmarṣito bhīmas 7.51
tatraiva me viharato bhuja-daṇḍa-yugmaṁ 15.13
tatrānvahaṁ kṛṣṇa-kathāḥ pragāyatām 5.26
tatrarg-veda-dharaḥ pailaḥ 4.21
tatrāsīnaṁ kuru-patiṁ 8.3
tatropajagmur bhuvanaṁ punānā 19.8
tatropanīta-balayo 11.4
tāvad yūyam avekṣadhvaṁ 13.50
tāvat kalir na prabhavet 18.5
tayā vilasiteṣv eṣu 2.31
tayor evaṁ kathayatoḥ 16.36
te mayy apetākhila-cāpale 'rbhake 5.24
te ninīyodakaṁ sarve 8.2
te sādhu-kṛta-sarvārthā 15.46
tebhyaḥ parama-santuṣṭaḥ 16.15
tejasā maṇinā hīnaṁ 7.56
tejo hṛtaṁ khalu mayābhihataś ca 15.7
tejo-vāri-mṛdāṁ yathā vinimayo yatra 1.1
tena sambhṛta-sambhāro 12.34
tenāhaṁ guṇa-pātreṇa 16.30
tenāhṛtāḥ pramatha-nātha-makhāya bhūpā 15.9
tiraskṛtā vipralabdhāḥ 18.48
tīrthāni kṣetra-mukhyāni 13.9
tīrthī-kurvanti tīrthāni 13.10
tiryaṅ-nṛṣiṣu yādaḥsu 8.30
titikṣur vasudhevāsau 12.22
toya-nīvyāḥ patiṁ bhūmer 15.38
tri-bhuvana-kamanaṁ tamāla-varṇaṁ 9.33
triḥ-sapta-kṛtvaḥ kupito 3.20
trīn atyaroca upalabhya tato vibhūtiṁ 16.33
tritve hutvā ca pañcatvaṁ 15.42
tṛtīyam ṛṣi-sargaṁ vai 3.8
tulayāma lavenāpi 18.13
turye dharma-kalā-sarge 3.9
tuṣṭuvur munayo hṛṣṭāḥ 9.47
tvam ādyaḥ puruṣaḥ sākṣād 7.23
tvam apy adabhra-śruta viśrutaṁ vibhoḥ 5.40
tvam ātmanātmānam avehy amogha-dṛk 5.21
tvāṁ duḥstham ūna-padam ātmani 16.34
tvam eko dahyamānānām 7.22
tvaṁ naḥ sandarśito dhātrā 1.22
tvaṁ paryaṭann arka iva tri-lokīm 5.7
tvaṁ sad-gurur naḥ paramaṁ ca daivataṁ 11.7
tvaṁ vā mṛṇāla-dhavalaḥ 17.7
tvāṁ vartamānaṁ nara-deva-deheṣv 17.32
tvat-padair aṅkitā bhāti 8.39
tvayā khalu purāṇāni 1.6
tvayi me 'nanya-viṣayā 8.42
tyajan kalevaraṁ yogī 9.23
tyaktvā sva-dharmaṁ caraṇāmbujaṁ harer 5.17

- U -

ucchiṣṭa-lepān anumodito dvijaiḥ 5.25

ūcuḥ prajānugraha-śīla-sārā 19.19
udaṅ-mukho dakṣiṇa-kūla āste 19.17
uddāma-bhāva-piśunāmala-valgu-hāsa- 11.36
uddhariṣyann upādatta 3.7
uddhavaḥ sātyakiś caiva 10.18
udīcīṁ praviveśāśāṁ 15.44
udyānopavanārāmair 11.12
ukthena rahito hy eṣa 15.6
unmatta-mūka-jaḍavad 4.6
unmīlya śanakair netre 18.39
upadhārya vacas tasyā 8.11
upāharad vipriyam eva tasya 7.14
upalebhe 'bhidhāvantīm 8.8
upavarṇitam etad vaḥ 18.9
urukramasyākhila-bandha-muktaye 5.13
ūrv-akṣi-bāhavo mahyaṁ 14.11
uṣitvā hāstinapure 10.7
utsṛjya sarvataḥ saṅgaṁ 18.3
uttama-śloka-caritaṁ 3.40
uttarāyā hato garbha 12.1
uttasthur ārāt sahasāsanāśayāt 11.31
uvāca cāsahanty asya 7.43
uvāsa katicin māsān 12.35

- V -

vācaṁ devīṁ brahma-kule kukarmaṇy 16.21
vācaṁ juhāva manasi 15.41
vadanti tat tattva-vidas 2.11
vāhāṁś ca puruṣa-vyāghra 14.13
vairāgya-rāgopādhibhyām 9.26
vaiśampāyana evaiko 4.21
vaiṣṇavaṁ teja āsādya 8.15
vaiyāsaker jahau śiṣyo 18.3
vājimedhais tribhir bhīto 12.34
vāk-tantyāṁ nāmabhir baddhā 13.42
vaktraṁ ninīya bhaya-bhāvanayā 8.31
vaṁśaṁ kuror vaṁśa-davāgni-nirhṛtaṁ 10.2
vanādri-nady-udanvanto 8.40
vañcito 'haṁ mahā-rāja 15.5
vapanaṁ draviṇādānaṁ 7.57
vapur alaka-kulāvṛtānanābjaṁ 9.33
vāramukhyāś ca śataśo 11.19
vāraṇendraṁ puraskṛtya 11.18
varṇayanti sma kavayo 3.35
vartamāno vayasy ādye 6.2
vartamāno vayasy ādye 6.5
vāruṇīṁ madirāṁ pītvā 15.23
vasiṣṭha indrapramadas 9.7
vāsudeva-kathopetam 18.9
vāsudevāṅghry-anudhyāna- 15.29
vāsudeva-parā vedā 2.28
vāsudeva-parā yogā 2.28
vāsudeva-paraṁ jñānaṁ 2.29
vāsudeva-paro dharmo 2.29
vāsudeve bhagavati 15.50
vāsudeve bhagavati 2.7
vāsudeve bhagavati 2.22
vavande śirasā sapta 11.28
vavṛṣuḥ kusumaiḥ kṛṣṇaṁ 10.16
vayaṁ tu na vitṛpyāma 1.19
vāyur vāti khara-sparśo 14.16
vepamānaṁ padaikena 17.2
vepathuś cāpi hṛdaye 14.11
vettha tvaṁ saumya tat sarvaṁ 1.8
vetthedaṁ droṇa-putrasya 7.27
vibhāvya lobhānṛta-jihma-hiṁsanādy- 15.37
vibhuṁ tam evānusmaran 15.2
vicakṣaṇo 'syārhati vedituṁ vibhor 5.16
vidhamantaṁ sannikarṣe 12.10
vidhatse svena vīryeṇa 7.24
vidhāya vairaṁ śvasano yathānalaṁ 11.34
vidhūta-kalmaṣā sthānaṁ 15.48
vidhūya tad ameyātmā 12.11
viduras tad abhipretya 13.18
viduras tīrtha-yātrāyāṁ 13.1
viduras tu tad āścaryaṁ 13.59
viduro 'pi parityajya 15.49
vijaya-ratha-kuṭumba ātta-totre 9.39
vijñānātmani saṁyojya 13.55
vijñāpayām āsa vivikta-cetā 19.12
vikīryamāṇaḥ kusumai 10.18
vīkṣamāṇo 'pi nāpaśyam 6.19
vīkṣantaḥ sneha-sambaddhā 10.13
vilokyodvigna-hṛdayo 14.24
vimocitāhaṁ ca sahātmajā vibho 8.23
vimṛjyāśrūṇi pāṇibhyāṁ 13.36
vimucya raśanā-baddhaṁ 7.56
vinirgacchan dhanuṣ-koṭyā 18.30
vipadaḥ santu tāḥ śaśvat 8.25
vipad-gaṇād viṣāgnyāder 13.8
viprakīrṇa-jaṭācchannaṁ 18.27
vipra-śāpa-vimūḍhānāṁ 15.22
viṣān mahāgneḥ puruṣāda-darśanād 8.24
viśeṣato dharma-śīlo 17.41
viśīrṇa-danto mandāgniḥ 13.22
viśoko brahma-sampattyā 15.31
visṛjya taṁ ca papraccha 18.40
visṛjya tatra tat sarvaṁ 15.40
viśuddhayā dhāraṇayā hatāśubhas 9.31
viśuṣyat-tālur udakaṁ 18.27
vitarkayan vivikta-stha 4.27
vivatsām āśru-vadanāṁ 17.3
vivikta eka āsīna 4.15
vrajanti tat pārama-haṁsyam antyaṁ 18.22
vṛddhaḥ kula-patiḥ sūtaṁ 4.1
vṛjinaṁ nārhati prāptuṁ 7.46
vṛkodaraś ca dhaumyaś ca 10.10
vṛkodarāviddha-gadābhimarśa- 7.13
vṛṣaṁ mṛṇāla-dhavalaṁ 17.2
vṛṣa-rūpeṇa kiṁ kaścid 17.7
vṛṣasya naṣṭāṁs trīn pādān 17.42
vṛto rathāśva-dvipapatti-yuktayā 16.11
vyadadhād yajña-santatyai 4.19
vyarocatālaṁ bhagavān yathendur 19.30
vyāsādyair īśvarehājñaiḥ 8.46
vyasanaṁ vīkṣya tat teṣām 8.13
vyatītāḥ katicin māsās 14.2
vyavahita-pṛtanā-mukhaṁ nirīkṣya 9.36

- Y -

ya eka īśo jagad-ātma-līlayā	10.24
ya idaṁ māyayā devyā	8.16
yā vai lasac-chrī-tulasī-vimiśra-	19.6
yā vīrya-śulkena hṛtāḥ svayaṁvare	10.29
yā yāḥ kathā bhagavataḥ	18.10
yac chrotavyam atho japyaṁ	19.38
yac-chṛṇvatāṁ rasa-jñānāṁ	1.19
yad adharma-kṛtaḥ sthānaṁ	17.22
yad atra kriyate karma	5.35
yad bāhu-daṇḍābhyudayānujīvino	14.38
yad bāhu-daṇḍa-guptāyāṁ	14.36
yad eṣa puṁsām ṛṣabhaḥ śriyaḥ patiḥ	10.26
yad īśvare bhagavati	5.32
yad vijijñāsayā yuktā	9.16
yadā hy adharmeṇa tamo-dhiyo nṛpā	10.25
yadā mṛdhe kaurava-sṛñjayānāṁ	7.13
yadā mukundo bhagavān imāṁ mahīṁ	15.36
yadā parīkṣit kuru-jāṅgale 'vasat	16.10
yad-anudhyāsinā yuktāḥ	2.15
yadāśaraṇam ātmānam	7.19
yadātmano 'ṅgam ākrīḍaṁ	14.8
yad-bāndhavaḥ kuru-balābdhim ananta-	15.14
yad-doḥṣu mā praṇihitaṁ guru-bhīṣma-	15.16
yadoḥ priyasyānvavāye	8.32
yadūn yadubhir anyonyaṁ	15.26
yad-vākyato dharma itītaraḥ sthito	5.15
yadvāmba te bhūri-bharāvatāra-	16.23
yady eṣoparatā devī	3.34
yadyapy asau pārśva-gato raho-gatas	11.33
yadyapy astraṁ brahma-śiras	8.15
yaḥ śraddhayaitad bhagavat-priyāṇāṁ	15.51
yaḥ svakāt parato veha	13.27
yaḥ svānubhāvam akhila-śruti-sāram ekam	2.3
yaiḥ kopitaṁ brahma-kulaṁ	7.48
yajate yajña-puruṣaṁ	5.38
yājayitvāśvamedhais taṁ	8.6
yakṣyamāṇo 'śvamedhena	12.32
yaṁ manyase mātuleyaṁ	9.20
yaṁ pravrajantam anupetam apeta-kṛtyaṁ	2.2
yamādibhir yoga-pathaiḥ	6.35
yan manyase dhruvaṁ lokam	13.44
yan me 'sūṁs tyajataḥ sākṣāt	9.22
yāni veda-vidāṁ śreṣṭho	1.7
yarhy ambujākṣāpasasāra bho bhavān	11.9
yas tvaṁ kṛṣṇe gate dūraṁ	17.6
yas tvaṁ śaṁsasi kṛṣṇasya	18.11
yāsāṁ gṛhāt puṣkara-locanaḥ patir	10.30
yasmān naḥ sampado rājyaṁ	14.9
yasmin harir bhagavān ijyamāna	17.34
yasminn ahani yarhy eva	18.6
yaśo vitanitā svānāṁ	12.20
yasya kṣaṇa-viyogena	15.6
yasya pālayataḥ kṣauṇīṁ	17.45
yasya rāṣṭre prajāḥ sarvās	17.10
yasyāṁ vai śrūyamāṇāyāṁ	7.7
yasyāmbhasi śayānasya	3.2
yasyāṁśāṁśena sṛjyante	3.5
yasyāvatāro bhūtānāṁ	1.13
yasyāvayava-saṁsthānaiḥ	3.3
yat kṛtaḥ kṛṣṇa-sampraśno	2.5
yathā dharmādayaś cārthā	5.9
yathā gāvo nasi protās	13.42
yathā hi sūtyām abhijāta-kovidāḥ	16.1
yathā hṛṣīkeśa khalena devakī	8.23
yathā hy avahito vahnir	2.32
yathā krīḍopaskarāṇāṁ	13.43
yathā matsyādi-rūpāṇi	15.35
yathā nabhasi meghaugho	3.31
yathā paṅkena paṅkāmbhaḥ	8.52
yathāhaṁ mṛta-vatsārtā	7.47
yathānubhūtaṁ kramaśo	13.12
yathāvidāsinaḥ kulyāḥ	3.26
yathā-vidhy upasaṅgamya	11.21
yat-pāda-saṁśrayāḥ sūta	1.15
yat-pāda-śuśrūṣaṇa-mukhya-karmaṇā	14.37
yatra dharma-suto rājā	9.15
yatra kva vābhadram abhūd amuṣya kiṁ	5.17
yatra kva vātha vatsyāmi	17.36
yatraiva niyato vatsya	17.37
yatrānuraktāḥ sahasaiva dhīrā	18.22
yatreme sad-asad-rūpe	3.33
yat-saṁśrayād drupada-geham upāgatānāṁ	15.7
yat-sannidhāv aham u khāṇḍavam agnaye	15.8
yat-tejasā durviṣaheṇa guptā	18.42
yat-tejasā nṛpa-śiro-'ṅghrim ahan	15.9
yat-tejasātha bhagavān yudhi śūla-pāṇir	15.12
yāvad dadhāra śūdratvaṁ	13.15
yāvad īśo mahān urvyām	18.5
yāvataḥ kṛtavān praśnān	13.2
yayā sammohito jīva	7.5
yayāham etat sad-asat sva-māyayā	5.27
yayāharad bhuvo bhāraṁ	15.34
yayau dvāravatīṁ brahman	12.36
ye 'dhyāsanaṁ rāja-kirīṭa-juṣṭaṁ	19.20
yena caivābhipanno 'yaṁ	13.20
yena me 'pahṛtaṁ tejo	15.5
yenaivāhaṁ bhagavato	5.31
yenaivāsau na tuṣyeta	5.8
yeṣāṁ guṇa-gaṇaiḥ kṛṣṇo	17.17
yeṣāṁ na cānyad bhavataḥ padāmbujāt	8.37
yeṣāṁ saṁsmaraṇāt puṁsāṁ	19.33
yo bhīṣma-karṇa-guru-śalya-camūṣv	15.15
yo 'māyayā santatayānuvṛttyā	3.38
yo 'nanta-śaktir bhagavān ananto	18.19
yo no jugopa vana etya duranta-kṛcchrād	15.11
yo 'sāv anāgasaḥ suptān	7.35
yo vai drauṇy-astra-vipluṣṭo	18.1
yo vai mamātibharam āsura-vaṁśa-rājñām	16.34
yo yoginaś chanda-mṛtyor	9.29
yudhi turaga-rajo-vidhūmra-viṣvak-	9.34
yudhiṣṭhiraḥ kārayitvā	9.46
yudhiṣṭhiras tad ākarṇya	9.25
yudhiṣṭhiras tat parisarpaṇaṁ budhaḥ	15.37
yudhiṣṭhiro labdha-rājyo	13.16
yudhiṣṭhiro vacas tasya	13.60
yuga-dharma-vyatikaraṁ	4.16
yuṣmat-kṛte bahūn kleśān	9.13

中文译者简介

嘉娜娃（金磊），法籍华人，生于北京，医疗管理专科毕业。自1991年开始接触瑜伽后，深受印度古代文化的吸引，逐渐走上翻译这些经典的道路。迄今为止，她已经翻译、编辑了许多著名的古印度典籍，其中包括帕谭伽里的《瑜伽经》以及帕布帕德的《博伽梵歌原意》和《博伽梵往世书》（《圣典博伽瓦谭》）等40本印度古籍。此外，还有中国广大读者熟悉的《瑜伽的故事》和《瑜伽的艺术》（上、下）等。